EL AROMA DEL
MIEDO

EL AROMA DEL MIEDO

ARMANDO RODERA

amazonpublishing

Publicado por:
Amazon Publishing, Amazon Media EU Sàrl
5 rue Plaetis, L-2338, Luxembourg
Septiembre, 2017

Imagen de cubierta: © ILina S/Alamy Stock Photo; © Anna Bc/EyeEm/Getty Images
Diseño de cubierta: lookatcia.com
Producción editorial: Wider Words

Impreso por: Ver última página
Primera edición digital 2017

ISBN: 9781542045384

www.apub.com

SOBRE EL AUTOR

Armando Rodera es un escritor madrileño, ávido lector desde la infancia. Cursó estudios de Telecomunicaciones y trabajó diez años en el sector tecnológico hasta que comenzó a trabajar como funcionario para poder dedicarle más tiempo a la literatura. Pionero de la publicación digital en España, desembarcó en Amazon con *El color de la maldad, best seller* policial con los mismos protagonistas de esta obra, y *La rebeldía del alma, thriller* intimista que fue número uno de Amazon.es. Su libro *La posada del viajero*, editado por Amazon Publishing, fue el tercer *ebook* más vendido en Amazon.es en 2016. Cuenta con una amplia gama de novelas que van desde las aventuras o el misterio, hasta la distopía policial y la no ficción. Su obra ha atraído tanto a editoriales españolas como americanas, gracias a lo cual, la versión en inglés de *El color de la maldad* ha llegado a lectores de EE. UU., Reino Unido y Canadá.

Puedes seguir su obra en www.armandorodera.com y en www.facebook.com/ArmandoRoderaAutor.

ADVERTENCIA

Aunque los lugares y los nombres de los diferentes estamentos oficiales son reales, los personajes y los hechos en los que participan son totalmente ficticios. Algún personaje secundario y ciertas escenas narradas pueden inspirarse en acontecimientos reales, pero han sido recreados de forma libre por el autor. Por lo tanto, la novela que pueden leer a continuación es fruto de su imaginación y no puede inferirse que las palabras o hechos protagonizados por esos personajes ficticios correspondan a personas que existan en la realidad.

EL FINAL DEL CAMINO

Valencia,
15 de mayo de 2015

Ya no le quedaban lágrimas. El hedor de la muerte le inundaba las fosas nasales y una sombra siniestra se había cernido sobre ella, un aura tenebrosa que sobrevolaba su cabeza como un vulgar buitre carroñero a la espera de que la joven exhalara el último suspiro. A Olena le fallaban las fuerzas. Su organismo se encontraba al borde del colapso y sus escasas esperanzas se desvanecían tras tantos días de infortunio.

La chica se recostó sobre el lado izquierdo, en posición fetal, y se preparó para esperar el desenlace. No tenía ganas de seguir luchando; no después de haber sido desposeída de su alma, de su esencia como ser humano. La barbarie instalada a su alrededor sesgó de raíz cualquier intento de regreso a la civilización, a esa vida anterior de la que quería escapar tan solo una semana atrás, pero a la que retornaría sin dudarlo si tuviera la menor oportunidad.

El hambre martirizaba sus tripas, pero era la deshidratación la que iba a acabar con su vida. La mente le jugó entonces una mala pasada y en ese preciso instante recordó un aforismo que había leído en alguna ocasión: «Cuatro minutos sin respirar, cuatro días sin beber y cuarenta días sin comer». Ese era el aguante tope del cuerpo humano, el límite antes de encontrarse cara a cara con el Creador. Olena había perdido la noción del tiempo, pero habría jurado que ya llevaba más de cuatro días sin beber ni una sola gota de líquido. Así lo atestiguaban los labios agrietados, la boca reseca y la garganta rasposa. Ni siquiera le quedaba saliva que segregar y cuando tragaba, aunque fuera por inercia, un dolor inhumano le atravesaba el cuello de parte a parte.

También había dejado de escuchar sonido alguno, ni siquiera los gemidos lastimeros de Olga, la única chica con la que había intercambiado unas palabras durante su cautiverio. Sus captores las habían arrojado allí, sin apenas agua ni comida, y los roces habían comenzado enseguida. En un primer momento, Olena intentó que las mujeres se organizaran para repartir los escasos mendrugos de pan que les habían dejado como exiguas provisiones para el viaje. Sin embargo, las rumanas le dejaron muy claro quién mandaba allí, por lo que desistió de su empeño y se acurrucó en el rincón más alejado de ellas para evitar problemas.

Con el paso de los días, la situación se tornó cada vez más violenta. La escasa comida se agotaba y el barril del que todas bebían agua con un cazo se derramó en el suelo después de una riña entre algunas mujeres. La chica que había volcado sin querer el tonel, al intentar desembarazarse de las presas más aguerridas, soltó un bufido de sorpresa al percatarse de la verdadera realidad; ni siquiera le dio tiempo a implorar perdón. Las rumanas la machacaron a patadas, ciegas de odio y rabia, mientras el resto no intervenía para no jugarse la vida.

Olena se sintió culpable tras el incidente, aunque juzgó más aconsejable mantenerse alejada de esas salvajes. Los secuestradores habían conseguido su objetivo: deshumanizar a unas mujeres que luchaban por su vida a dentelladas. Y lo peor estaba todavía por llegar: la sed sería su verdadero quinto jinete del apocalipsis.

Los días transcurrieron con una parsimonia desesperante para la joven. No tenía reloj, ni móvil y, sin embargo, al comienzo de su suplicio había intentado calcular las horas transcurridas allí encerrada, o por lo menos atisbar si era de día o de noche. Al principio le resultó fácil, pero poco después Olena se abandonó a su suerte y perdió la noción de la realidad.

Las rumanas terminaron por elegir el rincón de Olena para hacer sus necesidades, ya que el mísero orinal que les habían dejado ya no servía para nada, y la joven tuvo que emigrar a otra esquina para no cabrear a las asesinas. Unas mujeres cuyas bravatas fueron disminuyendo a la par que la falta de agua y alimento mermaban sus escasas reservas.

Olena era originaria de la región de Donetsk, en el este del país, y había huido de su tierra natal por la guerra civil encubierta que existía entre los prorrusos y los ucranianos más occidentalizados en varias regiones desde hacía más de dos años. Pensó que en la capital podría salir adelante y, si no lo lograba, tenía pensado emigrar a Alemania, pero todos sus sueños se habían truncado para siempre.

Nada más llegar a Kiev, la chica creyó que la suerte se había puesto de su parte: alquiló una habitación en una modesta pensión del centro de la ciudad por un módico precio y encontró un anuncio en el que se buscaban jóvenes de unas determinadas características para catálogos de moda, spots de televisión y asistencia a congresos como azafatas. El primer paso para afrontar la carrera de modelo internacional, su verdadero sueño.

Olena tenía diecisiete años, pero aparentaba más. Su larga cabellera morena enmarcaba un rostro agraciado de tez dorada: nariz fina, ojos almendrados de color miel y labios turgentes. Una auténtica belleza, muy alejada de los cánones eslavos, por lo que llamaba más la atención en Ucrania. Medía 1,73 sin tacones, pero el resto de sus medidas no se correspondían con las de una modelo convencional. Más bien al contrario, sus insinuantes y rotundas curvas no pasaban desapercibidas. Tenía piernas torneadas y un culo prieto, pero de lo que más orgullosa se sentía era de su pecho, aunque hubiese sido fuente de incontables problemas desde su pubertad.

La joven había aprendido a camuflarse con ropa holgada en su ciudad natal para intentar alejar las aviesas miradas de los hombres sobre su anatomía. Al llegar a Kiev, la capital, pensó que lo peor había pasado. En las grandes avenidas de la ciudad pudo comprobar que las mujeres se vestían como querían, y creyó encontrarse ante la gran oportunidad de su vida.

Así pues, Olena se arregló para la ocasión: zapatos de tacón, falda de tubo con medias de rejilla, blusa ligeramente escotada y sus mejores pendientes. Se peinó la melena salvaje del mejor modo que pudo, se maquilló sin estridencias y se dirigió con porte seguro a la entrevista que supuestamente le abriría las puertas de la fama.

—Buenos días. Nombre, edad y medidas, por favor —la saludó un hombre lleno de tatuajes en cuanto Olena llegó al lugar de la prueba.

—Buenos días —contestó la joven algo nerviosa, sorprendida ante la interpelación—. Me llamo Olena, Olena Kovalenko. Tengo diecisiete años y no conozco mis medidas exactas.

—Eso no es problema, Olena —contestó el tipo con amabilidad—. Mi ayudante te tomará medidas en un momento. Por favor, desvístete y quédate en ropa interior para que Helga pueda hacer bien su trabajo.

La primera impresión de la joven tras escuchar lo de desnudarse fue quedarse paralizada. El brillo en los ojos del hombre tampoco la ayudó demasiado, pero Olena imaginó que sería para comprobar si se ajustaba a lo que buscaban. Al fin y al cabo, si quería ser modelo, tendría que desnudarse miles de veces, delante de mucha gente, y en todo tipo de circunstancias. Además, la ropa interior que llevaba era de color negro y podía asemejarse a un traje de baño. Entonces vio acercarse hasta ella a una mujer de unos cincuenta años con cara de aburrida, que le tomó medidas de forma algo brusca con una cinta de sastre.

—Veamos: noventa y cinco de pecho...

—Ummm... —A Olena le pareció oír un gruñido de satisfacción del jefe.

—De cintura tenemos sesenta y tres centímetros y de caderas..., muy bien: noventa y dos centímetros.

—Vaya, vaya, la señorita Kovalenko parece una firme candidata para nuestra nueva línea de baño, ¿verdad, Helga?

—Yo creo que sí. Los dueños de la firma van a estar encantados con la adquisición.

Y dicho esto, la mujer comenzó a reírse estrepitosamente. Olena debería haberse sentido contenta tras escuchar esas palabras, pero el retortijón que sintió en la base del estómago puso en alerta sus sentidos. Se vistió a la carrera, algo incómoda al percibir una mirada cada vez más libidinosa del otro individuo, y cruzó los brazos a la altura del pecho en posición defensiva.

—Disculpa los modales de mi ayudante, Olena. No te preocupes, lo has hecho muy bien.

—Pero entonces... —dijo Olena algo más tranquila, aunque no las tenía todas consigo—. ¿He superado la prueba?

—Claro, preciosa. Empezarás a trabajar con nosotros enseguida. Y ganaremos mucho dinero contigo, ya lo verás. Por favor, acompaña a Helga al despacho para firmar unos papeles.

Olena obedeció sumisa, intranquila todavía ante el devenir de los acontecimientos. Había perdido parte de la inocencia de la juventud en unos años duros en Donetsk y la desconfianza no la dejaba respirar con tranquilidad. ¿Sería todo tan fácil? Había oído casos de modelos muy reconocidas que fueron descubiertas en plena calle y ahora eran multimillonarias y famosas en todo el mundo, aunque intuía que su suerte nunca llegaría a ser la misma.

En realidad, resultó todo lo contrario. Nada más llegar al supuesto despacho, Olena divisó a otro hombre con pinta de matón que le sonreía como un imbécil. Cuando quiso darse cuenta le había inmovilizado los brazos, antes de aplicarle en el rostro un paño con alguna sustancia que la dejó totalmente a su merced. Al despertarse, la chica pudo comprobar que su sexto sentido no le había fallado. Enseguida le dejaron muy claro a lo que se dedicaba en realidad aquella gente: al tráfico de personas. Olena lloró y suplicó ante las vejaciones y humillaciones sufridas, pero lo peor vino cuando el jefe de esos delincuentes quiso probar la mercancía.

Olena fue violada sin misericordia por aquel hombre y aun así tuvo la suerte de que nadie más la tocara. Al parecer, los esbirros tenían orden de no acercarse a la preferida del jefe, por lo que no fue un juguete roto como otras muchachas. Llegó a escuchar los gritos y gemidos de algunas chicas, entremezclados con las risas siniestras de unos lobos con apariencia humana que se relamían en orgías infinitas que a veces terminaban de la peor manera.

Tras unos días encerrada en una nave industrial a las afueras de Kiev, fue trasladada por sus captores. Primero en furgonetas y luego en camiones, durante interminables horas por carreteras que la alejaban cada vez más de su tierra natal. La chica no se hacía ilusiones y sabía lo que le esperaba: seguramente habría sido vendida a cualquier tratante de esclavas sexuales y su destino iba a quedar marcado para siempre. Su belleza no la llevaría a la fama, sino más bien al borde del abismo. Quería ser modelo y sin embargo iba a convertirse en algo que odiaba con todas sus fuerzas: una prostituta.

Tras el interminable periplo por carretera, las habían obligado a meterse en otro enorme camión metálico y allí había empezado su verdadero calvario. Varios días más de viaje y después la nada, abandonadas a su suerte en cualquier lugar del mundo. «¿Dónde estamos?», se preguntaba la joven.

Olena ignoraba si sus captores habían cobrado ya por su venta o si la transacción se concretaría cuando los traficantes la entregaran a su nuevo dueño. Al principio le sorprendió que nadie fuera a recogerlas y las dejaran allí encerradas. Pensó que tal vez se tratase de una especie de castigo. Pero cuando vio que las chicas comenzaban a pegarse, o que incluso alguna moría en el camino, supo que serían carne de cañón: nadie pagaría por un producto dañado. En esas condiciones, no conseguirían siquiera formar parte del peor tugurio de carretera del mundo.

El tipo de los tatuajes le había comentado antes de partir que ganaría mucho dinero con ella, y los gestos de lascivia de todos los integrantes del grupo le demostraron que podía ser cierto. Y, sin embargo, nadie se había hecho cargo de ella hasta ese momento. En realidad, no se habían ocupado de ninguna de las chicas. Iban a morir en ese receptáculo inmundo, un ataúd metálico de más de diez metros de longitud, de la manera más absurda. El mundo estaba loco, pensó Olena en sus últimos momentos de lucidez, aunque ella ya no tendría que preocuparse por nada.

—Olga, Olga... ¿Estás despierta?

A Olena no le pasó desapercibido el privilegio que suponía no haber tenido que soportar más que los embates del capo mafioso y no haber sufrido apenas marcas en el cuerpo como otras compañeras. Quizás sus captores la consideraran una mercancía de gran valor y quisieran venderla al mejor postor para obtener un buen pellizco por ella.

La ucraniana intentó llamar a su compañera de cautiverio, una chica llamada Olga con la que había compartido sus penurias, con los últimos jirones de fuerza que le quedaban. Prefirió decir la palabra «despierta», aunque lo que de verdad pretendía averiguar era si estaba viva o si la había dejado sola en aquella lúgubre aventura de la que jamás contaría ni una sola palabra.

El habitáculo seguía en penumbra, iluminado tan solo por un leve rayo de sol que se colaba por una rendija del techo. Era un sol cada vez más abrasador, ya que un calor al que no estaba acostumbrada había hecho acto de presencia de repente. La temperatura subió muchos grados, así como la humedad relativa del aire, y la sensación de agobio resultó superior a sus fuerzas. Un auténtico horno crematorio sin fuego, una pira funeraria donde Olena moriría por su estupidez, por sus delirios de grandeza. Después de todo, tampoco se estaba tan mal en Donetsk; no tendría que haberse movido de su casa.

La sombra siniestra cubrió su espacio vital y Olena dejó de luchar. Su mente se apagaba poco a poco, pero en su caleidoscopio mental pudo despedirse de sus seres queridos. Imágenes de su infancia y de su adolescencia, cuando era feliz y la guerra no se había instalado en media Ucrania, poblaron su cerebro durante unos segundos en los que la calma se apoderó de su espíritu. Iba a morir tranquila, serena, sabiendo que la fatalidad se había cruzado en su camino para truncar una vida llena de esperanzas.

Olena cerró los ojos por última vez y un resplandor interior la cegó por dentro. A lo lejos pudo distinguir un fulgor, un túnel de luz que la atraía con fuerza. Y de fondo, unas voces inconexas que no cuadraban con el entorno, aunque no les dio la menor importancia. En su mente comenzó a acercarse hacia la luz, dispuesta a encontrarse con su destino...

***

Ismael Contreras se encontraba de un humor de perros esa tarde de mayo. Después de unas jornadas maratonianas de negociaciones entre el sindicato mayoritario del sector y la patronal, todo se había ido al garete. Los que mandaban no estaban dispuestos a ceder y seguían tensando la cuerda, por lo que el nuevo convenio colectivo no se había firmado. Tendrían que tomar medidas de presión, pero la huelga no traería más que quebraderos de cabeza a todos, así que tampoco le parecía la mejor solución.

La culpa de todo la tenía Rupérez, el jefazo, y toda la pléyade de lameculos que le habían salido como setas desde que ese tipejo se había hecho cargo de la gestora. Valencia llevaba más de dos años perdiendo competitividad y los que mandaban parecían no darse cuenta. Solo habían estado atentos a las obras de ampliación sin preocuparse de la necesaria renovación tecnológica y, por supuesto, sin pensar para nada en sus trabajadores, hartos tras las extenuantes jornadas de trabajo en un ambiente cada vez más enrarecido.

El endeudamiento había crecido como la espuma y no era sostenible. Los gerentes, más pendientes de sus ascensos en el escalafón político de la región, no habían hecho caso de las llamadas de atención de los sindicatos, ni de sus clientes internacionales, hartos de pagar más por ser atendidos en Valencia. El Mediterráneo era muy grande y otras muchas ciudades tenían mejores recursos, precios más competitivos y una tecnología muy superior con la que aumentar el rendimiento diario y satisfacer las demandas de unos clientes cada vez más exigentes.

Hasta el Estado les había obligado a ajustar sus tarifas, pero Rupérez seguía a lo suyo. Al parecer, las autoridades lo estaban investigando, y los rumores no cesaban en la zona: gastos indebidos en temas lúdicos (yates, palcos, entradas de la F-1...), sobresueldos en dinero negro, contratación a dedo de familiares y amigos, y otros informes sobre su gestión que se filtraban poco a poco. Aquello iba a estallar de un momento a otro, y Contreras esperaba que no le salpicara demasiado.

Él solo quería trabajar sin tantos malos rollos ni preocupaciones. Bastantes problemas tenía ya en casa como para estar así todo el día. Encima, la jornada había sido espantosa, con unas temperaturas inusuales para esa época del año; por lo visto, se habían llegado a alcanzar los 47 grados centígrados en la zona. Llevaba la ropa completamente empapada después de sudar profusamente durante toda la jornada, y la sensación era bastante desagradable.

Se alejó de la zona de oficinas y comenzó a caminar para estirar las piernas. Quería relajarse un poco antes de regresar a casa, donde esperaba no tener que discutir con Aurora. Eran ya cerca de las nueve de la noche y el sol se ponía por el horizonte, algo que todos los valencianos agradecerían después de un día tan caluroso. Por eso, encaminó sus pasos hacia la parte más alejada del recinto, con la esperanza de que la brisa marina lo refrescara un poco mientras ponía sus pensamientos en orden.

En ese momento le entró una llamada y lanzó un juramento. Parecía cosa de brujería; se le ocurría pensar en su esposa y allí aparecía ella de pronto. No le apetecía hablar con Aurora, pero tampoco quería tener una nueva bronca esa noche, por lo que atendió la llamada después del tercer tono.

—Hola, cariño, ¿qué tal? —saludó Ismael, zalamero—. Iba a llamarte ahora...

—Sí, ya, como siempre... ¿Cuándo piensas venir? Tengo la cena casi lista y no sé si piensas quedarte allí toda la noche.

—No, ahora mismo voy. Ha sido un día duro, pero...

—¿Qué dices...? No te oigo, Ismael, no sé si será por la cobertura. ¿Me oyes?

—Sí, yo te oigo... ¿Hola? Aurora, ¿sigues ahí...?

Contreras maldijo en voz alta al comprobar que su mujer tenía razón. En esa zona la cobertura no parecía muy buena y estaba perdiendo la señal. Decidió buscar un lugar más alto para proseguir la conversación. No quería cortarla de golpe para no alterarla más.

Anduvo unos pasos hacia el interior mientras se alejaba del mar y buscaba una plataforma en la que subirse. Miró por última vez el móvil y vio que la llamada no se había cortado todavía, así que se guardó el teléfono en el bolsillo y se aupó a la segunda fila de mercancía almacenada. Probó de nuevo a ver si había suerte, pero no logró oír la voz de su esposa.

—¿Sigues ahí, Aurora? —preguntó en voz cada vez más alta—. Te decía que llego en unos minutos, no te preocupes.

—...

El sindicalista no escuchaba más que estática en su terminal y supo que tendría que cortar la llamada. Se guardó de nuevo el móvil en el bolsillo y escaló hasta la tercera fila para hacer un último intento.

—¿Me oyes ahora, cariño?

El silencio al otro lado de la línea fue ultrajado por unos sonidos extraños que escuchó a su alrededor. ¿Se trataba de voces? Alguien parecía hablar allí arriba, algo a todas luces imposible.

—*Help, help! Pleaaaseee!*

Contreras se quedó patidifuso. Él no controlaba idiomas como otros compañeros, pero aquella voz angustiosa parecía pedir ayuda en inglés. ¿Qué estaba ocurriendo?

Se llevó el móvil a la oreja por inercia, dispuesto a pedir ayuda, cuando se dio cuenta de que la línea seguía abierta. Al otro lado le llegó por fin la voz de su esposa y tuvo que dejarla con la palabra en la boca. Bronca asegurada, pensó entonces, pero lo primero era lo primero.

—Ismael, ¡por Dios! ¿No me escuchas?

—Sí, cariño, ahora sí. Perdona, tengo que dejarte. Ha surgido una urgencia y no sé cuándo podré ir a casa.

Contreras colgó el teléfono y se olvidó de su esposa. Tenía otros asuntos de los que preocuparse. Subido a la parte más alta de la mercancía allí almacenada, recorrió la tercera hilera a toda velocidad mientras buscaba el origen de la llamada de auxilio.

—¡Hola, hola! —gritó para hacerse oír—. Por favor, diga algo, no la encuentro...

—Prfff...

El sindicalista escuchó una especie de gruñido un poco más adelante, aunque no estaba muy seguro. Estuvo tentado de llamar a la central, pero quizás perdiera un tiempo precioso del que no disponía. Si alguien se encontraba allí encerrado, con ese calor infernal, debía de estar pasando un auténtico suplicio. Esa voz lastimera... No, no podía ser, tenía que encontrar a la mujer, ya que le había

11

parecido una voz femenina. Tal vez fuera cuestión de vida o muerte. Llegó entonces hasta el último lugar de la fila, ocupado por un recipiente metálico de cuarenta pies recalentado por el sol del Mediterráneo. Pegó la oreja derecha a la pared más cercana a él y pudo notar el calor nada más apoyarse en el metal. No oyó nada y pensó que había llegado tarde. Aun así, hizo un último esfuerzo; no perdía nada por intentarlo.

—¡Señorita! —exclamó con todas sus fuerzas—. *Hello!* ¿Está usted ahí?

—*Please, sir, I not...*

La voz había sonado más como un murmullo que otra cosa, pero Ismael Contreras lo tuvo claro: allí había una mujer encerrada, al parecer al límite de sus fuerzas, y tenía que sacarla de su cárcel metálica cuanto antes. Pensó en llamar al gerente, pero supo que ese gilipollas no daría su permiso así como así, le pondría cualquier tipo de traba: que si la mercancía, el seguro, los clientes y bla, bla, bla. El maldito Rupérez no tenía tantos prejuicios para otros temas, pero esa no era la cuestión.

Ismael tomó la única determinación posible: salvar la vida de esa persona. Y si para eso tenía que quedarse sin trabajo, bienvenido fuera el cambio. Su conciencia no descansaría nunca si supiera que había dejado morir a una mujer por atender a la burocracia interna. Y que se fueran todos al infierno si así sucedía.

—Aguante, por favor. Voy a buscar ayuda. Ahora mismo vuelvo...

—*Please, please!*

***

Olena no se lo podía creer. Alguien la había encontrado, pero al parecer se marchaba de nuevo sin ayudarla a salir de allí. Tanto esfuerzo para morir en la orilla... Su mente comenzó a dispararse de nuevo, quizás las últimas gotas de adrenalina intentaban tirar de su cuerpo. Había estado a punto de dejarse morir, pero aquellas voces inconexas en un idioma desconocido la sacaron del trance. Los gritos de un hombre deshicieron su viaje al más allá, y la luz del túnel desapareció para dar paso a la penumbra de su maldita prisión.

No entendía lo que le decía, pero le pareció que su salvador quería tranquilizarla. Su corazón bombeaba a excesiva velocidad, y no supo si era por la alegría de encontrar a alguien o por el estado tan deteriorado de su organismo. Por eso el bajón fue mayor al encontrarse de nuevo abandonada. Quiso pensar que el hombre iba en busca de ayuda, pero verse de nuevo desamparada, cuando había tenido tan cerca la meta, la sumió en una desesperación mayor. Se dejó caer por última vez y no quiso pensar en nada más. La suerte estaba echada...

***

Mientras tanto, el sindicalista había bajado de un salto a las filas inferiores de mercancía y de ahí al suelo en un instante. Le dolía en el alma abandonar de ese modo a la mujer, pero no podía sacarla de su cárcel de metal sin ayuda. Echó mano del teléfono y recordó que no tenía cobertura, por lo que solo le quedaba correr.

Llevaba apenas unos pasos recorridos cuando un repentino *flash* iluminó su cerebro. ¿Y si después no sabía regresar al lugar exacto? Se dio la vuelta, se fijó en el entorno y creyó que podría hacerlo, aunque aquellos malditos receptáculos parecían todos iguales. Por si acaso, sacó una fotografía del sitio concreto con el teléfono, haciendo *zoom* en los números de serie del cubículo situado arriba a la derecha del grupo, para poder distinguirlo de los grupos vecinos. Era la única manera de asegurarse.

Corrió como alma que lleva el diablo y olvidó el cansancio después de la agotadora jornada, mientras intentaba recordar dónde hallaría la salvación más cercana. Se dirigió a la zona de mantenimiento del muelle 3 y entró hasta el fondo. Allí trabajaban todavía unos mecánicos en los que ni siquiera reparó.

—Oiga, ¿quién es usted?

Ismael hizo caso omiso de aquel hombre y cogió unas enormes cizallas que había colgadas en la pared. El mecánico intentó ponerse en medio, pero Ismael hizo un requiebro y salió de allí escopeteado. No tenía tiempo que perder.

—Ahora mismo te las devuelvo, compañero —añadió al salir con el poco resuello que le quedaba—. Ah, llama a una ambulancia, por favor. Es urgente. Y de paso, a la Guardia Civil. Creo que les va a interesar lo que he descubierto.

—¿Qué dices, chalado?

—Haz lo que te pido, por favor; yo no tengo cobertura y tengo que salvar una vida.

Contreras regresó a la carrera, con el ácido láctico haciendo de las suyas en unas piernas castigadas más de la cuenta. Cuando llegó al borde de la plataforma de carga una nube gris cruzó su pensamiento. ¿Y si no llegaba a tiempo? No lo podía permitir.

Escaló de nuevo con toda la velocidad que pudo, recorrió la hilera de contenedores allí apilados y llegó hasta el último. Temió entonces haberse equivocado de hilera y comprobó con la fotografía realizada en el móvil que los números de serie de aquel contenedor correspondían con el que buscaba, antes de ponerse con la tarea a la mayor celeridad.

—¡Aguante, señorita! Ya casi está...

Contreras no oyó sonido alguno y temió por la vida de la mujer. Quitó con presteza el precinto de seguridad del contenedor y aplicó mayor fuerza en las cizallas para romper el candado que cerraba las puertas. Unos segundos después consiguió su propósito y abrió de par en par las puertas del contenedor marítimo sin saber lo que iba a encontrarse. El resultado fue mucho peor de lo que se esperaba.

Allí tendida se encontraba una joven harapienta, arrebujada en una posición defensiva. Contreras le tomó el pulso con rapidez y comprobó que todavía respiraba. No había tiempo que perder.

14

—¡Gracias a Dios! —exclamó en voz alta.

Entonces oyó unas voces a su espalda y se dio la vuelta para encontrarse con otros compañeros, todos ellos trabajadores del puerto de Valencia.

—¿Qué ha pasado? —preguntó otro hombre vestido con mono de trabajo.

—No lo sé, esta chica está muy grave. Ignoro el tiempo que llevará aquí encerrada —respondió Contreras—. Ayudadme a sacarla de aquí. ¡Y llamad a Emergencias!

—Tranquilo, ya están en camino —replicó el mecánico al que le había quitado las cizallas.

El obrero escaló a toda velocidad hasta la posición de Contreras, dispuesto a ayudarlo con la muchacha. El sindicalista se encontraba en el suelo y sujetaba en su regazo a la chica, por lo que ni siquiera se había fijado en lo que le rodeaba. Sin embargo, al abrir las puertas de par en par, el recién llegado tuvo una mejor visión del interior del contenedor.

—*Mare de Déu!* ¿Qué es esto? —preguntó el recién llegado estupefacto, tapándose la cara ante el terrible hedor que emanaba del interior—. Joder, como en la serie esa de televisión. ¡Qué barbaridad!

Contreras no sabía a lo que se refería el hombre, por lo que estiró el cuello y miró en la dirección a la que apuntaba el mecánico. Sus ojos lo veían, pero su mente no quería darles crédito. El escenario era inenarrable, parecía la galería de los horrores.

—Voy a llamar a la Autoridad Portuaria, y a insistir con la Guardia Civil. Esto ha sido una masacre...

Contreras asintió sin palabras, mudo de asombro ante el dantesco espectáculo. Al fondo del contenedor, apilados de cualquier manera, aparecían los cuerpos sin vida de al menos una docena de mujeres. Una visión espeluznante que jamás conseguiría borrar de su mente...

UNA MISIÓN INSOSPECHADA

En Madrid la semana estaba siendo bastante tranquila y eso siempre le escamaba. El inspector Bermejo había aprendido, a lo largo de sus muchos años de servicio en el Cuerpo Nacional de Policía, que las apariencias siempre engañaban. Y esa no iba a ser una excepción.

Aunque el insípido café de la máquina del pasillo no había mejorado a lo largo de los años, Francisco Bermejo creyó necesitar un nuevo chute de cafeína para afrontar el día. No era cuestión de si la jornada se presentaba o no con sobresaltos; su edad le pasaba factura cada vez con más frecuencia, y levantarse temprano le costaba un triunfo hasta que conseguía poner el organismo en funcionamiento.

Tiempo atrás Bermejo había pensado en la jubilación anticipada, pero lo vivido durante su último caso importante le hizo reconsiderar su postura. Todo comenzó con la desaparición de unos jóvenes en la montaña y se convirtió poco tiempo después en una verdadera pesadilla: la peligrosa cacería a través de media España de un sanguinario asesino en serie, una operación conjunta con la Guardia Civil que había tenido sus luces y sombras.

Además, los recortes instalados en la Administración Pública le obligaron a retrasar el anhelado retiro, un contratiempo que en realidad no le importaba. En el fondo, llevaba toda la vida siendo policía y no sabía hacer otra cosa. Había perdido tono físico, por mucho que intentara cuidarse tras la desagradable experiencia de su divorcio, pero el olfato de sabueso y su fino instinto policial seguían indemnes. Y solo por eso merecía la pena seguir luchando.

El inspector entró de nuevo en su despacho todavía con el segundo café en la mano. No se había sentado siquiera a la mesa cuando vio asomar la cabeza de Mardones, el comisario de la unidad policial. Mardones era su jefe, pero también un viejo amigo desde hacía demasiado tiempo. Conocía casi todos sus gestos después de tantos años de servicio juntos, y enseguida barruntó que no le iba a gustar lo que tenía que decirle.

—Paco, ven un momento a mi despacho. Tenemos que hablar...

—Eso ha sonado muy mal, comisario —contestó Bermejo socarrón—. No me esperaba esto después de tantos años de relación.

—Menos coñas, Bermejo, esto es serio. Sabes que confío en ti, y creo que eres el más adecuado para esta misión.

Mardones desapareció de su campo de visión para dirigirse a su despacho y Bermejo se demoró solo unos segundos más. Ordenó un poco los papeles desperdigados por la mesa y se dispuso a afrontar una reunión que no le daba muy buena espina. Su sexto sentido se había activado como por encanto y eso siempre auguraba problemas.

Bermejo entró sin llamar en el despacho de su responsable y Mardones supo que no podía andarse con rodeos.

—Ya me conoces, Paco. No te mandaría esto si tuviera otra opción. Pero no me queda más remedio y lo siento. Sé que es un marrón para ti y...

—Dispara de una vez, no me voy a asustar a estas alturas del partido —le cortó el inspector ante los inesperados circunloquios de Mardones—. ¿Qué ocurre?

—No sé si estás al tanto de lo que sucede en Valencia.

—Pues no sé a qué te refieres, últimamente todo pasa en Valencia. Hace unas semanas fue lo de las chicas que encontraron muertas en aquel contenedor del puerto, algo espantoso.

—Sí, ya lo sé. Tranquilo, de ese asunto se encarga la Guardia Civil.

—Menos mal, no me apetecía meterme en ese jardín. Las mafias de personas me sacan de quicio. Son la escoria de la humanidad.

—Te entiendo, Paco, pero no van por ahí los tiros. Aunque puede que tampoco te guste demasiado el encargo.

El gesto solemne del comisario descolocó un momento a Bermejo. ¿A qué se refería exactamente Mardones?

—Creo que también ha habido un par de muertes de mujeres en extrañas circunstancias en los últimos días, pero no creo que se trate de eso.

—Te vas acercando más, Paco.

—¡No me jodas, Mardones! —exclamó Bermejo algo alterado—. ¿Y qué se me ha perdido a mí en Valencia? Digo yo que los compañeros de la Brigada Provincial sabrán hacer bien su trabajo, para eso les pagan.

—Ese es el problema, viejo amigo. Que realmente no sabemos lo que ocurre allí y quiero que te conviertas en mis ojos y mis oídos en la capital del Turia. Los de arriba andan con la mosca detrás de la oreja y yo quiero apuntarme un buen tanto.

—¡Ni hablar! Esas cosas nunca terminan bien y no pienso meterme en medio. Además, estoy con lo de los atracos, ya sabes. Tenemos a punto de caramelo a los kosovares y no pienso marcharme ahora.

—Tranquilo, conozco el buen trabajo realizado en ese asunto y todo el mérito será tuyo cuando se acabe. Pero Álvarez puede encargarse del tema y finiquitarlo sin problemas.

—No puedes hablar en serio, Mardones. A mis años no, por favor.

—Es la única salida, Paco, no tengo a nadie más. Confío en ti y sé que puedes hacer un buen trabajo encubierto. Y de paso, puedes ayudarles también a solucionar los inexplicables crímenes que están sucediendo en la ciudad. Esa será tu tapadera.

Desde hacía años se escuchaba en mentideros de todo tipo, desde los medios de comunicación hasta los rumores de los propios cuerpos de seguridad del Estado, que la corrupción campaba a sus anchas en la Comunidad Valenciana. Ya se habían producido varias operaciones policiales y algunos juicios, aunque otros estaban todavía pendientes. Banqueros, políticos y jueces andaban siempre en el punto de mira de los investigadores, pero ahora le tocaba el turno a otro tipo de funcionarios.

—Tengo un enlace de confianza en Valencia, tendrás que hablar con él para que te ponga al día. Claramunt es también de la vieja guardia, incorruptible como nosotros, y está harto de esta mierda. Hay que acabar con la podredumbre, y los picoletos nos llevan ventaja.

—¿A qué te refieres?

—La unidad de nuestro viejo camarada, el comandante Antúnez, anda metiendo las narices en todas partes. No tienen bastante con el narcotráfico, las mafias extranjeras instaladas en la costa mediterránea y otras menudencias, ahora van a por el premio gordo.

—Y eso nos lleva a...

—A perder el control, Bermejo, a eso nos lleva. La UCO lleva meses preparando un golpe maestro. Se dice que tienen en el punto de mira a los altos cargos de media Comunidad Valenciana: diputaciones provinciales, ayuntamientos, oficinas de inmigración, etc. Y he oído rumores que relacionan a ciertos políticos corruptos con

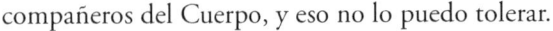

compañeros del Cuerpo, y eso no lo puedo tolerar.

—Y por eso prefieres que nos encarguemos el tal Claramunt y yo.

—Claro, debemos adelantarnos. No quiero que la Benemérita meta sus narices en la Brigada, ni que nos relacionen con el escándalo que al parecer está a punto de estallar. Los trapos sucios se lavan mejor en casa. Así que necesito saber si hay alguna manzana podrida en la cesta, tú ya me entiendes. Y que me traigas su cabeza en bandeja de plata.

—Te entiendo, Mardones, aunque sigue sin hacerme ni puñetera gracia. No me gusta husmear en los problemas de mis compañeros, podrías hablar con Asuntos Internos.

—No, ni hablar; si los de Asuntos Internos se presentan allí, los pájaros volarán y las pruebas desaparecerán como por arte de magia. Oficialmente, la Jefatura Provincial de Valencia ha pedido nuestra colaboración para ayudarles a resolver los casos de asesinatos de la ciudad. Es la mejor excusa para trabajar allí de incógnito.

—Vamos, un puñetero infiltrado entre colegas.

—No me toques las pelotas, Bermejo, nos conocemos desde hace mucho tiempo. Sé que es un marrón, pero solo puedo confiar en ti para esta misión. Aunque esta vez deberás guardarte las espaldas de la UCO, no queremos que husmeen demasiado en nuestras miserias.

—Antúnez y yo nunca nos hemos llevado demasiado bien, aunque no creo que se encargue él personalmente. Lo llevaría peor si tuviera que pelearme con Roncero.

—Según mis fuentes, tu amigo Roncero iba a terminar su excedencia y a reincorporarse pronto al trabajo; me alegra que el chaval esté recuperado del todo. Pero deberás andarte con ojo si te cruzas con él, ya conoces sus capacidades.

—Tranquilo, creo que hasta después del verano no regresará a su puesto. Dudo que coincidamos. De todos modos, bastante tengo con lo mío.

—Sé que lo llevarás a cabo de forma intachable. Por algo eres el mejor hombre de mi unidad.

—Menos halagos, Mardones. Por cierto, yo también quiero unas buenas vacaciones...

—Completa la misión y ya hablaremos del tema, Bermejo —contestó el comisario mientras le entregaba una gruesa carpeta—. Aquí tienes diferentes informes para que te vayas empapando de los asuntos, tanto lo relativo a los asesinatos como a todo lo demás.

UN ERROR DE NOVATO

Los negocios de Henry Brown marchaban viento en popa, tanto en España como en el Reino Unido. Había tenido que realizar un viaje relámpago a Londres ese fin de semana para solucionar un pequeño problema logístico, pero ya estaba de vuelta en su finca de Calpe, una población turística de la Costa Blanca española, repleta de compatriotas británicos.

Brown no echaba de menos el asqueroso clima inglés. Prefería el sol eterno del litoral alicantino, con aquel microclima tan particular de inviernos suaves y veranos no demasiado calurosos. Diferentes clanes británicos habían encontrado en la costa mediterránea española el caldo de cultivo perfecto para unos negocios no demasiado legales, y él pretendía hacerse el amo del cotarro en Alicante.

No le extrañaba que sus compatriotas decidieran jubilarse allí o en la Costa del Sol malagueña para vivir a cuerpo de rey con su pensión en libras esterlinas. Pero él no se había jubilado y no lo haría a no ser que algún rival lo obligara. Se marchó de la capital inglesa para no tener que enfrentarse a las mafias del East End de Londres, y había montado su pequeño imperio en una zona en la que se sentía casi como en casa. Sus negocios se diversificaban cada día más, y el dinero entraba a manos llenas en sus cuentas corrientes opacas, repartidas en paraísos fiscales de medio mundo.

Había dejado a su lugarteniente Oliver Adams a cargo de todo. Durante su viaje a Londres había tenido que atender otras urgencias mayores, por lo que le avisó de que no estaría operativo para nadie. Confiaba en Adams, un aguerrido galés que siempre le había sido fiel, por lo que le sorprendió bastante lo que su esbirro tenía que contarle aquella mañana de martes.

—Jefe, tenemos un problema...

—No me vengas con historias, Oliver. El fin de semana ha sido duro y encima ayer me tuvieron más de tres horas en Heathrow esperando el maldito vuelo.

—Sí, lo comprendo. Pero creo que deberías saberlo. Los rusos están muy cabreados y algo tendremos que hacer.

La sola mención de los rusos encendió todas las alarmas de Brown. Hacía poco tiempo que había empezado a colaborar en algunos asuntos con la rama de la Mafiya afincada en la región, y no se podían permitir ningún error. No con aquellos peligrosos hijos de perra, unos tipos duros de verdad que nunca le habían hecho demasiada gracia.

—No me toques los cojones —soltó en español. A Brown le gustaba la sonoridad de las palabrotas en su idioma de adopción. Los tacos le parecían más contundentes en castellano. Y luego añadió en su propio idioma—: ¿Qué ocurre?

—El idiota de Smith la ha jodido, pero bien. Y esta vez lo va a tener que pagar: los rusos piden sangre...

Brown intuyó que algo había fallado en el operativo, pero todavía desconocía la magnitud de la tragedia. Su lugarteniente le contó toda la historia de las chicas del contenedor y supo que andaban metidos en un buen lío.

—¡Hostia puta, ese tío es gilipollas! —continuó en el idioma de Cervantes—. Los rusos nos van a despellejar, algo habrá que hacer. ¿Cómo ha podido suceder eso?

Al parecer, según le contó Adams, todo se había torcido por culpa del idiota de Smith, un paleto de los barrios bajos de Londres que les hacía algunos trabajitos sin importancia. Habían decidido confiar en él para el transporte de la mercancía, pero el niñato no solo no había cumplido con su cometido, sino que la había pifiado de un modo brutal. No se presentó a realizar el encargo, y eso no fue todo.

—El subnormal se emborrachó el jueves por la noche en el pub del paseo marítimo, y se lio a puñetazos con otros parroquianos. La Policía Municipal se presentó ante la llamada del dueño del local, y Smith acabó encerrado en el calabozo. Allí se puso tonto con los agentes y quisieron darle una lección, dejándolo todo el fin de semana encerrado.

—Pero entonces...

—No se presentó el viernes por la tarde en el puerto. Debía conducir la cabeza tractora desde Alicante, y con los papeles en regla que tenía en su poder, recoger el contenedor asignado en la playa de contenedores del puerto de Valencia.

—Joder, eso no puede ser. ¿Y no pudiste encargarte tú del problema? Para algo te dejé al mando.

El gesto duro de Brown no amilanó a su secuaz. Adams tampoco podía haber hecho nada más durante el fin de semana.

—Sí, claro, pero era complicado. Nadie sabía dónde se había metido Smith, y él tenía los albaranes de entrega, aparte de las llaves del camión. Hasta ayer no me enteré de su paradero, pero ya era demasiado tarde.

—¿A qué te refieres? Me da igual si Smith sigue entre rejas. No pienso pagar ninguna fianza, que se joda. Que nos entregue las llaves y los albaranes, encárgate de buscar a otro conductor y punto.

—Creo que no me has entendido, jefe...

Adams dudó un instante y supo que no podía mentirle a Brown. Dejó entonces en la mesa, a la vista, uno de los periódicos de la región. El titular a cuatro columnas golpeó con dureza al mafioso inglés. Parecía una auténtica hecatombe:

«Horror en el puerto de Valencia: una docena de mujeres indocumentadas halladas muertas en el interior de un contenedor».

Brown leyó el artículo completo y supo que su reciente alianza comercial con los rusos podía sufrir un duro revés. Encima se encontrarían en el punto de mira de las autoridades. Habría que buscar la forma de solucionar aquel grave problema.

EL DESPERTAR DEL MAL

El recuerdo atravesó su cerebro como un brutal fogonazo. Los ojos sin vida de la joven parecieron mirar en su misma dirección, atravesándole con sus pupilas negras, pero Max sabía que se trataba de una simple ilusión. El cadáver languidecía en una de las esquinas de su nuevo refugio particular, situado en la parte más salvaje de la marisma. Una antigua barraca reconvertida que comenzó utilizando como punto de partida para batidas de caza o pesca en la zona, y que desde hacía unas semanas se había convertido en algo mucho más importante para él.

Rememoró aquella aciaga noche de primeros de mayo, una de tantas en las que pagó los sinsabores de su trabajo y las inmundicias de su penosa vida del mejor modo que sabía hacerlo: emborrachándose en aquel tugurio de mala muerte antes de encamarse con una puta de tres al cuarto. Y no era porque no pudiera permitirse pagar una *escort* de lujo de vez en cuando o tomarse un whisky de malta si le apetecía, pero las viejas costumbres eran difíciles de cambiar. Además, su amigo Boris siempre le hacía descuentos y el Paradise era otro de los medios con los que se ganaba la vida de vez en cuando gracias a algunos trabajitos especiales.

La velada comenzó a torcerse cuando Aleshka, la puta rusa que mejor la chupaba en el Paradise, le dijo algo que no le gustó, pronunciado con ese duro acento que en otras ocasiones le había puesto tan cachondo:

—Creo que has tenido un mal día, Max. Tu amigo no quiere colaborar hoy... —dijo con retintín la rusa entre mamada y mamada, empeñada en levantar el miembro flácido de su cliente.

—Aparta de ahí, zorra asquerosa...

Max le pegó un empujón y la apartó de su lado. La meretriz pensó que esa actitud formaba parte del juego: muchos de sus clientes se sobrepasaban con ellas, aunque Max nunca había sido de los más violentos. Regresó juguetona a su lado, pero cambió de táctica para que él no se sintiera molesto.

—Tranquilo, machote. Podemos hacer otras cosas... Y ya sabes que tengo pastillitas azules en la mesilla por si te hacen falta.

—No lo creo, Aleshka, pero bueno es saberlo. Ven aquí, te vas a enterar...

Aleshka ronroneó como una gata en celo, y se puso a cuatro patas en la cama, como sabía que le gustaba a Max. Su escultural cuerpo, cubierto por un escueto conjunto de lencería negra, reavivó la lujuria del cliente, que se lanzó a por ella sin contemplaciones. La obligó a permanecer en esa posición mientras la masturbaba desde atrás, primero introduciendo dos dedos en su interior antes de que estuviera preparada. Y por fin, cuando sintió que la lubricación aumentaba, le metió el puño entero de una manera tan brutal que lastimó a la muchacha.

La prostituta gimió de dolor, pero se aguantó las ganas de gritar, no quería contrariar al cliente. Sabía que era amigo de Boris, el gerente del club de alterne, uno de los más grandes de la provincia. Prefería no enfadar al jefe, ya que conocía de primera mano cómo se las gastaba su compatriota y no quería sufrir otra paliza por no cumplir con su cometido.

Max se sintió poderoso ante la situación, mientras seguía violando a la chica con la mano derecha. Cuando la naturaleza siguió su curso y recuperó la erección, supo que había llegado el momento. Penetró desde esa posición a la mujer mientras embestía como un toro furioso. Aleshka se sorprendió ante la fuerza de los embates, pero supo que el cliente terminaría antes si comenzaba a bombear con tanta pasión.

Sin embargo, entonces Aleshka cometió un error que nunca hubiera podido prever. Arqueó la espalda y levantó el cuello para ofrecérselo al hombre. Max aprovechó la oportunidad y soltó sus caderas, donde se aferraba como un animal en celo, para tirar con fuerza de la melena castaña de Aleshka mientras la penetraba. Entonces ella giró levemente el cuello hacia la izquierda para librarse un poco de la presión y Max se sobresaltó.

El perfil de la mujer, iluminado de forma tenue por las difusas luces del cuartucho, sufrió una súbita transformación a ojos de Max. No podía ser, era físicamente imposible. El alcohol que le corría por las venas y la falta de riego sanguíneo en el cerebro, producida por su imponente y dolorosa erección, le estaban jugando una mala pasada. Su mente le engañaba con crueldad, aunque la alucinación tomaba mayores visos de realidad a cada segundo que pasaba.

Esa barbilla, la nariz recta y fina, aquella piel tan blanca y el corte de pelo le trasladaron a una época lejana que creía haber olvidado. No podía soportarlo, no después de tanto tiempo. Esa mujer le había arruinado la vida y de pronto aparecía de nuevo ante sus ojos, dispuesta a acabar con él. Su mente se adueñó de la situación y la disminución del flujo sanguíneo terminó por hundirle. No pudo seguir cabalgando sobre aquella jaca de los Urales debido a una simple cuestión física y la rabia se apoderó de él. Max salió como pudo del interior de la mujer, avergonzado por su falta de hombría, y pegó un empellón en la cadera de Aleshka, que se estrelló contra el cabecero de la cama.

—¡Ayyy! —exclamó la chica tras darse un golpe en la frente—. Ya está bien, Max. Creo que te estás pasando.

—Tú, tú....

Max la miró con ojos furibundos, dispuesto a quitarle esa estúpida expresión de la cara a golpes, pero consiguió dominar su ira. El rostro de Aleshka había vuelto a la normalidad, y eso supuso un alivio. Ya no le recordaba a otra persona, por lo que sus pulsaciones comenzaron a tranquilizarse. Sí, su impotencia no le había permitido culminar la función, pero sería mejor para todos si abandonaba el lugar antes de sentirse más frustrado.

El hombre arrojó el dinero sobre la cama, se vistió a toda prisa y salió de la habitación sin que Aleshka tuviera tiempo de protestar. La chica no quiso cabrear más a su cliente y se mordió la lengua para librarse de él. Había tenido suerte, o eso quiso pensar en ese momento; otros tipos la hubieran tomado con la prostituta para pagar sus propias frustraciones.

Aleshka se acurrucó dentro de la colcha, todavía desnuda, con el corazón desbocado. Temía que Boris subiera a su cuarto, solo o acompañado por el cliente insatisfecho, dispuesto a cobrarse a golpes el haberle dejado mal con uno de sus amigotes. Ella no tenía la culpa de nada, pero había visto suficientes cosas horribles a lo largo de sus años de profesional del sexo en España para saber a lo que se enfrentaba.

Unos minutos después comenzó a sentirse más tranquila y supo que debía regresar a su puesto para que no la echaran en falta. El cliente había pagado y al parecer no se había quejado ante Boris, por lo que la noche podía continuar como si nada hubiera sucedido. Solo debía recomponerse un poco y reanudar la jornada laboral, una más en la dura vida que le había tocado vivir. Lo que Aleshka desconocía, y tal vez nunca llegara siquiera a imaginar, era que otra persona pagaría por sus propios pecados. Y no mucho más tarde, sino esa misma noche.

Max salió muy furioso del prostíbulo y se dirigió a su coche. Arrancó el vehículo sin un destino claro. Solo quería conducir y calmar su fuerte temperamento. Sin darse cuenta accedió al nudo de comunicaciones que rodeaba la ciudad de Valencia a través de sus carreteras de circunvalación, una intrincada red que había que conocer bien para no perderse. Y distraído como iba al volante, no se percató de que había elegido la salida equivocada.

Cuando quiso darse cuenta, se encontró en las inmediaciones del ZAL, a espaldas de la zona industrial del inmenso puerto de carga de la capital del Turia. Tuvo que frenar bruscamente al ir a dar a una rotonda después de un complicado tramo de curvas, y tras rodearla se topó de frente con un montón de mujeres, paradas en medio de la carretera.

El susto fue mayúsculo y eso que sabía que las meretrices campaban a sus anchas por la zona. La luz de las farolas brillaba por su ausencia en ese tramo y casi se llevó por delante a dos putas que se abalanzaron sobre su coche. Al quedarse casi parado, las chicas aprovecharon la ocasión y una de ellas tiró del picaporte de su puerta, por lo que tuvo que frenar del todo al sentir como la prostituta conseguía su objetivo.

—¡Suelta eso, zorra! —gritó el conductor, cabreado consigo mismo por equivocarse de ruta y encima no poner el seguro del coche.

—Guapo, tú venir conmigo... —soltó en un español pastoso una joven de origen africano.

—No, ¡déjame en paz! —Max consiguió hacerse con la puerta y arrancó de nuevo.

—¡Tú te lo pierdes, blanquito! —exclamó la mujer negra mientras le enseñaba las tetas y se relamía de un modo supuestamente lascivo.

El conductor dudó y no pasó de la primera marcha, pensando en lo que le había sucedido aquella noche. Al final frenó unos metros más adelante, todavía con la imagen travestida de Aleshka transformada en otra persona. Pensó que algo así no le podía suceder si la chica era de raza negra, con un color de piel totalmente distinto del que tenía la mujer que le había revuelto el estómago minutos atrás.

Las prostitutas se acercaron de nuevo al vehículo al suponer que su dueño se convertiría en cliente de alguna de ellas. La joven que le había interpelado segundos antes se abrió hueco a empujones entre sus compañeras de fatigas para demostrar que ella lo había visto la primera. Nadie le iba a quitar a ese cliente...

—Diez chupar, veinte follar...

Max la miró con otros ojos, sin pararse a pensar que esa cría vendía su cuerpo en una carretera de mala muerte situada en el primer mundo, a miles de kilómetros de su casa. La tierra prometida se había convertido en un pozo de desilusiones para multitud de mujeres que no tenían manera de librarse de una muerte en vida que las atrapaba sin piedad, y él contribuiría con su pequeño grano de arena a que la ruleta siguiera funcionando.

La chica siguió con sus poses para provocarlo, mientras sus compañeras le lanzaban al conductor piropos e insultos a partes iguales, enseñando carne para que pudiera echarle un vistazo al género. Tal cúmulo de pechos y muslos terminó por levantarle a Max la alicaída moral y supuso que podría terminar allí la faena que se había interrumpido de manera tan drástica en el Paradise. Total, de alguna manera tendría que controlar la mala leche y el calentón que todavía albergaba en su cuerpo.

—Sube —ordenó el hombre mientras la chica se colocaba en el asiento del copiloto.

Condujo hasta una calle cortada de aquel polígono y aparcó

en la zona más oscura. Apagó las luces y el motor antes de pagar a la prostituta, que se bajó del coche para acomodarse en la parte trasera entrando por la otra puerta. Max hizo lo mismo y sin perder el tiempo se pusieron manos a la obra.

La chica comenzó a chupar el miembro de su cliente, masturbándole a la vez para conseguir la erección cuanto antes. El hombre se dejó hacer, pero enseguida se dio cuenta de que aquello no funcionaba como debería. Ella se percató también y le hizo un gesto extraño, mientras él le indicaba que prosiguiera. La joven quería acabar cuanto antes, un servicio rápido que añadir a los muchos que tendría que cumplir esa noche para no enfadar a sus proxenetas, por lo que no estaba dispuesta a perder mucho más el tiempo.

El hombre intentó calmarse y no obsesionarse con su aparente impotencia. Pero una cosa llevó a la otra y su mente comenzó a desvariar. Recordó de nuevo el episodio vivido con Aleshka y la sangre se le alteró, desafortunadamente sin fluir hacia donde él quería dirigirla. Supo que la joven se estaba cansando de la situación y eso no podía permitirlo.

La puta dejó de chupar, pero no le soltó el miembro, retándolo con unos ojos más negros que la noche. Su sonrisa cínica le decía a las claras muchas más cosas que su boca y a Max no le hizo falta escuchar sus palabras.

—Otro día, amigo, hoy no...

—Espera, no lo dejes todavía...

La chica negó con la cabeza y se incorporó en el asiento, dispuesta a colocarse bien la poca ropa que llevaba puesta. El hombre se abalanzó sobre ella para magrear sus carnes prietas, buscando quizás la forma de recuperar la hombría y la dignidad. Pero la prostituta no estaba dispuesta a perder más minutos de su valioso tiempo. Había cobrado el servicio y ni siquiera tendría que esperar a que el cliente la llevara de regreso a su posición. Podía salir del vehículo y volver andando para olvidarse de aquel tipo.

—No, déjame...

—Un momento, todavía no he acabado —soltó Max furioso ante la actitud de la chica.

—Tú pagar, tú follar. Si no poder follar, yo marchar... ¿Ok?

Max le propinó un bofetón a la mujer y tiró de su escueto pantaloncito, dispuesto a arrancárselo de cuajo. Si le había funcionado con Aleshka también podría funcionarle con esa furcia de piel oscura, por lo que intentó colocar a la chica a cuatro patas en el asiento trasero. Sin embargo, la muchacha se revolvió de nuevo, e incluso se le enfrentó.

—No, esto no bien... Déjame o llamaré a Wilson, él te va a enseñar.

La chica sintió cómo la agarraba del pelo para obligarla a colocarse en una determinada posición. Intentó zafarse de su adversario y comenzó a chillar, mientras trataba de clavarle las uñas en los ojos a su agresor.

—No grites, puta, te van a oír...

—Por favor, ¡ayuda! —exclamó la chica en voz alta y en español, mezclando también frases en su propio idioma ante la sorpresa del hombre.

Max tenía que silenciarla antes de que llegara su chulo o alguna compañera. La situación se le estaba yendo de las manos por momentos. La mujer aprovechó ese instante de duda para abrir la puerta y salir trastabillando del coche. Pero el hombre reaccionó con rapidez, se subió los pantalones y la alcanzó unos metros más allá.

La cogió por los hombros y la zarandeó sin conseguir que la chica dejara de gritar. Todavía no se había acercado nadie, pero no podía arriesgarse más, así que le pegó un puñetazo en pleno rostro sin medir bien las fuerzas de su KO técnico. La chica acusó el fuerte golpe y cayó como un fardo al suelo, totalmente inconsciente antes de desplomarse.

Max escuchó el sonido del cuerpo contra el suelo, pero también otra cosa, un ruido sordo que pudo identificar en el silencio de la noche. Su oído entrenado le anunciaba algo más y no quería saber el origen, aunque no le quedó más remedio que asegurarse. Cuando levantó la cabeza de la chica vio que se había golpeado con una piedra y una mancha de sangre oscura comenzaba a cubrir su cráneo.

Se quedó unos momentos parado mientras calculaba sus opciones. Estuvo tentado de alejarse de allí a toda velocidad, dejando el cuerpo en el suelo. Ni siquiera sabía si estaba viva, pero no le pareció buena idea largarse sin más. Por eso, cogió a la negra en brazos y la metió en el maletero del coche. Montó entonces en su asiento y huyó a toda prisa, alejándose de la rotonda donde se arracimaban el resto de mujeres.

Sabía que podían haber apuntado su matrícula, pero prefirió arriesgarse. Ya tendría tiempo de deshacerse del coche si era necesario. La oscuridad del entorno le ayudó en su tarea y pudo salir de allí sin más dilación. Consiguió encontrar la salida correcta de la circunvalación y se dirigió a su escondite. Tenía que pensar, tomar una determinación antes de dar el siguiente paso.

Ni siquiera pensó en llevar a la muchacha al hospital, donde quizás podrían haberla salvado. Para cuando llegó a su barraca la joven había muerto, por lo que ya no había vuelta atrás. Había matado a una mujer y ni siquiera sintió cargo de conciencia por su acción. Solo recordó que había sido incapaz de culminar con dos mujeres diferentes en la misma noche. Y eso le hizo hervir de nuevo la sangre, por lo que pagó su frustración pegándole una patada al cuerpo sin vida de la joven nigeriana.

Tenía que desembarazarse del cadáver y en ese momento no se le ocurrió otra forma que ahogarla en alguna de las escasas zonas profundas de la Albufera. Sabía que el cuerpo podía albergar evidencias físicas que podrían señalarle, por lo que tomó una decisión radical de la que después se arrepentiría. Además, esperaba que el agua estancada de la poza, junto a las alimañas ávidas de comida, borrarían cualquier otra señal que pudiera incriminarle.

Depositó el cuerpo en su barca y navegó a oscuras y en silencio hacia la zona elegida de la laguna. Se aseguró entonces de que el cuerpo no saliera a la superficie sumergiéndolo con varias gruesas piedras que ató a su alrededor. No lo pensó más y lo hundió en una poza semiescondida entre la densa vegetación, lejos de las rutas turísticas de la Albufera. Nadie tenía por qué descubrirlo nunca y, en caso contrario, lo más probable era que fuese imposible identificar el cuerpo debido a la acción de las aguas estancadas y sus voraces habitantes.

***

Era la primera vez que hacía algo así y casi había conseguido su objetivo por completo. Sin embargo, un mes después, el cuerpo se soltó de sus contrapesos y salió a la superficie varios metros más allá. Lo encontró el guía de una barca de turistas que hacía un recorrido por la Albufera, y ese fue el comienzo de una historia que no tenía visos de finalizar.

Max sintió miedo al conocer la noticia, pero pronto supo que nadie lo relacionaría con la muerte de una joven africana que nadie conocía. Consiguió atemperar los nervios y calmar sus ánimos, pero la vena de su frente comenzó de nuevo a palpitar, avisándole de que algo no iba del todo bien.

La falta de sexo también le había pasado factura durante esa temporada, desde la aciaga noche del doble gatillazo hasta el momento en el que descubrieron el cadáver mutilado de la nigeriana.

Se había apuntado a una *web* de encuentros *online*, pero tras un par de citas espantosas se borró enseguida. Quizás hubiera podido solucionarlo recurriendo de nuevo al sexo de pago, pero prefería no aparecer por ninguno de los tugurios que frecuentaba en Valencia, ya fuera por negocios o por placer. En el Paradise y otros antros similares era bastante conocido, y no quería volver a causar problemas como los que había tenido con Aleshka. Sabía que en algún momento podía llegar a perder los estribos y eso acarrearía su ruina. Así que pensó en otra estrategia, guardándose las espaldas por si surgía de nuevo su yo más animal.

Se dirigió a un desguace clandestino de coches que conocía a las afueras de Paterna, regentado por unos rumanos que no hacían demasiadas preguntas, y les compró por una miseria un Opel Vectra con dos décadas de antigüedad que todavía podría funcionar bien durante un par de años. Un coche de color gris metalizado, bastante anodino, con muchos kilómetros y un par de abolladuras, pero que a él le serviría perfectamente para pasar desapercibido. Dejaría su vehículo particular en el garaje de su domicilio habitual en la ciudad y utilizaría ese para sus correrías. Además, se agenció cuatro juegos completos de matrículas diferentes y salió de allí contento con su nueva adquisición.

Urdió una especie de plan que esperaba que le saliera bien, aunque las palpitaciones hicieron acto de presencia ante la repentina premeditación de sus actos. La chica del puerto había muerto por accidente, pero ahora quería estar preparado para cualquier eventualidad, por lo que se hizo con el material que podría necesitar si la noche se torcía demasiado.

Salió de la provincia de Valencia y se dirigió en dirección a Castellón por carreteras secundarias. Conocía la mayoría de zonas de prostitución callejera en la región, y supo que por allí encontraría meretrices desperdigadas por la carretera, no tan juntas como en los aledaños del ZAL de Valencia, y, por lo tanto, mejores para sus objetivos a corto plazo.

Por fin halló un enclave que le satisfizo, salpicado de prostitutas del Este de Europa. Algunas de ellas eran auténticos bellezones que podrían haber trabajado de modelos o de cualquier otra cosa, pero habían acabado dando con sus huesos en una sucia carretera comarcal del interior de Castellón.

Eligió una rubia natural de largas piernas y pechos siliconados que subió enseguida a su coche. Se dirigió con ella a un descampado y la joven creyó que allí tendría lugar la transacción comercial previa al simple acto animal del sexo de pago. No obstante, lo que se encontró fue la manaza de Max, que apretó contra su boca y su nariz un paño impregnado de un fuerte derivado del cloroformo. La chica perdió enseguida la conciencia, y su agresor se preparó para las siguientes fases de su plan.

Le cubrió la boca con cinta americana, por si acaso, le ató pies y manos y la depositó en el amplio maletero de su segundo vehículo, tapizado con un plástico especial. Regresó enseguida a Valencia y se dirigió de nuevo hacia la barraca de la Albufera. En aquel recóndito lugar, bastante alejado de molestos vecinos, se aprestó a cumplir la segunda parte de lo que tenía en mente.

Cuando la chica despertó se encontró tumbada sobre un mísero camastro, con las piernas y los brazos abiertos, sujetos por fuertes correas. Los ojos de Niurka, que así se llamaba la secuestrada, reflejaron el pánico al constatar su desnudez, pero la mordaza que le tapaba la boca le impidió emitir sonido alguno. Su miedo se hizo más patente al vislumbrar al causante de su desgracia enfrente de ella.

Max se acercó a la víctima sin saber muy bien qué hacer a continuación. En un principio su iniciativa le había parecido buena idea, pero ahora no lo tenía tan claro. En aquella barraca alejada de la civilización nadie tendría por qué oírlos, aunque prefirió tomar sus precauciones antes de continuar.

—Vaya, la bella durmiente ha despertado...

—Grrr...

La joven gimió a través de la mordaza, pero sus sonidos eran totalmente ininteligibles para su captor. Max se apiadó de ella un instante, aunque antes debía asegurarse de que la mujer no comenzara a gritar.

—Si prometes no gritar ni causarme más problemas, te quitaré la cinta de la boca para que puedas hablar.

—Ummm…

Max pensó que tal vez la chica no entendiera siquiera su idioma, por lo que sería difícil entablar algún tipo de comunicación. Entonces vio dos gruesos lagrimones que comenzaron a rodar por las mejillas cada vez más pálidas de su prisionera, y decidió intentarlo de nuevo.

—No sé si hablas mi idioma… —comenzó diciendo de forma cauta—. Te decía que puedo quitarte la mordaza e incluso aflojarte las ataduras, pero tienes que portarte bien. Asiente con la cabeza si me has entendido.

Niurka movió la cabeza frenéticamente de arriba a abajo para confirmar que lo entendía. Max sonrió, por lo menos la chica comprendía el español.

—Muy bien, así me gusta. Entonces, ¿vas a portarte bien con tu amigo Max? —insistió.

Ella asintió de nuevo, aunque la adrenalina le chutó una dosis mayor a su cuerpo al escuchar el nombre de su secuestrador y contemplar su mirada perdida. Niurka pensó que, si conocía su nombre y, además, le había visto la cara no podía significar nada bueno para su integridad. Aunque quizás todo se debiera a algo ajena a ella: podía tratarse únicamente de la forma con la que algún rival de su jefe quería vengarse del cruel Oleg, su chulo, llevándose a una de sus mejores chicas.

Prefirió no pensar en ello y calibrar de nuevo sus oportunidades. Ignoraba dónde se encontraba, pero debía ganarse la confianza de su captor. Por eso, después de que le quitara la mordaza y le aflojara las ataduras, intentaría mejorar aún más su situación. Niurka fue consciente de su desnudez, y pensó que su cuerpo era su mejor arma a la hora de seducir a un hombre, algo que nunca le había fallado. Por desgracia, no sabía realmente a quién se enfrentaba.

Max, por el contrario, pensaba en que no podía cometer más errores. Mientras aflojaba las correas que ataban a la chica se planteó preguntarle su nombre, pero tal vez no resultara una buena idea. No sabía cómo acabaría todo aquello, pero siempre sería mejor no personalizar ni implicarse demasiado con la persona por si luego tenía que tomar medidas drásticas. Su escondite le ofrecía casi completa impunidad, y eso era lo único que debía tener en cuenta antes de pasar a mayores.

Le arrancó sin miramientos el trozo de cinta americana de la cara y la joven se quejó, pero solo durante un instante. Enseguida ella comenzó a hablarle en un tono bajo, con voz inusualmente grave para ser femenina, utilizando una mezcla de español y ruso que él no acababa de comprender. Tal vez debiera amordazarla de nuevo: aquella cantinela le estaba despertando otra vez la jaqueca crónica que le martirizaba desde hacía meses.

—Chist, guapa, no hables más —ordenó Max—. Solo contestarás cuando te pregunte algo, ¿has comprendido?

Niurka asintió con la cabeza, temerosa de enfadar de nuevo a su secuestrador. El miedo volvió a atenazar su cuerpo y no supo si su situación iba a mejorar o no al sentir clavarse en su anatomía la aviesa mirada del hombre. Sabía que ese hombre podría abusar de ella de mil maneras diferentes, pero pensó que eso ya lo había sufrido muchas veces en su pasado más reciente; una más podría soportarlo, o eso creyó en un primer instante.

Llegado el caso solo tendría que concentrarse y recrear en su mente la inocencia de su infancia en San Petersburgo. Su captor podría tomar su cuerpo del modo que quisiera, pero Niurka no sentiría nada, se abstraería de este mundo para no sufrir más. Era algo que llevaba años practicando; desde aquella maldita vez en la que el primo de su padre la violó en el cobertizo de su finca, antes de venderla al mejor postor con la aquiescencia de su propia familia, que así tendría algo de dinero con el que poder comer durante una temporada.

Max cortó las correas que ataban a la chica, pero ella siguió comportándose bien para no contrariarle. Solo se frotó las muñecas, pero no se incorporó, ni intentó tapar su cuerpo desnudo. Al contrario. Cuando Max se colocó en vertical sobre el camastro pudo atisbar un deje de orgullo, un rastro de férrea determinación en los ojos insultantemente azules de la muchacha. Parecía desafiarlo con su níveo cuerpo sin tan siquiera contonearse como aquella idiota africana, sin mover apenas un músculo.

Ella sabía que sus poderosas curvas ejercían un influjo demasiado difícil de soslayar para cualquier hombre: era una diosa del sexo que podía satisfacerlo de mil maneras diferentes. Niurka creyó entonces que su situación cambiaría al ver el gesto lascivo de su oponente. Su secuestrador empezó a babear y ella sonrió para sus adentros, contenta de saber por fin a lo que se enfrentaba. Había presenciado demasiadas veces ese mismo gesto en un hombre antes de poseerla, por la fuerza, pagando por su cuerpo o simplemente porque ella se dejara hacer. Y aquel tipo, como cualquier otro vulgar ejemplar del género masculino, no iba a comportarse de modo demasiado diferente al de sus congéneres.

A pesar de todo, no quiso autoengañarse: tal vez no fuera tan fácil. Si ese individuo la había dormido, secuestrado y llevado al culo del mundo por alguna maldita razón, no le iba a resultar tan sencillo cambiar las tornas. Así pues, Niurka continuó con sus juegos visuales al notar el interés en los ojos del hombre. Se trataba solo de un primer paso, pero por fin comenzaba a mejorar su situación.

El hombre se sentó a su lado, sobre el colchón, y comenzó a acariciar su cuerpo con el filo del cuchillo. Ella sintió la frialdad del acero en la cintura, alrededor de los senos e incluso en el interior de los muslos. La sonrisa se le congeló en los labios al creer que sería destripada sin más por aquel desalmado, y rezó para equivocarse, pero prefirió no moverse ni enfrentarse con las manos contra un individuo armado.

Antes de que Niurka se diera cuenta, el tipo se había desnudado y colocado de rodillas sobre el jergón, a su lado. Siguió acariciándola con el cuchillo, pero con la otra mano le estrujó los senos con saña, con una violencia inusitada. La prostituta se contuvo para no alterar más al hombre, pero supo que no podría controlarlo si se salía del guion establecido. Debía conseguir que se apartara del cuchillo y se centrara solo en ella, en su cuerpo.

Unos segundos después alguien en el cielo pareció escuchar sus plegarias y vio cómo el secuestrador depositaba el cuchillo en la mesilla auxiliar. Niurka levantó un poco el torso sin incorporarse del todo y vio al hombre colocándose un preservativo en el miembro a media asta. Cuando sintió el peso sobre su cuerpo creyó que le quedaba alguna pequeña posibilidad de salvación. Solo debía hacer bien su trabajo.

Max no podía perder más el tiempo, no si pretendía conservar la efímera erección que había conseguido a duras penas. Sabía que la Viagra le ayudaría en sus fines, pero odiaba los compuestos químicos y quería lograr su objetivo de manera natural. Penetró a la chica con fiereza, sin contemplaciones, y comenzó a bombear a toda velocidad. Mientras tanto su boca devoraba sin piedad los pezones de la joven, mordiéndolos hasta hacerlos sangrar sin conseguir que ella emitiera un quejido de dolor. Subió hasta el cuello y la oreja, dejándose llevar por el frenesí de la cópula más animal.

Niurka tuvo que hacer verdaderos esfuerzos para no gritar tras el feroz ataque de su captor, pero su mente la ayudó a sobrellevarlo, transportándola a un lugar mucho más placentero mientras era ultrajada de aquel modo. Pensó que las milenarias artes amatorias de las trabajadoras del sexo le permitirían librarse antes de la tortura; apretó entonces su cuerpo contra el del hombre, antes de alzar las piernas y colocarlas sobre sus riñones para facilitarle la entrada y agarrar con más fuerza el miembro viril gracias a los músculos pélvicos.

Pero su maniobra no pareció gustarle al hombre, que se revolvió incómodo. Salió de su interior mientras farfullaba a media voz, al parecer cabreado con ella. No tuvo cuidado al incorporarse y perdió el preservativo sin darse cuenta, algo por otra parte normal, pues su erección había desaparecido casi por completo.

—¡Nooo! —exclamó Max al verse de tal guisa.

Niurka prefirió no emitir sonido alguno, aunque no le sirvió de nada. Max estaba muy enfadado y se lo demostró al instante siguiente cruzándole la cara con el dorso de la mano izquierda.

—¡Maldita zorra! Nadie te ha dicho que te muevas, solo debías obedecer...

—Perdón, yo...

—¡Te he dicho que te calles!

Max perdió los estribos y la golpeó de nuevo. Entonces se puso a horcajadas sobre ella para impedir que se moviera. Sus casi cien kilos de peso eran demasiado para la esbelta muchacha y sus grandes manos atenazaron entonces el fino cuello. Merecía su castigo y no iba a librarse de él.

—Grrr.

Los ojos de Niurka casi se salieron de las órbitas al notar la presión sobre la tráquea. El aire comenzaba a escasear y sabía que estaba a pocos segundos de perder la conciencia, o tal vez la vida. De todos modos, intentó zafarse de su adversario, pero era mucho más fuerte que ella y no pudo moverlo ni un centímetro. La oscuridad se adueñaba de su mundo poco a poco, y ya no había vuelta atrás.

De pronto el aire comenzó a entrar otra vez en su organismo y tardó en asimilar que ya no la estrangulaban. El hombre se quedó un instante parado, mientras alternaba su mirada entre el cuerpo de la mujer y su propia desnudez. Entonces comenzó a masturbarse furiosamente, primero con la mano, y después introduciendo su miembro entre los pechos de la chica mientras gruñía como un verdadero animal.

Max pensó que estaba cerca del final, que por fin podría alcanzar el clímax y descargar toda la rabia que lo inundaba por dentro. Pero entonces creyó ver una mirada displicente en los ojos de la puta, un gesto equívoco que le recordó a otra mujer que odiaba con todas sus fuerzas. Y su erección se desvaneció sin avisar, con la frustración de nuevo como caballo de batalla. Ya no pudo soportarlo más y cargó contra la causante de sus desdichas.

Ella intentó revolverse con fuerza, pero no tenía ninguna posibilidad. Max la aprisionó de nuevo con saña y sus manos atenazaron otra vez la delicada piel de un cuello, que partiría sin dudarlo si con ello conseguía hacer desaparecer su desazón. Para su sorpresa, la naturaleza caprichosa de su organismo volvió a emerger y la sangre comenzó a fluir con fuerza a través de su pene.

Max sintió cómo se le escapaba la vida de la muchacha entre los dedos, pero no aflojó la presa mortal. Al contrario, apretó con más ahínco al notar la dolorosa erección. Se refrotaba arriba y abajo contra los turgentes senos de la chica, cálidos y acogedores, buscando el orgasmo perdido antes de que ella muriera. Y entonces ocurrió lo inimaginable...

Los ojos de la joven se pusieron en blanco y su garganta emitió un gemido postrero que anunciaba el desastre. Justo en ese momento, Max sintió un estremecimiento interior que le recorrió de la cabeza a los pies, el anuncio de otro tipo de descarga al exterior que estaba por llegar. Entonces, decidió ayudar a su organismo con la mano derecha, bombeando con rabia mientras la izquierda permanecía todavía agarrada al cuello de la chica.

Max se incorporó, de rodillas sobre la cama con el cuerpo de la puta debajo de él, mientras ella exhalaba ya su último suspiro. El estertor de la muerte llegó a la vez que el orgasmo brutal con el que bañó el pecho de la muchacha, una sinfonía letal cuyos movimientos nunca hubiera imaginado poder sincronizar.

Apartó esos fogonazos de su mente y regresó a la realidad al contemplar de nuevo el cuerpo de la prostituta en un rincón. ¿Qué había hecho? No, no podía ser tan idiota. Se había dejado llevar por la pasión del momento y había acabado con la vida de la chica de un modo cruel. Aunque entonces miró de nuevo el cuerpo de la joven y pensó que se equivocaba en su apreciación. No, solo estaba dormida y esperaba a que la despertaran.

Bastaba con que Max cuidara de ella como le habían enseñado a hacerlo. La lavaría con mucho mimo, la trataría con dulzura y buenas palabras antes de vestirla de nuevo. Ella se convertiría en su princesa, en su muñeca particular aunque fuera durante unas pocas horas. Incluso podría practicar con ella una de sus aficiones artísticas más queridas: la fotografía.

Su mente trastornada le jugaba malas pasadas. Uno de los hemisferios de su cerebro ni siquiera sintió remordimientos al darse cuenta de la realidad, mientras el otro tergiversaba lo ocurrido. Se había sentido poderoso al arrebatarle la vida y la sensación al correrse de esa manera sobre su piel lo había dejado exhausto.

Su desazón interior había desaparecido como por ensalmo. Por fin había hallado remedio a sus males, aunque para ello hubiera tenido que arrebatar a otro ser vivo lo más preciado. El lado más animal de Max supo que aquello era como una droga, y que sería demasiado fácil engancharse a un vicio que solo traería beneficios para su castigado organismo.

En un instante de lucidez supo que debía preparar el cadáver para que nadie lo relacionara con su muerte, pero antes debía ocuparse de algo muy importante para él. Los ojos sin vida de la prostituta lo llevaron de nuevo a lugares pasados, a regiones oscuras de su mente que no quería evocar. Solo había una manera de borrar ese rictus para siempre, alejando esas imágenes que lo hacían enloquecer...

EL REGRESO AL HOGAR

Madrid,
junio de 2015

La inoportuna llamada de su antiguo responsable había cogido desprevenido a Roncero. Parecía algo espontáneo, pero el comandante de la UCO, la Unidad Central Operativa de la Guardia Civil, no hacía nada sin motivo. El sargento en excedencia había picado como un pardillo y ahora no podía desdecirse.

—Así que de vacaciones, ¿verdad? —soltó Antúnez de pasada—. Me alegra que te encuentres ya entre nosotros, Pablo. Yo no aguantaría tanto tiempo fuera de España. ¿Y por dónde andas, si puede saberse?

Roncero ni siquiera se percató de que su antiguo jefe lo había llamado por su nombre, y no por su apellido, la manera más convencional utilizada en la Benemérita. Llevaba mucho tiempo fuera de servicio y no le dio mayor importancia. Inocente de él, sus estudios de psicología no le sirvieron de mucho en esta ocasión.

—Miriam y yo estamos en la costa alicantina, comandante —informó Roncero sin malicia—. Seguramente pasaremos aquí la mayor parte del verano. Tendré que descansar bien para poder reincorporarme al trabajo en septiembre en las mejores condiciones.

—Me parece fantástico, eso es lo que tienes que hacer. —El tono excesivamente paternalista de Antúnez comenzó a chirriarle a Roncero. Ya estaba del todo recuperado y no le cuadraba aquella actitud de su jefe, más acostumbrado al «ordeno y mando» y a soltar todo tipo de exabruptos a sus subordinados—. Y ya que estás por la costa mediterránea, podías hacerme un pequeño favor.

—¿De qué se trata?

Esa fue la perdición de Roncero, pero no tenía otra salida. Después del buen trato recibido de la Benemérita, era lo menos que podía hacer por sus compañeros.

—Verás, no sé si podrías acercarte esta semana a la Comandancia de Valencia. Tengo allí algunos hombres metidos en varios asuntos, y les vendría bien conocer tu punto de vista antes de dar los siguientes pasos.

—Gracias por pensar en mí, Antúnez, pero tendré que ponerme las pilas antes de reincorporarme. Y deberé ir poco a poco, sin prisas; ahora ando bastante oxidado, no creo que les sea de mucha ayuda. Y le recuerdo que sigo de vacaciones...

—Tranquilo, serán solo unas horas. Es por un tema de ordenadores, ya sabes: la Internet profunda y no sé qué hostias más. Los rusos nos traen locos. Hablas con Moreno, te pone al día con la investigación en la que andan metidos los compañeros y les das tu opinión, solo eso.

—¿Seguro? —preguntó escamado Roncero.

—Claro, nada más. Por la autopista AP-7 te plantas en un momento en Valencia. Vas allí, hablas con Moreno y te vuelves a la playa para seguir disfrutando del verano con Miriam.

—Bueno, veré cómo puedo organizarme. Mañana le llamo y confirmamos.

—No me esperaba menos de ti, sargento. Y ya sabes: «Paso corto, vista larga y...».

—Lo tendré en cuenta —contestó Roncero al reconocer uno de los lemas internos de la Guardia Civil—. Se supone que se trata solo una especie de consulta, ¿verdad?

—Claro, claro. Pero siempre hay que estar ojo avizor. Hasta mañana entonces.

Roncero colgó el teléfono con una sensación agridulce. La llamada en apariencia inocente de Antúnez quizás se convirtiera en algo más serio y todavía no estaba preparado para afrontar según qué circunstancias. Por no hablar de que Miriam pondría el grito en el cielo.

El sargento de la UCO recordó entonces lo vivido durante el último año. Al principio le pareció bien lo de cambiar de aires después de todo lo sufrido, tomarse una excedencia para descansar y reflexionar sobre lo que quería hacer con su vida. Y más al saber que Miriam lo acompañaría en una aventura que podría ser beneficiosa para ambos. Pero tanto tiempo sin ejercitar mente y cuerpo en algo que no fueran simples fuegos de artificio le estaba pasando factura: Roncero necesitaba volver a sentirse útil y quizás esa fuera su oportunidad.

Tras el inesperado desenlace en su cruel enfrentamiento contra Jasón, Pablo Roncero y Miriam Monfort tuvieron que luchar contra algo para lo que no estaban preparados: las terribles secuelas de sus actos. En el caso del sargento de la UCO fueron más físicas, por lo que su rehabilitación en aquel hospital de infausto recuerdo le costó muchos meses de duro trabajo junto a los especialistas del centro médico, todo para intentar recuperar al máximo la capacidad de su organismo.

Le dieron el alta seis meses después del ingreso, más por su insistencia que por la recomendación implícita de los galenos, ya que Roncero andaba como loco por abandonar el hospital. No le gustaba encontrarse encerrado entre aquellas paredes, y por mucho que recibiera las visitas de sus familiares y amigos, él necesitaba volver a pisar la calle.

Durante esos meses de convalecencia los sabios consejos del inspector Bermejo, compañero de fatigas en su particular duelo contra el mal absoluto, le sirvieron para tomarse la vida de otra manera. Y por supuesto, la presencia de Miriam, siempre dispuesta a preocuparse más de él que de sí misma, le hizo reconciliarse con el mundo.

Roncero lo había pasado muy mal, debatiéndose entre la vida y la muerte durante varios días. Con el paso de las semanas supo lo cerca que había estado de no contarlo y entonces el guardia civil tomó conciencia de que él no era el único perjudicado en esa ecuación. Miriam se recuperó enseguida de los golpes y moretones derivados de su encuentro con Jasón, pero las secuelas psíquicas la acompañarían el resto de sus días.

Una vez aclarados los puntos oscuros de la investigación con los mandos policiales, la joven pareja no volvió a sacar el tema en sus conversaciones privadas. Los dos sabían lo que había ocurrido en aquel infecto agujero y no querían remover el asunto, pero resultó una mala idea. Un muro invisible comenzó a formarse entre los dos de manera casi imperceptible y ambos tardaron un tiempo en asumir que debían buscar ayuda externa.

Miriam lo tuvo más fácil al no encontrarse hospitalizada, por lo que comenzó a visitar un par de veces por semana a una reputada psicóloga que la ayudó a sobrellevar la situación. Nunca podría borrar de su mente lo ocurrido en la guarida de Jasón, pero podía aprender a esconderlo bajo otras capas, sepultarlo en su memoria como un lejano recuerdo que no tendría por qué afectarla en el futuro.

A Pablo le pareció buena idea cuando Miriam se lo comentó, pero dejó de gustarle cuando ella le sugirió que fueran juntos a terapia. A Roncero le iría bien consultar también a un especialista, y de ese modo tendrían más claro cómo afrontar su futuro de pareja después de lo sucedido. Roncero se agarró a su condición de convaleciente, pero Miriam no dio su brazo a torcer. Y la prueba de fuego para ambos llegó cuando Pablo recibió el alta definitiva.

Miriam no consideró apropiado instalarse con Pablo, al menos por el momento. Su incipiente relación había sufrido un duro golpe en aquel escondite de la Sierra Norte de Madrid, y debían volver a sentar las bases antes de buscar metas mayores. Roncero se encontraba todavía muy débil, pero su cabezonería se impuso y consiguió que le firmaran el alta para abandonar el hospital. Aunque en ese momento desconocía a lo que se enfrentaba, algo que quizás le resultara más duro que cualquier duelo con un criminal: el interior de la mente humana.

El joven tuvo que darle la razón a Miriam, a la que en ese momento todavía no sabía si llamar novia o tan solo una amiga por la que sentía algo muy especial. Además, no quería que lo sucedido en la guarida del criminal se interpusiera en su relación.

La periodista, retirada también temporalmente de su profesión mientras se recuperaba, no quería estropearlo antes de comenzar apenas. Se creía incapaz de tener intimidad física con Pablo, por lo menos al principio, y adujo la excusa de la convalecencia del sargento para poner algo de distancia entre ambos. Regresó a su domicilio, pero las largas noches en vela o las continuas pesadillas en las que Jasón se le aparecía para torturarla de mil maneras distintas no la ayudaron precisamente a sobrellevar bien la situación.

Tras semanas de insistencia, Miriam consiguió que Pablo la acompañara a una sesión con la doctora Maqueda. Roncero, como todos los del ramo, era muy mal paciente. Para alguien que había estudiado psicología, dueño además de una mente privilegiada, no fue fácil dar su brazo a torcer y dejarse psicoanalizar por una extraña.

—¿Sabes lo que me ha recomendado la doctora? —le preguntó una tarde Miriam a Pablo.

—No, ¿el qué?

Pablo miró con interés a Miriam y supuso que iba a revelarle algo importante a juzgar por su tono de solemnidad. Aunque oficialmente ella seguía viviendo por su cuenta, pasaba más tiempo en el piso de Roncero que en el suyo.

—Soltar lo que llevo dentro, desahogarme sin dejar nada atrás.

—Creí que eso era lo que hacías en las sesiones individuales con la doctora Maqueda. Por no hablar de las veces que acudimos juntos...

—Esto no tiene nada que ver, Pablo. Es algo muy distinto. La doctora cree que sería bueno que reflejara de algún modo lo que me ha sucedido, que expulsara los fantasmas de mi cabeza sacándolo todo.

—Te recuerdo que yo también soy psicólogo, Miriam. ¿No estarás insinuando que...?

—Sí, Pablo, lo estoy escribiendo en una libreta. Todo, absolutamente todo.

Al principio, ella puso la misma cara que Roncero al conocer la idea de la especialista, pero con el tiempo tuvo que darle la razón. Plasmar negro sobre blanco lo que le había sucedido, así como sus miedos y temores, sus angustias y todo lo que su mente castigada le obligaba a rememorar, la ayudó a sentirse mejor.

Y no solo porque así exorcizaba los terribles demonios que se habían apoderado de su alma, acercándola peligrosamente al borde de la apatía funcional, sino también porque lograba conocerse mejor a sí misma y a todos los que la rodeaban. Miriam cogió una pequeña libreta que no tardó en llenar, primero con notas algo imprecisas, pero más tarde con un hilo conductor que le resultó incluso ameno.

—No creo que te sirva de ayuda, Miriam, siento no estar de acuerdo con la doctora. Escribir un diario de lo que ocurrió solo te servirá para tener más fresco todo lo sucedido, para que tu mente se traslade una y otra vez allí y esas terribles imágenes se apoderen de ti.

—No me has entendido, Pablo.

—Perdona que te interrumpa, pero creo que no te hará ningún

bien. —Pablo se había puesto serio e intentaba no alejar a Miriam de él después de sus últimos acercamientos, por lo que midió mucho sus palabras—. Yo te veo mucho mejor estos días y creo que podría ser contraproducente para tu recuperación. No quiero que me malinterpretes, pero...

—¿Y sabes por qué me ves mejor estos días? —El gesto de Miriam no denotaba enfado, pero se veía a las claras que no compartía la opinión de Pablo—. Precisamente porque estoy expulsando esos gases nocivos que me envenenan por dentro, porque he empezado a soltar lastre de una vez por todas.

—Miriam, no quería...

—Tranquilo, entiendo tu postura. Yo también opinaba como tú, pero los hechos me han demostrado lo contrario. Te decía que no me habías entendido porque no me refería a un diario. Llevo ya un par de semanas escribiendo y lo que comenzó como relatos inconexos sobre lo que sucedió, sobre mis pensamientos o sentimientos, se ha convertido en algo mucho más grande.

—¿A qué te refieres?

—Pablo, estoy contando... nuestra historia. En realidad, estoy escribiendo una novela sobre los crímenes de Jasón, la investigación policial y todo lo que nos ocurrió a nosotros.

—¡No puede ser! —exclamó Roncero—. Dime que es una broma macabra, no te creo.

—Pues sí, es la pura realidad. Y necesito tu ayuda para conseguir mi objetivo.

Los dos jóvenes tuvieron una discusión al respecto, pero al final los argumentos de Miriam se impusieron sobre los de Pablo. El guardia civil se asustó ante las implicaciones de lo que le estaba contando la periodista, y puso el grito en el cielo cuando leyó los primeros capítulos de lo que tarde o temprano se convertiría en una novela.

—No sé cómo puedes seguir con esa historia, Miriam —le dijo Pablo una tarde—. Describir lo que Jasón les hizo a esas pobres personas, narrar el sufrimiento de las víctimas y todo lo que conlleva... Es algo que me deja sin palabras, yo sería incapaz.

—Lo mismo pensaba yo, pero ya me ves... Ahora me abstraigo totalmente, como si la historia no fuera conmigo, y me sirve para meterme más en la novela.

—Ya veo... Aunque quizás no te resulte tan fácil cuando llegues a los últimos capítulos, a nuestro enfrentamiento cara a cara con el mal.

—No quiero pensarlo, ya veré cómo lo abordo.

El antiguo jefe de Miriam en el periódico, Jaime Pinilla, no puso pegas a concederle una excedencia a su pupila. Y, además, la animó a que siguiera con su peregrina idea. De hecho, le sugirió que publicara algún capítulo o extracto en la edición impresa o digital del rotativo, para ver la reacción del público.

—No sé, Jaime, no lo veo —adujo Miriam en primera instancia—. Lo había planteado como un ejercicio personal, un reto al que enfrentarme para ahuyentar mis fantasmas. Creo que es algo demasiado íntimo como para que lo lea la gente.

—Me has pedido mi opinión y por eso te la doy. Literariamente, me parece una historia muy buena, una trama potente y con gancho. Creo que puede quedarte un *thriller* que atraparía a la gente con facilidad.

—No sé, de verdad...

—Hazme caso, mujer, de esto entiendo un poco. Déjame publicar solo los primeros capítulos, si quieres de forma anónima. Y después, ya veremos.

—Lo pensaré, pero no te prometo nada.

Al final Miriam claudicó ante la idea de su antiguo jefe y el resultado fue espectacular. La edición *online* del periódico echaba humo, las visitas y comentarios se dispararon en la Red, y el público demandaba más capítulos de aquella truculenta historia.

Ella siguió escribiendo la novela, metiéndose en su papel de autora de ficción, aunque la trama estuviera basada en hechos reales. Tuvo momentos de zozobra, sobre todo al afrontar la recta final del proyecto, pero con el apoyo de Roncero, cada vez más involucrado en algo que les tocaba a los dos de lleno, pudo conseguir su objetivo.

—Ya está, Pablo. Por fin he terminado —soltó una tarde Miriam con un suspiro de satisfacción.

—¿Y cómo te sientes? —preguntó Roncero.

—Extrañamente ligera, como si mi alma se hubiera liberado de un peso que me impedía respirar.

Roncero se alegró por ella. Recogió los folios mecanografiados que le tendía Miriam, temeroso ante lo que se pudiera encontrar al leer la transcripción novelada de lo ocurrido en la casa de la sierra pobre de Madrid. Comenzó la lectura de los últimos capítulos con parsimonia, pero enseguida se sintió atrapado por la narración y olvidó que él era uno de los protagonistas principales de la trama.

—Es curioso ver sobre el papel la descripción de mis propias acciones y, sobre todo, de mis propios pensamientos.

—Calla, tonto, y sigue leyendo —replicó Miriam azorada—. Me voy a preparar algo a la cocina mientras tanto.

Miriam regresó justo cuando Pablo terminaba la lectura. El joven se quedó unos momentos pensativo y enseguida sintió la mirada inquisitiva de la aprendiz de escritora.

—¿Y bien...?

—Me has dejado sin palabras, la verdad. Ha sido increíble.

—Entonces, ¿te ha gustado? —inquirió Miriam algo recelosa.

—No me ha gustado, ¡me ha encantado! —exclamó Pablo

mientras se levantaba de su sitio—. Y no lo digo solo porque hayas sido capaz de ahuyentar tus males con esta terapia. Es que creo que has escrito una novela impactante.

—Muchas gracias, pero seguro que eso se lo dices a todas...

—No creas, no soy de halago fácil —continuó Roncero con la broma ante la tímida actitud de Miriam—. ¿Ya tienes título?

—Sí, la verdad es que he pensado en uno, a ver qué te parece: «El color de la maldad».

—Me gusta, tiene fuerza.

Roncero abrazó a Miriam para felicitarla por su logro, pero también para reconfortarla después de haber pasado por tan malos momentos. La simbiosis entre ambos durante el proceso de escritura había sido perfecta. Y, además, la dichosa historia había conseguido unirlos de nuevo como pareja, o por lo menos ponerlos en el camino correcto para retomar lo que las circunstancias habían dejado en suspenso por una temporada.

A partir de ese momento se vieron inmersos en una vorágine de acontecimientos que nunca hubieran imaginado. Miriam le pasó el manuscrito a Pinilla y el periodista, con el consentimiento de su autora, le envió el material a un amigo que trabajaba en el mundo editorial. Unos meses después la novela se publicó a bombo y platillo en uno de los grandes sellos literarios españoles y en poco tiempo se colocó en la lista de los libros más vendidos.

Siempre se ha dicho que el morbo vende y, por desgracia, la campaña promocional de la editorial viró de un modo que no gustó demasiado a Miriam ni a Pablo. No calcularon bien las consecuencias de firmar determinadas cláusulas del contrato, por lo que Miriam tuvo que tragar sapos y culebras en más de una entrevista. A veces creía que el éxito no compensaba el sufrimiento de tener que recordar determinados momentos del pasado, por lo que la pareja decidió cambiar de aires para dejar atrás el morboso circo mediático en el que se había convertido la gira promocional.

De todos modos, el éxito del libro les permitió afrontar el futuro con perspectivas más halagüeñas. Incluso se comenzó a hablar de traducirlo a otros idiomas y preparar una adaptación audiovisual de la obra, algo que Miriam nunca se hubiera imaginado. Su cuenta corriente lo agradeció y los jóvenes decidieron alejarse una temporada de los focos y cambiar de aires. Así, además, evitarían caer en el pozo sin fondo de volver a rememorarlo todo. Sin pensarlo más, se embarcaron en una temporada de viajes por el mundo: Roma, París, Londres, el Caribe y otros destinos donde consolidar su relación de pareja.

Su periplo les llevó a Nueva York, ya que Miriam le prometió a Pinilla que en su paso por Estados Unidos visitarían a un agente literario bilingüe, muy interesado en promocionar su novela en el mercado anglosajón. Roncero aprovechó para contactar de nuevo con sus antiguos conocidos del FBI, y una cosa llevó a la otra. Finalmente, alquilaron un coqueto apartamento en Queens, algo alejado de los disparatados precios de Manhattan u otras zonas de moda en la Gran Manzana, y se dispusieron a vivir un sueño que ambos habían tenido alguna vez en su vida: disfrutar de la sensación de sentirse un vecino más en la ciudad que nunca duerme.

La experiencia fue muy enriquecedora para ambos, al disfrutar de la compañía del otro en un entorno muy alejado del que estaban acostumbrados. Miriam firmó un contrato para traducir su novela al inglés y Pablo retomó el viejo hábito policial. Participó en diversas actividades programadas por el FBI tanto en su oficina central de Nueva York como en su escuela de Quantico, junto a su buen amigo Andrew Butler, un joven agente federal. Lecciones que Roncero esperaba que le sirvieran más adelante al retomar su antiguo trabajo en la Unidad Central Operativa de la Guardia Civil.

Los dos se manejaban ya bastante bien en inglés cuando llegaron a Estados Unidos, pero el tiempo transcurrido allí les ayudó a perfeccionar su acento para asemejarlo a los habitantes de Nueva

York. Hasta que se dieron cuenta de que aquella aventura debía terminar, y ambos tendrían que retomar sus vidas desde un punto de vista más realista.

En cuanto regresaron a Madrid, tomaron otra decisión para la que ya estaban preparados: comenzar a vivir su propia historia. Para eso, alquilaron un piso de manera conjunta en una zona que a ambos les encantaba, muy cerca del parque del Retiro. Poco a poco comenzaron a retomar sus viejas rutinas y olvidaron los sinsabores sufridos para centrarse en todo lo que les quedaba por delante.

—He hablado con mi antiguo jefe y me ha preguntado si estoy preparado para volver a mi trabajo —le confesó Roncero a Miriam una tarde de junio, en un final de primavera más caluroso de lo habitual.

—¿Y lo estás? —preguntó ella.

—Sí, creo que sí, pero le he pedido un poco más de margen. Le he prometido al comandante que me reincorporaré en septiembre. No me veo con fuerzas para afrontar la dura vuelta con temperaturas de 40 grados a la sombra.

—Ya te he dicho que eso se puede solucionar. Mi cuñado lleva desde comienzos de año trabajando en Alemania con un proyecto de su empresa y mi hermana va a ir allí una temporada. Me ha ofrecido su casa de Calpe, así que ya sabes dónde podemos pasar el verano...

—¿En ese precioso piso al lado del mar del que siempre me has hablado?

—El mismo, Pablo. ¿Te parece buena idea?

—¡Fabulosa! —exclamó Roncero—. Cualquier cosa que nos permita escapar de este asqueroso calor.

—Hombre, ya sabes que allí hay mucha humedad y...

—Me da igual. Tenemos playa y piscina para refrescarnos, y la brisa marina hará el resto. Decidido, ¡nos vamos a Calpe!

—Muy bien, de acuerdo. Dejaré arreglados algunos asuntos que tengo que poner en marcha y nos vamos cuando quieras.

***

Pocos días después, recién instalados en Calpe, Roncero recibió la inoportuna llamada de Antúnez. Se había quedado ensimismado, con el teléfono en la mano, y no oyó entrar a Miriam en la sala. La joven se percató de su gesto, sabía que algo le ocurría.

—¿A qué vienen esos morros?

—Era Antúnez, el viejo zorro...

—No me gusta nada ese gesto, Pablo. ¿Qué te ha dicho ese cavernícola?

—Nada, solo quiere que le haga un pequeño favor.

Miriam frunció el ceño al escuchar a Roncero: aquello no le gustaba nada. Y aún le gustó menos cuando se enteró de la conversación completa entre Pablo y el comandante.

—¡No puede ser! Me prometiste que hasta después del verano no regresarías. Además, todavía no estás preparado y yo...

—Tranquila, Miriam. Serán solo unas horas. Me voy por la mañana temprano y a media tarde como mucho estoy aquí contigo.

—Ojalá puedas cumplir tu promesa... No creo que el asunto de los *vor v zakone* se pueda solucionar en una mañana.

—¿Cómo demonios...? —inquirió Roncero curioso al escuchar en labios de Miriam la expresión en ruso relacionada con los miembros de organizaciones criminales, los tristemente conocidos como «ladrones en ley» dentro de las mafias del Este.

—Soy una chica de recursos, ¿no lo sabías? —soltó Miriam mientras le guiñaba un ojo—. Te recuerdo que antes de conocer al maldito Jasón trabajé en diversos reportajes de investigación. Y en uno de ellos, relacionado con el proxenetismo y el tráfico de personas, me topé con ese y otros términos.

Roncero asintió y prefirió cambiar de tema. Sabía que Miriam no estaría muy conforme con su marcha y solo le quedaba intentar cumplir su promesa en el menor tiempo posible. Sobre todo, debía procurar no verse demasiado involucrado antes de tiempo.

Días atrás pensaba que su reincorporación en otoño quedaba todavía muy lejos, pero las circunstancias habían cambiado. Intentó convencerse de que como mucho perdería solo dos o tres jornadas antes de seguir disfrutando de su veraneo, porque no quería darle la razón a Miriam.

REUNIÓN DE ALTOS VUELOS

Altea (Alicante),
20 de mayo de 2015

Aleksandr Volkov, más conocido por Sasha, tenía muchos asuntos encima de la mesa. Llevaba quince días fuera de España atendiendo cuestiones de su vasto imperio en otros lugares de Europa y necesitaba descansar. Al final, no podía fiarse del todo de sus lugartenientes y tenía que encargarse del trabajo más pesado.

Pasó por Moscú y también por su patria chica, San Petersburgo, aunque fue con cuidado y tomó sus precauciones. Los enemigos se multiplicaban más allá de los Urales, y allí no se andaban con tonterías. Viajaba siempre con escolta, por si acaso, y se había agenciado un vehículo blindado para sus desplazamientos por Rusia. No quería más sobresaltos; ya había perdido a demasiados amigos y familiares en trifulcas con otros «ladrones en ley».

En España tenía también problemas, pero los sobrellevaba mejor. Aquí podía comprar voluntades: todo el mundo tenía un precio. Sabía que estaba en el punto de mira de las autoridades, pero era más listo que ellas. Nunca habían podido probar ningún delito mayor y, además, tenía amigos en las altas instancias. No era intocable, pero se sentía como si lo fuera.

Por eso le había jodido bastante enterarse del desastre ocurrido en el puerto de Valencia. El maldito Boris, uno de sus hombres de confianza, le aseguró que no habría mayor problema. Él estaba en Rusia cuando estalló todo, pero si se hubiera encontrado en España, le habría gustado partir algunos cráneos, como en los viejos tiempos. Aunque sabía que ahora debía comportarse como un respetable hombre de negocios si no quería llamar la atención.

De todos modos, quiso encargarse del tema nada más aterrizar en España. Se dirigió a su inmensa mansión, construida ex profeso en lo alto de un promontorio a las afueras de Altea, con unas vistas magníficas sobre el Mediterráneo. Todavía recordaba la cara de sorpresa del empleado de la inmobiliaria cuando se presentó en sus oficinas con dos maletas llenas de dinero para pagar en metálico la operación de compraventa.

Cuando pensó en lo sucedido, se dijo que el idiota de Boris tendría que apechugar con las consecuencias. Y también los malditos ingleses; le habían arruinado el negocio y puesto en el punto de mira. Sabía que nadie podía relacionarlo con el cargamento perdido, pero no le gustaban los problemas. Y la Guardia Civil estaba husmeando en sus cosas, o eso le habían asegurado fuentes fidedignas.

—Localiza a Boris y que venga enseguida —le ordenó Volkov a uno de sus esbirros.

—Perdone, pero...

—¿No me has oído? —preguntó el mafioso con mala leche—. Sal de aquí antes de que la pague contigo.

—Sí, señor. Solo quería decirle que un emisario de los ingleses ha traído esto para usted. Ha insistido en que se lo hiciera llegar.

Volkov le quitó el objeto de la mano a su hombre y le ordenó que desapareciera de su vista. Al instante se sobresaltó al notar la vibración del aparato en su mano y no supo cómo reaccionar. Pero la curiosidad le pudo y contestó al teléfono de manera ambigua:

—*Da...*

—Sasha, querido amigo, encantado de saludarte. Soy Henry Brown y quería...

Supuso entonces que el inglés se ponía en contacto con él a través de un móvil no rastreable que le había hecho llegar. El muy cabrón parecía incluso más paranoico que él, pensó Volkov. O quizás se debiera a que no tenía amigos en las mismas esferas que él, por lo que tenía que andarse con mil ojos. Su interlocutor había utilizado el español para dirigirse a él, así que le contestó en el mismo idioma.

—Ya sé quién eres, pero no sé por qué te atreves a molestarme en mi casa, y menos a través de este teléfono. Mis hombres no tendrían que haberlo recogido.

—Es por nuestra seguridad, Sasha, nada más. Todos mis hombres y mis amigos utilizan esta maravilla para charlar conmigo. Es un modelo especial, con tarjeta PGP encriptada, para poder hablar con toda tranquilidad. Un regalo para el camarada Volkov.

—No quiero regalos, señor Marrón. Como dicen por aquí, me debes mucha pasta, y no sé lo que vas a hacer para resarcirme de mis pérdidas.

—Por eso te llamo, faltaría más. Mis hombres cometieron un terrible error y yo...

—*Fuck you!* —le interrumpió Volkov para insultar al británico en su propia lengua—. No me importan tus malditos hombres. Yo he perdido mi mercancía y me has puesto en un compromiso. Además, creo que hay una testigo...

—Ya lo sé y por eso te llamo. Sé que has estado de viaje, pero en cuanto me he enterado de que regresabas he querido ponerme en contacto contigo. He movido los hilos necesarios y puedo compensarte con creces. Y por supuesto, solucionaré el otro problemilla enseguida.

El inglés improvisó sobre la marcha. Sabía que las autoridades habían encontrado a una de las chicas viva en el interior del contenedor y no podía dejar cabos sueltos. Le endosaría el problema a Adams, ya que por su culpa se encontraban en esa situación. Desconocían lo que la superviviente podría contar, pero sería mejor cubrirse las espaldas.

—Eso ya está mejor, mucho mejor. Pero yo no quiero dinero, ya lo sabes. Y no creo que dispongas de los medios necesarios para facilitarme un cargamento de la misma calidad.

Brown se sonrió ante la discreción de su interlocutor. Le había asegurado que se trataba de un teléfono seguro, recién importado de Finlandia, pero el ruso no decía nada comprometedor a través de la línea. Tenía que conseguir que confiara en él y, sobre todo, que le perdonara por el error de sus hombres.

—Imagino que no te interesará la mercancía que muevo yo. Me ha llegado una remesa increíble, de una pureza...

—Joder, Brown, no quiero tu mierda —Volkov dominaba también los exabruptos en castellano, al igual que el mafioso inglés—. Sabes que no me meto en ciertos temas, eso es asunto vuestro.

A Volkov no le gustaban las drogas, ni permitía que nadie le hablara del asunto. Había tenido sus escarceos de joven, cuando había ingresado por primera vez en la cárcel, y le había costado mucho salir del bucle. Además, sabía que, si el inglés le pagaba con cocaína, tendría luego que cortarla él mismo y distribuirla para sacar tajada, y sus hombres no conocían el producto. Mejor olvidarse del tema, sobre todo porque no quería saber nada de una mercancía que tal vez implicara a bandas mexicanas, colombianas o a la misma 'Ndrangheta calabresa.

—Me lo imaginaba, camarada. Y por eso tengo otra propuesta para ti. Espero que sea de tu agrado.

—¿De qué se trata? Me estás haciendo perder mucho tiempo; ve al grano de una puta vez o cuelgo el teléfono.

—*Ok, no problem* —replicó Brown—. Tengo un amigo que

igual te presento un día de estos, creo que os podéis llevar muy bien. Es un árabe que...

—No me gustan los árabes —le cortó de nuevo el ruso—. Si no puedes ofrecerme nada mejor, creo que tenemos un problema.

—Tranquilo, déjame terminar. No es un árabe cualquiera. Es un príncipe qatarí, con contactos en las altas esferas por todo el mundo.

—¿Y de qué me sirve a mí tu amigo moro?

—Es uno de los intermediarios oficiales que los gobiernos occidentales utilizan para hacer llegar armas a los rebeldes en Siria. Un profesional del ramo que de vez en cuando escamotea una de esas partidas de armas y las revende al mejor postor en el mercado negro.

—Joder, no hace falta ser tan específico —saltó Volkov al escuchar la indiscreción de Brown por teléfono.

—Ya te he dicho que el teléfono es completamente seguro. Nadie puede rastrear esta llamada —contestó el inglés—. Si lo prefieres, podemos vernos en persona.

—Ni hablar, no creo que deban vernos juntos. Eso haría «saltar el conejo», y a ninguno de los dos nos conviene que la policía ande tras nuestra pista.

—Creo que en español se dice «saltar la liebre», querido Sasha —comentó Brown como de pasada, solo por tocarle un poco las narices al arrogante ruso.

—Me da igual cómo coño se diga. Se ha acabado tu tiempo y no me has dado una solución.

—Si me dejas hablar... Te decía que mi amigo puede hacerme llegar una de esas partidas. Él me debe una y yo a ti otra. Así que hago de intermediario, me encargo del transporte y la distribución, y tú solo tienes que recoger el regalo.

—Sí, como la última vez.

—Tranquilo, me encargaré personalmente. ¿Alguna preferencia en el tallaje de las prendas? Imagino que tendrás tus propios gustos.

—Bueno, eso se podría negociar —contestó Volkov siguiéndole el juego—. Tengo parientes que usan la XS, talla pequeña. Pero la obesidad hace estragos entre los rusos, y también necesitaría alguna prenda de talla XL, por si acaso. Aparte de un pequeño cargamento de prendas de talla mediana, ya me entiendes.

—Perfecto, Sasha, así lo haremos. Y si todo sale bien, me encantaría que siguieras haciendo negocios con el príncipe Al-Mansour. Anda metido en historias del Comité Olímpico Internacional o algo así, y tiene amigos muy poderosos. Todos de gustos algo sibaritas, seguro que podrías ofrecerle algo de calidad.

—Si son del tipo de personas que imagino, no creo que quieran pasarse por mis locales —replicó el mafioso ruso—. Y eso que tenemos alguna novedad interesante. Pero el ambiente estará algo alejado de lo que ellos deben de frecuentar. No son precisamente establecimientos de cinco estrellas, por eso los precios también son asequibles para la mayoría de los bolsillos.

—Por eso lo digo. Esta gente tiene dinero de verdad. Cuando les cojas confianza, puedes llevarlos a tu Cueva del Pecado y cobrarles una millonada. Me han dicho que tienes unas mujeres extraordinarias y que montas fiestas exclusivas en las que está permitido casi de todo.

—¿Y cómo coño sabes tú lo de mis fiestas privadas?

—No te preocupes, Sasha, mis labios están sellados. Quiero que sepas que soy tu amigo y aliado, no un rival. Y también tengo ojos en todas partes. Sé lo que ocurre en esa finca.

—¡Cállate de una puta vez! —explotó Volkov al creer que su mayor secreto era *vox populi*—. Tú consígueme lo que te he pedido y después ya veré. Y ni se te ocurra mencionarle a nadie lo de mi finca privada.

—De acuerdo, no te preocupes. Y disculpa de nuevo por las molestias. Hasta pronto.

Volkov colgó el teléfono sin despedirse y lo tiró de cualquier manera contra la *chaise longue* tapizada con piel de cebra que tenía en su salón. El maldito inglés lo había sacado de quicio y tenía que tranquilizarse.

Minutos después, más sosegado, pensó que tal vez no resultara tan mala idea la propuesta de Brown. Siempre era bueno tener amigos poderosos. Y si él podía satisfacer sus extravagantes gustos a cambio de armas, dinero e influencia, no iba a desaprovechar la ocasión.

Brown tenía razón, y la línea telefónica utilizada era totalmente segura, nadie podría rastrear su llamada. Pero lo que ambos delincuentes ignoraban era que alguien había puesto micrófonos en casa de Volkov y había grabado su conversación...

REENCUENTRO CON LA REALIDAD

Calpe,
junio de 2015

El lunes, a primera hora de la mañana, Roncero se montó en su vehículo particular para dirigirse a Valencia. Le prometió a Miriam que la llamaría a lo largo de la jornada para confirmarle si regresaba esa misma tarde, pero quiso ser precavido por si acaso. Como buen hijo del Cuerpo sabía que siempre tenía que llevar una muda de más en la mochila, por lo que se preparó un par de ellas y un pequeño neceser de campaña por lo que pudiera suceder.

La joven periodista se despidió de él con preocupación en el rostro. Sabía mejor que nadie el sufrimiento por el que había pasado Pablo a lo largo de los últimos meses hasta poder recuperar su tono físico. De las secuelas emocionales ambos se hacían cargo como buenamente podían, aunque la terapia de pareja les había ido muy bien. Y en ese momento, casi tres meses antes de lo previsto, Roncero se marchaba de nuevo a las trincheras sin encomendarse a nadie, mientras dejaba a Miriam con una angustia que no le permitía respirar.

—Estaré bien, no te preocupes. En cuanto sepa algo te llamo, te lo prometo.

—Eso espero, Pablo —contestó ella sin mucho convencimiento—. No deberías haberle hecho caso a Antúnez, todavía no estás preparado para esto.

—No voy a perseguir criminales pistola en mano ni nada por el estilo. Me cuentan lo que están haciendo y yo les asesoro según me ha pedido el comandante, nada más.

—Ojalá sea solo eso...

Se despidieron cariñosamente, pero ambos sabían que no estaba todo dicho. A Miriam le aterraba la idea de que Pablo no pudiera enfrentarse a sus propios miedos una vez de regreso en el trabajo. Por su parte, lo que de verdad preocupaba a Roncero era que se viera demasiado involucrado en cuanto comenzara a ayudar a sus compañeros, y tuviera que desdecirse de su promesa a Miriam. No deseaba contrariarla ni discutir con ella, pero su organismo necesitaba un chute de adrenalina para no quedarse estancado, y tal vez Antúnez le había ofrecido la oportunidad que necesitaba para salir del atolladero.

El sargento de la UCO no conocía la ubicación exacta de la Comandancia de la Guardia Civil de Valencia, pero con ayuda del navegador instalado en su coche llegó sin mayores complicaciones. Se identificó en el control de accesos y entró al recinto con su Nissan Qashqai, un vehículo que le había dado muy buenos resultados. Aparcó en la zona de visitantes y se dirigió hacia el edificio principal, donde ya lo estaban esperando.

—¡Dichosos los ojos! —exclamó Antúnez nada más verlo.

—Buenos días, comandante —contestó Roncero un poco envarado.

—¡Déjate de hostias, Pablo! —El comandante se tomaba de nuevo unas confianzas a las que Roncero no estaba acostumbrado. Tal vez su superior había endulzado un poco su fuerte carácter, famoso en toda la Benemérita, aunque él prefería mantener las distancias—. Joder, chaval, yo sí que me alegro de verte.

—Espero poder ser de ayuda en...

—Nada, nada, ya habrá tiempo para hablar de trabajo. Vamos a tomar un café y me pones un poco al día de tu vida. ¿Cómo va todo? Nos tuviste muy preocupados, aquel malnacido te dejó para el arrastre.

Roncero se sorprendió ante la actitud de su jefe, pero no quiso llevarle la contraria. Lo acompañó a la cantina y le comentó algunos detalles de su vida, nada demasiado personal, para ver si conseguía librarse del tercer grado. La estratagema no le dio excesivos resultados, pero por suerte alguien acudió enseguida en su rescate.

—Coño, ¡mira quién ha regresado! —exclamó el capitán Moreno, oficial superior de Roncero en la UCO—. El hijo pródigo ha vuelto a casa. Esto hay que celebrarlo.

—Un placer estar aquí de nuevo, capitán. El comandante me ha hablado de...

—Joder, Roncero, relájate. Estás entre compañeros —respondió Moreno.

—Ya se lo he dicho yo, capitán —replicó Antúnez—. Pero responde igual que un recién salido de la academia con tanta zarandaja de graduaciones. Parece que nos tenga miedo.

Roncero alucinaba ante la conversación. Esperaba que le dieran un poco de cancha a la hora de reincorporarse al trabajo, pero las formas siempre habían sido muy importantes en el cuerpo castrense que fundó el duque de Ahumada, y él no pensaba cambiar sus costumbres ante los oficiales. Primero, por respeto hacia el escalafón, y segundo, por su educación.

—Tranquilo, Antúnez, ya le sacaremos la escoba del culo. El chico anda un poco perdido todavía. Nos habrá salido tímido quizás.

—No, verán, es que...

—Venga, hombre, déjalo ya —soltó el capitán—. Y nada de cafés. Creo que a estas horas ya podemos tomarnos unas cervezas con un pincho de tortilla, ¿verdad?

—Hombre, Moreno, estamos de servicio —dijo el comandante mientras les guiñaba un ojo—. Pero un día es un día.

Roncero asintió y dejó hacer a sus superiores, no quería que se les fuera el buen humor. Sabía que se trataba tan solo de una pose, tal vez el recibimiento antes de pasar a asuntos más serios, por lo que prefirió relajarse y seguir las bromas que aquellos dos grandes profesionales quisieron gastarle en su vuelta al tajo.

—Luego nos vemos. Roncero, te dejo en buenas manos. A ver si soluciono unos temas que tengo pendientes y podemos comer juntos. Moreno te pondrá al día de todo.

El comandante salió de la cantina con paso firme y dejó solo a Roncero con el capitán. Ambos se despidieron del jefe de su unidad y se dirigieron hacia la zona de oficinas, donde Moreno pensaba poner al día a su antiguo pupilo.

Los responsables de la Comandancia habían habilitado una zona para que los agentes de la UCO trasladados a Valencia pudieran trabajar con algo de intimidad. Moreno y sus hombres llevaban semanas colaborando en una importante investigación que habían iniciado los compañeros valencianos meses atrás, y ahora tenían que poner toda la carne en el asador.

El capitán tenía un pequeño habitáculo a su disposición que había preparado a modo de despacho. Hacia allí se dirigió con Roncero, al que quiso aleccionar antes de hablar con el resto de la unidad.

—Acomódate dónde puedas. Como verás, mi despacho es más pequeño que el retrete de cualquier delincuente al que estemos investigando...

—En peores garitas hemos hecho guardia, capitán.

—Eso también es cierto. Bueno, vayamos al grano. Y apéame el tratamiento, que nos conocemos desde hace tiempo y hemos pasado mucho juntos.

—Pero...

—Pero nada, Pablo. Ni capitán ni de usted, a no ser que haya superiores delante. Y es una orden, eso para empezar.

—De acuerdo, Moreno, tú lo has querido.

—Así me gusta. Y ahora al lío. ¿Qué te ha contado el viejo zorro?

—La verdad es que poca cosa. Me dijo que estabais investigando a las mafias rusas y que tal vez pudiera ayudaros en temas de la *Deep Web*.

—Sí, la maldita Internet profunda. Eso es un pozo de mierda, Pablo. Y lo peor es que parece no tener fondo.

—Lo sé, no te creas. En Nueva York participé en un seminario sobre el tema impartido por el FBI. Son muy buenos. Pero tienen los mismos problemas que nosotros.

—Es la puta jungla, no hay leyes que valgan ahí dentro: asesinos, pederastas, traficantes de todo tipo, falsificadores, terroristas, etc. Lo mejor de cada casa está ahí metido. Y lo malo es que no tenemos medios suficientes para enfrentarnos a ellos, estamos en bragas.

—Dicen que con la nueva Ley de Enjuiciamiento Criminal no estaremos tan vendidos, aunque no sé yo.

—Sí, eso dicen, pero no me lo termino de creer. Bueno, voy a ponerte en antecedentes. Aquí tienes un pequeño informe sobre la investigación, aunque te voy a hacer mi propio resumen.

Moreno le alargó a Roncero una carpeta azul con un dosier de buen tamaño. Este le echó un vistazo por encima y supo que allí tenía trabajo para más de unas horas.

—Imagino que no me lo podré llevar cuando me vaya, ¿verdad?

—Imaginas bien. Veo que te has traído una mochila por si las moscas, buen chico. Luego te buscaremos un cuarto espartano de esos que tanto nos gustan para que pases la noche. El informe no puede salir de aquí. Eres de la casa, pero de momento esto es extraoficial.

70

—Comprendo...

Roncero supo que no tendría escapatoria y torció el gesto, preocupado por las implicaciones. Debía llamar a Miriam cuanto antes, a ver cómo le explicaba el cambio de planes sin que comenzara una discusión.

—Tranquilo, ella lo entenderá —terció Moreno al intuir su motivo de preocupación—. Es nuestro trabajo, nada más. Te prometo que en dos o tres días te dejo salir, ya lo verás.

El sargento no se quedó muy tranquilo, pero no pudo protestar. Asintió levemente con la cabeza, dispuesto a escuchar las explicaciones del capitán.

—Imagino que habrás oído algo del macabro hallazgo en el puerto de Valencia.

—Sí, fue horrible, aunque no conozco todos los detalles.

Según le comentó Moreno, gracias a un trabajador del puerto descubrieron un contenedor marítimo cargado con una mercancía poco habitual por esos lares: un cargamento de mujeres. En su interior hallaron los cuerpos sin vida de una docena de mujeres de diferentes edades y nacionalidades, y solo hubo una superviviente: una chica ucraniana cuyos gritos de auxilio fueron los que alertaron al trabajador que la salvó de su particular infierno.

—La pobre Olena, que así se llama la chica, estuvo ingresada unos días en el hospital de La Fe custodiada por compañeros. Intuimos que las mafias estarían interesadas en ella, así que nos anduvimos con mucho ojo para no tener problemas.

—¿Y dónde está ahora?

—En un piso franco del que disponemos en Castellón. Allí convive con mujeres víctimas de maltrato y está permanentemente vigilada. Será una buena testigo si llegamos a atrapar a los culpables y llevarlos a juicio.

—Ojalá sea así, aunque imagino que será muy complicado —comentó Roncero tras conocer los detalles más siniestros—. ¿Seguro que lo del contenedor es cosa de los rusos?

—Tenemos fundadas sospechas, pero ninguna prueba. No es su modus operandi habitual. Creemos que alguien les ayudó en esta ocasión. Y se les ha ido de las manos, maldita sea.

Roncero sabía que las mafias del Este utilizaban rutas terrestres a través de los Balcanes, y después introducían a las chicas en el espacio Schengen. Viajaban por carretera en vehículos discretos y repartían a las futuras meretrices por prostíbulos de media Europa.

—Es inhumano lo que hacen con esas chicas. Se me revuelve el estómago solo de pensarlo.

—Pues imagínate verlo en directo. Yo tampoco presencié la carnicería, pero los compañeros me aseguraron que fue horrible. Al parecer, muchas murieron de hambre o deshidratadas ante el tremendo calor de esos días en la zona. Pero alguna también fue asesinada por sus propias compañeras de cautiverio.

—Joder, no quiero ni pensarlo.

—Sí, pero es lo que toca. Y ya verás la que se va a liar en los próximos meses con los refugiados sirios que intentan llegar a Europa a toda costa. Europol ya nos está advirtiendo de las posibles consecuencias. Las mafias quieren hacer su agosto con esa pobre gente y no hay medios suficientes para combatirlo.

—Menudo panorama. No sé si he hecho bien en acudir a la llamada de Antúnez.

El capitán le explicó que ese contenedor en concreto tenía papeles para su recogida, pero nadie se presentó para llevárselo. Tras investigar albaranes y órdenes de carga, averiguaron que el contenedor había sido cargado en la costa dálmata en un barco bajo bandera chipriota, pero luego hizo una escala en Malta antes de cruzar el Mediterráneo rumbo a Valencia.

—Las mafias saben que las autoridades portuarias no pueden inspeccionar todos los contenedores que les llegan, pero me parece una maniobra arriesgada —sentenció Roncero—. Primero porque los pueden pillar, y segundo porque la supuesta mercancía, sin ánimo de ofender a esas pobres chicas, puede llegar muy dañada por las condiciones del viaje. Esta gentuza saca rendimiento si las prostituyen durante largos períodos de tiempo, pero si llegan muertas o malheridas, mal negocio van a conseguir.

—Desconocemos si han utilizado este método más veces. No lo habíamos visto nunca por aquí, pero todo puede ser. O tal vez fue una prueba piloto y les ha fallado la sincronización. Lo que sí tenían muy bien hilvanado era todo lo relacionado con la documentación, no hay por dónde pillarles en ese tema.

—¿Y eso?

—Ya ves, tienen buenos asesores, entre ellos un conocido bufete de Alicante con conexiones de alto nivel. Detrás de la compañía que encargó el flete hay empresas pantalla, un conglomerado de siglas afincadas en paraísos fiscales que no llevan a ninguna parte. Nuestros técnicos siguen revisándolo a conciencia, pero no encuentran el hilo del que tirar.

—¿De qué paraísos fiscales hablamos? —preguntó Roncero por curiosidad.

—No recuerdo con exactitud, hay varios. Espera... —El capitán miró sus propias notas y enumeró en voz alta—: Gibraltar, Jersey, Isla de Man, Islas Vírgenes, etc.

—Ummm, interesante.

Roncero inspeccionó el dosier que le habían entregado y encontró enseguida la misma información. Quizás fuera una tontería, pero le pareció bastante extraño.

—¿Por qué pensáis que es un tema de la mafia rusa? Igual os equivocáis de nacionalidad. Todos esos paraísos fiscales son británicos.

—Los rusos manejan el cotarro de la prostitución en la costa valenciana, tienen muchos garitos en toda la comunidad. Y todo el mundo lo sabe, nadie osaría meterse en su terreno si no quiere salir escaldado.

—Ya entiendo. Pero los británicos...

—Los ingleses no se meten en el tema de mujeres, te lo digo yo. Bastante tienen con el narcotráfico y, de vez en cuando, con las armas. Además, siempre andan a la gresca entre ellos, ya sea aquí, en Málaga o en las mismas barbas de la reina Isabel. El otro día acabaron a tiros dos facciones rivales en un acontecimiento deportivo que patrocinaba uno de los clanes.

—Sí, algo vi en las noticias, menudos pajarracos. No sé, tal vez tengas razón. Pero algo raro hay en todo este asunto. Puede que trabajen juntos.

—¿Tú no andabas por Calpe? Pues pregunta por allí, algunos de los delincuentes ingleses más buscados se esconden en la zona. Y otros ni siquiera se esconden, van a cara descubierta.

—Veo que es el paraíso para más de un clan mafioso.

—Esa es la maldita realidad, qué le vamos a hacer. Y espero que te equivoques con tu particular punto de vista. Si no podemos con ellos por separado, imagínate si se alían o algo peor. Solo nos faltaba que los *ruskis* se pusieran de acuerdo con los hijos de la Gran Bretaña para hacernos la puñeta por toda la costa mediterránea.

—No sé, solo era una idea de alguien que lleva mucho tiempo fuera —replicó Roncero algo azorado por su planteamiento.

—Y por eso no lo descarto, Pablo. Llevas tiempo fuera, por lo que no tienes ideas preconcebidas, ni te has podido contaminar por ningún expediente. Tu intuición ha hablado y haré que lo investiguen, no podemos descartar nada. Aunque yo quería enseñarte otra cosa.

—¿De qué se trata? —preguntó el sargento.

—Hemos hablado de la red Tor y la Internet profunda. Pero hay mucho más...

Roncero no estaba muy familiarizado con el funcionamiento de las mafias del Este en España, pero durante las dos horas siguientes recibió un clase magistral por parte del capitán Moreno. Las implicaciones de lo investigado por la Guardia Civil, más allá de la gran cantidad de hechos tipificados como delito según el Código Penal, eran demoledoras: los clanes mafiosos rusos y de otras antiguas repúblicas soviéticas operaban de un modo parecido, y para salirse con la suya necesitaban ayuda extra.

Hacía más de veinte años que las autoridades se habían percatado de la llegada a España de peligrosos individuos vinculados a la mafia y el crimen organizado en la antigua Unión Soviética. Eran conocidos como «ladrones en ley» o *vor v zakone*, poderosos delincuentes que intentaban trasladar sus redes de poder desde la extinta URSS a nuestro país.

Su modus operandi consistía en controlar empresas estratégicas y comprar cargos para ejercer mejor su influencia, sin abandonar sus actividades ilícitas, que les reportaban pingües beneficios. Dinero negro que después lavaban a través de otro tipo de actividades, tejiendo una tenebrosa red que pretendía controlar esferas de poder cada vez más importantes.

—Cuando cayó la URSS, estos tipos estaban muy arriba en el escalafón. Corrían los años noventa y tenían acceso al dinero de un Estado que se desmoronaba como un castillo de naipes. Aprovecharon la oportunidad y salieron de su país para buscar nuevas zonas donde asentarse: Alemania, Francia y, por fin, nuestra querida España.

—Y claro, les gustó el sol y la playa —dijo Roncero con sorna.

—Hombre, no vas a comparar nuestro clima con el de otros países europeos. Por no hablar de la laxitud de nuestras leyes de extranjería o los tratados de extradición. Aunque creo que se fijaron más en otras cosas: el boom inmobiliario y el turismo.

—Comprendo... Los pelotazos urbanísticos han estado a la orden del día por toda la costa, y la región levantina se lleva la palma.

—Por no hablar de la corrupción inherente a ese fenómeno, Pablo, aunque ese es otro tema. Los amigos llegados del frío buscaban calorcito. Y les daba igual aparecer con maletines cargados de billetes para comprar un chalet, una empresa o lo que les viniera en gana.

—Es cierto que en Málaga y en la Costa Blanca llevan varias décadas instalados muchos jubilados ingleses y alemanes, pero ahora se ve también a rusos. En Calpe me he fijado en los carteles en cirílico de varias inmobiliarias; parece que les gusta la zona y la están revitalizando.

—Has dado en el clavo. Salta a la vista incluso para ojos inexpertos. ¿Cómo es posible que, en plena crisis, mientras en casi toda España se cerraban más de la mitad de las inmobiliarias, aquí se multiplicaran como setas las transacciones?

—Yo recuerdo haber estado de marcha de crío en Benidorm, hace veinte años al menos, y ahora la ciudad no tiene nada que ver con aquello. Es horrible ver esos rascacielos pegados a la playa, un monumento al mal gusto y a la especulación inmobiliaria.

—Se pasan la Ley de Costas por el forro de... Bueno, da igual, tampoco vamos a arreglar España ahora nosotros. Te hablaba de los rusos, aunque también hay bielorrusos, georgianos y ucranianos, todos hijos de la gloriosa madre patria.

Moreno le contó a Roncero otro de los motivos por los que los mafiosos del Este se afincaban en España. En Moscú y San Petersburgo habían sufrido atentados de todo tipo, peleas entre clanes mafiosos o disputas con las autoridades. En nuestro país podían vivir con mayor tranquilidad y afianzar sus negocios de un modo que jamás imaginaron.

—Por ejemplo, tenemos el caso de Vania Tikonenko, un supuesto hombre de negocios de San Petersburgo, afincado en esta zona desde hace tiempo. Tiene un casoplón de lo más hortera, construido en una zona protegida del municipio de Altea, aparte de otras muchas propiedades: un espectacular ático en la zona de Colón, aquí en Valencia; fincas en Castellón y un montón de coches de lujo. Eso que nosotros sepamos, y todo ganado, según sus abogados, con el honrado sudor de su frente.

—¿Y a qué se dedica este angelito?

Roncero contemplaba en ese momento el rostro del aludido en una foto de archivo, un tipo malcarado que miraba a cámara con desprecio.

—Oficialmente es uno de los socios de Saneamientos Moraleda, una humilde empresa de Catarroja que ha llegado lejos vendiendo solo tazas de váter y similares.

—Creo que me he perdido...

El capitán le explicó a Roncero la jugada. Los rusos entraban por la puerta grande en España, pero para ello debían blanquear las ingentes cantidades de dinero que obtenían con sus negocios ilícitos. Utilizaban testaferros interpuestos y compraban empresas que estaban medio en ruinas para reflotarlas, en teoría.

—La empresa pertenecía a un tal Rufino Martínez Moraleda, un pelagatos con deudas que lo asfixiaban hasta hace tan solo un par de años. Al parecer conoció por casualidad a Tikonenko y su suerte cambió de la noche a la mañana.

Los rusos se infiltraban en el tejido empresarial español, pero para eso necesitaban ayuda. El tal Rufino no poseía muchas propiedades y su empresa estaba al borde de la quiebra. Tikonenko tenía dinero que le quemaba en las manos y no conocía a nadie en la zona. Quería invertir en la región, pero no entendía la burocracia española, necesitaba ayuda. Y la empresa de saneamientos le sirvió de punto de partida para comenzar su expansión.

—Al ruso le fue muy bien, pero a su amigo de Catarroja tampoco le ha ido mal del todo. No tenía dónde caerse muerto y ahora participa en más de veinte empresas, aparte de ser presidente de un club de fútbol de tercera división. Por no hablar de sus adquisiciones inmobiliarias, claro.

—Un testaferro...

—Sí, pero hay mucho más detrás de todo esto, Pablito.

El capitán le explicó otra de las estrategias habituales de los mafiosos en las zonas en las que desembarcaban. Necesitaban un contacto en Inmigración, alguien que pudiera facilitarles permisos de trabajo o residencia, ya fuera para los jefes de los clanes, sus mujeres o cualquiera de sus empleados. Y todo eso sin llamar demasiado la atención, con absoluta discreción.

—Joder, no me digas que hay funcionarios involucrados... —insinuó Roncero.

—Más de uno, compañero. El dinero lo puede todo, ya sabes. Estamos metidos en una investigación a gran escala, que entronca con otras que se están llevando a cabo en la región.

Moreno no quiso aventurarse demasiado. Tampoco tenía autoridad para revelar todos los secretos, por mucho que confiara en su hombre. Solo por eso, se limitó a mencionarle que la Fiscalía Anticorrupción estaba metida en el ajo, y había abiertas diversas líneas de investigación.

—Esto es un polvorín. En unos meses, Valencia saldrá en la primera plana de todos los periódicos si las investigaciones llegan a buen puerto. Ahora se investiga a casi todo el mundo: ayuntamientos, Diputaciones Provinciales, Consejerías de la Generalitat, funcionarios del Estado y también las agrupaciones locales y provinciales de los partidos políticos más importantes, entre otros. Aquí no se libra nadie.

—Menudo pollo tenéis montado. ¿Nosotros andamos también metidos en estas cosas?

—Sí, la UCO lleva algunos de estos asuntos. Tenemos varios grupos diferentes de compañeros investigando diversas líneas que al final convergen en una sola: la corrupción que nos domina.

—Al comandante nunca le ha gustado eso de que los medios se hicieran eco de nuestro trabajo. No le entusiasma la prensa.

—Ya, pero ha recibido presiones de arriba, te puedes imaginar.

Así que a poner buena cara y a posar para la tele. En unos meses saldremos mucho en los telediarios, te lo digo yo.

El sargento intentó asimilar las implicaciones de lo confesado hasta ese momento por su superior. Se trataba de un asunto mucho más grande de lo que creía en un principio, aunque todavía desconocía cuál sería su función en el operativo.

—Vale, lo entiendo. Pero no sé qué tiene que ver eso con el tráfico de mujeres, ni con el dichoso contenedor hallado en el puerto.

—Tranquilo, solo te daba una visión global para ponerte en antecedentes. Este tipo de mafiosos instalados en España intenta no cometer delitos graves para no llamar la atención, pero la UDYCO lleva tiempo investigando sus actividades. Y nosotros también, claro.

Moreno confesó entonces que Tikonenko no era cosa suya, pero su nombre había surgido en la investigación como miembro destacado del clan de mafiosos llegados desde San Petersburgo. La Policía Nacional había invertido miles de horas de trabajo en la Operación Roca: escuchas autorizadas por los jueces, seguimientos, estudio de miles de documentos y otras actividades que estaban a punto de culminar en detenciones.

—Lo de Operación Roca es por la coña de los saneamientos, ¿verdad? —preguntó Roncero.

—Sí, ya sabes que los nombrecitos de las operaciones policiales siempre se las traen. Ya verás el cachondeo cuando llegue a los medios.

Roncero pensó entonces que tal vez su amigo Bermejo, inspector de la Policía Nacional, estuviera involucrado en el caso. No lo veía estudiando legajos ni escuchando horas de conversaciones entre mafiosos, pero tal vez participara de algún modo en una operación que al parecer era muy importante. No sería mala idea llamarlo un día de esos, por lo menos para saludarle y ponerse al día.

—Ahora depende de los jueces. En cuanto se den las órdenes oportunas, todos los integrantes de la operación tendrán que sincronizarse para que nada ni nadie escape al control de las autoridades. Sé que va levantar ampollas y solo espero que no nos salpique de refilón.

—Lo dices por el tipo que realmente nos importa, ¿verdad?

—Sí, Pablo, no te equivocas. Ahora vas a conocer al gran Sasha Volkov, un tipo duro de verdad al que quiero echar el guante. Y si no me equivoco, el que manda en realidad en la trata de blancas en esta región. Espero que no se nos escabulla y se largue a su país cuando empiecen las detenciones en masa.

Roncero buscó la información concreta en el informe que tenía en las manos. Enseguida se topó con los datos del mafioso, un individuo de San Petersburgo que había tenido que huir de su ciudad natal para no acabar en la cuneta.

—Fue socio de Tikonenko en su ciudad y allí se metió en numerosos problemas. Estuvo en la cárcel varios años por secuestro, extorsión e intento de asesinato, pero eso le granjeó mayor poder en la sombra. Los *vor v zakone* son más respetados entre los suyos después de dar con sus huesos en la cárcel, y este tío no iba a ser la excepción.

—Joder, menuda pinta tiene. No me gustaría encontrármelo en un callejón oscuro —comentó Roncero al toparse con el gesto de Volkov, un rostro malvado de marcado mentón y mirada cruel que parecía querer traspasar la cámara—. Da miedo solo de verlo en fotografía. Y tiene el cuello y los brazos llenos de tatuajes.

—Eso te lo cuento otro día, que tiene una liturgia especial. Cada tatuaje tiene su propio significado, ya los irás conociendo.

—La verdad es que me siento muy perdido en este asunto. Tendré que ponerme las pilas si pretendo ayudaros en algo.

—Tranquilo, lo harás bien. Ahora te cuento el currículo del figura...

Al parecer, el tal Volkov se había hecho contratista de obras en Valencia para disimular sus verdaderos negocios, que le reportaban sus mayores ingresos. Tikonenko y otros compatriotas habían intentado disimular más sus poses mafiosas para aparentar normalidad en sus respetables negocios, pero a Volkov le daba igual. De hecho, se jactaba de ser el dueño de varios puticlubs en Valencia.

—Hombre, ser el dueño de un local de ese estilo no es ningún delito. Pero sí todo lo que el negocio conlleva y puede mover a su alrededor: prostitución, extorsión, proxenetismo y muchas cosas más.

—Pues el bueno de Sasha está metido hasta las trancas, y sus perros guardianes ya te digo yo que han montado más de un *fregao*. Es el dueño de por lo menos tres garitos en Valencia capital y algún antro más de carretera. Sabemos a ciencia cierta que en sus locales trabajan mujeres sin papeles e incluso menores de edad. Pero nunca lo pillan en ningún renuncio cuando se les hace una redada.

—¿Algún chivatazo?

—Puede ser, todo es posible. A los valencianos les gustan mucho las tracas, pero esto pasa ya de castaño oscuro. Aquí la mierda salpica en todas direcciones, te lo digo yo. Ya veremos si los políticos que han entrado nuevos en los ayuntamientos y la Comunidad Autónoma hacen algo. O les dejan hacerlo...

—Menudo panorama.

El asunto no era ni mucho menos trivial. Con cada nuevo dato aparecido, el tema se iba enquistando más. Los compañeros de Roncero llevaban muchos meses de trabajo y ahora no podían fallar si no querían que las distintas operaciones se fueran al traste. Aunque rodaran cabezas en todas las instituciones.

—Por si te lo querías perder, amigo, aquí es fiesta todo el año. Y volviendo a lo de antes, creemos que Volkov es el verdadero capo, el que mueve la trata de mujeres en la región. No puedo probarlo, pero yo diría que el contenedor lleno de chicas iba para él.

—Entonces habrá que ponerse manos a la obra, ¿no?

—Sí, Pablo, no te preocupes. Pero ya es hora de comer, se nos ha hecho tarde con tanta charla. Si te parece, llamo a Antúnez para ver si ha terminado y os llevo a un restaurante que conozco por el centro, cerca de la plaza de Cánovas. Hacen el mejor arroz a banda de Valencia, te lo aseguro.

—Me parece buena idea, no vaya a creerse el comandante que le estamos dando de lado. Si me disculpas, primero llamaré a Miriam.

—Claro, no hay problema. Y después de comer nos meteremos de lleno con los ordenadores, aunque ahí te las tendrás que ver con Nadia, nuestra verdadera experta.

—¿Nadia? —preguntó curioso el sargento—. No me suena de nada. ¿Es de la UCO?

—Sí, luego te la presento. Lleva solo unos meses con nosotros, pero es muy buena en lo suyo. Eso sí, es una mujer de armas tomar, ándate con cuidado.

Moreno le guiñó el ojo a su subordinado mientras le palmeaba la espalda con camaradería. Roncero no supo por dónde tomárselo, pero lo primero era lo primero. Bastante tenía con lidiar con su propia mujer de armas tomar; Miriam no iba a tomarse demasiado bien lo que tenía que decirle.

UN HALLAZGO INESPERADO

El día anunciaba calor desde primera hora en una primavera más calurosa de lo habitual en la zona levantina. Luis no se había levantado con excesivas ganas, pero su disciplina le hizo reconsiderar mejor su primer pensamiento mañanero. Le tocaba hacer ejercicio y no podía romper sus rutinas. Le gustaba correr por el cauce del Turia dos o tres días por semana.

Así pues, se puso la ropa de deporte y salió a la calle en torno a las siete de la mañana. Pensaba correr una media hora a buen ritmo y regresar trotando a casa antes de dirigirse al trabajo. Un trabajo que aborrecía y en el que había visto de todo: desde que su jefe le ordenara engañar a unos jubilados con unos productos derivados que nadie comprendía bien hasta que la Guardia Civil entrara en la oficina para requisar documentación de la sucursal.

Su apartamento se encontraba cerca del Palau de la Música, por lo que enseguida llegó a los jardines del Turia. A esas horas no se cruzaba con demasiada gente, aunque siempre había fanáticos del deporte tan madrugadores como él. Luis corría a buen ritmo por un paseo jalonado de palmeras cuando miró un momento a su izquierda. Se sorprendió al ver a una pareja pasear en una bicicleta poco habitual, un tándem muy llamativo que le hizo sonreír al contemplarlo. Perdió la concentración durante unos segundos y no reparó en una piedra que se cruzaba en su camino. Pisó mal con el pie derecho y su tobillo dolorido se resintió.

Aminoró el ritmo y se dirigió hacia el lateral de la calzada, donde se hallaban los bancos. No le dolía demasiado y quizás fuera solo una leve torcedura, pero debía asegurarse. Luis se sentó y se quitó la zapatilla. Tenía un poco hinchada la zona, pero no parecía muy grave. Se masajeó el pie con la mano y decidió suspender el ejercicio antes de tiempo.

Se calzó de nuevo antes de regresar andando a su casa. Entonces se fijó en una joven que estaba sentada unos metros más allá, leyendo un periódico. Creyó que se trataba de otra corredora que descansaba después de un duro esfuerzo, aunque algo en su actitud le resultó chocante. Luis se acercó aún más y pudo distinguir otros detalles.

Se trataba de una chica atractiva, vestida con un escueto short y un top demasiado sexy para tratarse de un conjunto deportivo. Luis había visto de todo en vestimentas deportivas, aunque no le cuadraba demasiado. La joven parecía meditar tras las gafas de sol, pero la postura incómoda de sus brazos sujetando el periódico le pareció poco natural. Y, además, el rictus de sus labios no parecía el gesto habitual de alguien que descansara.

—Hola. ¿Te encuentras bien? —preguntó ante la indiferencia de la joven.

Luis no recibió respuesta y le sorprendió que la chica ni siquiera se inmutara ante su interpelación. Tal vez estuviera medio drogada, o algo parecido. Quizás aquel atuendo fuera la ropa con la que había salido de marcha en una velada que se había prolongado demasiado. Las drogas nunca eran buenas consejeras... De todos modos, hizo un último intento. Se acercó aún más a la muchacha y se arriesgó a tocarle el hombro para ver si reaccionaba.

—Perdona, ¿estás bien?

Su pequeño toque en el hombro pareció desestabilizar el precario equilibrio de la joven y al instante el cuerpo cayó de lado, a plomo, produciendo un desagradable sonido al golpearse la cabeza contra el banco.

Luis se asustó y cogió a la chica por los hombros para ver si reaccionaba. Le pareció extraño que la piel de sus brazos estuviera tan fría, pero más extraño fue encontrarse con sus ojos cuando perdieron la protección de las gafas. El corredor soltó un grito y pidió ayuda a otros paseantes del parque, mientras buscaba su teléfono para llamar a Emergencias.

Su instinto le decía la verdad, pero no quiso asimilarlo del todo. Comprobó sus constantes vitales y tuvo que asumirlo: la chica no tenía pulso. Un grupo de personas comenzó a rodearles para saber qué había pasado, pero Luis solo supo pronunciar una frase:

—Está muerta. La chica está muerta...

UN MAL COMIENZO

Jefatura Superior de Policía (Valencia),
18 de junio de 2015

Al día siguiente de su conversación con el comisario, Bermejo tuvo que obedecer y dirigirse sin más dilación hacia el Mediterráneo. Nunca le había gustado la alta humedad de la zona; le hacía sudar a mares y se sentía sucio aunque se acabara de duchar.

Encima, había salido a última hora de la mañana de Madrid, con el consiguiente atasco, y se había demorado demasiado al parar para comer algo en una gasolinera a mitad de camino. El climatizador de su vehículo no funcionaba bien y Bermejo comenzó a transpirar demasiado, por lo que su humor se volvió cada vez más sombrío, y eso que todavía no había llegado a la capital del Turia.

El inspector no quiso precipitarse: quizás las instalaciones de la Policía Nacional en Valencia estuvieran mejor acondicionadas que las oficinas en las que trabajaba en Madrid. Para empezar, la Brigada Provincial de Policía Judicial se encontraba en el centro de la ciudad, dentro del edificio principal que albergaba la Jefatura de Valencia.

El veterano inspector desconocía que en esos precisos momentos su viejo compañero de fatigas, el sargento Roncero, se encontraba a escasa distancia, departiendo de forma muy agradable con sus superiores en la Comandancia de la calle Calamocha. Nada que ver con el recibimiento que le dispensaron a Bermejo, aunque él ya se lo esperaba.

—Buenos días, soy el inspector Bermejo, de la Policía Judicial de Madrid. Venía a ver al inspector jefe Claramunt. Creo que me está esperando.

Se había presentado con educación nada más acceder al edificio, identificándose de forma oficial delante del funcionario de turno. Este lo miró con cara de pocos amigos y no le hizo caso durante unos instantes, al parecer muy atareado con otros asuntos.

Al final del pasillo, Bermejo distinguió a otros dos policías que habían presenciado su llegada. Uno de ellos hizo un gesto dándole a entender que tendría que armarse de paciencia con el tipo de la entrada y al otro le oyó decir en alto:

—¡Que te sea leve, compañero! Me parece que Martínez no tiene hoy el día muy fino…

—Venga, Ferrer, vamos a lo nuestro —contestó el otro policía con un acento que a Bermejo no le sonó a valenciano—. Allá se las apañen ellos.

—Sí, mejor será no meternos en camisa de once varas. ¿Tomamos un café?

—Claro, eso ni se pregunta.

El inspector recién llegado de Madrid respondió al saludo de los dos desconocidos y enseguida supo que tendría que hacerse notar con más insistencia ante el funcionario maleducado.

—¿No me ha oído? —preguntó de nuevo algo irritado. No quería empezar con mal pie su aventura levantina, pero estaba a punto de coger a ese soplagaitas por la pechera y cantarle las cuarenta—. Le digo que estoy buscando a…

—Sí, ya le he oído, no soy sordo —replicó de forma desabrida el interfecto—. Ahora mismo localizo a Claramunt. Estoy con algo urgente.

Bermejo se armó de paciencia y suspiró para no emprenderla a golpes con ese desgraciado. Mardones le hizo prometer que pasaría lo más desapercibido posible mientras cumplía la misión encomendada. Y una trifulca nada más llegar no era lo más adecuado para darse a conocer ante los mandos en Valencia.

Miró el reloj de pulsera: le habían dado las cinco de la tarde sin darse cuenta. Se acordó entonces de Mardones y decidió matar el tiempo de espera enviándole un mensaje con el móvil. Bermejo no era muy ducho en tecnología, pero se había tenido que acostumbrar a sufrir el dichoso WhatsApp como todo hijo de vecino. Tardaba un buen rato en enviar cualquier mensaje de texto —odiaba esas minúsculas teclas y el maldito texto predictivo—, pero todos los compañeros lo utilizaban y él no iba a ser menos.

Avisó al comisario de su llegada y se dispuso a abroncar de nuevo al tipo de la entrada. No pensaba esperar mucho más tiempo a que lo atendiera. Sin embargo, al final el funcionario se libró, ya que alguien salió al encuentro de Bermejo segundos después.

—¿Inspector Bermejo? —preguntó un hombre alto y enjuto, con el pelo entrecano cortado a cepillo y una amplia sonrisa con la que parecía darle la bienvenida.

—Sí, soy yo. ¿Es usted el inspector jefe Claramunt?

—El mismo que viste y calza. Por aquí todos me conocen por Pepe, mi nombre de pila, y creo que vamos a trabajar juntos. Así que...

—De acuerdo, Pepe, pero entonces nos tuteamos. Yo soy Francisco, Paco para los amigos y compañeros.

—Mejor que no se enteren los graciosillos de la jefatura, che; me los estoy imaginando con sus chistes sobre Paco y Pepe.

—Qué le vamos a hacer. Son gajes del oficio. ¿Cómo me has

reconocido?

—Hombre, eres una celebridad en el Cuerpo. He visto más de una foto tuya en los medios, sobre todo después del famoso caso del asesino en serie.

—Sí, bueno, aquello ya pasó. Prefiero hacer mi trabajo y no ser tan reconocido. Es lo mejor para llevar a buen puerto los operativos.

—En eso estoy de acuerdo, no te creas. Anda, acompáñame a la «zona noble» del edificio, por decir algo, ya que está todo hecho un *empastre*. Allí tengo mi despacho y podremos hablar con más tranquilidad.

Bermejo asintió y acompañó a su anfitrión, que le había caído bien nada más verlo. Se trataba de un punto a favor muy importante, aunque, viendo el comportamiento del imbécil de la entrada, supo que no lo tendría fácil en aquel edificio. A ningún policía le gustaba que viniera nadie a interferir en sus investigaciones, y menos alguien impuesto desde la central. Pero es que, además de su misión oficial, Bermejo tenía una extraoficial que le iba a acarrear más de un problema en aquella jefatura.

El inspector recién llegado de Madrid observó la zona habilitada a la que se había referido Claramunt, un veterano oficial que no podía negar su cuna valenciana. El responsable disponía de un pequeño despacho y casi toda el ala oeste de la cuarta planta del edificio para reubicar a los hombres bajo su mando. Bermejo pensó que no estaba mal del todo. Allí podrían trabajar en buenas condiciones.

—No tengas en cuenta al idiota de Martínez, salió así de fábrica —mencionó Claramunt nada más llegar a su habitáculo.

—¿Quién...? —preguntó Bermejo algo distraído antes de percatarse—. Ah, el tipejo de la puerta. Estaba a punto de enseñarle cómo nos las gastamos en Madrid antes de que llegaras.

—Tranquilo, no es nada personal ni sabe a lo que vienes aquí.

Siempre es así de seco con todo aquel que no conoce. Luego, cuando se le ha tratado un par de veces, es un tipo medianamente agradable, te lo aseguro.

—Prefiero no tratar mucho con él, a ser posible. Imagino que tienes mucho trabajo y no quiero hacerte perder el tiempo, así que puedes ponerme en antecedentes cuando quieras.

—Así me gusta, directo al grano. Veamos...

Claramunt intentó explicarle a Bermejo los pormenores de las investigaciones que se traían entre manos. La misión tenía dos focos principales de atención. Por un lado, identificar a todos los participantes de una compleja trama de corrupción en la que al parecer había involucrados policías, altos mandos, empresarios y funcionarios de distinto pelaje. Y por el otro, apresar a los culpables de las inexplicables muertes que se sucedían en la ciudad desde hacía unas semanas.

—Pero ¿de qué tipo de corrupción estamos hablando? —preguntó Bermejo al que iba a ser su superior durante las siguientes semanas—. Creo que por aquí, al igual que en Madrid, se estila mucho lo del pelotazo urbanístico y demás.

—Bueno, sí, aquí tenemos de todo. De hecho, tenemos a nuestros amigos los *picos*, con su comandante Antúnez a la cabeza, inmersos en distintos operativos en la zona. Creo que uno trata sobre ese tema que mencionas, y puede ser muy gordo, según me han dicho. Lo nuestro no llega a ese nivel, pero le toca mucho las narices al director general que haya compañeros involucrados en el asunto.

—¡No jodas! —exclamó Bermejo sorprendiendo a su interlocutor—. No sabía que Antúnez andaba por aquí. Menudo elemento está hecho.

—Sí, ya sé que tuviste que lidiar con él en vuestra operación conjunta con la UCO. Pero de momento ahora vamos cada uno por nuestro lado. Puede que más adelante tiremos también de sus pesquisas, ya que ellos se están encargando del tristemente famoso caso del contenedor, aparte de otros delitos de guante blanco.

—Ah, sí, lo de las chicas del puerto... No sé a dónde vamos a ir a parar, encerrar ahí a esas pobres chicas como si fueran mercancía del todo a cien.

—Las chavalas murieron, y lo lamento. Pero no te creas que su vida en España iba a ser un camino de rosas. Se habrían convertido en esclavas sexuales, vendidas al mejor postor. Docenas de servicios diarios en unas condiciones lamentables, aguantando a escoria de todo tipo. Ya sé que no vamos a salvar el mundo, pero...

—Ya, te comprendo. Es una de las lacras de la sociedad de nuestros días, aunque sea el oficio más viejo del mundo. Y nosotros desde aquí no podemos ofrecer una solución para este problema, pero aportaremos nuestro granito de arena. Por cierto, ¿por qué has mencionado antes que igual necesitábamos a los picoletos?

—Porque la trama corrupta que investigamos en la región tiene componentes que pueden toparse con sus propias investigaciones: cohecho, blanqueo de dinero, organización criminal, prostitución y otras lindezas por el estilo.

—Voy a serte sincero, Pepe. Me has caído bien y no es de recibo que me ande por las ramas. Mejor las cosas claras desde el principio.

—Por supuesto, y yo te lo agradezco. Desembucha, no te preocupes.

—No sé si te ha comentado algo Mardones, pero yo no estaba muy por la labor de aceptar esta misión, por mucho que me lo ordenara el comisario. Es un auténtico marrón andar husmeando en los asuntos de compañeros, por muy corruptos que sean.

—Lo sé, Paco, para mí tampoco es plato de gusto. Pero es nuestro trabajo y lo haremos del mejor modo posible. Aparte de algunos compañeros, ya te digo que hay otros muchos involucrados en la trama. Tenemos bastantes hilos de los que tirar, no creas. Las pesquisas están muy adelantadas en ciertos aspectos.

—Ya veo... Una cosa más, ¿hay sospechosos que trabajen en este edificio?

—No lo sabemos a ciencia cierta, podría ser. Se está investigando a todos los niveles, incluidos a algunos oficiales del Cuerpo, aparte de bufetes de abogados y funcionarios de rango medio.

Bermejo se quedó un instante pensativo. No le gustaban nada los derroteros que podía tomar aquella investigación. Iban a estar en el punto de mira del resto de policías, y la rumorología de un lugar tan peculiar como una Jefatura de Policía podía convertir aquello en un auténtico desastre. No podía echarse atrás, pero las implicaciones de sus actos tendrían consecuencias que todavía no podía calibrar en su justa medida.

—Perdona si soy muy pesado, pero tengo que saber a qué atenerme. ¿Cuál es la excusa para que estemos aquí trabajando? —preguntó el inspector recién llegado.

—En principio me hicieron responsable de la investigación de una importante ola de atracos con violencia cometidos en la ciudad, sobre todo en joyerías. Creemos que se trata de un grupo mafioso de los Balcanes, y puede tener relación con los que ha habido en Madrid en los últimos meses.

—Claro, por eso habéis contado conmigo. Es la excusa perfecta, ya que en Madrid yo también me encargaba de ese operativo y podemos coordinar las dos acciones. Aunque Mardones no me dio muchos detalles, también me comentó algo de unos crímenes extraños.

—Sí, no te preocupes, estamos cubiertos y nadie se va a enterar de lo que tenemos aquí montado. Estamos en la fase final del operativo con los kosovares, así que podemos disponer de más medios para investigar los crímenes que comentas. Y vamos a necesitar tu ayuda, te lo aseguro.

Claramunt le explicó al veterano inspector los pormenores del caso que se traían entre manos. La semana anterior habían localizado el cuerpo sin vida de una mujer africana en un lugar bastante inaccesible de la Albufera de Valencia, la mayor reserva fluvial de la región. Un cadáver que no había podido ser identificado por las autoridades.

—Se tratará de una inmigrante sin papeles. Por eso no habéis podido identificarla. ¿Y eso qué tiene que ver conmigo?

—Los inmigrantes, aunque sean ilegales, tienen familia, amigos, yo qué sé... En este caso, nadie se ha preocupado por la suerte que ha corrido esta chica, ni se había denunciado ninguna desaparición de alguien similar. Además, intentamos que los datos más siniestros del crimen no saltaran a los medios: solo se publicó una noticia breve sobre el descubrimiento del cuerpo de una mujer sin identificar que no ha tenido mayor repercusión.

—¿Datos siniestros...? Suéltalo de una vez, me estás poniendo nervioso.

La apariencia del inspector Bermejo daba a entender que era un hombre tranquilo, bonachón, incluso un poco cachazudo. Pero en el fondo, era todo lo contrario. Su úlcera podía atestiguarlo, y los nervios internos que le aprisionaban el estómago en según qué circunstancias así lo demostraban. Y Claramunt era su antítesis, como pudo comprobar Bermejo esa misma mañana.

—El cadáver lo encontró un pescador furtivo de la zona. Menudo susto se llevó el buen hombre cuando se le quedaron enganchados los aparejos. El cuerpo apareció decapitado y también tenía las manos cortadas.

—¡Joder, qué animal! —exclamó Bermejo—. Al asesino no le interesaba que identificáramos a la víctima, o tal vez se trate de un crimen ritual. Seguro que hay gato encerrado.

—Efectivamente, Paco, por eso te lo decía. Quizás los contribuyentes no entiendan que gastemos nuestros recursos en investigar un crimen de estas características, pero esos elementos tan perturbadores merecen una segunda lectura. Aunque lo ocurrido ayer por la mañana, en pleno centro de la ciudad, me tiene más desconcertado aún.

—¿Has sido profesor en la academia de oficiales o algo así? —preguntó Bermejo a bocajarro, un poco cansado de los circunloquios de su interlocutor.

—Sí, pero no sé qué tiene eso que ver con... ¿Y cómo lo has sabido?

—Joder, Pepe, está claro. Tus disertaciones instructivas y didácticas estarán muy bien para una ponencia o clase magistral, pero a mí me estás poniendo de los nervios. Vamos a llevarnos bien, que tenemos mucho tajo por delante. Habíamos quedado en ir al grano.

—Sí, perdona, tienes razón —se disculpó Claramunt. Entonces cogió aire y lo soltó del tirón—. Ayer por la mañana se encontró el cuerpo sin vida de una joven de raza caucásica, sentada en un banco del parque que recorre el antiguo cauce del río Turia.

—¿Tiene algo que ver con la africana de la Albufera? No sé por qué me miras con esa cara tan rara...

Claramunt le contó lo sucedido en el parque, sin escatimar detalles, relatándole con sus propias palabras el escenario encontrado. Lamentablemente se trataba de un lugar público y mucha gente había visto la disposición del cuerpo antes de que las autoridades acordonaran la zona e instalaran un perímetro de seguridad, por lo que les iba a dar igual decretar el secreto del sumario. La noticia ya estaba en la calle y los medios se habían hecho eco del macabro suceso.

—¡Maldita sea! —soltó Bermejo al percatarse de las implicaciones del caso—. No pensarás que es otro chalado que disfruta preparando escenografías para presentarnos sus crímenes.

—Eso mismo. Parece que es tu sino enfrentarte a este tipo de psicópatas. Tú ya tienes experiencia en el tema.

—¡No me jodas, Pepe! Y no me lo recuerdes, por favor, bastante sufrimos ya en esa ocasión. Creo que no estoy preparado para enfrentarme a otro tipo similar.

—Tranquilo, yo creo que lo de la decapitada y este último crimen no tienen nada que ver. Además, el tipo que haya hecho esto no tiene por qué reincidir. Nos encontramos en la primera fase de la investigación. Ni siquiera se ha hecho todavía la autopsia.

—No sé qué es peor, porque entonces hay dos zumbados en Valencia matando a mujeres inocentes. Creo que tendremos que ponernos las pilas.

—Claro, y por eso me alegra tenerte en el equipo. Ven, te voy a presentar al resto de oficiales de la unidad.

No conocía todavía los detalles de ese nuevo caso, pero su instinto le decía que se convertiría en una tarea complicada. Y para colmo, no dispondría de la inestimable ayuda de Roncero para desenmascarar al culpable.

¡Qué pereza comenzar de nuevo con un caso de esas características!, pensó entonces el inspector. Agradecía no tener que perder el tiempo con la criba de papeles o las escuchas telefónicas para cazar a compañeros corruptos, pero eso era demasiado. Él prefería el trabajo de campo, no se consideraba un ratón de biblioteca y Mardones lo sabía. En todo aquel tinglado había algo que se le escapaba, pero ya tendría tiempo de averiguarlo.

—Te presento a nuestro experto informático, el subinspector Garrido. Además, es especialista en blanqueo de capitales, rastreo de dinero y empresas pantalla. Capaz de encontrar una aguja en un pajar, te lo aseguro. Y un hacha colocando micrófonos, ya lo verás.

—Encantado, soy el inspector Bermejo.

El policía de Madrid estrechó la mano del subinspector, un treintañero de estatura mediana y espaldas anchas que no solía pasar desapercibido. Y es que su tupida barba al estilo *hipster* y el color zanahoria de su pelo llamaban la atención nada más verlo. Tenía una mirada franca, transparente, y eso le gustó a Bermejo.

—Este es Lozano, el subinspector más joven del Cuerpo por méritos propios. Cinturón negro en artes marciales, tirador de primera y acostumbrado a lidiar con todo tipo de elementos peligrosos. Trabajó en las Tres Mil Viviendas de Sevilla. No se arruga fácilmente.

—Ya me imagino —replicó Bermejo al sentir el crujido de sus huesos tras estrechar la mano del susodicho, un tipo de dos metros de altura y músculos hasta en el paladar.

—Un placer trabajar con usted, inspector —saludó Lozano con una voz que no se correspondía con su inmensa humanidad.

A Bermejo le pareció bien contar con un elemento de las características de Lozano en el equipo. Su aire intimidatorio siempre era un plus en determinadas circunstancias. Y si era un experto tirador y dominaba las artes marciales con pericia no se trataba de un simple saco de músculos: allí había mejor madera de la que se podía presuponer a simple vista. Su mirada era noble, pero tenía un poso de peligrosidad que podía aflorar en cualquier momento.

Por fin llegaron al último miembro del equipo, un hombre que andaría entre los cuarenta y los cincuenta años, según calibró Bermejo al verlo. Se fijó también en que era un individuo de complexión fuerte, estatura media y pelo rapado al uno. Claramunt no tuvo tiempo de intervenir, ya que este policía se adelantó a la presentación oficial de su jefe. Un detalle que no tenía por qué significar nada, pero la laxitud de su mano sudorosa y su mirada huidiza no terminaron de convencer al inspector llegado de Madrid.

—Subinspector Villares, para servirle —dijo.

—Villares es el veterano del grupo, un hombre bregado en mil batallas. Se mueve bien en los bajos fondos y su experiencia con confidentes nos ayudará en la tarea.

—Un placer, caballeros. Creo que es hora de ponerse a trabajar

—sentenció Bermejo.

—Al final del pasillo se encuentran los colegas de la UDYCO trasladados desde Madrid para colaborar con la unidad de la Policía Judicial de aquí. Creo que están ultimando la Operación Roca. Otro día te los presento con más calma.

Bermejo creyó distinguir en la zona señalada por Claramunt a los dos policías que había visto a la entrada, aunque no le pareció que pertenecieran a la Unidad de Drogas y Crimen Organizado. Se lo señaló a su anfitrión y el oficial valenciano le sacó enseguida de dudas:

—¿Quién dices, Zipi y Zape? —soltó Claramunt. Dijo con sorna el apelativo con el que era conocida la pareja de compañeros de la Brigada de Extranjería y Fronteras, debido al pelo moreno de uno y al rubio casi albino del otro—. No, qué más quisieran ellos. Son Carballo y Ferrer, dos tipos de Extranjería muy conocidos por aquí.

—Veo que en esta comisaría tenéis compañeros de estamentos muy distintos. No sé qué tal es la convivencia entre todos los grupos.

—Bueno, no está mal, pero se podría mejorar. Ya sabes, siempre hay suspicacias. Ahora te cuento lo que se traen entre manos.

Entonces Bermejo escuchó un breve resumen sobre la investigación que la Policía Nacional realizaba en torno al entramado empresarial del ruso Vania Tikonenko, aunque no le hizo demasiado caso. Claramunt se llevó de nuevo a Bermejo a su despacho para comenzar a trabajar en serio. Le explicó los pasos dados hasta ese momento y le otorgó su primera tarea: acercarse al Instituto Forense para obtener cuanto antes los datos de la autopsia. Y si podían conversar con el juez encargado del caso, miel sobre hojuelas.

—Lozano es muy grande, pero está verde en esos temas. Y a Garrido, de momento, prefiero tenerlo con sus ordenadores. Ya está peinando todas las cámaras de la zona donde se ha hallado el cuerpo, a ver si damos con algo interesante. Te acompañará Villares, perro viejo donde los haya, y te pondrá al día.

—De acuerdo, no te preocupes —contestó Bermejo sin demasiado ánimo.

La verdad era que no le apetecía comenzar su aventura valenciana acompañando a ese tipo, pero no le quedaba otro remedio. A pesar de que no le había terminado de convencer el tal Villares, se dijo que debía olvidarse de prejuicios y ponerse manos a la obra.

Bermejo le hizo una señal a su nuevo compañero de fatigas y Villares comprendió al instante. El subinspector lo guio hasta el parking del edificio y allí escogieron un vehículo camuflado para cumplir con el cometido.

La caza estaba a punto de comenzar...

EL JUEGO DE LA VIDA

Todavía ignoraba si habría una próxima vez, pero debía andarse con cuidado. Valencia era una ciudad de trasnochadores, pero también de gente que madrugaba mucho y había estado a punto de no conseguirlo. Por suerte, nadie lo vio preparar su regalo mientras trabajaba en aquel sitio apartado del paseo, justo debajo de unos frondosos árboles que filtraban poca luz. Además, las farolas de la zona estaban rotas, por lo que le pareció el escenario ideal para su cometido.

El problema fue que no llevaba las herramientas necesarias para cumplir lo que tenía en mente, y el resultado no le satisfizo del todo. Aparte, el temor a ser pillado in fraganti lo obligó a disponer el cuerpo a toda velocidad, con la consecuente pérdida de perfección en sus actos.

A pesar de eso, se recreó unos instantes en contemplar la belleza de la muerte. Se había enfrentado a ella en diversos momentos de su existencia, pero no estaba preparado para su impacto brutal. El cuerpo esbelto de la chica, de piel casi traslúcida gracias a la insuficiente iluminación, descansaba para siempre después de traspasar el umbral del dolor en la Tierra.

Esos segundos de reflexión le hicieron comprender a Max que se había dejado llevar y a partir de ahora tendría que ir con pies de plomo. No quería sumergir otro cadáver en la Albufera, una solución demasiado arriesgada. La aparición de dos cuerpos en la misma zona atraería a todo tipo de indeseables: policías, periodistas, espectadores ávidos de morbo y emociones fuertes. Y eso era algo que él no podía permitirse si no quería perder la intimidad de su nuevo hogar.

La noche avanzaba sin descanso y todavía no tenía claros sus siguientes pasos. Por supuesto, el primer y fundamental punto de su particular lista de tareas consistía en no dejar huella de sus actos. Así que preparó un barreño con agua caliente, jabón desengrasante y una esponja. Guardaba también una caja con guantes quirúrgicos, muy adecuados para sus propósitos. Se colocó un par y comenzó a limpiar con mimo el cuerpo de la chica, aunque al final decidió meterla en la bañera para estar más cómodo y no mojar la cama.

Limpió todo rastro de semen que pudiera quedar sobre la superficie de la piel y frotó con firmeza las zonas del cuerpo de la chica que pudiera haber tocado con los dedos. También se entretuvo en los diferentes orificios del cadáver, por lo que pudiera pasar.

El cuerpo de la prostituta presentaba marcas de las ligaduras y también algún moretón, pero la peor parte se la llevaba el cuello. Se encontraba enrojecido y se apreciaba perfectamente la zona donde Max había presionado con fuerza. Siempre podía cortarle la cabeza y las manos, como había hecho con la nigeriana, pero no tenía tiempo ni quería repetir la desagradable experiencia.

No, para la rusa tenía otros planes. Después de limpiarle también concienzudamente las uñas de las manos y los pies, procedió a vestir el maniquí sin vida con la escasa ropa que portaba cuando la encontró en la carretera. La chica llevaba también algo de maquillaje en el rostro, pero Max se lo había limpiado para que no quedara marca alguna sobre su exquisita piel.

Cerró los párpados a la fallecida antes de proceder con la siguiente parte del ritual. No se sentía capaz de enfrentarse a esos ojos que lo miraban desde el más allá mientras llevaba a cabo su labor. No obstante, al incorporarla del lecho para colocarle la ropa, la gravedad abrió de nuevo sus párpados y, con ello, la ventana a un pozo infernal al que Max no quería regresar.

El hombre soltó entonces el cuerpo sin vida de golpe, y este cayó pesadamente sobre el jergón. Las terribles visiones de la mujer que le había arruinado la vida aparecieron de nuevo, de improviso, para torturarlo con saña. No podía toparse de nuevo con su mirada, no sin antes apaciguar los demonios que le corroían por dentro.

Guardaba en aquella covacha algunos utensilios de Amparo, entre ellos su querida caja de costura. Encontró hilo adecuado y un juego de agujas que lo salvarían de la locura; ya solo le quedaba cerrar una puerta que no quería volver a abrir.

Una vez acabada su tarea pensó por un momento que la joven recobraría pronto la conciencia, mientras la parte más afectada de su cerebro tomaba de nuevo el control. Para él se trataba solo de un desvanecimiento; en breve, la joven regresaría y podrían seguir con sus veladas nocturnas. No hacían nada malo al comportarse así y no sería la primera vez que se bañaran juntos. Incluso tomó unas fotografías para no olvidarse de una de las mejores noches de su vida.

Entonces, algo hizo clic en su mente y regresó de pronto a la realidad. No tenía ningún plástico a mano para envolver el cuerpo. Tampoco poseía los utensilios necesarios para saber si dejaba algún pelo o fibra en la ropa de la chica, por lo que anduvo con cuidado mientras manipulaba el cadáver. Asimismo, se caló una gorra que le serviría para camuflarse mejor y para tapar su pelo corto.

A continuación, cargó el cuerpo con sus fuertes brazos, salió y lo depositó en el maletero del Opel Vectra recién adquirido, junto a una pequeña bolsa de herramientas. Puso otro de los juegos de matrículas que se había agenciado y se dirigió hacia la capital.

Fue a un barrio del centro de la ciudad que conocía perfectamente. Creía que en esa zona no había cámaras del ayuntamiento ni de la policía, pero ignoraba si existía alguna otra, quizás de algún negocio particular, que pudiera captarle en plena tarea. No le quedó más remedio que rezar para no haberse equivocado de lugar, mientras agachaba la cabeza y se colocaba unas gafas de sol por si algún objetivo indiscreto apuntaba en su dirección.

Tuvo suerte y consiguió aparcar en una zona arbolada con poca luminosidad a esas horas de la noche, muy cerca del Gulliver gigante que hacía las delicias de los más pequeños, convertido en una zona de juegos para niños en el centro de Valencia. Allí abajo, dentro del parque habilitado en el antiguo cauce del Turia, encontró lo que buscaba. Cogió el cuerpo de la chica y recorrió los escasos metros que lo separaban de la bancada con el corazón en un puño.

Su mente se disgregó de nuevo, evocando imágenes lejanas que se sobreponían en su cerebro de un modo aleatorio: ellos dos desnudos, inocentes y puros, recreándose en un baño lujurioso de agua, jabón y palabras cercanas que le derretían el alma. Y ahí estaba de nuevo él, al rescate, dispuesto a salvar a la chica aun a costa de su propia salud.

Max negó con la cabeza para alejar esas imágenes. Nada volvería a ser como antes. No le quedó más remedio que asumir su fracaso, no había podido salvarla. Y solo le quedó una salida: rendirle un postrero homenaje a la pobre princesa.

Dejó apoyado el cuerpo de la chica contra la pared del banco para que no se cayera. Regresó al coche y recogió sus herramientas. Trabajó a toda velocidad, utilizando hilo de bramante y pegamento de contacto para colocar el cuerpo en la posición planeada. Su abuelo le había enseñado a hacer nudos marineros en su niñez, solo tenía que aplicarlos sobre el terreno.

Encontró en una papelera, allí al lado, un periódico del día anterior y lo colocó con cuidado entre los dedos rígidos de la chica.

Tuvo que esmerarse para que no se cayera, aunque el resultado no fue del todo de su agrado. Antes de abandonar la zona recordó lo que siempre le habían enseñado. Entonces, sacó el móvil e inmortalizó a esa belleza de rasgos congelados en el tiempo.

Salió de allí con la cabeza gacha, a buen paso, pero sin correr, para no llamar la atención. Se montó de nuevo en el coche y regresó a la Albufera. La noche había sido muy larga y necesitaba descansar un rato antes de comenzar su jornada laboral. Una jornada diferente para la que tenía que prepararse a conciencia.

Sabía que su muñeca sería encontrada esa misma mañana, la había dejado en una esquina algo oculta, pero en una zona muy transitada por paseantes de todo tipo. El parque público del cauce del Turia era muy querido entre los valencianos, aunque ignoraba si ellos comprenderían el inmenso regalo que les había dejado al mostrarles de esa forma su propio interior, reflejado en la inocencia de una niña sin culpa.

LA CONFIANZA TENÍA UN PRECIO

Calpe,
junio de 2015

Había incumplido su promesa y merecía su castigo. Miriam se tomó muy mal la noticia, pero no le sorprendió, porque él ya lo sabía de antemano. En el fondo, era posible que quisiese volver a las rutinas y sentirse de nuevo como antes del incidente. La culpabilidad asomaba en el horizonte, pero tampoco era el sentimiento que dominaba en esos momentos las emociones de Pablo Roncero.

—Perdona, cariño, pero me voy a quedar aquí un par de días más —comenzó diciendo el sargento con voz culpable.

—¿Cómo...? —preguntó angustiada la periodista—. Joder, Pablo, me lo prometiste. Tú no estás bien y...

—Tranquila, me encuentro perfectamente. Mis compañeros están en medio de una investigación muy importante y quieren que les aporte mi punto de vista en ciertos temas.

—Vale, ya veo que solo piensas en ti...

—No digas eso, Miriam —contestó Roncero sin sentirse culpable al descubrir el chantaje emocional—. Serán dos o tres días, nada más. Después volveré a Calpe y disfrutaremos del verano completo, te lo prometo.

—No hagas promesas que luego no vas a cumplir. Creo que no estás preparado para ese tipo de presión y tus jefes lo saben. Además, Valencia está cerca. Podrías venir aquí a dormir y marcharte mañana por la mañana. O puedo desplazarme yo hasta ahí.

—Son más de cien kilómetros. Es una paliza para estar yendo y viniendo todos los días. Me quedaré a dormir en la Comandancia, y creo que a ti no te gustaría esto.

—No hay problema. Reservo una habitación en alguno de los hoteles que hay por la zona de la Ciudad de las Artes y así hago un poco de turismo mientras tú trabajas. De este modo podríamos vernos para comer y luego descansarías del duro trabajo a mi lado. ¿No te parece buena idea?

Las sutiles trampas femeninas de su novia hacían acto de presencia. Roncero sabía que se la estaba jugando, pero prefería estar solo durante aquellos días, concentrado únicamente en su trabajo. Miriam tendría que comprenderlo.

—De verdad, no te molestes. No hace falta que vengas a Valencia, no voy a tener tiempo de estar contigo. Igual me encierro en una sala durante todo el día con los compañeros que rastrean la red Tor y no miro ni el reloj. No quiero que te cabrees más si luego no puedo aparecer a una hora razonable.

—Está bien, ya veo que has decidido por los dos. Yo solo me preocupaba por ti. Está visto que soy una idiota. Espero que consigáis vuestro propósito. Llámame cuando termines tu importante misión. O no, tú verás, otra cosa es que esté pendiente de tu llamada.

—Espera un momento, Miriam. No puedes dejarme así...

—Adiós, Pablo.

Miriam colgó el teléfono sin más y dejó con la palabra en la boca a Roncero. El sargento de la Guardia Civil conocía bien los prontos de la periodista y casi se sintió aliviado de haber terminado la conversación. No le apetecía comenzar una discusión para la que contaba con argumentos más débiles que su posible adversario. Tal vez en un par de días, con otras perspectivas, pudieran retomarlo donde lo habían dejado.

¿Y si él lo había buscado inconscientemente? Roncero pensó entonces en sí mismo. Le tenía que estar muy agradecido a Miriam por todo lo que había hecho por él en los últimos meses. Habían sufrido juntos, eso era cierto, y se habían sobrepuesto a los problemas juntos, luchando codo con codo contra las adversidades. Y tal vez ya era hora de afrontar en solitario sus propios fantasmas, sin parapeto ni red de seguridad de ningún tipo.

Ya se había agobiado bastante después de tirarse tanto tiempo fuera de España, por mucho que al principio le pareciera una magnífica idea. No se trataba de que tuviera celos del éxito profesional de Miriam, pero necesitaba sentir que él también podía ser alguien de utilidad. Su trabajo era menos glamuroso que el de ella, pero igual de importante.

Y después, tras acceder a pasar todo el verano en Calpe, comenzó a agobiarse sin necesidad. Le gustaba el mar, la playa y disfrutar del descanso vacacional. Pero quizás les fuera bien a ambos separarse de vez en cuando, hacer cosas distintas. Roncero no tenía ningún hobby especial, pero sí echaba de menos su trabajo. Sabía que era bueno en lo que hacía y solo quería recuperar las viejas costumbres y sentirse de nuevo alguien importante en su unidad.

Por eso aprovechó la oportunidad para salir del bucle que Antúnez le había brindado sin dudarlo ni un instante. Fue un cobarde por no decírselo a la cara a Miriam antes de partir para Valencia, pero odiaba sus confrontaciones. Al final siempre discutían por tonterías, como muchas otras parejas, pero no quería que se hicieran daño sin necesidad. Así pues, asumió su culpa y se preparó para permanecer unos días en la capital valenciana.

Lo importante ahora era despejar la mente y optimizar el cerebro para enfrentarse al nuevo reto planteado por su jefe. Un reto estimulante que Moreno y Antúnez le habían puesto en bandeja de plata, y que podría ser el paso necesario para volver a la normalidad.

Roncero regresó junto al capitán Moreno, que lo condujo hacia una sala polivalente donde se encontraban los expertos informáticos de la UCO. El sargento recién incorporado también se daba maña con los ordenadores, pero no se consideraba un *hacker* de primera, al contrario que algunos de los integrantes de la unidad.

—Te presento al teniente Sonseca, el responsable de los friquis, como suelo llamarlos yo con cariño —dijo Moreno mientras señalaba a un hombre espigado, de pelo entrecano, que saludó efusivamente a Roncero.

—Tenía ganas de conocerte. Me han hablado muy bien de ti —comentó Sonseca.

—No será para tanto, mi teniente —replicó Roncero algo azorado—. Uno solo hace su trabajo, aunque a veces se complique un poco el tema...

—Déjate de monsergas y vamos a lo que interesa. Te dejo en manos del teniente para que te ponga un poco al día de lo que hacen aquí. Él se encargará de presentarte al resto del equipo, aunque antes de marcharme aprovecharé también para saludar a nuestra nueva incorporación, la cabo Muñoz, una de las mejores *hackers* de la Red.

La interpelada se acercó a saludar en cuanto oyó su nombre en boca del capitán. Roncero se topó de frente con una mujer de mirada penetrante, cuyos inquietantes ojos de color grisáceo parecieron taladrarle durante un segundo.

—Encantada de conocerle, sargento —replicó la mujer con voz sensual.

—Lo mismo digo —contestó Roncero con la boca seca.

—Ni se te ocurra fiarte de su voz dulce y angelical. Es solo un arma más de trabajo —mencionó Moreno con mala leche, ganándose una mirada reprobadora de la cabo Muñoz—. Pues nada, chicos, ¡a trabajar!

El capitán salió de la estancia, donde Roncero notaba cada vez más el calor reinante. Con tantos servidores, estaciones de trabajo y equipos informáticos trabajando a pleno rendimiento, era normal esa sensación de agobio. Aunque el sexto sentido de Roncero le previno en una dirección diferente.

—Si no te importa, Pablo, aquí nos andamos con menos tonterías cuando no están los jefes. Ella es Nadia, yo soy Miguel, y aquel esmirriado de allí es Javier, el guardia Somoza.

—No hay problema, mi teniente... —respondió Roncero con algo de ironía.

—Ponle al día, Nadia. Tengo que hacer unas llamadas. En un rato estoy con vosotros, pero podéis ir empezando sin mí.

La cabo asintió y vio alejarse a su superior. Ella también había oído hablar del famoso sargento Roncero, pero la verdad era que la impresión mejoraba al conocerlo en persona. Le pareció un chico de mirada franca y noble, con ojos inteligentes y ademanes de buena persona. Y como ella también tenía ojos en la cara, se fijó en su rostro atractivo, su imponente planta y una sensación ambigua que emanaba de todos sus poros, mezcla de seguridad e inocencia a partes iguales. Una mezcla peligrosa a su entender.

—Por aquí, Pablo —dijo Nadia mientras señalaba un rincón de la habitación. Al hacerlo rozó imperceptiblemente el brazo de Roncero, pero este lo notó al instante—. Te voy a enseñar lo que hacemos los friquis de verdad.

Roncero asintió y acompañó a la chica hasta la posición indicada. Ella se adelantó unos metros y el sargento, aunque no lo había hecho a propósito, pudo comprobar lo bien que le sentaba el uniforme a la cabo, sobre todo en la retaguardia.

Al ojo entrenado de Roncero no se le escapó que la chica tendría poco más de veinte años. Una mujer de baja estatura, pero cuerpo proporcionado, con curvas naturales que se dejaban notar incluso a través del infame uniforme que no le hacía justicia. Sus ademanes eran enérgicos y su pose algo altanera, rasgos que no casaban demasiado con la voz dulce que acompañaba al conjunto. Creyó reconocer un origen eslavo en su rostro patricio, de rasgos duros y acerados no exentos de belleza en su conjunto. Claro, pensó entonces Roncero, de ahí su nombre y el leve acento que se adivinaba detrás de su esmerada pronunciación.

—Puedes sentarte ahí un momento. Termino una cosa que tengo a medias y después soy toda tuya —dijo Nadia mientras se tensaba aún más la cola de caballo en la que llevaba recogida su lacia melena de color pajizo.

Roncero asintió sin plantearse que hubiera dicho la frase con doble intención. La joven parecía absorta de nuevo en el trabajo mientras tecleaba a toda velocidad en su terminal.

Minutos después, el sargento averiguó el verdadero origen de la joven guardia. Su nombre completo era Nadia Muñoz Ivanchuk, hija de un exiliado español que acabó viviendo en un suburbio de Moscú y una joven rusa a la que su marido sacaba más de veinte años.

Roncero no quería hablar de temas personales; no le apetecía contarle nada de su vida a una chica que acababa de conocer. Y menos si se trataba de una mujer cuya sola presencia lo ponía tan nervioso y era dueña de una mirada nada inocente que podría derretir un iceberg.

—Me ha comentado el capitán que lleváis tiempo detrás de unos...

—Rusos, sí, termina la frase sin miedo —soltó Nadia al ver cómo se encallaba su interlocutor—. No todos los rusos son mafiosos, eso te lo puedo asegurar. Pero no me ofendo porque se hable así de los rusos. Al fin y al cabo, soy española de nacimiento, aunque hablo el ruso perfectamente, al igual que otros idiomas.

—Creo que no hago más que meter la pata. En el fondo, se nota que llevo mucho tiempo alejado del trabajo.

—Sí, me lo puedo imaginar. Pero no te preocupes —respondió Nadia—. Enseguida te pondrás las pilas, ya lo verás.

—De acuerdo entonces. Veamos en qué estás trabajando...

LOS NEGOCIOS SON LOS NEGOCIOS

El pobre infeliz que casi le jode el negocio con los rusos ya no volvería a darle problemas. Brown no necesitaba saber más del tema. Adams se había encargado de solucionarlo y no quería detalles.

El eficaz lugarteniente galés de Brown se había encargado personalmente del trabajo porque no podía fiarse de nadie; no después del rapapolvo que le había caído de su jefe tras cagarla en la operación del contenedor para los rusos. Brown no se andaba con chiquitas, y aunque Adams le estaba muy agradecido por haberlo sacado de las calles, no quería pagar los platos rotos del estropicio ocasionado.

El galés conocía el pronto de su jefe y sabía que no toleraría más errores. Lo había pasado por alto esta vez, pero solo por su vieja amistad de hacía años, y no podía jugársela de nuevo. Andaban escasos de personal de confianza en la zona, así que Adams pensó que quizás fuera hora de reclutar savia nueva. Sobre todo si Brown seguía empeñado en meterse en otros negocios que no terminaban de convencer a su lugarteniente.

El pobre Smith no tuvo oportunidad alguna. El galés le dio un par de días de tregua y Smith pensó que se había librado por los pelos y que era un buen momento para regresar a casa. Compró un billete barato y preparó una pequeña maleta para el viaje. Su compañero de piso, Gerard, había ido a comprar algo para la cena. Por eso, Smith no se planteó siquiera que quien llamaba insistentemente al timbre fuera alguien diferente de su compañero.

—¡Ya voy! —gritó Smith mientras se acercaba a la entrada—. Maldita sea, Gerard, no sé para qué demonios tienes tu juego de llaves.

Smith abrió la puerta y se encontró de frente con el rostro adusto de Adams, y eso era una muy mala noticia. De manera instintiva, intentó cerrar la puerta con rapidez, pero el galés se le adelantó y colocó el pie de modo estratégico.

—¿Qué pasa, Steve? Esas no son maneras de recibir a las visitas.

—Perdona, tío, no sé qué me hago. Estoy un poco nervioso con todo lo que ha pasado...

—Tranquilo, Steve, estás temblando. Anda, vamos a tomarnos unas pintas.

Y dicho esto, Adams obligó con un simple gesto a que el joven inglés abandonara la aparente seguridad de su hogar en España. Smith rezongó por lo bajo, pero no le quedó otro remedio que aceptar.

Adams lo obligó a beber pinta tras pinta de cerveza irlandesa, amenazándolo solo con la mirada. Una hora después, cogieron de nuevo el coche con destino incierto. Smith se percató de que el coche comenzaba a subir una escarpada ladera por una peligrosa carretera comarcal paralela a la costa. Adams se metió en un camino forestal y frenó el vehículo sin avisar. Al parecer tenía una urgencia fisiológica y no podía reprimirse las ganas.

—Venga, Steve, no me digas que tú no tienes ganas de mear. La maldita cerveza es lo que tiene, hay que echarla por algún sitio —se carcajeó el matón mientras apremiaba al chico para que saliera del coche.

Smith obedeció y se dirigió a una zona arbolada, alejándose algunos metros de Adams por temor a lo que pudiera pasar. Sin embargo, se relajó un instante mientras miccionaba y no oyó los pasos sigilosos a su espalda. Cuando quiso darse la vuelta ya era demasiado tarde, tenía a Adams a escasos centímetros.

El rostro del galés había demudado en una máscara de violencia que descompuso el estómago del chico. Ni siquiera tuvo tiempo de subirse la cremallera del pantalón cuando sintió que se mareaba y perdía la verticalidad. Los fuertes brazos del galés lo levantaron como si fuera un saco de patatas y tardó todavía unos segundos en procesar lo que estaba ocurriendo.

Sin que se diera cuenta apenas, Adams había recorrido con él a cuestas los escasos metros que los separaban del precipicio. Solo tuvo tiempo de gritar una vez antes de ser lanzado sin piedad ladera abajo, al vacío, y estrellarse contra los acantilados de formas caprichosas de esa parte de la Costa Blanca.

—Asunto arreglado, jefe —le aseguró Adams a su patrón unos minutos después.

—No quiero más explicaciones. Y ven aquí a toda hostia. Tenemos asuntos que tratar.

Brown ni siquiera dedicó un segundo a pensar en lo que había sucedido en aquella carretera comarcal. En ese momento tenía otras preocupaciones mucho más acuciantes que el destino de un pobre desgraciado.

—El árabe ha aceptado mis condiciones, Adams. Tenemos que preparar el operativo a la perfección, nada puede fallar esta vez.

—Tranquilo, jefe, yo me encargo —contestó Adams cuando llegó a casa de Brown.

—El puerto de Valencia está tomado por la policía desde la cagada del contenedor. Hemos tenido que buscar otra manera diferente de traer la mercancía.

El clan mafioso de Brown estaba en guerra permanente, tanto con las autoridades inglesas y españolas, como con los cabrones de los irlandeses. El clan McFarrel amenazaba su hegemonía en la zona y él no pensaba permitirlo. Además, tenía varios frentes abiertos con otras organizaciones a las que había fallado, aunque realmente no fuera culpa suya.

Por suerte, parecía que Volkov se había calmado después del terrible error que le había costado la pérdida del dichoso contenedor lleno de chicas, pero debía andarse con ojo. En sus primeras conversaciones con el ruso le aseguró que su asociación podría reportarles a ambos grandes beneficios. La organización inglesa contaba con un poderoso músculo financiero, y gracias a fuertes inversiones y al soborno de las personas adecuadas, podía mover mercancía por media Europa. En España no solía tener problemas para desembarcar droga y otras menudencias a través del puerto de Algeciras o el de Valencia, aunque hubiera fallado estrepitosamente en su prueba piloto con los rusos.

Brown se cabreó al recordar la cantidad de tiempo y dinero invertidos para conseguir que sus empresas fantasma tuvieran menos trabas a la hora de efectuar los encargos. No le había salido precisamente barato pasar de la lista roja a la verde en los puertos españoles, evitando de ese modo las continuas inspecciones por las que al principio su negocio no prosperaba en la cuenca del Mediterráneo español.

Y luego estaban los malditos gabachos. Contaba también con funcionarios corruptos que hacían la vista gorda para que otros de sus envíos, facturados de formas muy diversas para que llegaran a Europa desde Venezuela o Colombia, entrasen en el continente sin levantar sospechas. Había realizado operaciones importantes en

114

Bruselas o Ámsterdam, pero un chivatazo le dijo que sería mejor utilizar París para un envío de semejantes características. Y el fracaso fue mayúsculo.

La tonelada de cocaína que pensaba introducir en el corazón de Europa, facturada en decenas de maletas, fue interceptada por las autoridades. Contaba con hombres que trabajaban en diferentes zonas de los aeropuertos de origen y destino, pero algo debió de salir mal. Brown sospechaba de Caracas; quizás los policías caraqueños quisieran más «plata» por hacer la vista gorda y se hubieran ido de la lengua.

Fuera como fuese, la policía francesa estaba esperando el envío en el aeropuerto de Orly. El truco de ocultar la droga en maletas facturadas aparte a nombre de ciudadanos anónimos que supuestamente solo llevaban un bulto propio no les sirvió de nada. Cuánto esfuerzo y planificación desperdiciados a la hora de colocar esas maletas en una zona especial de la bodega del avión antes de ser descargadas en París en una zona restringida... Los jefes de la 'Ndrangheta, el verdadero receptor de la mercancía tras su llegada al continente, no se habían entusiasmado ante el golpe policial. Brown estaba en el punto de mira y no le iban a pasar ni una más; su vida pendía de un hilo.

En alguna ocasión había utilizado también Amberes o Hamburgo para introducir mercancía en Europa, pero ya no se fiaba de nadie. En España sabía que era casi imposible pasar droga a través de los aeropuertos, y menos si el avión provenía de México, Colombia o Venezuela, considerados «vuelos calientes» por las autoridades españolas.

Por eso, decidió utilizar Algeciras para el envío pendiente, no le quedaba otra salida. Para los árabes su organización funcionaba a la perfección y confiaban en su palabra. Por otra parte, a Volkov no le mencionaría la operación interceptada en Francia, ni que tenía a organizaciones policiales de media Europa tras sus pasos. Sus nuevos socios comerciales no tenían por qué conocer todos sus problemas.

En el pasado había encargado incluso a través de Internet armas inutilizadas que llegaban por correo postal ordinario y eran difíciles de rastrear. En España la normativa de la Guardia Civil era de las más restrictivas de Europa, obligando a realizar varios taladros en los cañones de armas largas y a fresar los de las armas cortas para cumplir con la ley de armas inutilizadas. Pero eso no ocurría en toda la Unión Europea, donde no existía un esfuerzo global conjunto, por lo que siempre existían otras alternativas para conseguir este tipo de armas.

Muchas provenían de armerías eslovacas o arsenales de países pertenecientes al antiguo bloque del Pacto de Varsovia. La legislación era bastante laxa en algunos de esos países y cualquier persona podía comprar por Internet o incluso en persona en una tienda un rifle de asalto supuestamente inutilizado por poco más de 200 euros. Había miles de armas sin controlar en Europa y muchos tipos de compradores interesados en ellas. Luego bastaba con encargar a alguien entendido en la materia para que dejara de nuevo operativas las armas. Pero eso eran menudencias, pensó, ahora quería dedicarse al negocio al por mayor.

A Sasha no le había contado toda la verdad, ni falta que le hacía. Brown había llegado a un acuerdo con el intermediario qatarí para comenzar a mover armas en Europa Occidental, otro negocio muy lucrativo. La cocaína estaba mucho más controlada por las autoridades y, además, la opinión pública veía el narcotráfico como uno de los grandes problemas de la sociedad. En contraste, poca gente se preocupaba de las armas, por lo menos hasta ese momento.

El príncipe Al-Mansour tenía contactos en Siria, Irak, Turquía y otras zonas calientes de Oriente Próximo. Brown le proporcionaba el transporte y la logística para desembarcar su mercancía en diversos puntos estratégicos y todos salían ganando. Para el mafioso inglés el beneficio era doble: cobraba una suculenta minuta por su infraestructura marítima y el complejo entramado societario para dar una pátina de respetabilidad a los envíos y, además, se llevaba una comisión aparte, pagada con armas de diferente calibre.

Precisamente esa comisión le serviría para obsequiar a Volkov con el pedido prometido, ya tendría tiempo de obtener más armas en las siguientes operaciones. Al-Mansour también parecía encantado con el trato, ya que con él conseguía una mayor carga y velocidad para introducir sus armas en Europa.

Aunque no a todo el mundo le parecía tan buena idea...

—Yo iré a Algeciras, jefe, pero sigo teniendo mis dudas —aseguró Adams.

En la organización criminal británica todo el mundo conocía a Henry Brown como *The Boss*, tanto por su gusto por Bruce Springsteen como por su rango. Además, dada su habitual paranoia, prefería que ninguno de los esbirros que trabajaban para él en todo el mundo conociera su nombre real. De ese modo, si un policía interceptaba alguna conversación en la que se le mencionara, sería imposible seguirle la pista.

De hecho, Adams era de las pocas personas de la organización que conocía el verdadero nombre del mafioso. Llevaba mucho tiempo con él, desde el principio de su actividad criminal, y sabía que Brown le permitiría tomarse algunas confianzas prohibidas al resto de sus secuaces. Pero no las tuvo todas consigo cuando volvió a sacar el tema por el que ya habían discutido en otras ocasiones.

—Tú solo tienes que actuar, no te pago para pensar —replicó Brown molesto.

—Ese tipo no es trigo limpio, jefe. Dicen que tiene contactos con los yihadistas. Esas armas pueden llegar a terroristas infiltrados en Europa.

—El destino de esas armas no es problema mío. A mí me pagan por un servicio, y muy bien, por cierto, así que no tengo que preocuparme por nada más.

—Pero...

—No hay peros que valgan, ya te lo he dicho. No quiero saber si consigue sus armas a través del ejército sirio, de los rebeldes o del ISIS. Me da igual. Tampoco me importa a quién se las vende después, eso no es cosa nuestra. ¡Ni que nosotros fuéramos hermanitas de la caridad!

—Claro que no, pero no matamos a gente inocente sin necesidad. Y esta gente quiere acabar con nuestra civilización. Lo han dicho ellos mismos.

—¡Ya está bien! —gritó Brown algo exaltado. No quería pararse a pensar en las consecuencias de sus actos, por mucho que su lugarteniente tuviera parte de razón. Ojos que no ven, corazón que no siente—. Aquí tienes la información del envío. Encárgate de todo. Y no quiero oír ni una palabra más sobre este asunto.

—Así lo haré, jefe —resopló Adams antes de coger la carpeta que le ofrecía Brown.

El galés estudió la documentación antes de partir. Debía recoger un contenedor en el puerto de Algeciras y después llevarlo a cierto almacén de Marbella. Allí harían el reparto: el grueso del cargamento para los hombres de Al-Mansour en la Costa del Sol y el resto para ellos. Adams cargaría las armas en una furgoneta sin distintivos y conduciría hasta Alicante. Solo esperaba no tener ningún contratiempo por el camino. Brown no iba a permitir ningún error más, se jugaba su cuello en el envite.

Adams vio que la vena de la sien derecha de Brown comenzaba a palpitar, y eso siempre era mala señal. Su jefe tenía problemas cardíacos y no quería provocarle un infarto, así que cerró el pico y salió de allí sin mirar atrás.

De nuevo a solas en la inmensidad del salón de su casa, el mafioso inglés se quedó un momento traspuesto, mirando por la

ventana hacia el extenso terreno que rodeaba la construcción principal de la finca. Una propiedad situada a las afueras de Calpe, en un
lugar discreto pero accesible y, sobre todo, controlable en cuestiones
de seguridad, algo muy importante para alguien como él.

En el fondo era un simple hombre de negocios que miraba por
el bien de sus inversiones, pero sin pensar en la ética de sus actos.
No en vano se había movido en los bajos fondos londinenses hasta
destacar como la cabeza pensante de la organización criminal más
importante de Gran Bretaña. Y el cabrón de Adams no le iba a
amargar el día, por mucho que pudiera tener razón.

Su negocio con Al-Mansour iba a ser un filón para todos, y
encima arreglaría los problemillas surgidos con Volkov. Eran enemigos poderosos y prefería estar a buenas con ellos. Creía haberse
librado por el momento de la policía británica, que ya no lo ase-
diaba tanto, pero temía a la famosa Guardia Civil española, uno de
los cuerpos de seguridad más reconocidos en Europa.

Por otra parte, también debía mirar en su patio trasero, no fuera
a tener el enemigo en casa. Se acordó entonces del final de Pablo
Escobar y prefirió no pensar demasiado en que sus hombres pudieran traicionarlo. Admiraba algunos detalles de la carrera delictiva
del narco colombiano y en su honor, como una broma pesada, se
había hecho instalar un pequeño zoológico en la pradera aledaña al
edificio principal, con animales importados ilegalmente desde Asia
o África. Una auténtica locura que le costaba un ojo de la cara mantener.

No, él no acabaría muerto como Escobar. Nadie osaría entrar
en su fortaleza y, si tenía que hacer una purga entre sus acólitos para
evitarlo, no dudaría ni un solo instante.

EL HEDOR DE LA MUERTE

A Bermejo no le entusiasmaba el estilo de conducción de su cicerone, pero no quería dejar traslucir el pánico producido ante algunas maniobras arriesgadas, efectuadas por Villares en esas amplias avenidas repletas de tráfico. De todos modos, el inspector no pudo aguantarse las ganas y acabó por hacer un comentario, para algo era el oficial superior en ese vehículo.

—Afloja un poco, Villares. No vayamos a ser motivo de estudio en el Instituto Forense que vamos a visitar.

—Tranquilo, yo controlo —soltó el subinspector con una sonrisa cínica. Había calado enseguida la incomodidad del veterano policía y lo aprovechaba para hacerlo sufrir un poco más—. Aquí hay que conducir así o te comen. Si no andas espabilado, estos cabrones no te dejan girar cuando hace falta y luego no hay un Dios que pueda dar la vuelta. Por no hablar de la preferencia en las *redondas*, un caso aparte en esta ciudad.

—Vale, pero tampoco vamos a apagar ningún fuego. Creo que el Anatómico no está muy lejos. Me han dicho que por la Ciudad de las Artes.

—Efectivamente, justo al lado. Llegamos en un santiamén, no se preocupe.

Bermejo se maravilló ante la lejana visión de la obra del controvertido Calatrava y cabeceó en señal de admiración al vislumbrar la magnificencia del conjunto, justo cuando Villares aparcaba en la alameda principal, muy cerca de un centro comercial.

—¿Y dices que el Anatómico Forense está dentro de ese edificio de cristal? —preguntó Bermejo a su acompañante nada más toparse con la fachada principal del edificio.

—Usted lo ha dicho, inspector, un sitio de categoría. Y no solo eso, ya lo verá...

Villares le guiñó un ojo al inspector recién llegado de Madrid, acompañado de un golpeteo en la espalda que pretendía ser amistoso. A Bermejo le cargaba tanta familiaridad, y más venida de un tipo que acababa de conocer.

El policía veterano comprobó entonces a qué se refería su interlocutor. Nada más acceder al impresionante recinto pudo comprobar que el nombre de Ciudad de la Justicia le venía impuesto por una poderosa razón. En aquella vasta superficie se encontraban, entre otras, las dependencias del Registro Civil, la Fiscalía, la Audiencia Provincial, decenas de juzgados y el Instituto de Medicina Legal, que sería su primer destino.

—¡Madre mía, no me esperaba este despliegue! Es verdaderamente impactante, aunque imagino que no debe de ser fácil trabajar aquí.

—Imagínese: más de noventa juzgados, millones de legajos repartidos a diestro y siniestro, centenares de trabajadores estresados y miles de usuarios que visitan este edificio todos los días. Una locura más acorde con la magnificencia de los faraones de la zona, acostumbrados a sus grandes obras.

Bermejo asintió con un gesto al comprender el razonamiento

de Villares. Tanto hormigón y cristal le parecía superficial, muy bonito, pero poco práctico y efectivo. Ojalá la belleza arquitectónica diera también paso a la eficiencia en el trabajo habitual judicial, colapsado desde tiempos inmemoriales por falta de recursos. Curiosamente, los mismos en los que no habían escatimado para el armazón exterior, como en tantas obras civiles que habían llevado a la ruina a muchas administraciones públicas.

—Por lo menos es solo un edificio, y no la barbaridad de proyecto megalómano que querían montar en la fallida Ciudad de la Justicia madrileña —rezongó Bermejo por lo bajo.

—¿Cómo dice?

—Nada, sigamos con la visita. ¿Dónde está el Anatómico?

Villares señaló hacia abajo antes de dirigirse a las escaleras que los llevarían a uno de los sótanos del inmenso recinto, el lugar donde se hallaba el Instituto de Medicina Legal. Bermejo lo acompañó en silencio y recordó las innumerables veces que había visitado a su viejo amigo Carmona, uno de los forenses más reputados del Anatómico de Madrid.

—Imagino que estará acostumbrado a lidiar con estas cosas. Una visita al forense nunca es plato de gusto, pero aquí es un poco más agradable porque hablaremos con la doctora Sanz.

—¿A qué se refiere exactamente? —preguntó Bermejo sin comprender a su acompañante.

—Ya lo verá con sus propios ojos, no se preocupe —contestó Villares con un gesto que Bermejo esperaba no fuera lascivo—. La doctora Elena Sanz es una joven brillante que se ha hecho un hueco en un mundo de hombres, y las malas lenguas van diciendo que no ha sido exclusivamente debido a sus méritos académicos o profesionales.

—No estamos aquí para chismorreos, subinspector. Venimos a trabajar —le reprendió entonces Bermejo ante el cariz que parecía tomar la conversación.

—De acuerdo, yo no digo nada. Lástima que tengamos que verla con esa horrible bata blanca, seguro que...

La mirada de hielo del inspector congeló al instante la burrada que estaba a punto de salir de labios de Villares. El policía se dio cuenta de lo inadecuado de su comportamiento y esgrimió un tímido «Perdón» que apenas salió de sus cuerdas vocales. Algo avergonzado ante el gesto de su superior, agachó la cabeza y se dirigió a buen paso hasta la sección de Patología del Instituto Médico Legal, donde encontrarían el despacho de la doctora Sanz.

Llamaron con los nudillos a la puerta del despacho B-12 y al cabo de pocos instantes escucharon una voz, femenina pero también sonora y decidida, que los invitaba a entrar.

—Buenas tardes, doctora. Soy el subinspector Villares, de la Policía Nacional. No sé si me recuerda. Me acompaña el inspector Bermejo, recién llegado de Madrid para unirse a nuestro equipo.

—Encantada de saludarles, caballeros. Imagino que vienen por el caso de la chica hallada en el antiguo cauce del río.

Bermejo se adelantó para estrechar la mano de la doctora mientras asentía ligeramente. Tuvo que admitir que Villares llevaba toda la razón, pero no iba a perder más tiempo pensando en tonterías. La doctora Sanz era una joven que rondaría la treintena, alta y esbelta, con unos rasgos finos que llamaban la atención.

Villares hizo un leve gesto dirigido a Bermejo antes de proceder. El inspector agradeció que Villares le cediera el turno de palabra por ser su superior, pero prefirió que se encargara él de comenzar la conversación al hallarse en su terreno. El subinspector comprendió enseguida el lenguaje no verbal de Bermejo y contestó a la patóloga:

—Efectivamente, doctora. Imagino que no ha tenido tiempo de realizar la autopsia después del revuelo, pero quisiéramos conocer su informe preliminar, si es que lo tiene.

—Por supuesto, no se preocupen. Siéntense mientras busco el archivo en el ordenador.

123

Los dos policías obedecieron y se sentaron mientras la doctora manipulaba su equipo de sobremesa. Bermejo se fijó en que el PC no era un modelo demasiado moderno, otra de las quejas habituales de los trabajadores del sector público.

—Aquí tienen: se trata solo de mi valoración inicial. A última hora espero poder efectuar un estudio completo y la autopsia propiamente dicha, aunque tengamos trabajo pendiente.

Los miembros de los cuerpos de seguridad del Estado se enfrascaron en la lectura del somero informe que les había entregado la doctora Sanz. El cadáver de la joven llevaba tan solo unas horas en el Instituto Forense, pero había detalles inequívocos de los que podrían hablar antes incluso de efectuarse la autopsia.

—Yo es que me pierdo con tanto tecnicismo, doctora: equimosis, laceraciones, fractura del hioides... —apuntó Villares en voz alta.

—No se preocupe, doctora, está todo muy claro —aseguró Bermejo antes de reprender con la mirada al subinspector, que seguía dejándolo en evidencia—. Aunque no entiendo muy bien lo de los ojos. Esto..., espere un momento. ¿Qué significa este párrafo? Según asegura usted, a la chica la cosieron y ataron con hilo de bramante.

—Por sus palabras deduzco que no le han puesto al día sobre todas las implicaciones de este caso, inspector. ¿Conoce el modo en el que se ha encontrado a la muchacha?

—No, la verdad —confesó Bermejo algo avergonzado. Tendría que hablar muy seriamente con Claramunt. Esas no eran formas de trabajar en un caso de posible asesinato—. Como le decíamos antes, acabo de llegar de Madrid y...

Villares no se sorprendió al toparse de nuevo de frente con la mirada de hielo del inspector. Desde luego, no habían comenzado su relación profesional con muy buen pie, y la tarde no tenía visos de mejorar.

—Discúlpeme, inspector. Con las prisas no me ha dado tiempo

de comentárselo. Si me permite, yo le explico la escena del crimen que hemos hallado en el antiguo cauce del río.

Bermejo levantó su mano para impedir que el subinspector siguiera hablando. La doctora se apiadó del recién llegado y le puso en antecedentes antes de hablar de la aparente causa de la muerte de la joven.

—Imagino que sus compañeros de la científica han tomado muestras y realizado fotografías del lugar del crimen. Yo me limito a corroborar los escasos datos externos de los que disponía antes de inspeccionar el cuerpo propiamente dicho. Y, efectivamente, el asesino utilizó hilo de bramante para coser los párpados de la víctima, impidiendo la apertura de las cuencas oculares. Se valió del mismo material para colocar los brazos de la joven, aparte de utilizar pegamento de contacto para preparar su recreación.

—De la escena del crimen ya me preocuparé en su momento. Ciñámonos al análisis forense —comentó Bermejo.

—De acuerdo entonces. Procederemos con la analítica completa, pero hemos encontrado muestras de un compuesto similar al cloroformo en las vías respiratorias de la víctima.

—Ya veo... Eso puede indicar que la durmieron, secuestraron y llevaron a algún lugar. No creo que la mataran en el mismo parque.

—La autopsia nos dará más claves, pero estoy de acuerdo. La joven permaneció atada, de ahí las marcas y laceraciones en tobillos y muñecas. No parece que fuera golpeada de forma indiscriminada, pero sí presenta pequeñas equimosis en varias partes del cuerpo.

—Moretones, Villares. O cardenales si así lo entiende mejor, parece mentira.

El subinspector asintió compungido, no estaba siendo su mejor día, pero ya se resarciría del escarnio sufrido a manos de Bermejo. Prefirió mantenerse en silencio mientras la forense continuaba con su disertación médica.

—Sí, eso mismo. Y la fractura del hioides usted sabe que no es algo casual, casi siempre se debe a la misma causa.

—Muerte por estrangulación: un crimen muy pasional, y no tan fácil de realizar como parece. El asesino es un hombre fuerte, de manos grandes o constitución recia. Debería ser fácil encontrar huellas sobre la piel, a no ser que el tipo utilizara guantes.

—No puedo saber si utilizó guantes o no, pero a simple vista no vamos a encontrar ni huellas ni rastros, aunque lo intentaremos.

—¿A qué se refiere? —preguntó el inspector Bermejo algo confundido—. Cualquier pista puede ser de utilidad, no solo las huellas: pelos, fibras, semen o cualquier otra cosa.

—El cuerpo de la chica está impoluto, ha sido lavado a conciencia por alguien meticuloso y va a ser difícil encontrar nada relevante.

—¿Abusó sexualmente de ella?

—Tengo que hacer el estudio completo, pero no lo descarte. Aunque si ha sido tan meticuloso en el exterior del cuerpo, puede que tampoco hallemos nada en su interior.

—No deje ni un centímetro por explorar, doctora. Seguro que algo encuentra. Si el asesino se ha tomado tantas molestias por algo será, puede que haya cometido algún error.

—No se preocupe. Espero poder realizar la autopsia antes de que finalice el día. Mañana al mediodía, a más tardar, tendrán el informe sobre su mesa.

—¿Tan pronto? —se sorprendió Bermejo.

—Sí, la jueza y mis superiores han insistido mucho. Imagino que es importante de cara a la opinión pública. Cuanto antes hagamos nuestro trabajo, antes podrán ustedes dedicarse al suyo con todos los datos en la mano.

El inspector imaginó que las presiones políticas serían brutales en un caso de esas características. Y más con el cambio de dirigentes tanto en el ayuntamiento como en la Generalitat Valenciana. A todos les convenía que un caso tan mediático se resolviera lo más rápido posible.

—Claro, tiene usted razón. No la entretendremos más. Muchas gracias por su atención.

El inspector se levantó y estrechó la mano de la doctora para despedirse. Villares hizo lo propio y salió con gesto serio, encaminándose hacia los ascensores situados en el hall principal.

—No tengo ganas de montar un espectáculo en un sitio público, pero... ¿Se puede saber qué cojones ha pasado ahí dentro?

El arrebato de Bermejo no pilló por sorpresa al subinspector. Sabía que no se había comportado de un modo profesional. Hizo acto de contrición, pidió disculpas a su inmediato superior y le explicó con más detalle la escena encontrada en el parque. Villares adoptó un tono sumiso, aunque la cólera le quemaba por dentro. Si aquel inspector de Madrid pensaba que podía ridiculizarle en su terreno lo llevaba claro. Ya habría tiempo de ajustarle las cuentas.

—No entiendo nada, otro puto enfermo... —mencionó Bermejo en voz alta—. El tipo secuestra a la chica tras dormirla con cloroformo. Se la lleva a un lugar desconocido, la ata, puede que la viole y después la estrangula hasta morir. ¿Voy bien?

A Villares no se le escapaba el tono irónico de Bermejo, aunque no le apetecía discutir con él. Asintió y retomó el hilo a su modo.

—Eso parece, inspector. Después la limpia con exquisito cuidado, la viste y le cose los ojos con hilo de bramante.

—Lo de los ojos tendrá sus motivos, claro. A saber qué le pasa por la azotea a ese malnacido. ¿Y después coloca el cuerpo en el banco con ayuda de hilos y pegamento? Hay que estar muy jodido para...

—Sí, nunca había visto nada similar. Parecía una marioneta, allí atada la pobre con los hilos para que no se le cayeran los brazos por el peso muerto. También daba mucha impresión lo de los ojos cosidos, algo espeluznante.

—Para mi desgracia, yo sí me he encontrado con escenas parecidas e incluso peores. ¿Sabemos algo de la identidad de la chica?

—No, nada de momento, aunque habrá que cotejar sus huellas con la Interpol. Se trata de una chica joven, aparentemente de rasgos eslavos, pero no llevaba ningún tipo de documentación. Se está peinando la base de datos de desaparecidas de la región en los últimos meses, pero queda mucho trabajo por hacer...

—Entiendo... —La mente del inspector trabajaba a pleno rendimiento y quiso compartir sus pensamientos en voz alta—. Habrá que esperar. El cuerpo acaba de aparecer, puede que alguien lo reclame. Pero si no es así, si no la tenemos fichada ni aparece en ninguna base de datos, puede que sea una emigrante ilegal o...

—Quizás se convierta en un callejón sin salida, inspector. Parece rusa, y las mafias de esa región tienen mucho poder en la zona. No creo que nadie reclame su cuerpo. Los familiares de la chica no se van a enterar tan fácilmente.

—De eso que se encarguen en el Ministerio, hay protocolos para este tipo de casos. No sé si conocer la identidad de la chica nos ayudará a dar con el asesino, pero no hay que dejar ningún cabo suelto.

—Y, sobre todo, debemos encontrar el lugar del crimen. Si la forense halla alguna pista sobre el escenario, estaremos más cerca de atrapar al asesino.

—¡Nos ha jodido...! —exclamó Bermejo—. Se ha quedado calvo de tanto pensar, Villares. Si damos con la guarida de este cabrón puede que el caso se resuelva pronto. Aunque me da a mí en la nariz que no va a ser tan fácil.

Los dos policías se habían quedado hablando junto a los ascensores, a los que habían llamado en repetidas ocasiones mientras charlaban. Harto de esperar, Bermejo tomó las escaleras, seguido a escasa distancia por su acompañante.

—La forense ha mencionado a la jueza y Claramunt me ha dicho también que tal vez podríamos hablar con su señoría sobre el caso, aunque estemos empezando. ¿Sabe dónde podemos encontrarla?

—Sí, inspector. Creo que la jueza Velasco tiene su despacho en la cuarta planta. En el directorio colocado en la entrada principal del edificio podremos encontrar la ubicación exacta. El caso le ha tocado al Juzgado de Instrucción Número 5.

—¿Ha dicho la jueza Velasco? —preguntó Bermejo sorprendido.

—Sí, creo que se llama así. Una cincuentona con mala leche, pero que está todavía de muy buen ver, si se me permite la expresión.

—¡Joder, Villares! Siempre pensando en lo mismo... Yo conocí hace tiempo a una jueza Velasco, pero no creo que se trate de la misma persona.

Los dos policías habían subido los tramos de escalera que llevaban del subsótano al vestíbulo principal de la Ciudad de la Justicia. Villares se dirigió entonces hacia el directorio indicado, seguido de Bermejo a escasa distancia. En ese preciso momento el inspector se quedó parado y fijó su mirada en un grupo de personas que salía del ascensor.

—No me lo creo, no puede ser... ¿Eres tú, Maca?

El grupo de personas interrumpió sus conversaciones al toparse de frente con el rostro sorprendido de aquel hombre.

—¿Paco? —preguntó entonces una mujer alta, de frondosa melena castaña y profundos ojos oscuros que todo lo escrutaban—. ¡Menuda sorpresa! ¿Qué haces aquí?

Bermejo quiso borrar su cara de estupefacción al encontrarse de frente con la jueza Macarena Velasco, una vieja amiga que le hizo recordar tiempos mejores. Se acercó hasta ella y obvió el protocolo juez-policía al saludarla con dos besos en las mejillas que la mujer correspondió de buen grado.

—Ya ves, acabo de llegar a Valencia para ayudar en unas investigaciones. Y creo que me ha tocado el caso que lleva tu juzgado.

—¿El de la chica encontrada en el cauce del río?

—El mismo, Maca. De hecho, el subinspector Villares y yo íbamos a tu despacho para hablar sobre el tema. No sé si tienes tiempo ahora.

—Sí, claro, no hay problema. Espera aquí un momento, voy a hablar con el secretario del juzgado y ahora mismo os atiendo.

La jueza se dio la vuelta y se dirigió de nuevo hacia el grupo que la acompañaba. Transmitió unas instrucciones a sus subordinados, situados a escasos metros del lugar donde se habían quedado los policías, mientras Villares no dejaba pasar la ocasión de soltar su puyita.

—Vaya, vaya... ¿Maca? Ya veo que la jueza y usted son buenos amigos, inspector. La verdad es que no me extraña nada, qué suerte tienen algunos...

—No me cabree más, Villares, lo digo por su bien. Voy a hablar muy seriamente con Claramunt. Esto no pienso tolerarlo.

—Disculpe, no pretendía molestarle. Yo solo...

—Joder, ¿no se da cuenta? Me ofende a mí, a la jueza, a la forense y a todo el que se le ponga por delante. No sé si será buen policía o no, pero su diplomacia brilla por su ausencia. Así que ya está regresando a la jefatura, que yo voy a hablar con la jueza.

—Pero...

—Pero nada, subinspector. Es una orden. Y no se preocupe por mí, cogeré un taxi cuando termine por aquí.

—Muy bien, de acuerdo. Hasta luego entonces.

El gesto crispado de Villares indicaba que no se había tomado de buen grado las indicaciones del inspector, pero a este le dio igual. Esa mirada turbia no le gustaba un pelo, no se había equivocado en su primera apreciación. No quería ganarse un enemigo en el equipo nada más llegar a Valencia, pero no podía consentir aquellas formas. Y si Claramunt tenía que apartar del caso a Villares, él no iba a echarlo de menos.

En ese momento apareció de nuevo la jueza con una sonrisa pletórica que iluminó el hall de la Ciudad de la Justicia. Para ser sincero, pensó entonces Bermejo, el maldito subinspector volvía a tener razón. Macarena estaba estupenda y, a ojos del policía, se encontraba incluso mejor que la última vez que se había cruzado con ella, hacía más de diez años.

—¿Te parece bien si nos vamos a tomar un café aquí al lado? —soltó la jueza nada más regresar—. Mi despacho es un poco agobiante y lo tengo todo desastrado… Hecho un desastre, quiero decir, que se me pegan las expresiones típicas de aquí.

—No hay problema, no te preocupes. «Donde fueres haz lo que vieres». Me apunto a ese café, aunque mejor con hielo. Así nos ponemos también al día. Hace muchos años que no sé nada de ti.

—Que sean entonces «dos cafés del tiempo». Aunque igual yo me pido el que llaman bombón, con un poquito de leche condensada.

Macarena Velasco y Francisco Bermejo salieron juntos de la Ciudad de la Justicia, torcieron a la derecha y se dirigieron hacia el Centro Comercial El Saler, situado a escasos metros. No se percataron de que el subinspector Villares los adelantaba con su coche segundos antes de llegar a la rotonda en la que podría cambiar de sentido, mientras no apartaba su mirada de reproche de la pareja recién formada.

Velasco y Bermejo subieron a la última planta del centro comercial, donde se encontraba la zona de restaurantes. La jueza decidió tomar asiento en la terraza de una franquicia de cafeterías y el inspector se sentó a su lado mientras esperaban al camarero.

—Yo estoy en Valencia de paso, solo para colaborar en unas investigaciones que me han encargado mis superiores. Pero tú, ¿qué haces en un juzgado valenciano?

—Es una larga historia…

—Esas son las mejores. No te preocupes, tengo tiempo.

La mujer asintió, aunque su rostro amable y sonriente cambió un instante mientras su mirada se perdía en el infinito. El inspector lamentó que su inocente pregunta causara tal efecto en la jueza, pero ya no había marcha atrás.

—La vida me trajo hasta aquí, aunque si lo pienso bien, no sé si me equivoqué. Mi chico se hizo mayor y se fue a estudiar a Londres en una época difícil para mí. La casa se me hacía un mundo tras la muerte de Manuel. No soportaba la soledad de sus cuatro paredes y decidí darle un giro a mi vida.

—Vaya, te acompaño en el sentimiento. No sabía nada —contestó Bermejo con rostro serio—. ¿Llevas mucho tiempo en Valencia?

—No demasiado, poco más de dos años. Manolo falleció de un infarto hará pronto tres años y yo me sumí en una pequeña depresión... —La jueza paró un instante y se limpió con disimulo una lágrima que quería asomarse al balcón de sus hermosos ojos—. Lo siento, yo aquí contándote mis penas como si fueras mi confesor, cuando hace más de una década que no nos vemos.

—¿Tanto? Madre mía, cómo pasa el tiempo, Maca —respondió el inspector—. Tranquila, no tienes que darme más explicaciones. No debería haber sacado el tema.

—No te preocupes, no es culpa tuya. Además, me hace bien sacar lo que llevo dentro, no es muy habitual en mí. Pero ha sido encontrarme contigo y recobrar la confianza que te tenía, hace ya tanto tiempo. ¿Qué tal Encarni?

La pregunta pilló al inspector con la guardia baja. Macarena no daba puntada sin hilo. Tiempo atrás la jueza había trabajado en Madrid, trasladada desde su Málaga natal, y Bermejo coincidió con ella en más de una ocasión por temas profesionales. Esa relación estrictamente de trabajo fue ganando en confianza con el paso del tiempo, aunque nunca pasó a mayores. Ambos se encontraban felizmente casados por aquel entonces, o eso suponían, y prefirieron que su relación amistosa se enfriara poco a poco.

—Imagino que bien, hace semanas que no sé nada de ella. Nos

separamos hace tiempo y tampoco fue una situación agradable, pero ya pasó. Mis hijos también son mayores y hacen su vida, por lo que yo también me vi en la tesitura de cambiar. Vendimos la casa y me mudé a un apartamento de alquiler, a mis años...

—Ya sabes que la edad está en la mente, no en el cuerpo. Uno es joven si se lo propone y yo pretendo seguir disfrutando de la vida, por lo menos, lo que me permita mi trabajo.

¿Se estaba insinuando la jueza? Bermejo vio de nuevo el brillo en los ojos de su acompañante, pero no quiso entrar al trapo, por lo menos de momento. Acababa de llegar a Valencia y encima Macarena era la responsable judicial del difícil caso en el que se veía inmerso, así que no tenía demasiado margen de maniobra. Tendría que andarse con tiento para no meter la pata y estropearlo todo.

—Hablando de trabajo... —cambió de tercio Bermejo—. Siento sacar el tema, pero el inspector jefe querrá saber qué tal ha ido la conversación del caso con la jueza Velasco.

—Claro, Paco, tienes toda la razón. Un crimen muy extraño, ¿no te parece?

Bermejo asintió mientras le contaba a la jueza la situación vivida minutos antes en el despacho de la forense. Macarena también había visto la escena del crimen y pudo corroborar todos los datos con el policía mientras asumía su rol judicial.

—No sé si la autopsia nos dirá mucho más y, encima, desconocemos la identidad de la víctima. Una situación complicada...

—Aún han transcurrido pocas horas desde el hallazgo del cuerpo, seguro que la investigación avanzará. Yo no estoy preocupada, he seguido tu carrera y sé que te has enfrentado a casos mucho peores...

—Bueno, este tampoco parece fácil. Todavía estoy aterrizando y me tengo que hacer una composición de lugar. —Bermejo obvió el subidón que notó al saber que la jueza seguía sus logros policiales y prefirió tirar de otro hilo—. De hecho, aparte de este caso, el comisario me ha pedido que ayude en otras investigaciones de índole interna.

—Sí, estoy al tanto de algunas de ellas. Los juzgados andan muy revueltos. Se están preparando varias operaciones muy grandes y aquí va a caer más de un pez gordo.

—Vaya, te veo al tanto... Otro día me lo cuentas con más calma, tampoco quiero entretenerte demasiado.

—De acuerdo, sigamos entonces con el asesino de las marionetas...

—¿El asesino de las marionetas? —inquirió sorprendido el inspector—. Joder, Maca, no me parece... Ya han bautizado al tipo. Como se enteren los medios, nos van a crucificar.

—Lo siento, lo he oído en el juzgado, no sé de dónde ha salido. Aunque es cierto que la recreación podría asemejarse. No sé, una muñeca, una marioneta, algo así. Y los ojos cosidos, no sabes qué impresión me han causado. ¿Crees que se trata de un asesino en serie?

—Hombre, espero que no. Es el primer crimen de estas características y si no hay más de tres similares no se considera asesino en serie. Bastante tenemos con atrapar al lunático que ha hecho esto. No queramos rizar el rizo.

—También es cierto. Procuraré que no se hable mucho del tema en la Ciudad de la Justicia. Ya sabes lo cotilla que es la gente.

—Sí, no nos conviene. ¿Algo más destacable sobre el caso?

Bermejo continuó charlando con la jueza durante unos minutos más. Se dieron los teléfonos para seguir en contacto y se despidieron amistosamente con la promesa de hablar en unos días. El inspector no quería hacerse ilusiones, pero esperaba que Macarena no quisiera hablar con él solo por temas judiciales.

EL CUARTO PODER

Valencia,
18 de junio de 2015

Tras terminar a la carrera su cometido en el cauce del Turia, Max se dirigió a su domicilio de Valencia para descansar un poco antes de reincorporarse al trabajo. Su subconsciente arrinconó en un lejano lugar cualquier recuerdo de las inquietantes noches que había compartido en el pasado junto a Amparo y su mente disgregada regresó a la realidad. Y fue una realidad que le hizo sonreír cuando le vinieron a la mente los buenos momentos disfrutados en su barraca esa misma noche.

Rememoró la sensación de poder experimentada al arrebatarle la vida a la prostituta rusa, una sensación que se había ido aquilatando con el paso de las horas. Estaba tan abstraído que ni siquiera fue consciente de sus movimientos entre el momento en el que abandonó su guarida y su regreso a ella, aunque si comprobaba su reloj podía ver que las horas habían transcurrido a toda velocidad.

Su padre siempre lo había tratado como a un zoquete, pero él, pese a sus malas calificaciones académicas, tenía inquietudes artísticas que no supo encauzar como era debido. No se le daba bien la música ni las letras, por lo que lo intentó con la pintura sin resultados aparentes. Hasta que descubrió la fotografía.

Y ahora, casi como un maná caído del cielo, el destino le proporcionaba la manera de vengarse de la miopía de su progenitor y de sus propios profesores. Seguiría cuidando de ella como había hecho desde niño, pero ahora, además, tendría una recompensa que llevarse a la boca por sus esfuerzos: una pequeña galería de arte donde recrearse en esos momentos en los que la soledad lo aplastaba sin remedio.

Aunque el tiempo apremiaba, antes de salir de la barraca había tomado unas buenas fotos. Había utilizado un pequeño foco que guardaba por allí y su Nikon réflex había hecho el resto. De ese modo podría guardar para la posteridad el recuerdo de aquel reencuentro mágico de dos almas atormentadas. El flash inmortalizó la escena y pudo por fin respirar algo más tranquilo.

Lo peor aconteció cuando su organismo se relajó y la adrenalina lo abandonó por completo. Al regresar a su domicilio en la ciudad y tumbarse a descansar le fue imposible conciliar el sueño. Un carrusel de imágenes desfiguradas inundó su mente sin compasión, mezclando las escenas que le habían marcado en su niñez con lo ocurrido escasas horas antes. Era un cóctel explosivo que terminó por agotarlo y lo sumió en unas horas de terrible duermevela.

Terminó por levantarse y meterse en la ducha antes de hacer lo que de verdad le pedía el cuerpo: gritar con todas sus fuerzas para expulsar los demonios nocturnos que lo acompañaban en las horas más terribles. Ni siquiera el recuerdo del haz de luz que lo transportó al séptimo cielo en aquel clímax verdadero pudo atemperar el amargo sabor que llevaba prendido en la lengua tras sufrir la tortura de la madrugada más cruel.

Dejó que el agua hirviendo recorriera su cuerpo sin conmiseración alguna, aunque intuía que el líquido elemento no se llevaría sus imperfecciones por el desagüe. Al principio pensó que había encontrado el método no solo para trascender, sino también para enterrar bajo kilómetros de tierra la angustia y la desazón que le corroían por dentro desde hacía décadas. Qué iluso. Pronto supo que se equivocaba... Una vez más.

No se permitió pensar en la innombrable, esa maldita mujer cuyo perfil siniestro se adivinaba tras el rostro de miles de mujeres anónimas que lo martirizaban todos los días de su vida. No, no podía permitir que lo venciera de nuevo. Y menos en una noche tan especial para él, una noche en la que había recuperado la simbiosis perfecta con su princesa recuperada.

Alejó los malos pensamientos de su mente y se concentró en lo que estaba por llegar. No podía fallar en ese preciso día, su día. No se arriesgaría a faltar al trabajo en una jornada como aquella, en la que esperaba que su obra cobrara fuerza al aparecer en miles de conversaciones convencionales a lo largo de toda la ciudad.

Llegó a la oficina y se dirigió a su sitio con emociones encontradas, alejándose de los corrillos de compañeros que se formaban a primera hora para tomar café. Tecleó su contraseña de sistema y accedió al navegador de Internet sin miedo, ya que parecía que toda la plantilla hablaba de lo mismo. Y, sin embargo, no estaba preparado para lo que se iba a encontrar.

El titular de aquel periódico lo golpeó de un modo brutal y lo dejó sin habla durante unos instantes. Aunque al recuperarse pensó que la definición utilizada quizás no se encontrara tan alejada de sus propios pensamientos, mezcla de lucidez y sueños en blanco y negro sobre un fondo de azulejos desvaídos.

«El asesino de las marionetas siembra el terror en el centro de Valencia».

EL REENCUENTRO

Valencia,
19 de junio de 2015

Su segundo día en Valencia transcurrió en un suspiro, aunque la larga jornada en compañía del equipo especial organizado por la UCO le había pasado factura. El sargento Roncero se encontraba muy cansado, pero le había prometido al capitán Moreno que continuaría en la brecha al día siguiente y él siempre cumplía sus promesas.

Entonces se acordó de lo prometido a la mujer que amaba y un rictus de preocupación le nubló el rostro. Pablo marcó el número de su novia, pero el teléfono estaba apagado o fuera de cobertura. Decidió entonces enviarle un *whatsapp* para disculparse, indicándole que se le había hecho muy tarde y tendría que dormir otra vez en la capital valenciana.

El reloj se acercaba de forma inexorable a las diez de la noche, pero el bochorno de un día casi veraniego no terminaba de retirarse del todo. Roncero llevaba horas sin probar bocado y, peor aún, sin hidratarse como es debido, por lo que se encaminó hacia una conocida zona de ocio del centro de la ciudad para remediarlo.

El teléfono móvil le vibró entonces en el bolsillo del pantalón y el guardia civil se sobresaltó. Apurado, intentó acceder a su terminal antes de que la llamada se cortara, temeroso de enfadar aún más a Miriam si no lo localizaba a la primera. Sin embargo, la desilusión se apoderó de él al comprobar que no se trataba del teléfono de Miriam. De hecho, era un número desconocido, por lo que ni siquiera cogió la llamada. No estaba para tonterías a esas horas de la noche.

No obstante, no había recorrido ni diez metros cuando el teléfono comenzó a vibrar de nuevo. Cabreado por la insistencia, Roncero atendió la llamada, dispuesto a pagar sus frustraciones con el pobre infeliz que lo estuviera llamando a esas horas.

—¿Quién es? —preguntó el guardia civil de una forma desabrida que no se molestó en ocultar—. Si quiere venderme algo, le aviso desde ahora mismo que no me interesa...

—Hombre, Pablo, tanto como venderte algo no sé yo —respondió una voz conocida.

Roncero se quedó un momento clavado en la acera. El infernal sonido ambiente de una de las ciudades más ruidosas de España no le permitió escuchar con claridad a su interlocutor, pero sus neuronas habían hecho una conexión inequívoca al buscar en su propia base de datos el origen de aquella voz. ¿Sería posible?

—¿Es usted, inspector? —inquirió algo apurado.

—Claro, compañero, el mismo que viste y calza —respondió Bermejo sorprendido antes de darse cuenta del origen del equívoco—. Ah, claro, ahora caigo. No tienes apuntado este teléfono...

—No, disculpe, en mi agenda tengo su otro número. Por eso no he contestado a la primera. No suelo hacerlo con números desconocidos.

—Haces bien, muchacho. Y perdona otra vez, tanto por molestarte a estas horas como por no haberte avisado de mi cambio de teléfono. Temas de logística en la Judicial, ya sabes. Bueno, chaval, ¿qué tal estás? Un pajarito me chivó que te ibas a reincorporar pronto a tus quehaceres, tal vez después del verano.

—Perdone, Bermejo, estoy en medio de la calle y no me entero de nada con este ruido. Espere que busque un lugar más tranquilo para poder conversar con usted.

—No quería molestarte, Pablo. Era solo una llamada de cortesía.

—No es molestia, al contrario; es posible que me siente bien charlar con un amigo.

—Por mí encantado, faltaría más. Anda, busca un sitio más tranquilo y seguimos hablando si te apetece. Imagino que estarás por alguna de esas zonas bulliciosas de Madrid que a los jóvenes os gustan tanto. Yo ya estoy mayor para esas cosas.

El guardia civil cruzó la calle y se adentró en un oasis plantado en medio del tráfico infernal. Un pequeño parque urbano dominado por un ficus gigante, un inmenso árbol de ramas enormes que ofrecía a los visitantes un techo bajo el que cobijarse. El lugar idóneo para respirar un poco de aire puro y algo de tranquilidad en medio de la vorágine de la ciudad.

La última frase de Bermejo la escuchó ya dentro del parque, justo cuando encontró un banco en el que aposentarse mientras charlaba con su amigo. Se sentó al instante y Roncero contestó algo que pilló desprevenido a su interlocutor.

—Sí, estoy en una zona céntrica y bulliciosa, pero no de Madrid. La capital la abandonamos hace un par de semanas camino de Calpe. Pero este idiota no pudo soportar la tranquilidad de unas vacaciones playeras junto a la mujer que ama y se tuvo que ir a la aventura, perdiendo el culo en cuanto lo llamó su jefe. Y aquí me tiene, en Valencia, metido de nuevo en un fregado y con Miriam cabreada como una mona porque le he vuelto a fallar.

—¿Has dicho Valencia? —preguntó Bermejo.

Roncero asintió con un gesto, sin darse cuenta de que el inspector no podía verlo a través del terminal telefónico. De todos modos, le llamó la atención que alguien tan sagaz como Bermejo se quedara tan solo con su ubicación después de toda la parrafada que le había soltado. ¿Por qué sería? La respuesta le llegó al instante.

—Sí, inspector, estoy en el centro de Valencia. Acabo de dejar la Comandancia y me disponía a comer algo en algún garito de la zona. Pero no sé qué tiene que ver eso con...

—¡Joder, no sabes qué alegría me has dado!

—Siento andar algo espeso a estas horas, pero no le comprendo. ¿Le ocurre algo?

—¡Claro, chaval! —exclamó alborozado Bermejo ante el estupor del número de la Guardia Civil—. Dime dónde andas, que voy a buscarte en un periquete.

—Pero...

—Pero nada. Esto hay que celebrarlo —respondió muy ufano el inspector—. Casualidades de la vida, o tal vez el destino, nos han traído a la vez a la misma ciudad. Yo también estoy en Valencia. Dime dónde estás y voy para allá.

Roncero se quedó un momento bloqueado, no se esperaba esa salida del veterano inspector. ¿Qué hacía Bermejo en Valencia? Vaya tontería, pensó entonces. Seguramente le habrían encargado algún asunto policial y por eso ahora se encontraba también en la ciudad del Turia. Enseguida se recompuso y le explicó dónde se encontraba exactamente. De paso, le recomendó que cogiera un taxi si se encontraba lejos o desconocía la ciudad.

—En unos minutos estoy allí, no te muevas —le aseguró Bermejo.

El guardia civil no se había sobrepuesto todavía de la sorpresa y ni siquiera tuvo ocasión de negarse al encuentro con Bermejo. Minutos antes se encontraba abatido, cabreado consigo mismo por su desencuentro con Miriam y ahora se iba a reunir con el bueno de Francisco Bermejo. Tal vez le sirviera de terapia soltar lastre con su viejo amigo, alguien que conocía muy bien todo lo que había pasado en los últimos meses.

141

Minutos después oyó un penetrante silbido que se hizo notar incluso por encima del ruido de la zona. Roncero se volvió hacia la izquierda y divisó la ya no tan conocida silueta del veterano policía. De hecho, le pareció que Bermejo tenía un *look* más juvenil, incluso estaba más delgado.

El inspector sonrió al acercarse a su antiguo compañero de fatigas. Él también encontró algo cambiado a Pablo y no solo en su apariencia. Su poderoso físico parecía aún más realzado, como si la inacción de los meses de baja se hubiera transformado en más centímetros de fibra y músculo debido al ejercicio. Incluso lo encontró más alto, si es que era posible. A pesar de todo, el poso de tristeza en su mirada le dijo que aquel noble muchacho necesitaba un hombro en el que llorar sus penas. Y él estaba dispuesto a ofrecérselo si lo pedía.

El sargento alargó la zancada para reducir los metros entre ambos y estiró el brazo para estrecharle la mano al inesperado visitante en esa noche tropical. Pero Bermejo no iba a conformarse con un apretón de manos, no después de tanto tiempo.

—¡A mis brazos, Pablo!

Roncero se vio literalmente estrujado por el abrazo de oso del policía. Definitivamente, no se equivocaba. El inspector estaba más fibroso e igual de fuerte.

—Es una alegría volver a verlo, Bermejo. ¡Menuda casualidad! —soltó Roncero sin demasiado entusiasmo, algo que no le pasó desapercibido a su amigo.

—Joder, sargento, tú siempre tan formalito. ¿Cuándo coño vas a dejar de hablarme de usted? Soy Paco, por si no lo recuerdas.

—Esto, sí, yo... —rezongó Roncero por lo bajo—. Perdone, me sale sin pensarlo. Será por el gran respeto que le tengo, tanto personal como profesionalmente. Usted ya me entiende.

—Tranquilo, era una broma. Puedes llamarme como quieras, faltaría más. Pero anda, relájate un poco y cuéntame qué pasa por esa cabeza privilegiada que te ha dado Dios.

—De acuerdo, pero se puede alargar la cosa. Busquemos algún sitio para comer algo. Ya es tarde y todavía no he cenado.

—Yo tampoco, ahora que lo pienso. Aunque lo que de verdad necesito ahora es remojar el gaznate. ¡Qué bochorno hace en esta ciudad! Es insufrible, no sé cómo lo soportan.

Roncero asintió mientras le señalaba a Bermejo el camino que debían seguir. Se encontraban cerca de la catedral de Valencia, en el barrio de la Seu, por lo que solo tuvieron que andar unos metros para perderse en una de las zonas de ocio más concurridas de la ciudad. Rodearon la plaza de la Reina y ambos se fijaron un momento en un coqueto pub irlandés que parecía invitarles a entrar. Ambos se miraron durante un instante y negaron con la cabeza antes de continuar su camino. Se adentraron en la zona de bares y dejaron a un lado la peculiar plaza Redonda. Por fin encontraron un local a su gusto. Una vez dentro, la pareja de amigos no se anduvo con remilgos. Pidieron unas raciones para picar y sendas jarras de cerveza fresca para acompañar la comida en una noche demasiado calurosa para ambos.

—¡Por nuestro reencuentro! —soltó Bermejo tras entrechocar sus jarras.

—Brindo por ello —contestó Roncero algo más animado.

Entre raciones grasientas y jarras de cerveza, los dos miembros de los cuerpos de seguridad del Estado se pusieron al día de sus respectivas vidas. Roncero le habló a su amigo de la dureza de la rehabilitación, de los terribles momentos vividos para recuperarse en cuerpo y alma junto a una mujer que también había sufrido lo suyo.

—Por mucho que diga, no puedo ponerme en tu lugar, muchacho. Te admiro, Pablo; imagino que no ha sido nada fácil y espero que todo pueda quedar atrás.

—Eso pensaba yo, que era agua pasada. Pensé que tal vez pudiera retomar mi vida anterior ayudando a los compañeros, pero la he vuelto a joder. Soy un idiota, Miriam ni siquiera me coge el teléfono.

—Tranquilo, se le pasará tarde o temprano —contestó Bermejo, extrañado al escuchar un taco en boca del sargento—. Entiendo tu postura, pero ella también tiene razones para cabrearse. Dale un poco de espacio, nada más; no es bueno ponerse ahora delante de la fiera.

—Si es que se le pasa, que Miriam es de armas tomar... Bueno, cambiemos de tema, no me quiero poner melancólico. ¿Qué tal por la Judicial?

Bermejo le contó por encima su situación actual en el cuerpo de policía. Se encontraba en mejor forma, con ánimos renovados, y pensaba que todavía podía serle útil a la sociedad.

—Eso por descontado —sentenció Roncero—. Cuando se retire, la Policía Nacional echará mucho de menos a uno de sus inspectores más brillantes, aunque para eso faltan todavía muchos años. ¿Y qué le trae por aquí?

—Mardones me envió con dos misiones diferentes. Una no me hace ni puñetera gracia, porque se trata de temas más propios de asuntos internos, y otra tampoco pinta nada bien. ¿Te has enterado de lo que ocurrió ayer en el cauce del río?

Roncero negó con la cabeza, no sabía de ninguna novedad. Encerrado en el búnker de la Comandancia, trabajando codo con codo junto a Nadia y los demás compañeros, no había tenido tiempo siquiera de comprobar lo ocurrido a su alrededor.

Su mente se desvió un instante al recordar los momentos vividos en la Comandancia junto a la enigmática rusa: Nadia, la de los ojos grises. Sin darse cuenta, ya le había puesto ese mote, pero prefería no pensar demasiado en ella. No mientras su situación con Miriam se encontrara en ese extraño *impasse* que no le hacía bien a nadie.

—La verdad es que no, he estado muy liado. Ahora le cuento el marrón en el que me ha metido Antúnez, no quisiera interrumpirle.

Bermejo hizo un gesto para quitarle importancia antes de proseguir. Mientras, la mente de Roncero carburaba a toda velocidad. El inspector había mencionado algo relacionado con una investigación similar a las de Asuntos Internos. Y por boca de sus superiores sabía que la UCO también tenía casos abiertos en los que podía encontrarse algún policía en el disparadero. Rezó para que ambos Cuerpos no chocaran entre sí y les pillara a ellos en medio. No quería verse en la tesitura de tener que decidir entre su amistad con Bermejo y su apego a la causa del duque de Ahumada.

—Ese cabronazo es de los buenos. Yo he tenido mis diferencias con él, pero al final trabajamos juntos con buena sintonía en más de una ocasión. Aunque no te arriendo la ganancia si te ha enmarronado con algo, el viejo zorro no da puntada sin hilo.

—No se me desvíe, inspector. ¿Qué ha ocurrido en el río?

—Perdona, me voy por los cerros de Úbeda. Espero equivocarme, hijo, pero me da que voy a tener que enfrentarme a otro psicópata con ansias de fama.

—¿Cómo dice? —preguntó Roncero sin comprender del todo.

Bermejo le contó el hallazgo del parque público y Roncero alzó las cejas sorprendido, no se esperaba esa noticia.

—Vaya, no tiene buena pinta. ¿Saben ya que se trata de un psicópata, es pura intuición o hay algo más que no me ha contado? No me diga que es otro maldito asesino en serie...

—No se mienta la soga en casa del ahorcado, Roncero. Joder, espero que no, sería ya demasiada casualidad. Aunque los valencianos tienen otro crimen extraño que investigar, uno que creo que no tiene mucho que ver con la chica del parque.

Bermejo le habló a su acompañante del cuerpo sin cabeza ni manos encontrado en la Albufera de Valencia. El guardia civil se frotó el mentón, pensativo, mientras intentaba encajar en su mente las distintas piezas que le iban soltando.

—No parece que tenga mucho que ver, el modus operandi no es ni parecido. Aunque yo no descartaría nada en un caso de dichas características, menos si nos encontramos ante otro psicótico al que le gusta asesinar y recrear supuestas escenas.

—Este caso no tiene mucho que ver con los regalitos que nos hacía Jasón, pero algo raro se cuece en el cerebro de este tipo. Por eso estoy encantado de haberme encontrado contigo, tú tienes la mente más lúcida para estas cosas. O quizás es que sabes meterte en la piel de los asesinos, no sé ya qué pensar.

—Bueno, bastante tengo con lo mío, no se crea. ¿Conocen ya la identidad de la víctima? —preguntó el guardia civil mientras recordaba las dificultades de su propia investigación.

—No, ninguna pista. Creemos que se trata de una inmigrante ilegal, posiblemente de origen eslavo, según ha confirmado la forense. Hace un rato nos ha enviado el informe definitivo de la autopsia, se han dado mucha prisa. Por lo visto, las presiones de arriba están siendo brutales. Aquí no han podido evitar la aparición de los medios en el caso.

—Normal, si el cadáver ha aparecido en un parque público no es fácil tapar la noticia —Roncero contestó por inercia mientras manipulaba su teléfono. Buscaba alguna información relacionada con lo que le había comentado Bermejo y no tardó demasiado en hallar varias entradas en la Red—. Vaya, ¿ya le han puesto hasta un sobrenombre?

—Sí, esa es otra. «El asesino de las marionetas» lo llaman, menudo marrón. Como no encontremos pronto al asesino nos van a crucificar en los periódicos. Y los jefazos tan contentos, ya sabes.

Según comentó el veterano inspector, en el cuerpo de la fallecida no se apreciaban restos de huellas, fibras, saliva, semen ni cualquier otra cosa que pudiera darles alguna pista. Lo habían limpiado a conciencia, tal vez con un producto específico, y los investigadores iban a tener muy difícil deshilar la madeja si querían trabajar a partir de evidencias físicas.

—Eso es que el asesino se tomó sus molestias y, al parecer, su tiempo para dejar el cuerpo de ese modo —pensó Roncero en voz alta—. De todas formas, me parece extraño. Si dice que la estranguló con las manos desnudas, un asesinato demasiado íntimo y personal como ya sabemos, ha debido dejarle marcas de algún tipo.

—Según la forense los epitelios que pueden dejar las huellas dactilares están formados en su mayor parte de grasa corporal. En condiciones de alta temperatura y humedad, como sucede aquí durante estos días, es más fácil que se pierdan esos rastros. Aparte de que el muy capullo se ha debido de tirar un buen rato frotándole el cuerpo a la víctima con algún producto desengrasante, por si las moscas.

—¿Tampoco han encontrado semen en su interior?

—Pues no, el tipejo se tomó su trabajo en serio. Según la doctora, la chica mantuvo relaciones sexuales poco antes de morir, pero desconocemos realmente lo que le ocurrió.

Un caso complicado, según le pareció a Roncero. Sin conocer la identidad de la víctima y si nadie reclamaba el cuerpo, muchos de los comportamientos habituales de un investigador después de un crimen no tenían sentido. No podían hablar con su entorno más cercano, ya fueran amigos o enemigos; no podían peinar su lugar de trabajo ni su piso, pues ignoraban esos datos. Ni entrar en su correo electrónico o perfiles sociales, algo muy habitual en jóvenes de esa edad. Muchas de las puertas se les cerraban: no iba a ser fácil encontrar una pista que les permitiera avanzar.

—Imagino que habrán enviado a analizar la ropa, por si acaso —supuso Roncero.

—Claro, están en ello, igual que se estudia las imágenes de las cámaras cercanas al lugar de los hechos. Pero ya te adelanto que no vamos a encontrar una mierda. Ese tío nos la ha jugado. Todavía le estoy dando vueltas a lo de los ojos cosidos. ¿Por qué lo habrá hecho?

El policía lo había preguntado de una forma inocente, natural, pero Roncero conocía el percal. Bermejo sabía que él era un experto en perfiles criminales y lo estaba poniendo a prueba. El sargento tampoco quería inmiscuirse demasiado en el caso, pero su curiosidad y el ansia de quedar bien delante del inspector lo obligaron a pergeñar una idea sin pulir.

—No se puede saber a ciencia cierta. Así, a vuela pluma, yo diría que quizás la chica vio algo que no debería haber visto y el asesino le tapó los ojos de esa manera tan simbólica. Tal vez sea solo un aviso para navegantes.

—Poco iba a ver la pobre si ya estaba muerta. Según la forense, el cosido se produjo post mortem; quizás sea únicamente la marca del asesino, como lo de los hilos en las extremidades.

—Pues no le cambio el puesto, inspector. Si lo que ha querido el asesino es dejar su propia impronta, me temo que aparecerán más marionetas en la ciudad.

—¡No me jodas, Roncero! —exclamó Bermejo al comprender las posibles implicaciones—. Espero estar equivocado y que lo de los ojos signifique otra cosa. No sé, algo ritual o yo que sé, un ajuste de cuentas entre bandas, si me apuras. Me da lo mismo con tal de que no aparezcan más muñecas inertes por ahí.

—Ya me contará entonces según avance con el caso, parece que nuestra estancia en Valencia se va a prolongar más de lo previsto. Yo vine por lo del contenedor que encontraron en el puerto con esas chicas, como en aquel capítulo de *The Wire*, y ahora me veo inmerso en una investigación contra las mafias del Este.

—¡Coño, es cierto! —soltó Bermejo después de engullir una croqueta y darle un buen trago a su cerveza—. Ni me acordaba de ese caso, saltó a los medios hace unas semanas. Venga, cuéntame lo que puedas, que este viejo ya te ha aburrido bastante con lo suyo.

—Ni mucho menos, Bermejo. Desde un punto de vista estrictamente intelectual es un reto descubrir a su asesino, pero entiendo que no sea agradable como investigador. Si se me ocurre algo durante estos días se lo diré. Pero no se crea, lo mío también se las trae.

Roncero se avino entonces a contarle a Bermejo algunos detalles del caso que la UCO andaba investigando, pero sin ahondar en ciertos aspectos que tal vez sus jefes no quisieran compartir con nadie externo al Cuerpo. Tampoco pensaba mencionarle las demás investigaciones que otros compañeros llevaban a cabo, con algunos policías nacionales en el punto de mira.

—Vaya, no te privas de nada: blanqueo, prostitución, trata de personas, traficantes de armas y compadreo entre mafias internacionales. Creo que me quedo con lo mío, es más de andar por casa.

El sargento asintió ante la aseveración de Bermejo: él tampoco se encontraba demasiado a gusto trabajando en ese caso. Y menos sin saber lo que estaría haciendo Miriam en ese preciso momento.

La velada se prolongó durante un rato más, hasta que ambos decidieron retirarse para descansar antes de enfrentarse a la siguiente jornada. Se prometieron continuar en contacto durante el tiempo que ambos permanecieran en la ciudad, aunque lo que de verdad les hubiera gustado a los dos era volver a trabajar juntos. Por fin se despidieron con otro abrazo amistoso antes de abandonar el local y afrontar en soledad sus propios fantasmas a lo largo de una noche en la que les costaría conciliar el sueño por diferentes motivos.

UNA FIESTA MUY PARTICULAR

Altea,
julio de 2015

El antiguo «ladrón en ley» ruso amaneció muy contento. El maldito inglés había cumplido su palabra y le había proporcionado un cargamento muy por encima de lo que se esperaba: armas cortas, RPG, AK-47, munición de diversos calibres, granadas y mucho más.

Volkov necesitaba actualizar y mejorar su arsenal privado, así como las armas utilizadas por todos sus hombres. Era algo fundamental ahora que se preparaba para uno de los días más importantes de su vida: la reunión con los camaradas de la Mafiya en su finca privada. Se trataba de la mayor concentración de *vor v zakone* que se iba a producir fuera de la Madre Patria, un auténtico cónclave de oligarcas rusos.

Las últimas semanas estaban siendo muy duras. Tras el absoluto fracaso con la entrega de chicas a través de los contenedores de Brown, Sasha se vio obligado a recurrir de nuevo a los malditos kosovares, que controlaban las rutas terrestres desde los Balcanes. Habían tenido sus desavenencias en el pasado, por lo que tuvo que untarles con una gran cantidad de billetes antes de acometer nuevos negocios con los traficantes de esclavas sexuales. Su remanente en metálico estaba menguando a ojos vista; menos mal que el cargamento de armas le había salido gratis gracias a la cagada del inglés.

La mente de Volkov carburaba a doble velocidad, intentando encontrar el equilibrio para las dos grandes citas que tenía previstas para ese verano. Las dos tenían una importancia capital, por diferentes motivos, y no podía fallar en ninguna de ellas.

En la primera tenía que encargarse de la organización, logística, transporte, alojamiento y seguridad de la reunión con sus camaradas rusos. Nada ni nadie podría entorpecer un evento en el que llevaba muchos meses trabajando. Sus compatriotas habían confiado en él para organizar esa fiesta privada en la que iban a tratarse muchos temas importantes, como la futura organización interna de la Mafiya, y él pretendía ganarse el favor y, por supuesto, el apoyo de camaradas que podrían auparle a un puesto mucho más importante en el escalafón.

Volkov manejaba a su antojo el Levante español, pero quería mucho más. Su gran sueño consistía en controlar la mayor parte de Europa occidental y lograr eliminar las trabas que Kolarov, Timonchuk, Petrov y otros mafiosos afincados en la zona le ponían para cualquier negocio. Tenía de su parte a su antiguo socio, Tikonenko, y creía que podría contar con el voto de Yurin, pero todavía le quedaba mucho trabajo por hacer. A la reunión también asistirían algunos de los oligarcas rusos más importantes: empresarios del gas, petróleo o minerales pesados, antiguos mandatarios de la Duma, generales y otros muchos. Un evento en toda regla en el que no podía dejar nada a la improvisación.

Si conseguía su propósito, se convertiría en el zar de zares en toda la península Ibérica, Francia, Italia, Benelux y tal vez incluso Alemania. Un bocado demasiado jugoso para dejarlo escapar. Controlar el tráfico de mujeres en una región tan amplia, haciéndose cargo de los clubs de alterne más grandes y lucrativos del continente con todas sus consecuencias le reportaría pingües beneficios. Por no hablar del poder que conllevaría un cargo tan importante, pues tendría en nómina a empresarios y funcionarios corruptos de todos esos países en una inmensa red de contactos que le aseguraría el perfecto funcionamiento de sus negocios.

Contaba con sus mejores hombres y con dos de los bufetes de abogados más conocidos de Alicante trabajando las veinticuatro horas a su servicio para que nada fallara. Todo debía salir a pedir de boca, incluso un pequeño detalle que no podía olvidar: engañar a las autoridades para evitar que terceras personas estuvieran al tanto de sus movimientos.

En colaboración con gente de confianza de Rusia, había elaborado un complejo entramado para que nadie sospechara de sus movimientos. Algunos de sus invitados viajarían a España en vuelos regulares y otros en vuelos privados. Unos preferían utilizar sus verdaderas identidades, pero otros, que se sabían más perseguidos por los estamentos policiales del Viejo Continente, habían preferido seguir los consejos de Volkov y utilizar documentación falsa, de uso exclusivo para una reunión que nunca tendría lugar a ojos de extraños.

Sabía que, si algo fallaba, sería hombre muerto. Pero a él le gustaba el riesgo y estaba dispuesto a correrlo. Las ventajas y beneficios en caso de que todo saliera a pedir de boca serían incontables, y ese era el verdadero motor que lo hacía trabajar con más ahínco.

Iba a tirar la casa por la ventana para agasajar a sus huéspedes, aunque tuviera que hacer menguar su ya escasa reserva de efectivo. Su mansión en la recoleta atalaya sobre Altea no sería el lugar elegido para acomodar a sus invitados, pues no quería problemas con vecinos o autoridades locales. Su propiedad era conocida en muchos círculos, y aunque contaba con una excelente seguridad, prefería que nadie la relacionara con la visita de unos extranjeros nuevos en la zona.

El despliegue sería enorme, pero debían andarse con cuidado para efectuarlo de modo escalonado. En una zona tan poco transitada como aquella no podían pasar a la carrera un montón de cochazos imponentes en fila india para llamar la atención de cualquier desaprensivo. Habría que efectuar los traslados escalonados para desubicar a cualquiera que intentase seguirles la pista.

Naturalmente, Sasha tampoco se fiaba de alquilar, aunque fuera de un modo completo y exclusivo para el encuentro, cualquier hotel o restaurante de la zona. Si lo hacía, siempre podía colarse algún camarero del que no tuviera referencias o, si las autoridades llegaban a conocer el lugar de la reunión, podría terminar con problemas de otra índole.

Por eso, Volkov había elegido su otra finca, situada cerca de la Costa Blanca, la misma que el maldito inglés había denominado su Cueva del Pecado, para la reunión de la cúspide de la organización criminal. El mafioso poseía una extensa propiedad de varias hectáreas a menos de cien kilómetros de su casa principal, tierra adentro; sin embargo, él no aparecía en los papeles.

La inmensa finca figuraba a nombre de una sociedad interpuesta, a través de unos testaferros españoles para que nadie pudiera relacionarlo con lo que allí tenía lugar. El cortijo contaba con dos edificios principales separados por bastantes metros. En uno se alojarían los invitados y en el otro, los regalos que tenía previsto ofrecerles como fin de fiesta una vez finiquitados los negocios.

El edificio más grande y lujoso tenía diez habitaciones dobles con su correspondiente baño privado, equipado con jacuzzi o ducha con hidromasaje. La casa contaba también con un salón principal, otro auxiliar y una sala de conferencias. Además, había una enorme y bien provista cocina con su almacén de provisiones, bodega, cuarto de ocio con billares, mesa de ping-pong y máquinas recreativas de todo tipo, e incluso una pequeña sala de cine. Y por supuesto, una espectacular piscina a espaldas del edificio para que sus huéspedes pudieran refrescarse durante el cálido y asfixiante verano levantino. Todo lo mejor para que sus invitados se sintieran como en casa.

El otro edificio constituía su peculiar jardín del Edén, el paraíso soñado por muchos hombres. Allí vivían sus particulares ninfas, las mejores cortesanas que había podido reunir para cumplir todos los deseos de sus huéspedes. Su verdadera gallina de los huevos de oro, ya que esa Cueva del Pecado era a veces la que le reportaba los mayores beneficios, según el tipo de visitantes que tuviera en la finca.

Brown no se había equivocado en su apreciación, para disgusto de Volkov al enterarse de que su mayor secreto andaba en boca de determinadas personas. Aquello no era un club de alterne al uso, solo se podía acceder con invitación exclusiva y, por supuesto, bajo estrictas medidas de seguridad. Cuando allí se celebraban eventos privados, los asistentes sabían que si querían participar tenían que poner su cartera y su vida en manos de sus anfitriones. Y esta consigna no era algo metafórico, sino completamente literal.

Los agraciados con la visita al mayor templo del placer de la Costa Blanca debían cumplir una serie de requisitos si querían traspasar las verjas de la finca. En primer lugar, debían depositar una importante cantidad de dinero en metálico si querían optar a alguna de las fiestas temáticas que tenían lugar cada mes. Pero eso no era lo más importante: a Volkov le preocupaban más otros pequeños detalles.

Los candidatos se sometían a un estricto cuestionario y, además, debían proporcionar la información confidencial que los anfitriones consideraran necesaria para que existiera un *quid pro quo* en cuanto al manejo de los datos. Volkov no necesitaba conocer esa información por boca de sus invitados, pues ya se encargaban sus hombres de conseguírsela antes de la entrevista para tener bien cogidos a sus huéspedes en caso de que se desmandaran más de la cuenta, pero solía tratarse de la parte más divertida del proceso.

El mismo Sasha aparecía por sorpresa en alguna de esas peculiares entrevistas para desconcertar a los invitados en potencia. Volkov tenía un lado histriónico que en ocasiones le gustaba mostrar en público y aquellos encuentros le permitían sacar su faceta menos conocida. Sobre todo, cuando obligaba a aquellos desgraciados a firmar un contrato en el que prácticamente le entregaban su vida a cambio de poder participar en las fiestas por excelencia.

Sasha no era idiota y sabía que debía obsequiar a sus invitados con lo mejor de lo mejor y, por descontado, esperar unas semanas después del canje monetario para que los clientes acudieran a la fiesta con el ánimo recobrado. Cada vez había mejorado más los mecanismos de la sutil manipulación que efectuaba con sus poderosos clientes, un juego en el que él era el único que salía ganando. Obtenía mucho dinero, poder y la completa entrega de unos hombres que le debían la vida quisieran o no. El negocio del siglo.

De ese modo compraba las voluntades de numerosos hombres que estaban a su merced: políticos, empresarios, jueces, deportistas de élite, policías, famosos de tres al cuarto y otros miembros de diferentes faunas que lo único que querían era dar rienda suelta a sus instintos más primitivos en un ambiente cada vez más famoso. Su tela de araña crecía sin apenas darse cuenta, ya que esos mismos huéspedes ejercían de mediadores para conseguir otros buenos contactos, siempre bajo estrictas medidas de seguridad consensuadas de antemano en el famoso contrato. El boca-oreja hacía el resto y la rumorología se extendía sin piedad, dotando a la Cueva del Pecado de un aura de exclusividad y morboso peligro que cualquiera que pretendiera ser alguien en su sector debía conocer, aunque fuera una sola vez en su vida.

Los firmantes se comprometían a cumplir las estrictas reglas establecidas por la organización, pero también podían pedir extras dependiendo de sus gustos y, sobre todo, del dinero que estuvieran dispuestos a gastar. Las fiestas especiales en la finca privada de

Volkov solían durar todo un fin de semana, y los invitados pagaban un mínimo de 30.000 euros por el pack básico, aunque algunos VIPS se dejaban millones por fiestas especiales en las que luego había que limpiar más fluidos de los conocidos en cualquier relación puramente sexual.

Y es que aquello se había convertido en una agencia de viajes muy particular. Los turistas ocasionales tenían derecho a la recogida en el punto que ellos mismos asignaran, el traslado anónimo al lugar del evento (por supuesto, con los ojos tapados para no conocer la ubicación exacta de la propiedad) y pensión completa de calidad cinco estrellas, con todas las bebidas incluidas. Como es natural, podían disfrutar de todos los detalles de la casa y disponer de las concubinas según lo estipulado en el contrato.

Volkov contaba con diversos catálogos para satisfacer a sus clientes. En uno se podía encontrar un ramillete de las mejores *escorts* que poseía, algunas que estaban allí *motu proprio* y otras que se veían obligadas a trabajar para él, las mayores cortesanas de la carne. Y en otro pequeño folleto detallaba los servicios sexuales que su organización podía ofrecer, con sus correspondientes precios: tríos, orgías, BDSM, fiestas temáticas, etc. Aunque siempre podía aparecer un cliente cuyas demandas no existieran como tales en sus catálogos; en esos casos, concretaban la cantidad requerida si es que consideraba oportuno ofrecerle dichos servicios.

A Volkov le gustaba tener controlados los detalles de sus grandes fiestas aunque, dependiendo del grado de perversión que sus clientes hubieran elegido, prefería no pasarse por aquellas instalaciones del pecado. Por ejemplo, había preferido no asomarse cuando aquel médico de Villareal quiso tener durante un fin de semana completo, a su entera disposición en la suite asignada, a dos chicas vírgenes menores de catorce años y a un niño que no superaría los diez años.

El mafioso ruso delegaba entonces la supervisión en alguno de sus hombres de confianza. No quería saber lo que les ocurría a esas criaturas en el interior de su finca, ni, por supuesto, lo que les sucedía después para que nadie pudiera conocer lo que habían sufrido en sus propias carnes. El cliente pagaba mucho dinero por un servicio de tales características, y su organización se lo proporcionaba sin mayores problemas una vez aceptados los términos del contrato.

A oídos de Sasha llegaron apenas retazos de información sobre el numerito organizado por el médico. El galeno apareció con su equipo completo de trabajo en el hospital: bata, estetoscopio y un maletín repleto de herramientas que nadie osó revisar. Al menos esperaba que aquel degenerado hubiera utilizado alguna droga para que sus pacientes perdieran un poco la conexión con la realidad.

El modus operandi en la finca había mejorado con el tiempo, incluso instalaron cámaras ocultas en todas las estancias para grabar todo lo que ocurría en su propiedad. Los clientes no lo sabían, aunque pudieran intuirlo después de la cantidad de cláusulas firmadas en el contrato. Tener pruebas de su infamia era la mejor manera de garantizarse su silencio, aunque nunca pudieran saber si los iba a extorsionar de algún modo.

Volkov todavía recordaba con aprensión la primera muerte que tuvo lugar en su propiedad y las chapuceras formas con las que se enfrentaron a lo ocurrido. Uno de los prelados más conocidos de la región, fiel cliente desde que su negocio VIP empezó a despuntar, pedía siempre una negrita de carnes prietas para castigarla con su cilicio. Hasta que un día se pasó de la raya.

Los vigilantes de la mansión sabían que no podían interferir en los cuartos privados de los clientes, pero no pudieron soportar los gritos desgarradores de aquella pobre, una esbelta joven de origen zulú. Cuando los hombres de Volkov tiraron abajo la puerta de la suite se encontraron un escenario dantesco, un espectáculo para el que no estaban preparados.

Las paredes de la habitación aparecían tintadas con un color rojo poco esperanzador, llenas de sangrientas salpicaduras, pero lo peor se encontraba encima de la inmensa cama King Size del dormitorio. Un revoltijo de vísceras, sangre y otros fluidos corporales dotaban al escenario de un aire tétrico, una alegoría infernal más propia de un cuadro de El Bosco que de una relación puramente carnal.

Por suerte, Dimitri, uno de los mejores lugartenientes de Volkov, aguantó el tipo y supo salir airoso de aquel difícil trance. No le pasó desapercibido el pesado maletín abierto en la cómoda, repleto de unas herramientas más propias de un matarife o de un aprendiz de asesino en serie que de un sacerdote en ejercicio.

—¡Dios mío, perdóname! —gritaba extasiado el prelado fuera de sí mientras contemplaba con asombro sus manos manchadas de sangre—. No sé lo que ha podido suceder, lo siento... Estábamos tan tranquilos, jugando a nuestras cosas y de repente la oscuridad se ha adueñado de este lugar. ¡Satán y Lucifer se han apoderado de mis actos, el Averno ha entrado en mí y no he podido controlarlo!

—Tranquilícese, Eminencia. Nosotros nos haremos cargo de todo.

La amarga experiencia estuvo a punto de dar al traste con el floreciente negocio de Volkov. Sus hombres arreglaron el estropicio, se deshicieron del cadáver y llevaron al religioso a un lugar seguro. El mafioso se encargó de recordarle a su invitado, unos pocos días después de la tragedia, que estaría en deuda con él de por vida.

El luctuoso hecho le reportó a Sasha mucho dinero, dinero que el obispo le hacía llegar todos los meses proveniente de las mismísimas arcas de su congregación. Y no solo eso, sino también otras prebendas que Volkov se cobraba de vez en cuando, apelando al beneficio de su silencio sobre aquella transacción comercial que había salido tan mal. De ese modo consiguió conocer los secretos de confesión de algunos prohombres de la región, algo que siempre podía venirle bien en determinadas circunstancias.

Aquel lamentable fallo de logística le sirvió también para mejorar las prestaciones de su negocio, tanto en la organización del día a día en su finca, como en lo relativo a las diferentes cláusulas que a partir de ese momento obligaría a firmar a todos sus clientes. Volkov informó a sus huéspedes por activa y por pasiva de que no iba a tolerar de nuevo esa brutalidad si no estaba controlada de antemano. Si el cliente quería algo semejante, debía concretarse en el contrato, pero siempre con el añadido de un suplemento muy generoso. De lo contrario, el cliente sufriría las consecuencias en sus propias carnes: se le pagaría con la misma moneda.

Afortunadamente, el encuentro con sus compatriotas no debía suponerle un mayor problema en ese sentido. Conocía los gustos sexuales bastante convencionales de sus camaradas y, aparte de Tikonenko, nadie tendría por qué salirse de los cánones más comunes. Al viejo camarada Tikonenko le gustaba montárselo con dos jovencitas, en torno a los dieciséis años de edad y gemelas a ser posible, pero no podía considerárselo peligroso. Y el resto eran viejos carcamales a los que tendría que proporcionar más Viagra que otras cosas si quería que por lo menos funcionaran una última vez antes de morirse.

El tema de las chicas no iba a convertirse en el mayor problema en la reunión de la Mafiya. Sasha tenía otras muchas preocupaciones en la cabeza. Y para colmo, debía comenzar también la planificación de su siguiente fiesta privada en la mansión, una para la que sí iba a necesitar una logística diferente.

Y es que su nuevo compañero de aventuras empresariales, el inglés Brown, le había abierto la puerta a todo un mundo de posibilidades: el jeque Al-Mansour, sus amistades peligrosas a lo largo y ancho de Oriente Próximo y por supuesto, los petrodólares de la región.

El diplomático qatarí, que al parecer se ganaba muy bien la vida como traficante de armas aunque no le hacía falta trabajar merced a su pertenencia a una de las familias más poderosas del emirato árabe, también tenía previsto acudir a España ese mismo verano.

Sus primos lejanos, los saudíes, lo habían invitado a pasar unos días en Marbella con motivo de una celebración familiar. Y Brown estaba intentando reclutarlo para la causa: ya lo tenía medio convencido para reunirse en privado con Volkov en Valencia.

El mafioso inglés le había hablado a Sasha de las fastuosas orgías que los árabes montaban en sus espectaculares yates, recorriendo gran parte del Mediterráneo y recalando en Capri, Ibiza o las islas griegas para hacer patente su poderío. Un despliegue sin precedentes de lujo y esplendor: helicópteros, limusinas, coches de alta gama, joyas, guardaespaldas armados hasta los dientes y, por supuesto, un increíble ramillete de bellas mujeres con las que divertirse en cada una de las paradas de su itinerario estival.

Por lo visto, según las malas lenguas, a Al-Mansour también se le relacionaba con otro tipo de fiestas privadas que se organizaban en castillos y residencias privadas, todas propiedad de multimillonarios, miembros de la realeza europea o altos dignatarios del Viejo Continente. Unas fiestas que dejaban en simples juegos de artificio lo que la ficción llevó a la gran pantalla en *films* como *Eyes Wide Shut*, la inquietante película de Kubrick.

Volkov no presumía de ser un gran cinéfilo, pero, a petición de un empresario alemán con el que había realizado más de un negocio inmobiliario con excelentes resultados, estaba preparando una fiesta muy particular. Sería más privada y exclusiva que nunca.

Bauer, el millonario alemán que había asistido a sus encuentros VIP en al menos media docena de ocasiones, lo convenció para preparar algo diferente: un encuentro al que solo pudiera acudir un reducido y selecto grupo de personas, todas de alto poder adquisitivo, para disfrutar de unas veladas que jamás olvidarían.

—Tus putas son las mejores, Sasha, de eso no hay duda. Pero el morbo de las primeras veces ya lo he dejado atrás, necesito nuevas emociones. ¿Estarías dispuesto a correr el peligro de organizar algo especial para mí?

—Ya sabes que la logística no es problema, viejo amigo. Yo puedo satisfacer todas tus necesidades, absolutamente todas. El precio dependerá de tus exigencias, eso también lo sabes.

El alemán había frecuentado todo tipo de antros de perversión a lo largo y ancho del planeta: Cuba, Tailandia, Oriente Próximo, Marruecos y otros muchos lugares donde la carne fresca de hembra se vendía al mejor postor. Pero esos lugares ya no le satisfacían y ahora solo conseguía excitarlo el morbo de algo nuevo y peligroso: la *Deep Web*.

A Volkov no le pilló de nuevas la mención a la *Darknet*, los sótanos de la Red en la que los criminales se movían a su antojo para no ser detectados por las autoridades. Él había utilizado alguno de sus servicios, siempre asesorado por expertos en el tema para no ser localizado por investigadores policiales. A pesar de todo, no estaba preparado para escuchar lo que tenía en mente su compañero de negocios.

Bauer le contó que tenían un club privado, un pequeño foro al que se conectaban de forma anónima a través de subcapas de la *Deep Web*. En ella organizaban a veces subastas, pero ahora el alemán necesitaba emociones más fuertes.

—Miedo me da preguntarlo después de haber escuchado lo de las subastas. ¿De qué degenerada idea estamos hablando?

Volkov lo preguntó en tono amable y distendido, con un rictus con el que esperaba no dejar aflorar la inquietud que le estaba creando aquella conversación. El empresario ruso no iba a asustarse por una simple subasta en la que los apostantes pujasen por las chicas, eso no era ninguna novedad. Él también había participado en alguna, ya fuera como un simple juego donde demostrar su poder delante de otros o directamente para adquirir en propiedad la mujer o mujeres que se subastaran. No, Bauer no se refería a eso. Y menos si el tema lo trataba con sus amigos en un recóndito sótano de la ya de por sí oscura *Darknet*.

—Nada que un genio como tú no pudiera organizar, Sasha. Eres el mejor para estos casos. Además, tu finca es el escenario perfecto para dar rienda suelta a otra de nuestras grandes pasiones. Ya sabes, como en el cortijo extremeño de mi amigo Mendiluce.

—Sí, pero no sé qué tiene eso que ver con mi finca. Aquí no...

El rictus severo de Aleksandr Volkov se quedó petrificado al comprender lo que insinuaba su invitado. No, no podía ser, todo tenía un límite. Nunca había tenido escrúpulos para ningún tipo de negocio, pero a veces había que poner un tope para no perder la perspectiva de lo que sucedía a tu alrededor.

El mafioso ruso puso el grito en el cielo ante la sola insinuación de tamaña salvajada. Pero Bauer lo tenía todo pensado y lo convenció poco a poco de las bondades del proyecto. Entonces Volkov pensó que podría merecer la pena arriesgarse de ese modo: primero, por el desorbitado canon de salida que cobrarían a los invitados y segundo, porque sería una buena manera de sorprender a Al-Mansour, el jeque qatarí con el que podría hacer otro tipo de lucrativos negocios.

SI MAHOMA NO VA A LA MONTAÑA

Las investigaciones en las que se había visto inmerso Roncero avanzaban poco a poco, pero él tuvo que regresar a Calpe antes de que Miriam dejara de hablarle para siempre. El sargento sabía que podía tirarse al pie del cañón todo el verano si trabajaba en ese caso a jornada completa, por lo que había pactado una pequeña tregua con sus superiores.

—Tranquilo, Pablo, lo comprendo perfectamente —le aseguró el comandante Antúnez cuando el sargento le pidió permiso para ausentarse—. Yo te convencí para que vinieras a echarnos una mano, no para que te pasaras aquí el verano completo. Aunque, al parecer, tu ayuda estaba resultando fundamental para desenredar la trama de esta maldita mafia...

—No me haga eso, mi comandante —replicó Roncero al verse acorralado entre el deber a su trabajo y el amor por Miriam—. Todavía no estoy al cien por cien, pero prometo reincorporarme a mi puesto después del verano. Además, el equipo del que dispone el capitán Moreno es muy capaz de finiquitar este asunto sin mi ayuda.

—Sí, pero tu visión nos aporta mucho, ya lo sabes. Y parece que haces buen equipo con la guardia Muñoz.

Su jefe soltó la última frase con retintín mientras palmeaba la espalda de su subordinado de un modo amistoso. La camaradería era uno de los puntos fuertes de la Guardia Civil, pero Pablo Roncero no estaba dispuesto a permitir determinados comentarios. No, si eso conllevaba rumores infundados entre sus compañeros que pudieran perjudicar a su vida personal.

—Regreso a Calpe, pero mantendré el contacto —aseguró Roncero para regocijo del comandante. Su pupilo le había dejado un resquicio abierto que Antúnez pensaba aprovechar; a él le daba igual la vida privada de sus hombres, lo importante era la misión—. Puedo acercarme algún otro día para algún detalle en particular, o quizás atenderlo desde la Comandancia de Alicante, que me pilla más cerca. Pero nada más.

—Claro, Pablo, no te preocupes. Hablamos entonces en los próximos días. Dale recuerdos a Miriam y disfruta de tu merecido descanso, te lo has ganado.

El sargento regresó al lado de su pareja, pero le costó recuperar el buen ambiente entre ellos debido a sus últimas discusiones. Tardó casi una semana en conseguir que la sonrisa de Miriam le alegrara de nuevo la jornada, pero el destino juguetón seguía dándole quebraderos de cabeza.

—Venga, atiende el teléfono de una santa vez —dijo Miriam resignada ante la enésima llamada que Pablo recibía en su móvil—. O si lo prefieres, le digo yo a tu comandante que nos deje comer, pero de una forma que tal vez no te convenga.

—Vale, será solo un momento.

Roncero atendió el teléfono y se alejó unos metros de Miriam para hablar con mayor tranquilidad. Su superior le aseguró que era casi una cuestión de vida o muerte, y el sargento no supo cómo salir del trance sin herir más sensibilidades a su alrededor. Al final colgó el teléfono sin concretar nada con su jefe, pero se le quedó un mal cuerpo poco apropiado para digerir la comida.

—Así no puedes seguir, Pablo. Habíamos quedado en que te olvidarías del tema, que íbamos a pasar aquí el verano sin mayores distracciones.

—Ya lo sé, soy un idiota. Es mi maldito sentido del deber, que me machaca y no sé cómo afrontarlo.

—Tranquilo, te comprendo. Anda, terminemos de comer y luego lo hablamos. No quiero que los nervios hagan que te siente mal la comida.

A Roncero se le había cerrado el estómago y lo de comer fue un decir. Se encontraba en una difícil encrucijada de la que no sabía cómo salir. Por un lado, se veía en la necesidad de atender las necesidades de Miriam; se lo había prometido y él era un hombre de palabra. Pero por el otro, le llamaba demasiado la atención el caramelo que Antúnez le ponía en forma de suculento caso con el que desarticular una red mafiosa en España. El comandante le había insinuado incluso un posible ascenso en el escalafón, aunque eso no le preocupaba en exceso. También le pesaba su deber como guardia civil, que siempre tenía muy presente.

Se tumbó a descansar un rato mientras Miriam bajaba a la piscina con un libro y su inseparable *smartphone*. Cuando Pablo se despertó de la siesta y se encontró a su pareja frente a él, no supo calibrar la enigmática sonrisa que la chica llevaba prendida en el rostro, pero pronto lo averiguaría.

—Despierta, bella durmiente —soltó Miriam en tono zalamero—. Tengo buenas noticias para ti. ¡Nos vamos a Valencia!

—¿De qué estás hablando? —preguntó Roncero todavía somnoliento.

—Mira, sé que lo estás pasando fatal con toda esta historia y

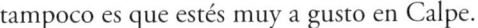

tampoco es que estés muy a gusto en Calpe.

—No es eso, Miriam. Es que yo...

—Lo sé, no te preocupes. Y aunque me cueste comprenderlo, sé que sentirte útil de nuevo te servirá como terapia. Yo no soy quién para impedirlo y menos si se trata de un caso tan importante.

—Y yo te lo agradezco, aunque me sienta fatal por anteponer de nuevo mi trabajo e incumplir mi promesa. Pero has dicho que nos vamos los dos a Valencia, ¿no?

—Sí, claro, no pensarás que te vas a divertir tú solo cazando a los malos. Yo también tengo cosas que hacer en la ciudad.

—¿Qué cosas? —preguntó escamado Roncero.

—Verás, he estado hablando con Pinilla y con otros contactos que tengo en Madrid. Llevo ya varios días detrás de un tema y al final ha salido.

—No me dejes en ascuas... ¿De qué se trata?

—La revista *Nuestro tiempo* me ha encargado un reportaje sobre lo ocurrido en la ciudad en los últimos años: el cambio de Gobierno tanto a nivel autonómico como local, los fracasos de determinados grandes eventos y la ruina que han supuesto para Valencia, los diferentes casos de corrupción en la región, etc.

—Vaya, me alegro por ti —contestó el guardia civil sin demasiado entusiasmo. Roncero prefería que Miriam siguiera con su carrera literaria antes que regresar a la periodística, labor por la que se había metido en más de un problema—. Pero ¿no tenías un plazo para entregar a la editorial tu nuevo manuscrito?

—Lo he prorrogado con mi editora, dadas las circunstancias. Además, puede que también trabaje para Pinilla en mi tiempo libre. Quiere que prepare un reportaje sobre la trata de blancas en Valencia y todo lo que conlleva, aunque no sé si sacaré un hueco para tanta investigación.

—¡Joder, Miriam! No me gusta que te metas en esas historias, ya lo sabes. Además, puede haber conflicto de intereses entre nosotros; ni siquiera podré hacerte mención de ningún avance de las investigaciones como mi pareja, ya que tú podrías utilizarlo para el reportaje. Y eso sería muy perjudicial para ambos.

—Tranquilo, eso lo tengo claro. Pinilla también estaba detrás del asunto del contenedor del puerto desde que sucedió y tiene contactos en la Brigada de Extranjería, por lo que no me inmiscuiré en tu trabajo.

—Así que te pasas a la competencia...

—Hombre, no creo que la Policía Nacional sea vuestra competencia, ya has trabajado con ellos y muy bien. ¿No me dijiste que Bermejo también andaba por aquí?

—Sí, pero el inspector investiga otros temas que no tienen nada que ver con este asunto. Nosotros hablamos de vez en cuando y he cenado dos noches con él, pero no trabajamos juntos. Estamos en casos totalmente diferentes.

—Pues nada, yo seré la tercera pata del banco, también investigando en Valencia. ¡Que se preparen los malos! —exclamó risueña Miriam para quitarle hierro al asunto.

—Muy bien, todo aclarado entonces. ¿Cuándo nos vamos? Tendré que avisar a Antúnez del cambio de planes.

—Hombre, no está todo aclarado. Olvídate de ese infame cuartucho de la Comandancia, no pensarás que yo voy a dormir sola en cualquier sitio, ¿verdad?

Roncero se sintió desconcertado. Había asumido que él regresaría a la Comandancia, pero no pensó en Miriam. La periodista no quería ir allí, y aunque hubiera querido, habría sido imposible por cuestiones del reglamento de la Guardia Civil, por lo que tendría que irse a un hotel mientras permaneciera en la ciudad. Y ahora ella insinuaba que ambos dormirían juntos en el mismo lugar. Pablo hizo un gesto con las manos para que Miriam le confirmara la información.

—Alégrate por los dos, Pablo. La revista se hace cargo de los gastos de una habitación doble en un buen hotel de cuatro estrellas situado junto a la Ciudad de las Artes. Y de momento, no me han puesto tope de tiempo para el reportaje, así que no voy a protestar.

—Pero yo... —Al sargento le gustaba la idea de Miriam, pero sabía que no le iba a ser fácil convencer a su superior—. Sería fabuloso, cariño, pero sabes que Antúnez es muy intransigente con esas cosas.

—Lo tomas o lo dejas, tú verás —dijo Miriam con aire decidido.

Roncero no sabía bien a qué se refería la chica, pero prefirió ignorarlo. Miriam no iba a desaprovechar la oportunidad profesional que se le presentaba y él quería regresar también a Valencia para continuar con su labor. Si su relación de pareja dependía de enfrentarse a Antúnez, no tendría más remedio que apechugar ante la situación.

—De acuerdo, tú ganas, hablaré con el comandante. ¿Preparamos la maleta?

Miriam asintió y se lanzó a su cuello, loca de contenta, mientras besaba a Pablo con pasión. Luego se separó un momento de él, nerviosa y alborotada, mientras farfullaba frases a toda velocidad.

—Ya verás el hotel, ¡es una pasada! He estado viendo las fotos de su *web*, te va a encantar. Tiene un *spa* increíble que tenemos que probar. Y si mis obligaciones me lo permiten y tú tardas en regresar a mi lado, siempre puedo matar el tiempo en el centro comercial anexo. O ir al cine que...

Roncero había desconectado ya de la conversación sin percatarse de las últimas palabras de Miriam. Odiaba los centros comerciales y las aglomeraciones de gente, pero en ese momento tenía otras preocupaciones en la cabeza.

—No sé cuánto tiempo estaremos en Valencia, pero pienso aprovecharlo. Tengo mucho trabajo por delante en las próximas semanas, pero espero poder hacer también algo de turismo y que tú puedas acompañarme. Y si me da tiempo, no me vendría mal retomar los contactos editoriales. Creo que hay una convención de novela negra estos días, tendré que acercarme.

—Claro, no te preocupes... —respondió Roncero por inercia.

Miriam seguía parloteando muy contenta, ajena al malestar de Pablo. La mente del sargento deambulaba sin control y sus pensamientos habían volado hacia un lugar oscuro y tenebroso. El mismo en el que había acabado Miriam por inmiscuirse en otra investigación policial. Un miedo cerval se apoderó entonces de él, aunque consiguió salir a duras penas del trance en el que se había sumergido.

—¿Me estás escuchando, Pablo? —preguntó la chica—. Veo que no te interesa mucho mi plan para estas vacaciones juntos, aunque sea en medio del trabajo.

—Sí, perdona, estaba en Babia. De acuerdo entonces, vamos a prepararlo todo.

—Y no te creas que te vas a librar de acompañarme algún día a la playa, aunque tengas que trabajar. No es que las playas urbanas de Valencia sean una maravilla, pero me han hablado de las dunas de El Saler.

CUANDO LAS COSAS SE TUERCEN

Valencia,
julio de 2015

Los días pasaban y seguían sin avanzar demasiado en el caso de la chica del río. Los hombres de Claramunt habían peinado las cámaras de toda la zona sin hallar una pista fiable. Con las imágenes sacadas de la cámara de una oficina bancaria situada cerca del escenario del crimen consiguieron una imagen borrosa de la espalda de un hombre abandonando el cauce del río sobre las tres y media de la madrugada, un detalle menor que no les ayudaría demasiado en la investigación.

—¿No eras un experto en los bajos fondos, Villares? —le espetó Bermejo al subinspector, al que tenía enfilado desde el principio—. Tus *confites* tienen que saber algo, maldita sea.

—Ya les he apretado a todos las tuercas sin resultado, no saben nada —respondió Villares—. El criminal no se mueve en ese ambiente, se lo digo yo. Esto es otra cosa, *collons*.

—Sí, un ritual swahili, no te jode —respondió Bermejo con sarcasmo. Al parecer, corrían todo tipo de bulos sobre el crimen, tanto en la comisaría como en los medios de comunicación, y Bermejo estaba harto de especulaciones—. Algo se nos escapa. Si al menos pudiéramos identificar a la muchacha, podríamos avanzar.

—No se apure, inspector. En la región han aparecido más de veinte cuerpos de mujeres desconocidas en los últimos años, algunos con la cara desfigurada o sin cabeza, como la negra de la Albufera. Ya le digo yo quiénes son los culpables, las mafias de la prostitución: rumanos, nigerianos, rusos y demás.

—Vale, pero admitiremos que este caso no es igual. El cabrón del asesino nos deja su regalito en medio de un parque público, para llamar la atención. Si quieres te cuento lo que opina mi jefe en Madrid, el comisario provincial o el mismísimo subdelegado del Gobierno. Menudo rapapolvo nos echaron el otro día.

—Con el debido respeto, inspector, ellos son políticos y nosotros no. Menos mal que yo no tengo que verme envuelto en esas hostias, no va conmigo.

Bermejo toleró la respuesta del subinspector, pues sabía que llevaba toda la razón. A él tampoco le había hecho ni pizca de gracia acudir con Claramunt a esa reunión con los jefazos de la región, pero se la tuvo que tragar como en muchas otras ocasiones a lo largo de su carrera policial, aunque esos tipos no supieran lo que era pringarse de verdad en una investigación.

—Me da igual, hay que obtener resultados antes de que nos cuelguen de los huevos. Por no hablar de la prensa y sus dichosos titulares escabrosos. ¿Has hablado ya con el entomólogo?

—Acaban de terminar los exámenes en la facultad y el claustro está en cuadro antes de las vacaciones. No es buen momento —replicó el subinspector—. Garrido ha hablado también con un contacto suyo para ver si localizan a algún otro experto en la materia, pero todavía no nos han respondido. De todos modos, ya le digo yo que eso son simples picaduras de mosquito, es lo normal en la región. No creo que el experto pudiera decirnos mucho más.

En la autopsia habían hallado picotazos de insectos en el cuerpo de la chica e incluso alguna larva pendiente de analizar, por eso Bermejo insistía en el asunto. No desdeñarían ningún indicio, por pequeño que pareciera, si de ese modo conseguían obtener alguna pista fiable.

—Y en la Interpol tampoco saben nada de esta chica, así no avanzamos. Anda, pásame otra vez el informe forense y el de la científica.

Villares asintió con la cabeza y le acercó los informes al inspector antes de hacer mutis por el foro para no aguantar más reproches de Bermejo. Este se enfrascó en los papeles una vez más, ofuscado por no dar con la tecla. Sin embargo, no le dio tiempo a cabrearse de nuevo antes de que Claramunt lo llamara a su despacho.

—Bermejo, tenemos que seguir avanzando. Lo de la chica está muy parado, pero al menos los medios nos han dejado un poco en paz en los últimos días y el criminal no ha vuelto a aparecer. No creo que sea un asesino en serie.

—Ya te he dicho que ni se te ocurra mencionarlo. No cantes victoria todavía, Pepe, no podemos confiarnos.

—Bueno, a lo que iba. He hablado hace un rato con Mardones: cree que debemos poner toda la carne en el asador con el otro tema. No querrás que los *picos* nos saquen otra vez los colores, ¿verdad?

Unos días antes se había destapado una compleja investigación que la UCO, en colaboración con Europol, había llevado a cabo en todo el país, con detenciones en más de diez provincias. Se trataba de una operación contra el tráfico ilegal de armas en la que había sido detenido un miembro de la Policía Judicial adscrito a la Comisaría de Paterna, localidad muy cercana a Valencia.

Por lo visto, la organización desarticulada adquiría armas inutilizadas en algún país del antiguo Telón de Acero, o provenientes de los Balcanes, para después ponerlas en funcionamiento y revenderlas en el mercado negro. Un mercado floreciente con muchas ramificaciones; incluso se afirmaba que los yihadistas adquirirían su material a través de esos intermediarios, ya que no contaban con una gran infraestructura en Europa.

Durante esos días se había producido un fuerte enfrentamiento entre los dos cuerpos armados, pues la Guardia Civil había utilizado de forma mediática la detención del policía nacional, hecho que no gustó a los mandos policiales. La versión de los investigadores de la UCO no se correspondía con lo dicho por la Policía y las aguas bajaban bastante revueltas.

También tuvieron problemas con la Brigada Provincial, a la que se había unido un destacamento de la UDYCO central para ayudar en la Operación Roca. Los chicos de la unidad valenciana no estaban demasiado contentos con la irrupción de policías llegados de Madrid, menos si era para quedarse con la gloria de las detenciones cuando estallara el caso. Y tampoco aceptaban injerencias del grupo de Claramunt y Bermejo, que les apretaban las tuercas para obtener otro tipo de datos que necesitaban para sus propias investigaciones.

—No te ofusques, compañero —le dijo Ferrer a Bermejo en la sala de descanso después de verlo discutir con uno de los inspectores de la Judicial en Valencia—. Aquí hacemos las cosas de otra manera, mejor no sigáis insistiendo por ahí.

—Joder, es que este tío se pasa de castaño oscuro —contestó Bermejo refiriéndose a Santamaría, un tipo que había discutido ya con media comisaría—. Y encima nos ponen palos en las ruedas. Nosotros solo intentamos hacer nuestro trabajo. No sé si pensar que me tiene ojeriza, que salió así de nacimiento o que oculta algo.

—Tiene razón el rubio, déjanos a nosotros —apuntó entonces Carballo, el compañero de Ferrer en la Brigada de Extranjería—. Díselo a Claramunt, él hablará con nuestro jefe y os conseguiremos esos datos, ya lo verás.

Bermejo se reunió de nuevo con Claramunt para contarle sus problemas con Santamaría y sus hombres. También le comentó la ayuda que aparentemente podrían obtener de la Brigada de Extranjería si hablaban con sus responsables, algo que Claramunt tendría en cuenta.

—Entiéndelo, Bermejo, nosotros somos los de fuera. Ellos llevan mucho tiempo trabajando en ese caso y no quieren que les toquemos las narices —apuntó el jefe de la unidad para intentar reconducir la situación.

—Muy bien, pues que se dediquen a lo suyo. No soporto al tal Santamaría, menudos cantamañanas tenéis por aquí. Además, no sé de qué se preocupan tanto. Ellos están con lo del tipo ese, Tikonenko, y sus malditos testaferros. Son delitos de cuello blanco: extorsión, blanqueo de capitales y evasión fiscal, nada que ver con lo nuestro.

La conversación de los dos veteranos oficiales se vio interrumpida por una algarabía que se había formado a escasos metros del despacho de Claramunt. Bermejo se asomó para ver qué sucedía.

—¿Qué ocurre aquí? —preguntó el inspector a un joven policía que forcejeaba con una mujer de origen africano.

—Nada, inspector, no se preocupe. Una redada en el puerto, ya sabe.

—Jefe, yo querer hablar con usted —dijo la africana dirigiéndose a Bermejo mientras se libraba del otro policía—. Mi amiga desaparecer, se la lleva el hombre y ahora muerta...

—No molestes más y acompáñame a tomarte las huellas.

—Espera un momento, chaval —replicó Bermejo al ver la fotografía que la detenida intentaba mostrarle—. ¿Qué es eso de tu amiga muerta?

—Sí, nosotras trabajar en puerto, míster. Un día mi amiga montar en coche de hombre y no volver nunca más. Creo que es cuerpo que encontrar sin cabeza.

La chica puso los ojos en blanco, aterrada, mientras el inspector calibraba lo que acababa de escuchar. Tal vez pudiera ser su día de suerte y aquella pobre desgraciada les ayudara a solucionar un caso.

—Lleve a la detenida a una sala de interrogatorios y que me espere allí. Voy a por el expediente del cuerpo encontrado en la Albufera.

Bermejo le contó lo ocurrido a Claramunt, recogió el expediente y se dirigió a interrogatorios para hablar con la prostituta detenida. Quizás ella pudiera identificar el cuerpo sin cabeza que se conservaba en el Anatómico. Y lo más importante, tal vez les ayudara a atrapar a su asesino.

***

Bermejo terminó satisfecho su jornada de trabajo; al fin y al cabo, no había sido un mal día. Y para rematarlo, tenía pendiente una cena con Macarena, la jueza Velasco, con la que se había visto en un par de ocasiones para tomar café y charlar un rato. El inspector no quería hacerse ilusiones ni, por supuesto, meterse en un lío por temas profesionales. Pero Maca le gustaba de verdad, sin tapujos, y tal vez fuera la última oportunidad de encontrar a una mujer interesante con la que compartir el resto de su vida.

La inesperada aparición de la nigeriana había dado un vuelco a la investigación sobre el cuerpo decapitado. Acompañaron a la chica al Instituto Forense y ella reconoció sin duda el cuerpo de su amiga, aunque se encontrara sin cabeza ni manos. Tenía un antojo en forma de corazón, justo debajo del seno izquierdo. Y una cicatriz muy fea en la rodilla derecha, al parecer producida por una caída cuando era una niña. Señales ambas que los investigadores pudieron comprobar junto a la detenida, por lo que se hizo una identificación formal.

El único problema era que ni la fallecida, de nombre Amina Lawan, ni su amiga Saraya Aboku tenían papeles oficiales. La joven aseguró que provenía de Sierra Leona, pero esa era la excusa que daban todas las meretrices centroafricanas para no ser deportadas al mencionar que su país de origen era zona de conflicto.

No obstante, en realidad se encontraban a merced de una mafia nigeriana de proxenetas que traficaba con sus cuerpos desde muy jóvenes, obligándolas a prostituirse en la calle o en antros de la peor especie para pagar su deuda. Los pasaportes se quedaban en poder de las mafias, por lo que andaban indocumentadas por Europa.

Saraya no quería declarar en contra de su captor por miedo a las represalias, ya que todas ellas estaban amenazadas bajo el rito vudú. Sus familias pagarían las horribles consecuencias en caso de que ellas no satisficieran la deuda, o les causaran cualquier tipo de problema a sus «jefes». Pero Bermejo le prometió protección para ella y su familia, algo que no sabía si podría cumplir en realidad. De una tacada podrían acabar con esa red que operaba con absoluta impunidad en la Comunidad Valenciana, y de paso, encontrar al asesino de Amina.

—¿No ha podido ser vuestro jefe o algún rival el que haya matado a tu amiga? —le preguntó Bermejo a Saraya.

—*I don't think so*. Ellos ganar mucho dinero con nosotras. No, Wilson enfadar mucho con Amina, ella no volver. Cliente no gustar a nosotras, mucho yu-yú.

—Muy bien, lo investigaremos. Mientras tanto te llevaremos a un centro especial de internamiento donde gozarás de protección policial hasta que esto se solucione.

—*No, please, no!* Wilson matar a mí y toda familia. Yo no querer acabar en río como Amina.

Saraya no recordaba la noche exacta en la que desapareció su compañera, pero sí la semana. La joven nigeriana aseguró a los policías que podría indicarles el lugar concreto en el que trabajaron aquel día, en la zona posterior al ZAL del puerto. No pudo describir con demasiado detalle ni al cliente que paró a Amina, ni el coche que llevaba. Solo les dio datos muy generales: hombre blanco de mediana edad, moreno de pelo, sin ningún rasgo distintivo.

Con esos datos sería muy difícil trabajar, pero había que intentarlo. Peinarían las cámaras de tráfico de las posibles entradas y salidas a la zona donde ejercían la prostitución las nigerianas para buscar un coche oscuro, de tamaño mediano, que pudiera coincidir con los datos. Era como buscar una aguja en un pajar, pero no les quedaba otro remedio. A Bermejo le habían asegurado que el subinspector Garrido, el friqui de los ordenadores, hacía verdaderas maravillas en ese aspecto, pero él todavía no había visto ningún resultado.

También tendrían que volver al lugar en el que encontraron el cadáver de Amina. Villares ya se lo había confirmado a Bermejo: en la región aparecían cuerpos de mujeres desconocidas cada dos por tres. Sabía que la policía no podía dedicar todos sus medios a esos casos que parecían no importarle a nadie, pero era su labor descubrir a los culpables. Aquellas pobres chicas habían sido arrancadas de su entorno, ya fuera a la fuerza o con engaños, y morían como perros en un país desconocido para ellas sin que sus familiares volvieran a tener noticias suyas. Una lacra del siglo XXI a la que nadie ponía freno y que un solo inspector tampoco podría solucionar de la noche a la mañana.

Alguien tendría que haber visto algo en la Albufera y no podían dejar de lado esa línea de investigación. Bermejo pensó que no sería tan fácil cargar con un cuerpo en una barca y hundirlo en el medio de la laguna. No conocían el lugar exacto en el que lo arrojaron, pero sí en el que se encontró, aunque tal vez las corrientes o las alimañas trasladaron el cadáver desde su posición original.

Prefería afrontar esa investigación, con varios hilos de los que tirar, a tener que meterse de lleno en el caso que podía salpicar a varios compañeros. A Bermejo no le gustaban los corruptos y menos en el cuerpo policial, pero prefería que los atrapara otro. No se sentía cómodo en ese papel, aunque le sacara de quicio que la opinión pública los metiera a todos en el mismo saco y arruinara la reputación de toda la Policía. Sin embargo, no dependía de él: tendría que convencer a Claramunt para seguir con lo de Amina y obviar de momento a Mardones y el resto de jefazos.

El inspector salía de las dependencias policiales en el centro de Valencia después de una dura jornada cuando le sonó el teléfono. Sonrió al reconocer el número privado de Macarena. Solo esperaba que la jueza no hubiera cancelado sus planes a última hora.

—Hola, Maca, ¿qué tal todo?

—Hola, Paco. Perdona que te moleste, ha surgido un contratiempo —la voz de la magistrada sonaba un tanto apagada y Bermejo pensó que esa noche cenaría de nuevo en soledad—. A media mañana no me encontraba muy bien y me he venido a casa, aunque he seguido trabajando un rato en mis dichosos expedientes.

—Vaya, lo siento, espero que no sea nada grave.

—Nada serio, una jaqueca sin mayor importancia. Llamaba para informarte sobre el cambio de planes, espero que me disculpes por avisarte tan tarde.

—Tranquila, no pasa nada. Ya quedaremos otro día —contestó Bermejo algo contrariado. Al final su intuición iba a ser cierta.

—No me has entendido, Paco. Me refería a que, si te parece bien, podemos cenar en mi casa. No me apetece mucho salir y, de todas formas, tendría que hacerme algo para mí. No será una cena de postín, pero ya nos apañaremos.

¿Había escuchado bien? A Bermejo le pareció una invitación en toda regla de Macarena para cenar en su casa. Por mucho que la jueza lo disfrazara de algo improvisado para no darle mayor importancia, al inspector le sonó a gloria: tenía una cita con Maca. Debía contestar con celeridad, ya llevaba demasiado tiempo en silencio.

—Seguro que nos apañamos, no te preocupes. Por mí perfecto. Solo tienes que decirme sitio y hora y allí estaré como un clavo.

—Claro, ¡qué tonta! Apunta la dirección.

Bermejo tomó nota de las señas y de las indicaciones de la dueña del piso para encontrarlo, mientras una sonrisa de oreja a oreja le ocupaba casi todo el rostro. Tenía que darse prisa si quería comprarle algún detallito a su anfitriona antes de que cerraran los comercios, aparte de arreglarse para la ocasión y encontrar el piso de Macarena en una ciudad casi desconocida para él.

Al final, apareció en el umbral de la casa con un atuendo informal veraniego, un ramo de flores y una botella de chianti que pudo comprar en un centro comercial cercano al domicilio de la magistrada. Bermejo se perdió un par de veces mientras daba vueltas por el nuevo barrio que creció al albur de la Ciudad de las Artes, amplias avenidas con torres de edificios residenciales y fincas de varios portales para la clase media-alta de Valencia. Se disculpó por el retraso en cuanto lo recibió la magistrada.

Macarena se había maquillado ligeramente, tal vez para disimular mejor la palidez causada por su indisposición. El inspector se fijó también en que llevaba un sencillo conjunto de pantalón ancho y blusa, juvenil y favorecedor. Tuvo que sonreír al imaginar que ella también habría pensado mucho antes de decidir qué ponerse para la cena.

—Anda, pasa, no te quedes en la puerta. Y no tenías que haberte molestado, ya lo sabes.

—Bueno, es solo un pequeño detalle —replicó Bermejo al entregarle el ramo de flores frescas—. Aunque no sé si he hecho bien con el vino, imagino que no podrás tomarlo si todavía te encuentras con jaqueca.

—Estoy mejor, no te preocupes. Además, no pienso desaprovechar la oportunidad de probar este exquisito chianti.

Quizás el juego de luces de la entrada le hizo una mala pasada al inspector, pero hubiera jurado que Macarena le había guiñado el ojo. No podía precipitarse ni barruntar lo que no era, pero Bermejo pensó que se trataba de una buena señal.

Primero la jueza le enseñó el piso a su invitado, un precioso ático de dos habitaciones con cocina independiente, un gran baño en suite, un pequeño aseo y una terraza que daba a la alameda principal, desde la que se podía contemplar la Ciudad de las Artes en todo su esplendor y también la parte del parque público construido en el antiguo cauce del río Turia.

—Menudas vistas que tienes desde aquí, Maca. No es primera línea de playa, pero no tiene nada que envidiarle.

—Me alegra que te guste, por eso lo compré. Sabes que echo mucho de menos mi mar, como cuando vivía en Málaga, pero desde aquí lo tengo todo a un paso: la playa, el centro de la ciudad y, sobre todo, mi trabajo. Puedo ir andando al juzgado, aunque a veces me desplazo en una de las bicicletas del nuevo servicio de alquiler municipal.

La conversación fluía de forma natural entre ambos, tanto antes como durante la cena. Macarena preparó una ensalada César, unos aperitivos y unas lubinas al horno con patatas panaderas. Quizás el chianti no fuera el vino más apropiado para el menú elegido, pero a ellos les dio igual. Bermejo no pensaba sacar el tema del trabajo en su primera cita con Macarena, pero la jueza se lo puso en bandeja mientras servía la comida.

—¿Alguna novedad con el asunto de la chica del parque? —preguntó en tono informal.

—No, la verdad, estamos un poco atascados. Aunque hoy hemos tenido un golpe de suerte inesperado con otro caso.

El inspector le contó a Macarena lo ocurrido con la nigeriana en la comisaría y todo lo que podía acarrear su declaración en un caso que hasta entonces estaba prácticamente cerrado.

—Vaya, me alegra saberlo. Aunque ese caso lo lleva uno de mis compañeros, el juez Santisteban. Si quieres hablo con él.

—No hace falta, gracias. Claramunt y nuestra gente ya están con el tema. Aunque creo que sí me puedes ayudar en otro asunto escabroso… —Bermejo dudó unos segundos y carraspeó antes de añadir—: Perdona, soy un desconsiderado. Me invitas a cenar a tu casa y yo hablándote de tonterías.

—No te preocupes, coméntame por encima y que vuestra gente se ponga en contacto con mi secretario judicial para lo que necesiten.

Bermejo asintió y le habló someramente sobre la subtrama de corrupción en la que tendría que involucrarse a fondo para no cabrear a sus superiores. Su equipo ya estaba preparando toda la documentación necesaria para el juzgado, pero quiso poner sobre aviso a la jueza Velasco, ya que sabía que el caso le correspondería a ella.

—Muy bien, imagino que habrá que autorizar escuchas telefónicas y registros domiciliarios de particulares o empresas. Y también tendréis que hacer seguimientos, revisar cuentas bancarias, propiedades y todo lo demás.

—Sí, creo que esta semana te remitirán la información completa. Es un caso complejo, hay involucradas personas importantes y tenemos que ir con cuidado.

—De acuerdo, miraré con lupa el expediente, no te preocupes. Y con lo de la chica del río, ya sabes. Si necesitas cualquier otra cosa me avisas. Tanto si es para resolver el caso como si al final se cierra por falta de pruebas.

—Así lo haremos. Y esta conversación ha terminado por hoy. Creo que ya es hora de hincarle el diente a lo que has preparado. ¡Me muero de hambre!

Cenaron en el coqueto salón de la jueza, decorado con exquisito gusto, y decidieron tomar el postre en la terraza.

Bermejo se levantó y se acercó a la barandilla. Se apoyó allí y contempló la magnificencia de la obra de Calatrava iluminada tras caer la noche. Macarena lo acompañó mientras apuraba su última copa de vino, los dos en silencio, disfrutando del momento. No querían romper el hechizo, parecían un viejo matrimonio que no necesitaba hablar para sentirse cómodos juntos.

Para el veterano policía no era fácil desenvolverse en ese tipo de situaciones. Sus tiempos de juventud habían quedado muy atrás y, aparte de Encarni, no había vuelto a tener trato con mujeres fuera del ámbito profesional. Así pues, no estaba acostumbrado al arte del cortejo, a ese flirteo tan común que a él le sonaba grotesco en alguien de su edad.

Por su parte, Macarena también andaba desubicada. Se había alegrado mucho al encontrarse de nuevo con Paco, dejando a un lado la sorpresa de toparse de ese modo con él en la misma Ciudad de la Justicia de Valencia. La química entre ellos era evidente y no había perdido ni un ápice de su valor por muchos años que hubieran transcurrido desde la última vez que se habían visto. Las circunstancias habían cambiado para ambos, pero la jueza también tenía que andarse con pies de plomo.

Lo había invitado sin pensar en nada más, sin calibrar las posibles consecuencias. Ella era una mujer adulta, una profesional independiente que no tenía que dar explicaciones a nadie sobre lo que hacía con su vida. Y Paco tampoco tenía ataduras sentimentales, aunque sus respectivos trabajos les pusieran en una tesitura peliaguda.

El aguzado sentido de la observación de Bermejo le permitió ver cómo Macarena retiraba los numerosos expedientes que tenía encima de la mesita auxiliar, colocada delante del cómodo tresillo de tres plazas que dominaba el salón. La jueza guardó los informes en carpetas y se los llevó a su habitación. Parecía que no le apetecía hablar más de trabajo y el inspector decidió no volver a insistir en el tema, so pena de estropear una velada tan estupenda.

«¿Y ahora qué?», pensó entonces Bermejo. Poco antes había rechazado un café o un licor, motivos suficientes para alargar algo la cena, e ignoraba lo que podría ocurrir a continuación. Un reguero de sudor comenzó a cruzar su frente, más por nervios que por el sofocante calor que todavía imperaba a esas horas. Desde luego, el inspector andaba muy desentrenado en las artes del flirteo y podía estropearlo todo si daba un paso en falso.

Por desgracia, la tranquilidad de la noche se truncó de manera inesperada. Desde la terraza, la pareja oyó un sonido extraño que provenía del interior del inmueble. Bermejo no llevaba su arma reglamentaria, pero el instinto policial se adelantó a sus pensamientos. En tono bajo y con palabras tranquilizadoras se dirigió a Macarena antes de entrar de nuevo en el piso.

—Quédate aquí y no te muevas. Voy a echar un vistazo.

—Pero...

El policía se llevó un dedo a los labios para pedirle silencio mientras regresaba al interior de la casa con paso sigiloso. Cruzó el salón, dejó a un lado la cocina y llegó hasta la entrada, donde se encontró con el motivo de tanto jaleo.

Alguien manipulaba la puerta de entrada del domicilio, como si quisiera entrar con unas llaves o ganzúas. Bermejo se puso en tensión y multitud de imágenes acudieron a su mente en ese momento. Estaba desarmado y no sabía quién se encontraba al otro lado de la puerta. No creía que nadie supiera de su visita, lo más natural era que fueran a por Maca. Un miembro de la judicatura siempre tiene enemigos, y la jueza malagueña no iba a ser la excepción.

Bermejo adoptó una posición defensiva, decidido a repeler el ataque de cualquiera que osara allanar el domicilio de Macarena. Desde que se percató del origen de aquel alboroto hasta que se dio cuenta de lo que implicaba, que un extraño aparecería en el umbral de la casa en escasos segundos, no tuvo demasiado tiempo para reaccionar. Pensó en alertar a las autoridades, pero su teléfono se había quedado en la terraza. Su entrenamiento tenía que valerle de algo en esas circunstancias; intentaría pillar por sorpresa al agresor (esperaba que no fuera más de uno), desarmarlo e inmovilizarlo antes de llamar a sus compañeros.

El inspector vio por el rabillo del ojo que Macarena abandonaba la terraza y entraba también al salón. Le hizo un gesto perentorio para que continuara fuera, lejos del peligro, pero no podía distraerse ni un instante. Volvió de nuevo la cabeza y se concentró con los cinco sentidos en la situación que tenía delante. La puerta se abrió de par en par y un hombre joven, vestido de manera elegante, accedió al inmueble con un manojo de llaves en la mano.

Bermejo no le dejó reaccionar y se lanzó sobre él sin dudarlo. Su entrenamiento y el instinto policial triunfaron como había previsto. En unos segundos tuvo inmovilizado al agresor en el suelo, ajeno a los gritos que le llegaban por su espalda.

—¡Suéltalo, por favor! —exclamó Macarena—. Por Dios, Paco, es mi hijo Kiko...

El policía se dio cuenta entonces del terrible error y el color granate comenzó a adueñarse de su rostro. La vergüenza se apoderó de él y no supo qué decir. Soltó al joven y balbuceó unas disculpas como buenamente pudo, asumiendo que había metido la pata hasta el fondo.

—Yo, perdona... Lo siento mucho, creí que...

El joven se separó de Bermejo con un manotazo, cabreado por la manera en la que lo habían recibido. Se puso de nuevo en pie, se alisó la ropa y lo miró con un desprecio que sorprendió al policía por su profunda virulencia.

—¿Quién coño se cree que es, Harry el Sucio? —le espetó con una mueca histriónica—. Joder, mamá, ¿qué cojones hace este tío aquí?

A Macarena nunca le había gustado que su hijo dijera tacos en su presencia, pero debía reconocer que la situación lo requería. El chico se había llevado un susto de muerte, aunque ella tampoco sabía por qué había aparecido en su casa sin avisar.

—Es un viejo amigo, Kiko, el inspector Francisco Bermejo. Perdona el malentendido, creíamos que alguien quería entrar en casa sin permiso. Pero, ¿qué haces aquí?

—Te dije que un día de estos tenía que venir a Valencia para ver a un cliente. Se me ha hecho tarde y he pensado que podía pasar a visitarte y, de paso, quedarme a dormir en tu casa para no coger el coche a estas horas.

—Ya, pero antes podías haberme mandado un mensaje o algo.

—Sí, perdona, no me di cuenta. Tampoco sabía que ibas a tener planes románticos en tu casa. Siento haberte interrumpido la velada.

Entonces fue la jueza la que enrojeció hasta la raíz del pelo. Bermejo tampoco sabía dónde meterse, la situación se había descontrolado por completo.

—Lo siento mucho, me he excedido en mi actuación —aseguró Bermejo mientras le ofrecía la mano al recién llegado, que la estrechó sin demasiado entusiasmo—. Ha sido un malentendido, lo lamento.

—No se preocupe, inspector —contestó Kiko, ya más tranquilo.

—Será mejor que me marche, Macarena. Tendréis cosas de las que hablar. Y yo madrugo mañana, así que...

La jueza asintió con la cabeza y agradeció el gesto siguiente de su hijo, que le permitió estar unos momentos a solas con su invitado.

—Voy un momento al baño a refrescarme, mamá. Ya estoy mejor, pero el susto ha sido morrocotudo. Está usted en forma, inspector.

Bermejo agradeció también que el joven abogado pasara página ante un momento tan bochornoso, incluso haciendo bromas. Aunque no supo comprender aquella mirada inquietante que le lanzó el hijo de Maca cuando se dirigió al baño principal, situado en la suite de su madre.

—Lo siento mucho, Maca, no era mi intención. ¿Cómo iba yo a saber que...?

—Tranquilo, nadie ha tenido la culpa. Kiko tiene llaves de casa, pero no sabía que hoy iba a aparecer por aquí. Siento que la cena

185

haya terminado de este modo.

—No te preocupes, de verdad. Me lo he pasado muy bien, otro día me toca invitarte a mí —dijo Bermejo casi sin pensar. Total, de perdidos al río, pensó el policía antes de despedirse—. Me marcho, ya hablaremos en otro momento.

—Claro, Paco. Hasta pronto —dijo Macarena mientras le abría la puerta de la calle.

La jueza se despidió dándole dos sonoros besos en las mejillas, uno de ellos demasiado cerca de la comisura de los labios. Bermejo no se paró a pensar en el significado de aquel gesto, si es que de verdad lo tenía. Mientras salía del piso, lamentó haber perdido la oportunidad de intimar más con Macarena.

La animadversión entre el hijo de la jueza y él parecía mutua, aunque el inspector pensó que no se debía exclusivamente a su peculiar manera de conocerse. Su sexto sentido se había activado al encontrarse con el chico y no le gustó la inquina con la que lo había mirado cuando su madre no se daba cuenta. Por mucho que lo disfrazara con buenas palabras, aceptando sus disculpas e incluso haciendo bromas, aquella mirada turbia escondía más cosas que las que sacaba a la luz.

Lo que ni Bermejo ni Macarena sospechaban era que, en ese preciso momento, Kiko fotografiaba con su móvil algunos de los legajos que su madre había dejado encima de la cómoda, justo al lado de la entrada del baño. Su bufete de abogados y, sobre todo, algunos de sus clientes, le estarían muy agradecidos.

LA HORA DE LA VERDAD

Valencia,
segunda quincena de julio de 2015

La situación se había enquistado en los últimos días, a Max no le salía nada bien. Había discutido con Boris, ya que no pudo proporcionarle a tiempo lo que le había pedido, y ahora el ruso y sus jefes estaban enfadados con él. «Que se jodan», pensó entonces. Bastante había hecho ya por ellos a lo largo de todo ese tiempo.

Y es que su segunda ocupación le proporcionaba beneficios muy lucrativos, pero no estaba exenta de peligros. Había tenido que cortarse en su trabajo para no llamar demasiado la atención sobre su persona. Y menos en una época tan convulsa, con todo el entorno bastante revolucionado. Sabía que algo gordo se cocía y no quería que lo pillara en medio, por lo que decidió apartarse una temporada.

No era el mejor momento para cogerse vacaciones y su jefe se lo recalcó. Estaban en cuadro, en un verano con más trabajo del habitual. Pero le daba igual. Llevaba mucho tiempo sin descansar y necesitaba desconectar. Eso o pillarse una baja, le aseguró a su responsable, y sabía que no mentía. Al final le permitieron tomarse toda la segunda quincena de julio, algo que no se habría podido ni imaginar en un primer momento.

Fuera del trabajo y con su segunda ocupación un poco aparcada por circunstancias que no podía controlar, Max decidió dedicarse a algo mucho más placentero para él. Las entrañas le devoraban por dentro y sabía que solo había un modo de aplacar esa comezón que le arañaba sin piedad las paredes del estómago. El monstruo que anidaba en su interior solo podría ser alimentado de una manera si quería sobrevivir a aquel verano.

Recordó el estallido de placer que había recorrido su cuerpo al alcanzar el orgasmo, justo cuando la chica exhalaba su último suspiro. Una poderosa conjunción que debía mejorar, o por lo menos igualar, en su próxima y necesaria actuación.

Llevaba unos días bastante intranquilo, ya que había visto movimiento policial por las inmediaciones de su barraca cercana a El Palmar. Al parecer, habían retomado el caso de la nigeriana encontrada en la Albufera; solo esperaba que aquella lamentable puesta en escena que ideó a la carrera, propia de un verdadero novato, no hiciera que llegaran hasta él.

Prefirió quedarse en su casa de Valencia capital, por lo menos durante unos días, hasta que se calmara todo. Entonces pensó en darse una vuelta con su Ford Focus, el coche que todo el mundo conocía a su nombre, y no el Opel Vectra antiguo que utilizaba para sus trapicheos. Este último se encontraba bien resguardado en su pequeño terreno junto a la Albufera, una propiedad heredada de su abuelo materno poco después de regresar él a Valencia. Decidió recorrer la ciudad a esas horas que tanto le gustaban; conducir era una actividad que lo relajaba bastante y necesitaba pensar en los muchos frentes que tenía abiertos.

Hasta que la casualidad se cruzó en su camino y rompió los esquemas que llevaba preestablecidos para ese día. Paró en un semáforo en rojo, miró a su izquierda y la sorpresa lo paralizó unos instantes. No podía ser cierto... Le había parecido ver a alguien conocido bajarse de un coche y dirigirse hacia un portal en la zona menos peligrosa de El Cabanyal.

—Vaya, vaya... Mira a quién tenemos por aquí: mi vieja amiga Ivanka.

Se le hizo la boca agua solo de pensar en algunas obscenas imágenes en las que él disfrutaba del cuerpo de Ivanka, una de las veteranas del Paradise con la que había echado más de un polvo memorable. Una mujer que lo trataba a veces de un modo especial, solo porque un día intercedió por ella delante de Boris. El ruso tenía un mal día y quería hacérselo pagar a Ivanka, pero Max se lo impidió y la chica se lo agradeció, primero con un gesto de asentimiento y después con atenciones especiales. Tal vez había llegado la hora de cobrarse el favor de otra manera.

Eran ya las diez de la noche e Ivanka no estaba en el Paradise, algo que le resultó extraño. La rusa se había bajado de un coche familiar, un vehículo que recorrió unos metros a poca velocidad, sin alejarse del todo. Parecía vigilar los movimientos de Ivanka desde la esquina mientras la chica se detenía un momento en la entrada del portal para buscar sus llaves. Sin duda, pensó Max entonces, se trataría del maldito Boris. Seguro que el proxeneta la había acompañado hasta uno de los pisos que la organización tenía para alojar a sus chicas.

Entonces aparcó el coche y se parapetó tras un inmenso árbol que dominaba la esquina de enfrente para observar mejor toda la escena. Desde allí divisó cómo Ivanka sacaba las llaves del bolso y el coche de Boris se perdía por fin en el tráfico de la ciudad. La prostituta alargó más de la cuenta su entrada al portal y Max pudo atisbar cómo sacaba algo más del bolso: un mechero y un paquete de tabaco.

Max pensó que era su oportunidad de abordarla, antes de que entrara en el portal. No había pergeñado ningún plan concreto, pero su estómago le decía que debía actuar cuanto antes. Boris había desaparecido de la circulación y quizás no se le presentara otra oportunidad como aquella. Salió de detrás del árbol y se acercó a ella con grandes zancadas, sin ocultarse, pero tampoco pretendía llamar su atención con gritos en medio de la calle. No quería que Ivanka se asustara, y menos cuando una feliz idea comenzaba a germinar en su cabeza.

***

Ella solo quería relajarse un poco antes de subir al piso fumando un cigarro, pero la sorpresa al escuchar su nombre en medio de la calle la paralizó por unos instantes.

—Qué pequeño es el mundo, menuda sorpresa encontrarte por aquí. ¿Qué tal, Ivanka? —la saludó uno de los clientes habituales del Paradise, un tal Max.

—Eh, bien, sí, yo...—Ivanka no supo cómo reaccionar. No le apetecía hablar con nadie, aunque enseguida se relajó al reconocer al hombre. Max era amigo de su jefe, pero también la había defendido delante de Boris en alguna ocasión y siempre le estaría agradecida—. ¿Habías quedado con Boris?

—No, no, ha sido casualidad. He visitado a un amigo que vive por aquí cerca y mientras volvía al coche me ha parecido verte. Al principio he creído que mis ojos me engañaban, ya que pensaba que estarías en el Paradise, pero veo que no me equivocaba.

Ivanka se había tranquilizado al reconocer a su interlocutor, pero no quería seguir allí de cháchara en medio de la calle. Su jefe podía regresar en cualquier momento y si la pillaba allí se iba a ganar una buena paliza, aunque estuviera hablando con un amigo suyo y cliente de su negocio desde hacía muchos años.

Además, no se encontraba nada bien, en eso no le había mentido a Boris. Tenía la regla y en su caso eso suponía estar unos días con dolores terribles que le impedían trabajar. Al principio de su cautiverio en España, sus dueños no le permitían descansar durante el período menstrual, pero algún cliente se había quejado por su actitud y por lo poco higiénico que resultaba acostarse con ella en esos días del ciclo, por lo que al final claudicaron.

Durante sus primeros meses en Valencia Ivanka fue una chica muy rebelde, porque no quería asumir su nueva situación de esclava en tierra hostil. Intentó escaparse en varias ocasiones, o convencer a clientes para que la ayudaran a salir de allí. Sufrió palizas, torturas y vejaciones que le habían dejado una profunda marca, tanta física como psicológica. Llegó a tener que soportar un hierro candente con el que la marcaron de por vida, justo debajo de la nalga izquierda.

El cabrón de Boris la había marcado como una res, una vaca más de su ganadería propia. Aunque Ivanka sabía que su jefe era un pobre diablo, no el auténtico dueño de su alma. Nunca había visto al famoso Sasha, el verdadero dueño del Paradise y otros muchos garitos, el tipo al que le seguía debiendo una indecente cantidad de dinero que sabía que nunca podría pagar, pero lo temía igual que el resto de sus compañeras de penurias.

Con el tiempo la soberbia desapareció, Ivanka aprendió a disimular mejor y domesticó sus gestos y acciones para continuar con vida. Ya había visto morir a más de una chica, por lo que se propuso ser una buena fuente de ingresos para sus captores, y no un grano en el culo como lo había sido hasta ese momento. Se ganó su confianza y consiguió algunos beneficios después de largos años de duros sacrificios.

Entre las chicas del Paradise corrían todo tipo de rumores. Se hablaba de las fiestas salvajes que Sasha organizaba en una de sus fincas privadas, pero Ivanka prefirió no ser invitada a ninguna de ellas. Seguía conservándose en buena forma, tersa y guapa, pero sus treinta y cinco años eran un hándicap para según qué cosas. Por lo menos, no la habían degradado a otro garito de peor categoría o a ganarse la vida en la calle.

En una sucia esquina de barrio o en medio de una carretera comarcal no se podía sobrevivir durante mucho tiempo. Boris era un angelito comparado con los chulos rumanos que la organización tenía a sueldo para controlar a sus putas callejeras. Pobres muchachas medio yonkis que debían conseguir entre diez y veinte servicios por noche para no cabrear a los rumanos. Unas desgraciadas que soportaban ser folladas de manera ultrajante por babosos bastante menos agradables que los que aparecían por el Paradise, donde los puteros se cortaban un poco ante la intimidante presencia de Boris y sus hombres.

Con el tiempo, Ivanka comenzó a encargarse de otras funciones en el prostíbulo, como hacer la caja o controlar a las novatas. Se convirtió en una especie de presa de confianza que no daba problemas y ayudaba a la organización. De ese modo consiguió algunos privilegios, como dormir alguna noche fuera del Paradise, aunque fuera en ese piso infecto. No se trataba de un hotel de cinco estrellas, pero por lo menos soñaba con que tenía un poquito de libertad.

Ni se le pasaba por la cabeza escapar de allí o llamar a la policía, pues sabía que eso acarrearía una condena a muerte para ella y para toda su familia en Ucrania. La hermana de Boris, una horrible mujer con pinta de mono, vivía en el mismo edificio y controlaba las idas y venidas de las chicas con privilegios. Por eso comenzó a ponerse nerviosa, ya que podía asomarse en cualquier momento a la ventana y verla allí con aquel hombre.

—Hoy no trabajo, no me encuentro bien —mencionó sin más, pesarosa al ser tan cortante con un hombre que la había tratado siempre con amabilidad—. Perdona, tengo que subir, no quiero que Olenka se cabree conmigo.

—Tranquila, Olenka me conoce. Sabe que soy amigo de Boris y no se va a enfadar contigo. Solo quería invitarte a un café o a lo que quieras tomar. ¿Te apetece?

—No sé, yo no debería estar aquí...

—No te preocupes, será allí mismo, en aquel bar. O vamos en coche adonde prefieras, no hay problema.

Ivanka no estaba muy segura de lo que hacía, pero Max consiguió convencerla con su labia. A algunas compañeras les parecía un tipo raro, pero a ella le caía bien, aparte del gran favor que le debía. Así pues, se arriesgó y decidió acompañarlo. Total, no había nada de malo en tomar un café con un amigo de Boris; eso no podía considerarse intimar con un cliente.

Se dirigieron juntos hacia el bar en cuestión, pero a ninguno le gustó el ambiente que se respiraba allí dentro. Iban a llamar demasiado la atención: él, un hombre de mediana edad, moreno cetrino de rasgos insulsos y un físico bastante descuidado. Ella, una diosa rubia más alta que él, una beldad de ojos tristes con pequeñas arrugas alrededor que la hacían aún más deseable para cualquier hombre.

—Creo que será mejor que vayamos a otro sitio. Conozco un lugar tranquilo a pocas manzanas de aquí. ¿Me acompañas?

Ivanka asintió sin inmutarse y se montó en el coche del hombre sin mirar atrás. Sabía que a Boris no le haría mucha gracia, pero intentó convencerse de que el pecado era menor al tratarse de Max. Además, su acompañante ya le había demostrado que era buena persona al defenderla de ese modo delante de una bestia como Boris. Sí, se estaba saltando todas las normas que llevaba cumpliendo los últimos años, pero ya estaba harta.

Así, consiguió relajarse en compañía de un hombre al que ya no veía como un vulgar cliente que la había utilizado en la cama al pagar por sus servicios. Max conocía sus enfrentamientos con Boris. Ella se los había relatado en más de una ocasión y él los había visto en directo, por lo que no tuvo que fingir. Esa noche estaba muy sensible, tal vez las hormonas hicieran de las suyas, de modo que Ivanka ni siquiera se percató del sutil cambio.

Al principio disfrutaba en cierto modo de la conversación que le regalaba Max, aunque su mente divagaba en otra dirección al recordar sus años de esclavitud consentida por todos. Sin embargo, de pronto su semblante cambió cuando se dio cuenta de la dura realidad. Justo cuando aparcaban el coche a escasos metros del local del que le había hablado su acompañante, fue consciente de su terrible situación. Y entonces, sin darse cuenta, la compuerta de sus lagrimales se abrió sin avisar y el torrente la anegó por completo.

El conductor se sorprendió ante el inesperado giro de los acontecimientos, pero no le gritó ni regañó como ella esperaba. Al contrario, la dejó desahogarse e incluso le acurrucó la cabeza contra su pecho para que soltara todo lo que llevaba dentro. Una catarsis que Ivanka necesitaba para seguir respirando, para asumir que nunca recuperaría la libertad y moriría como una vieja puta sin dientes a la que ya nadie querría utilizar.

—Chist, tranquila, ya pasó... —La voz grave de Max ejerció un efecto balsámico en su alma—. Estoy aquí para ayudarte, confía en mí.

Ella sabía que era una locura, no podía desmoronarse así. Y menos delante de un amigo de Boris, por muy bien que se hubiera portado siempre con ella. Pero sus ojos tristes y su voz embriagadora le hicieron confiar en aquel hombre que le hablaba con dulces palabras. Decidió jugársela, aunque al final tuviera que pagar las consecuencias.

Su boca comenzó a hablar sin apenas darse cuenta y soltó toda la mierda que llevaba acumulada desde hacía muchos años. Él la dejaba hablar, asentía de vez en cuando o la invitaba a continuar cuando se atascaba. Ivanka podía estar firmando su sentencia de muerte, pero aquella liberación le sentó bien, mucho mejor de lo que esperaba. Y es que decir en voz alta lo que llevas años callando tiene un efecto purificador imposible de controlar.

—Mira, vamos a hacer una cosa. Yo te voy a ayudar a salir de aquí, pero tienes que confiar en mí —aseguró su antiguo cliente—.

Hablaré con Boris y lo solucionaremos, pero antes tengo que llevarte a un lugar seguro que él no conozca.

—No, por favor. ¡Me matará!

—Nada de eso, yo me encargo de todo. Saldaré tu deuda con la organización y vendrás conmigo. ¿Te parece bien?

Ivanka ni siquiera se lo pensó. No es que su príncipe azul hubiera llegado a rescatarla por su amor verdadero, pero le iría bien un cambio de aires. No sabía a qué se dedicaba aquel hombre y tal vez solo cambiara de dueño cuando él asumiera su deuda con Boris y sus jefes, una transacción normal entre proxenetas. Pero quizás su suerte hubiera cambiado de verdad y aquel fuera el primer paso hacia su libertad.

Así pues, asintió despacio, con un gesto leve de la cabeza que fue aumentando de intensidad. Entonces perdió por completo el control y se abandonó de un modo temerario, abrazando al hombre que podría salvarla de la esclavitud. Lo que no podía imaginar era que ser esclava sexual era algo infinitamente mejor al cruel destino que su salvador tenía pensado para ella.

***

Max ignoraba de dónde había sacado su capacidad de convencimiento, pero le ahorró tener que golpearla para someterla a sus caprichos. Solo quería llevarla a su barraca y la ucraniana se había tragado sus embustes hasta el final. Al parecer, la mujer necesitaba ayuda para librarse de sus proxenetas y confiaba en que él se la pudiera proporcionar.

Max no tenía la menor intención de hablar con Boris ni con nadie de su organización. De hecho, no pensaba volver a poner un pie en el Paradise ni en ninguno de los otros garitos a los que había ayudado en los últimos años con sus trapicheos. Sabía que se la jugaba al fallarle al gran Aleksandr Volkov, pero en ese momento tenía otras preocupaciones en la cabeza.

—¿Adónde me llevas? —preguntó algo confusa Ivanka cuando dejaron atrás la ciudad.

—Tranquila, enseguida lo verás —le dijo para tranquilizarla—. Boris y sus hombres tienen ojos en todas partes, mejor alejarnos un poco de Valencia.

—Pero...

—En unos minutos llegamos, no te preocupes.

Dejaron atrás la Ciudad de las Artes y las Ciencias de Valencia, tomaron la carretera del Saler y se mezclaron con el intenso tráfico que regresaba a la ciudad después de pasar la tarde en las numerosas playas y enclaves naturales de la zona. En un desvío de la carretera que atravesaba la comarca bañada por la Albufera encontraron el camino definitivo hacia su barraca. Se hallaba muy cerca del viejo cementerio de El Palmar, disimulada entre un vivero y un antiguo almacén en desuso.

—¿Por aquí está tu casa? —preguntó Ivanka minutos después. Su tono denotaba un ligero toque de alarma, aunque no demasiado preocupante por el momento—. Esto parece abandonado.

—Mucho mejor así, guapa. Aquí nadie te encontrará...

Max tuvo que aguantarse la sonrisa cínica que amenazaba con destruir su coartada. Desde luego, su pequeña finca era el lugar ideal para esconderse de Boris, pero él tenía otros pensamientos en su cabeza mucho más entretenidos. Y ella no debía sospecharlo, por lo menos mientras él no tuviera la situación bajo control.

Al llegar a su destino, Max bajó un momento del coche, abrió el candado con el que cerraba la verja, subió de nuevo al vehículo y se adentraron en la propiedad, donde afortunadamente tenía sitio para guardar tanto el Focus que llevaba ahora como el viejo Opel Vectra que dormitaba allí. Tuvo que apearse de nuevo unos segundos más tarde para cerrar la verja a sus espaldas. Lo más difícil ya estaba hecho, en breve podría relajarse.

Bajaron del coche y atravesaron con cuidado el angosto terreno que separaba la zona que utilizaba como parking de la construcción principal, la barraca propiamente dicha. Su abuelo había techado el camino años atrás con cañas, palmitos y otros elementos naturales que dotaban a aquel espacio de sombra en verano. Además, desde que él mismo había recubierto y reforzado los laterales, allí podía permanecer totalmente aislado del mundo, sin que nada ni nadie pudiera acceder a su propiedad o averiguar lo que allí sucedía.

Ivanka pareció tranquilizarse un poco al salir del vehículo y se dirigió hacia el lateral del edificio. La oscuridad se había adueñado del lugar tras caer la noche, pero las luces del coche les permitían divisar entre penumbras la pequeña sorpresa que albergaba aquel saliente.

—¿Qué es eso, el mar? —preguntó Ivanka al aproximarse al recoleto muelle que la propiedad poseía en un lateral.

—No, Ivanka, es una laguna. Estamos dentro del Parque Nacional de la Albufera, y aquí tenemos un privilegiado punto de partida para recorrerla. De hecho, esta zona era una isla que se encontraba en medio de la laguna.

Le señaló entonces la barca de su abuelo, la misma que había calafateado con brea y arreglado con sus propias manos siguiendo la tradición centenaria de la región. Su barca, una *albuferenc* típica de la comarca con poco calado, era una herramienta muy necesaria para todos los habitantes de la zona. Y un medio de transporte ideal cuando uno quería desembarazarse de algo en medio de la Albufera, aunque fuera en plena noche.

—Lástima que no se vea bien, seguro que es muy bonito —dijo Ivanka con aparente tranquilidad—. Aunque hay mucha humedad y los mosquitos me están matando. ¿Tienes algo fresco de beber en tu casa?

—Claro, vamos dentro. Allí estaremos mucho más a gusto.

Se adentraron en la humilde barraca y Max atisbó, justo al encender la lamparita que descansaba en una esquina, el despreciativo gesto con el que Ivanka contempló el interior de su propiedad. Ella disimuló para no ofender a su anfitrión, pero no lo suficientemente deprisa. De todos modos, le daba igual, la suerte estaba echada.

—Siéntate ahí, voy a por algo de beber. ¿Quieres agua, cerveza o prefieres un refresco?

—Un refresco mejor, gracias.

Abrió la nevera, cogió una cerveza para él y un refresco de naranja para su invitada. No tenía otra cosa, aunque tampoco se iba a preocupar demasiado si la naranjada no le gustaba. Total, el tiempo de seguir disimulando sus verdaderas intenciones estaba a punto de finalizar.

En ese momento le vibró el teléfono en el bolsillo. No tenía intención de contestar la llamada, pero un sexto sentido le avisó de que podía ser importante. Se sacó el aparato del pantalón y comprobó que lo llamaban desde un número fijo de la provincia de Valencia. Le sonaba vagamente, pero no conseguía ubicarlo del todo. Pensó en salir un momento fuera, pero al final descolgó el teléfono allí mismo.

—Sí, dígame... —contestó tras pedirle disculpas a Ivanka con un gesto.

No sabía de qué tipo sería la llamada, pero no le importaba que ella lo escuchara dadas las circunstancias.

—Disculpe, llamo de la Residencia Benimanet. Se trata de Amparo...

De eso le sonaba el maldito número. Se trataba de la residencia especial para enfermos mentales donde habían internado a Amparo años atrás. Y si le llamaban al móvil de emergencias, a esas horas de la noche, no podía significar nada bueno.

—Sí, dígame. ¿Qué le ocurre? —preguntó Max con congoja en la voz.

—Por favor, tiene que venir urgentemente a la residencia.

Amparo ha tenido un accidente y se encuentra muy grave. La encontramos...

Max no oyó nada más, sus oídos se taponaron al escuchar la sentencia. Sabía que los días de Amparo en este mundo estaban contados después de lo que había tenido que sufrir, pero la situación no podía haber sobrevenido en un momento más inoportuno. Aun así, tuvo que rehacerse, tragarse las lágrimas que asomaban sin su consentimiento y apechugar con la situación. Tenía muchas cosas que atender esa noche y debía priorizar para no volverse loco.

—Gracias por avisarme, voy para allá. Tardaré unos minutos en llegar; por favor, hagan lo imposible por ella.

—No se preocupe, está en las mejores manos. Dese prisa, por favor. Aquí le esperamos.

Colgó el teléfono mientras intentaba pensar a toda velocidad. No podía llevarse a Ivanka con él, pero tampoco podía dejarla allí sola. Entonces pensó en el antiguo maletín de su padre, quizás todavía podría servirle de algo.

—¿Qué pasa? —preguntó Ivanka asustada—. No tienes buena cara, espero que no hayan sido malas noticias.

—Las peores para mí, esa es la putada. Ahora me tengo que marchar, pero tranquila, cumpliré mi promesa.

—No me puedes dejar aquí sola, me da miedo.

—Tranquila, Boris no te va a localizar. Tengo que ir a un sitio, pero a mi vuelta hablaré con él. Ya verás cómo mañana a estas horas estarás libre. Otra cosa, ¿tienes móvil?

—No, lo tenemos prohibido. Ya sabes, normas de la organización. ¿No tendrás tú uno para dejarme? —preguntó ilusionada.

—Puede que tenga uno de sobra en la otra habitación. Espérame aquí.

El gesto angustiado de Ivanka pareció relajarse un poco, por lo que debía actuar con celeridad. Se dirigió al otro cuarto, rebuscó en el maletín de su padre, manipuló sus herramientas y regresó con la solución en la mano. Aunque no se trataba de un teléfono móvil, ni mucho menos.

Lo escondió en su bolsillo hasta llegar de nuevo al lado de Ivanka. Ella lo miró extrañada, pero no reaccionó a tiempo. La noche transcurría con rapidez y el tiempo se le agotaba, pero antes tendría que ocuparse de Amparo. No podía arriesgarse a que la ucraniana intentara escapar o alertara a cualquier vecino de la zona. No cuando se encontraba tan cerca del final.

—¿Qué llevas ahí? —preguntó Ivanka—. No parece un móvil.

—No he encontrado ninguno. Pero con esto espero que te tranquilices y me esperes aquí hasta que yo regrese.

El rostro de la mujer reflejó sorpresa al sentir un leve pinchazo en el brazo. Le había clavado una jeringuilla y antes de que ella reaccionara, Max presionó el émbolo hasta el final. La sustancia entró en el torrente sanguíneo de Ivanka y comenzó a hacer su efecto.

—Vas a dormir como un angelito. Luego te veo, guapa.

Cogió su cuerpo antes de que cayera a plomo y lo depositó encima de la cama. No sabía cuánto duraría la dosis, por lo que se curó en salud. Le tapó la boca con esparadrapo y la ató a la cama para que no pudiera escapar antes de que él regresara.

Ahora podía marcharse para encargarse de Amparo. El tiempo volaba en su contra, aunque él intuía que la enfermera no le había dicho toda la verdad. Y si Amparo moría, alguien tendría que pagar las consecuencias.

Sospechaba que la noche iba a ser muy larga. Y su nivel de enfado iba aumentando por segundos mientras salía de nuevo con el coche para dirigirse a Valencia.

FIESTA DE CUMPLEAÑOS AL ESTILO MAFIOSO

Altea,
18 de julio de 2015

—Capitán, hemos escuchado una conversación muy interesante a través del micrófono que le colocamos al *tovarich* Volkov —aseguró Roncero dirigiéndose a su superior en presencia de la guardia Nadia—. Nuestro amigo Sasha va a celebrar una gran fiesta y quiere traer a lo más granado de sus amistades para celebrar su ascenso al poder.

—¿Y con eso te refieres a...? —preguntó Moreno antes de emocionarse.

—Por lo visto van a venir todos a rendirle homenaje, nadie se quiere perder el evento: Kolarov, Timonchuk, Petrov y otros de su misma calaña —confirmó Nadia, siempre al quite.

—Joder, ¡menudo noticIÓn! ¿Y de cuánto tiempo disponemos para montar un operativo?

—Al parecer, la reunión será el veintidós de julio, pero los invitados comenzarán a llegar el veintiuno y todos se marcharán el veintitrés. El problema es que ignoramos dónde se va a producir ese encuentro.

—¡Averiguadlo como sea! —exclamó el capitán Moreno—. Me da igual la manera, pero necesitamos ese dato para prepararlo todo.

Roncero y Nadia asintieron en silencio. Al conocer el encuentro mafioso tuvieron que informar a su superior, aun sabiendo que sería difícil dar con una solución. Volkov iba a celebrar la reunión en lo que él denominaba su «finca secreta» y ellos no tenían manera de localizarla.

La UCO hizo un seguimiento discreto a Volkov y sus lugartenientes, por lo menos a los más importantes. La mejor solución hubiera sido influir en alguno de sus hombres para que convenciera a Volkov de la necesidad de celebrar la reunión en un hotel o lugar similar al que ellos tuvieran mejor acceso. Pero claro, eso era imposible.

Roncero sabía que sus compañeros llevaban meses investigando a Volkov e incluso había equipos de la Guardia Civil y de la Policía que estaban detrás del clan de los «ucranianos» o «rusos blancos» desde hacía varios años. El desembarco de las mafias rusas en el levante español llevaba varios años implantándose a buen ritmo y no las tenían todas consigo.

Sasha era perro viejo y sus hombres trabajaban con gran discreción, por lo que la Guardia Civil no lo tenía fácil con él. Tiempo atrás habían conseguido colocar algunos micrófonos en la casa gracias a un golpe de fortuna. A Volkov se le estropeó la televisión por cable y tuvieron que llamar a los antenistas. Los hombres de la UCO se las arreglaron para montar una operación a la carrera, aunque el oficial encargado de colocar los dispositivos de escucha estuvo a punto de ser pillado in fraganti, y tuvo que jugarse el cuello para salvar la situación.

Sin embargo, no pudieron balizar sus coches ni acceder de nuevo a la vivienda, pues ya habían «mordido» a varios miembros de la UCO cuando intentaron acercarse. El juez instructor les permitió pinchar sus teléfonos, pero Volkov se las sabía todas. Utilizaba inhibidores de frecuencia para entorpecer el trabajo policial y en cualquier momento ordenaría un barrido electrónico con el que descubriría que lo estaban espiando.

—Menuda putada, Pablo. A ver ahora cómo arreglamos esto.

—Algo se nos ocurrirá, tranquila. De momento dejémoslo todo preparado: habrá que avisar en puertos, aeropuertos y demás para que controlen la entrada de estos elementos.

—Sí, pero de poco nos va a servir. Si desconocemos el lugar de reunión, no podremos organizar nada con tiempo suficiente.

—Tranquila, no hay mal que por bien no venga.

En sus escuchas, Roncero y Nadia habían captado en más de una ocasión menciones a la misteriosa finca de Volkov donde se desarrollaban otro tipo de actividades, relacionadas también con uno de los ejes principales de la investigación en torno al capo ruso: la trata de blancas. Tal vez tendrían que dejar que los mafiosos se reunieran a sus anchas, pero estarían más cerca de acabar con el tráfico de mujeres en la región.

—Tengo una idea, Nadia...

LA IMPORTANCIA DE LOS DETALLES

El mes de julio avanzaba casi sin que se dieran cuenta, cada uno de ellos enfrascado en sus propias investigaciones. Pablo se encontraba en medio de un operativo importante del que no podía hablarle a su novia y Miriam había avanzado mucho más de lo que esperaba en sus pesquisas, gracias a los contactos de Pinilla y a su propio saber hacer.

A Miriam siempre le había encantado el trabajo de periodista de investigación, aunque a veces hubiera salido mal parada. Su antiguo jefe en Madrid, Jaime Pinilla, la acogió en su cabecera digital cuando nadie más quiso contratarla después de un lamentable malentendido con el redactor jefe de un importante periódico, y ella se lo había pagado dejándose la piel en el trabajo. Sus artículos y reportajes de investigación habían dado en el clavo en más de una ocasión, reportándole mucho prestigio a su rotativo.

La experiencia en el caso de Jasón la obligó a desentenderse de la labor periodística por una larga temporada. El boom literario que supuso su debut como novelista la había pillado un poco de sopetón, una situación que le costó trabajo asimilar al principio, pero que al fin y al cabo ahora veía como algo casi normal. Intentaba que no se le subiera la fama a la cabeza, por mucho que su agente estuviera negociando los derechos de una serie de televisión para una gran cadena privada en España. Pero todo tenía su lado malo y en su caso era algo muy habitual en autores noveles: el bloqueo del escritor.

Había comenzado los primeros capítulos de tres historias totalmente diferentes, el borrador primigenio de tres manuscritos que no llegarían a ninguna parte. El famoso síndrome de la página en blanco, algo que nunca pensó que le afectaría, se había adueñado de su mente de un modo cada vez más agobiante.

Se dijo que había sido debido al estrés de tanta gira promocional y a la ansiedad producida por su propia inestabilidad afectiva. Se encontraba muy a gusto al lado de Pablo, pero ambos lo habían pasado muy mal y esos vaivenes emocionales no le hacían ningún bien a una relación de pareja.

Por eso creyó que involucrarse de nuevo en un reportaje periodístico podía ser su tabla de salvación para varios de sus problemas. En primer lugar, para el bloqueo al escribir. Al hablar con determinadas personas se estaba dando cuenta de que la realidad superaba con mucho a la ficción, y eso le servía para llevar su propia libreta de anotaciones personales. Tirando del hilo de algunos sucesos ocurridos a lo largo y ancho de toda la Comunidad Valenciana durante los últimos años se podía escribir una novela negra, muy negra. Ya tenía varias ideas en mente, pero no se pondría a la tarea hasta que no tuviera más encauzado el reportaje.

Y, en segundo lugar, la excusa del reportaje le había permitido estar en Valencia con Pablo. Su guardia civil preferido parecía haber recuperado las rutinas, incorporándose de buen grado a la disciplina de una investigación policial. Tenía un poco de miedo por él, pero lo veía mucho más animado. Además, le había prometido que él solo trabajaría desde la Comandancia, nada de jugarse el tipo sobre el terreno. Y eso le daba más tranquilidad que cualquier otra cosa.

Miriam estaba encantada con el hotel que había elegido para alojarse. Cuando no se encontraba trabajando se daba una vuelta por las tiendas del centro comercial, le encantaba ir de compras. Era algo que Pablo no soportaba, así que no lo torturaba demasiado con el tema y de ese modo disfrutaba más. Le daba igual que tuviera ya más bolsos, zapatos y complementos de los que le cabían en cualquier armario.

Muy cerca de allí se encontraba la Ciudad de la Justicia de Valencia, un recinto que Miriam ya había visitado en más de una ocasión para intentar encontrar información útil para sus artículos. Los miembros de la judicatura no se avenían a hablar con una vulgar periodista, pero ella tenía sus trucos. Y gracias a su habitual descaro había sacado algunos datos jugosos a trabajadores de los juzgados sobre investigaciones que todavía se encontraban abiertas.

En el escaso tiempo libre que tenía Pablo, intentaban hacer cosas juntos. Habían disfrutado como críos en su visita al Oceanogràfic y al Museo de las Ciencias, lugares situados muy cerca del hotel en el que se alojaban. También habían paseado por el centro de Valencia y conocido sus famosas noches, donde la diversión para los jóvenes no tenía fin.

Asimismo, habían tenido tiempo de bajar algún día a las playas urbanas de la ciudad, tomar el sol, bañarse en el cálido Mediterráneo y disfrutar de un aperitivo o una rica paella mientras comían mirando al mar en alguno de los numerosos locales que jalonaban el paseo marítimo. Les gustaba más la zona de Las Arenas que la de la Malvarrosa, tanto la playa como los establecimientos allí situados, pero Miriam quería visitar también otros enclaves de los que había buscado información.

Así que un sábado por la mañana, después de asegurarse de que Pablo libraba en el trabajo, convenció a su pareja para coger el coche y vivir una pequeña aventura en parajes naturales muy cercanos a Valencia. Roncero rezongó por tener que madrugar tanto en su día libre, pero enseguida se le pasó y un rato después salieron a la calle, contentos y felices, dispuestos a disfrutar de una jornada estupenda de sol y mar.

Roncero no se lo podía creer, pero Miriam no había exagerado en absoluto al hablarle de los atascos que se formaban en la zona. Atravesaron el puente diseñado por Calatrava, dejaron a un lado el centro comercial pegado a la Ciudad de la Justicia, rodearon la rotonda y tomaron la CV-500, Carretera de El Saler. No se trataba de una autovía, sino de una simple carretera comarcal de un carril que entroncaba con otra igual de cargada de tráfico. Así pues, el corto trayecto se alargó más de lo necesario para llegar a su destino.

Miriam se había encargado de buscar el plan de ocio, por lo que Pablo no se preocupó demasiado. Y si se perdían, con seguir a la multitud lo tendrían solucionado. El sargento odiaba las aglomeraciones y conducir en caravana era una de las cosas que más lo irritaba, pero intentó ser positivo y no amargarse el día.

—¡Te lo dije, Pablo! —exclamó la periodista—. Teníamos que haber madrugado más. Si es que nunca me haces caso.

—Ya te he oído, ¿vale? —soltó Roncero sin querer subir el tono, bastante crispado debido al sofoco y al monumental atasco que se había montado—. No sé dónde narices va toda esa gente. Si ni siquiera son las once de la mañana.

—¡Mira, allí hay un desvío!

Miriam señaló la siguiente rotonda. Tras un camping situado en ese mismo cruce, se abrían dos posibles bifurcaciones. La primera a la derecha se encontraba colapsada y más adelante se avecinaban más problemas al incorporarse un nuevo carril repleto de coches, procedente quizás de otra comarcal de la zona. Pero si rodeaban la rotonda, la siguiente salida aparecía mucho más despejada. Roncero ni se lo pensó y tiró por ese camino, ante el evidente cabreo de Miriam.

Acabaron perdidos y la discusión subió de tono durante los siguientes minutos. Al final tuvieron que preguntar a unos ciclistas con los que se toparon. Estos les indicaron someramente el camino y reanudaron su marcha a pedales mientras se reían de ellos en voz baja. Pablo no quiso cargar más las tintas, así que dio la vuelta donde le habían indicado y torció por la siguiente bifurcación.

Minutos después llegaron por fin al comienzo de la playa de El Saler. Se trataba de una zona semisalvaje que había sido destruida por la mano del hombre en las últimas décadas, pero afortunadamente las autoridades habían puesto fin ante tanto despropósito inmobiliario para intentar recuperar una zona de dunas y elementos naturales, que eran la verdadera esencia de un entorno casi virgen.

—No era aquí exactamente donde quería llegar, pero ya no tiene solución —dijo Miriam nada más plantar las toallas en la arena.

—Pues a mí me parece perfecto; nada que ver con la playa de la Malvarrosa, y eso que estamos casi al lado. Mira, el puerto de Valencia se ve desde aquí.

—Sí, no está mal. Y mira, las dunas recuperadas nos protegen del viento y la arena está muy bien cuidada.

El enfado se les pasó del mismo modo que les había llegado y la pareja disfrutó del sol, la arena y el mar durante toda la mañana. Al mediodía degustaron una estupenda paella mixta en un chiringuito repleto en el que hicieron reserva nada más llegar. Y más tarde, tras una larga sobremesa, Miriam convenció a Pablo para recorrer otros parajes cercanos, como un frondoso pinar, pegado al lago de El Saler, donde las familias pasaban el día a la sombra. Roncero alucinó ante el despliegue de mesas, sillas, neveras, tiendas de campaña y demás parafernalia que las familias montaban para pasar un día al aire libre.

Al caer la tarde, Pablo recordó algo que le había dicho Miriam en algún momento sobre las puestas de sol en la Albufera, que por lo visto eran espectaculares. Le sugirió adentrarse en el Parque Natural de la Albufera y acercarse hasta el municipio de El Palmar, una idea que le pareció estupenda a la periodista. Cogieron de nuevo el coche, aparcado esta vez a la sombra de un pino centenario, y recorrieron aquella zona de marismas en la que el hombre había ganado terreno a la naturaleza para construir puentes y caminos entre los arrozales.

Aparcaron en un extenso descampado casi lleno de turismos y autobuses con los que los excursionistas habían llegado a la zona. Recorrieron la calle principal de El Palmar, antiguo pueblo de pescadores reconvertido en lugar de ocio para turistas, y se dirigieron hacia la orilla de la laguna más grande de España: la Albufera de Valencia.

En el pequeño muelle del pueblo se arracimaban las barcas y los turistas que querían dar un paseo por la Albufera, disfrutar de la fauna autóctona y maravillarse con ese atardecer tan reconocido en la zona.

—Me estoy agobiando un poco, Pablo. Mejor nos vamos —dijo la periodista un rato después ante la aglomeración de personas en un sitio tan estrecho.

—¿Y eso? Creía que querías ver la puesta de sol y cenar algo antes de marcharnos.

—No sé, no me encuentro bien. Me agobia este bochorno y la sensación asfixiante que se respira en los muelles. Además, los mosquitos me están acribillando, y eso que llevaba repelente en el bolso, por si acaso.

Roncero se había fijado en que la chica se estaba dando manotazos todo el rato en el cuerpo para intentar ahuyentar a los mosquitos del arroz. A él no le picaban mucho en verano, pero con Miriam acostumbraban a cebarse. Y, además, la periodista debía andarse con ojo, ya que en más de una ocasión había tenido problemas por picaduras de insectos. Así que decidieron alejarse, Pablo no quería que la jornada se torciera.

Cuando se dirigían hacia el coche, Pablo notó que Miriam caminaba con algo de cojera. Al principio no le dio mayor importancia, pero vio que la chica se llevaba la mano al muslo y enseguida comprobó que la pierna se le había empezado a hinchar debido a las picaduras de los mosquitos. Pablo se asustó y decidió dirigirse al hospital sin hacer caso a las quejas de Miriam.

Roncero infringió todas las normas de velocidad en carreteras comarcales y se plantó en la Ciudad de las Artes en pocos minutos. El sargento recordaba que el hospital de La Fe no quedaba muy lejos de allí, justo en la salida hacia Madrid, y aparcó en la salida de urgencias con el corazón desbocado. La fiebre parecía haberse adueñado de Miriam y el *shock* anafiláctico pendía sobre ella como la espada de Damocles. Al final, tuvieron que pincharle corticoides para frenar la reacción alérgica. La medicina hizo su efecto unos minutos después, aunque Miriam permaneció un rato tumbada en el *box* mientras se recuperaba poco a poco.

—Menudo susto me has dado, guapa. Creí que te daba un *shock* anafiláctico mientras conducía y no sabía qué hacer.

—Sí, me he puesto fatal. Gracias por actuar tan deprisa —contestó más recuperada—. No sé qué ha pasado, debo de ser alérgica a los malditos bichos de la zona.

Roncero notó la vibración del móvil en el bolsillo de sus bermudas. No le apetecía responder, pero miró por curiosidad y se sorprendió al ver el nombre de Bermejo en el visor. Prefirió enviarle un mensaje para que no insistiera, pero fue peor el remedio que la enfermedad. En cuanto le mencionó que se encontraba en urgencias con Miriam, aunque aseguró que no se trataba de nada grave, el inspector volvió a la carga y tuvo que atenderle.

El sargento le contó brevemente lo ocurrido a Bermejo, quien ni siquiera le comentó el motivo original de su llamada antes de exclamar:

—¡Es verdad, los malditos mosquitos! Gracias, Pablito, me has recordado una cosa que tengo que hacer.

—No sé de qué me habla, pero me alegra poder ayudarle. Disculpe, pero voy a regresar con Miriam. Espero que podamos salir de aquí pronto y regresar al hotel.

—Ya te contaré si sale bien, no te preocupes. Dale recuerdos a Miriam y cuídate tú también, muchacho.

—Gracias por llamar, inspector. Hablamos un día de estos con más calma.

Roncero colgó el teléfono y regresó con Miriam sin saber muy bien a lo que se refería su amigo Bermejo. Seguro que más adelante se enteraría, aunque en ese momento prefería centrarse en la salud de Miriam después del susto que se habían llevado.

EL DESPERTAR DEL DEMONIO

El Palmar (Valencia),
julio de 2015

Ni siquiera aceleró más de lo debido por la carretera, pues ya sabía lo que se iba a encontrar. Además, Max no quería cometer ninguna torpeza al volante y que lo parase una patrulla de la Guardia Civil o una pareja de municipales al entrar de nuevo en la gran ciudad. Esa noche era muy importante para él y no podía estropearla antes de comenzar.

Sus temores se cumplieron minutos después, cuando la directora de la clínica le comunicó la verdad: su hermana Amparo había fallecido. La pobre chica, sumida en su propio mundo de pesadilla, que la farmacología no había hecho más que elevar a la máxima potencia, no pudo aguantarlo más. Su estancia en este mundo cruel no había tenido casi ni un minuto de felicidad y prefirió abandonarlo por la puerta de atrás antes que seguir sufriendo.

Max no quería conocer los detalles, pero la relamida directora se los dio de todas formas. Amparo se había hecho con un instrumento afilado y se había cortado las venas de un modo espantoso. Debió de sufrir una larga agonía mientras se desangraba, su último peaje antes de abandonar un mundo donde había sufrido tanto.

El discurso fatuo de aquella señora lo sacaba de quicio. Todas las fibras de su cuerpo se tensaron y Max tuvo que hacer un esfuerzo supremo para no agarrarle la cabeza y estampársela contra el horrible cuadro que presidía su despacho. Por fin se calmó un poco y consiguió comprender las últimas instrucciones que le dictaba una mujer que nunca sabría lo cerca que había estado de la muerte esa noche.

—Por supuesto, si usted lo desea nos encargaremos de todo lo referente al sepelio. No tiene que preocuparse por nada, ni abonar ningún tipo de honorario adicional. Está todo incluido en la minuta que usted nos paga.

—Muy bien, gracias. Encárguese usted entonces de los preparativos según las cláusulas que le propuse en su momento. Y ahora, si me disculpa, me gustaría despedirme de Amparo.

—Naturalmente, caballero. Si me acompaña...

La bilis lo corroía por dentro, pero Max creyó que no sería buena idea perpetrar una carnicería en aquella clínica inmaculada de paredes tan blancas. «Está todo incluido», le había dicho la zorra sin inmutarse. Más les valdría, después del dineral que se había gastado para tener allí a Amparo con los supuestos mejores cuidados que la ciencia podía ofrecerle. No tardó en decidirse: pidió que incineraran los restos de su hermana y los depositaran en una urna hasta que él pasara a buscarlos. Tendría que pensar en algún buen lugar para esparcir sus cenizas, pero todavía tenía tiempo. Ya se encargaría de ese punto llegado el momento preciso.

Ninguno de los dos creía en Dios ni en religiones de ningún tipo, no cuando la maldad se había adueñado de sus inocentes almas desde la más tierna infancia, frustrando cualquier posibilidad de crecer y vivir como personas normales. Así pues, no habría misas ni funerales, por él se podían ir todos al diablo. Nadie sabría que Amparo había muerto por fin porque a nadie, a excepción de a su hermano, le importaba lo más mínimo.

Tras firmar los papeles necesarios abandonó la clínica de los horrores, dispuesto a cumplir otra promesa que se acababa de hacer allí mismo. El verdadero culpable de la muerte en vida de su hermana, más allá del fallecimiento real de aquella noche, debía purgar sus pecados de una vez y para siempre. Primero tendría que ocuparse de algo más urgente, pero el cabrón pagaría su frustración de una vez por todas. Tal vez había tardado demasiado tiempo en darle su merecido, ya había vivido mucho más de lo que se merecía.

De regreso a la barraca le asaltó la imagen de Amparo, tumbada en esa camilla infame dentro de una sala maldita que siempre le traería malos recuerdos. Su hermana no había podido relajarse ni siquiera tras dejar este mundo: su gesto crispado denotaba el sufrimiento padecido mientras su vida se extinguía. De todos modos, su belleza serena seguía ahí, muy presente, aunque los golpes de la vida le hubieran ajado la piel de tal forma que parecía una anciana aunque no tuviera ni cuarenta años.

Max intentó serenarse para acometer la siguiente parada de su larga noche. Lo primero sería centrarse en Ivanka y en la velada que necesitaba pasar con ella para exorcizar también sus propios demonios. Esos que le devoraban por dentro hasta tal punto que sentía las dentelladas en su estómago, un demonio voraz que se abría paso a través de sus entrañas buscando su verdadera meta, su ansiado final: su corazón putrefacto.

La carretera de El Saler se encontraba casi vacía a esas horas. Atravesó los arrozales con la mirada fija en la carretera mientras notaba cómo la paz se adueñaba de su alma al aproximarse a sus dominios. Por fin llegó y supo que el momento supremo le esperaba.

—Ya estoy en casa, preciosa. ¿Me has echado de menos?

Ni siquiera sabía si su invitada se había despertado de su obligada siesta, pero pronto lo averiguaría. Encendió las luces de la barraca y se relamió ante lo que se avecinaba.

—Ummm...

—Chist, calla. No te alteres. Tranquila, intentaré no hacerte sufrir demasiado.

Observó como ella intentaba desatarse con todas sus fuerzas mientras farfullaba palabras ininteligibles. Pensó en administrarle un calmante, pero sería contraproducente para sus fines. La necesitaba despierta, alerta, para que todos los poros de su piel exudaran el terror que la acompañaría en los últimos minutos de su vida. Su mente racional lo castigaba al reconocerlo, pero sabía que solo el aroma del miedo de la víctima lo ayudaría a alcanzar el objetivo final.

No tendría en cuenta sus bellos rasgos, sus pronunciadas curvas o la suavidad de su piel de alabastro, únicamente se centraría en lo que de verdad importaba. Y eso solo podría conseguirlo de un modo, con un método que esperaba que fuese igual de efectivo que la vez anterior.

***

Cuando Ivanka despertó de su pesado letargo se sintió desorientada. Al darse la vuelta sintió un doloroso pinchazo en el cuello y entonces se percató de la realidad. El malnacido la había abandonado allí, atada y amordazada, hasta que se decidiera a regresar a por ella. Algo que la asustaba más que el hecho de encontrarse secuestrada en aquella casucha de mala muerte.

Intentó desembarazarse de sus ataduras, pero le fue imposible. Tampoco podía gritar para pedir auxilio, la mordaza le impedía articular sonidos. Desesperada, intentó abstraerse de lo ocurrido para buscar una solución. Su muerte se encontraba muy cerca, ya fuera a manos del desgraciado que la había secuestrado o de sus propios proxenetas cuando se enteraran de su huida. De todos modos, se obligó a mantener la calma, debía ser más lista que su captor. Ella no quería morir y se prometió luchar hasta la última gota de su sangre antes que rendirse.

Sin embargo, su aplomo se vino abajo cuando oyó el sonido de un coche abriéndose paso a través de la gravilla de la finca. Ivanka afinó el oído y percibió cómo su secuestrador abría y cerraba el vehículo antes de encaminarse a pie hasta la entrada de la barraca. Segundos después, casi en el mismo instante en el que la luz la cegó brevemente, escuchó una voz que a ella le pareció de ultratumba, pronunciando una frase que le puso los pelos de punta:

—Ya estoy en casa, preciosa. ¿Me has echado de menos?

Ivanka comenzó a temblar casi sin darse cuenta. Conocía la voz de Max, había pasado muchos momentos con él en el Paradise, pero aquello era diferente. El timbre ronco con el que pronunció las palabras malditas le heló la sangre. Todo su cuerpo se arqueó para buscar una salida, ya que sus terminaciones nerviosas la avisaban de alguna manera de la catástrofe inminente.

La suerte estaba echada para ella y su destino marcado de antemano, así que pensó que no perdía nada por intentarlo. De cara al exterior, siguió fingiendo temblores con gesto abatido, casi lastimero, pero su corazón guerrero se preparó interiormente para la batalla. Había llegado el momento de saber de qué pasta estaba hecha cuando tuviera que luchar por su supervivencia.

—Tú y yo nos vamos a divertir mucho esta noche ¿verdad, Ivanka?

—Ummm...

Ella negó con todas sus fuerzas, tanto de palabra como con la cabeza mientras veía acercarse al lobo estepario. Dejó de temblar y comenzó a gimotear, intentando que sus gemidos se oyeran a través de la mordaza para dar a entender que se entregaba sin remisión.

Se había puesto de costado, por lo menos todo lo que le permitían sus ligaduras. Pero Max llegó y la obligó a mirar al frente, a enfrentarse a sus ojos. En ese momento, no tuvo que fingir el miedo que atravesó sus pupilas al toparse con la mirada perdida de aquel lunático, un tipo que había perdido el norte de una manera que escapaba al raciocinio. Parecía una persona completamente diferente a la que ella había conocido, y no supo si eso era bueno o malo para sus fines.

—No me tengas miedo, preciosa. No voy a hacerte daño. Por lo menos, no demasiado. Todo dependerá de cómo te comportes.

—Grrrr...

—Te vas a ahogar, no intentes hablar con la mordaza.

Ella abrió los ojos desmesuradamente para captar su atención, agitando después los párpados a toda velocidad.

—¿Qué es lo que me quieres decir? Espera, voy a quitarte la mordaza...

Su gesto la delató: se había adelantado a los acontecimientos. Él se percató de su reacción y paró un instante, con la mano a escasa distancia de su boca.

—Espera un momento, ahora mismo vuelvo. No te muevas de ahí —dijo Max mientras se reía.

Ivanka temió lo peor cuando la dejó de nuevo sola. El dueño de la barraca se alejó unos metros, se adentró en la cocina y abrió algunos cajones. Cuando regresó con un objeto en la mano que despedía maliciosos brillos debido a la mortecina luz de la estancia, Ivanka supo que el final estaba mucho más cerca de lo que esperaba.

—Tranquila, fiera, el cuchillo no es para ti. Por lo menos, de momento...

—Nooo... —intentó gritar sin fuerzas.

—Voy a aflojarte las ligaduras y a dejarte libre la boca. Si gritas o intentas decir algo sin mi consentimiento, te clavaré este cuchillo en el corazón. ¿Me has entendido, putilla?

Ivanka movió la cabeza afirmativamente, presa del terror. Vio que Max depositaba el cuchillo en la mesilla, se acercaba a ella y le quitaba la mordaza antes de proceder con las ligaduras. Su organismo reaccionó por instinto, casi como un animal en peligro que ataca en defensa propia, y cuando quiso darse cuenta, ya le había lanzado una dentellada. Giró un segundo el cuello y mordió con saña a Max en el brazo.

—¡Aaaargh! —gritó el atacado cuando sintió que sus dientes le desgarraban la piel.

Técnicamente, no había dicho nada ni había gritado, pero Ivanka sabía que eso no la salvaría de un castigo mayúsculo. Tampoco se paró a pensar por qué lo había hecho, pero ya no tenía remedio. Solo esperó el momento en el que el cuchillo se clavaría en su cuerpo, por lo que la pilló de sorpresa el bofetón que le propinó su secuestrador con el reverso de la mano.

—¡Maldita zorra! —exclamó Max fuera de sí—. Debería matarte ahora mismo.

Le colocó de nuevo la mordaza en la boca con saña, haciéndole daño a propósito en la herida recién abierta en los labios. Ivanka sintió el sabor de su propia sangre: el criminal le había partido la boca con el sello de oro que lucía en la mano derecha.

—Tú lo has querido, así que tendrás tu justo castigo. Yo solo pretendía alcanzarlo de nuevo sin ensañarme demasiado contigo, pero te has pasado de lista.

Max regresó con una caja de contenido desconocido mientras le mostraba una sonrisa cruel. El hombre había perdido el juicio y ella iba a pagar las consecuencias. Ivanka intentó escabullirse, pero no logró evitar que le arrancara la ropa. Se sintió más expuesta que nunca, aunque no fuera la primera vez que permanecía desnuda y atada delante de un cliente.

Pensó en sus seres queridos y en los escasos momentos de felicidad que había vivido antes de caer en las garras de la esclavitud sexual. Dejó volar su mente para no chillar de puro dolor cuando aquel desgraciado comenzó a probar sus juguetes sexuales con ella. Cerró los ojos y no quiso mirar, pero la irrupción a la fuerza de bolas chinas y consoladores de diferentes formas y tamaños en todos los orificios de su cuerpo hizo que este se tensara de forma violenta.

La tortura se alargó de un modo inimaginable, con un sadismo que le provocó dolores y calambres. Solo quería que Max la follara de una vez y terminara todo. Aunque entonces recordó lo que se comentaba en el Paradise: al parecer, Max había tenido problemas de erección en su última aparición por el club e Ivanka rezó para que el hombre no necesitara excitarse con ella de un modo mucho más cruel.

Entonces Ivanka pensó que al final sí le clavaría el cuchillo en el corazón y después la despedazaría para deshacerse del cadáver. Tal vez echara sus restos a los cerdos o quizás a la infecta laguna que rodeaba la propiedad. No le había gustado nada la sensación al asomarse al borde de la Albufera, justo al bajarse del coche cuando todavía pensaba que su benefactor la llevaba a un lugar seguro. La laguna emitía un miasma insano, unos efluvios tenebrosos que incluso llegaron a afectar a su estómago, que se rebelaba con contracciones cada vez más dolorosas.

Recordar el fétido olor de las aguas estancadas en el muelle le produjo un nuevo retortijón, pero Ivanka consiguió reponerse. Las náuseas atravesaban su cuerpo, pero debía calmarlas si no quería acabar ahogada en sus propios vómitos, y eso sí que sería una muerte horrible e indigna.

Max la obligó de nuevo a mirar al frente y sintió el peso del hombre sobre su cuerpo. El malnacido intentó penetrarla sin éxito y se ofuscó. La frustración le cabreó aún más y lo pagó con ella, cruzándole de nuevo la cara al percibir su desprecio, el gesto triunfal con el que se reía de él desde las entrañas.

—¿Crees que he acabado contigo, puta de los cojones? No, ni mucho menos. Ya veremos quién ríe el último.

Sintió que el hombre se colocaba de rodillas, a horcajadas sobre su pecho mientras la aplastaba con su peso. Max comenzó a masturbarse furiosamente encima de ella, rozando sus senos con la mano al moverla a tal velocidad. Gotas de sudor perlaban su frente con el esfuerzo, pero no le sirvió de nada, así que su captor pareció tomar otra determinación.

Ivanka se sorprendió al notar la tremenda presión que Max ejercía en su cuello con sus fuertes manos.

—Ahora ya no te ríes, ¿verdad? Relájate, princesa, ahora vamos a disfrutar los dos por igual. Ya verás qué viaje más maravilloso.

Ivanka notó como el pene del hombre se introducía en el hueco entre sus pechos y se restregaba rítmicamente en un vaivén infinito. El dolor atroz que recorrió su espina dorsal al sentir el abrazo mortal se diluyó ligeramente al percibir la agitación de sus extremidades. Una luz difusa apareció en un punto fijo de su cerebro mientras sus ojos amenazaban con salirse de las órbitas. Ni siquiera se dio cuenta de que la mordaza se había salido de su sitio, ya que no podía respirar, y mucho menos gritar para salvarse. La negrura se fue adueñando poco a poco de su mente y supo que su final había llegado.

Ya había dejado de respirar cuando su pecho recibió la descarga tibia de la simiente del demonio, por lo que ni siquiera fue consciente de la última humillación de su vida. Ivanka exhaló su postrero suspiro y pudo, por fin, descansar en paz para siempre.

UNA RESACA MONUMENTAL

La juerga de la noche anterior había sido apoteósica. Álvaro y Rodrigo, dos primos madrileños que cursaban Económicas en la Universidad Carlos III, habían convencido a sus padres para visitar a su amigo Ximo, compañero de correrías en su primer año en el campus de Getafe.

Tras desfasar por varios locales del centro de Valencia, los tres amigos se dirigieron hacia la zona de la Malvarrosa. Acabaron su fiesta particular en un quiosco *lounge* a pie de playa que se había puesto de moda ese verano. No ligaron demasiado porque las chicas les rehuían en cuanto veían su lamentable estado, cerca del coma etílico, pero a ellos no les importó.

Tras abandonar el garito y deambular durante unos minutos por la Malvarrosa, se dieron por vencidos. Ni siquiera pudieron alcanzar el coche y se derrumbaron en la arena de la playa, muy cerca ya del paseo marítimo. La borrachera se impuso a la cordura y acabaron allí tirados, desmadejados y a merced de cualquier desaprensivo, dispuestos a dormir la mona sobre la fresca arena.

Un par de horas depués, el sol apareció por el horizonte y el reloj interno de Rodrigo dio la voz de alarma. Se despertó sobresaltado, sin saber dónde se encontraba, con un dolor de cabeza monumental que enseguida le retrotrajo a la juerga que se habían corrido. Cuando pudo moverse un poco, comprobó que sus compañeros de andanzas se encontraban a su lado, tirados cuan largos eran. Se palpó entonces los bolsillos y respiró aliviado al ver que sus pertenencias (móvil, cartera y llaves del coche) seguían en su sitio.

Se levantó y golpeó con el pie en el costado de sus amigos, pero no parecían por la labor de seguirle. Él se acercó de todos modos a la ducha de playa más cercana, por lo menos para lavarse el careto y quitarse esa sensación tan desagradable de encima. Cuando las legañas retiradas le permitieron abrir los ojos de verdad, Rodrigo comprobó que aquella zona comenzaba también a desperezarse. Vio a varios deportistas madrugadores que corrían por la playa o por el paseo marítimo y a los empleados municipales de la limpieza que ya empezaban la jornada laboral.

Un poco más allá, en la parte externa del paseo embaldosado, vio a una chica rubia que intentaba montar una de las bicicletas municipales que, por lo visto, se habían puesto de moda en la ciudad. En un arranque de caballerosidad, y también por ver de cerca el cuerpazo que se adivinaba a distancia, Rodrigo se dirigió hacia ella, pues parecía que la joven no podía sacar la bici de la horquilla metálica en la que estaba encajada.

—¿Necesitas ayuda? —preguntó cuando se encontraba a escasos metros. Sonrió al ver que la muchacha ni siquiera se movía, allí sentada encima del sillín, con los pies en los pedales y los brazos extendidos sobre el manillar. Por lo visto, no eran los únicos resacosos en la playa, aunque ella parecía incluso en peor estado—. Joder, vaya pedo has debido de pillar...

A punto de llegar a su lado, comprobó que la mujer no parecía tan joven, aunque sí estaba de muy buen ver. Se le había corrido el rímel o algo así, y además tenía unas marcas oscuras muy extrañas en la cara que Rodrigo no lograba reconocer. Hasta que llegó a su lado y averiguó lo que ocurría.

—Pero ¿qué coño te han hecho?

Rodrigo cogió del brazo a la mujer para intentar sacarla de su sopor. El susto de muerte que le sobrevino al sentir cómo el cuerpo sin vida de la joven se abatía sobre el manillar le dejó sin habla unos instantes. Hasta que la realidad lo golpeó con fuerza y no le quedó más remedio que gritar a voz en cuello para llamar la atención de quien fuera.

—¡Socorrooo! —voceó como pudo—. Por favor, necesitamos ayuda...

Álvaro y Ximo lo miraban desde la playa sin comprender lo que sucedía. Los gestos perentorios de Rodrigo les anunciaron que no se trataba de ninguna broma: estaba sucediendo algo realmente grave. Una situación para la que no estaban preparados y que marcaría para siempre su primera experiencia turística sin sus padres.

LA TRAMA SE COMPLICA

Comisaría de Policía Judicial (Valencia),
segunda quincena de julio de 2015

Ninguna de las vías abiertas de investigación estaba dando sus frutos y el inspector Bermejo comenzaba a desesperarse. Se había ilusionado con el asunto de las nigerianas al pensar que desembocaría en algo positivo y podrían resolver el brutal crimen de la Albufera, pero las pesquisas reactivadas en torno al caso les habían llevado a un callejón sin salida.

La joven Saraya fue trasladada a un centro especial de internamiento para inmigrantes mientras colaboraba con la policía para esclarecer lo ocurrido a su compatriota. Los investigadores se dirigieron a plena luz del día, acompañados por la joven africana, hasta la zona que ella les había indicado. Les costó convencerla para que los llevara hasta el lugar exacto donde se habían desarrollado los hechos, ya que Saraya no quería enfrentarse a su proxeneta ni a nadie relacionado con la mafia nigeriana.

Además, en comisaría le enseñaron fotografías de diversos coches, pero no sacaron nada en claro. Tampoco encontraron nada al cotejar las cámaras de tráfico más cercanas a esa zona, ya que

Saraya no recordaba el día concreto del suceso.

Bermejo decidió acudir a la zona caliente del ZAL una noche en la que sabía que habría movimiento. Villares se encontraba indispuesto y no pudo acompañarlo, pero a Bermejo no le importó. Prefería que lo acompañara Lozano a una visita que quizás se complicara si aparecían los proxenetas. Estaban dispuestos a averiguar lo que le había ocurrido a Amina antes de aparecer sin cabeza ni manos en el fondo de una fétida laguna.

Fueron con un vehículo sin distintivos, por lo que las prostitutas los rodearon en cuanto aparecieron por la rotonda que la chica les había indicado, justo a la espalda de la zona industrial del puerto de carga. Los dos policías comenzaron a hacer preguntas comprometedoras desde el coche, e incluso mostraron a las chicas una fotografía de Amina que les había facilitado Saraya con mucha reticencia.

—Yo no saber nada, tú marchar... —contestó una de ellas ante la insistencia de Bermejo.

Los policías notaron que no decía toda la verdad y Lozano bajó del coche antes de que la joven saliera huyendo y se perdiera en la inmensidad de aquel polígono. Ese movimiento poco habitual entre los clientes de la prostitución callejera alertó a los hombres que controlaban el trabajo de las meretrices, entre ellos a Wilson, el chulo al que tanto temía Saraya.

—Tienes dos segundos para soltar a la chica antes de que acabe contigo...—espetó el recién llegado, un negro fornido con el pelo rapado al cero, mientras calibraba la musculatura del cliente que quería sobrepasarse con una de sus chicas.

—Tranquilo, amigo, no queremos problemas —aseguró Bermejo tras salir también del vehículo. El inspector no quiso sacar aún su arma reglamentaria, pero no dudaría en usarla si la situación se desmandaba—. Solo queremos información sobre la noche en que desapareció Amina. Por lo visto, se la llevó un hombre en su coche.

Wilson pareció percatarse enseguida de la verdadera procedencia de los visitantes y quiso huir de allí. Lozano se interpuso al instante y no le permitió escapar, aunque el resto de hombres del proxeneta sí se escabulleron entre las sombras de la noche.

—No venimos a detenerte, por lo menos de momento —aseguró Bermejo mientras se identificaba y le enseñaba su placa policial—. Solo queremos hablar contigo y con las chicas que estaban aquí esa noche. Todos queremos esclarecer lo ocurrido con Amina.

Los policías se tranquilizaron al ver el cambio de actitud en Wilson. El proxeneta, que hablaba un castellano mucho más fluido que el de sus supuestas protegidas, se calmó un poco al ver el cariz que tomaba la situación y empezó a hablar a toda velocidad. Se mostró indignado porque alguien hubiera secuestrado a Amina, una de sus mejores empleadas según el eufemismo que él mismo utilizó, pero su rostro de ébano palideció cuando Bermejo le contó el fatal destino de Amina. Entonces se cerró en banda y no quiso añadir nada más, lo que frustró a Bermejo al ver que no sacaría nada en claro.

El inspector advirtió al proxeneta que, si no colaboraban, tanto él como sus chicas serían detenidos por obstrucción a la justicia. Y eso solo para empezar, ya que más tarde podrían atribuirle otro montón de delitos que de momento iban a pasar por alto. Wilson asintió y accedió a que los policías interrogaran allí mismo a tres mujeres que habían trabajado aquella noche en la zona, aunque ninguna aportó más datos relevantes.

—¿Ha visto, inspector? —preguntó Lozano al regresar a la ciudad—. Ese cabrón les ha hecho no sé qué gesto y las pobres crías temblaban de miedo. No han podido ni contestar a nuestras preguntas. Empezaban a hablar en yoruba y no se les entendía nada.

—Tienes razón, seguro que las ha amenazado con algo —replicó Bermejo—. Esta gentuza les hace vudú a las chicas y las tienen acojonadas perdidas. Tendríamos que haber venido con refuerzos para hacer una redada en condiciones, aunque tampoco habríamos sacado nada en claro si nos los hubiéramos llevado a todos detenidos.

A la mañana siguiente, Bermejo le contó lo sucedido a Claramunt y el inspector jefe estuvo de acuerdo con su actuación. En ese momento su prioridad eran los asesinatos, pero hablaría con los responsables de la unidad al cargo de ese tipo de problemas, para que estuvieran muy encima del tal Wilson.

Los dos policías departían en el despacho de Claramunt cuando una llamada telefónica interrumpió la conversación. El responsable de la unidad se disculpó ante Bermejo y cogió el teléfono. Al poco, comenzó a maldecir.

—¡No me jodas, Palomares! —exclamó Claramunt con el rostro sofocado—. ¿Y dónde dices qué ha sido? —El silencio que siguió no auguraba nada bueno, así que Bermejo permaneció atento a las reacciones de su jefe—. Muy bien, ahora mando a mis hombres.

El rostro petrificado de Claramunt solo duró unos instantes y enseguida reaccionó ante la gravedad del asunto. Bermejo esperaba ansioso, pero sabía que ni siquiera tendría que preguntar para enterarse de lo ocurrido.

—Al final tenías razón, tenemos un maldito asesino en serie en Valencia. Han encontrado a otra chica muerta, esta vez en la playa de la Malvarrosa.

—Pero ¿sabemos ya con seguridad que se trata del mismo tipo?

—Por lo poco que me han contado, así es. Al cabronazo le gusta montar escenitas con mujeres a las que ata y coloca como si fueran maniquíes o marionetas, tanto da. Busca a Villares y poneos en marcha ya. Ahora os indico el lugar exacto.

Bermejo asintió ante la orden de su jefe, aunque hubiera preferido acudir al lugar del crimen con Lozano, un policía que le caía bastante mejor que Villares. Sin embargo, él era un mandado y estaba allí para obedecer. Lástima que el impresentable de Villares no siguiera indispuesto, porque no pensaba tolerarle ni una tontería más en un día que podía ser muy largo.

Cuando llegaron con el vehículo oficial, la zona ya había sido acordonada convenientemente por los compañeros. Los miembros de la policía científica realizaban su trabajo con meticulosidad, y Bermejo asumió el mando del operativo mientras esperaban la llegada del juez de guardia. El inspector temió encontrarse con Macarena Velasco en esas circunstancias, porque lo más probable era que ese crimen le tocara también a ella tras haberse hecho cargo del asesinato en el cauce del río.

Villares llamó al orden a otros compañeros que se encontraban por allí y ampliaron el cordón de seguridad, aparte de alejar a los curiosos que no les dejaban trabajar a gusto. Regresó entonces al lado de Bermejo, que ya se encontraba al lado de Enrique Pons, el responsable de la policía científica asignado al caso.

—No hay duda, inspector, estamos ante el mismo tipo de bramante utilizado en el crimen del cauce del río —informó Pons—. Y en este caso, aparte de fijar el cuerpo al sillín y los brazos al manillar para que no se cayera por el peso muerto, ha utilizado el hilo para algo más.

—Sí, ya lo veo —contestó Bermejo al observar lo señalado por Pons.

La víctima, una mujer de unos treinta años de edad de rasgos caucásicos, aparecía sentada encima de la bicicleta de alquiler de una forma antinatural, atada de modo muy hábil con bramante para que no perdiera el equilibrio. Aunque lo que Pons señalaba era otra cosa, un detalle que a Bermejo le pareció fundamental.

—El hijoputa nos quiere decir algo. A la otra chica le cosió los ojos para que no pudiera abrirlos, pero a esta pobre también le ha cosido la boca. ¿Qué opina, Villares?

El inspector se dio la vuelta para quedar frente a su subordinado, pero vio que Villares se retiraba a la carrera tras unos matojos del paseo marítimo. El sonido característico que Bermejo escuchó a continuación le confirmó que el estómago del subinspector no había aguantado la impresión y su organismo se rebelaba con náuseas y vómitos ante la insólita escena.

—Creía que era usted un veterano, Villares, y no un vulgar pipiolo. ¿Le ha impresionado mucho la escena? Pues así no me va a ser de gran ayuda.

—No, disculpe. Es que yo c...

—Sin excusas, no estoy para bromas. Interrogue a los chavales que están allí con los hombres de Pons: son los testigos que han encontrado a la víctima. Yo mientras departiré con la jueza que acaba de llegar al lugar del crimen.

Bermejo pensó que el subinspector soltaría alguna de sus puyitas habituales al ver aparecer a Maca en el escenario, pero no fue así. Villares seguía a su lado, con una palidez cada vez más evidente, mientras señalaba a la víctima y farfullaba entre dientes.

—¡Maldita sea, Villares! —gritó Bermejo—. ¿Qué coño le pasa? Reaccione de una puñetera vez o le relevo del caso además de meterle un paquete.

—No lo entiende, inspector. Yo..., yo conozco a esa mujer.

—¿Qué ha dicho?

—No estoy seguro al cien por cien —prosiguió Villares algo más sosegado—, pero juraría que la víctima es Ivanka.

—¿Y quién cojones es Ivanka y de qué la conoce, si puede saberse? —inquirió Bermejo, cada vez más alterado.

—Es una de las putas del Paradise, inspector; uno de los garitos que estamos investigando en el otro caso que tenemos pendiente, ya sabe.

—¡Chist! Cierre la boca de una vez y no hable de esto con nadie —soltó Bermejo al darse cuenta de las posibles implicaciones de lo mencionado por Villares—. Haga el favor de interrogar a los testigos. No se lo voy a repetir ni una vez más.

—Por supuesto, ahora mismo.

Bermejo se quedó un momento pensativo, masticando la información que le acababa de dar el impresentable de Villares. No quiso pensar mal de su subordinado, había razones entendibles para que un policía supiera identificar a primera vista a una prostituta e incluso para que conociera su nombre; por ejemplo, podía haberla visto en el curso de alguna investigación o redada en el dichoso Paradise o como se llamara el puticlub donde trabajaba la víctima antes de morir.

El veterano policía se dirigió sin dudarlo hacia el lugar donde se encontraba la jueza Velasco, que le había saludado con un leve gesto de la cabeza mientras hablaba con su secretario judicial y los hombres de la científica. Ella tendría que dar su permiso para levantar el cadáver y que los investigadores continuaran con su ardua tarea. Y Bermejo sabía que les quedaba mucha tela que cortar.

El mosqueo del inspector fue en aumento cuando percibió murmullos y cuchicheos a su alrededor. Al parecer, alguien más había reconocido a la víctima aparte de Villares y los rumores comenzaban a sobrevolar el escenario. Habría que atajarlos de raíz antes de que la situación se desmandara del todo.

LA INFORMACIÓN ES PODER

Altea,
finales de julio de 2015

Sabía que se la jugaba, pero no le quedaba otra opción. El banco no iba a concederle ningún otro préstamo personal y las deudas lo ahogaban sin remedio. Tampoco podía recurrir a sus jefes ni a su familia, no sin antes pasar por la vergüenza de confesar sus excesos.

Kiko se había acostumbrado a la buena vida. Tras terminar sus estudios en Londres comenzó a trabajar de pasante en un prestigioso bufete de la City. Esa experiencia le permitió aprender mucho y conocer buenos contactos con los que comenzar a labrarse un porvenir.

En la capital británica ya había tenido escarceos con un mundo que le fascinaba. Se convirtió en experto en entramados fiscales y societarios, la constitución de empresas *off-shore* en paraísos fiscales y otras aptitudes que le granjearon grandes y peligrosas amistades. De todos modos, a Kiko no le gustaba el clima de las islas y decidió regresar a la península Ibérica a la menor oportunidad. Y lo consiguió unos meses después, al comenzar a trabajar para la filial gibraltareña de una empresa con la que ya había tenido tratos durante su estancia en Londres.

El Peñón no pertenecía a España, como los «llanitos» se encargaban de pregonar a los cuatro vientos siempre que tenían oportunidad, pero Gibraltar aunaba lo mejor y lo peor de las dos culturas sobre las que se aposentaba: la británica y la andaluza. Además, Málaga quedaba a tiro de piedra y desde allí podía visitar su tierra natal con mayor frecuencia.

Cuando su madre decidió abandonar Málaga para establecerse en Valencia, Kiko no se lo tomó muy bien. Él había aceptado ese trabajo para proseguir con su incipiente carrera y estar más cerca de su familia. La muerte de su padre y la posterior huida de su madre le sumieron en un mar de dudas que repercutió negativamente en sus quehaceres diarios.

Gracias a su trabajo en Gibraltar tuvo la oportunidad de conocer los tejemanejes de Brown, un supuesto empresario inglés con el que trabajaba su asesoría. Nunca había visto en persona a Brown, pero los rumores en su despacho y los trabajos que había realizado para su trama societaria le confirmaron que se encontraba ante un pájaro de cuidado.

Cuando meses después recibió una llamada desde un prestigioso bufete de Alicante, no le sorprendió que le ofrecieran una cifra mareante para incorporarse a sus filas. La Costa Blanca siempre había sido el lugar idóneo para alguien de sus capacidades, gracias al tema de las inversiones inmobiliarias y la presencia masiva de ciudadanos ingleses y alemanes, a los que últimamente se estaban uniendo muchos millonarios rusos.

Lo que Kiko no sabía en ese momento era que Blanes & Cía, el bufete en el que comenzaría a trabajar en breve, era el mismo que utilizaba el mafioso inglés Henry Brown para sus trapicheos legales. Tampoco sabía que el mismísimo Brown, alias *The Boss*, había recomendado su fichaje a los socios del bufete. Un pequeño detalle que Kiko no tardaría en conocer.

El joven abogado no se lo pensó dos veces. El fabuloso sueldo y la posibilidad de vivir en un enclave privilegiado como Alicante mientras se dedicaba a lo que más le gustaba fueron las causas principales para tomar la decisión definitiva. Y también, aunque no quisiera admitirlo, el encontrarse un poco más cerca de su madre tras sus últimas desavenencias.

Una cosa llevó a la otra y Kiko cayó en una espiral de gastos sin control: coches deportivos, cenas en los mejores restaurantes de la zona, primeras marcas en ropa y complementos, su dúplex en la mejor zona de Alicante y, sobre todo, relacionarse con la jet set de la costa alicantina. Alternar con esa gente y seguir su ritmo de vida salía muy caro, por no hablar de las numerosas «amiguitas» que se le acercaban por el interés. Kiko no buscaba nada serio y se decía a sí mismo que él también las utilizaba, aunque fuera solo por sexo. Pero en el fondo, sabía que eran ellas las que se aprovechaban de su generosidad a la hora de sacar la cartera para impresionar a todo el mundo.

Enseguida comprobó que su sueldo no daba para tanto dispendio y comenzó a realizar trabajos externos de asesoría para Brown, encargos puntuales que el mafioso le pagaba aparte, sin que sus jefes en el bufete se enteraran. Pero fue peor el remedio que la enfermedad, ya que a través del entorno de Brown conoció otro submundo peligroso con el que el dinero también volaba a gran velocidad: el consumo de cocaína.

Cuando quiso darse cuenta tenía números rojos en el banco. Pidió anticipos en el despacho y préstamos personales en sucursales donde trabajaban algunos conocidos, pero el grifo terminó por cerrarse. Un supuesto amigo lo metió después en el mundo de las apuestas deportivas *online*, y el idiota de Kiko se enganchó como un vulgar adicto mientras buscaba esa gran oportunidad que le permitiera pagar todas sus deudas.

Sus acreedores no le dejaban en paz, así que decidió pedir

ayuda a Brown. Este no se quiso mojar demasiado, bastante tenía con mantener sus negocios. De todos modos, le puso en contacto con Aleksandr Volkov, otro «honrado» empresario con el que podría hacer tratos y ganar mucho dinero. Aunque antes tendría que cambiar de actitud.

—¡No me jodas, Kiko! —le soltó Brown un día almorzando en un restaurante del puerto de Alicante—. Eres un tío inteligente, piensa con la cabeza y aléjate de tanta tontería.

—Lo sé, pero es que no es tan fácil...

—Sí lo es. Otra cosa es que no quieras o no te apetezca. Vende tus coches, alquílate un piso más modesto, déjate de tanta fiesta y dedícate solo a los negocios. Yo no te voy a poder cubrir siempre.

—Lo intentaré, pero tengo mucha presión encima y necesito alguna válvula de escape.

—Tú mismo, yo no puedo ayudarte más. Tendrás que pagar a tus acreedores y comenzar de cero. A no ser que quieras amanecer un día como alimento para los peces del puerto...

Kiko estaba desesperado y no sabía qué hacer. Cuando se presentó en casa de su madre sin avisar no llevaba un plan trazado de antemano. Llegó a pensar en confesarle todo y pedirle un préstamo para salir del apuro, pero el susto que se llevó nada más abrir la puerta llevó su mente por otros derroteros. El encontronazo con aquel policía lo sacó de sus casillas y decidió dirigirse al baño para asearse un poco mientras se le calmaban las pulsaciones.

La curiosidad lo hizo fisgar en los papeles de su madre y se llevó una gran sorpresa al encontrarse con nombres que le sonaban mucho, como los de Aleksandr Volkov y su amigo, el también empresario ruso Tikonenko. Kiko no quería que lo pillaran in fraganti, por lo que fotografió a toda velocidad los legajos que le parecieron más interesantes. Al parecer, su madre, o el juzgado de instrucción del que era jueza titular, estaban investigando a los oligarcas rusos y eso podría beneficiarlo si jugaba bien sus cartas.

Kiko pasó las fotografías del teléfono a su disco duro virtual en la Red, las copió también en un *pendrive* y después las borró del móvil. Todas menos un par de ellas, que dejó guardadas por si le servían para sus fines más inmediatos. Se puso en contacto con Volkov, pero el ruso le dio largas durante varios días, por lo que tuvo que insistir y asegurarle que tenía noticias muy graves que podían afectar a sus negocios.

El mafioso de San Petersburgo le aseguró que se pondría en contacto con él, pero la llamada no llegaba y Kiko estaba a punto de perder la paciencia. El abogado ignoraba que Volkov tenía sus propios problemas para organizar determinados eventos, por lo que quizás se jugó el pescuezo al abordarle de esa manera en uno de sus lugares preferidos.

Sasha se encontraba tomando un aperitivo en una de las terrazas más tranquilas del paseo marítimo de Altea. Kiko sabía que algunos miércoles se dejaba caer por allí a la hora de la comida y tuvo suerte al comprobar que esa semana era una de las elegidas por Volkov para degustar el famoso arroz caldoso del establecimiento.

El gesto relajado de Volkov mientras se relamía pensando en su plato preferido se tornó molesto en cuanto vio aparecer al abogado, que se sentó a su lado sin pedirle ni siquiera permiso. Uno de los lugartenientes del mafioso, que permanecía sentado en una mesa cercana, hizo ademán de levantarse para librarle de la molesta visita, pero Sasha lo calmó con un gesto mientras calibraba qué hacer con el maldito abogado.

—¿Qué demonios haces aquí, Ramírez? —preguntó Volkov a bocajarro sin levantar demasiado la voz. El ruso conocía a Kiko por Francisco Ramírez, su verdadero nombre, pero solía llamar al abogado por su apellido para que no se tomara demasiadas confianzas con él—. Te dije que ya te llamaría yo, ahora estoy muy ocupado.

—Sí, perdone, pero esto es muy urgente. Necesito enseñarle algo y...

—No te lo voy a repetir otra vez, chaval. Quiero comer tranquilo, así que lárgate antes de que mis hombres te hagan pedazos.

Y dicho esto, Kiko comprobó cómo los perros de presa de Volkov se levantaban de sus asientos y se dirigían hacia él con aviesas intenciones. No le quedaba otro remedio que jugársela antes de acabar en una cuneta con todos los huesos rotos o algo peor. Aunque por un momento pensó que quizás fuera mejor eso que enfrentarse a todos sus acreedores.

—Es muy importante, señor Volkov. Tengo pruebas de que lo están investigando en los juzgados de Valencia.

Pronunció la última frase en voz baja, cerca del oído del mafioso, para no llamar la atención de los otros comensales. Al escuchar la información, Volkov decidió darle una última oportunidad antes de librarse de él. De nuevo obligó a serenarse a sus hombres antes de interpelar al tipo que le estaba amargando su momento de relax.

—Venga, está bien. Habla de una puta vez antes de que se me agote la paciencia. O mejor espera a que termine de comer y me acompañas en mi coche para hablar con más calma.

El asesor tuvo que improvisar sobre la marcha. En un sitio público, a plena luz del día, era más probable que saliera bien de la situación que si acompañaba al mafioso a un lugar desconocido. Sabía de lo que era capaz Volkov y aun así se había arriesgado de esa manera, pero su suerte estaba a punto de acabarse. Solo le quedaba jugarse el as que guardaba en la manga, aunque entonces se cerrara muchas salidas.

—Mejor aquí mismo, no le entretendré mucho más —aseguró Kiko con fingido aplomo. Continuó hablando con la voz más serena que pudo impostar y rezó para que las taquicardias no parasen su corazón antes de terminar su alegato—. Puede comprobarlo usted mismo.

Kiko dejó el teléfono encima de la mesa, abierto en la galería de fotos para que Sasha pudiera verlas con sus propios ojos. Le hizo un gesto al mafioso y Volkov cogió el terminal más por curiosidad que por otra cosa.

—Como podrá comprobar, su nombre aparece en el primer documento. Y el de uno de sus amigos en el segundo.

—¿Qué cojones...?

Volkov agrandó la imagen con los dedos y comprobó que le decía la verdad. Comprendió que no ganaría nada con destruir o quedarse el dichoso teléfono, por lo que se lo devolvió a su dueño mientras mascullaba entre dientes.

—Esto no significa nada. Yo soy un empresario respetable —replicó Volkov con su mejor cara de póquer.

Kiko no picó en el burdo engaño, sabía que Volkov necesitaba conocer toda la información. De perdidos al río, pensó en esos momentos, por lo que atacó con toda su artillería.

—Como comprenderá, tengo varias copias de seguridad de estas y otras fotografías de documentos oficiales del juzgado. En ellos se habla de investigaciones en las que está implicado usted o alguno de sus socios...

El maldito picapleitos estaba acabando con la paciencia de Volkov, aunque pensó que sería mejor seguirle la corriente antes de acabar con él.

—No hables tan alto, Ramírez. Nadie tiene por qué enterarse de nuestros negocios. ¿Cómo has conseguido esos documentos y qué quieres por ellos?

—Eso es cosa mía, Volkov, no voy a comprometer a mis fuentes. Y por supuesto, ya se imaginará que, si me ocurre algo, esta información puede llegar a muchos tipos de personas: periodistas, empresarios, amigos, etc.

El muchacho pensaba con rapidez bajo presión y eso agradó al mafioso. Sabía que no podía amenazarlo con pasarle la información a la policía, puesto que ya estarían investigándolo en connivencia con el juzgado. Pero sí le podía hacer mucho daño si esos datos iban a parar a manos de algunos de sus enemigos. Quizás pudiera darle la vuelta a la situación y contar con un topo en el juzgado que le ayudara a sobrellevar la situación.

—Sí, por supuesto. ¿De qué cantidad exacta estamos hablando?

—Así me gusta, señor Volkov. Ya sabía yo que podríamos hacer negocios juntos. Verá, creo que puedo serle de mucha ayuda...

Kiko quiso tensar aún más la cuerda al ver el resultado de su estratagema. Tal vez pudiera conseguir más documentos comprometedores y obtener el dinero suficiente para pagar sus deudas y desaparecer del país antes de que la Mafiya acabase con él.

—De acuerdo, dame un par de días para ponerlo todo en marcha.

El abogado asintió y, después de acordar sus siguientes movimientos, abandonó la terraza del restaurante sin mirar atrás. Lo que no podía saber era que acababa de abrir la caja de los truenos y había puesto en peligro a otras personas involucradas en el asunto.

—Quiero toda la información que puedas conseguir sobre Ramírez, el asesor de Blanes & Cía —pidió Volkov en su idioma a uno de sus hombres—. Y necesito también todo lo que puedas averiguar sobre el Juzgado de Instrucción Número 5 de Valencia. Su juez titular, secretario, trabajadores, investigaciones en las que trabajan, juicios pendientes y demás.

LA VENGANZA ES UN PLATO QUE SE SIRVE FRÍO

Llevaba mucho tiempo postergándolo y por fin había llegado el momento. El suicidio de Amparo lo sacó de su ensimismamiento: ya era hora de que el causante de sus desdichas ajustara cuentas con el Creador después de todo el mal realizado en este mundo.

Max abandonó la barraca de la Albufera y regresó a su piso de Valencia. La muerte de Amparo le había sumido en una especie de letargo que ni siquiera el intercambio de energía con Ivanka pudo solucionar. Su alma se encontraba más gris que de costumbre y no hallaba remedio a sus males. Tal vez debiera desaparecer también de la faz de este mundo y unirse en el más allá con la pobre Amparo.

Sin embargo, antes debía enfrentarse a sus viejos fantasmas, los mismos que le corroían por dentro desde la niñez. Rebuscó en los armarios y se topó con un ajado álbum de fotos cuya sola presencia le inquietó hasta un punto que jamás hubiera imaginado. Se armó de valor y abrió el álbum, cuarteado por el paso del tiempo y la humedad. Ya era hora de enfrentarse a su pasado.

Recordó los momentos vividos junto a su querida madre, Consuelo, que falleció tras una larga enfermedad cuando Amparo solo tenía tres años y él apenas había cumplido los siete. Su padre, Amador, trabajaba de veterinario rural y se ganaba la vida recorriendo la comarca en busca de clientes para sacar adelante a su familia, siempre con muchas estrecheces. Tras quedarse viudo, Amador tuvo que sobreponerse a la adversidad, pero el hombre no tenía ni tiempo ni ganas de cuidar a dos mocosos irascibles que habían perdido a su madre. Además, debía dejarlos solos mientras se ganaba la vida de mala manera, por lo que Max tenía que cuidar de su hermana en su ausencia.

Su padre no sabía vivir solo, se trataba de un hombre a la antigua usanza. No tenía ni idea de cocinar o planchar y tampoco le gustaba ocuparse de los quehaceres diarios del hogar. Y entonces se le ocurrió una idea peregrina: meter en casa a una mujer desconocida.

En sus viajes por la comarca, el veterinario paraba de vez en cuando en un club de alterne de carretera. Amador se sentía muy solo tras la muerte de su esposa y al principio solo quería hablar, desahogarse con una mujer de la vida a la que pagaba parte de esas exiguas ganancias que no le permitían llegar bien a fin de mes. Pero también era un hombre con necesidades y Cristina, una gaditana afincada en Valencia desde hacía unos años, supo sacarle partido a la situación y engatusarle para que la apartara de ese mundo.

A los dos niños no les hizo ninguna gracia la nueva inquilina de su hogar. La convivencia entre los cuatro fue muy complicada desde el principio. Amador discutía mucho con Cristina y, a veces, asustaban a los niños con sus fuertes broncas. La mujer rehuía cada vez más el contacto físico con Amador, y este se dio cuenta de la realidad: Cristina no lo amaba, no le ayudaba a criar a sus hijos y solo lo había utilizado para salir del puticlub.

Por eso, Amador regresó a la vieja estrategia que tan buenos resultados le había dado cuando la conoció y permitió, de un modo aparentemente inocente, que Cristina tuviera siempre reservas alcohólicas en la casa. La mujer ya había tenido problemas en el pasado con el alcohol y las drogas e intentaba no recaer para afrontar mejor su nueva vida. Pero Amador pensó que sería un buen modo de controlarla. Así apaciguaba sus ánimos y se volvía más cariñosa con él, algo que siempre era de agradecer cuando regresaba de un duro viaje. Sin embargo, las adicciones pudieron con la escasa fuerza de voluntad de una mujer ya de por sí dependiente. Y el alcohol dio paso a otro viejo conocido más difícil de controlar: la heroína. Ese fue el principio del fin.

En ausencias prolongadas del cabeza de familia, cuando Amador tenía que viajar más lejos de lo habitual y permanecer fuera de casa durante dos o tres noches, Cristina aprovechaba para solazarse con sus viejas aficiones: el coñac y la heroína. Le sisaba dinero a Amador o aprovechaba el que le dejaba para la compra semanal, con las consiguientes broncas cuando él se daba cuenta.

La situación se fue enquistando en una casa que cada vez se parecía menos a un hogar. Mientras tanto, los niños crecían y comenzaban a darse cuenta de todo. Fue el hermano mayor el que tuvo que convencer a Amparo para que no le contara a su padre otra peligrosa costumbre que Cristina comenzaba a tener, seguramente para poder costearse sus caras aficiones. Los dos niños habían visto a su supuesta cuidadora pasar largos ratos fuera de casa, en el interior de diferentes vehículos que aparcaban detrás de su domicilio, situado a las afueras del municipio valenciano de Moncada.

El carácter de Amador fue agriándose cada vez más cuando per-

241

manecía demasiado tiempo en casa y la situación degeneró poco a poco. Cristina se sumió en su nube de alcohol o droga para escapar de tan mísera existencia y Amador ni siquiera se lo impidió.

Por eso, el veterinario prefería alejarse de su hogar y no tener que enfrentarse a dos niños que no aguantaba y a una puta que soportaba aún menos. Alguna noche se tomó también algún whisky de más y todo fue a peor. Una sensación amarga fue apoderándose de su espíritu y eso le devolvió a los malos momentos que había vivido en su niñez.

Los padres de Amador no podían mantenerlo y lo mandaron a vivir con sus tíos a una granja que tenían al oeste de la región, cerca ya de la provincia de Cuenca. Estos le permitieron estudiar, es cierto, pero también lo obligaban a trabajar mucho cuidando de los animales: cerdos, vacas, gallinas y demás. De ahí le vino la afición que luego convertiría en un medio de ganarse el jornal, aunque también le ocasionó problemas con su tío, que terminó aprovechándose de la inocencia de un niño que aprendió a golpes lo que de verdad significaba la vida.

La mente de Amador perdió la perspectiva e intentó luchar para no repetir los errores del pasado. Pero sus pensamientos y sus acciones iban en direcciones diferentes, y acabó pagándolo con la persona más vulnerable de la casa.

El chico se percató poco a poco del cambio de situación en su hogar, por lo que le entraron unas dudas que no sabía cómo resolver. Encontraba muy extraño a su padre y Amparo también parecía diferente. La niña era cada vez más retraída y su hermano desconocía los motivos para semejante cambio. Hasta que el chico entró un día en el baño sin llamar a la puerta y se encontró con una imagen que lo marcaría para siempre.

Su padre se encontraba sentado en la bañera, desnudo, mientras

Amparo permanecía de pie, a su lado, también desnuda. Amador se dedicaba a lavar con mimo a la niña, recorriendo su pequeño cuerpo con una esponja amarilla con la que la enjabonaba a conciencia mientras le hablaba en voz baja. Ni siquiera se dio cuenta de la presencia del niño en el umbral de la puerta, ensimismado como estaba con su labor.

Amparo tenía seis años y su hermano ya tenía diez, pero el crío no supo entender lo que sucedía. La extraña mirada de su padre mientras bañaba a su hermana le alarmó por un motivo desconocido, hasta que poco a poco empezó a comprender la situación.

Pocas semanas después, Amador comenzó a encerrarse por las noches en su habitación con Amparo, mientras Cristina permanecía absorta en el salón o la cocina, ciega por los vapores etílicos o cualquier otro tipo de sustancia. Por lo menos, había dejado de llevar hombres a la puerta de su casa, pero solo porque el dueño estaba en ella. Y claro, el muchacho se sentía cada vez más intranquilo ante los cambios.

Una noche de verano, el niño se acercó a hurtadillas a la habitación de su progenitor, cuando sabía que este se encontraba dentro hablando con Amparo. Con una aguja consiguió abrir el pestillo desde fuera, pero entonces dudó. Si abría la puerta y su padre se daba cuenta, se iba a llevar una buena paliza. Un diablillo interior le sopló al oído que era su obligación intentarlo y el muchacho se atrevió a entreabrir la puerta con mucho cuidado.

Se quedó blanco al contemplar la imagen. Amparo estaba tumbada en el borde de la cama de matrimonio, totalmente desnuda, y su padre se hallaba situado a su lado, de pie y de espaldas a la puerta. Amador se había despojado también de su ropa y parecía concentrado en la niña, mirándola desde su altura. Hasta que se puso de rodillas al lado de la cama, estiró los brazos sobre Amparo y dobló el cuerpo hacia delante para acercarse aún más a ella.

El chico tuvo que taparse la boca para no chillar allí mismo y consiguió cerrar la puerta sin hacer ruido. Entonces decidió cambiar de actitud y comenzó a portarse cada vez peor para llamar la atención. Se llevó unas palizas terribles ante las que Amparo no pudo hacer nada, y Cristina tampoco movió un músculo para impedirlo. Pero al menos el chaval consiguió que su padre dejara en paz a su hermana. Hasta que llegó el día en el que supo que había logrado su objetivo y se entregó como único modo de salvar a Amparo.

Cristina miraba para otro lado, cada vez más hundida en sus propias miserias, sin importarle que Amador abusara de sus propios hijos. Llegó incluso a encontrarse con las dos criaturas, juntas y desnudas en la bañera, mientras su padre las bañaba lascivamente. Una imagen perturbadora que conmovió por fin sus resecas entrañas, hasta tal punto que se pasó de medida con su chute de droga para olvidar y se quedó en el sitio, fulminada por una sobredosis.

La muerte de Cristina no varió demasiado la situación en el domicilio, hasta que un día, cansado y hastiado de la vida, el muchacho decidió acabar con aquel infierno. Amparo era todavía pequeña, pero se barruntaba ya el comienzo de su temprana pubertad y él no estaba dispuesto a permitir que su hermana se quedara embarazada de su propio progenitor.

Se acercó con cautela por detrás a su padre, armado con un recio cenicero de alabastro que encontró en el salón. Sin previo aviso, le golpeó en la nuca con el pesado cenicero y descargó toda su furia con un golpe en el que no midió bien sus fuerzas. Su padre acusó el tremendo impacto, trastabilló unos pasos y cayó a plomo hacia atrás, con tan mala suerte que volvió a golpearse en la cabeza con la puntiaguda esquina de la cómoda.

Amador se quedó tumbado en el suelo, sin reaccionar, y su hijo creyó que lo había matado. Pensó en huir de allí con Amparo, pero no tenía adónde ir. Quizás escogió la peor idea en ese momento, pero llamó al vecino más próximo y enseguida se presentó la policía. Lo que ignoraba en ese momento era que, al intentar defender a su hermana del lobo que la atacaba todas las noches, la perdería para siempre.

La niña fue entregada a los servicios sociales y pasó por varios centros y familias de acogida sin remontar jamás después de experiencias tan traumáticas. Su hermano fue encerrado en un correccional y recorrió varios reformatorios, hasta que consiguió enderezar su vida. Y Amador logró sobrevivir, aunque se quedó tetrapléjico y apenas balbuceaba como un bebé. También se hizo cargo de él la Administración Pública, que lo ingresó en un centro especializado cercano a su residencia.

Todos los miembros de la familia acabaron en sitios diferentes. Cuando el chaval alcanzó la mayoría de edad supo que ya nada sería como antes, por lo que solo le quedaba mirar hacia delante. Se buscó un trabajo y comenzó una nueva vida cuyos derroteros lo llevaron a Galicia, tras perder todo el contacto con los únicos familiares que le quedaban con vida.

A veces recordaba la horrenda visión de Cristina, repantingada en el sofá con los ojos medio cerrados, ajena a lo que sucedía a su alrededor. No sabía el porqué, pero quiso creer que ella tenía la culpa de todo, una prostituta ciega y muda que fue la verdadera causante de sus desdichas. Una imagen espantosa que se quedó grabada en su subconsciente. Un recuerdo tan horrendo que, de improviso, se le apareció de nuevo años más tarde para torturarlo como en sus pesadillas más crueles.

Decidió salir adelante. Trabajó duro y estudió para intentar ser un hombre de provecho, y arrinconó en el lugar más recóndito de su mente lo ocurrido durante su malograda infancia. No tenía remordimiento alguno por el daño causado a su padre. Es más, esperaba que muriera cuanto antes. Pero le dolía el haber perdido el contacto con Amparo, una pobre cría que nunca consiguió superar los traumas de su niñez.

Muchos años después, pidió el traslado en su trabajo y regresó a Valencia. Entonces removió cielo y tierra hasta que dio con el paradero de Amparo, y el *shock* al verla en tales condiciones fue tremendo. Su hermana había perdido la razón por culpa del cabrón de su padre, y eso jamás se lo perdonaría.

Quiso averiguar de inmediato lo que le había sucedido a su padre y se llevó una pequeña sorpresa. Amador seguía vivo, pero se había quedado como un vegetal que solo movía los ojos, encerrado en una horrible residencia pública y cada vez más deteriorado.

Con la excusa de que llevaba mucho tiempo fuera de España por trabajo, y tras decirles que era un familiar lejano de Amador, consiguió vencer las reticencias de los administradores de la residencia. Comenzó a visitar a su padre en alguna que otra ocasión, pensando que así tal vez podría calmar los demonios que lo carcomían por dentro. En sus primeros encuentros no le dirigió apenas la palabra, pero más tarde comenzó a hacerle la vida imposible con pequeñas cosas, mientras le echaba en cara que hubiera destrozado la vida de sus hijos.

—Todavía no ha llegado tu momento, quiero que sigas ahí sufriendo —le dijo un día—. Pero te aseguro que acabaré contigo, maldito cabrón. Adiós, papá, nos veremos en el infierno antes de lo que crees.

***

Dos días después del suicidio de Amparo decidió que había llegado el momento de ajustar cuentas. Su encuentro con Ivanka no lo había dejado satisfecho y pensó que tal vez sería su padre el que pagara de una vez por todas.

Nadie se fijó en él cuando llegó a la residencia y fue directo a la habitación del anciano. Entró en el cuarto y cerró la puerta con pestillo. No quería interrupciones ante lo que tenía que hacer y decir esa tarde.

—Hola, papá, ya estoy aquí. ¿Me has echado de menos?

Comenzó un soliloquio que Amador parecía no escuchar, aunque el rítmico movimiento de sus pupilas le aseguró que seguía atento sus palabras.

—Vengo a contarte grandes noticias. La primera, tu hija Amparo se ha suicidado y tú vas a pagar por ello...

—Grrrr.

—No te molestes: nadie te va a oír. Tranquilo, te quedan solo unos minutos de vida. Sé que no me servirá de nada y nadie me devolverá a Amparo, pero tu mísera existencia ha llegado a su fin. Prepárate para enfrentarte al juicio final.

El rostro de auténtico terror de su padre fue la mayor satisfacción que Max podía lograr en ese momento. Si no hubiera estado ya tetrapléjico, quizás el miedo hubiera paralizado sus músculos o tal vez el viejo cabrón hubiera luchado por su vida. Daba igual, el final estaba cerca y solo quedaba confesarse mutuamente.

—Tú no puedes hablar y, además, conozco de sobra tus pecados; será tu Creador el que te juzgue. Pero antes de que mueras, quiero que sepas en lo que me he convertido por tu culpa.

El asesino le narró a su padre sus crímenes con todo lujo de detalles. Le contó lo que hacía con las prostitutas y el estado de ansiedad que le suponía cruzarse de nuevo con el rostro de Cristina en los momentos más insospechados.

—Sí, no me mires así. Me he convertido en un monstruo, en alguien que tampoco merece vivir. La pobre Amparo sufrió en vida y jamás pudo recuperarse de tus ultrajes, pero yo salí adelante con mucho sufrimiento.

—...

—Y ahora estoy aquí, confesándote mis horribles crímenes aunque no me arrepienta de ellos. No espero redención alguna, pero sí quiero que te lo lleves a la tumba. Que en tus últimos segundos de vida pienses en lo que nos convertimos por tu culpa, un maldito pederasta cabrón que abusó de sus propios hijos sin remordimientos.

Con una jeringuilla ya preparada, pinchó aire en el conducto que iba directo a la vía que Amador tenía en el brazo. El efecto fue casi inmediato y los ojos del violador de niños casi se salieron de sus órbitas cuando la Parca fue a buscarlo.

El hijo pródigo cerró los párpados del fallecido y salió de allí sin mirar atrás.

LAS MARIONETAS DE LA MUERTE

Valencia,
agosto de 2015

Al final Villares llevaba razón: la fallecida era Ivanka Andropov, una ucraniana que supuestamente trabajaba como camarera en un antro de Valencia. Al parecer, alguien había realizado fotos morbosas de la chica cuando la encontraron montada en la bicicleta, y la imagen se hizo viral en grupos de Whatsapp entre policías, sanitarios y trabajadores de los juzgados. Un macabro juego que al inspector no le gustó en absoluto.

A la jueza Velasco tampoco le satisfizo la noticia y amenazó con expedientar a cualquier empleado judicial que conservara o reenviara esa imagen a cualquier otra persona. El caso se encontraba bajo secreto de sumario y no podían consentir semejante cúmulo de despropósitos.

La confirmación de la identidad de la víctima les llegó cuando un tal Boris Vasíliev se presentó en la Ciudad de la Justicia hecho un basilisco. Bermejo se encontraba allí para adelantar diligencias y conocer los resultados de la autopsia antes del informe definitivo y observó como un hombre corpulento se acaloraba al hablar con empleados de la judicatura en el mismo hall del edificio. El inspector se acercó para apaciguar los ánimos al ver que aquel energúmeno amenazaba con montar un espectáculo si no le permitían salirse con la suya.

—¿Qué ocurre aquí? —preguntó Bermejo con autoridad tras mostrar su placa oficial.

—Nada, inspector —contestó el secretario judicial de Macarena, que ya conocía a Bermejo de anteriores visitas—. Este hombre quiere hablar con la jueza Velasco. Afirma que tiene datos relevantes sobre una investigación.

—Ivanka trabajaba para mí —afirmó el tipo con su duro acento del Este—. Sé que alguien la ha matado y quiero que se haga justicia.

—No se preocupe, caballero. Si me acompaña a comisaría, trataremos este tema con más calma. Este no es el lugar más adecuado para hablar de asuntos tan delicados.

—No pienso irme sin ver el cadáver de Ivanka. Me han dicho que lo tienen aquí, necesito comprobar que es ella.

Bermejo y el secretario judicial intercambiaron miradas, pero ninguno tenía la potestad para autorizar semejante desatino.

—Por favor, hable con la jueza y consiga su permiso —pidió entonces Bermejo—. Mientras tanto, consígame un lugar tranquilo en el que pueda hablar con este hombre.

—Perdóneme, pero esto es una irregularidad —contestó el secretario muy ufano.

—Asumo toda la responsabilidad, no se preocupe —replicó Bermejo—. Hable con la jueza cuanto antes y déjeme hacer mi trabajo.

El empleado judicial asintió de mala gana, le señaló un pequeño despacho en la planta baja donde podría hablar con el posible testigo y se dirigió de nuevo al Juzgado de Instrucción Número 5 para poner en antecedentes a la jueza Velasco. Uno de los bedeles de la

Ciudad de la Justicia abrió el despacho señalado por el secretario judicial y Bermejo entró con el testigo.

—No necesitaré un abogado, ¿verdad? —preguntó Boris algo más calmado que en sus anteriores intervenciones. Incluso utilizó un tono mordaz, según le pareció al inspector.

—No se preocupe, esto es solo una conversación informal. A no ser que quiera acompañarme a jefatura y lo hagamos oficial.

—Mejor aquí, gracias. Pero usted y sus hombres pueden venir a visitarnos a mi local cuando quieran. Ya sabe que son siempre bienvenidos...

Bermejo obvió las insinuaciones del testigo. Prefería centrarse en otras cuestiones más acuciantes en ese momento.

—Muy bien, dígame entonces qué le ha ocurrido a esa empleada suya.

—Ivanka, se llama Ivanka. Es..., era una de mis mejores empleadas, jefa de barra en mi negocio, llevaba conmigo varios años. Creo que se trata de la mujer que han encontrado muerta cerca de la playa.

—¿Y cómo sabe usted que hemos encontrado a alguien en la playa?

—Tengo mis fuentes, inspector. Y como comprenderá, las noticias vuelan en esta ciudad. Si unos chavales encuentran muerta a una chica atada de forma extraña a una bicicleta y me entero de que puede tratarse de mi querida Ivanka, pues tengo que asegurarme cuanto antes.

Bermejo supo que no iba a contestar a su siguiente pregunta y asumió que alguien le había hecho llegar la dichosa imagen por Whatsapp. Al policía no le gustaban nada los aires de suficiencia del matón ruso, pero tuvo que continuar con su labor policial.

—Perdone que le pregunte: ¿cuándo fue la última vez que vio a su empleada?

—Hace dos días. Salió de mi local, la llevé al piso en el que vive con unas compañeras y me despedí de ella. Anoche no se presentó a trabajar y me preocupé. Y hoy me entero de esto.

—¿Denunció usted su desaparición? —preguntó Bermejo por si pillaba en renuncio al supuesto empresario hostelero.

—No, lo siento. ¿Debía haberlo hecho? —soltó Boris con descaro—. Yo no soy su padre ni su marido, inspector. Ivanka es solo una empleada mía que había faltado a su puesto de trabajo. No iba a alertar a las autoridades por eso, aunque quizás hice mal.

—Claro, usted tiene a sus empleadas de forma legal, con los papeles en regla y demás. Imagino que dadas de alta en la Seguridad Social como camareras, bailarinas y cosas así.

—Por supuesto, no es la primera inspección que paso sin problemas. Puede comprobarlo si quiere.

—Lo haré, no se preocupe —replicó Bermejo, hastiado de la conversación.

Al veterano policía le asqueaba esa doble moral de la prostitución en España. Todo el mundo sabía que las chicas ejercían el trabajo más antiguo del mundo en los locales de respetados empresarios, que incluso se afiliaban a la asociación española de clubs de alterne. Pero si tenían contrato legal y alta en la Seguridad Social, y las chicas no se encontraban en situación irregular en España, no podían hacer demasiado.

Hasta que las víctimas no confesaban que se encontraban trabajando bajo amenazas o coacciones no podían intervenir, y por eso hacían redadas de vez en cuando para pillarlos con las manos en la masa. Lo normal era que se encontraran con alguna recién llegada sin papeles o cualquier otra infracción puramente administrativa, ya que las mujeres temían por sus vidas y costaba mucho que denunciaran a sus explotadores.

Bermejo pensó que si aquel impresentable le soltaba la consabida frase de que ellos solo tenían habitaciones en sus antros de mala muerte, cuartos que alquilaban a las chicas para usarlos como ellas prefirieran sin interferir para nada, vomitaría sobre la hortera camisa del tal Boris. No quería saber nada de ese tipo, en ese momento solo le preocupaba resolver el enigmático crimen de la bicicleta, pero investigaría por su cuenta.

Recordó que Villares le había comentado lo de los prostíbulos a los que supuestamente avisaban de las redadas policiales para no tener problemas cuando se presentaran las autoridades. Qué casualidad que el mismo Villares fuese el que soltó el nombre de Ivanka por primera vez, impresionado al ver su cadáver. Algo olía muy mal en toda esa historia y Bermejo debía averiguar la verdad.

Prefirió aguardar al permiso de la jueza para acercarse con el testigo al depósito de cadáveres. Si Boris identificaba a la víctima no darían tantos palos de ciego como en el anterior crimen. Podría saber la filiación de la fallecida, todos sus datos personales, domicilio, teléfono y demás. Desconocía el estatus de Ivanka en el garito del ruso, pero deberían hacerle una visita por sorpresa para comenzar con las pesquisas si se confirmaba la noticia.

Un rato después, les llegó el permiso oficial del juzgado. Bermejo no había avisado a Claramunt de la situación y asumió la responsabilidad como encargado de la investigación. Mejor aclararlo allí y cuanto antes que enfangarse en burocracia que al final solo servía para entorpecer las investigaciones.

El ayudante de la forense los condujo a la morgue, y entonces pudieron constatar que el cuerpo custodiado correspondía al de Ivanka Andropov. Boris no reflejó emoción alguna al identificar a su pupila, detalle que no sorprendió a Bermejo, aunque esperaba un poco de teatro. El policía sabía que los oriundos del Este de Europa no eran tan expresivos como los mediterráneos, pero aquella máscara de indiferencia lo disgustó sobremanera. Boris le había caído mal desde el principio, y se prometió a sí mismo llevar el caso hasta sus últimas consecuencias, pesara a quien pesara.

—Siento que al final se hayan cumplido sus peores presagios

—aseguró Bermejo mientras buscaba una pizca de humanidad en el testigo.

—Gracias, inspector. Ya me lo esperaba, la verdad. Aunque no lo entiendo, la pobre Ivanka no tenía ningún enemigo.

—Tal vez los tenga usted —apuntó Bermejo con malicia—, y haya sido la forma de vengarse de sus enemigos.

—No lo creo, yo me limito a llevar mis negocios y no me meto con nadie —respondió Boris con el rostro pétreo que no abandonaba nunca—. De todas maneras, imagino que ahora sí tendrán que interrogarme con más calma.

—Sí, por supuesto. Tendremos que hablar con usted y con el resto de empleados de su local, ya sabe.

—Entonces, ¿vamos a comisaría? Es por avisar a mi encargado de que tardaré en ir al local.

—No se preocupe, puede marcharse por ahora. Esta tarde sin falta nos pondremos en contacto con usted. Ahora tengo que realizar unas diligencias.

—Cuando usted quiera, inspector. Tenga mi tarjeta, pueden llamarme a cualquier hora del día.

—Muy bien, gracias por su colaboración —replicó Bermejo al recoger la tarjeta tendida por el ruso—. Le mantendremos informado.

Vasíliev se despidió de Bermejo y abandonó el edificio oficial. El inspector, mosqueado tras el extraño encuentro con el jefe de Ivanka, decidió terminar con la tarea pendiente antes de regresar a Jefatura. Debía hablar con la forense para que le adelantara sus conclusiones iniciales sobre el caso y tal vez subiera también a comentarle a Maca las novedades en la investigación.

***

Tras terminar las gestiones en la Ciudad de la Justicia, el inspector Bermejo regresó a la Jefatura Provincial de Valencia. Por lo menos tenían un punto de partida para las investigaciones del último crimen, uno más en aquella serie de extraños sucesos.

De camino hacia las dependencias policiales, Bermejo reflexionó sobre los asesinatos. Los dos últimos parecían haber sido cometidos por el mismo criminal, un tipo astuto y concienzudo que no dejaba pistas, pero sí seguía un extraño modus operandi que incluía hilos de bramante para atar a las víctimas y coserles determinadas partes del rostro.

Por mucho que dijera Boris, la pobre Ivanka se dedicaba a la prostitución y tal vez la joven encontrada en el cauce del río también. Si Villares tenía razón y la primera víctima se trataba de una emigrante irregular, era normal que les costara identificarla. Ni siquiera la Interpol había podido ayudarlos y por eso estaban atascados con ese caso.

Con Ivanka iba a ser diferente y Bermejo esperaba que las pistas sobre su trágico fin los llevaran también a desentrañar la otra muerte. Un misterioso criminal que ya había cometido dos asesinatos en la ciudad; por lo menos, que ellos supieran. Y sus tripas le decían que aquella barbarie no había terminado todavía.

Tendría que hablar con Roncero para ver si había que considerarlo ya un asesino en serie, aunque maldita la gracia que le hacía tener que enfrentarse con otro psicópata. Y así, de paso, le preguntaría también al sargento de la UCO por el significado oculto tras el cosido de ojos y boca de las víctimas, detalles de los que seguramente el guardia civil sacaría más información que él.

¿Y qué había de la joven nigeriana aparecida en la Albufera? Gracias al testimonio de Saraya sabían que Amira se dedicaba también a la prostitución, y con eso ya tenían el pleno: tres de tres. Ese crimen parecía más bien un ritual o una venganza entre clanes mafiosos, pero no podían descartar ninguna hipótesis. Un caso complicado, pensó entonces Bermejo. Y encima, los jefes presionando para finiquitar el operativo de corrupción en el que estaban inmersos.

Fue directo al despacho de Claramunt para contarle en primera persona las novedades del caso. El inspector jefe se sorprendió al conocer lo sucedido, pero no regañó a Bermejo por las decisiones tomadas en caliente. Confiaba en el trabajo del curtido policía y no le quedaba más remedio que hacer la vista gorda, aunque tal vez él hubiera actuado de otra manera. Bermejo era el apoyo más importante con el que contaba en esos momentos tan duros, y no podía predisponerlo en su contra. No cuando se encontraban en una situación tan delicada.

—De todas maneras, no le des manga ancha al ruso —dijo Claramunt—. Ni lo llames ni hostias. Dentro de un rato mandamos a los muchachos a por él, que le pongan los *grillos*, lo traigan aquí y lo interrogamos a conciencia.

—O me presento allí con unos cuantos hombres, le montamos una redada a traición y así veo el percal desde dentro. Le pido todos los papeles y nos traemos detenidos a los que haga falta si veo cualquier cosa rara.

—No creo que lo pilles en bragas, ya está sobre aviso. Pero me parece bien, tienes mi permiso. ¿Cuál era el garito ese?

Bermejo le tendió la tarjeta de visita de Boris a su superior, que torció el gesto nada más tenerla en la mano.

—Joder, el Paradise. Este tugurio siempre aparece, para bien o para mal.

—Sí, algo había oído… —preguntó Bermejo.

—Es uno de los clubs de alterne en nuestro punto de mira, por el tema de Extranjería y demás. Creemos que cuentan con ayuda externa para determinados asuntos, ayuda que no debería proporcionarles ningún empleado público.

—Habrá que averiguarlo —confirmó Bermejo, cada vez más seguro de que allí había gato encerrado—. Pues nada, le voy a decir a Villares que prepare a los hombres y esta tarde vamos al local. Quiero darle un buen susto a ese capullo, aunque no me sirva de nada.

—No, deja a Villares tranquilo, está con otros temas. Llévate a Lozano. Creo que has hecho buenas migas con él y además es un tío que impone.

Bermejo no se atrevió a preguntar por el subinspector Villares, al que últimamente veía más bien poco. Le cargaban sus actitudes machistas y sus comentarios supuestamente graciosos, pero le parecía un buen policía. De todas formas, tampoco iba a protestar por ir con el joven Lozano, un chico que podría llegar lejos si no se torcía por el camino.

—De acuerdo, así lo haremos. ¿Quieres saber lo que me ha dicho la forense?

—Claro, hazme un resumen.

La doctora Elena Sanz le había presentado a Bermejo las líneas maestras de su trabajo tras examinar el cadáver de Ivanka, aunque tendrían que esperar al informe definitivo de la autopsia. La muerte se había producido del mismo modo que con la víctima del río, por estrangulamiento, y su cuerpo también había sido lavado a conciencia.

—Vamos, que ese cabrón tampoco ha dejado huellas —asumió Claramunt.

—Eso parece, Pepe. Van a pedir análisis de todo tipo, toxicológicos y demás, pero creo que será una pérdida de tiempo. Tal vez en su ropa hallemos algo de provecho, pero me extrañaría bastante.

—¿El asesino abusó de ella antes de matarla?

—La doctora me dijo que en su examen preliminar se encontró con desgarros anales y vaginales. Aún no sabemos si debidos a agresiones del asesino o a otras anteriores, si tenemos en cuenta dónde trabajaba la chica.

—Joder, esto es una mierda. No podemos permitir que vayan matando mujeres en nuestra ciudad y dejándolas por ahí colocadas, como si fueran maniquíes...

—Pero... —apuntó Bermejo al intuir que había algo más.

257

—Pero sabes que me aprietan desde arriba y tenemos priori-
dades. Los de la UCO tienen muy avanzados otros temas que convergen con investigaciones de nuestros chicos, y los jefes nos exigen
resultados inmediatos.

—Ya veo...

—Joder, Paco, yo soy un mandado, igual que tú. La Operación
Roca tiene que decidirse en los próximos días. Los jueces no nos
dan más margen y tendremos que ayudar a los compañeros. Y para
colmo, tenemos pendiente nuestro pequeño caso de corrupción, ya
sabes.

—Y claro, el famoso asesino de marionetas ya no es tan importante. Total, como el trastornado ese se carga a putas, podemos
mirar hacia otro lado.

—Yo no he dicho eso, no lo tergiverses.

—No hace falta, Pepe. A buen entendedor, con pocas palabras
basta.

Claramunt no quiso replicar a su subordinado, pues sabía que
llevaba toda la razón. Pero Bermejo era un tipo concienzudo y muy
cabezón, por lo que no abandonaría el caso tan fácilmente. Deten-
dría al asesino en serie, ayudaría a destapar la trama de corrupción
generalizada en la ciudad y descubriría lo que le olía tan mal desde
que había llegado a Valencia.

AL FILO DEL ABISMO

El fracaso casi absoluto en el operativo para controlar a los mafiosos rusos en su reunión clandestina llevaba por la calle de la amargura a los mandos de la Guardia Civil. El comandante Antúnez se había comprometido con los altos cargos para obtener resultados en una operación tan importante, pero las circunstancias lo habían impedido.

—¡Maldita sea, capitán! —exclamó el comandante nada más presentarse en las dependencias del cuerpo armado en Valencia—. ¿Qué coño ha pasado?

—Ha sido imposible rastrearlos con tan poco margen de maniobra, mi comandante. Los jueces no nos dieron permiso para ciertos procedimientos y tuvimos que improvisar. Además, el helicóptero que tenía que seguir a Kolarov no pudo salir antes de la central por otro caso urgente y perdimos un tiempo muy valioso.

—Joder, Moreno, yo confiaba en vosotros y me habéis dejado con el culo al aire. ¿No se os ocurrió otra forma de interceptar a esa gentuza?

—Sí, mi comandante —replicó el sargento Roncero, que se encontraba en la misma reunión con su capitán, la cabo Muñoz y otros miembros de la UCO. Casi todos agachaban la cabeza ante el legendario pronto del comandante, pero el sargento se las había tenido tiesas con él en más de una ocasión y no pensaba achantarse—. Pero cuando no puede ser, no puede ser. Nosotros hicimos lo indecible, pero todo se puso en nuestra contra.

Roncero hizo un breve resumen al comandante, que les sirvió a todos para comprender mejor lo ocurrido durante la operación. Tras conocer el inminente encuentro de la plana mayor de la mafia rusa en Europa, la Guardia Civil había comenzado a mover sus hilos. Con las influencias que tenían en los escalones bajos de la organización criminal intentaron conseguir que los «ladrones en ley» celebraran su reunión en un hotel o restaurante público al que pudieran acceder. Aunque los rusos cerraran el establecimiento para su reunión, las autoridades siempre podrían colocar micrófonos, cámaras o algún infiltrado entre los camareros para averiguar lo que se cocía en aquel encuentro al más alto nivel criminal.

—Ya veo —replicó Antúnez—. Habría sido demasiado fácil que se reunieran en ese hotel del que me hablasteis.

—Esa era la mejor opción para nosotros y estábamos contentos por haber conseguido que desistieran de su primera idea —apuntó el capitán Moreno—. Al parecer, algunos capos querían reunirse en alta mar, a bordo de alguno de los yates de los oligarcas, y ahí lo hubiéramos tenido imposible para controlarlos sin que nos descubrieran.

—Ya imagino... —contestó Antúnez algo más calmado. Sabía que en alta mar no podrían preparar un operativo sin que los observados se dieran cuenta. Ni por aire ni por mar podrían acercarse al yate sin que los descubrieran—. Pero al final se reunieron en la finca del tal Volkov, ¿me equivoco?

—No se equivoca, mi comandante —continuó Roncero. Nadia y el resto de compañeros permanecían mudos, atentos al intercambio dialéctico entre los oficiales—. Tenemos a Volkov en el punto de mira por otros operativos y, aparte de su residencia oficial, sabemos que cuenta con otra gran finca en la región, pero desconocemos su ubicación exacta.

—Con un buen dispositivo de seguimiento, habrían podido averiguar el lugar de encuentro. No podía ser tan difícil...

—No se crea, comandante —se adelantó Moreno al ver que Roncero iba a replicar. El capitán prefería llevarse la bronca del jefe y seguir trabajando. Conocía las salidas de tono de Antúnez y no quería que la pagara con ninguno de sus hombres—. Los rusos lo organizaron muy bien y nosotros andábamos con escasez de medios. Era muy difícil de controlar.

El capitán de la UCO contó que los *vor v zakone* llegaron a España por diversos medios, tanto marítimos como terrestres. Y por supuesto, por avión, en algunos casos con identidades falsas. No quiso hacer demasiado hincapié en uno de los males de cualquier cuerpo de seguridad, la falta de medios, aunque a Antúnez no le pasó inadvertido su comentario.

—Con el tratado Schengen cualquiera puede moverse libremente por las fronteras europeas en su vehículo particular. Por supuesto, hablamos con los compañeros situados en las fronteras de La Junquera y en Pasajes para que realizaran controles esporádicos sin llamar demasiado la atención, pero era como buscar una aguja en un pajar.

—Hombre, pero en los aeropuertos es más fácil de controlar. Tenemos hombres en todos ellos y seguro...

—Nos faltó tiempo, mi comandante. Tampoco teníamos fotografías de todos los mafiosos que iban a llegar a España en estos días, por lo que no se pudo montar un operativo en condiciones. Y aun así obtuvimos resultados con Kolarov, que llegó al aeropuerto de Alicante bajo el nombre ficticio de Yaruchenko.

—De poco os sirvió: se os escapó de todas formas. Los fiscales siempre nos dan caña con estos temas y luego los jueces ponen trabas de todo tipo. Siempre se puede tener un poco de iniciativa propia, yo os hubiese cubierto...

Roncero y Moreno se miraron un instante tras comprender lo que quería decir su superior. El sargento tuvo que disimular la sonrisa, ya que ellos habían actuado por su cuenta, aunque no hubieran utilizado los cauces más legales.

—Y ante la falta de respuesta por parte de la judicatura, la premura de tiempo y la escasez de recursos para organizar un seguimiento en condiciones, yo di la orden de balizar el equipaje de Kolarov. Era la única forma de saber hacia dónde se dirigía para reunirse con sus colegas del hampa.

—Perfecto, nadie tiene por qué enterarse del método de seguimiento si llegan los resultados. Pero al final se os escaparon...

—Sí, el pájaro voló —prosiguió entonces Roncero—. Con el dispositivo GPS instalado en el interior de su maleta pudimos seguirlo hasta el interior de la provincia de Alicante. Hablamos con los chicos de Tráfico para controlar la zona de forma discreta, pero unos kilómetros más adelante perdimos el rastro del coche en el que viajaba el mafioso.

—Cuando algo comienza torcido no hay manera de enderezarlo. ¿Qué coño pasó, si puede saberse?

—Lo desconocemos, mi comandante —contestó Moreno—. Creemos que descubrieron el dispositivo y se deshicieron de él. Desapareció la señal y ya no pudimos recuperarla. Cuando hablamos con los de Tráfico ya habían perdido el coche de Kolarov y nuestros hombres desplegados por la zona tampoco consiguieron dar con su paradero.

—¡Malditos rusos! —gritó Antúnez tras golpear con el puño en la mesa—. Se podían haber quedado todos en su puto país y no venir aquí a tocarnos los cojones. Espero que el director general no me los corte directamente por vuestra cagada.

—Imaginamos que Volkov cuenta con inhibidores de frecuen-

cia y aparatos para rastrear dispositivos electrónicos. Es un paranoico de la seguridad, y no iba a permitir que le estropeáramos su
gran día.

—Esto no va a quedar así, muchachos. Quiero resultados y
los quiero ya, antes de que empiecen a rodar cabezas. Imagino que
los mafiosos rusos que viven fuera de España ya han volado, pero
quiero a Volkov y a todos sus secuaces entre rejas antes de que acabe
el verano. Y si algo vuelve a fallar, ateneos a las consecuencias.

El capitán Moreno asintió y el resto de la unidad no abrió la
boca ante las palabras de su jefe. Antúnez se despidió de malos
modos y abandonó la sala en busca de su conductor. Tenía que dirigirse a la Delegación del Gobierno para dar cumplidas explicaciones
y el carácter se le había agriado más de la cuenta después de hablar
con sus hombres.

***

Al día siguiente, de nuevo en su puesto de trabajo, Roncero
recibió una llamada que le alegró el día.

—Al habla el sargento Roncero —contestó el oficial de la UCO
cuando sonó el supletorio instalado en su área provisional de trabajo.

—Sargento, tiene una llamada —le confirmó una de las chicas de la centralita—. Disculpe, el caballero tenía un inglés muy
cerrado y no he captado todas sus palabras. Creo que es alguien de
la Interpol, pero no estoy segura.

—No se preocupe, páseme la llamada.

Pablo reconoció enseguida a Robert Harden por su característico acento, un neoyorquino de Brooklyn que había trabajado tanto
con el FBI como con la Interpol y con el que había coincidido en
más de una ocasión. Se alegró de hablar con su antiguo contacto,
pero más se alegró al saber lo que este tenía para él.

La cabo Muñoz se acercó a su mesa al oír sus exclamaciones

en inglés y los aspavientos exagerados que realizaba Roncero con los brazos. El sargento le hacía señales confusas, por lo que Nadia se quedó a su lado, a la expectativa, para que Pablo le contara qué ocurría en cuanto finalizara la conversación telefónica.

—¿Se puede saber qué bicho te ha picado? —preguntó Nadia con ese pequeño deje que tanto cautivaba a Roncero.

Pablo se encontraba muy a gusto trabajando con Nadia, pero prefería mirarla solo como a una compañera. Su relación con Miriam tenía altibajos, debido en gran medida a lo que habían sufrido tiempo atrás y a los continuos encontronazos por sus respectivos trabajos, además de por la forma que tenían de ver la vida, pero no se le ocurriría estropearlo de una manera tan lastimosa. Nadia era una mujer muy atractiva y su naturaleza le hacía sentirse atraído por ella, pero jamás traicionaría a Miriam.

—¡Tengo una bomba, Nadia! —soltó Roncero sin disimular la emoción.

Al parecer, las autoridades policiales de diversos países habían acabado con una amplia red de pederastas, repartidos por medio mundo. El operativo, controlado por la Interpol y desarrollado en más de una docena de países, había conseguido detener a más de cien personas que compartían archivos pedófilos con imágenes de niños y niñas de corta edad. Tirando del hilo también habían logrado capturar a los miembros de la red que abusaban de los menores y los filmaban para conseguir las grabaciones que más tarde revendían al mejor postor en diversos foros secretos de pederastas.

—No he querido conocer todos los detalles, pero por lo visto han encontrado un material que incluso ha sorprendido a los investigadores por su extrema dureza, y eso que ellos están acostumbrados a estas cosas. Desde bebés de meses a niños de ocho o diez años, como mucho, imagínate.

—Joder, Pablo, no me cuentes esas cosas que se me revuelve el estómago —contestó Nadia con asco—. Prefiero no trabajar en un operativo de esas características, porque podría acabar metiéndoles la pistola en la boca o en otros orificios a esos cabrones y vaciando el cargador sin contemplaciones.

—Te entiendo, Nadia. Es algo que a mí también me supera. No lo puedo comprender, la raza humana es la auténtica plaga de este mundo.

—Venga, no te disperses. ¿Y eso de qué nos sirve a nosotros?

Roncero le contó lo que le había anunciado su contacto. Uno de los detenidos, un norteamericano que se encontraba de vacaciones en Marbella cuando fue pillado in fraganti, había llegado a un acuerdo con las autoridades para colaborar con ellos a cambio de beneficios penitenciarios. Y el acaudalado ciudadano norteamericano, de nombre James Fowley, les informó de otra supuesta red en la que participaba. Una red aún más oculta que la anterior en la que se llegaba a pujar por vírgenes a precios desorbitados en un foro secreto de la *Deep Web*.

—Vale, ya sabemos que la Internet profunda está llena de mierda. Es el sótano del horror, la guarida donde todos estos hijos de puta se reúnen para hacer sus maldades. Pero nosotros no podemos hacer nada, bastante tenemos con lo nuestro.

—Te equivocas, Nadia. Tengo que hablar con el capitán para que consiga los permisos necesarios, pero me da en la nariz que esta llamada nos va a poner otra vez en la brecha. Espérame aquí unos minutos, a ver si Moreno nos echa un cable.

La cabo Muñoz no entendió el comentario de Roncero, pero no quiso estropearle el momento. Se le veía demasiado contento por algo que ella no terminaba de comprender. Sin embargo, cuando conoció la realidad y las implicaciones de lo que podría suceder a continuación, Nadia cambió su gesto de confusión por uno de honda preocupación.

—¿Tú estás loco? —preguntó Nadia un rato después, al enterarse de las verdaderas intenciones de Roncero—. ¿No estarás pensando en....?

Roncero había vuelto con todos los permisos de sus superiores en regla. Habló de nuevo con su contacto en la Interpol, que le hizo llegar un detallado informe sobre el caso para que comenzaran a trabajar. Harden sabía que la UCO andaba tras la pista de las mafias rusas de la prostitución en la costa mediterránea y la confesión de Fowley apuntaba en esa dirección.

—Venga, Nadia, necesito tu ayuda. Ya sé que no es el procedimiento más ortodoxo, pero el capitán ha dado su permiso y creo que podremos conseguirlo.

—No lo veo, Pablo. Es muy arriesgado y pueden salir muchas cosas mal.

—En la primera fase no correremos peligro. Estaremos detrás de los ordenadores y tendremos cuidado para que no nos pillen. Para eso confío en tu pericia: tú eres aquí la experta *hacker*.

—Sí, hombre, más presión. Sabes que la puñetera *Deep Web* tiene sus propias reglas. Y los criminales montan sus propios sistemas para que no los pillemos. No será tan fácil.

—Ya, pero tenemos las claves para acceder a ese foro secreto y su ubicación exacta. Además, el yanqui nos ha dado las pautas principales para no meter la pata. Entramos y, si vemos algo extraño, salimos antes de ser detectados.

—Maldita sea, Pablo, no me líes. Si se tuerce algo tendremos que empezar de cero, porque perderemos lo conseguido hasta ahora. No sé si tienes razón, pero si Volkov anda metido en esto, más nos vale ir con cuidado para no cagarla.

—Sí, eso espero. O nuestro amigo Antúnez nos colgará del pino más alto en presencia de toda la Comandancia.

Los dos guardias civiles accedieron con mucho reparo a la dirección de la Internet profunda facilitada por el detenido. Utilizaron las herramientas informáticas más avanzadas de la Brigada Tecnológica, ayudados por otro de los expertos de la casa, y unos minutos después se vieron inmersos en un mundo desconocido para ellos que les causaba mucha aprensión.

—Menos mal, Fowley no ha mentido. Hemos podido acceder sin que el resto de usuarios del foro vean que estamos en línea. Y, sobre todo, desde aquí podremos leer las diferentes conversaciones en las que ha participado nuestro amigo americano hasta el momento.

La mayoría de las conversaciones estaban en inglés, por lo que no tuvieron ningún problema en comprender de qué hablaban. La impunidad del foro secreto permitía que los depredadores sexuales hablaran sin tapujos, algo que provocó más de una arcada en los investigadores al toparse con determinados detalles.

—¡Serán cabrones! —exclamó Nadia ante una conversación en tono jocoso entre dos miembros del foro que puso su estómago del revés—. No puedo con esto, Pablo. Voy a vomitar en cualquier momento.

—Tranquila, estoy buscando lo que me comentó Harden. Creo que dentro de este foro crearon un grupo aún más reducido para tratar el tema que nos importa: la subasta y venta de mujeres en nuestro propio país.

—Sí, mira, creo que ese hilo de ahí puede servirnos... —apuntó Nadia al leer una frase que le llamó la atención.

Roncero accedió al subforo indicado, pero la luz de su estado actual cambió sin que pudiera evitarlo. De pronto se percató de que su usuario, con el *nick* «Disney Lover» que les había dado el pederasta norteamericano, aparecía *online* para el resto de usuarios del foro.

—¡Joder, Pablo! —exclamó Nadia al darse cuenta—. Sal de ahí antes de que te pillen.

—No puedo hacerlo ahora. Ya me han visto y si me largo sin saludar pueden mosquearse más de la cuenta.

Los miembros de la UCO habían accedido a las 18.30, hora

peninsular, porque el pederasta les aseguró que ellos solían conectarse a esa hora los martes y jueves. Era martes y probaron para ver si obtenían resultados, pero no pensaban enfrentarse tan pronto a una conversación con los otros depredadores sexuales.

—Bueno, mantén la calma y no digas nada hasta que te interpelen. Todos parecen a la expectativa, así que tú haz lo mismo.

Roncero asintió con el miedo instalado en su médula espinal. La idea había sido suya y ahora no podía abandonar. Bajo el anonimato de la Red se sentía seguro, pero la responsabilidad que recaía sobre sus hombros era demasiado grande. Si él fallaba, todo se iría al garete y no tendría excusa alguna.

Había asegurado a sus mandos que, llegado el caso, podría hacerse pasar por un neoyorquino, gracias al acento semejante al de Brooklyn que había adquirido durante su estancia en la Gran Manzana. Roncero era prácticamente bilingüe y creía que podría superar esa prueba, más si era en una conversación con otros europeos. Pero una cosa era al hablar, y otra muy distinta al chatear en un foro, donde cada internauta utilizaba unas claves diferentes al escribir.

El sargento de la Guardia Civil asumió que le tocaba manejar el teclado debido a su mayor conocimiento de la lengua de Shakespeare. Contaba con la inestimable ayuda de Nadia, que se encontraba a su lado, pero los nervios se apoderaron de sus manos. Afortunadamente nadie podía verlo, pero en ese momento le temblaba hasta la voz. El idioma inglés utilizaba muchísimas contracciones y Roncero tampoco controlaba todos los guiños típicos de los chats anglosajones. Una gota de sudor frío comenzó a recorrer su frente, pero se la enjugó sin demora e intentó calmarse.

Le pidió silencio a Nadia con un leve gesto y comenzó a leer a toda velocidad las conversaciones de Fowley para familiarizarse con su jerga en el foro. Por desgracia, no tuvo mucho tiempo de estudiar los diferentes hilos abiertos, ya que alguien lo interpeló directamente en inglés.

«¡Cuánto tiempo, Disney! —le soltó un tal Gunther, el usuario más activo según pudieron comprobar—. ¿Dónde te habías metido?»

Roncero tuvo que improvisar. Nadia le sopló una contestación al oído, pero Pablo ya se había abstraído de todo, concentrado para no meter la pata.

«He estado unos días fuera por trabajo y no he podido conectarme desde un lugar seguro hasta ahora».

Desconocían si el engaño había funcionado o si la excusa era plausible, pero a Roncero no le quedó más remedio que rezar y seguir adelante. Lo peor que les podía pasar era que los pillaran en un renuncio y los expulsaran del foro, pero tenían que arriesgarse.

En ese momento, Roncero recordó algunos detalles importantes que sus amigos del FBI le habían contado durante el seminario de la *Deep Web* en el que había participado en Nueva York. Muchos de estos foros secretos eran administrados por verdaderos *hackers*, informáticos de muy alto nivel que montaban un sistema seguro a prueba de intrusos. Además, su red de *firewalls* y trampas para permanecer en el anonimato tenía otro elemento común muy perturbador: la posibilidad de rastrear al intruso a través de su IP y llegar hasta su ubicación física.

El guardia civil descartó la posibilidad, que hubiera hecho que los pedófilos se perdieran en el ciberespacio de una vez y para siempre, y tanteó con mucho sigilo a su interlocutor. Al parecer, ninguno de los otros usuarios quería participar de momento en la conversación, aunque vio en línea a otros tres: Yamamoto, un tal Peter y otro que se hacía llamar Aladin.

«Pues ya que estamos todos, os aviso —continuó Gunther ante la atenta mirada de Pablo y Nadia, que no perdían ripio de la conversación—. Nuestra reunión de trabajo tendrá lugar el último fin de semana de agosto. Os contaré más detalles sobre la organización el jueves de la semana que viene a la misma hora».

«Perfecto, allí estaré», confirmó Aladin.

«Os va a encantar mi finca, ya lo veréis —aseguró el tal Peter—. Prepararé el dispositivo de seguridad para que no haya ningún problema. La semana que viene os daré también la información sobre el punto de encuentro. A partir de ahí, yo me encargaré de todo».

«Podéis contar conmigo —contestó Yamamoto en un inglés demasiado académico—. ¿Cuándo tendremos que hacer el pago inicial?».

Los ojos de Roncero y su compañera Nadia viajaban a toda velocidad por la pantalla, buscando referencias anteriores a ese tema. Pablo utilizó el *scroll* del ratón para mirar en las conversaciones de otros días, pero sin perder de vista la que tenía lugar en ese momento.

—Tendrás que contestar, Pablo, se van a dar cuenta —le dijo Nadia al oído con voz ronca, como si los delincuentes pudieran escucharlos.

—Espera un momento. A ver si el tal Peter contesta y nos da una pista. No encuentro referencias al dichoso pago.

Roncero no quiso pensar en el escalofrío que había sentido al notar el susurro de Nadia en su oreja, con una proximidad que le turbaba más de la cuenta. Retomó su concentración espartana y siguió buscando a toda velocidad.

—¡Joder, por fin! —exclamó Pablo en voz alta al ver unas frases relativas al pago.

No sabían si se debía a su conexión o a la seguridad instalada en torno al foro secreto de la *Deep Web*, pero la velocidad de las conversaciones no era la habitual en un *chat* de Internet. Rezaron porque no fuera un problema suyo y se aprestaron a leer una nueva intervención.

«El pago inicial tiene que hacerse antes de nuestra próxima charla del jueves que viene. Cien *bitcoins* que irán a parar a la cuenta indicada, ni uno más ni uno menos. ¿Estarás con nosotros, Disney?

No querrás perderte el espectáculo antes de regresar a tu país».

No quedaba más tiempo, le había interpelado directamente. Roncero tecleó a toda velocidad para no levantar más sospechas.

«Por supuesto, no me lo perdería por nada del mundo. Tendréis el pago en vuestra cuenta en los próximos días, no os preocupéis».

«Muy bien, yo también podré asistir —confirmó Aladin—. Unos días más en esta hermosa tierra no me irán mal, y puede que me lleve algún bonito regalo de regreso a casa».

«De eso estoy seguro, Aladin. La mercancía será de primera calidad —intervino entonces Gunther—. Y recordad que el pago inicial es solo para acceder a la fiesta particular y disfrutar de las exquisiteces del evento, así como del alojamiento y la manutención. Lo demás se paga aparte, ya sabéis. A la subasta solo se podrá pujar con dinero en metálico, a ser posible en euros. Y para el fin de fiesta, lo mismo...».

«Ok, por mí bien», contestó Yamamoto.

«De acuerdo, contad conmigo —replicó Roncero en su papel de mafioso—. Tengo ganas de ver lo que nos habéis preparado como "fin de fiesta"...».

El sargento quiso provocar a sus compañeros de conversación, pero no obtuvo demasiados resultados con el anzuelo echado.

«Ya lo verás, Disney —dijo Gunther antes de añadir emoticonos creados con signos que Roncero no supo distinguir en un primer momento—. No tengas prisa, vaquero...».

«Bueno, ya está bien por hoy —cortó Peter—. Hablaremos la semana que viene».

El resto de usuarios comenzó a despedirse y Roncero hizo lo mismo. Se desconectó segundos después y soltó el aire que había estado guardando en sus pulmones.

—¡Serán cabrones! —explotó el sargento tras la tensión del momento—. Joder, lo he pasado fatal. Creí que me iban a pillar.

—No cantemos victoria, Pablo. No tenemos ni idea de si ha

271

salido bien o no. Igual te han puesto una trampa, no has contestado lo que ellos querían y ahora estamos fuera.

—No creo, algo hubieran dicho. El yanqui nos aseguró que entre ellos no se conocían físicamente ni sabían sus verdaderos nombres. Aunque el tinglado lo llevan entre Gunther y Peter, esos sí se deben de conocer.

—El tal Peter es el dueño de la finca, y eso nos lleva a Volkov. Lo de Peter puede ser un sobrenombre, pero también puede hacer referencia a San Petersburgo, su patria chica.

—Un poco cogido por los pelos, Nadia. Pero bueno, te compro el argumento. De todas formas, vamos a seguir adelante. Si es el puñetero Sasha acabaremos con él de una vez por todas. Y si se trata de otro degenerado, pues también. No vamos a permitir que monten subastas de chicas delante de nuestras propias narices.

—Me parece muy bien, pero no sé cómo vamos a pagar la cantidad estipulada solo por participar. Por no hablar de la infiltración física. Si las hemos pasado putas solo para chatear con ellos, imagínate enfrentándote cara a cara con los mafiosos en su propio territorio.

—Seguro que lo llevo mejor que esta maldita charla cibernética. Lo he pasado fatal. Aunque lo del dinero es un problema gordo, tendremos que buscar una solución.

—Seguro que el comandante nos da algo de calderilla para la misión. Basta con que se lo pidas —bromeó Nadia con gesto serio.

—Sí, es muy posible. Aunque lo más probable es que te toque a ti sacarnos de esta.

—¿A mí? No te entiendo...

—Las *bitcoins* son monedas virtuales, ¿no? Pues una *hacker* tan buena como tú seguro que idea una estratagema para pagarles de un modo «virtual» sin que nos cueste un solo euro.

—¡Eso me pasa por hablar! ¡Soy una bocazas! —soltó Nadia ante el mayúsculo reto—. No sé si lo conseguiré, pero voy a intentarlo. Sabes que me gustan estas *fricadas*, aunque imagino que tendrán una seguridad a prueba de bombas.

—Seguro que lo consigues, confío en ti. Aunque si pasamos esta fase del concurso, nos quedará lo peor.

—Meterte en la cueva del lobo para atrapar a los malos.

—Sí, Nadia. Aunque si no llevo un maletín repleto de billetes, no creo que me dejen acceder a la fiesta. Tendremos que hablar con los jefes y montar un operativo de la leche.

—A por ellos, Pablo. Tenemos que acabar con esta gentuza.

Roncero vio el brillo en las pupilas de su compañera y tuvo que darle la razón. Se encontraban ante algo muy grande y debían preparar con mimo sus próximas actuaciones para que no los pillaran otra vez con la guardia baja.

EL PODER DE UNA EXCLUSIVA

Miriam se sentía entusiasmada con el caso que estaba investigando, una trama de corrupción tan brutal que podría hacer temblar los cimientos de la sociedad valenciana según todas las fuentes que había ido consultando en los últimos días. Estaba inmersa de tal manera en el trabajo que se había olvidado de sus discusiones con Pablo, al que cada día veía menos, y eso que ambos se encontraban en Valencia.

La periodista no quería discutir con su pareja. Sabía que Roncero se encontraba en medio de un importante operativo, por lo que prefirió dedicar su tiempo a su propio trabajo antes de pararse a reflexionar. ¿Qué les estaba ocurriendo? La reincorporación laboral de ambos no le había sentado demasiado bien a su relación, pero ninguno de los dos quería dar su brazo a torcer y reconocer que la situación podía acabar pasándoles factura.

En lugar de pensar en sus problemas personales, Miriam decidió dedicarse en cuerpo y alma a una noticia que podría devolverle a la primera plana del periodismo en España. La revista que la había contratado confiaba en su pericia como periodista de investigación y, si todo salía bien, podría participar desde el principio en una gran exclusiva que acapararía portadas en todo el país durante meses. Aunque para ello tendría que seguir insistiendo si quería que algunos testigos clave pudieran corroborar la trama que la Guardia Civil también investigaba desde hacía tiempo.

Todo comenzó meses atrás, cuando una joven diputada provincial de un partido minoritario denunció los tejemanejes de una empresa pública que trabajaba con la Diputación de Valencia. Al parecer, el gerente de la empresa, un hombre de confianza del presidente de la Diputación, había creado una empresa pantalla con la que facturaba a otras mercantiles adjudicatarias de la propia empresa pública, la Diputación o la mismísima Generalitat Valenciana.

Tras la denuncia ante los juzgados y la intervención de la Fiscalía Anticorrupción, se decretó el secreto del sumario. Pero Miriam no se amilanó y tiró de agenda para poder averiguar más detalles. Sería uno más de los casos de corrupción que incluiría en su reportaje sobre la Comunidad Valenciana, un reportaje que de momento contaba con el título provisional de «La corte del faraón». Además, lo averiguado entre bambalinas le otorgó a Miriam la confianza necesaria para involucrarse aún más, pues presentía que ese no sería un caso más.

—¿Y qué te hace suponer que esta vez será diferente? —le preguntó Jaime Pinilla, director de un diario digital y antiguo jefe con el que Miriam seguía colaborando.

—No sé, Jaime, pero creo que esto es muy gordo. Aquí hay metida gente de arriba, ya te lo digo yo. Y esta vez puede que arramplen con todo.

—Ojalá tengas razón, este país lo necesita. Y me da igual que sean de uno u otro bando político. El que roba dinero público o se aprovecha de su situación profesional para enriquecerse a costa de algo que nos repercute a todos los españoles debe pagar por ello.

—Estamos de acuerdo, Jaime, pero en este país sale muy barato este tipo de delitos de cuello blanco.

—Por eso lo digo, Miriam. Ya sé que crees todavía en los unicornios blancos, pero todo se oculta para que el populacho piense que sigue viviendo en un supuesto estado del bienestar. Con que no le toquen sus tapas en el bar, su fútbol y su semana de vacaciones en la playa, el españolito de a pie tiene suficiente.

—No te creas, ya han caído algunos políticos gordos: presidentes autonómicos y de diputaciones, alcaldes y otros funcionarios de alto rango.

—Sí, muy bonito todo. Se tiran como mucho tres meses en la cárcel, no devuelven lo robado y luego los colocan en un puestazo en un consejo de administración o en cualquier otro sitio. Por no hablar de que no existe ninguna consecuencia, ni penal ni política, para los que de verdad mandan y son quienes los han colocado en esa poltrona.

—Bueno, tú déjame investigar. Ya verás como esta vez es diferente, van a ir hasta el final. Creo que el gerente de la empresa pública está tirando de la manta y ahí va a caer todo el mundo: ayuntamientos de toda la provincia, Diputación, Generalitat y mucho más. Por lo visto, la lista de delitos es de órdago: prevaricación, malversación de caudales públicos, cohecho, blanqueo de capitales, tráfico de influencias y todo lo que te puedas imaginar.

—No lo verán mis ojos, Miriam, llámame descreído. En este país pueden enchironar a la cúpula completa de un partido político y la gente los sigue votando. Tú eres joven todavía, quizás demasiado idealista. Pero al final siempre se salen con la suya los mismos.

—Bueno, pues yo voy a poner mi granito de arena para que eso no ocurra. Y sé de buena tinta que en los juzgados y en la UCO están trabajando a destajo. De hecho, les falta personal para tanta investigación. No dan abasto y los recursos son escasos.

La mañana había sido muy provechosa, ya que había conseguido hablar con los diputados que habían destapado el escándalo y también con algunos empleados de empresas involucradas en la trama. Asimismo, tenía pendiente una conversación con un empleado judicial para esa tarde, por lo que después de su periplo por el centro de la ciudad para visitar el Palau de la Generalitat y la sede de la Diputación Provincial, regresó al hotel para descansar un rato y comer algo.

Tras conversar con Jaime y cambiarse de ropa —el bochorno a esas horas del mediodía era espantoso y el sudor había hecho estragos en su conjunto matutino—, Miriam salió de nuevo del hotel. En las calles aledañas, junto a El Corte Inglés y a la espalda de la Ciudad de las Artes, habían proliferado diferentes locales dedicados a la restauración, aptos para bolsillos de todo tipo: bares, taperías, cafeterías, restaurantes de comida internacional y otros más exclusivos.

Ensimismada en sus cosas, como era habitual en la joven periodista, no se percató de los gestos que le hacía un hombre que se dirigía hacia ella por la misma acera. Hasta que no lo tuvo a su altura, no cayó en la cuenta de que las voces que oía iban dirigidas a ella.

—¿No me oías, Miriam? —preguntó el inspector Bermejo al llegar a su lado—. Llevo un rato llamándote, aunque no estaba muy seguro de que fueras tú.

—Perdone, inspector, ya sabe que soy un poco despistada. —Miriam saludó a Bermejo con dos afectuosos besos, mientras la acompañante del policía la miraba con rostro serio y gesto adusto—. Encantada de verlo de nuevo. Ya me dijo Pablo que andaba por aquí.

—Sí, hija, menuda casualidad que estemos todos trabajando en esta ciudad. Me alegra haberme encontrado contigo, te veo muy bien. Espero que recuperada del susto del otro día.

La periodista se quedó momentáneamente en blanco, pero enseguida cayó en la cuenta. El inspector había llamado a Pablo justo cuando la atendían en urgencias del hospital tras su encontro-

277

nazo con la fauna autóctona de la zona.

—Sí, mucho mejor, gracias por preguntar. Siento que no pudieran hablar por mi culpa. Pablo estaba muy preocupado por mi salud y, si no llega a ser por su insistencia, tal vez me hubiera dado un *shock* anafiláctico por los dichosos mosquitos de la Albufera.

—¡Es verdad! Los dichosos mosquitos, ya ni me acordaba. Tengo que comentárselo a la doctora Sanz y buscar de una vez al maldito entomólogo...

El inspector lo dijo pensando en voz alta, pero el comentario no pasó desapercibido a Miriam. Su olfato periodístico le indicó que allí había una noticia y se lo confirmó la mirada asesina que la acompañante de Bermejo le dirigió al policía, casi como si hubiera cometido una indiscreción en presencia de una extraña.

—Perdonadme, soy un auténtico maleducado —confesó con rubor Bermejo al ver el rostro de Macarena—. No os he presentado, disculpad. Miriam, ella es la jueza Velasco. Y Miriam es la novia de mi amigo Pablo Roncero, aparte de una conocida periodista.

—Encantada de conocerla, Miriam —dijo la jueza con la boca pequeña tras un frío apretón de manos. Macarena, como jueza en ejercicio, prefirió mantener las distancias con una periodista, por muy amiga de Bermejo que fuera—. He oído hablar mucho de usted.

—Espero que bien, señoría, es un placer conocerla. De hecho, sé que no es el momento, pero me encantaría charlar un día con usted con más calma.

—Sabe que no puedo hablar de los casos que llevamos en mi juzgado, señorita Monfort —contestó a la defensiva Macarena, algo que percibieron tanto Miriam como Bermejo, que permanecía al quite por si tenía que intervenir.

La periodista también captó el tono oficial de la jueza, que la había llamado por su apellido sin que el inspector lo mencionara en ningún momento. Macarena Velasco la conocía, o por lo menos sabía quién era ella. Y todavía tenía que calibrar si eso le gustaba o no. Lo que Miriam desconocía en ese momento era que la jueza había leído incluso el libro en el que narraba las peligrosas aventuras en las que había participado junto a Bermejo y Roncero.

—Claro, no se preocupe. Me refería a una conversación más informal, en tono generalista, ya sabe.

La jueza no contestó, pero su lenguaje corporal lo decía todo. El inspector se apresuró a intervenir antes de que la cosa pasara a mayores.

—A ver si llamo a Pablo y nos vemos con más calma. Nosotros vamos a comer al gallego de aquella esquina. No sé si tú has quedado con alguien.

Miriam pensó en cometer una maldad y poner en un compromiso a la extraña pareja, pero prefirió morderse la lengua. Le hubiera gustado ver la cara de la jueza si se autoinvitaba a comer con ellos, pero lo dejó correr. Ya averiguaría si entre el inspector Bermejo y la jueza Velasco había algo más que una simple amistad profesional.

—Sí, he quedado con una persona. No tengo tiempo ni estómago para menús gallegos y sobremesas prolongadas. Picaré algo rápido y me dirigiré a la Ciudad de la Justicia. Tengo trabajo por allí. Gracias de todas formas.

—Bueno, otra vez será. De todos modos, vamos en la misma dirección, o eso creo.

—Sí, será mejor que nos pongamos en camino —replicó la jueza—. Tenemos la reserva para las dos y media.

Seguían parados al lado del centro comercial, por lo que Bermejo hizo un gesto para que todos cruzaran la calle Menorca cuando el semáforo para peatones se puso en verde. Miriam fue la primera en poner un pie en la calzada y comenzó a cruzar la calle con el inspector a su vera. La magistrada los siguió. El trío no se percató de que alguien los observaba con mucho detenimiento desde una pequeña distancia.

La calle se encontraba atestada de gente a esas horas de la tarde. Entre los compradores que entraban y salían de las dos zonas comerciales, y los transeúntes que buscaban un lugar para comer bajo el sol abrasador del Mediterráneo, el paso de peatones se convirtió en un hervidero de gente que intentaba llegar al otro lado antes de que el semáforo cambiara de color.

En ese momento se oyó un fuerte sonido a su izquierda y se abrió un claro en el paso de peatones. Bermejo volvió la cabeza hacia ese lado y adivinó el peligro antes de actuar como le dictaba su instinto. Con un rápido movimiento del brazo izquierdo, empujó a Miriam hacia delante y retrocedió, colocándose al lado de Macarena para salvaguardar su integridad.

El conductor de la motocicleta aceleró y pareció dirigirse hacia Miriam, que intentaba llegar a la acera y parapetarse tras un puesto de helados situado al lado del semáforo. Pero entonces el motorista cambió de opinión, pegó un derrape calculado y dirigió su trayectoria hacia Bermejo y su acompañante. El inspector tiró de manual y se lanzó rodando al suelo mientras protegía con su cuerpo a Macarena.

La moto pasó a escasos centímetros de Bermejo, que sufrió pequeñas abrasiones en los brazos al contactar de modo directo con el asfalto caliente. Los gritos de los peatones no amilanaron al kamikaze, que pasó zigzagueando entre la gente que todavía estaba en la calzada. Los insultos e increpaciones se sucedieron mientras el desalmado conductor aceleraba para perderse calle arriba, al parecer ajeno a la tragedia que había estado a punto de provocar.

—¡Será desgraciado! —soltó Miriam con el corazón a punto de salírsele por la boca—. Sabía que aquí muchos conducían con el culo, pero el niñato ese ni siquiera ha respetado el paso de peatones.

La periodista no vio el artero movimiento del motorista en dirección hacia Bermejo y la jueza, porque les había dado la espalda mientras intentaba ponerse a salvo. En un primer momento, Miriam pensó que era un idiota más con ganas de llamar la atención, pero el gesto del veterano policía la puso sobre aviso.

—No era un niñato, Miriam —dijo el inspector tras asegurarse de que todos se encontraban bien—. Ese tío iba a por uno de nosotros, todavía no sé a por quién. Y tampoco sé si solo quería darnos un susto o algo más. ¿Alguien ha pillado la matrícula?

El inspector hizo la última pregunta en voz alta, dirigiéndose al resto de peatones que todavía se sobreponían tras lo sucedido. Nadie se había fijado en la matrícula, pero sí en otros detalles que Bermejo también había captado: el motorista conducía una Honda CBR de color negro, el mismo color de su mono y su casco. Tendría que hablar con sus compañeros de la comisaría central para ver si conseguía algún dato más con las cámaras instaladas en la zona.

Miriam se despidió de la pareja para continuar con su plan, aunque el estómago se le había cerrado después del susto. Todavía le daba vueltas a las últimas palabras de Bermejo, mientras intentaba asimilar que cualquiera de los tres podía haberse ganado enemigos peligrosos en la ciudad. Enemigos dispuestos a todo por evitar sus investigaciones...

LA IMPORTANCIA DE LOS DETALLES

Restaurante La Pulpería Gallega (Valencia),
agosto de 2015

Aún tenían el miedo metido en el cuerpo cuando llegaron a la puerta del restaurante gallego en el que habían efectuado la reserva. Macarena parecía haberse recuperado con rapidez del revolcón por el suelo, aunque Bermejo supuso que la procesión iría por dentro.

—¿Crees que era un flipado de las dos ruedas, como ha supuesto Miriam, o ese cabrón iba a por uno de nosotros, como pienso yo? —preguntó el inspector nada más sentarse a comer.

La jueza Macarena Velasco estaba más bella que nunca, por lo menos a ojos del veterano policía. No había perdido su porte distinguido ni siquiera cuando Bermejo la había arrastrado por el asfalto. La magistrada se levantó como si nada, alisó sus prendas aunque no hubieran sufrido demasiado y estiró el cuello de modo altanero para demostrar que la caída no le había afectado.

—Me temo que la segunda opción, Paco. Y no es que quiera ganar ninguna competición contra ti, pero yo estoy metida en muchos berenjenales.

—Yo tampoco me quedo atrás, Maca. Nuestras investigaciones van a tocar las narices a mucha gente.

—Mejor lo olvidamos un rato. Si no, va a ser imposible que nos siente bien la comida.

La jueza cogió la servilleta de la mesa para colocársela en el regazo y Bermejo notó un leve temblor en ella. El inspector alargó la mano y cogió el brazo de su amiga para que supiera que estaba a su lado, para confortarla. Un gesto que no pretendía ser romántico ni nada por el estilo y que Maca pareció agradecer.

—Sé que no ha sido agradable, lo siento mucho, pero delante de mí no tienes que hacerte la fuerte. Si lo prefieres, te acompaño a casa y así puedes descansar sin extraños a tu alrededor.

—No, Paco, eso es lo que quieren esos desgraciados. —La voz de Macarena resonó con fuerza y aplomo mientras sus pupilas chispeaban—. No me van a achantar. ¡Seguiré haciendo mi trabajo como hasta ahora!

Macarena se disculpó ante su acompañante y se dirigió hacia el tocador de señoras. El inspector supuso que prefería desahogarse en privado, aunque fuera solo un instante, antes de recomponerse y continuar como si nada hubiera sucedido. Cinco minutos después regresó, más espléndida que nunca, con un brillo en los ojos que destilaba rabia contenida.

—¿Estás bien, Maca? —preguntó el inspector.

—Sí, no te preocupes. También deberías preocuparte un poquito por ti, *mon amour*, viendo cómo se las gastan en estas tierras.

Bermejo agradeció que Macarena intentara quitarle hierro al asunto con una broma. Acompañó la última frase con un guiño juvenil que al policía le supo a gloria, sobre todo al oírle decir «amor mío» en francés con su delicado acento.

—Yo sé cuidarme solo y, si vienen a por mí, los estaré esperando. Pero tu caso es diferente y no puedes impedir que me preocupe por ti. Hablaré con Claramunt y, si hace falta, con el comisario. Hay que ponerte custodia las veinticuatro horas, no podemos andarnos con tonterías.

—Tampoco ha sido tan grave. Con un perro guardián a mi vera todo el día no podré hacer bien mi trabajo. Y esa es la mejor manera para que los malos se escapen y sigan a lo suyo.

—Bueno, algo se nos ocurrirá. ¿Quieres que pidamos ya los primeros?

—Sí, claro. Y aunque sé que no te gusta mucho hablar de trabajo, tienes qué contarme cómo va lo de la chica de la bicicleta. ¿Qué tal con el ruso ese?

El inspector rememoró lo sucedido tras el hallazgo de la nueva víctima del asesino de las marionetas. La autopsia no reveló ninguna pista importante, al igual que en el anterior caso. El cuerpo de la chica había sido lavado a conciencia y no encontraron rastros orgánicos, pelos ni fibras en la piel de Ivanka, ni tampoco en su interior.

En la ropa de la mujer sí hallaron trazas de plástico común, muy probablemente por transferencia al trasladar el cuerpo. Los investigadores creían que el asesino mataba a sus víctimas en un lugar concreto, quizás en un refugio, y luego las trasladaba envueltas en plástico. Debía de poseer una furgoneta o un vehículo con maletero grande para el transporte de los cadáveres, por lo que los técnicos se esforzaban por encontrar alguna similitud en las condiciones de las noches en las que las dos víctimas fueron colocadas en esas extrañas posiciones.

Seguían sin identificar a la chica del parque, y eso que habían apelado a los recursos de la Interpol para intentar localizar los orígenes de la joven en los países del Este de Europa. Pero era como encontrar una aguja en un pajar. Las naciones pertenecientes al antiguo bloque soviético y afines tenían muchos problemas, y algunas, como Ucrania, incluso se encontraban en plena confrontación con la madre Rusia. Un caldo de cultivo excelente para que las mafias hicieran su agosto y esclavizaran a chicas sin control policial. Muchas de ellas habían perdido a sus familias y nadie denunciaba su desaparición.

Lo que había sorprendido a Bermejo fue la ausencia de cloroformo en el organismo de Ivanka. Tal vez la mujer conociera a su asesino, algo bastante probable teniendo en cuenta la fama que tenía entre el público masculino de la región que frecuentaba el Paradise.

Al toparse con el primer cadáver, Bermejo había supuesto que el psicópata había adormecido a la víctima con alguna sustancia para secuestrarla y llevarla a su cubil. Si el inspector se avenía a las tesis de Villares, tal vez esa muchacha fuera también prostituta y la raptaran en cualquier carretera secundaria. O quizás trabajara en algún tugurio de mala muerte, pero sus proxenetas ni siquiera se habían dignado a denunciarlo, a diferencia de Vasíliev.

Al pensar en Villares, el inspector recordó las primeras frases de la conversación con Miriam, apenas unos minutos antes. Habían hablado de los dichosos mosquitos y ellos seguían sin localizar al experto. Tenía que ponerle remedio en ese momento, sin perder más el tiempo, antes de que se le olvidara de nuevo.

—Ahora te cuento, Maca, menudo personaje. Si me disculpas un momento, tengo que llamar al subinspector para que se encargue de un asunto.

Bermejo telefoneó a Villares, pero le saltó el contestador. Prefirió no dejarle un mensaje de voz y le envió un *whatsapp* para ir avanzando. Le pidió que localizara al entomólogo de la Universidad de Valencia con urgencia, y si ese tipo no estaba disponible, que buscaran a cualquier otro a la mayor brevedad. Tenía un pálpito y quería seguirlo hasta el final.

Villares y los mosquitos, la conversación con Miriam, Boris y el Paradise, los cuerpos colocados como burdos maniquíes... Había algo que se le escapaba al inspector. De todos modos, prefirió no pensar más en ello y disfrutar de la comida con Macarena, aunque no fuera la mejor velada del mundo después de lo ocurrido.

—Ya estoy contigo, Maca. No veas qué personaje el tal Boris, por no hablar de sus hombres o las chicas que trabajan en ese antro...

Las neuronas del inspector hicieron sinapsis de un modo extraño. Su mente se retrotrajo al momento en el que se presentó sin avisar en el Paradise, con toda la caballería al rescate: Lozano, el grupo especial contra la trata de personas y algunos hombres más. Pusieron patas arriba el local, interrogaron a todos los empleados masculinos del garito y a todas las chicas que supuestamente se encontraban allí sin coacción, pero no obtuvieron resultado alguno. El cabrón de Vasíliev los estaba esperando y no le pillaron en renuncio.

—Te has quedado en Babia, Paco. ¿Todo bien? —preguntó la jueza al ver que Bermejo permanecía callado unos segundos.

—Sí, claro. Es que hay algo que no deja de rondarme la cabeza. Algún detalle me llamó la atención en ese local y mi mente quiere recordármelo, pero no lo consigo. Me estoy haciendo mayor... Y seguro que es importante, lo presiento.

—Tranquilo, ya lo recordarás. Si no piensas más en el tema, tarde o temprano acabarás por descubrirlo.

La sonrisa con la que Macarena acompañó su sentencia iluminó el local y, de paso, el alma atribulada de Bermejo. Su trabajo era duro y sacrificado, no exento de peligros, pero era algo a lo que se había acostumbrado. Sin embargo, su corazón se encogía al pensar que pudieran hacerle daño a Maca. Si ocurría, no se lo perdonaría en la vida.

No quería pensar demasiado en ella en términos sentimentales, pero Macarena se había colado en su mente de tal manera que ni el más abyecto de los asesinos en serie conseguiría destronarla de su último pensamiento antes de dormir. O como demonios pudiera llamarse a esas horas entre el cielo y el infierno en las que buscaba el descanso nocturno sin lograrlo del todo, en un estado permanente de duermevela que no le hacía ningún bien.

—Puede que tengas razón. Anda, vamos a atacar el plato de *pulpo a feira* antes de que se enfríe del todo.

La jueza asintió y ambos dieron buena cuenta de las exquisiteces gastronómicas gallegas. Les hubiera encantado regar la comida con un caldo de la zona, ya fuera albariño o ribeiro, pero ambos debían proseguir con su jornada laboral después de los postres y esos vinos se subían mucho a la cabeza.

Bermejo le contó a la jueza, sin levantar la voz para no atraer miradas indiscretas de otros comensales, todos los pasos que habían seguido en su investigación. Del Paradise no obtuvieron nada en claro, ya que todos los allí presentes confirmaron la historia de Boris sobre Ivanka, la empleada modelo. Tampoco encontraron ninguna irregularidad en los papeles del local o de las chicas que allí trabajaban; todo estaba en regla. Aunque Bermejo se prometió a sí mismo pillar al bocazas de Vasíliev en alguna contradicción para caer sobre él con todo el peso de la ley.

Durante la redada, al inspector le pareció extraño que Vasíliev conociera su nombre y apellidos, aunque hubiera aparecido en los medios por su anterior caso, tan mediático. Tuvo que mantener la calma ante la arrogancia y chulería del ruso al invitarles a abandonar su local tras el infructuoso registro. No era el momento adecuado. Por mucho que Boris insistiera en que tanto él como el resto de sus hombres serían bienvenidos en su local en cualquier otro momento, como siempre había sucedido según le aseguró el ruso a Bermejo. No podía perder el tiempo con esas insinuaciones, tenía otras preocupaciones en la cabeza.

Habían peinado la zona del Cabanyal, un barrio degradado que vivía a espaldas del mar, pero situado muy cerca del escenario del último crimen, sin obtener resultados. El asesino conocía la ubicación de las cámaras, porque tampoco consiguieron ni una imagen decente que hubiera captado algo sospechoso. Solo obtuvieron la imagen del lateral de un Opel Vectra gris, sin llegar a poder visualizar la matrícula, que salía de la zona a las cinco de la mañana. Y ese ínfimo detalle no podía considerarse la pista más fiable del mundo.

En ese momento, recordó también que Roncero andaba en una operación contra esa gentuza. Tal vez fuera buena idea hablar con el picoleto y poner en común sus averiguaciones. Quizás la mente analítica del sargento los pusiera en la senda adecuada.

El policía y la jueza prolongaron un poco más la sobremesa al degustar los postres sin prisa, aunque ambos sabían que debían regresar a sus tareas. La comida con Macarena fue agradable, pero entre el susto previo al almuerzo y la posterior conversación, Bermejo salió del restaurante con un regusto amargo. No quería meter la pata con la jueza, pero no sabía cómo retomar los momentos vividos con ella en su ático antes del inesperado tropiezo con el hijo pródigo.

Maca tampoco le daba pistas y él ya estaba mayor para esos juegos. No podía insistir demasiado, pero veía que el tren se le escapaba sin remedio y no sabía cómo pararlo. Esperaba poder acabar con sus investigaciones antes del final del verano y, si eso sucedía, tal vez no volviera a ver nunca a la jueza si antes no habían hablado de su situación. Ojalá Macarena lo invitara a tomar el café en su casa antes de despedirse, o por lo menos le diera pie a quedar algún otro día, pero no para hablar de los casos pendientes.

De camino a su ático, un corto trayecto a través de la solitaria avenida de Francia, Macarena también se interesó sobre el caso de corrupción en el que Bermejo andaba involucrado. El inspector contestó con evasivas que incluso a él le sonaban a vagas excusas, pero no quería hablar mucho de ese tema.

En ese momento sonó el teléfono de Bermejo y tuvo que atender la llamada, a escasos metros del portal de la jueza. Claramunt quería verlo de inmediato, por lo que tuvo que despedirse a toda prisa de Macarena. Se prometieron continuar en contacto, pero el inspector no se hizo demasiadas ilusiones. Aunque la despedida le dejó alguna esperanza para el futuro, si es que él era capaz de tirarse de una vez a la piscina.

La jueza Velasco se quedó unos segundos en la puerta de su bloque, mientras buscaba las llaves en el bolso. Aunque tal vez permaneciera allí para comprobar si su apagado instinto femenino seguía funcionando. Sonrió al ver que el inspector se daba la vuelta para mirarla por última vez y ambos hicieron un gesto con la mano para despedirse deseando volver a verse lo antes posible.

Macarena le había quitado importancia al asunto del motorista para no preocupar a Paco, pero no las tenía todas consigo: mafiosos, narcotraficantes, corruptos, asesinos... Por su juzgado pasaban la flor y nata de los delincuentes y la magistrada no iba a ser tan ilusa para suponer que alguno de sus enemigos no fuera capaz de atentar contra su integridad si de ese modo se veía favorecido en la causa en la que estuviera involucrado.

Después de unos momentos de duda, la magistrada quiso olvidarse de sus temores y afrontó con energías renovadas la entrada al portal. Llamó al ascensor y subió a su piso, aunque el corto trayecto le produjo una extraña sensación en la boca del estómago. Creyó que se debía a los nervios tras la ajetreada sobremesa, pero se equivocaba de medio a medio.

Nadie había forzado la cerradura como pudo comprobar al abrir la puerta del modo habitual con sus llaves, pero una alarma se instaló en su cerebro al instante siguiente. Enseguida notó que había alguien en el piso. La costumbre de vivir sola le había afilado el instinto y no se equivocaba. Se puso a la defensiva y lamentó no haberle pedido al inspector que la acompañara hasta arriba. Entonces entró con decisión y su corazón se tranquilizó enseguida al ver a su hijo en el salón.

Kiko tenía llaves de su casa, pero a Macarena no le gustaba que se presentara sin avisar. La vez anterior se había producido el encontronazo con Bermejo y ahora parecía ensimismado en sus cosas. Ni siquiera se percató de la llegada de su madre. Macarena sonrió para sus adentros y se acercó a hurtadillas, dispuesta a darle un buen susto. Pero el susto se lo llevó ella y fue de consecuencias imprevisibles.

—¿Se puede saber qué demonios estás haciendo? —preguntó Macarena al ver a su hijo con unos papeles que no debería tener en su poder.

—¿Mamá, qué haces aquí? —soltó Kiko sobresaltado. El chico parecía buscar una respuesta rápida, pero la imponente presencia de su madre le nubló el sentido—. Esto no es lo que parece, puedo explicártelo.

—Por favor, creí que serías más original —bufó la jueza con veneno en la voz—. ¿Qué haces con mis papeles del juzgado?

—Tranquilízate, por favor. Todo tiene una explicación, te lo aseguro.

—Pues ya puede ser buena, hijo. El inspector Bermejo me ha acompañado hasta casa después de comer, así que no creo que tardara mucho en regresar y esposarte si yo se lo pidiera. Creo que no te das cuenta del lío en el que te has metido.

—Sí, mamá, yo no... —El joven abogado se derrumbó ante la mirada inquisitorial de su madre, que seguía imponiendo mucho al joven—. Joder, lo siento, no quería hacerte esto.

—¿Qué te ha pasado en la cara? —preguntó Macarena al ver los moretones de su rostro, un detalle que se le había escapado en un principio ante la gravedad de la situación.

—Nada, bueno, sí...

Kiko se derrumbó en el sofá y comenzó a sollozar. Se tapó la cara con las manos, muerto de vergüenza, y se desahogó ante su madre. Lo había pillado con las manos en la masa y era una tontería seguir fingiendo. Le contaría toda la verdad.

—Los golpes de la cara se deben a un accidente que he tenido con el coche. Pero no ha sido fortuito. Alguien ha manipulado los frenos.

—¿Y por qué no lo has denunciado a la policía, Kiko? Y, sobre todo, ¿por qué me ocultas estas cosas?

—Hay mucho más detrás de todo esto, mamá, estoy metido en un buen lío. Anda, siéntate, tengo que contarte una historia muy larga...

INTERESES COMUNES

El comandante no parecía muy contento, y tenía sus motivos. Los diferentes cuerpos de seguridad del Estado no se habían puesto de acuerdo en sus respectivas investigaciones y podía surgir un problema de competencias en un momento muy delicado para su propio operativo.

—¿Estás seguro de que se trata de Bermejo? —le preguntó Antúnez directamente a Roncero tras llegar a la sala de reuniones.

—Afirmativo, mi comandante. Compruébelo usted mismo si quiere.

El sargento de la UCO volvió a poner las imágenes, no demasiado profesionales y con mucho grano, que habían captado las cámaras de vigilancia instaladas en las inmediaciones del local tras la preceptiva orden del juez instructor. Como jefe de la Mafiya en Europa occidental, además de supuesto autor de numerosos delitos en suelo patrio, Aleksandr Volkov se había convertido en uno de los objetivos prioritarios de la Guardia Civil. Y por eso tenían controlada la mansión de Sasha en Altea y algunos de sus negocios en Valencia, entre ellos el conocido club de alterne Paradise.

Las imágenes del exterior del local no engañaban. El inspector

Bermejo se había presentado en la puerta del club con varios hombres y habían tardado bastantes horas en abandonarlo.

—Sabía que los de la UCRIF habían hecho redadas en ese y otros puticlubs de la zona, pero ignoraba que Bermejo anduviera en el ajo —soltó en voz alta el comandante.

La UCRIF, Unidad Central de Redes de Inmigración Ilegal y Falsedades Documentales, pertenecía a la Comisaría General de Extranjería y Fronteras, y era la unidad del Cuerpo Nacional de Policía encargada de investigar los delitos relacionados con el tráfico de personas, la trata de seres humanos y la inmigración ilegal, entre otras cosas.

—Ya hemos averiguado lo que ocurre, mi comandante —intercedió entonces el capitán Moreno mientras le acercaba un dosier con información—. Al parecer, la chica de la bici, la que han encontrado muerta en la Malvarrosa, era una de las trabajadoras del Paradise.

—¡Me cago en la puta de oros! —exclamó Antúnez sin pensar en la doble intención de su exabrupto—. Joder, eso es un marrón. ¿Has hablado con Bermejo?

La pregunta iba dirigida a Roncero, que negó con la cabeza antes de intervenir.

—No, mi comandante. ¿Quiere que lo llame?

—Claro, coño. ¿A qué estás esperando? Bueno, espera un momento. Voy a llamar yo primero al comisario Mardones, aunque no creo que esté muy receptivo.

El comandante ya había recibido un rapapolvo desde el Ministerio del Interior, pero tal vez pudiera limar asperezas si hablaba directamente con Mardones. Aunque fue peor el remedio que la enfermedad; los dos responsables acabaron discutiendo acaloradamente e incluso llegaron a mencionarse asuntos personales en plena batalla dialéctica.

—No me toques los huevos, Mardones. Ya estoy mayor para tanta tontería —soltó el comandante sin importarle que sus hombres lo oyeran—. Nosotros tenemos judicializado el tema de los rusos desde hace tiempo. Habla si quieres con la jueza instructora.

—Me parece muy bien, pero se os olvidó dar de alta el procedimiento en el CITCO —aseguró el comisario, también algo ofuscado.

Mardones se refería al Centro de Inteligencia contra el Terrorismo y el Crimen Organizado, el órgano de coordinación al que deben comunicarse todas las investigaciones de los diferentes cuerpos policiales, precisamente para evitar esos problemas de solapamiento.

—Joder, no me vengas con minucias. ¿Qué pretendes, que pare ahora el operativo? Tenemos a un montón de hombres con este asunto y estamos a punto de dar un golpe definitivo a la mafia rusa. Ni de coña vamos a retirar la vigilancia a Volkov y sus hombres.

—Ya, me parece estupendo. Pero nosotros tenemos a un asesino en serie campando a sus anchas por Valencia, y casualmente la última víctima trabajaba para ese gran hombre que investigáis. No es mi problema si tenemos que interrogar a sus empleados.

—¡Maldita sea, Mardones! Mueve el culo de tu despacho oficial en Madrid y vente a Valencia. Aquí podremos hablar de esto de hombre a hombre y arreglarlo entre nosotros, sin que los políticos se metan por medio y lo jodan más, como suele pasar.

—Me lo pensaré, Antúnez. Pero mis hombres van a seguir con sus pesquisas. Mejor que los tuyos no asomen el hocico por si acaso…

—¡Me cago en…! —El comisario ya había colgado el teléfono por lo que Antúnez tuvo que tragarse su exabrupto.

El comandante todavía meditaba sobre la conversación con su viejo amigo del Cuerpo Nacional de Policía. Les comentó a sus hombres la respuesta del responsable de la Comisaría Judicial y les cedió la palabra mientras le daba vueltas a la situación.

—No sé si el comisario vendrá a Valencia, pero el inspector sí está aquí. Lo puedo llamar y quedar con él esta misma noche, de manera extraoficial si hace falta.

—Claro, Roncero, será lo mejor. Ya has trabajado con él en otras ocasiones —contestó Antúnez—. Creo que es un tipo cabal y podremos arreglar las cosas sin injerencias de los de arriba. Por cierto, ¿cómo va el otro tema?

—Bien, bien, lo tenemos casi a punto. Le recuerdo lo que comentamos el otro día, ya sabe. Si pasamos esta fase, vamos a necesitar dinero de verdad...

—Ya sabía yo que tenía que hablar con el subdelegado por otro tema, gracias por recordármelo. No le va a hacer ninguna gracia. A ver qué se me ocurre —dijo Antúnez—. Venga, no os quedéis ahí como pasmarotes. ¡A trabajar!

El sargento se refería a que el equipo de expertos informáticos de la UCO, con Nadia a la cabeza y con la ayuda de otros compañeros, había conseguido romper el cifrado de la aplicación que utilizaban los delincuentes para las operaciones con *bitcoins*. De ese modo habían conseguido engañar a la máquina y transferir la cantidad estipulada para seguir en el juego.

—Cuando me dijiste que esos cabronazos pedían cien *bitcoins* como fianza para participar en su fiestecita privada no pensé que pudiera ser un quebradero de cabeza tan grande —confesó Moreno a su subordinado al quedarse de nuevo a solas tras la despedida a la francesa de Antúnez—. ¡Manda huevos! Pues sí que está caro el kilo de la dichosa monedita...

—Ya te digo, casi cincuenta mil euros —confirmó Roncero—. Menos mal que Antúnez no conocía el cambio real de esa moneda virtual cuando se lo mencionamos. Con el pronto que se gasta, hubiera montado una buena.

—Habéis hecho un gran trabajo, Pablo. Pero esto solo es el principio. Si no nos descubren y te invitan de verdad a su bacanal, vamos a tener que montar un operativo del copón. No se nos pueden escapar esta vez. ¿Te vas a atrever a...?

—Sí, mi capitán. Estoy preparado para la misión, aunque no podremos ultimarlo todo hasta que tengamos los datos definitivos. Se supone que soy un millonario americano, por lo que debería aparecer por allí con un maletín lleno de billetes. Y no sé si Antúnez lo va a conseguir. Me extrañaría mucho que los políticos vayan a permitirlo.

—El viejo zorro es de armas tomar, ya lo sabes. Seguro que se le ocurre algo para no dejarnos con el culo al aire si las perspectivas son buenas. Lo primero es asegurar el tiro, no podemos fallar.

—Tranquilo, lo vamos a conseguir. Esta vez no se nos escaparán. Y con un poco de suerte, podremos destruir toda su infraestructura.

—Ojalá tengas razón, Pablo. Pero te acabas de reincorporar después de tu baja, no sé si es buena idea. Es una misión muy peligrosa, tendrás que infiltrarte en las filas enemigas y nuestra cobertura no va a ser la mejor para un caso de estas características. Llegado el momento puedes encontrarte allí solo, sin ayuda, y rodeado de criminales.

—Me las apañaré, capitán. No tengas la menor duda.

Roncero lo dijo muy convencido, por lo menos de cara a la galería, pero el miedo lo paralizaba por dentro. En primer lugar, por lo peligroso de una misión para la que no se veía suficientemente preparado. Y, en segundo lugar, porque no podría evitar el enfrentamiento con Miriam cuando le confesara en qué andaba metido.

La sensación de *déjà vu* era muy poderosa. Recordaba el enfrentamiento con Jasón en su propia guarida y se le erizaba el vello solo de pensarlo. Por lo menos en esta ocasión no estaría Miriam por medio y no tendría que preocuparse por su integridad. Aunque tampoco contaría con la inestimable ayuda del inspector Bermejo, un seguro de vida cuando las cosas iban mal dadas. Tendría que tomárselo de otro modo si no quería fracasar, pero lo primero sería confesárselo todo a Miriam.

—Muy bien, ponme al corriente de las novedades en el caso. Cuando Nadia tenga listo del todo el tema, me avisas para que os dé el visto bueno.

—Claro, así lo haremos. Y llamaré ahora mismo a Bermejo. A ver si puedo quedar con él esta noche y le sonsaco un poco.

Moreno palmeó la espalda de Roncero con camaradería antes de abandonar también la sala de reuniones de la Comandancia. El sargento se quedó unos segundos pensativo, mientras reflexionaba sobre el auténtico problema que se cernía sobre él.

EL CÍRCULO SE CIERRA

Autopista del Mediterráneo AP-7,
agosto de 2015

El cuentakilómetros avanzaba a una velocidad más lenta de lo que el inspector hubiera deseado. El tráfico a media tarde por la AP-7, la carretera más importante que recorría todo el corredor mediterráneo, era insufrible debido a las vacaciones de miles de turistas españoles y extranjeros que llenaban las diferentes poblaciones de la costa levantina. Y encima, los continuos peajes cada pocos kilómetros ralentizaban aún más la marcha, aparte de sablear de manera inmisericorde a los sufridos conductores que no tenían otra vía alternativa para desplazarse por la zona.

Bermejo se había acostumbrado tiempo atrás a utilizar el dispositivo de manos libres de su vehículo por si tenía que realizar o recibir alguna llamada telefónica. Todavía le parecía arte de magia que a través del Bluetooth —significara lo que significara aquella palabra— pudiera contestar las llamadas al móvil simplemente tocando un botón en el salpicadero del coche. Aunque más gracia le hacía aún lo de llamar a alguien con la activación por voz que su coche incorporaba de serie.

Por eso, no se sorprendió cuando el *display* del salpicadero avisó de una llamada entrante. Bermejo pulsó el botón correspondiente y se alegró de escuchar la voz de su amigo Roncero, alguien con quien precisamente quería intercambiar impresiones sobre el complicado caso en el que se había visto inmerso.

—Hombre, Pablito, me alegra saber de ti. ¿Cómo va todo?

—¿Es usted, inspector? No le oigo demasiado bien...

—Disculpa, voy conduciendo por la AP-7 y llevo el manos libres. Aunque yo te escucho alto y claro. Y me alegra saber de ti, pensaba llamarte un día de estos. Se lo comenté a Miriam cuando nos encontramos, que a ver si nos veíamos para ponernos al día.

—¿A Miriam? No me ha dicho nada, últimamente no coincidimos demasiado —aseguró Roncero antes de cambiar de tercio—. Ya le hablaré de nuestros avances, aunque también quería comentarle otra cosa relacionada con nuestra investigación que de paso afecta a la suya.

—Sí, algo me ha dicho Mardones antes de salir para Altea. Voy de camino. Por fin hemos localizado a un experto en fauna invertebrada autóctona y necesito hablar con él.

—Me alegra saberlo, aunque entonces será imposible que nos veamos esta noche. ¿Qué tal mañana?

—De acuerdo, confirmado. Hasta mañana entonces, Pablo. Y da recuerdos a Miriam.

El inspector cortó la llamada sin añadir nada más. Si la periodista no le había mencionado a Roncero su encuentro casual del otro día, tampoco le habría hablado del intento de atropello por parte del motorista misterioso. Y él no pensaba decírselo al sargento a no ser que fuera imprescindible. No le apetecía meterse en temas de pareja.

Además, no le parecía imprescindible porque el kamikaze no tenía como objetivo a Miriam, sino más bien a la jueza o al propio inspector. Por fin había caído en ese detalle que le traía por la calle de la amargura tras el susto en el paso de peatones de la calle Menorca. El conductor de la motocicleta iba completamente de negro, a juego con su montura, pero en su calzado oscuro refulgía también una raya amarilla muy llamativa.

Un detalle que su memoria almacenó sin darse cuenta y no supo recuperar hasta pasadas unas horas. Él había visto unos zapatos muy similares, por no decir idénticos, en algún otro sitio. Y ese sitio era el Paradise, la tarde que la Policía se personó en el local para pillar con la guardia baja a Vasíliev. Uno de sus matones, un tipo malencarado que pululaba por el club de alterne, llevaba ese calzado tan hortera. A Bermejo le había llamado la atención, como buen observador que era, y su mente había efectuado la interconexión en el momento justo.

Esa misma tarde, antes de partir hacia Altea, había hablado del tema con Macarena, aunque vio a la jueza algo distraída. Parecía preocupada y no consiguió sacarle mucha más información. Bermejo no quiso insistir, ya se lo contaría ella si era importante o creía conveniente hacerlo. Tal vez se tratara de algo personal que no concernía a Bermejo, o quizás algún encontronazo en el juzgado, algo frecuente en un trabajo tan estresante.

Un rato después, el inspector Bermejo llegó a Altea. La ciudad alicantina se encontraba en plena ebullición veraniega, con su población multiplicada exponencialmente debido a la masiva afluencia de turistas de todo el mundo. El inspector estuvo buscando un sitio para aparcar no demasiado alejado del centro, pero tuvo que desistir y dejar su vehículo en un parking público a bastante distancia de su destino original.

Tuvo que preguntar un par de veces para orientarse, y aun así acabó por perderse. Llegó sin saberlo a una especie de paseo marítimo sin playa, jalonado de elegantes terrazas en las que los turistas comenzaban a cenar en un ambiente distendido y veraniego.

El profesor Julián Machado, un reputado biólogo especializado en entomología, trabajaba en la universidad valenciana y en verano impartía cursos especializados en la Facultad de Biología de Alicante. El entomólogo poseía un pequeño apartamento en Altea en el que se alojaba junto a su familia cuando abandonaban Valencia por cualquier motivo. Por eso la llamada de la Policía le había pillado fuera de su domicilio habitual, pero siempre podía sacar un momento para atender a las autoridades y ayudarles si estaba en su mano.

El primer contacto desde la Jefatura fue del subinspector Villares, que ya lo tenía en su agenda desde hacía tiempo, pero no había podido hablar con él hasta esos días. El profesor Machado accedió a colaborar con la Policía, pero les previno sobre sus circunstancias personales y profesionales de aquel verano.

Bermejo no había tenido ocasión de hablar con Machado más que unos momentos, para concertar su cita de esa noche. De todos modos, el subinspector le informó de los pasos dados hasta ese instante: al parecer, según le comentó Villares, el entomólogo había acudido esa misma mañana a la Ciudad de la Justicia y había recogido unas muestras facilitadas por la forense para estudiar el caso.

Machado le había asegurado al inspector que esa misma noche podría ofrecerle los datos definitivos, y le brindó varias opciones: personarse el policía en Altea para charlar cara a cara, esperar a que él regresara a Valencia o enviarle los resultados por correo electrónico y hablar de sus conclusiones por teléfono, pero Bermejo prefirió airearse un rato y acercarse a Altea. Sin embargo, empezaba a arrepentirse de haberse ofrecido a ir, a la vista de la tórrida bienvenida que le había preparado la bella ciudad alicantina.

Bermejo atravesó algunas callejuelas mientras buscaba el casco histórico del pueblo en una de las noches más sofocantes del año. Gracias a las indicaciones de una amable señora consiguió dar con el punto de encuentro exacto. Por fin llegó a una bonita plaza circular, dominada por la imponente mole de una peculiar iglesia. A

Bermejo le llamaron la atención las hermosas cúpulas de la parroquia, tachonadas de unas tejas azules características de la zona que la hacían mucho más llamativa. Una plaza atestada de gente, jalonada de puestos callejeros, restaurantes y locales de ocio por doquier.

Al cabo de poco localizó al profesor Machado, que lo esperaba al pie de la mole granítica de la iglesia. Bermejo se identificó y saludó al científico, que parecía encantado de conocerle.

—Menos mal que lo encuentro, profesor —aseguró Bermejo—. Si no le importa, me gustaría buscar un lugar fresco, a ser posible con aire acondicionado, y tomarme una cerveza bien fresquita.

El profesor asintió y le pidió que lo acompañara mientras atravesaban las callejuelas del casco histórico. Se alejaron del maremágnum del centro, repleto de turistas ávidos de una terraza o un lugar donde tomar el fresco, y desembocaron en otra plaza recoleta. Allí la afluencia de personas era mucho menor que al lado de la iglesia.

Entonces se adentraron en una cafetería-heladería que tenía el aire acondicionado a toda potencia. Bermejo pidió una cerveza y le pegó un enorme trago a la jarra helada que el camarero depositó en la mesa. El calor lo estaba aplatanando y el líquido frío le devolvió a la vida durante unos segundos, aunque supo que su tortura no había terminado.

—Sé que me pondré malo, pero me da igual. Pienso poner el climatizador del coche al máximo cuando regrese a Valencia. Y en el hotel no sé si dormiré debajo del aparato de aire acondicionado o directamente pediré que abran la piscina en exclusiva para mí, aunque sea de madrugada.

—Pues no le entretendré demasiado si quiere regresar a Valencia, inspector. En Altea no es fácil encontrar alojamiento libre en plena temporada alta, pero siempre podría hacerle un hueco en mi casa.

—Gracias, no será necesario. ¿Qué tiene usted para mí? Espero que sean buenas noticias, las necesitamos en estos momentos.

—Eso tendrá que decirlo usted, aquí tiene mis conclusiones —dijo Machado antes de entregarle un informe mecanografiado.

El inspector leyó con detenimiento el documento que le había dado el científico, pero sus neuronas se negaron a reaccionar.

—Perdone, pero entre el calor y el galimatías científico, no sé si me he enterado demasiado de sus conclusiones. ¿Me podría hacer un resumen? Lo más clarito que pueda, usted ya me entiende.

—Claro, no se preocupe. Afortunadamente, la doctora Sanz hizo bien su trabajo y he podido estudiar las muestras que tomó de los tres cadáveres cuyas muertes están investigando. Creo que le gustará conocer los elementos comunes que he encontrado en todos los casos.

—Soy todo oídos, profesor.

Según le comentó el profesor Machado, existía un protocolo de recogida de muestras que la policía científica no había tenido en cuenta en los escenarios de los crímenes. Bermejo reconoció que ignoraba ese dato y tampoco pensó en que la entomología forense pudiera ayudarles a solucionar esos crímenes, pero al parecer se equivocaba.

—Los cuerpos aparecieron en lugares públicos, repletos de transeúntes, y mis compañeros debieron realizar su labor bajo condiciones de mucha presión.

—Lo entiendo perfectamente, no se preocupe. La Científica está acostumbrada a este protocolo, pero seguro que el juez les metió prisa para acelerar el trabajo y poder levantar los cadáveres. No es plato de gusto que aparezca una mujer asesinada en pleno cauce del río o en la Malvarrosa.

El profesor le contó a Bermejo lo que deberían haber hecho en el escenario para poder utilizar después su ciencia. Primero, recolectar una muestra completa de todos los insectos o ácaros que se encontraran tanto encima como debajo del cadáver. Después, recoger ejemplares tanto vivos como muertos, en estado adulto o larvario, así como sus mudas.

—En cadáveres recientes, se suelen buscar los huevos y larvas pequeñas en orificios naturales, así como en las posibles heridas. Sus hombres no lo hicieron, según tengo entendido, pero la doctora Sanz nos ha sacado del atolladero.

El inspector Bermejo respiró tranquilo al conocer la noticia. Tendría que comentar la negligencia cometida por la policía científica al recoger las muestras. No podían permitirse esos despistes. Y se congratuló por poder trabajar con la doctora Sanz. Al final, no era solo una cara y un cuerpo bonitos, como pensaba el cromañón de Villares, sino una eficiente patóloga forense que tal vez les permitiera resolver unos extraños crímenes gracias a la minuciosidad de su trabajo.

—Tengo entendido que el asesino limpió a conciencia los cuerpos. Imagino que eso habrá influido a la hora de trabajar con los insectos.

—Sí, ya me lo comentó Elena. Es verdad que el criminal limpió a conciencia a las víctimas, ya que pretendía borrar sus huellas o cualquier tipo de rastro que pudiera llevar a identificarle. Pero no tuvo en cuenta a mis pequeños amigos.

El profesor Machado parecía disfrutar con la disertación. Le explicó a Bermejo que los insectos podían depositar sus larvas en cualquier cavidad del cuerpo humano: ojos, boca, fosas nasales, etc. Incluso en el interior de las propias picaduras que realizaban en los cuerpos, ya fuera en vida o después de su muerte.

—Cuando se traslada un cadáver es fácil confundirse a la hora de realizar un examen entomólogo forense. Hay insectos que se comen las larvas de otros e incluso los ejemplares adultos de especies diferentes. En nuestro caso, aparecen muestras de mosquitos y moscas comunes, pero también de coleópteros, hípteros, etc.

—En cristiano, por favor. Ya sabe que no domino la jerga científica —recalcó el inspector antes de que Machado se fuera por las ramas.

Bermejo se había percatado de la alusión al traslado de los cuerpos. Solo le quedaba averiguar desde dónde habían sido trasladados. Si conseguían dar con su ubicación exacta, tal vez estuvieran a punto de atrapar al culpable de aquellos horrendos crímenes.

—Tiene razón, disculpe. Como le decía, la doctora Sanz consiguió encontrar pequeñas larvas que sumergió en agua hirviendo antes de conservarlas en alcohol para su posterior estudio. También guardó algunas vivas y por eso he podido constatar que todos estos cuerpos han estado en el mismo entorno en el momento de su muerte. Todo muy profesional; la doctora ha hecho un trabajo impecable y eso que ya ha pasado tiempo.

—Al grano, por favor —se desesperó Bermejo ante el tono didáctico del profesor.

—Verá, inspector, esto es muy interesante. Todos los cuerpos presentan larvas de quironómidos y simúlidos, y en este momento solo hay un lugar en toda la Comunidad Valenciana que se ajuste a ese patrón.

—No sé si le comprendo, profesor. ¿De qué lugar estamos hablando?

—Perdone, he vuelto a darle los nombres científicos de los insectos. Los quironómidos son más conocidos en nuestra tierra por *rantelles*. *Rantellas* en castellano. No sé si conoce usted el término.

—Pues no, la verdad. Ilústreme, si hace el favor —soltó Bermejo en tono irónico.

Según aseguró Machado, las *rantelles* eran unos insectos diminutos con características propias, típicos de las zonas húmedas valencianas. Las altas temperaturas de la pasada primavera y el verano que estaban sufriendo los habían hecho proliferar. Así, los últimos golpes de calor habían despertado a estos insectos, que vivían en forma de larva en el fango de los arrozales, y con la subida del mercurio se convirtieron en las tan molestas como inofensivas *rantelles*. Atraídas por la luz y con un aspecto similar al de un pequeño mosquito, formaban enjambres, por lo que solían molestar especialmente a los clientes de las terrazas hosteleras.

—En las poblaciones colindantes a la Albufera hay una plaga desde hace unas semanas. No pican, pero son muy molestos, y en nuestro caso, sirven como una buena hipótesis de partida para la ubicación de los cuerpos.

—¿A qué se refiere exactamente?

—A que la confirmación del lugar de los crímenes lo obtenemos gracias a las larvas encontradas del otro animalillo que he mencionado: los simúlidos o mosca negra. Parecen mosquitos convencionales, pero son peores.

El profesor soltó de corrido su explicación. La mosca negra, un insecto de entre tres y seis milímetros, pertenece a la familia de los simúlidos. Es un insecto que no pica, literalmente muerde. Su marca no se nota al principio, ya que segrega con su bocado un anestésico, un vasodilatador y un anticoagulante; pero el resultado es una picadura rojiza, sangrante y con una considerable inflamación de la zona. Dolorosa y molesta, siempre se agrava más en personas con mayor sensibilidad, que pueden terminar en los servicios médicos de urgencias.

Bermejo pensó entonces en Miriam y su visita al hospital. Tal vez había sido atacada por esos bichos, y su cuerpo reaccionó de tal manera que necesitó tratamiento con corticoides.

—Y eso nos lleva a...

—De nuevo a la zona de la Albufera y alrededores. En Sueca han tenido un brote de mosca negra este verano y es un animal que no se desplaza mucho más allá de veinte kilómetros. Otros años ha aparecido en el delta del Ebro o en algunas comarcas de Aragón, pero este año nos ha tocado a nosotros.

—¿Está usted seguro? —preguntó entusiasmado Bermejo ante la información.

—No le quepa la menor duda, inspector. Además, este animalito necesita ambientes húmedos para desarrollarse, por lo que puede usted sacar sus propias conclusiones.

—Blanco y en botella... —dijo Bermejo a media voz. Entonces se dio cuenta de otro pequeño detalle y le consultó al experto su duda—. Perdone, profesor. Ha dicho usted antes que tenía muestras de los tres cuerpos de mujer encontrados. La primera víctima fue hallada en la propia Albufera y no tenía cabeza que poder examinar.

—Sí y al tratarse de un cuerpo sumergido durante mucho tiempo en el agua, había sufrido otro tipo de ataques de diferentes insectos que no voy a detallarle. Pero puedo asegurarle que también tenía trazas de simúlidos y quironómidos, por lo que no hay duda alguna. Espero que este dato sirva para atrapar a los culpables.

—Ojalá, profesor Machado. Y muchas gracias de nuevo por su inestimable ayuda y por la clase práctica. Le aseguro que no volveré a desconfiar de la entomología forense.

UN PLAN DESESPERADO

El inspector ignoraba la interesante conversación que la jueza Velasco había mantenido con su hijo tras pillarle con las manos en la masa. Kiko confesó los problemas en los que se había metido por sus deudas de juego y el método que había ideado para salir del atolladero.

—Pero, hijo, ¿tú estás loco? No entiendo nada, la verdad. Nosotros no te hemos criado de esa manera. Si tu padre levantara la cabeza...

—No saques el tema de papá, él no tiene la culpa. Ni tú tampoco, ya que estamos. He sido yo solito el que se ha metido en este lío, y ahora la he cagado más al intentar arreglarlo.

—¡Maldita sea, Kiko! —A Macarena Velasco no le gustaban las palabras groseras, ni jurar en vano, pero aquella situación se salía de madre. Su único hijo se había metido en un embrollo considerable y ella intentaba buscar la solución menos mala para todos—. Tú estás metido hasta el cuello, pero a mí me pueden inhabilitar por esto.

—Tranquila, yo asumiré toda la responsabilidad. Tú no sabías nada del asunto y he sido yo el que te ha utilizado. Creí que con esos papeles conseguiría dinero de Volkov, pero me ha salido el tiro por la culata.

Al mafioso ruso no le había parecido suficiente la documentación proporcionada por el abogado en un primer momento y lo había presionado para obtener más información tras averiguar quién era realmente Francisco Ramírez. Los hombres de Volkov relacionaron enseguida al nervioso picapleitos con la jueza instructora que llevaba los casos más importantes que se investigaban en esos momentos en Valencia, así que Sasha pensó que debía aprovechar la coyuntura.

Kiko no quiso revelar sus fuentes, pero cuando recibió la inesperada visita de uno de los hombres de Volkov, que le soltó a la cara su parentesco con la jueza y el origen de los documentos robados, supo que todo había terminado. Se negó a seguir colaborando con los rusos y entonces tuvo el accidente con su flamante deportivo, que quedó para el desguace.

Y en el fondo había tenido mucha suerte. Los frenos le fallaron al intentar coger demasiado deprisa una curva cerrada en la Marina Real, donde se celebró la Copa América de Vela. El pedal del freno no funcionó, se puso nervioso y se olvidó de reducir marcha, y cuando quiso darse cuenta, el coche se había salido de la trazada. El golpe contra una farola fue brutal, pero los airbags le salvaron de un accidente peor. Si el siniestro hubiera sucedido mientras circulaba a gran velocidad por la carretera, seguramente no hubiera podido contarlo.

Por eso Kiko se había colado de modo subrepticio en casa de su madre, en busca de algún documento con el que aplacar la ira de Volkov. El ruso solo le había proporcionado un pequeño adelanto que ya se había esfumado, por lo que seguía teniendo problemas con sus acreedores, y después de lo sucedido, no esperaba obtener más dinero en metálico de su antiguo cliente. En realidad, lo hacía por salvaguardar su integridad unos días más, aunque sabía que estaba acabado.

Macarena conocía la importancia que Volkov tenía para los diferentes cuerpos de seguridad de la región. La jueza ataba cabos e intentaba adelantarse a los acontecimientos. Los mafiosos habían descubierto la relación que existía entre el abogado y ella, por lo que, si habían manipulado el coche de Kiko, seguramente también conocieran la ubicación exacta de su domicilio. Esa gente no se andaba con chiquitas, así que debían tener mucho cuidado.

—Si esto llega a los medios de comunicación nos van a crucificar, y de nada servirán las excusas. Las causas abiertas serán sobreseídas y los mafiosos quedarán libres. Sus abogados lo tendrán muy fácil para desmontar cualquier acusación de la Fiscalía tras conocer los antecedentes y todo esto habrá sido en vano. Sé que tendré que inhibirme de algunas causas y buscar una solución intermedia. Algo se me ocurrirá.

—Lo siento mucho, mamá. Tendría que haber hablado antes contigo de todo este embrollo, pero quise arreglarlo por mi cuenta. No quería decepcionarte. Me daba vergüenza confesar en lo que me había convertido y, al final, la he cagado pero bien.

—Calla y escucha. Fui una idiota al asumir que mi hijo había triunfado en lo suyo, que se ganaba la vida de forma honrada y tenía mucho dinero porque era bueno en su trabajo. ¡Qué ilusa! Nunca imaginé que fueras el mamporrero de unos mafiosos. ¡Claro, eso es!

La jueza creyó haber encontrado la solución para utilizar la actuación de Kiko en su propio beneficio. Su hijo conocía los tejemanejes de varios peces gordos a los que la Justicia tenía en su punto de mira. Tal vez pudiera darle la vuelta a la tortilla y convencer a la Fiscalía. Lo vendería como el caso de un abogado arrepentido que había sido amenazado para proseguir con sus actividades al margen de la ley y que ahora pretendía colaborar con la Justicia y cumplir con su obligación social.

Al fin y al cabo, Kiko solo se encargaba de los asuntos legales de los capos mafiosos, pero esa información sería fundamental para procesar a delincuentes que rara vez podían ser condenados por delitos de sangre. Si Al Capone solo pudo ser encarcelado por delitos fiscales, los grandes mafiosos del siglo XXI no iban a ser menos.

—¿A qué te refieres, mamá? Sabes que haré lo que me pidas...

—Tengo que hacer unas llamadas. Tú no te muevas de aquí. —Al principio, Macarena pensó en Bermejo, pero tal vez sería más fácil hablar directamente con un amigo que tenía en la Fiscalía Anticorrupción y dejar al margen a la Policía, por lo menos de momento—. Voy a salvarte el culo por última vez en tu vida, y ya veremos después lo que hago contigo.

Kiko asintió y agachó la cabeza como cuando era pequeño y su madre lo pillaba haciendo alguna trastada. Su problema cargaba ahora sobre las espaldas de su madre, que no solo podía verse amenazada por la mafia, sino despojada de lo que más quería y lo único que le quedaba, aparte de su hijo, tras la muerte de su marido: su carrera en la judicatura.

Lo que el joven abogado desconocía era que su madre y, por su relación de proximidad, también el inspector Bermejo, ya habían sufrido un ataque por parte de los hombres de Volkov que había quedado en un simple susto.

***

Mientras tanto, Sasha Volkov se encontraba bastante nervioso por los últimos acontecimientos. Gracias a las fotografías de documentos que el abogado le había proporcionado, conocía algunos de los últimos movimientos que las autoridades judiciales estaban realizando a su alrededor, sobrevolando como buitres carroñeros a la espera del menor fallo.

Se había sorprendido bastante al conocer que Ramírez era en realidad el hijo de la jueza Velasco, una de sus preocupaciones en los últimos meses. Gracias a sus contactos, Volkov ya sabía que la UCO y la Policía Nacional se encontraban tras sus pasos desde hacía tiempo. Lo que le pilló con la guardia baja fue averiguar que se encontraban tan cerca de él, que lo tenían rodeado por varios flancos y estaban a punto de pillarlo en medio de operativos que llevaban ya muy avanzados.

Por un lado, estaba el tema de su antiguo camarada Tikonenko. La Policía había puesto en marcha una compleja investigación en torno al entramado empresarial del viejo Vania, amigo y compañero de Sasha desde sus tiempos de San Petersburgo. Volkov solo aparecía como socio minoritario en algunos negocios de Tikonenko, pero si las autoridades tiraban del hilo, caerían ellos dos y algunos otros compatriotas que habían hecho mucho dinero de un modo poco convencional desde su llegada a la costa española.

La mala suerte había querido que se fijaran en otro de sus negocios, el Paradise, motivo por el cual el famoso inspector Bermejo había aparecido también en sus vidas. En cuanto Boris le contó su conversación con un policía en la Ciudad de la Justicia, justo cuando su hombre fue a reconocer el cadáver de Ivanka, Sasha procuró averiguar por todos los medios quién se encargaba del mediático caso. Y cuál fue su sorpresa al descubrir que su contrincante no era otro que el inspector Bermejo, un miembro de la Policía Judicial que se había hecho famoso meses atrás por la investigación de un asesino en serie que sembró el terror en Madrid y sus alrededores.

Volkov recordó entonces a la pobre Ivanka, una ucraniana que trabajaba en uno de sus locales. Su mente rememoró alguno de los buenos momentos que había pasado con ella, una auténtica experta en su trabajo. Y una gran pérdida para su negocio que todavía tendría que asimilar, desconcertado por una muerte que no comprendía del todo.

¿Se trataba de la venganza de algún contrincante por monopolizar el mercado en la zona? Volkov no lo creía, era demasiado retorcido. Al parecer, días atrás se había producido otra muerte similar en Valencia y no creía que Ivanka ni su negocio tuvieran que ver con ella. Se rumoreaba que la otra víctima también era prostituta, pero Volkov pensaba que no guardaba relación alguna con su organización.

Pero entonces, ¿qué había ocurrido? A Volkov le gustaba tener controlado todo lo que sucedía a su alrededor y esa situación le ponía muy nervioso. Si el asesino conocía a Ivanka podía tener algo que ver con su negocio, o tal vez la ucraniana hubiera sido la víctima casual de un asesino en serie que actuaba por la zona. Demasiadas incógnitas por resolver para alguien acostumbrado al control.

Por eso se había cabreado tanto al saber que uno de los matones de Boris había actuado por su cuenta, sin contar con su permiso. El muy idiota, por hacerse el chulito y obtener puntos delante de sus jefes, había pretendido pillar con la moto a la jueza y sus acompañantes a plena luz del día. Una intervención desafortunada que recibiría su justo castigo, aunque antes tendría que ocuparse de otros temas.

Lo que sí había ordenado Volkov, tras conocer la negativa de Ramírez a seguir colaborando con ellos, había sido la manipulación de los frenos de su bonito coche. Sabía que si se torcían demasiado las cosas el abogado podía morir, pero no fue el caso. Solo esperaba que el sutil aviso surtiera efecto y le permitiera conseguir las pruebas definitivas que lo libraran de todos los procesos judiciales que había en marcha y que podían afectarle de alguna manera.

Lo que Volkov ignoraba todavía era que la UCO estaba mucho más cerca de él de lo que pensaba. Y mientras tanto, sus hombres y él proseguían con la organización de un evento que supondría un antes y un después en las fiestas de la Cueva del Pecado.

El maldito Bauer lo había convencido y había accedido a sus deseos aunque estuviera radicalmente en contra. El alemán era uno de sus mejores clientes, aparte de socio en otros lucrativos negocios inmobiliarios, y no podía fallarle. Lo de la subasta ya estaba organizado y dispondrían de la mejor carne fresca, unas jóvenes potras dispuestas a satisfacer a sus futuros amos. Pretendía sacarles mucho dinero a los invitados de ese fin de semana, y para ello había puesto toda la carne en el asador.

Al principio desconfió de Bauer, pero cuando el alemán le hizo llegar el anticipo que los invitados habían pagado en *bitcoins*, solo por participar en la fiesta, supo que no se había equivocado. Bauer le prometió que esa noche conseguirían millones de euros de unos ricachones aburridos con ganas de vivir nuevas experiencias, y sin duda alguna, ellos estaban dispuestos a proporcionárselas.

Aunque el fin de fiesta se le antojaba más complicado. Bauer tenía en mente una idea que necesitaba a otro tipo de chicas para la ocasión. Había puesto a trabajar a todos sus hombres, y también a amigos de otras organizaciones, pendientes de conseguir mujeres con las características ideales para el evento. Todavía no habían dado con las candidatas idóneas y el tiempo se les echaba encima, por lo que Volkov pensó en llamar a Savic, un croata con el que ya había realizado algún trato en el pasado. Era su última opción, pero si en unos días no tenía noticias positivas, acudiría al maldito croata para salvar su reputación.

DE PERDIDOS AL RÍO

Valencia,
agosto de 2015

El regreso a la normalidad no había sido tan plácido como se esperaba. Tras la vuelta de sus vacaciones y con la marcha de otros compañeros que comenzaron a disfrutar de sus días de descanso en esa primera quincena de agosto, Max tuvo que encargarse de más tareas de las habituales al encontrarse su departamento bajo mínimos.

El trabajo no le asustaba, pero sí las miradas suspicaces que creía reconocer en sus compañeros. ¿Eran imaginaciones suyas o hablaban de él a sus espaldas? Tal vez se debiera al estado con el que se presentaba muchos días a trabajar, sin afeitar ni asear, pero su apariencia externa era el menor de sus problemas en esos momentos.

Su semana de pasión lo había sumido en un estado aletargado que no conseguía remontar. Su velada con Ivanka había quedado interrumpida por el inesperado desenlace de Amparo, por lo que no pudo disfrutar en plenitud de aquel momento sublime. Había matado a otra mujer y ni siquiera pudo disfrutar del mismo placer efímero que le había proporcionado su anterior encuentro con la prostituta callejera eslava. Su cuerpo y su mente degeneraban a marchas forzadas, lo notaba, y no podía hacer nada para remediarlo.

Creyó que al vengar la muerte de su hermana y, por qué no, también el sufrimiento que había padecido él a lo largo de su vida por culpa de Amador, lograría un poco de paz para su castigado espíritu. Pero no, se equivocaba.

Imaginó que, por ser el único familiar del fallecido, la clínica se habría intentado poner en contacto con él para comunicarle el óbito. Pero era imposible que lo localizaran. Les había dado unos datos falsos y un número de teléfono que no existía, por lo que no había manera de encontrarlo. Tampoco podrían relacionarlo en su vida actual con la muerte de un viejo decrépito, ya que se había cambiado el nombre y los apellidos en Galicia para olvidar su pasado y perder cualquier vínculo legal con sus primeros años de vida en este desgraciado mundo.

Todo eso le creó a Max un estado de ansiedad que lo ahogaba por dentro, una gran bola de nieve que iba creciendo poco a poco, anegando las pocas defensas que le quedaban a su organismo. El caos y la confusión se apoderaron de él y tuvo que reconocer que no pasaba por su mejor momento. Su jefe también se había percatado y no puso ninguna pega cuando le pidió permiso para ausentarse, aquejado de una supuesta gastroenteritis que nadie se creyó.

Quizás sus compañeros creían que tenía algo más grave, o que había perdido completamente la cabeza, pero le daba igual. Se encerró en su casa de Valencia y durante dos días no hizo más que vegetar en la cama y beberse, una tras otra, todas las botellas de alcohol que encontró en su domicilio.

Su jefe y algunos compañeros le llamaron o enviaron mensajes a su teléfono para saber cómo se encontraba, pero él no contestaba a ninguna llamada ni tampoco a los mensajes. La paranoia se adueñó de sus actos y pensó que todo el mundo sabía lo que había hecho. Era cuestión de tiempo que la policía se presentara en su casa, derribaran la puerta y se lo llevaran detenido como el peligroso asesino que había sembrado el terror en las calles de Valencia.

Había leído artículos sensacionalistas que hablaban sobre sus supuestas hazañas: «El asesino de las marionetas», le llamaban. Incluso un digital lo bautizó como «El escaparatista», por su fijación en colocar a las mujeres como maniquíes de carne y hueso. Pensó en ello y tuvo que asentir a su pesar. Había encontrado un método que le aliviaba la desazón que lo corroía, aunque fuera de forma efímera, y se había convertido en una especie de droga para él.

Sus momentos de locura, como cuando veía el rostro de Cristina reflejado en los rasgos de sus muñecas vivientes, se imponían en la mayoría de las ocasiones. Cuando se daba cuenta de lo ocurrido, quería dar marcha atrás y se arrepentía de sus actos. La culpa invadía sus movimientos y procedía a tratar con exquisita dulzura a las chicas al recordar los momentos más duros de su propia infancia. Su yo consciente opinaba que se trataba simplemente del instinto de supervivencia: lavaba con cuidado aquellos cuerpos sin vida para que nadie supiera lo que había hecho con ellas. Pero su yo más irracional opinaba de otro modo.

Fue a recoger su móvil y se dio cuenta de que se había quedado sin batería. Cuando lo conectó al cargador aparecieron varias llamadas perdidas, mensajes de Whatsapp de compañeros de trabajo e incluso un SMS. Pensó que sería publicidad de alguna empresa, porque casi nadie utilizaba ya los mensajes antiguos de texto para comunicarse, de modo que su sorpresa fue mayor al leerlo:

Sal de ahí, lárgate lo antes posible. Van a por ti, lo saben todo. Yo que tú agarraba la maleta y me marchaba lejos... Boris.

El móvil se le cayó de las manos y ni siquiera hizo ademán de recogerlo del suelo. Se sentó en su sofá, abatido, e intentó asimilar lo leído. Lo habían pillado e iban a por él, todo estaba perdido. Pero entonces se percató de la indefinición del mensaje.

¿A qué se refería Boris exactamente? En un primer momento había pensado que el maldito ruso hablaba de sus horrendos crímenes y le alertaba de que la policía andaba tras sus pasos. Pero ¿cómo lo sabía él?

No, no podía ser, era imposible. Y una completa estupidez por su parte darle ese significado al mensaje. Si Boris hubiera sospechado siquiera que él era el asesino de su querida Ivanka, habría acudido en persona para arrancarle la piel a tiras. No, debía hablar de otra cosa, todavía no habían descubierto sus asesinatos.

O eso quiso creer Max en ese momento; era la única manera de no caer definitivamente en las garras de la locura. Asumiendo que, llegado el caso, no permitiría que le detuvieran y llevaran preso, no podía asegurar que el mensaje de Boris hiciera referencia a sus marionetas. Si él era el sádico Geppetto de unas muñecas de carne y hueso, como despectivamente afirmaban en algunos medios, daría su vida antes de que le encerraran en una cárcel o centro psiquiátrico. Pero antes de eso, jugaría una última partida.

Tal vez Boris quisiera decirle que ya no podía encubrirlo más. Que sus jefes se habían dado cuenta de los trapicheos que se traía entre manos y pensaban acabar con su relación profesional de una forma poco amistosa. Al fin y al cabo, sus colaboraciones con ellos, obtenidas gracias a su trabajo habitual, les habían permitido conseguir beneficios a ambos. Pero si querían cortar cualquier tipo de relación con él y que no quedara constancia de nada, lo mejor era desembarazarse del que molestaba.

La mafia rusa no se andaba con chiquitas, por lo que Max sabía que era carne de cañón. Si Volkov pretendía acabar con él, solo era cuestión de tiempo. Pero no iba a ponérselo tan fácil. Seguramente podrían descubrir su domicilio en la ciudad, rastrear su móvil o incluso seguirle cuando fuera en su coche habitual. Pero para eso tenía un plan B.

Quitó la batería al móvil y cogió otro que guardaba de prepago,

318

un teléfono para emergencias que le serviría muy bien en esos precisos momentos. Podía resguardarse en su barraca de la Albufera, pero otra idea asaltó entonces su mente trastornada. Si tenía que irse de alguna manera, que fuera por la puerta grande.

En algún lugar tenía apuntado el teléfono de un antiguo amigo, Julio, que tal vez le sacara de nuevo del apuro. Cuando lo localizó lo llamó con el nuevo terminal, con un número que no reconocería. Solo esperaba que no rechazara la llamada:

—¿Sí? —contestó Julio con voz trémula.

—Julio, viejo amigo, ¿cómo estás? —dijo Max, más tranquilo al reconocer la voz de su antiguo compinche—. Necesito un pequeño favor, ya sabes.

—Siempre estás con lo mismo, colega. Hace mil años que no sé nada de ti y ahora me vienes con estas. Yo ya no me meto en líos, soy un tío legal.

—Tranquilo, es algo muy fácil para ti. Necesito que me consigas una habitación en el hotel, sin que aparezcan mis datos en vuestro registro. *Capisci?*

—No sé, Max, no quiero líos... Me han ascendido a supervisor y estoy haciendo progresos con la Sole. Si me despiden y caigo de nuevo en el jaco, no sé lo que voy a hacer.

—Nadie te va a pillar, tranquilo. Solo necesito una de esas habitaciones que tenéis de cortesía, nada especial. Yo me paso por allí sobre las seis de la tarde, recojo la tarjeta de entrada a la habitación y a las doce de esta misma noche, como mucho, me largo de allí sin hacer ruido.

—No sé, de verdad. El hotel está lleno en estas fechas, hazte cargo. Mi encargado no está ahora, pero puede aparecer en cualquier momento.

—Venga, que sé que puedes conseguirlo. No te hagas de rogar. Y aparte de los cien euros que te llevas de comisión, te conseguiré entradas para el palco de Mestalla.

—Venga, no se hable más. A las seis en punto saldré a la calle a fumar y te daré la tarjeta magnética de la habitación. Pero tienes que dejarla libre antes de las doce. Espero que no quieras la habitación para alguno de tus chanchullos. No quiero nada ilegal en mi hotel.

—Tranquilo, es solo un polvo con una amiga, nada más. Los dos queremos preservar el anonimato, tú ya me entiendes...

Julio no se había tragado su embuste, pero a Max no le importó. Sabía que en ese vetusto hotel, un cuatro estrellas que necesitaba una reforma urgentemente, no disponían de cámaras de seguridad ni en la entrada, ni en el pasillo o las habitaciones. No podrían obtener imágenes suyas accediendo al establecimiento, pero en el fondo le daba igual. Solo quería irse de este mundo con una juerga de altura y tenía todo lo necesario para divertirse esa noche.

Se conectó a Internet desde su ordenador y buscó una página de servicios profesionales que ya había visitado otras veces. Navegó por la página y escogió a una chica colombiana que se hacía llamar Daniela. Era de las pocas que aparecía a cara descubierta y era bastante atractiva: pelo castaño, ojos y boca grandes y expresivos, piel dorada y curvas de infarto. Y, además, en su lista de servicios disponibles aparecía una palabra que le llamó enseguida la atención: «sumisa».

Llamó a la central de reservas y le aseguraron que esa noche Daniela no tenía ningún servicio. Aceptaban tarjetas de crédito y dinero en efectivo, que era como pretendía pagar. Le dijo a la recepcionista que era un empresario que llegaba esa misma tarde a Valencia y que se alojaría en el hotel Don Jaime. No conocía todavía el número de habitación, se lo confirmaría en cuanto hiciera el *check-in*. Contrató un servicio de una hora, pero solicitó poder alargarlo si la chica cumplía sus expectativas, por lo que cerró un precio para la noche completa.

Max buscó lo necesario para una noche que se anunciaba gloriosa: dinero en metálico del que guardaba para emergencias, Viagra por si era necesario, un hato de ropa limpia y las llaves de la barraca y de su coche clandestino. Poco antes de la hora convenida se dirigió al hotel Don Jaime, situado al comienzo de la avenida de Baleares, nada más cruzar el puente del Ángel Custodio. Prefirió aparcar a una manzana de allí, por si acaso, y recorrió a pie esa distancia hasta encontrarse con Julio en la puerta del hotel.

De un modo muy profesional, igual que en numerosas ocasiones a lo largo de sus respectivas vidas, efectuaron el intercambio sin despertar sospechas. Max se acercó al conserje con la excusa de preguntarle algo como un turista despistado más y cambió dos billetes de cincuenta euros doblados por una llave magnética.

Subió a su alojamiento y llamó de nuevo a la agencia de acompañantes para confirmar la reserva realizada con Daniela y comunicarles también el número exacto de su habitación. Tenía tiempo hasta las ocho, por lo que se dio un buen baño, se acicaló a conciencia y esperó la llegada de la chica. Media hora antes de la cita prevista se tomó una pastilla de Viagra: no quería fallar en el momento cumbre. A la hora convenida sintió un leve toque con los nudillos en su puerta. Él ya estaba expectante, al acecho, por lo que se percató enseguida de la sutil llamada. Abrió la puerta y tuvo que contener su gesto de sorpresa: la muchacha era mucho mejor de lo que esperaba.

Daniela se había vestido de forma sugerente, pero no chabacana. El vestido veraniego elegido resaltaba sus rotundas curvas; un espectáculo de mujer que sabía sacarse partido. La melena castaña recién peinada le daba un aire de leona indomable y el maquillaje en ojos y boca formaban un conjunto armónico que le dejó sin aliento. La noche comenzaba de la mejor manera y pensaba aprovecharse de las circunstancias.

—Buenas noches, Daniela. Si me permites, estás espectacular.

—Muchas gracias, señor —contestó la chica bajando los ojos. Él sabía que era solo una pose, un artificio más en una burda representación teatral entre la prostituta y su cliente. No ignoraba que las profesionales del sexo lo hacían de modo habitual, por lo que lo dejaría pasar.

—¿Te apetece tomar algo fresquito? Una cerveza, refresco o lo que quieras.

—Sí, ¿por qué no? Un refresco vendrá bien para este calor. Pero antes tendría que pasar un momento por el baño.

—Claro, por supuesto. Ah, se me olvidaba. Aquí tienes lo acordado —le dijo tras entregarle los ciento veinte euros de rigor.

La joven colombiana aceptó el dinero sin inmutarse y se lo guardó en el bolso antes de dirigirse hacia el baño. Sabía que ahí llevaría todo lo necesario para su trabajo, pero también el móvil con el que avisaría a su central del pago, para confirmar su llegada al hotel y la ausencia de problemas con el cliente. Cinco minutos después, Daniela salió del baño vestida únicamente con un modelo de lencería fina, muy parecido al que había visto en la web. A Max casi se le desencaja la mandíbula al ver aparecer a esa diosa caribeña vestida para matar.

Notó la dolorosa erección que chocaba contra las costuras de su ropa interior. La pastilla azul había hecho efecto y el miembro viril se encontraba en todo su esplendor. Habría que darle uso antes de que la naturaleza traicionera lo devolviera a su estado natural. Se bajó entonces los pantalones y dejó al aire el resultado proporcionado por la química. Daniela hizo como que se asombraba ante el descubrimiento, y cuando Max quiso darse cuenta, ya la tenía de rodillas frente a él, degustando con aparente placer las exquisiteces de su miembro viril.

—Muy bien, Daniela, lo haces de vicio. Pero creo que podemos dejar los preliminares para otro momento. El tiempo corre...

—Claro, señor, como usted prefiera.

Daniela se subió a la cama y comenzó a retozar como una gata en celo, esperando que su hombre le dijera lo que quería a continuación. Entendía que el cliente pretendiera utilizar la hora contratada del mejor modo posible, por lo que tampoco se amilanó al escuchar su voz, más grave que en anteriores comentarios:

—Desnúdate del todo y ponte a cuatro patas, Daniela. Voy a follarte duro y sin contemplaciones, por lo que no quiero gemidos lastimeros.

—Sí, señor. Estoy deseándolo...

Daniela había dejado preservativos encima de la mesilla de noche, por lo que Max cogió uno y se lo colocó. Ella movía las caderas para provocarle, enseñándole sus poderosas nalgas y el comienzo de su sexo, totalmente depilado. No se lo pensó más y la embistió desde atrás, cumpliendo lo prometido.

Ella no protestó ni emitió sonido alguno ante las arremetidas del cliente. Sintió como la penetraba con fuerza, hasta el fondo, mientras le azotaba el trasero con la mano abierta. Cambiaron de postura varias veces y Daniela soportó estoicamente más de media hora de sexo duro por parte de un hombre cuyo rostro denotaba una gran concentración.

Se acercaba el final de la hora convenida y Max notó que no conseguiría culminar con un orgasmo. La Viagra le permitía tener una buena erección durante un rato que parecía llegar a su fin, pero hacía tiempo que no conseguía eyacular de manera natural. Sus últimos orgasmos habían sobrevenido tras acabar con la vida de dos prostitutas, pero en ese momento prefirió simular que se había corrido sin hacerle daño a la chica.

Gimió de manera lastimera y soltó un estertor como si hubiera llegado al clímax, saliendo del cálido interior de Daniela. Se fue directo al baño, se quitó el preservativo, lo envolvió con papel higiénico y lo tiró a la papelera. Sabía que podrían obtener muestras de su ADN si lo encontraban, pero a esas alturas le daba igual.

Tras lavarse un poco, salió de nuevo a la habitación. Daniela lo esperaba todavía tumbada en la cama, espléndida en su desnudez, mientras con sus ojos parecía querer transmitirle algo que no supo discernir en esos momentos. No le importó lo más mínimo, había llegado el momento de llevarla a su terreno.

—No sé si te comentaron en tu oficina lo de la noche completa. Me gustaría que te quedaras conmigo hasta el amanecer.

—Sí, señor, no habría ningún problema. Tengo la agenda libre y puedo quedarme aquí con usted hasta mañana. Sabe que la tarifa...

—Por el dinero no te preocupes, Daniela. De hecho, me gustaría llegar a un trato contigo, si te parece bien. Puedes ganar mucho dinero sin que se enteren tus jefes...

—¿A qué se refiere? —Los ojos almendrados de la caribeña se abrieron de pura avaricia al presuponer que podía sacar algo más que unos glúteos enrojecidos.

—Verás, es muy fácil. Yo te pago los seiscientos euros convenidos por el servicio completo y tú avisas a tus jefes de que te quedarás aquí toda la noche conmigo. Pero en realidad nos iremos a mi refugio privado, una casa que tengo a las afueras de Valencia.

—Yo no puedo, señor. Eso va contra las normas y yo...

—Sé que eres una buena sumisa y no querrás importunar a tu señor. Guardo en mi casita un abanico de herramientas que te van a encantar. Quiero disfrutar de ti toda la noche, sin que nos molesten, y debes comprender que quiera guardar la privacidad sobre mi refugio particular.

—Sí, pero...

—Pero nada, te vienes conmigo sin rechistar. Entregas a tus jefes los seiscientos euros convenidos y te doy ahora otros mil euros en metálico para ti. Nadie tiene por qué enterarse...

Daniela sopesó la proposición y le pudo más la avaricia. Mil euros para ella, sin tener que compartirlo con la agencia, era un dinero muy goloso. Sabía que podía ser peligroso irse con ese hombre, tampoco lo conocía de nada, pero pensó que sería una simple sesión de porno duro. Nada que no hubiera hecho en otras ocasiones, por mucho que en ese momento recordara lo que le había ocurrido a otras compañeras al toparse con clientes fuera de lo común.

Ella asintió en su nuevo rol de sumisa complaciente, sin saber que se estaba metiendo en la cueva del lobo. Minutos después abandonaban el hotel como una pareja más, de forma discreta, sin que nadie se percatara de su marcha.

—Llegaremos enseguida, mi casa está al lado de la Albufera —aseguró el hombre.

—Muy bien, señor. Estoy preparada para satisfacerle en todo lo que me pida.

—Así me gusta, Daniela. Ya verás como lo pasaremos muy bien. Te prometo que va a ser una velada inolvidable para ambos.

LA BATIDA

Valencia,
agosto de 2015

Bermejo regresó a Valencia esa misma noche, tras conversar con el entomólogo en Altea. Por el camino contactó con la central, habló con Claramunt y organizaron el dispositivo que tendría que estar funcionando a primera hora de la mañana. El inspector llegó de madrugada a su hotel e intentó descabezar un sueñecito, pero le fue imposible. Terminó por levantarse un rato después, se dio una ducha para afrontar el día con renovados ánimos y se dirigió de nuevo hacia la jefatura provincial, dispuesto a vivir un día que sería de locos.

—Hombre, Paco, me alegra tenerte de vuelta —saludó Claramunt nada más verlo llegar.

—No hay tiempo que perder. ¿Está todo preparado?

—Sí, hemos recibido el informe definitivo de Machado. Las *rantelles* son típicas de toda la zona de la Albufera, esas nubes de mosquitos las tenemos casi todos los años y son muy molestas. Llegan hasta El Perelló, Sueca y otras comarcas limítrofes.

—Ya, pero habrá que acotar; no tenemos suficientes hombres para peinar una zona tan grande.

—Claro, recuerda que también encontraron larvas de la mosca

negra en los cuerpos. Con ese dato hemos podido reducir mucho la búsqueda. Los lugares donde más están sufriendo las mordeduras de esos bichos es en los pueblos más pegados a la Albufera: El Saler y El Palmar.

—¿Crees que nuestro hombre estará ahí?

—Sería lo más probable, pero tampoco podemos lanzar las campanas al vuelo. Hay montones de propiedades en esa franja de terreno, el asesino puede encontrarse en cualquiera de ellas. Y de momento solo podemos hacer una batida general por la zona. Hasta que no tengamos indicios de un hecho delictivo no podremos entrar a saco en ninguna propiedad.

—Habrá que apelar al espíritu solidario de tus paisanos. No hace falta que les digamos nada de un asesino en serie para no sembrar el pánico entre los vecinos, pero podríamos inventarnos algo para que no se asusten al ver aparecer a la tropa. No sé, que estamos buscando a una niña desaparecida o algo así...

—Quizás pueda funcionar. Aunque tal vez resulte peor el remedio que la enfermedad. En cuanto los medios se enteren nos van a freír. Y claro, querrán saber la identidad de esa niña desaparecida y que les mostremos una foto de la cría para ayudar en su búsqueda.

—Algo se nos ocurrirá sobre la marcha, no podemos perder más tiempo. Y solo con la posible pista de un antiguo Opel Vectra no vamos a ninguna parte, aunque habrá que intentarlo de todos modos. El asesino puede haber huido o quizás esté preparando ya o haya cometido su próximo crimen. El tiempo apremia, Pepe.

—De acuerdo, tú ganas. Te dejo al mando de la operación. Déjate guiar por Villares, él conoce la zona como la palma de la mano.

—Si no queda más remedio...

La caravana policial se puso en marcha minutos más tarde,

provocando murmullos de protesta entre los transeúntes y los conductores, que se vieron obligados a ceder el paso a los vehículos oficiales. No se anduvieron con medias tintas, por lo que el dispositivo era visible desde la distancia. Tal despliegue podía ser contraproducente en la búsqueda de un peligroso asesino, pero debían cumplir el protocolo de actuación y así se lo hicieron saber a Bermejo ante sus comentarios en contra.

Atravesaron la ciudad enseguida y enfilaron la carretera de El Saler antes de que el dispositivo se partiera en dos. Unos cuantos vehículos se detuvieron en la población del mismo nombre y dejaron a Lozano a cargo de esa unidad, con varios vehículos «zeta». La otra mitad del convoy policial continuó su camino en dirección a El Palmar, el pueblo más cercano a la Albufera, con Bermejo y Villares a la cabeza del grupo.

La comitiva aparcó en una amplia explanada de tierra que se encontraba a la entrada del pueblo, el mismo sitio donde solían dejar sus coches los turistas que acudían a El Palmar para pasear por la Albufera o comer en alguno de los conocidos restaurantes del antiguo pueblo de pescadores. Algunos curiosos se vieron sorprendidos ante el desacostumbrado despliegue de efectivos, pero los policías se hicieron enseguida con la situación.

Bermejo había aleccionado convenientemente a sus hombres. Se trataba de hablar con vecinos, comerciantes y turistas de la zona para encontrar alguna pista que les llevara hasta el criminal. Buscaban una propiedad con acceso directo a la Albufera, por aquello de la proliferación de huevos y larvas de los insectos encontrados en los cadáveres de las víctimas.

Al final habían cambiado de estrategia. Los policías no concretarían demasiado sobre lo que andaban buscando, simplemente harían hincapié en la posibilidad de que los interrogados hubieran visto algún movimiento extraño en la zona durante las últimas semanas: algún vecino más nervioso de lo habitual o con un comportamiento errático; el alquiler puntual de alguna finca de la zona por gente que no fuera conocida en El Palmar; salidas nocturnas de barcas en el interior de la Albufera, etc. Eso sí, intentarían averiguar también si alguien había visto un Opel Vectra antiguo de color gris por la comarca.

Los convecinos y comerciantes de la población comenzaron pronto a especular y la rumorología se extendió a toda velocidad. Se llegó a decir que la policía buscaba por la zona a una banda de narcotraficantes y también a peligrosos yihadistas, sin olvidarse de otras opciones tan rocambolescas como la mafia rumana del cobre o la de un maltratador que había secuestrado a sus propios hijos.

Dieron las tres de la tarde y los hombres no habían comido, por lo que, tras varias horas de duro trabajo a merced de un sol abrasador, había llegado el momento de efectuar un descanso. El inspector dio a sus hombres la orden de parar durante media hora, por lo menos para reponer fuerzas.

Reanudaron la tarea mientras la canícula seguía golpeándoles con fuerza. Con el frescor de la mañana había resultado algo más fácil deambular por la zona a la intemperie, pero a esas horas centrales del día era imposible trabajar a pleno rendimiento bajo aquellas condiciones climatológicas.

—Así no vamos a ninguna parte. Esto es buscar una aguja en un pajar —confirmó Bermejo tras dos horas más de intensa búsqueda en el pueblo.

—Ya se lo dije, inspector —replicó Villares—. Sin algún dato más concreto es muy difícil dar con una buena pista. Hay centenares de lugares por toda la comarca donde podría estar escondido ese tipo. Hemos encontrado varias propiedades abandonadas o que parecen cerradas, pero tampoco podemos entrar en todas y cada una de ellas. Y menos sin un mandato judicial.

—Joder, tienes razón. Nos habíamos emocionado con la pista

de los malditos bichos en la Albufera y creí que esto sería más fácil. Pero ya veo que no, esta comarca parece un laberinto y si el asesino conoce bien la zona será imposible dar con él.

Bermejo se refería al complejo entramado que formaban la Albufera y sus poblaciones circundantes: arrozales, terrenos ganados al agua, puentes levadizos, marismas infranqueables, marjales y un sinfín de lugares poco accesibles.

—No se preocupe, vamos por buen camino. Tarde o temprano daremos con él. Al más mínimo despiste caeremos sobre ese indeseable, ya lo verá.

—Eso es lo que me preocupa, Villares. Por un lado, que ya haya cometido su siguiente crimen y nos enteremos en cualquier momento cuando el cabrón nos deje ver su representación. Y por otro, que ese tipo esté contemplando tranquilamente nuestro despliegue y permanezca agazapado en su guarida hasta que abandonemos la comarca y pueda escapar para no volver jamás.

—Hombre, no vamos a ser agoreros ahora, inspector.

—No sería la primera vez. Hay asesinos que cometen varios crímenes y desaparecen varios años sin dejar rastro al verse amenazados —aseguró Bermejo al recordar las enseñanzas aprendidas en sus conversaciones con Roncero sobre psicópatas similares—. Y otros que se ven envueltos en una vorágine de la que no pueden escapar, cometiendo crímenes cada vez con mayor frecuencia al verse desbocados y descontrolados en su psicopatía.

—No sé qué es peor, la verdad.

—Yo tampoco, Villares. Me he enfrentado a especímenes de las dos clases y ninguno es un plato de gusto, te lo aseguro. Anda, llama a Lozano, a ver si él ha tenido más suerte.

El subinspector se alejó unos metros para contactar con el compañero que efectuaba la batida en El Saler con el resto de los hombres asignados. Bermejo se quedó un momento pensativo, elucubrando sobre los pasos a seguir a continuación. Sabía que se le escapaba algo, pero tenía que reflexionar con calma. Su instinto le decía que se encontraban más cerca, pero todavía no vislumbraban la meta.

—Nada, inspector. Los muchachos tampoco han encontrado gran cosa en El Saler —informó entonces Villares.

—No me hacía muchas ilusiones, la verdad. Venga, lo dejamos por hoy, mañana será otro día. Dile a Lozano que nos vemos en la central, se acabó la batida.

El subinspector cumplió la orden y el dispositivo comenzó a replegarse. Serían poco más de las seis de la tarde cuando la caravana policial abandonó los dos pueblos escogidos para la misión, sin ningún resultado aparente. Un completo fracaso que Bermejo rumiaba de camino a la comisaría.

Le comunicó a Claramunt el resultado de sus esfuerzos nada más llegar a jefatura y el inspector jefe les ordenó que dieran por finalizada la jornada después de una búsqueda tan agotadora.

—Chicos, habéis hecho un excelente trabajo en el día de hoy —dijo el jefe de la unidad a sus hombres tras salir de su despacho—. No os preocupéis, el esfuerzo tendrá al final su recompensa. Por hoy ya es suficiente, mañana será otro día. Id a descansar, es una orden.

Ningún policía protestó las instrucciones de su superior, por lo que fueron recogiendo sus cosas y abandonando su puesto de trabajo. Villares parecía querer apuntar algo, pero Claramunt lo despachó con un gesto. Bermejo se quedó todavía un rato más para departir con su jefe y preparar sus próximos movimientos.

Bermejo recordó entonces su conversación con Roncero y le llamó al móvil para ver si podían quedar esa noche.

—Ya ni me acordaba, inspector —contestó Roncero al escuchar a su amigo—. Pero sí, creo que podré salir de aquí con tiempo. Quería ir a mi hotel en la Ciudad de las Artes y pegarme una buena ducha fría, este calor va a acabar conmigo. No sé si serán los recortes o qué, pero el aire acondicionado de la Comandancia brilla por su ausencia.

—No te quejes del calor, muchacho, que por lo menos tú has pasado el día a cubierto. Ya te contaré yo mi jornada de campo, todo el día bajo la solanera buscando un imposible.

—De acuerdo, luego lo hablamos. ¿Le parece bien sobre las nueve y media?

—Sí, por mí perfecto. Yo ya he terminado por aquí. Si lo prefieres quedamos por tu zona, hay varios locales donde podemos cenar con calma y así no te tienes que volver a desplazar.

—Ah, muy bien. Cuando llegue por aquí me da un toque y yo bajo enseguida.

—Así lo haré, Pablo. Tengo muchas cosas que contarte y espero que puedas echarme una mano para decidir el camino a seguir.

—También le hablaré yo del lío en el que me he metido. Necesito además consejo sobre otro asunto más personal —aseguró Roncero tras pensar en su conversación pendiente con Miriam.

A la hora convenida, el inspector Bermejo avisó a Roncero y ambos se encontraron en la calle, junto al centro comercial Aqua, a escasos metros del lugar donde el sicario ruso había intentado atropellarlos unos días antes. El policía no pensaba sacar ese tema a no ser que su amigo de la Benemérita le preguntara directamente, pero sí quería averiguar otras cosas.

Tras los saludos de rigor, los dos miembros de los cuerpos de seguridad del Estado buscaron un restaurante donde cenar tranquilamente. Escogieron una *pintxoteca* vasca por su sugerente presentación de cara al posible cliente y, sobre todo, por tratarse de un local climatizado. Dejaron a un lado el sofocante calor de la terraza al aire libre y se adentraron en el establecimiento.

—Te veo bien, muchacho. ¿Qué tal va todo? —preguntó Bermejo a bocajarro nada más pedir la comanda.

—Con mucho trabajo, inspector, estamos hasta arriba. Ando

en medio de un gran operativo y tenemos que tenerlo todo preparado en los próximos días.

—No sé si es secreto o puedes contarme algo... Tranquilo, seré una tumba, esto no va a salir de aquí.

Roncero no dudaba de la palabra de su amigo y, además, tenía ganas de desahogarse. Soportaba demasiada presión con la preparación del operativo y necesitaba soltar lastre antes de estallar.

—Veamos, primero tengo que ponerle en antecedentes sobre la gente a la que nos enfrentamos. Que casualmente tiene mucho que ver con uno de sus casos.

—De acuerdo entonces, Pablo. Sorpréndeme...

El sargento de la UCO le contó a Bermejo con mayor detalle toda la operación en la que se había visto involucrado desde su aterrizaje en la Comandancia de Valencia. Ya le había comentado datos sobre el particular en anteriores conversaciones, pero en esa ocasión fue mucho más preciso.

—Joder, chaval, menudo marrón. ¿De verdad piensas hacerte pasar por un yanqui para colarte en esa fiesta?

—Sí, esa es la idea —confirmó tras detallarle el tema de los pagos, el primero de las *bitcoins*, y el segundo que tendría lugar en el propio lugar de la fiesta—. Antúnez ha conseguido dos millones de euros en billetes falsos, no sé si será suficiente para competir con esos degenerados.

—¿Te estás escuchando, Pablito? —inquirió preocupado Bermejo—. Para empezar, te vas a meter en la boca del lobo con un montón de billetes falsos, y como lo descubran eres hombre muerto. Por no hablar de que eres un guardia.

—Sí, ya lo sé. El dinero es el menor de mis problemas, créame. Proviene de un golpe contra unos falsificadores italianos, los mejores en su ramo. Son indetectables a simple vista, necesitas un equipo de precisión para encontrar las sutiles diferencias con los billetes de curso legal. Y no creo que nuestros amigos dispongan de ese equipamiento, o eso espero al menos.

—Antúnez es un cabrón por enviarte a ti solo, imagino que no podrás llevar micros ni armas. Vale que hables bien inglés y esas cosas, pero me parece una misión demasiado arriesgada. Mucho que perder y poco que ganar.

—No se crea, inspector, hay mucho en juego. Y no estaré solo —aseguró Roncero antes de relatarle con más detalle las conversaciones a través del chat privado, con todo lo concerniente a la subasta de mujeres y demás.

Al final habían podido colar a la cabo Muñoz en la fiesta. Tras conocer el nombre de la empresa de *catering* que se encargaría del evento, una más de las tapaderas de Volkov para blanquear dinero, Nadia se había puesto en contacto con ellos en busca de un trabajo. Gracias a su impecable dominio del inglés y alemán, unas buenas referencias y a su indudable atractivo, no le fue demasiado complicado obtener un puesto como camarera para esa celebración.

—Vale, seréis dos agentes, e imagino que Antúnez y tus compañeros andarán al quite lo más cerca posible. Pero me sigue pareciendo muy peligroso. Anda, háblame del tal Volkov. ¿Es el tipo por el que se han puesto tan nerviosos nuestros respectivos mandos?

—Ese mismo, lo ha adivinado. Se trata del enemigo público número uno en estos momentos para la UCO, nuestra prioridad principal. Aleksandr «Sasha» Volkov es el capo ruso por excelencia, el jefe de la mafia eslava en nuestro país, y por eso queremos acabar con él. Y sí, encima ha hecho que la Policía y la Guardia Civil hayan chocado por su culpa. Es el dueño, entre otros negocios, del club Paradise, no sé si le suena.

—Joder, menuda casualidad, no había más puticlubs en toda Valencia... —Bermejo se quedó pensativo un momento y enseguida se percató de la situación—. Imagino que teníais vigilado el local y os sorprendió que apareciera yo con el séptimo de caballería. De ahí el mosqueo de Mardones con Antúnez y viceversa.

—Efectivamente, inspector. Ya sé que la última víctima del asesino en serie trabajaba en el club de alterne, pero entienda que nuestra operación sea prioritaria.

Roncero intentó convencer a su colega con los fríos datos sobre la mesa. La organización de Volkov era muy poderosa y tenía echados los tentáculos sobre varios estamentos de la sociedad valenciana, por lo que debían dar el golpe definitivo contra sus actividades delictivas. Pero Bermejo le expuso también sus razones para no dejar de lado su investigación, con un peligroso psicópata campando a sus anchas por la ciudad.

—Nuestra investigación no tiene por qué interferir en la vuestra, no os preocupéis. Los jefazos se han puesto muy nerviosos, pero esto podemos arreglarlo entre nosotros. ¿Quién es tu superior inmediato en este caso?

—El capitán Moreno, ya lo conoce de nuestra anterior operación conjunta.

—Ah, sí, es verdad. Me pareció un tipo capaz, profesional y muy resolutivo. No habrá problemas, te lo prometo. De hecho, ahora te voy a contar algunas cosillas que igual te pueden interesar.

Bermejo le relató por encima, sin mencionar a Miriam, el desafortunado incidente que había tenido con uno de los hombres de Volkov cuando se encontraba con la jueza Velasco.

—No pinta bien, es cierto —convino Roncero. El sargento se fijó en el modo en el que Bermejo hablaba de la magistrada, un tono aparentemente profesional que escondía algo más, aunque no era el momento adecuado para comentarlo—. La jueza Velasco es la que lleva también nuestro caso, no puede ser casualidad. ¿Tendrán los rusos algún topo en la Ciudad de la Justicia?

—Puede ser, yo no descarto nada. Esa gente es muy poderosa

y cuenta con muchos medios. ¡Claro, soy idiota! Por eso el cabrón de Vasíliev me llamó por mi nombre nada más verme en su club durante la redada. Según él, me conocía por haberme visto en la televisión cuando lo de Jasón, pero ahora lo veo claro.

—Hombre, su cara salió en varios medios, puede que no mintiera en eso.

—No, Pablo, me tenían controlado. Y también a Maca..., a la jueza Velasco. Joder, tengo que hablar con Claramunt, estos cabrones son muy peligrosos. ¿Y si también te conocen a ti y lo de la fiesta es una trampa?

—No se preocupe, este careto no salió en los medios, no creo que me conozcan a simple vista. Además, iré caracterizado y hablaré con acento de Brooklyn, veo complicado que sepan de primeras quién soy realmente. La verdad es que no es una de mis mayores preocupaciones, tengo otras cosas en mente. Como, por ejemplo, encontrar el momento preciso para decírselo a Miriam.

—Tienes que hacerlo, Pablo, se lo debes. Miriam ha sufrido mucho por ti y no es justo para ella.

—Por eso precisamente no quería decírselo. Si le cuento el marrón en el que me he metido yo solito me montará el pollo y encima la dejaré muy preocupada. Sé que no está bien mentirle en algo así, pero es por su bien. Y por el mío, ya que estamos.

—No me parece correcto, Pablo, pero tú sabrás. Mi consejo es que lo hables con ella, es lo menos que puedes hacer.

—Sí, ya lo sé. Pero no sé si sería lo más apropiado para afrontar en condiciones un operativo tan importante.

—De acuerdo, no insistiré más; espero que vaya todo bien. Si te parece, para que te olvides un poco de tu asunto y ayudes a este viejo carcamal, te voy a contar lo que tenemos hasta ahora sobre el maldito asesino de las marionetas.

—Soy todo oídos —contestó Roncero, encantado de poder ayudar a su amigo y, de paso, olvidar durante un rato sus propias preocupaciones—. Ya sabe que cuatro ojos ven siempre más que dos, a ver si puedo ayudarle en algo.

El inspector le contó a Roncero todos los avances que habían realizado en la investigación, incluida la infructuosa batida de la guarida del criminal en la zona de la Albufera.

—Me parece muy razonable el planteamiento, inspector —aseguró Roncero mientras disertaba en voz alta—. Debe tener un lugar fijo al que traslada a sus víctimas. Allí las mata y después las prepara antes de efectuar su representación. Lo de las larvas de mosquitos ha sido un gran punto, solo hay que acotar más la búsqueda.

—Sí, pero se nos acaba el tiempo. ¿Qué opinas sobre el resto de temas? Yo creo que la chica africana encontrada sin cabeza puede tener también algo que ver.

—Puede ser, quizás fue su primera toma de contacto con el crimen. Muchos asesinos en serie comenzaron matando pequeños animales o cometieron crímenes chapuceros de los que luego se arrepienten cuando consiguen un modus operandi del que sentirse orgullosos. Es complicado hacer un perfil de este tío, aunque tenemos algunos datos que podrían servirnos para delimitar más la búsqueda.

—No me empieces con lo de varón blanco, heterosexual, de entre treinta y cincuenta años, que no me creo lo que dicta el manual. Te recuerdo lo de nuestro amigo Jasón, sin ir más lejos.

—No me refería a eso. Pero el asesino tiene un patrón de conducta y sigue una pauta, o quizás una serie matemática de algún tipo —afirmó el sargento.

—Ahora sí que me he perdido, Pablo. Si eres tan amable de iluminarme, a estas horas ando un poco espeso.

El sargento tomó aire y le contó a Bermejo lo que pensaba sobre su peculiar caso. A su parecer, el asesino elegía prostitutas por algún motivo en particular que tendrían que dilucidar. No se trataba de un trasunto del famoso Jack el Destripador, pero parecía tener fijación por las meretrices. De ahí que el sargento barruntara que la nigeriana encontrada en la Albufera pudiera pertenecer también a su colección.

—No sé si la chica que apareció sin cabeza fue su primer crimen, pero tendría cierto sentido —mencionó Roncero—. Desde luego, lo que nadie puede negar es que las dos víctimas posteriores pertenecen a la misma serie, una serie que pretende continuar...

—Eso es lo que más miedo me da. Puede que ahora mismo esté matando a otra chica o tal vez ya la haya asesinado y esté esperando para sacarla a la superficie. Desde luego, si ha visto el despliegue de hoy en la Albufera no creo que tenga muchas ganas de salir —soltó Bermejo sin saber que su afirmación era cierta en un sentido, pero no en el otro.

—Si se fija, ha elegido a dos chicas de origen eslavo: rubias, muy blancas de piel, guapas y esbeltas.

—De la primera seguimos sin localizar datos, pero no podía tener más de veinte años. Sin embargo, la segunda víctima, Ivanka, ya había cumplido los treinta. Aunque al parecer era una de las atracciones del Paradise, una profesional muy requerida por los clientes. Una mujer de bandera, para entendernos.

El inspector obvió lo que pensaba sobre el particular tras percatarse de que Ivanka era muy conocida en la ciudad. Y no solo entre los puteros más habituales si se fijaba en los murmullos y comentarios entre policías, empleados del juzgado y demás. Allí había gato encerrado.

—Sí, y además esa mujer conocía al asesino. Con la primera utilizó cloroformo para secuestrarla y con Ivanka no le hizo falta; tal vez ella no se sintiera en peligro al encontrarse con él —dijo Roncero. El inspector le había relatado los últimos movimientos de la prostituta según los datos aportados por su jefe, aunque tendrían que poner en cuarentena su declaración, por si acaso—. Puede que escogiera a la chica sin nombre en algún lugar apartado, donde nadie pudiera conocerle. Y despúes, cuando se sintió más seguro en sus movimientos, fue a por una víctima más personal. Se trata de alguien que conoce muy bien la zona y que se mueve como pez en el agua, tanto en Valencia capital como en la Albufera y alrededores.

—No sé, no me termina de convencer, Pablo. No sabemos lo que sucedió cuando Boris dejó a Ivanka en la puerta de su casa, pero me parece muy arriesgado un comportamiento de esas características por parte del criminal. ¿Es un cliente del local y mata a la puta más rentable del Paradise? Tiene que estar muy mal de la cabeza. Aparte de tener a la policía encima, si los rusos le pillan es hombre muerto.

—No podemos meternos en su mente, inspector, esa es la lástima.

—Sí, ya sé que eres un apasionado de las mentes enfermas. Si por ti fuera, tendrías en formol los cerebros de los mayores psicópatas de la historia para poder estudiarlos.

—Por supuesto, sería una oportunidad única para conocer la maldad intrínseca. Imagínese, averiguar los motivos por los que un tipo de estas características comete de verdad sus atroces crímenes.

—No nos vayamos por las ramas, Pablo...

—Tiene razón. Le decía antes lo de la serie geométrica. Ya hemos concretado que este tipo busca un mismo genotipo de mujeres. Luego las coloca en determinadas posiciones que no comprendo muy bien, a saber lo que significan para él.

—Y aparte de lavarlas a conciencia, limpiarlas, vestirlas y colocarlas como un maniquí con sus hilos de bramante, les deja su marca personal.

—¡Exacto! Ahí quería llegar yo. A la primera le cose los ojos. Y a la segunda le cose además la boca. No sabemos lo que significa, ni si le haría algo semejante o diferente a una hipotética tercera víctima.

—Seguro que alguna teoría tienes al respecto —le picó el inspector.

—Bueno, alguna, pero no demasiado científica. Lo de los ojos puede querer decir que esa persona haya visto algo que no debería y por eso se los cose.

—Claro, le han visto a él cometer sus atrocidades. Te recuerdo que las mató con sus propias manos, tuvo que enfrentarse a los ojos de sus víctimas mientras las estrangulaba. No soportaba sus miradas y por eso se las tapa para siempre, aunque ya estén muertas.

—Quizás, no digo yo que no... —adujo Roncero sin demasiada convicción—. Pero yo me inclino por otra hipótesis. Este hombre mata por alguna razón primigenia, tal vez para acallar su conciencia o por algún otro motivo personal. Puede que tenga algo en contra de las prostitutas o que pague su odio hacia una mujer en particular matando a estas pobres desgraciadas.

—¿Y lo de la boca? —preguntó Bermejo.

—«Oír, ver y callar», he escuchado decir siempre en mi casa.

—Sí, es una frase que yo le he dicho miles de veces a mis hijos. ¿Crees que después se centrará en las orejas o los oídos?

—No lo sé, la verdad, solo reflexionaba en voz alta. Esa frase me ha venido a la mente al pensar en las víctimas. ¿Quizás las víctimas hayan visto u oído demasiado?

—Claro, y se han ido de la lengua, de ahí lo de cerrarle la boca para siempre —se entusiasmó el inspector ante el devenir de la conversación—. ¡Maldita sea! Al final han sido los malditos rusos, que encubren sus crímenes como si fueran los de un asesino en serie para alejar las sospechas de ellos.

—Los mafiosos no se andan con tantas tonterías, Bermejo, ya lo sabe usted. Puede que Ivanka conociera muchos chanchullos de sus jefes, pero de ahí a matarla de ese modo y montar todo esto va un largo trecho. Esta gente puede cargarse a alguien y hacerlo desaparecer sin montar tanto espectáculo, no creo que vayan por ahí los tiros.

—Sigo bastante perdido, la verdad. Y tengo una sensación muy extraña en la boca del estómago. No sé si porque se me escapa algo que tengo al alcance de la mano o porque ese cabrón nos la va a jugar otra vez.

—Yo sigo dándole vueltas a lo de los ojos y la boca... ¿Y si fuera al revés?

—Sabes que no sigo tus razonamientos a tanta velocidad. ¿A qué te refieres exactamente, Pablo?

Roncero se levantó un momento de la silla y se movió de forma nerviosa alrededor de la mesa. Bermejo lo miraba extrañado, pero supo que no debía incomodarlo mientras sus neuronas trabajaban a pleno rendimiento. Lástima no haber podido contar con él desde el principio, seguro que podrían haber detenido al culpable mucho antes si hubieran vuelto a trabajar en una operación conjunta y no en operativos diferentes que chocaban por culpa de las altas esferas del poder.

—Claro, podría ser... Les cierra la boca y los ojos no por lo que hayan visto o hablado, sino por lo que han callado o no han querido ver. El asesino tiene algún tipo de trauma interno, no sabemos cómo ni con quién, y lo refleja en estas víctimas.

—¿Quieres decir que se venga de una tercera persona con esas pobres chicas? —preguntó Bermejo mientras el sargento asentía.

—Tal vez, es plausible. Aunque será complicado dar con esa persona que le hizo tanto daño en el pasado. Y, sobre todo, descubrir por qué después lo paga con las prostitutas.

—¡Madre mía! Me va a estallar la cabeza de tanto pensar, creo que ya he tenido bastante por hoy y no quiero quitarte más tiempo.

Pagaron la cuenta y salieron del local sin mediar palabra, cada uno ensimismado en sus cosas. Roncero quiso acompañar al inspector hasta su coche antes de dirigirse a su habitación de hotel, el lugar donde le esperaba Miriam. No parecía tampoco el mejor momento para hablar con la periodista sobre todo lo que tenía en mente, pero quedaban pocos días para la gran operación y tendría que confesárselo en algún momento.

Justo entonces sonó el teléfono de Bermejo y el policía le pidió disculpas a Roncero con un gesto. Respondió un poco sorprendido, tal vez el subinspector Lozano le llamaba por algo importante. Era ya muy tarde, pero el trabajo policial no entendía de horarios.

—Buenas noches, Lozano. ¿Ocurre algo?

—Perdone que le moleste, inspector. Sí, puede que tenga algo, no lo sé —contestó Lozano un poco nervioso—. Estoy siguiendo a un sospechoso y he preferido llamarle antes de hacer nada más.

—¿Que has hecho qué? —inquirió preocupado Bermejo—. Joder, explícate de una puñetera vez.

Según le contó el joven policía, esa noche había regresado a El Saler por un motivo lúdico. Unos antiguos compañeros de promoción se alojaban en el camping de la zona y le habían llamado para tomar algo. Se encontraban en una terraza cenando, cerca del cruce con la carretera principal que cruza el pueblo, cuando el instinto policial de Lozano se activó por alguna razón.

—No recuerdo el motivo, inspector, pero giré la cabeza por algo, creo que el reflejo del sol en un cristal me deslumbró. Sabe que a esas horas del crepúsculo la luz puede hacer extraños, pero estoy seguro de lo que vi. Y mi mirada se cruzó con la de un tipo normal, que conducía un coche muy convencional y que llevaba al lado a una mujer espectacular.

—Al grano, Lozano, no tenemos toda la noche.

—Es cierto, se me va a escapar este tío. Como le decía...

Al subinspector le había llamado la atención ver pasar en un Focus seminuevo a un tipo de mediana edad, al que no pudo distinguir bien porque llevaba unas enormes gafas de sol que le tapaban media cara, acompañado de una exuberante belleza latina con veinte años menos. El tipo no era guapo ni parecía un ricachón, por lo que a Lozano le chocó la extraña pareja.

—Hombre, hay muchas explicaciones para eso, Lozano. Puede parecer algo poco común, pero yo he visto parejas semejantes en otras ocasiones. Las mujeres son menos superficiales que nosotros para esas cosas. No me digas que te pareció sospechoso por eso...

—No, por eso solo no. Pero sí cuando lo vi pasar dos horas después en dirección contraria, con una gorra calada y conduciendo un Opel Vectra antiguo de color gris.

—¡Joder, puede ser él! —exclamó Bermejo al darse cuenta.

—Claro, inspector. Por eso me he levantado de la terraza, he dejado a mis amigos con la palabra en la boca y me he puesto a seguir a ese tipo con mi coche sin llamar la atención. He estado a punto de perderlo un par de veces, pero ahora lo tengo localizado.

—Dime dónde estás, voy para allá ahora mismo, pero no le dejes escapar. ¿Tienes su matrícula?

—Sí, ya he hablado con Tráfico. La matrícula pertenece a otro modelo de coche, casualmente uno que debería estar ya en el desguace.

—¡Bingo! —soltó Bermejo al instante—. Puede ser nuestro hombre. Si antes ha pasado en un coche convencional, acompañado de una belleza, y ahora sale a hurtadillas con esa tartana, ¿dónde está la chica? Joder, espero que no la haya matado.

—Puede que la tenga retenida en algún sitio, no sé. Ahora mismo nos encontramos en el pinar que está junto al lago de El Saler. Él ha dejado su coche en el parking de la *pinada,* a escasos metros del antiguo embarcadero del lago, y yo me he quedado un poco más atrás para no asustarle.

—No te muevas entonces de ahí, Lozano. Voy para allá a toda velocidad, no tardo nada. Y espérame hasta que llegue, no intentes ninguna tontería por tu cuenta.

Armando Rodera

—De acuerdo, inspector. Si veo cualquier cosa extraña le vuelvo a llamar.

—Muy bien, hasta ahora.

Bermejo le contó brevemente a Roncero la conversación que había tenido con el joven subinspector de la brigada. Se iba a despedir de él, pero el guardia civil le hizo otra propuesta mejor.

—Yo tengo mi coche allí enfrente, puedo llevarle si quiere. Me conozco algo mejor estas carreteras y así usted puede ir hablando con su compañero o llamar a la central por si hay que movilizar más efectivos.

—No sé, Pablo, yo...

El sargento se mantuvo firme en su postura y Bermejo convino en que se trataba de la mejor solución. El policía no controlaba bien todos los vericuetos de las complicadas carreteras que circundaban la ciudad de Valencia y siempre le vendría bien un poco de ayuda. Asintió a su pesar y siguió a Roncero hasta su todoterreno.

—Bonito coche, no te lo había visto —dijo Bermejo al llegar junto al Nissan Qashqai de Roncero—. Venga, no perdamos más tiempo, vamos para allá.

—No se preocupe, llegaremos enseguida. Programaré el navegador por si acaso, aunque estuve hace unos días por allí con Miriam.

—¿No deberías decirle a tu chica que llegarás tarde? Igual nos retrasamos —afirmó Bermejo sin conocer todavía lo que el destino les tenía preparado.

—No, tranquilo. Le dije que nos íbamos a cenar, se imaginará que tenemos que hablar de nuestras cosas.

El inspector no quiso añadir nada más para no echar leña al fuego, pero intuía que su amigo Roncero no le contaba todo lo que estaba sucediendo en su relación con la periodista. Bermejo lo entendía perfectamente; después de todo, él tampoco le había contado nada sobre sus sentimientos hacia Macarena Velasco.

No quiso distraer sus pensamientos al recordar a la jueza, pero tendría que hablar con ella a la mayor brevedad. Al día siguiente, ya más tranquilo, podría llamarla para ver cómo se encontraba. Y con suerte, tal vez quedaran para charlar, cenar o lo que se terciara.

El sargento Roncero era un conductor experto y sus habilidades al volante le habían salvado de más de un problema. Bermejo se sentía tranquilo en sus manos y de ese modo él podría preocuparse solo de otras cosas.

Dejaron a un lado la rotonda en obras situada junto a los centros comerciales y cruzaron el puente de Calatrava. Bermejo se fijó en que la Ciudad de la Justicia quedaba a un lado cuando giraron hacia la izquierda y enfilaron la carretera de El Saler.

—Voy a ver cómo marchan las cosas, le he mandado un *whatsapp* a Lozano.

—Muy bien —respondió Roncero—. ¿Va a llamar a la caballería?

—No, todavía no. Primero tenemos que asegurarnos de que todo esto no sea una falsa alarma, tampoco quiero hacer el ridículo. ¿Llevas tu arma reglamentaria?

—No, pero en la guantera llevo una de repuesto, por si acaso.

—Perfecto, hombre prevenido vale por dos. Vaya, me acaba de contestar el subinspector al mensaje.

—¿Y qué dice?

—Por lo visto el sospechoso ha salido del coche, lo ha dejado aparcado y se encamina andando hacia la zona del lago.

—¿No irá a enterrar el cuerpo en el pinar?

Bermejo tecleó furiosamente, pero enseguida se tranquilizó.

—No, al parecer el tipo no carga con nada. Ha salido solo a dar una vuelta, o eso parece. No sé, esto me huele raro.

Entonces recibió otro mensaje y supo que la noche se iba a torcer de una forma u de otra.

—¿Cómo? —exclamó en voz alta al leer el contenido del mensaje—. ¡No me jodas! Ahora me dice Lozano que ese pinar, por la noche, se llena de parejitas con ganas de fiesta. Que es una zona conocida entre los amantes del *dogging*. Vamos, un picadero de los de toda la vida, ¿no?

Roncero se acordó entonces de un artículo de prensa que había leído en algún sitio sobre un suceso ocurrido en esa zona el verano anterior.

—No exactamente, inspector. Las parejas, ya sean hetero u homosexuales, van en sus coches y mantienen relaciones dentro del vehículo o al lado de él. Y eligen unos sitios predeterminados porque puede haber hombres, y a veces mujeres, que van allí a mirar y si son invitados, a participar en la fiesta.

—¿En serio? Joder, la gente está muy mal de la cabeza. Y yo estoy totalmente desfasado, en mis tiempos como mucho había exhibicionistas.

—Esta gente va un poco más allá. A lo mejor nuestro hombre ha ido a mirar, o ha quedado con alguien para mantener sexo. Sea hombre, mujer o pareja de cualquier estilo, no lo sabemos.

—¡Pero si hace un rato ha estado con una mujer de bandera! —exclamó Bermejo cabreado.

—No adelantemos acontecimientos. Ya estamos llegando, enseguida saldremos de dudas.

Roncero conducía a toda velocidad y no parecía inmutarse mientras charlaba con su acompañante. Se fijó un momento en el navegador para no equivocarse. Había estado por allí unos días antes, pero a plena luz del día. Por la noche las cosas se ven de otra manera y es más fácil confundirse.

En ese momento el sonido del móvil del policía les sobresaltó a ambos. Bermejo respondió la llamada al segundo toque.

—Inspector, el tipo regresa solo al coche. No sé qué habrá estado haciendo por allí atrás, igual había quedado con alguien —comunicó el subinspector Lozano.

—O ha estado inspeccionando la zona por si tiene que enterrar

346

un cadáver en el bosque o tirarlo al medio del lago. ¿No llevará a la mujer en el maletero?

Roncero cabeceó ante la afirmación de su amigo. Aquel pinar se llenaba durante las horas centrales del día con multitud de familias que disfrutaban de la jornada a la sombra de los árboles, junto al lago, y no demasiado lejos ni de la Albufera ni de las playas. No le parecía un lugar adecuado para enterrar un cadáver, podían encontrarlo enseguida. Y lo del lago tampoco le parecía la mejor opción. Se lo comentaría al inspector en cuanto colgara el teléfono.

—¡Hostia puta, me ha visto! —soltó Lozano por el auricular.

—Joder, qué mala suerte —contestó Bermejo—. No te muevas de ahí, ya estamos llegando. ¿Qué hace ahora el tipo?

—El muy cabrón se ha parado de pie frente al coche, se ha dado una vuelta alrededor como si inspeccionara las ruedas y me ha calado enseguida. Sigue disimulando, pero creo que me ha visto vigilándole.

—Tranquilo, igual piensa que eres otro *voyeur* de esos que va a divertirse al pinar —afirmó Bermejo sin demasiada convicción.

—No creo, ojalá sea así. El tío está muy tranquilo, se ha metido en el coche y tiene la luz encendida del habitáculo. Ni que quisiera tentarme...

—¡Ni se te ocurra moverte! —gritó Bermejo antes de dirigirse al guardia civil—. ¿Cuándo coño llegamos, Pablo?

—En tres minutos. En cuanto crucemos el puente sobre ese canal, giramos a la izquierda y ya llegamos al aparcamiento exterior del pinar.

—Ya has oído, Lozano. Enseguida...

—¡Me cago en...! —exclamó el subinspector por el teléfono, que Bermejo había puesto en modo altavoz para que su compañero se enterara también de la situación—. El capullo tenía el coche al ralentí y ha salido del aparcamiento con las luces apagadas. ¡Voy a por él!

—¡Maldita sea, no lo pierdas! —replicó el inspector en alto antes de azuzar con un gesto a su conductor de esa noche.

Roncero no sabía si la frase iba dirigida a él o al otro policía, pero de todos modos aceleró. Cruzaron de un salto el puente sobre la Gola de Pujol, uno de los canales que une la Albufera con el Mediterráneo, y enfiló el pinar casi sin frenar en el cruce.

Enseguida divisaron las luces del coche de Lozano, que maniobraba para salir de allí y perseguir al sospechoso. Se encontraban a doscientos metros escasos cuando la situación cambió de manera drástica. Todo se torció en unos pocos segundos...

***

Al parecer el subinspector Lozano había decidido darse a conocer al creer que aquel individuo se le escapaba. Tal vez metiera la pata hasta el fondo y se tratara únicamente de un mirón que pretendía salir del pinar sin ser visto, pero su olfato policial le decía que allí había gato encerrado.

El joven policía conectó los prioritarios para demostrar que era un miembro de los cuerpos de seguridad del Estado e hizo señas luminosas al coche que le precedía para que parase a un lado. Por lo pronto, le iba a caer un paquete por circular sin luces. Y eso contando con que no se encontrara alguna que otra sorpresita.

El coche sospechoso hizo caso de las indicaciones y se echó a un lado antes de detenerse mientras continuaba con los faros apagados y el habitáculo a oscuras. Lozano hizo lo propio y estacionó su coche unos metros por detrás. Cogió su arma por si acaso y salvó a pie los escasos metros que le separaban del otro vehículo. Le iba a dar un susto de muerte a ese capullo, pensó entonces el subinspector.

—Encienda las luces del vehículo, apague el motor y salga del coche con las manos en alto —soltó con voz autoritaria el subinspector al llegar junto al coche.

—Disculpe, oficial, ¿he cometido alguna infracción? —preguntó el conductor—. Si quiere le enseño mi documentación y los papeles del coche, está todo en regla.

El subinspector se percató enseguida del deje gallego del sospechoso, aunque le pareció algo impostado. La noche era muy oscura, sin luna ni estrellas que pudieran alumbrar algo, y el tipo seguía sin encender las luces. La única iluminación con la que contaba Lozano provenía de sus propios faros encendidos, pero las sombras no le permitían distinguir bien las facciones del hombre, que además llevaba una gorra calada. Hasta que el individuo giró un momento la cabeza y una imagen difusa se instaló en la mente del policía.

—Yo a usted le conozco. ¿No es de...?

Lozano no tuvo tiempo de reaccionar. Le había pillado de sorpresa encontrarse con un rostro conocido y bajó un momento la guardia. Un instante fatal que su contrincante aprovechó para levantar las manos que permanecían ocultas y mostrarle el regalo que tenía preparado para él.

El subinspector sintió el golpe en el pecho antes de asimilar siquiera lo que había sucedido. El fogonazo y la explosión de sonido terminaron por convencerle de lo que su mente pretendía ignorar, antes incluso de que el dolor le partiera por dentro. Cuando su cuerpo llegó al suelo supo que el líquido caliente que le bañaba el torso era su propia sangre, sangre que salía de su cuerpo a través de los agujeros provocados por los disparos de un desalmado que había puesto fin a su vida.

Todo se nublaba a su alrededor cuando cayó desmadejado sobre la tierra alfombrada de agujas de pino. Ni siquiera se dio cuenta de que el asesino huía a la carrera del lugar del crimen ni que otro coche se acercaba por detrás a toda velocidad.

***

—¡Será cabrón! —exclamó Bermejo, anonadado al oír las detonaciones. No tuvo siquiera que aleccionar a Roncero, que apuró al máximo el motor del Nissan para llegar junto al policía abatido. Escasos segundos después, el todoterreno derrapaba antes de parar. El sargento se bajó a toda velocidad del coche mientras Bermejo llamaba por teléfono—. ¿Emergencias? Sí, soy el inspector Bermejo. Envíe urgente una ambulancia a...

Roncero se agachó junto al cuerpo del joven policía y comprobó que Lozano aún respiraba, aunque se encontraba muy mal. Bermejo llegó a su lado en cuanto contactó con el 112 y se aseguró de que efectivos médicos y policiales se personarían en el lugar de los hechos de inmediato.

—Aguanta, compañero, la ambulancia está en camino —dijo el sargento al moribundo tras comprobar la gravedad de las heridas.

Bermejo hizo un movimiento de pesadumbre con la cabeza, pues sabía que el subinspector no tenía posibilidad alguna de sobrevivir. El coche del criminal se perdía en lontananza, pero todavía tendría tiempo de alcanzarle si no perdía más tiempo.

—Cuida de él, Roncero. Tiene que aguantar hasta que lleguen los paramédicos. Yo voy a cazar a ese hijoputa, déjame tu pistola.

—Pero...

—¡Venga, no tengo todo el día!

El gesto imperioso de Bermejo no admitía réplica, y Roncero no quiso discutir con su amigo en un momento tan inoportuno. Sabía que cometía una equivocación, pero no se lo iba a poner más difícil. Asintió con la cabeza, le alargó el arma y le deseó suerte. El inspector salió a escape en busca de un imposible: capturar al asesino.

Bermejo maldijo para sus adentros en cuanto estuvo montado en el coche. Roncero era mucho más alto que él y tenía regulado el asiento, el volante y los espejos retrovisores para adaptarse a sus necesidades. El inspector no podía perder el tiempo con esas tonterías, bastante tenía con familiarizarse con un coche extraño que no había conducido nunca. Tendría que amoldarse a las circunstancias y correr como si le persiguiera el demonio aunque no llegara bien a los pedales y los retrovisores no le sirvieran de nada.

—¡Ahí estás! —exclamó en voz alta Bermejo al vislumbrar unas luces de freno a lo lejos. El delincuente continuaba conduciendo con los faros apagados por los caminos de tierra que circundaban el pinar, pero al frenar en una curva cerrada se delató. El inspector distinguió perfectamente dos breves destellos en la oscuridad de aquella noche tan solitaria y supo por dónde proseguir a continuación.

El Qashqai de Roncero tenía mucha más potencia y velocidad que el Opel Vectra del asesino, aunque Bermejo todavía no había aprovechado todo su potencial. Además, era el típico vehículo *crossover* que podría adentrarse en todo tipo de terrenos, muy adecuado si el fugitivo pretendía perderse en el laberinto de caminos que circundaban la Albufera.

Bermejo encendió las largas para conseguir mayor visibilidad. Los potentes faros del Nissan iluminaban muchos metros a la redonda y enseguida divisó a su presa. El perseguido tuvo que encender también las luces de su vehículo en cuanto abandonó los caminos de tierra que rodeaban el pinar y se adentró en la carretera comarcal.

El inspector aceleró a toda marcha y comprobó que le separaban poco más de doscientos metros del asesino. En su alocada persecución no se había percatado de la dirección que habían tomado, aunque su instinto le apuntaba hacia el sur. Su velocidad iba en aumento, pero le pareció distinguir que circulaba de nuevo por la carretera CV-500. Esa comarcal era la carretera que habían tomado para salir de Valencia, pero intuyó que el asesino se dirigía en dirección contraria.

Bermejo forzó la vista para percibir con mayor claridad un cartel que aparecía un poco más adelante, indicando que se dirigían en dirección a El Perellonet. Solo se distrajo un segundo, lo suficiente para que no le diera tiempo a frenar al ver que su contrincante cogía una curva cerrada a la derecha sin indicarlo previamente.

El veterano policía no era mal conductor, pero se encontraba en franca desventaja. Los años no pasaban en balde, y los reflejos se iban perdiendo de forma paulatina. Aparte de la tensión del momento, la poca visibilidad del camino y la escasa familiaridad con el vehículo que conducía eran otros hándicaps que lo afectaban a la hora de tomar en décimas de segundo una decisión que podría costarle muy cara.

Si a la velocidad a la que iba por la comarcal pegaba un brusco volantazo a la derecha, por mucho que frenara a la entrada de la curva, podía salirse de la misma o volcar el vehículo. Los todoterrenos tienen muchas ventajas, pero la estabilidad no era uno de sus fuertes. Con un utilitario más pegado al suelo lo habría intentado, pero Bermejo pensó que más le valía perder unos preciosos segundos de tiempo en su persecución que abandonarla definitivamente si tenía un accidente por su mala cabeza.

Frenó unos metros más allá, puso las luces de emergencia, se echó a la cuneta e hizo el cambio de sentido con la máxima celeridad. Se adentró entonces en la nueva bifurcación que salía de la CV-500, ignorando que se encontraba en la calle de Vicent Baldoví, camino de El Palmar.

Conducía a toda velocidad por un camino cada vez más estrecho que se adentraba en el corazón de la Albufera. El lago más grande de España se encontraba a su derecha, pero en su alocado camino ni siquiera se dio cuenta de que atravesaba pequeñas lagunas y terrenos anegados que habían sido conquistados por la mano del hombre para construir aquella carretera que partía en dos el Parque Natural.

No quería darse por vencido, pero la realidad le golpeó con toda su crudeza. Había perdido el rastro del fugitivo y era posible que no lo encontrara nunca. En su llamada a Emergencias no dio todos los detalles de lo sucedido y con la persecución no había tenido tiempo de nada más, esperaba que Roncero hubiera caído en la cuenta para llamar a las autoridades y que estas acordonaran la zona a la mayor brevedad.

—¡Maldita sea! —dijo en voz alta aunque nadie le oyera. Bermejo siguió por ese camino que atravesaba varias propiedades y divisó un cartel que rezaba: «Paseos en barco». Pero no había ni rastro del criminal.

Redujo la marcha por aquella estrecha carretera, tampoco quería tener un accidente en cualquier cruce si aparecía otro coche o una motocicleta. Ya era tarde, pero en verano la gente no se acostaba tan pronto y podría cruzarse con alguien en cualquier momento.

Bermejo ignoraba en ese momento la breve conversación que Lozano había intercambiado con su asesino, pero sabía que si se escapaba sería muy difícil dar con él. Solo tendría que deshacerse del coche y esconderse, ya fuera en su propiedad o en cualquier otro sitio que conociera hasta que pasara la tormenta. Su única pista fiable era ese vehículo, ya que seguían sin conocer la identidad del sospechoso ni, por supuesto, tenían una fotografía o una somera descripción del individuo.

El inspector se lamentaba por su mala fortuna cuando vio algo extraño en un lado del camino. Se acercaba a un recio edificio de piedra que resultó ser el cementerio de El Palmar cuando algo metálico le llamó la atención.

—¡No puede ser! —gritó alborozado al comprobar que sus ojos no le engañaban.

El coche del asesino se había empotrado contra un pequeño murete levantado al pie de la carretera, una especie de pozo cegado situado a escasos metros de la fachada lateral del cementerio y colocado entre dos señales de tráfico. Lo más probable era que el fugitivo hubiera girado con demasiada brusquedad para adentrarse en el camino asfaltado, perpendicular a la carretera, que discurría paralelo a la tapia del camposanto en dirección hacia la orilla de la Albufera.

El conductor había perdido el control, seguramente por un exceso de velocidad al huir de su perseguidor, y el coche se había salido de la vía para quedarse encajonado entre la piedra y una señal de *stop* doblada por la mitad. Solo quedaba averiguar si el accidente había puesto en fuera de juego al hombre más buscado de la región.

Bermejo aparcó el vehículo al lado de la tapia, unos metros más allá, y bajó con precaución. Amartilló el arma y se acercó sigilosamente al coche siniestrado, aunque su instinto le avisó antes de que sus ojos lo comprobaran: el pájaro había volado.

Ignoraba si el conductor había salido ileso o malherido, pero no podía haber ido muy lejos. Pensó que no se habría quedado al borde de la carretera, por lo que lo más plausible era que se hubiera dirigido hacia la Albufera. Quizás su propiedad se encontrara en las inmediaciones y pretendiera esconderse en ella.

El inspector corrió al lado de la tapia del cementerio por el camino asfaltado, que terminaba de modo abrupto a la par que la pared de piedra. Ni la parte exterior del camposanto ni la zona trasera estaban iluminadas, por lo que Bermejo tuvo que utilizar la luz de su móvil para orientarse un poco mejor a falta de linterna.

Al encender la pantalla de su teléfono vio varias llamadas perdidas, pero no tenía tiempo para comprobaciones. Pasó por debajo de dos torretas del tendido eléctrico y se adentró en un terreno pedregoso que llegaba hasta el borde mismo de la Albufera. Entonces escuchó un chasquido a lo lejos, miró hacia la derecha y le pareció vislumbrar una sombra que se movía subrepticiamente en el interior de una propiedad situada unos metros más allá, al borde mismo del agua.

Bermejo comprobó que la finca estaba rodeada por una valla, pero eso no podía ser un impedimento en esos momentos. Ya apechugaría con las consecuencias si se equivocaba y le daba un susto de muerte a unos honrados ciudadanos que dormían en su barraca junto al lago. Pero de momento tendría que asumir que perseguía a un asesino, un delincuente armado y peligroso que no dudaría en dispararle como había hecho con el subinspector Lozano. Un joven oficial de policía que, a esas horas, más que probablemente, habría pasado a mejor vida.

Con mucho esfuerzo, el veterano policía consiguió trepar a un muro anexo y saltar al interior de la finca sin hacer demasiado ruido. Y lo que era más importante, según pensó Bermejo en esos momentos, sin torcerse un tobillo ni lastimarse de cualquier otro modo. Había llegado el momento de la verdad y sus sentidos se pusieron en alerta para no fallar en esa ocasión.

El inspector caminó en derredor con sumo cuidado, sin saber exactamente dónde ponía los pies. Cualquier paso en falso podría descubrir su posición y sería un blanco fácil para su enemigo. No podía contar con la luz del móvil para orientarse si no quería llamar la atención, por lo que tendría que fiarse de su instinto y caminar a ciegas en un mundo de siniestras penumbras.

El penetrante olor del agua estancada inundó por un momento sus fosas nasales y tuvo que concentrarse para no perder la perspectiva. Bermejo creyó escuchar incluso el chapoteo de los invertebrados en la orilla y el zumbido de los insectos alrededor. Esperaba que esas malditas nubes de mosquitos, las mismas que le habían puesto en la pista correcta sobre la ubicación del asesino, no se abalanzaran sobre él.

Llegó entonces al borde de la orilla y comprobó que allí había una barca amarrada. Tal vez se hubiera adentrado sin saberlo en la propiedad cuyo cartel de «Paseos en barco» había visto minutos antes. Pisaba una alfombra de hierba rala y húmeda que se confundía con la marisma y comprobó que unos metros más allá había una zona de gravilla con un coche aparcado. Tal vez fuera el parking para los visitantes que decidieran dar un paseo por la Albufera.

Un poco más allá se encontraba el edificio principal de la finca, cuya silueta divisó aun en la oscuridad de la noche. Le pareció que se trataba de la típica barraca valenciana, aunque ignoraba si alguien pernoctaba en aquella propiedad o solo se utilizaba durante el día como reclamo turístico.

En un lateral se topó con un columpio desvencijado que tal vez todavía utilizaran los hijos de los turistas y visitantes de la zona. El inspector lo atravesó por el medio, dejó a un lado un tupido seto y se encaminó hacia la barraca. No tuvo tiempo de dar un paso más cuando sintió una presencia a su espalda.

—¡Nooo! —gritó Bermejo al darse cuenta de su error.

Pero ya era demasiado tarde. El criminal, parapetado tras el seto, había salido a su encuentro con sigilo. El inspector se volvió y ese movimiento favoreció a su rival, que le golpeó con dureza a media altura, llevándose por delante la pistola que Bermejo empuñaba. El terrible golpe infligido con una gruesa tabla de madera llegó hasta el esternón y lo dejó momentáneamente sin aliento. El inspector no se percató de que el arma se hubiera disparado al aire ni de que hubiera salido volando tras el golpe recibido, bastante tenía con boquear en busca de un oxígeno que no llegaba bien a su organismo.

—Levántese y camine delante de mí —le ordenó el criminal—. Vaya hacia la barraca y no cometa ninguna estupidez. Me da igual matarle por la espalda si hace falta, así que ya sabe...

Bermejo quiso ganar tiempo y continuó con una actitud lastimera. No se encontraba al cien por cien, pero se había recuperado bastante bien del varapalo sufrido. El criminal no tenía por qué saberlo, así que siguió con su pantomima mientras se incorporaba con lentitud.

El asesino le deslumbraba con una linterna, pero en cuanto la movió un poco pudo calibrar mejor a su adversario. Le había llamado la atención su deje al hablar, al igual que a su compañero abatido en el pinar, y sus neuronas comenzaron a ponerse en marcha para descifrar el acertijo. Estaba cerca de la solución, pero no le hizo falta estrujarse más las meninges. En cuanto vio con mayor claridad el rostro del asesino supo que no era la primera vez que se cruzaba con él.

—¡Coño, tú eres Carballo! —exclamó Bermejo asombrado.

—Premio para el caballero, veo que le ha sorprendido —soltó con ironía—. De nada le sirvió al subinspector averiguar quién era yo, no sé si querrá seguir sus pasos...

—No, pero...

—Pero nada. Obedezca y camine hacia allí, no se lo voy a repetir más veces.

Bermejo sintió el cañón del arma en los riñones y supo que no podía hacer otra cosa que obedecer. Caminó en dirección a la barraca mientras intentaba pergeñar un plan. Sabía que los estarían buscando, pero era complicado que los encontraran con tanta celeridad. Su mente carburaba a toda velocidad, pero no encontraba la salida. El tiempo se le echaba encima y no creía que el asesino le dejara con vida durante mucho más tiempo.

Decidió pararse en seco y encararse con él. Sabía que podía dispararle en cualquier momento, pero prefería luchar por su vida que ser abatido como un animal.

—¿Cómo pudiste hacerlo, Carballo? —preguntó el inspector con tono paternal—. Joder, eran solo unas crías. Y encima...

—No me venga con monsergas, inspector. Usted será muy famoso en Madrid y habrá atrapado a muchos criminales, pero a mí no me va a ablandar con chorradas sentimentales ni truquitos psicológicos.

—No es eso, hombre. Somos servidores de la ley, estamos para ayudar al prójimo. Y tú has sobrepasado todos los límites, tienes que darte cuenta.

—¡Claro que me doy cuenta! —se carcajeó Carballo—. Usted habla solo de las muertes, pero mis fechorías van mucho más allá. Llevo tiempo metido en un agujero y ha llegado el momento de acabar con todo.

El inspector desconocía por completo el resto de actividades delictivas de Carballo, como los trapicheos que se traía con las mafias gracias a su pertenencia a la Brigada de Extranjería. La última afirmación del asesino le heló la sangre, pero quiso creer que aún le quedaba una oportunidad. Desconocía lo que tenía en mente Carballo, pero él lo intentaría hasta el último segundo.

—Seguro que podemos encontrar una solución, no te precipites.

—¡Basta de cháchara! —le espetó de malos modos Carballo—. Dese la vuelta sin rechistar y no se mueva.

Bermejo obedeció y enseguida sintió un picotazo en las muñecas. Carballo le había colocado con saña unos grilletes para dificultar su movilidad. Ahora se encontraba con las manos a la espalda, esposado, y a merced de un asesino. El panorama era bastante desolador, no podía engañarse.

—Muy bien, inspector. Ahora póngase de rodillas. —Bermejo dudó un instante, pero el gesto inequívoco de su captor no le dejó otra opción—. Le voy a hacer una sola pregunta y espero que me diga la verdad. De su respuesta dependerá que le pegue un tiro ahora mismo o no. Usted decide.

El inspector no sabía lo que le iba a preguntar el asesino, pero podía barruntarlo. Asintió con la cabeza y alzó la mirada para enfrentarse a la del criminal. Si tenía que morir, que fuera con la cabeza bien alta.

—De acuerdo, entonces, veamos. Aparte de usted, ¿quién conoce la verdadera identidad o ubicación del asesino de las marionetas?

Bermejo titubeó solo un instante, lo suficiente para que un policía experimentado como Carballo se diera cuenta de que iba a mentirle. Aun así pronunció la frase que le dictaba su mente.

—El equipo de Claramunt al completo está al tanto de todo. Habíamos estrechado el cerco en torno a tu barraca de la Albufera, y solo nos quedaba recibir la orden judicial para entrar a saco en tu casa.

—¡Mentira! —le escupió Carballo a la cara—. Andáis perdidos, no conocéis mi guarida ni mucho menos mi verdadera identidad. La barraca no está a nombre de Máximo Carballo, así que es imposible que deis conmigo.

—He avisado antes de salir en tu busca, en cuanto has disparado al pobre Lozano. Ahora mismo cientos de policías de toda la región se ciernen sobre ti, no podrás escapar.

—Nadie conoce mi verdadera identidad, en realidad no me llamo Carballo —confesó el criminal. Ese detalle no le gustó un pelo al inspector por lo que podía acarrearle a su salud—. Y mi rostro solo lo ha visto usted y Lozano, nadie me va a relacionar con estas muertes. Pensándolo bien, tal vez lo mejor sea que coja ese dinerito que guardo en un paraíso fiscal y desaparezca de aquí para siempre.

—¡Te encontrarán! —gritó Bermejo desesperado—. Nunca podrás dormir tranquilo, la policía de todo el mundo estará al acecho y te atrapará cuando menos te lo esperes.

—Muy bien, que lo intenten —replicó Carballo con sorna—. Tengo que marcharme ya, inspector, no quiero que me pillen in fraganti. El placer ha sido solamente suyo. Hasta más ver...

Carballo levantó el brazo desde dos metros de distancia y apuntó a la cabeza de Bermejo, un disparo muy sencillo para un policía por poca luz que hubiera. El inspector supo que la suerte estaba echada y comenzó a levantarse a la máxima velocidad que le permitieron sus castigadas piernas. Pensó en derribar al asesino con una especie de placaje de rugby, aunque no sabía si le daría tiempo antes de que Carballo apretara el gatillo.

El inspector se lanzó como una fiera sobre su adversario y entonces oyó la deflagración. En su alocado plan chocó contra el cuerpo de Carballo y ambos cayeron al suelo tras el impacto. Bermejo pensó que tenía suerte al morir de una forma tan dulce, ni siquiera había sentido dolor tras recibir el disparo del asesino.

Seguramente la bala le había atravesado el cerebro. Era la única explicación que encontraba para el hecho de que pudiera discernir con claridad todo lo que pasaba a su alrededor en aquellos últimos momentos de su vida. Debía encontrarse en sus últimos estertores cuando sintió una mano en el brazo.

En aquellos confusos instantes creyó que Carballo pretendía asegurarse de su muerte, pero cuando escuchó una voz conocida a su lado tuvo que admitir que su mente en shock le había jugado una mala pasada.

—¿Se encuentra bien, inspector? —le preguntó el sargento Roncero tras quitarle las esposas y ayudarle a incorporarse.

Bermejo palideció aún más, parecía estar viendo un fantasma. Intentó balbucear una respuesta, pero su organismo se negaba a reaccionar. Pudo por fin moverse y lo único que se le ocurrió fue abrazarse a Roncero con todas sus fuerzas. ¡Estaba vivo!

—Muchas gracias, hijo, me has salvado la vida.

—De nada, inspector. Ahora estamos en paz.

—Hombre, no es lo mismo, pero bueno... No sé cómo lo has conseguido, pero aquí estás. ¡Dios mío, todavía me tiemblan las piernas!

—Tranquilo, es normal. Siéntese en ese poyete, enseguida llegarán las asistencias.

—¿Está muerto? —preguntó Bermejo entonces dirigiendo su mirada al criminal abatido. Roncero asintió y el inspector comprendió lo sucedido. El disparo que había oído lo había efectuado Roncero contra el criminal, que ni siquiera tuvo tiempo de disparar su arma. Carballo fue derribado simultáneamente por la bala que le atravesó el occipital y por el placaje efectuado por Bermejo. El policía corrupto había muerto antes de que su cuerpo llegara al suelo.

—Sí, no se preocupe. Menos mal que me acordé de la aplicación de mi móvil; si no, me hubiera sido imposible dar con usted tan rápido.

—Ya sé que es habitual en mí no comprender tus razonamientos deductivos, pero en estos momentos la situación me supera completamente. ¿De qué me hablas, alma de cántaro?

Roncero se lo explicó con mucho gusto, mientras sonreía ante la salida de su amigo. El sargento había aprendido de los errores del pasado y había instalado un dispositivo GPS de seguimiento en su vehículo. Además, contaba con una aplicación instalada en su móvil con la que controlar en todo momento la ubicación del Nissan. Muy útil en casos de robo o en circunstancias tan rocambolescas como la que habían vivido a lo largo de esa noche.

—Encontré el todoterreno aparcado junto al cementerio. Vi el coche destrozado del sospechoso y até cabos. No sabía qué dirección tomar, pero oí un disparo y pude ubicarme mejor. Creí que no llegaría a tiempo, pero afortunadamente me equivoqué.

Bermejo dio gracias al cielo una vez más. Minutos después escuchó el ulular de las sirenas que se acercaban y supo que la noche aún no había terminado.

LA CAÍDA DE LOS DIOSES

Comandancia de Valencia,
agosto de 2015

Todo se había precipitado. Tras la llamada de la jueza Velasco a la Fiscalía, las autoridades le dieron a su hijo el estatus de testigo protegido por la gravedad de sus acusaciones y el peligro inherente ante la posibilidad de que sus antiguos empleadores llegaran a conocer la filtración. El joven abogado describió con detalle las actividades delictivas de las que era consciente por su trabajo en el bufete Blanes & Cía, y se puso en marcha una macrooperación policial.

—Ya no hay marcha atrás, Kiko —aseguró Macarena al ver el rostro abatido de su hijo—. No te preocupes, te caerá una pena reducida por colaboración con la justicia.

—Sí, mi abogado está negociando los términos. Creo que conseguirá reducirla a tres años. Igual cumplo uno y me dan la condicional, aunque no sé yo si aguantaré tanto tiempo en la cárcel. Si Brown llegara a enterarse no duraría ni cinco minutos, sea en la prisión o fuera de ella. Y no quiero ni pensar lo que me haría Volkov con sus propias manos.

—Tranquilo, nadie te hará nada. Sé que has cometido muchos errores, pero estoy orgullosa de que hayas dado la cara. Era tu única salida y la manera de devolver de algún modo a la sociedad todo el mal que le habéis hecho.

—¿Los han detenido ya? —preguntó ansioso el exabogado, inhabilitado para ejercer su profesión tras la confesión firmada de su puño y letra.

—Todavía no, estas cosas van despacio —confirmó la magistrada. No debería hablar de esos temas confidenciales con su hijo, pero ya le daba un poco igual—. Te lo puedes imaginar, temas jurisdiccionales y demás. Están montando un gran operativo para detener al inglés en colaboración con otros organismos internacionales que le siguen la pista. En cuanto a Volkov tienen que ir también con pies de plomo, quieren atrapar a todos sus socios y ayudantes para dar un golpe definitivo a la mafia rusa en la región.

Macarena no había querido detallar demasiado la situación. Entre los problemas internos de la Policía Nacional con la Guardia Civil, más las presiones políticas en contra y los complicados sumarios a los que tenía que enfrentarse, aquel verano se había convertido en uno de los más complicados de toda su carrera profesional. Meses de arduo trabajo policial y judicial podían irse al traste si no se andaban con ojo, pero había llegado el momento de poner toda la carne en el asador.

—Si no se dan prisa se les van a escapar. Esos tipos tienen ojos y oídos en todas partes, te lo digo yo.

—Tranquilo, hijo, ya verás como todo sale bien. Los van a detener y pasarán a disposición judicial en las próximas horas, eso me han asegurado al menos.

—Ojalá tengas razón, mamá —sentenció Kiko, sin tenerlas todas consigo.

El pálpito del hijo de la jueza no andaba muy desencaminado: a las autoridades no les iba a ser tan fácil acabar con las mafias internacionales afincadas en la región levantina.

***

No había resultado sencillo poner en funcionamiento el operativo conjunto. La agencia contra el crimen organizado en Gran Bretaña, la NCA por sus siglas en inglés, llevaba también tiempo detrás de Henry Brown y sus responsables estaban en continua comunicación con la UCO. Pero también la policía judicial francesa especializada en narcotráfico seguía la pista de *The Boss* desde que aprehendieron en el aeropuerto parisino aquel inmenso cargamento de cocaína proveniente de Venezuela.

Brown ya se había librado de una orden de extradición de las autoridades del Reino Unido en una operación infructuosa efectuada en 2009. Las pruebas no fueron concluyentes según la judicatura española y las autoridades británicas se quedaron con las ganas, por lo que el mafioso londinense pudo seguir viviendo tranquilo en su finca de la Costa Blanca. Pero ahora contaban con una baza mucho mejor.

Los tres cuerpos de seguridad europeos habían reunido pruebas suficientes durante los últimos meses que identificaban plenamente a Brown como responsable de varios delitos muy graves. Con la declaración de uno de sus abogados solo podían detener al capo del East London por delitos de cuello blanco, pero ese sería el primer paso. Una vez que quitaran a Brown de la circulación, el peso de la ley caería sobre él con todas las consecuencias.

La propia Guardia Civil tuvo un inesperado golpe de fortuna cuando encontraron los restos mortales de un súbdito británico que apareció destrozado en una pequeña cala salvaje cercana a Altea. Un turista que paseaba en kayak por la zona se encontró con el cadáver, que estaba enganchado por las ropas a una afilada roca a ras de agua.

Tras la investigación se determinó que el cuerpo había caído, o había sido arrojado, desde un mirador que se encontraba en plena carretera nacional, entre Calpe y Altea. El equipo de la policía científica no encontró nada reseñable en la zona desde la que supuestamente cayó el cuerpo, pero sí averiguaron su identidad: Steve

Smith, un delincuente británico de poca monta que llevaba unos meses en la región.

No fue difícil relacionar a Smith con Adams, el lugarteniente galés de Brown. Pero lo que sorprendió a la UCO fue una documentación encontrada en uno de los bolsillos del fallecido. Los papeles se encontraban en muy mal estado debido al efecto del agua de mar, pero inequívocamente apuntaban a un albarán de recogida en el puerto de Valencia. Un estudio más concienzudo de la documentación encontrada arrojó un dato sorprendente que encendió todas las alarmas de la Comandancia de Valencia: el albarán se correspondía con el contenedor que habían encontrado en el puerto con aquella siniestra carga de mujeres muertas.

Los investigadores siempre sospecharon que el contenedor había sido encargado por Volkov, pero nunca pudieron probarlo. Ahora disponían de una prueba que relacionaba a Brown con la muerte de esas chicas, y eso eran palabras mayores. Si conseguían tirar lo suficiente del hilo, tal vez relacionaran al mafioso inglés con el ruso, pero el tiempo apremiaba.

Volkov se había olido el peligro y desapareció sin dejar rastro antes de que los responsables de la UCO asignaran más medios a su vigilancia. El comandante Antúnez estalló ante la negligencia de sus subordinados, pero todavía les quedaban balas en el cargador.

—¡Panda de ineptos! —gritó Antúnez en alto sin dirigirse a nadie en particular—. Joder, Moreno, creía que ese tema estaba controlado.

—Sabe que estamos preparando el operativo del día veintiocho en la Cueva del Pecado y no dispongo de más efectivos —replicó el capitán ante la bronca de su superior—. Seguramente Volkov se haya refugiado allí y nosotros vamos a infiltrarnos en la fiesta que tiene preparada. De esa manera asestaremos un golpe mortal a su organización.

—¿No se habrá largado sin más? Puede que ya no esté en

España, lo más normal es que haya huido al percatarse del cerco sobre él.

—Puede ser, no se lo discuto. Pero yo apuesto a que sigue aún entre nosotros. No tiene liquidez, le hemos bloqueado todas sus cuentas en España y mandado requerimientos judiciales a los paraísos fiscales donde sabemos que posee otras cuentas numeradas.

—Es un tío de recursos, seguro que se las apaña muy bien. Me da en la nariz que ese ya anda a miles de kilómetros de aquí.

—Ya verá como no, mi comandante. Querrá disponer del dinero en metálico que sus invitados van a llevarle a la fiesta que ha organizado. Dinero negro que no se puede rastrear, justo lo que necesita en estos momentos.

—Ojalá tengas razón, pero lo veo un tanto arriesgado. Desde luego, es plausible viniendo de un tío tan arrogante que se cree por encima del bien y del mal. Habrá que esperar acontecimientos.

—No se preocupe, nos estamos dejando los cuernos en esta operación.

—De todas maneras, esto es un auténtico desastre, se está precipitando todo. En la Audiencia Nacional están que trinan y la Fiscalía Anticorrupción ya ha dado el pistoletazo de salida. Tras las confesiones del abogado, el castillo de naipes se ha desmoronado. Los maderos tienen a punto de caramelo la Operación Roca y todos los socios de Volkov van a caer en la redada a nivel nacional. Por no hablar de los bufetes de abogados, testaferros y funcionarios públicos que están en el ajo.

—¿Y en qué posición quedamos nosotros? —preguntó Moreno angustiado.

—Nosotros con el culo al aire, como siempre. El director general ya me lo ha advertido: si sale mal el operativo de Roncero nos podemos ir despidiendo de una jubilación dorada.

—¿Y qué pasa con los ingleses?

—Tranquilo, de eso se encarga el teniente Vélez. Hemos movilizado a la UEI, y ya están en camino. Los gabachos y la NCA andan también por aquí, esta noche entrarán en la finca del guiri y le darán un buen susto.

Dicho y hecho. La UIE, la Unidad de Intervención de la Guardia Civil, abrió el camino para el resto de los miembros del operativo conjunto tras recibir la pertinente orden judicial. La unidad de élite de la Benemérita entró por la fuerza en la finca y neutralizó a los hombres que custodiaban la propiedad de Brown. Una vez que pusieron también fuera de combate al aguerrido galés que resultó ser el lugarteniente del capo, el resto del equipo asignado para la misión entró sin mayor peligro en los dominios de *The Boss*.

—Buenas noches, teniente —saludó Brown con sorna al ver el operativo que se había presentado en su casa—. No hacía falta que destrozaran mi propiedad, les hubiera abierto la puerta con solo llamar al timbre.

El teniente Vélez le alargó la orden judicial para registrar su casa y arrestarle como presunto autor de una retahíla de delitos que llenaban un folio.

—Vaya, si están también aquí mis amigos de la NCA —dijo entonces en su idioma materno al ver a los investigadores británicos—. ¡Y también los franceses! Veo que es una bonita reunión, pero se equivocan de hombre.

La sonrisa irónica de Brown demostraba que no les tenía ningún miedo, y mucho menos respeto. Ya había sido exonerado en otras ocasiones, y creía que no contaban con suficientes pruebas en su contra. Por eso no se inmutó cuando el teniente Vélez le recitó en voz alta algunos de los delitos de los que se le acusaba.

—En Londres tiene varios juicios pendientes, y la NCA está deseando interrogarle. Nuestros colegas franceses tienen también muy claro que es el responsable del envío de cocaína aprehendido en el aeropuerto de Orly. Y aquí será acusado de blanqueo de capitales, extorsión, evasión fiscal...

Brown sonrió ante la lista de delitos detallados por el guardia civil. Ninguno era excesivamente grave y con sus contactos en las altas esferas saldría bien de esta. Tal vez una multa o una pequeña condena, nada que no pudiera soportar. De sus paisanos y los franceses ya se preocuparía después, primero tendrían que conseguir la extradición. Y su potente bufete de abogados les enterraría en documentación legal para demorar ese momento hasta la eternidad. Eso pensaba hasta que escuchó unas palabras que le helaron la sangre.

—... por no hablar del asesinato de Steve Smith, tráfico y trata de personas con el agravante de muerte, asociación ilícita para delinquir, crimen organizado y otros muchos delitos que ya le detallará su abogado.

—No, no...

El mafioso inglés, incrédulo, vio cómo le ponían las esposas y le sacaban escoltado de su propia casa. Tal vez el teniente tuviera razón y la suerte había comenzado a darle la espalda por primera vez en su vida.

GOLPE A LA CORRUPCIÓN

Comisaría Provincial de Valencia,
agosto de 2015

Habían acabado con el asesino de las marionetas, pero la actividad seguía siendo frenética en las instalaciones centrales de la Policía Judicial en Valencia. El inspector Bermejo, todavía reponiéndose del susto de su vida, tuvo que lidiar también con la noticia que conoció de labios de Macarena antes de que saltara poco después a los medios.

—Sí, Paco —le confirmó Maca cuando quedaron para tomar un café—. Toda esta movida la ha organizado mi hijo. Hemos llegado a un acuerdo con la Fiscalía y ha declarado todo lo que sabe. Y claro, yo me he tenido que inhibir de los casos relacionados.

Ambos conocían la situación. Se estaban desarrollando diversos operativos en toda la región gracias a la información suministrada por el abogado. Su bufete se había caído con todo el equipo por asesorar y montar la trama que permitía que las mafias operasen con total impunidad en la zona. El capo inglés también había sido detenido y Volkov seguía en busca y captura.

—Hablaré con mis amigos de la Guardia Civil, sé que van también tras la pista del ruso. Con tanta gente buscándolo, caerá más temprano que tarde.

—Eso espero, estoy muy preocupada por mi chico. Ha perdido cinco kilos y tiene unas ojeras de campeonato. La conciencia la tiene más tranquila después de la confesión, pero teme por su vida. Yo intento convencerle de lo contrario, pero no las tengo todas conmigo.

—No le pasará nada, ya lo verás —aseguró Bermejo para darle ánimos a Maca—. Está en buenas manos y habéis hecho lo correcto. Gracias a su testimonio se podrá acabar con muchas de las tramas delictivas que operan en Levante.

—Ojalá tengas razón. Disculpa, soy una maleducada. No te he preguntado por lo del asesino de las marionetas. Sé que resultó muerto en un enfrentamiento con la policía, pero no conozco todos los detalles, he estado un poco ocupada en las últimas horas.

Bermejo se estremeció al recordar el momento en el que se encomendó a ese Dios que tenía abandonado cuando creyó que sería su último pensamiento sobre la faz de la Tierra. Todavía tenía grabada en la retina el oscuro cañón del arma de Carballo, apuntándole a la cabeza en el mismo instante en el que su ángel de la guarda llegó al rescate.

El inspector pensó por un momento en edulcorar la realidad, pero la jueza se iba a enterar de todas formas. Tragó saliva y comenzó de nuevo a hablar ante la atenta mirada de Macarena, que enseguida se había percatado de que allí había gato encerrado.

—Bueno, es una historia un poco rocambolesca. La verdad es que yo tuve mucha culpa y me vi envuelto en una situación que no deseo ni a mi peor enemigo.

—Por Dios, Paco, ¿qué ha pasado? —preguntó angustiada la jueza al ver el rostro serio del inspector—. Estás blanco como la pared, eso no puede ser bueno.

—Tranquila, estoy bien. Solo que me afecta todavía lo sucedido y al recordarlo me he venido un momento abajo, pero ya está. Verás, me encontraba cenando tranquilamente con mi amigo Roncero cuando...

Macarena Velasco comenzó a angustiarse al escuchar las palabras de Bermejo. Sabía que había muerto un policía en el enfrentamiento, pero al conocer lo ocurrido de boca del inspector se sobresaltó. Una lástima que un chico tan joven hubiera fallecido de una forma tan inútil, pensó entonces la magistrada antes de conocer el resto de la historia.

—No lo pensé mucho, la verdad. Dejé allí a Roncero y salí tras ese cabrón sin mirar atrás. Quizás si hubiera actuado de otra manera no...

—¿Estás loco? No me digas que te fuiste tú solo a por él, sin esperar refuerzos.

—No podía esperar, ese tipo se escapaba y yo no iba a permitir que sus actos quedaran impunes. Soy un servidor de la ley y no me quedaba otra opción.

La jueza golpeó cariñosamente en el hombro de Bermejo al escuchar sus palabras. Era su manera de recriminarle su actuación, aunque su enfado fue a mayores cuando conoció el final de la historia.

—Ya ves, si no llega a ser por el picoleto no estaría hoy aquí para contártelo.

El inspector pareció decir esas palabras con sangre fría, pero la procesión iba por dentro. Se había alterado al narrar su terrible aventura y le costaba incluso respirar. Pidió un vaso de agua al camarero de la cafetería antes de continuar hablando.

Mientras tanto Macarena había pasado de la incredulidad a la estupefacción, sorteando además el susto de muerte que se llevó cuando Bermejo le narró lo sucedido. Se había quedado sin palabras durante un instante y cuando pudo reaccionar descargó su furia contra la única persona culpable de los sentimientos contradictorios que la embargaban en esos momentos.

—¡Dios mío! ¿Por qué no me llamaste para decírmelo? —preguntó un tanto furiosa, el único sentimiento que se permitió no reprimir delante de la persona que le provocaba esas sensaciones tan desconcertantes.

La jueza quiso golpear con fuerza a Bermejo, culpable de haberle hecho pasar uno de los peores ratos de su vida. Y eso que sabía que no podía haberle sucedido nada grave al tenerlo sano y salvo a su lado. Pero el solo hecho de conocer por lo que había pasado la soliviantó de tal modo que tuvo que hacer un esfuerzo supremo para controlarse.

Casi el mismo esfuerzo que reprimió para no abrazarlo y llenarlo de besos tras el monumental susto. Se encontraban en un lugar público y no era el mejor momento para demostrarle sus verdaderos sentimientos, pero por lo menos le había servido para cerciorarse de lo que realmente sentía por aquel policía tan cabezota.

—Perdóname, tampoco quería cargarte con más cosas. Bastante tenías con lo de tu hijo y todo eso...

Las aguas regresaron a su cauce y ambos consiguieron tranquilizarse. Un rato después se despidieron con la promesa de quedar con más tranquilidad cuando la vorágine se hubiera disipado un poco. Algo que el inspector no tenía muy claro cuándo podría llegar a suceder, inmerso todavía en varios frentes que reclamaban toda su atención.

**

De vuelta en la comisaría, un rato después, Claramunt llamó a Bermejo y le hizo pasar a su despacho para comentarle cómo había finalizado uno de los casos candentes de ese verano. Afortunadamente, habían encontrado con vida a la *escort* colombiana contratada por el asesino confeso, la última víctima de una ola de crímenes que había terminado para siempre.

Roncero había llamado a la policía justo antes de ir en busca de su amigo Bermejo y los vehículos zeta de la Policía Nacional se presentaron en el entorno del cementerio de El Palmar minutos después para hacerse cargo de la situación. El inspector Bermejo aseguró encontrarse bien después del encuentro con Carballo, pero los paramédicos decidieron asegurarse y lo examinaron a conciencia. Después lo condujeron a dependencias policiales, en compañía del sargento de la UCO, para tomarles declaración.

Aunque ellos no intervinieran en la búsqueda durante esa larga noche, diversas patrullas recorrieron sin descanso esa zona de El Palmar con objeto de encontrar la misteriosa barraca del fallecido Carballo. Mientras tanto, otros investigadores ponían toda la carne en el asador desde la central para ordenar el rocambolesco rompecabezas.

En la base de datos de Tráfico encontraron el Ford Focus a nombre de Máximo Carballo, con lo que ya tenían un hilo del que tirar. Sabían, gracias a los datos facilitados por el subinspector Lozano antes de caer abatido, que el criminal había pasado con ese coche desde El Saler en dirección hacia el Palmar, pero había regresado por el mismo camino con el Opel Vectra. Por lo tanto, ese coche permanecía oculto en algún lugar de la zona, seguramente en su propiedad particular todavía desconocida.

—Garrido encontró el coche gracias a las cámaras del centro y pudimos ubicar a nuestro amigo en el hotel Don Jaime, justo la tarde anterior. No tardamos mucho en averiguar que tenía un contacto dentro, y que Carballo había accedido a una habitación del hotel acompañado de una mujer espectacular.

La noche dio paso a la mañana y la policía recibió también una denuncia por desaparición de una ciudadana colombiana. Su compañera de piso, que se dedicaba a la misma ocupación que Daniela, se preocupó por su tardanza y por no haber tenido noticias de ella desde la tarde anterior. En su trabajo tenían que lidiar con todo tipo de personajes y creyó que podía haberle sucedido algo a su compatriota.

—No tendría que haberte hecho caso, Pepe. Mira que obligarme a coger ayer el día libre, con la de trabajo que había por hacer.

—Bastante habías hecho ya, Paco. Tenía muchos hombres en el caso y sabía que encontraríamos la ubicación. Lo único que me quemaba era que llegáramos tarde y nos encontráramos con un cadáver, pero había que cerrar el tema de una manera o de otra.

Las pesquisas puramente administrativas buscaron el origen de Máximo Carballo y gracias a ello llegaron a conocer su verdadera identidad. De ese modo, y gracias a su árbol genealógico, pudieron encontrar al fin la dichosa barraca.

—Llegamos casi a la vez, Paco. Los hombres que peinaban la zona a base de fuerza bruta hallaron la ubicación minutos antes de que el catastro nos confirmara la dirección. Teníamos la intuición de que la barraca se encontraba muy cerca del lugar donde Carballo había estrellado su coche, y no nos equivocábamos.

—¡Menos mal, Pepe! Me hubiera quedado un gran cargo de conciencia si no hubiéramos podido salvar a la chica.

Encontraron a la colombiana atada y amordazada en la habitación principal de la barraca rehabilitada. Aparte de molestias musculares por lo forzado de su postura, un principio de ansiedad debido a todo lo ocurrido y una ligera deshidratación, la joven estaba en buen estado. Habían llegado a tiempo.

—Por lo visto el muy cabrón había estado de juerga sexual por la tarde y pretendía ampliar la orgía durante la noche. Pero algo debió torcerse al llegar allí, la chica no nos supo concretar. Carballo la vejó y golpeó, pero entonces empezó a gritarle y a farfullar incoherencias mientras se agarraba la cabeza con las manos.

—Suerte tuvo entonces de que no la matara allí mismo, a saber lo que se le pasó por esa mente retorcida que tenía.

—Nunca lo sabremos, Paco. El tipo la ató y amordazó para que no le diera mayores problemas, salió de allí sin mirar atrás y entonces lo interceptasteis vosotros.

—Da igual, bien está lo que bien acaba. Por lo menos llegamos a tiempo de evitar una nueva muerte, aunque fuera por inanición.

—Por cierto, en la dichosa barraca hallamos numerosas pruebas en su contra. Como por ejemplo la colección de fotografías que había tomado de las víctimas en una galería de los horrores que guardaba en su cámara digital.

—¡Madre mía! Menudo elemento… ¿Y qué hay de todo lo demás? El maldito gallego nos la había colado pero bien a todos nosotros.

—Eso es cierto, hemos estado muy ciegos. La verdad es que todo esto me supera un poco, teníamos al enemigo en casa.

El inspector jefe le contó a Bermejo lo que habían averiguado sobre el policía miembro de la Brigada de Extranjería al que todos conocían por Max, Carballo, o Zape. En realidad, se trataba de un valenciano de pura cepa que había decidido cambiar de vida tras los trágicos hechos ocurridos durante su infancia y adolescencia.

—No conocemos toda la historia, pero el chico se volvió un tipo duro y aprendió a subsistir por sus propios medios. Tiempo después, ya con el nombre cambiado, pasó las pruebas de la Policía Nacional y comenzó a trabajar en Orense. Tuvo varios destinos por toda España, pero no fue hasta hace cinco años cuando desembarcó de nuevo en Valencia.

—Tierra que conocía perfectamente, de ahí la dificultad en dar con él —apuntó Bermejo al recordar las batidas infructuosas.

—Claro, era imposible que lo localizáramos de ese modo. La barraca de El Palmar estaba a nombre de su abuelo, ya fallecido. Siguió pagando la contribución y los suministros sin cambiar la titularidad y así se aseguró de que nadie relacionara al desaparecido José Vicente Navarro con nada de lo que sucediera en Valencia.

—Me lo creo, la burocracia en este país es un caos. Tampoco

tenía muchos vecinos alrededor, así que nadie se preocupó cuando volvió a ocupar esa barraca.

—Efectivamente. En Valencia disponía de un piso y un coche a nombre de Máximo Carballo. Y luego contaba con la barraca y con el otro vehículo que vosotros interceptasteis.

—Menudo angelito. Y después pasa de ser un policía corrupto a convertirse en un asesino en serie. Algo debió hacer clic en su cabeza, aunque muy amueblada nunca la tuvo después de lo que había sufrido.

—Al final resultó ser el asesino de las marionetas, pero las fechorías de Navarro o Carballo, como prefieras llamarle, tenían los días contados. El trabajo ha dado sus frutos y ya están pasando a disposición judicial todos los miembros de esta trama corrupta.

—Parece que todo sucede a la vez en esta bendita ciudad: mi aventura con el asesino, una trama de crimen organizado en toda la región que salta por los aires debido a un testigo protegido, y ahora nuestra propia trama de corrupción policial en Valencia.

—Sí, tienes razón. El tiempo apremiaba y decidí que había que actuar antes de que se nos escaparan los cabecillas. Tú no estabas ayer para muchos trotes, así que el operativo fue comandado por Villares por parte de nuestra unidad, que contó también con el apoyo de la Provincial para finiquitar este asunto.

—Siento haberme perdido toda la fiesta, qué le vamos a hacer. De todas maneras, el ínclito Villares ha resultado ser al final un gran policía y un tipo de confianza, aunque tiene unas salidas de pata de banco que debería corregir —apuntó Bermejo. El inspector no quiso mencionar las vagas sospechas que había albergado en su momento en torno a Villares, un policía de la vieja escuela que no iba a cambiar de costumbres a su edad.

—Sí, eso es cierto. Por lo menos estamos a punto de cerrar los casos que te trajeron a Valencia. En breve podrás regresar a la capital, seguro que echas de menos Madrid.

—No te creas, este verano tan caluroso no ha tenido que ser tampoco muy divertido en la capital. En mi casa no dispongo de aire acondicionado y mucho menos de piscina o playa cercana.

—No te veo yo mucho de piscina o playa. Como máximo, usuario final de chiringuito y poco más...

—Nos hacemos mayores, Pepe. No estoy yo para enseñar este cuerpo serrano en bañador, eso se lo dejo a los jóvenes —bromeó el inspector—. Anda, explícame bien cómo se ha cerrado el operativo. Creo que ha caído hasta el apuntador.

Claramunt le contó a Bermejo lo sucedido en la operación con todo lujo de detalles. Un operativo que había comenzado meses atrás, antes de que el inspector llegado de Madrid aterrizara en la ciudad del Turia. Con las pesquisas de la unidad formada en torno a Claramunt, más las averiguaciones de otros grupos policiales, la inestimable colaboración de la Fiscalía y la inesperada ayuda de un confidente policial, pudieron desentrañar una compleja trama que se había enquistado en los más variopintos estamentos de la sociedad valenciana.

Carballo y su compañero Ferrer, inspectores de la Brigada de Extranjería de Valencia, eran miembros destacados de la trama delictiva, pero no los únicos. La Fiscalía Anticorrupción iba a pedir penas de prisión para varios altos cargos del Cuerpo Nacional de Policía de Valencia bajo la acusación de formar un grupo mafioso y corrupto que llevaba años actuando impunemente en la ciudad.

—Estos cabrones se aprovechaban de su mando, del poder que les otorgaba la placa y, sobre todo, de la información privilegiada a la que tenían acceso. A cambio de mordidas en dinero y otros tipos de pago en «especie», hacían la vista gorda y favorecían la prostitución ilegal, incluso con menores, en dos garitos muy conocidos de la zona: el Paradise, aquí en Valencia, y el Dreams de Catarroja.

—La pescadilla que se muerde la cola —dijo Bermejo tras escuchar el nombre del prostíbulo en el que ocurrían todos los hechos destacados de las últimas semanas—. Al final siempre sale el Paradise y nuestros amigos los rusos.

—Efectivamente, Paco, pero hay mucho más.

Había más de veinte imputados: propietarios de clubs de alterne, abogados de Valencia y Alicante, técnicos y otros funcionarios de ayuntamientos como el de Catarroja y Valencia, así como diversos miembros del Cuerpo Nacional de Policía. La plena colaboración entre jueces, fiscales y Policía Judicial había conseguido desenredar la madeja de una compleja trama enquistada hasta el corazón de los despachos de algunos importantes responsables policiales.

En la operación se habían visto salpicados inspectores jefe, agentes, dueños y trabajadores de prostíbulos, funcionarios y técnicos municipales. Habían sido unos meses muy duros de trabajo, con seguimientos, escuchas y la colaboración de algunos «confites» hasta determinar que durante más de cinco años el Paradise y el Dreams, cerrados ahora por orden judicial, funcionaban gracias a los chivatazos policiales.

—A tu amigo Boris Vasíliev y sus compinches, ya detenidos y puestos a disposición judicial, les avisaban de las redadas que iban a tener lugar. De ese modo podían evitar que les descubrieran con menores en el local o con mujeres recién llegadas a España que ejercían la prostitución en esos tugurios sin tener los papeles en regla.

—Al parecer Carballo era uno de los asiduos del local, por lo que he podido entender —afirmó Bermejo tras recordar el cínico gesto de Boris al tratar con él. Se alegraba de que le hubieran detenido y esperaba que el tipo hortera de las zapatillas amarillas también hubiera caído en la redada. El único que se había librado era el verdadero dueño de todo, Aleksandr Volkov, que seguía en paradero desconocido.

—Y no solo eso, Paco. El amigo Navarro, o Carballo, como más te guste, era el suministrador de pasaportes y papeles en regla para muchas de las chicas de esos locales. Y claro, luego se lo cobraba en carne, alcohol o lo que hiciera falta.

—Lo que no entiendo es por qué abandonó su lucrativo negocio al margen de la ley para asesinar a unas prostitutas callejeras. Y lo que es peor, se arriesga a que le pillen al secuestrar, torturar y asesinar a Ivanka, la puta más solicitada del Paradise. Esa chica lo conocía, seguro que también «bíblicamente», y se la jugó delante de la mafia rusa. Sigo sin entenderlo y no creo que nos enteremos nunca de sus razones.

—Lo hecho, hecho está. No comprenderemos nunca la mente de los psicópatas, eso se lo dejo a los profesionales del ramo. El caso es que se acabó la pesadilla del «asesino de las marionetas» y además comprobamos que nuestro hombre no era trigo limpio desde hacía varios años. Sin duda su pasado tuvo mucho que ver con su comportamiento de los últimos tiempos.

Bermejo asintió mientras le seguía dando vueltas en la cabeza. Le gustaría confrontar su versión con Roncero y hablar sobre el tema para aclarar algunos puntos oscuros. «Muerto el perro, se acabó la rabia», rezaba el refranero popular, y el inspector se había dado cuenta de que iban a echar paletadas de tierra sobre el asunto. Tampoco querrían insistir mucho en que un policía nacional se hubiera convertido en un asesino en serie para no asustar a la población. Le encasquetarían los asesinatos al fallecido José Vicente Navarro y la opinión pública ignoraría el resto de escabrosos detalles de la trama.

Al inspector le daba un poco de rabia no conocer bien todos los pormenores, pero podría vivir con ello. Quería comentarle a Roncero, si es que podía hablar con él ya que estaba inmerso en una peligrosa infiltración, sus ideas respecto a lo sucedido en la mente del asesino. Tal vez lo ocurrido en esa casa del demonio durante su infancia, con un padre que abusaba de sus hijos mientras una prostituta borracha miraba para otro lado, fuera el germen de lo sucedido muchos años después. Quizás esos ojos y bocas cosidas tenían relación con la única persona adulta que podía haber salvado a esos niños de la muerte en vida.

Claramunt seguía parloteando ajeno al devenir de los pensamientos de su subordinado, por lo que Bermejo decidió prestarle más atención antes de que se diera cuenta de su aparente despiste o falta de concentración.

—Al inspector jefe de la Brigada de Extranjería, Pedro Puzol, le va a caer una buena. Está acusado de varios delitos muy graves: asociación ilícita para delinquir, organización criminal, favorecimiento de la prostitución, cohecho pasivo, revelación de secretos y mucho más. Y al compañero de Carballo también se le caerá el pelo con sus nueve delitos de extorsión. Por no hablar de los rusos o los abogados que estaban metidos en el ajo; el fiscal se va a poner las botas a pedir años de prisión.

—Ya veo, no os vais a aburrir por aquí en los próximos meses.

—Tenemos que seguir tirando del hilo, pero algunas declaraciones de las chicas están siendo muy reveladoras —continuó Claramunt.

—Claro, ahora todas hablarán si consiguen algún tipo de beneficio una vez clausurados los locales donde ejercían. Habrá que poner en cuarentena muchas de sus declaraciones, ya sabes cómo son estas cosas.

—Sí, pero algunos datos coinciden con otras sospechas que teníamos gracias a diversas fuentes. Por lo visto, el Paradise abría fuera de su horario habitual y celebraba encuentros privados con policías, funcionarios y políticos locales y regionales. Te puedes imaginar: orgías de sexo, drogas y alcohol, totalmente gratis para los prebostes, a cambio de determinados favores. Creo que los sobres con dinero negro cambiaban de manos que era un gusto.

—Eso habrá que probarlo, claro. Aunque no huele bien y dice muy poco de nuestros compañeros y, sobre todo, de nuestros dirigentes.

—Qué me vas a contar, Paco. Este mundo no tiene arreglo, por mucho que nos empeñemos en cambiarlo.

—No estoy de acuerdo con eso, amigo. No podemos rendirnos, sino que debemos seguir trabajando por el bien de nuestra sociedad.

—Tal vez tengas razón, pero nosotros pertenecemos a otra generación. Tendrán que ser los jóvenes los que tiren ahora del carro. Nos merecemos algo mejor que esta podredumbre que carcome nuestra sociedad, aunque tal vez nosotros no lo veamos.

—Te veo un poco pesimista, Pepe. Y eso que hemos cerrado con éxito las misiones que nos habían encomendado.

—Más bien realista. Pero tienes razón, hoy no es el día para andar con lamentaciones. Hay que celebrar el trabajo bien hecho, aunque hayamos demostrado que la corrupción es un mal endémico de esta sociedad. Te invito a comer y así nos olvidamos un poco de todo este asunto tan escabroso.

—Me parece perfecto. Ya era hora de que te estiraras un poco...

CONFESIONES EN LA ALCOBA

Hotel Aqua Valencia,
26 de agosto de 2015

El mes de agosto estaba siendo bastante atípico para Miriam. Por un lado, se encontraba alojada en un confortable hotel de Valencia junto a su pareja, pero a Pablo no lo veía demasiado a causa de su trabajo. Ella, a su vez, se encontraba también inmersa en unas esperanzadoras investigaciones con las que podría escribir unos reportajes más que interesantes.

Esos últimos días había visto a su novio algo más retraído, quizás incluso preocupado. Supuso que se debía a la investigación en la que se hallaba inmerso, pero tampoco quería enfadarle si le intentaba sonsacar en qué andaba metido de verdad.

Mientras tanto, le había llegado un rumor sobre una trama generalizada en la región que necesitaba confirmar antes de lanzarse a la piscina. Decidió entonces compartir parte de lo averiguado con Pablo, por lo menos para romper el hielo que parecía haberse instalado entre ambos en las últimas semanas. Miriam comprendía que la situación no era la ideal: se encontraban lejos del hogar y ambos enfrascados en sus propias investigaciones. Pablo no se había querido inmiscuir en la suya aparte de una breve advertencia para que tuviera cuidado y ella tampoco había querido insistir más tras las continuas broncas derivadas de la adelantada incorporación de Pablo a su puesto de trabajo.

Por lo menos Miriam se encontraba más tranquila en un sentido. Pablo le había prometido que solo investigaría desde la oficina, en la Comandancia, y no efectuaría trabajo de campo ni se enfrentaría cara a cara con los malhechores. Y eso se había cumplido hasta que Pablo le confesó lo sucedido durante la noche en la que había quedado para cenar con Bermejo. Cierto era que no tenía nada que ver con su trabajo, sino con el del inspector, pero de un modo u otro el guardia civil se había visto involucrado de nuevo en un tiroteo y se había jugado el tipo para salvar a su amigo antes de que llegaran los refuerzos.

Tras el susto inicial y la pequeña bronca que le montó al enterarse, Miriam tuvo que admitir que no había sido culpa suya y que Pablo había actuado del mejor modo para salvar la situación. Por lo menos esos días tuvieron otro tema de conversación, aunque ambos sabían que tendrían que aclarar sus diferencias por el bien de la relación de pareja.

Veía a Pablo un poco más animado, pero con el mismo gesto de preocupación. Ella, en cambio, estaba exultante ese día tras los pasos avanzados en su reportaje y quiso compartirlo con él en cuanto llegó a la habitación.

—Buenas noches, cariño, ¿qué tal el día? —preguntó al verle aparecer.

—Bien, muy liado —contestó Pablo con gesto serio. Miriam reparó entonces en sus profundas ojeras y en los rasgos macilentos de su rostro. Incluso llegó a pensar que había adelgazado un poco. El estrés, la presión del trabajo y la falta de tiempo diario que solía ocupar en su rutina de ejercicios para mantener la forma le estaban pasando factura. Tampoco dormía excesivamente bien desde que pernoctaban en el hotel y todo eso le estaba afectando demasiado—. Me voy a dar una ducha, estoy muerto.

Pablo se acercó a Miriam, le dio un beso fugaz en los labios casi por inercia y se quitó la ropa antes de entrar en el cuarto de baño. Miriam se quedó un poco tocada al ver su reacción, aunque intentó comprenderle y animarle después de lo que parecía una jornada agotadora de trabajo.

De todos modos, decidió hablar con él cuando terminara de ducharse, no podía demorarlo más. Aquella absurda situación seguía enquistándose entre ambos y al final terminarían pagándolo. Así que buscó la mejor sonrisa de su repertorio y comenzó a hablar en cuanto Pablo apareció de nuevo por allí.

—¿A que no sabes en qué ando metida? Sé que igual no te gusta y no debería contártelo, pero estoy avanzando mucho. Una sopresita más en la larga lista de despropósitos de esta gente que parece no tener límites.

Miriam le contó parte de las investigaciones que ocupaban su tiempo. Roncero se sentó en la cama a su lado, vestido únicamente con ropa interior, mientras la miraba de un modo ausente.

—¿Estás bien? —preguntó Miriam preocupada. Ni siquiera le había echado la bronca por lo que acababa de confesarle y eso no era una buena señal—. No tienes muy buena cara, igual deberíamos llamar al médico.

Pablo la miró de frente, ahora sí prestándole atención. La atravesó con sus ojos de un modo que Miriam ya casi había olvidado y supo que él también tenía algo que decirle. Por un momento temió que comenzara con el consabido «Tenemos que hablar», una frase que hubiera despertado en ella algo más que una simple preocupación. Pero no, fue algo incluso peor.

—Yo también tengo que contarte algo sobre mi trabajo, Miriam. Algo que me está carcomiendo por dentro y que tengo que decirte antes de que...

—Tranquilo, de verdad. No tienes por qué contarme nada, yo no voy a inmiscuirme en tu trabajo. Con saber que estás bien y a salvo me sirve, nada más.

—Ese es el problema...

—¿De qué estás hablando? Por favor, Pablo, no me asustes más. Tienes muy mala cara, algo gordo te pasa.

Pablo acarició con delicadeza el rostro de Miriam, casi como si la viera por primera vez. Depositó un dulce beso en sus labios, le colocó un mechón de pelo detrás de la oreja y suspiró perceptiblemente antes de comenzar a hablar.

—Verás, tiene que ver con el operativo en el que estamos trabajando. Ya hemos superado la fase de acercamiento y estamos a punto de dar el golpe final. Se acerca el día D y mi labor en la investigación va a sufrir algunas variaciones.

—¿Qué tipo de variaciones? —preguntó Miriam sin querer escuchar la respuesta—. No puede ser, Pablo, me lo prometiste…

—Es la única manera, lo siento. Si no lo hago yo no podremos acabar con esta gente, no hay otra solución.

Pablo le contó con detalle la investigación que habían llevado a cabo, confiando en que al revelarle algo secreto le diera un pequeño margen de confianza. Pero cuando le explicó la siguiente parte del operativo, con su infiltración en persona dentro de aquella fiesta de perversión, Miriam puso el grito en el cielo.

—¿Tú estás loco o qué? —gritó mientras golpeaba a Pablo en el pecho—. ¡No lo voy a permitir, ni hablar!

—No queda otra opción, Miriam. Es la única manera de acabar con ese tipejo y su banda. No querrás que esas pobres chicas sigan sufriendo en manos de desaprensivos. Imagínate, algunas serán subastadas entre esos ricachones sin escrúpulos y a saber qué tienen organizado como fin de fiesta, miedo me da.

La periodista supo que Pablo utilizaba un razonamiento que a ella le afectaba demasiado, apelando al odio y asco que sentía por algo tan abominable como la trata de blancas, la prostitución y todo lo que conllevaba ese negocio infernal que movía tantos miles de millones de euros en todo el mundo.

El guardia civil le aseguró que no correría ningún peligro, secundado por una compañera en el centro mismo de la operación, y con toda su unidad pendiente desde fuera de lo que ocurriera en el interior de la finca. Aun así Miriam no las tuvo todas consigo, pero no le quedaba otro remedio que claudicar.

—¿Cuándo tienes que marcharte? —inquirió Miriam al conocer más detalles.

—Hoy es miércoles, ¿verdad? Entonces, mañana por la mañana regresaré a Madrid, pero tú puedes quedarte aquí. Para que mi coartada tenga credibilidad tengo que coger un vuelo con destino Alicante el viernes por la mañana, ya lo hemos confirmado con los organizadores.

Miriam se sorprendió al saber que Pablo viajaría con documentación falsa, preparada por la Guardia Civil expresamente para esta misión en colaboración con la Interpol. Debía llevar un auténtico pasaporte norteamericano por si los rusos se lo pedían o lo requisaban al llegar; su coartada no debía presentar ninguna fisura. Recogería después el dinero en metálico que habían preparado y se dirigiría hacia el punto de encuentro con los mafiosos.

—Creo que han organizado actividades durante todo el fin de semana, por lo que tengo que estar preparado para lo que se me avecina.

—Por favor, Pablo, no vayas —rogó Miriam al notar un leve hormigueo en el estómago. Nunca había hecho demasiado caso a las señales, pero estaba dispuesta a comenzar en ese preciso instante si le servía de algo.

—No hay marcha atrás, Miriam. Mañana me despediré de ti y no podré contactar contigo hasta que se acabe todo. Llevaré un móvil de prepago a nombre del supuesto neoyorquino por el que me hago pasar, pero imagino que me lo quitarán al llegar. Sí estaré conectado de otro modo con mis compañeros, pero deberé tener cuidado.

Miriam lo abrazó y lo estrechó contra su pecho con una fuerza inusitada. Su corazón latía a demasiada velocidad y supo que aquella semana se le haría eterna hasta poder tener de nuevo a Pablo entre sus brazos.

OPERACIÓN ROCA

Valencia,
26 de agosto de 2015

La sincronización del operativo fue casi perfecta, pero no pudieron capturar a todos los implicados en la trama. En la madrugada de ese día se sucedieron las detenciones en diversos lugares de España desperdigados por toda la costa mediterránea: Altea, Alicante, Valencia, Castellón, Tarragona e incluso en la Costa Brava, donde los rusos también habían desembarcado con fuerza en los últimos años.

Se detuvo a numerosos miembros de la mafia rusa en nuestro país, así como a testaferros, abogados, empresarios españoles vinculados a la trama y funcionarios corruptos que les ayudaban en sus negocios: diputados provinciales, técnicos de diversos Ayuntamientos, agentes de inmigración, concejales de Urbanismo y otros funcionarios de diverso rango.

Vania Tikonenko y su testaferro, el empresario español Rufino Martínez Moraleda, fueron de los primeros en caer. El fundador de Saneamientos Moraleda, hombre de paja en los negocios turbios de Tikonenko para blanquear el dinero de sus negocios ilícitos, se sorprendió mucho al ver entrar a los policías en su casa. No así el viejo Vania, que ya se lo esperaba tras la llamada de su antiguo camarada

Aleksandr Volkov.

La UDYCO ya tenía conocimiento de que el premio gordo, Volkov, no iba a poder ser capturado en esa ocasión. La UCO andaba también tras su pista, pero sabían que había desaparecido del radar. Los mandos policiales se pusieron en contacto para no interferir en sus investigaciones y llegaron a un acuerdo tácito poco antes de poner en marcha el operativo.

—La Fiscalía nos está apretando, Antúnez —confesó Mardones—. No podemos retrasarlo más o estos cabrones se escaparán a sus países de origen.

—Lo comprendo, no te preocupes. Vosotros a lo vuestro, imagino que es un operativo complicado para poner de acuerdo a tanta gente. Pero Volkov es nuestro, ya lo sabes.

Antúnez le comentó por encima la operación que la UCO preparaba para acabar con Volkov y su entramado de prostitución de lujo. Mardones estuvo de acuerdo y convinieron en que cada uno haría su parte sin poner en peligro el operativo del otro cuerpo policial.

Por eso los policías no se preocuparon por que no hubiera nadie en la casa de Volkov y dejaron campo libre a la Benemérita. Ellos parecían tener controlada esa situación y prefirieron actuar sobre el resto de implicados. Tan solo se les había escapado un empresario de Castellón, un abogado catalán que al parecer se encontraba en Andorra, y uno de los miembros menos conocidos de la mafia rusa, que había conseguido regresar a su país sin levantar sospechas.

La Operación Roca fue un completo éxito y apareció en primera plana en todos los periódicos. Al comandante no le hizo demasiada gracia por si Volkov se asustaba y huía con el rabo entre las piernas, aunque al final sus hombres tenían razón: no iba a abandonar el país hasta que recolectara una buena cantidad de euros en metálico en su fiestecita privada.

Antúnez llamó entonces a su viejo amigo de la Policía Judicial, el comisario Mardones, para felicitarlo por haber llevado a cabo tan magnífica operación. Lo cortés no quita lo valiente, pensó entonces el veterano guardia civil, olvidando sus rencillas pasadas y los encontronazos que habían tenido en los últimos tiempos.

—Muchas gracias, amigo —respondió Mardones—. Han sido muchos meses de duro trabajo, pero al final ha merecido la pena.

—Esperemos que todas estas operaciones sirvan para limpiar tanta porquería. Aunque ya sabes que vendrán otros a ocupar el puesto dejado por los detenidos y vuelta a empezar.

—Así no nos aburriremos, Antúnez, no querrás que nos jubilemos tan pronto. Tenemos mucho trabajo por delante todavía. Por cierto, me han dado un chivatazo que igual te interesa. Adivina dónde se encuentra el camarada Aleksandr Volkov.

—Soy todo oídos —replicó el comandante tras recomponerse de la sorpresa. Le debería un favor muy grande a Mardones si le ayudaba a capturar a la ballena azul, pero no le importaba si con eso destruían a la mafia rusa en la región.

—El muy cabrón se ha refugiado en el fastuoso yate del príncipe saudí, Abdul Hamed Fahd. Al parecer ha sido invitado por un nuevo amigo suyo, el jeque Al-Mansour, primo lejano del príncipe. Ahora mismo se encuentran en aguas internacionales, a pocas millas de Ibiza.

—¿Al-Mansour? —preguntó aturdido el comandante. Sabía que el jeque se relacionaba con el detenido Henry Brown, pero hasta ese momento desconocía su relación con Volkov. Y si se encontraban juntos en el yate de su primo debía ser por una razón importante, tenía que poner a sus hombres a trabajar—. No sabía que ese malnacido se encontraba por aquí.

—Si necesitáis ayuda no dudes en llamarnos, tenemos información sobre ese conocido playboy. Un millonario con contactos de gran nivel del que siempre se ha dicho que trafica con armas en Oriente Próximo. El problema radica en que es un invitado del miembro de la Casa Real saudí y eso son palabras mayores.

—Claro, claro, no sea que provoquemos un conflicto internacional —soltó Antúnez con sorna—. España es muy amiga de los saudíes, ya lo sabemos, y no se les puede poner en un compromiso. No vaya a ser que luego no nos compren armas o el AVE a La Meca. Aunque den cabida en su superyate a mafiosos y traficantes internacionales buscados por medio mundo.

—Además, en aguas internacionales no se les puede hacer nada, aparte de vigilarles. Otra cosa es que pusieran un pie en tierra firme.

—Tranquilo, Mardones, de eso nos encargamos nosotros, aunque dudo mucho que sean tan idiotas como para ir de turismo ahora que se encuentran a salvo. No te preocupes, es cosa nuestra. Y muchas gracias de nuevo por tu ayuda, te debo una.

—No hay de qué, viejo zorro. Suerte con la caza.

El comandante puso al corriente a su unidad, que se encontraba ultimando el operativo en el que Roncero y Nadia se infiltrarían en la finca privada de Volkov. Tras estudiar de nuevo toda la operación llegaron a la conclusión de que Al-Mansour era Aladin, uno de los integrantes del chat privado en el que había participado Roncero, y, por ende, uno de los invitados estrella a la fiesta que iba a tener lugar ese fin de semana.

—Esto complica aún más las cosas, comandante —afirmó el capitán Moreno al enterarse de la noticia—. Si nos atenemos a los miembros del chat privado, creemos que Gunther es Bauer, el millonario alemán amigo de Volkov. A Yamamoto no le hemos localizado todavía, pero si Peter es Volkov y Aladin es Al-Mansour, debemos suponer que todos se conocen entre sí. Eso deja en mal lugar nuestra coartada, pueden pillar a Roncero en un renuncio.

—Tranquilos, está controlado —aseguró Roncero—. He hablado con mi contacto americano y Fowley no los conoce de nada. Así que ellos tampoco tienen por qué saber de él.

—Sí, pero Volkov habrá investigado a este tío, no va a meter a cualquiera en su finca privada —replicó Antúnez.

—Fowley no se prodiga mucho en los medios, es un millonario algo excéntrico. No concede entrevistas, no tiene perfiles sociales y suele pasar bastante desapercibido en su país. No aparecen prácticamente imágenes suyas en Internet y de todos modos me van a caracterizar para que me asemeje más a este tipo. En ese sentido, creo que estamos cubiertos.

El sargento Roncero parecía tranquilo tras terminar su intervención, aunque la procesión iba por dentro. Antúnez le miró un segundo y asintió, dándole a entender que tenía todo su apoyo. Sabía que se jugaban mucho con aquel operativo, pero era Roncero el que tendría que cargar con la mayor responsabilidad sobre sus hombros.

Moreno consultó unos datos en su tableta y se los pasó al comandante, que los contempló con interés. Roncero se unió entonces al grupo justo cuando el capitán explicaba en voz alta los datos de los que disponía.

—El tal Abdul Hamed Fahd sigue con sus rutinas habituales que ya conocen por la zona. Utiliza el mismo comportamiento de reyezuelo que ya han visto en Santorini y en Cerdeña, y ahora parece que su destino final es Ibiza. No sabemos si sus huéspedes se quedarán en el yate todo el tiempo. Si no es así, podríamos capturarlos cuando bajen a tierra, si es que el príncipe continúa con sus costumbres chabacanas de montar el espectáculo grotesco en cada isla a la que llega con su troupe y se lleva a sus amigos de farra.

Moreno explicó a sus compañeros la información recabada sobre las actividades del príncipe cuando se acercaba a alguno de los puertos más exclusivos del Mediterráneo. Su yate era uno de los más grandes del mundo, con 140 metros de eslora. Contaba con un sistema antimisiles, un helipuerto en proa, tripulación de más de cincuenta personas y todo tipo de acabados de lujo: suelos de maderas nobles, griferías de oro y mucho más.

Su flota náutica contaba con otras dos embarcaciones más pequeñas. En una viajaba su séquito y en el otro la compañía femenina que ya había sido inmortalizada por la cámara de algún avispado paparazzi, nada menos que treinta exclusivas modelos, mujeres despampanantes de las más diversas procedencias: Rusia, Brasil, Francia o España.

—¿El príncipe ese tiene un yate de putas que le acompaña por el Mediterráneo? —preguntó Antúnez—. Vamos, que Al-Mansour y Volkov se encontrarán a sus anchas con un anfitrión de esas características. Igual no bajan en la puñetera vida del barquito ese: sol, mar, alcohol, drogas y mujeres a tutiplén. Ríete tú del paraíso en la Tierra...

—De todos modos, no creo que Volkov vaya a moverse de momento, sabe que está en el punto de mira de mucha gente. Quizás con Al-Mansour sea diferente...

—Tampoco podríamos hacer nada aunque se diera una vuelta por Ibiza. Al-Mansour está siendo investigado por la Interpol, pero aún no pueden presentar cargos contra él y tendríamos que dejarlo en libertad —aseguró el comandante—. Sería una mala jugada: podríamos enfrentarnos a un conflicto internacional si le tocamos las narices al hijo del fallecido rey de Arabia Saudí. Y encima Volkov se iría de rositas, a no ser que bajara también a la playa con él.

—No creo que lo haga, la verdad. Así que lo mejor es que los tengamos controlados y después los sigamos de un modo discreto.

—Estoy de acuerdo. Esperaremos entonces a que vuelvan a la península, ya queda poco para el gran día. Hay que dar el callo, chicos, no podemos fallar.

Moreno y Roncero cabecearon en señal de asentimiento. La suerte estaba echada y ese mismo fin de semana se resolvería, para bien o para mal, el complejo operativo que llevaban tiempo preparando. El comandante dejó trabajar a sus hombres y se marchó de la sala de reuniones, camino del despacho que tenía asignado en la

Comandancia. Quería revisar unos papeles oficiales que guardaba en su escritorio, pero recibió entonces una llamada de teléfono inesperada.

—¿Comandante Antúnez? —preguntó una voz que le resultó conocida al jefe de la UCO.

—Sí, soy yo. ¿Quién llama?

—Soy el inspector Bermejo, de la Policía Judicial. No sé si se acuerda de mí...

—Claro que me acuerdo, inspector. ¿A qué debo el honor?

Pensaba que ya había quedado todo claro con el comisario, pero tal vez la llamada del inspector no tuviera nada que ver con la conversación mantenida con su superior.

—Verá, comandante. Sé que conoce nuestras investigaciones sobre el ruso y estoy también al tanto de su operativo en marcha. Me gustaría ayudarles a atrapar a ese indeseable.

—Le agradezco el detalle, inspector. Pero se trata de un operativo exclusivamente de la UCO y, como comprenderá, no podemos dar cabida a miembros de otros cuerpos de seguridad.

—Se lo pido como favor personal, comandante. Estoy en deuda con Roncero y me gustaría echar una mano en lo que sea menester.

Antúnez conocía lo sucedido en la barraca de la Albufera. No pudo echarle la bronca a su hombre por jugarse el tipo, él hubiera hecho lo mismo. La situación fue del todo inesperada y el sargento siguió su instinto. Tal vez si no hubiera actuado de ese modo, el asesino habría acabado con la vida de Bermejo. Y por eso entendía perfectamente la petición del inspector, aunque no la compartiera.

Tras un tira y afloja el comandante terminó por claudicar, aunque cada uno puso sus condiciones. Bermejo había terminado con los operativos en los que trabajaba en Valencia y contaba con unos días de permiso. Unas pequeñas vacaciones que utilizaría para ayudar en aquella peligrosa misión, con el beneplácito de sus superiores.

—La parafernalia informática y de seguimiento la hemos montado en la Comandancia de Valencia; aquí disponemos de más sitio, mejor material y los hombres más cualificados para esta operación. Pero el cuerpo de asalto tendrá su base de operaciones en Alicante, y yo seguiré las operaciones desde allí en continuo contacto con la base —informó Antúnez.

Desconocían el paradero exacto de la finca privada de Volkov, pero se inclinaban más por alguna extensa propiedad en el interior de la provincia alicantina. De ahí que la UIE de la Guardia Civil se encontrara en alerta para partir desde allí ante cualquier eventualidad.

—De acuerdo, Antúnez. Yo le acompañaré entonces en la Comandancia de Alicante, esperemos que todo salga bien. Y por favor, no le diga nada a Pablo. Prefiero que no sepa que voy a colaborar en esta misión.

—De acuerdo, el chico no se enterará de nada, entiendo su postura. Pero que conste que será usted un mero observador, no un colaborador activo.

—Por mí perfecto. Hablamos entonces para coordinarnos. Y muchas gracias de nuevo por su confianza.

PUESTA EN MARCHA

Todos los integrantes del equipo tenían muy clara su misión en uno de los operativos más peligrosos en los que la UCO había trabajado en los últimos años. Los responsables creían tener controlados todos los flancos, pero en petit comité se asumía que cualquier pequeño detalle podría dar al traste con todo.

—¿Qué hay de Nadia? —preguntó entonces Antúnez—. Espero que la coartada sea perfecta, no la vayamos a joder por ahí.

—Su coartada es sólida, no se preocupe —aseguró Moreno—. Esta tarde tiene que acudir a una cafetería de Altea. Al parecer la empresa de *catering* ha quedado allí con todas las camareras contratadas y alguno de los hombres de Volkov las llevará hasta la finca.

La cabo Muñoz sería uno de los efectivos más importantes para la misión, y se jugaría el tipo como Roncero, aunque con un perfil más bajo. Como *hacker* y experta informática se creó una huella digital para su nueva identidad, una tapadera para que nadie relacionara a Olga Muñoz Dunai con la verdadera Nadia Muñoz Ivanchuk. Por obra y gracia de Internet, los rusos encontrarían referencias de su nueva identidad, con perfiles sociales e incluso alguna fotografía con supuestas amigas. Olga sería una chica alicantina de padre español y madre húngara, de ahí su leve deje al hablar en castellano, que era el idioma en el que se desenvolvía.

Además de haber trabajado como azafata de eventos y camarera en hoteles de lujo, Olga manejaba a la perfección el inglés y el alemán, detalles que eran ciertos en el caso de Nadia y que le facilitaron la obtención de una plaza para trabajar en la fiesta. Lo que su currículo modificado no incluía era que también dominaba a la perfección el ruso, su verdadero idioma materno, y se manejaba con mayor o menor dificultad en otras lenguas. Por no hablar de otras habilidades como la precisión en el tiro y el dominio de la lucha cuerpo a cuerpo.

Nadia llevaría consigo un móvil de prepago que seguramente le confiscarían los rusos, pero debía aparentar normalidad. Lo que ya no resultaba tan habitual eran los dos dispositivos que llevaría engarzados en complementos de vestuario con la mayor discreción posible. El primero era un dispositivo miniaturizado de posición que daría sus coordenadas por GPS con un margen de escasos metros. Se le había instalado en el interior del mecanismo de su reloj de muñeca, y solo se activaría cuando la cabo apretara uno de los botones del reloj.

Contaban con que no le examinaran ni quitaran el reloj, pero si se deshacían de él antes de que las chicas comenzaran a trabajar en la fiesta, tampoco sería una pérdida irreparable. Numerosos efectivos de tierra de la Guardia Civil se encontraban en alerta para la misión e intentarían que tuvieran el mejor margen de maniobra. Otro asunto más peliagudo fueron los medios aéreos tripulados, de los que tuvieron que prescindir para no alertar a los mafiosos.

A Nadia le habían instalado además lo más moderno en tecnología audio-vídeo: un diminuto micrófono bidireccional quedaría oculto en el pendiente de su oreja izquierda, y una potente cámara en miniatura se alojaría en el pendiente derecho.

—Los dispositivos se activan de esta manera —le explicó el técnico a Nadia en presencia de sus superiores—. Recuerda que no debes ponerlos en funcionamiento hasta que lo veas muy claro.

—Puede que te cacheen antes de subir al vehículo de transporte. E incluso luego, al llegar a la finca, imagino que pasaréis una inspección completa. Desconocemos si disponen de equipos de barrido electrónico para encontrar dispositivos ocultos, pero no nos podemos arriesgar. Si te quitan el reloj, los pendientes o incluso ambos, cubriremos tu posición con los planes alternativos. Pero tú no los actives hasta que no pase el peligro. ¿Te ha quedado claro?

—Sí, mi capitán —respondió Nadia, algo nerviosa ante la atenta mirada de Roncero.

Todos desearon suerte a Nadia antes de partir para su destino. Llegaría por sus propios medios a Altea ese jueves por la tarde, con tiempo para su cita en la cafetería. Al parecer pretendían que las camareras efectuaran una prueba esa misma noche y pernoctaran en algún lugar de Altea antes de partir el viernes por la mañana a primera hora para preparar el *catering* y esperar la llegada de los invitados durante el fin de semana.

Mientras tanto, Roncero se había ido familiarizando con su papel, cuya interpretación era algo más complicada que la de su compañera. Durante las últimas semanas se había dejado barba y los especialistas de la Benemérita lo caracterizaron para que se pareciera al máximo a su alter ego, James Fowley. El estadounidense no tenía tanta masa muscular, por lo que le vistieron con ropa amplia para disimular algo sus poderosos músculos.

A través de su contacto en el FBI, Roncero consiguió datos que podrían ayudarle en su caracterización. Vio varios vídeos grabados del pederasta e intentó asimilar sus movimientos y, sobre todo, pulir su acento para que se pareciera al del neoyorquino. Un complicado reto que Roncero asumió como propio aun a sabiendas de que podría meterse en un callejón sin salida.

Ninguno de los dos guardias civiles podría ir armado a la finca.

Tanto Roncero como Nadia podían enfrentarse a casi cualquiera en una pelea cuerpo a cuerpo, pero ante las armas que probablemente portaran en la casa los miembros del equipo de seguridad e incluso Volkov y sus amigos, era muy complicado desenvolverse. El sargento lo sabía, pero la suerte estaba echada y todo preparado para el gran día.

Roncero viajaría a Madrid, pasaría la noche del jueves en un conocido hotel del centro de la ciudad y regresaría a Alicante el viernes a primera hora de la mañana en un vuelo de Iberia. Su documentación falsa a nombre de James Fowley pasó con éxito esas primeras pruebas, aunque todavía les quedaba por solventar el peliagudo problema del dinero en metálico.

No podía viajar con esa cantidad en la maleta, por lo que a través del chat privado Fowley les confirmó a sus anfitriones que lo recogería en la terminal del aeropuerto de Alicante a través de un contacto que tenía en España. Nadie le puso pega alguna, pero los miembros de la UCO lo organizaron de tal manera que pareciera realmente una entrega clandestina de dinero en el aeropuerto alicantino, por si los rusos tenían hombres acechando en la terminal.

Después de diversas conversaciones en el chat, Roncero se sintió cada vez más a gusto en su papel de Fowley, sin olvidar el peligro latente en cada movimiento. Creyó entender que sus rivales en la subasta dispondrían de unos fondos considerables de dinero, aunque ignoraba cuánto llevarían a la cita. Imaginaba que siempre se podría entregar el dinero que llevara en mano y asegurar de alguna manera, como buenos empresarios acostumbrados a transacciones millonarias, la cantidad restante si es que el asunto se desmandaba demasiado.

Para curarse en salud, la UCO dispuso de todos los fondos aprehendidos en un operativo contra unos falsificadores. Nada menos que cinco millones de euros en billetes grandes que pasarían cualquier inspección ocular e incluso pruebas de alto nivel para detectar moneda falsa. Una cantidad con la que Roncero esperaba no tener problemas para pujar o participar en las actividades organizadas en la finca y así no desentonar con el resto de participantes.

El sargento también llevaría un móvil de prepago limpio, por si acaso. Lo más normal era que se lo quitaran o inutilizaran, pero nunca estaba de más. Consideraron que podría ser muy peligroso instalarle cualquier tipo de dispositivo ya que él estaría mucho más vigilado que Nadia, aparte de tener que enfrentarse cara a cara con Volkov, Bauer y los demás.

—Estás a tiempo de echarte atrás, hijo —le dijo Antúnez antes de partir para Madrid—. Seamos francos, es una misión muy arriesgada y pueden salir mal muchas cosas.

—No se preocupe, mi comandante —respondió Roncero con aplomo—. Asumo el riesgo, es el único modo de acabar con Volkov y todo su tinglado.

—Si las cosas se tuercen debes acercarte a Nadia, ella dará la voz de alarma —apuntó el capitán sabiendo que no tendrían por qué hallarse cerca el uno del otro—. De todos modos, os estaremos vigilando desde el aire y procuraremos que el tiempo de respuesta sea el mínimo.

El sargento hizo un gesto con la cabeza y se despidió de sus compañeros con un nudo en el estómago. A partir de ese momento no contaría con ayuda y solo le quedaba rezar para que todo saliera bien.

***

El viernes por la mañana, el inspector Bermejo cumplió su palabra y se incorporó al operativo montado en la Comandancia de Alicante. Antúnez lo recibió de buen grado y lo condujo a la sala de operaciones, desde la que controlarían todo lo que sucediera en la peligrosa misión para los miembros de la UCO. Le contó al policía los rasgos básicos de la operación y ambos discutieron, como veteranos miembros de los cuerpos de seguridad que ya se habían enfrentado a situaciones semejantes, los pros y contras del despliegue organizado.

—La última vez que trabajamos juntos yo me encontraba en primera línea con sus chicos, fue brutal lo que organizamos en la Sierra Norte de Madrid. Aunque imagino que esta vez no podrán disponer de helicópteros para no alertar a los malos.

—Lo recuerdo perfectamente, fue un gran trabajo —confirmó Antúnez—. Y no, lamentablemente no dispondremos de helicópteros, pero no hay mal que por bien no venga.

—¿A qué se refiere?

—A los malditos drones, esos aparatos del infierno. Nunca me han gustado, pero mis hombres ya me han demostrado su utilidad en otras ocasiones y en este caso son nuestra única oportunidad de tener ojos sobre el terreno.

Bermejo nunca había trabajado con esos aparatos, pero le pareció buena idea. Los drones podían volar a una altura considerable e incorporar cámaras y otros dispositivos. No serían tan visibles como un helicóptero y podrían acercar al equipo de asalto lo máximo posible en cuanto tuvieran localizado el objetivo.

—Imagino que son drones solo para vigilancia —apuntó el inspector.

—Efectivamente, un modelo que la Guardia Civil ha comprado al ejército israelí. Hemos probado otros para vigilancia de fronteras, el tema del narcotráfico en el Estrecho y también su usan en terrero rural, para prevenir incendios y demás. En cuanto tengamos la ubicación exacta de la finca del demonio, desplegaremos hombres en el perímetro más cercano que nos permita no llamar la atención.

En ese momento Antúnez recibió una llamada que le confirmó la llegada de Roncero al aeropuerto de Alicante. Los técnicos pincharon la imagen de la terminal y los presentes en la sala pudieron observar el desarrollo de la operación.

—Parece que no hay moros en la costa, el chico ha recibido el paquete sin problemas —mencionó Bermejo en voz más alta de lo que presuponía.

—Sí, eso parece. Veamos si todo sigue su curso y los hombres de Volkov lo recogen del modo que le plantearon en un primer momento.

Roncero, disfrazado de empresario norteamericano, se dirigió hacia la salida de la terminal. Allí le esperaban dos hombres con un cartel en la mano que rezaba «Mr. Fowley». Roncero se encaminó hacia ellos, pero esa imagen ya no pudo ser captada por las cámaras de la terminal que la Guardia Civil había pinchado para la ocasión.

—¡Joder, maldita sea! —gritó Antúnez al perder contacto visual con su hombre—. Buscad la maldita cámara del aparcamiento, no se nos pueden escapar.

Los técnicos trabajaban a toda velocidad, presionados por los alaridos de su jefe. Al final consiguieron captar la imagen de Roncero subiendo a un todoterreno de color negro con las lunas tintadas, instantes antes de que saliera del foco de la cámara.

—¿Habéis pillado la matrícula? —preguntó Antúnez angustiado. Los nervios se iban apoderando de él y el resto de la unidad se había dado cuenta de la situación. El comandante intentó atemperar su genio para no dar mala imagen, aunque un mal pálpito se instaló en sus entrañas al ver desaparecer a Roncero de la pantalla.

—Sí, mi comandante —respondió uno de los técnicos—. Voy a comprobar la base de datos de la DGT para ver si sacamos algo en claro.

Bermejo permanecía atento al tenso movimiento de los hombres allí desplegados. Pensó que ese todoterreno aparecería a nombre de cualquier sociedad interpuesta y que, como mucho, al tirar del hilo les llevaría directamente al mismo punto: Aleksandr Volkov. Se había dado cuenta también del estado del comandante e intuyó que algo no marchaba bien del todo al ver su actitud. Detalle que corroboró Bermejo al presenciar in situ la bronca que se llevó un pobre guardia civil al intentar informar a Antúnez de otro tema.

—Disculpe, mi comandante —comenzó diciendo el joven guardia al llegar junto a Antúnez—. Creo que debería saber que...

—¿Tú eres tonto, chaval? —le increpó el superior. Todos en la UCO conocían el carácter del comandante y nadie rechistó. Roncero había tenido más de una trifulca con él y se lo había contado a Bermejo, por lo que el inspector tampoco se inmutó. No estaba el horno para bollos y él no pensaba inmiscuirse en asuntos de la Guardia Civil—. ¿No ves que estamos ocupados?

—Perdone, mi comandante, es una comunicación urgente desde Ibiza... —respondió atemorizado el recién llegado.

—Joder, haber empezado por ahí. Desembucha de una vez antes de que te mande a limpiar letrinas, recluta.

Cuando el comandante conoció la noticia todos pudieron disfrutar de una auténtica explosión contenida.

—¡Me cago en mi puta estampa! Joder, estoy rodeado de inútiles...

—¿Qué ocurre? —se aventuró a preguntar Bermejo ante el miedo generalizado que vio en el resto de personas que los rodeaban.

Antúnez le contó lo ocurrido. Sus hombres habían vuelto a fallar en una de sus misiones de vigilancia. Al seguir las andanzas del príncipe saudí en la conocida playa de Ses Illetes en Formentera, por si Volkov o Al-Mansour aparecían en escena, descuidaron un momento el seguimiento del megayate anclado mar adentro.

—Si es que son unos inútiles, menuda incompetencia. Ese maldito árabe tenía tapado con una lona un pequeño helicóptero con el que sus invitados han escapado. En unos minutos han llegado a la península y les hemos perdido el rastro. ¡Hay que joderse!

—No se preocupe, todos se dirigen al mismo sitio —le tranquilizó Bermejo. Entendía el cabreo del guardia civil con sus hombres, pero nada estaba perdido. Todos los participantes de esa función teatral tan peligrosa se dirigirían hacia el mismo lugar: la dichosa Cueva del Pecado, una finca de la que pronto conocerían su verdadera ubicación.

—Eso espero, inspector. No podemos permitirnos más fallos, están en juego la vida de Pablo y Nadia. Y por supuesto, las de esas chicas a las que quieren esclavizar de por vida.

—¡Comandante, tenemos señal de Muñoz! —se atrevió a decir en voz alta uno de los técnicos de seguimiento.

—Por fin una buena noticia, ya era hora... ¿Por dónde anda la cabo?

—En la Valle de Albaida, cerca de las estribaciones de la sierra de Benicadell.

—¿Y dónde coño está eso? —preguntó Antúnez confundido al no sonarle de nada.

—En el sur de la provincia de Valencia, cerca de Alicante —respondió el interpelado sin amilanarse—. Se trata de una zona interior, una serranía con monte bajo y bosque mediterráneo. A medio camino entre Onteniente y Játiva, no demasiado lejos de Gandía.

—Estos cabrones nos han vacilado, pensábamos que iba a ser más cerca de aquí —dijo en voz alta el comandante mientras ordenaba sus pensamientos—. Habrá que ponerse las pilas...

LA CUEVA DEL PECADO

Roncero aterrizó en Alicante con su maleta de mano y recogió el maletín con el dinero de manos del supuesto contacto que no era más que un compañero de la Benemérita. Otros miembros de la UCO se hallaban dispersos por la terminal y el sargento divisó por lo menos a dos de ellos, que vigilaban sus movimientos para que todo saliera bien.

Sin embargo, no consiguió distinguir a ningún otro individuo que le llamara la atención, quizás algún hombre enviado por Volkov para vigilarle. Tal vez le bastara con los dos tipos duros que le esperaban a la salida, junto al parking, y el mafioso no se preocupara de más hasta que llegara a la misteriosa finca. O quizás no había recuperado ese instinto policial que le había salvado de más de un problema a lo largo de su corta carrera profesional, y algo se le escapaba.

Cuando Roncero llegó a la salida de la terminal se encontró enseguida con los dos fornidos guardaespaldas que le esperaban. Al ver el cartel con su supuesto nombre asintió y les saludó en inglés norteamericano, aunque los interpelados hicieron caso omiso.

Uno de ellos le cogió la pequeña maleta de mano y la guardó en el amplio maletero del Range Rover de color negro, con cristales tintados, con el que al parecer efectuaría su viaje hasta la finca. Si es que Volkov no le tenía preparada alguna otra sorpresa por el camino. Roncero no quiso separarse del maletín con el dinero y el sicario ruso, tras intercambiar un guiño de complicidad con su compañero, asintió y le permitió que permaneciera a su lado.

Lo invitaron a subir al vehículo en la parte trasera, justo detrás del conductor. El tipo que le había guardado la maleta se colocó junto a él y el otro se sentó delante, dispuesto a conducir. Parecían hombres de pocas palabras, por lo que Roncero no quiso insistir demasiado.

Pero antes de partir le hicieron una señal para que levantara los brazos. Suponía que querían cachearle antes de comenzar el viaje, aunque esperaba un registro más concienzudo a su llegada a la finca. Y así lo hicieron justo antes de sorprenderlo con otro movimiento: el escaneo de su cuerpo y su equipaje con un equipo de última generación que rastreaba cualquier dispositivo electrónico que pudiera llevar encima.

Cuando el aparato pitó al encontrar el móvil en el bolsillo de su americana se lo entregó con cuidado al ruso, que procedió a quitarle la batería antes de devolvérselo inutilizado. Salieron de la terminal y enfilaron la carretera. Pero al supuesto James Fowley no le dio tiempo a distinguir la dirección de su camino, ya que su acompañante le entregó un regalo inesperado.

Roncero comprobó que se trataba de un antifaz negro, similar a los que se utilizan para dormir. El guardia civil sufrió una terrible sensación de *déjà vu* que tuvo que apartar de su mente para no volverse loco. Intentó concentrarse en el camino que seguían, pero resultó demasiado complicado: giros, rotondas, kilómetros por carretera, más giros y rotondas...

Roncero se desesperó y dejó de prestar atención al movimiento, era imposible que supiera hacia dónde se dirigían. Aproximadamente una hora y media después de partir, según los cálculos mentales del sargento, que después pudo comprobar que no se habían desviado demasiado, llegaron a su destino. El vehículo se detuvo y el hombre situado a la derecha de Roncero se bajó del coche. Entonces percibió cómo abrían su puerta y le animaban a salir:

—*Go, go!* —creyó entender que decía aquel gorila.

Roncero hizo amago de quitarse el antifaz antes de salir del todoterreno, no quería perder el equilibrio y caerse allí mismo. Efectuó el movimiento muy despacio, para que los rusos se dieran cuenta por si tenían que darle el alto. El guardia civil camuflado no escuchó sonido alguno y decidió arrancárselo del todo.

Después de tanto rato en la oscuridad le costó aclimatar los ojos a la luz inclemente de aquella mañana de finales de agosto. El sol castigaba con fuerza también allí, pero Roncero notó una pequeña diferencia con la costa: la falta de humedad. El sigiloso acompañante que le habían asignado cogió su maleta sin decirle nada y se la llevó consigo mientras le hacía un gesto para que lo siguiera. Roncero había perdido de vista al conductor, pero enseguida se olvidó de él. Se encontraban, sin dudarlo, en la misteriosa finca de Volkov.

Roncero simuló que seguía sin ver bien, al no llevar gafas adecuadas para mitigar la potencia de los rayos solares, mientras inspeccionaba la zona a su alrededor. Enseguida divisó las dos construcciones independientes con las que contaba la propiedad, pero sus dotes de observación almacenaron más detalles en su memoria. Como, por ejemplo, la inmensidad del terreno en el que se encontraban, al parecer en medio de un valle rodeado de pequeñas montañas.

También se fijó en las estrictas medidas de seguridad instaladas en la zona: aparte de cámaras colgadas de los árboles en el perímetro que rodeaba los edificios principales, contó al menos cinco hombres armados custodiando la finca. Seguro que habría alguno más oculto en la inmensidad de aquel vasto terreno, que se extendía hacia las estribaciones de lo que parecía una serranía rodeada de bosque mediterráneo.

Acompañó al ruso hacia la entrada del edificio principal, pero antes de adentrarse en su interior apareció de la nada su anfitrión para darle la bienvenida.

—Buenos días, Mr. Fowley —le saludó en un correcto inglés Volkov mientras le alargaba la mano para estrechársela. Roncero conocía perfectamente sus facciones tras estudiar su expediente, solo esperaba que el mafioso no le conociera a él de nada ni se percatara de su disfraz —. Soy Peter, su anfitrión.

—Encantado de conocerle, Peter —dijo a su vez Roncero en un tono que había ensayado frente al espejo. Le pareció que balbuceaba o tartamudeaba un poco, aunque quizás fueran figuraciones suyas debido a los nervios.

—Espero que no le haya molestado demasiado su traslado hasta aquí. Ya sabe, las medidas de seguridad son la prioridad en mi mundo.

Volkov hablaba con una sonrisa cínica, aunque parecía bastante tranquilo y relajado. No debía fiarse de alguien como Sasha, pero creyó que había comenzado con buen pie la misión encomendada.

—Tranquilo, no se preocupe. Le comprendo perfectamente. Y muchas gracias de nuevo por permitirme participar en su pequeña velada.

—No hay de qué, Mr. Fowley. Es un placer tenerle entre nosotros. Mis hombres ya le han llevado su equipaje a la habitación, Dimitri le enseñará el camino. Pero antes quería comentarle unos pequeños detalles sobre nuestro evento.

—Claro, por supuesto.

—Ha podido comprobar que conozco perfectamente su identidad e imaginará que no dejo entrar a cualquiera en mi preciada propiedad. Sé dónde vive, a qué se dedica y todo lo concerniente a su familia.

Roncero tragó saliva ante la velada advertencia de Volkov, pero por motivos distintos a los que el ruso debía pensar. Sabía que el FBI custodiaba al verdadero Fowley y su familia también estaba a buen recaudo, por lo que deseó que el discurso de Volkov fuera tan solo una bravuconada para asustar a sus invitados. Si el capo hubiera sabido que se trataba de un guardia civil infiltrado le hubiera pegado un tiro allí mismo, quiso creer el sargento de la UCO. Pero en el fondo desconocía lo que bullía en el interior de la mente de un criminal como el ladrón en ley de San Petersburgo.

—Descuide, le comprendo perfectamente —contestó Roncero en voz queda y con la cabeza gacha para que su anfitrión no sintiera que le desafiaba. Volkov era un tipo alto y corpulento, pero Roncero le superaba y no quiso demostrarlo en esos momentos.

—Muy bien, amigo, no esperaba menos. Le decía que yo conozco perfectamente las identidades de mis invitados, pero para ustedes yo seguiré siendo Peter. Entre ustedes tampoco necesitan conocer sus identidades, se seguirán llamando como hasta ahora, igual que en el chat. Usted era Disney Lover, pero lo abreviaremos solo con Disney si le parece bien. Luego conocerá personalmente al resto de invitados a la fiesta: mi buen amigo Gunther, el gran Aladin y el no menos grande Yamamoto.

—Me parece perfecto, no hay ningún problema.

—Muy bien, puede ir entonces a descansar a su habitación. A las tres se servirá la comida en el salón principal, Dimitri le indicará. Y esta noche, después de la cena, les enseñaré las sorpresas que tengo guardadas para ustedes en el edificio anexo a este.

—Gracias por su amabilidad, Peter —contestó Roncero sin inmutarse ante la mirada retadora de Volkov, que parecía querer meterse en su mente a través del escrutinio de sus pupilas. El sargento no se había separado ni un instante del maletín con el dinero y creyó que sería buen momento para mencionarlo, por si obtenía más datos sobre lo que ocurriría allí ese fin de semana—. Aquí llevo mi dinero, no sé cuándo tendrá lugar la puja ni...

—Tranquilo, Disney, eso será mañana —le cortó Volkov al instante—. Mientras tanto, Dimitri le custodiará su maletín y lo depositará en mi caja fuerte particular, por si acaso. No lo va a necesitar hasta mañana, no se preocupe. Lo de hoy ya está pagado, disfrute de su estancia con «Todo incluido» en mi humilde casa.

Roncero le hizo un gesto de asentimiento y no quiso añadir nada más. El ruso se despidió de él y lo dejó a solas con Dimitri, que le señaló el camino hacia su habitación. No quiso hacerse de rogar y le entregó el maletín al ruso en la misma entrada del edificio, justo antes de dirigirse hacia su morada durante ese fin de semana.

Tomó posesión de su habitación no sin antes sufrir un nuevo escrutinio por parte de Dimitri, un hombre que se tomaba muy en serio su trabajo. Esta vez lo cacheó a conciencia, lo obligó a abrir su maleta para inspeccionarla con detalle y le echó también un vistazo al interior del maletín. El ruso no pareció inmutarse ante la visión de tantos fajos de billetes, por lo que volvió a cerrarlo. Antes de dejarle solo le pasó por todo el cuerpo el escáner electrónico, al igual que por su equipaje para asegurarse. Un tipo concienzudo que no movía un músculo facial mientras efectuaba su trabajo.

Roncero se quedó por fin solo y pudo soltar el aire que llevaba aguantando desde que se había bajado del vehículo. Los nervios le estaban matando y no conseguía descansar ni desconectar del todo, por lo que prefirió darse una ducha para refrescarse y destensar los agarrotados músculos. El fin de semana sería muy largo y aquello no había hecho más que comenzar.

Llegó la hora de la comida y Roncero se sentó a la mesa con Aladin, al que también conocía bien por su ficha del jeque Al-Mansour. A media tarde les presentaron a Gunther, del que también conocía su verdadero nombre: Hans Bauer. Y durante la cena se reunieron por fin con el último invitado, Yamamoto, un inmenso japonés que podría pasar perfectamente por un luchador de sumo y el único invitado del que ignoraba su verdadero nombre.

—Caballeros, es un placer tenerles de huéspedes en mi humilde morada. Si me acompañan al otro edificio, les enseñaré algunas de las *delicatessen* que podrán encontrar en la Cueva del Pecado.

—Por el precio que hemos pagado es lo menos que puede hacer —dijo en un perfecto inglés Yamamoto mientras se limpiaba el sudor de la frente con su manaza.

Salieron del edificio principal, recorrieron la escasa distancia que les separaba de la otra construcción escoltados por Volkov y dos de sus hombres, y llegaron por fin a la meta perseguida. Les acomodaron en un coqueto saloncito, con sofás y sillones desperdigados por doquier, una mesa de billar en un lateral y una enorme barra de bar cuyo uso parecía más decorativo que otra cosa.

Aunque la verdadera decoración de la sala era de otro tipo. Ocho espectaculares mujeres les esperaban en la estancia, dispuestas a satisfacer los deseos más oscuros de sus clientes. Todas las chicas vestían sugerentes conjuntos de lencería fina, muy sexy, mientras esperaban a los invitados dedicadas a diferentes aficiones.

Dos de ellas jugaban al billar mientras se contoneaban al compás de una música suave: una beldad nórdica de piel nívea y una mulata de rasgos exóticos. Roncero debía asumir su papel de putero y pederasta, por lo que debía cambiar su actitud. Por ello echó una miradita más que descarada a la estilizada retaguardia de la chica que en ese momento se agachaba sobre el tapiz verde para golpear una bola con su taco de billar.

Al-Mansour le guiñó un ojo mientras se dirigía hacia el *chaise longue* situado en la esquina más alejada: quería contemplar mejor el espectáculo que allí se había organizado. Un número lésbico protagonizado por una bella morena de pelo largo y una pelirroja natural.

Había otras cuatro mujeres desperdigadas por la sala: una morena de pelo corto, peinada a lo *garçon*, fumaba con una elegante boquilla estilo años treinta; una chica hindú tomaba una copa apoyada en un diván y las otras dos, una rubia casi albina y una ninfa de rasgos asiáticos, bailaban en el medio de una improvisada pista mientras se acariciaban sin mesura alguna.

Roncero no sabía dónde meterse y supo que no se había preparado para esa eventualidad. Creía que tendría que pujar con sus adversarios para comprar esclavas sexuales e incluso luchar con ellos en algún otro tipo de competición. Pero su cuadriculada mente no le avisó sobre la actividad más habitual a la que se tendría que enfrentar en un lugar como aquel.

«¡Joder, parezco idiota!», pensó para sí Roncero ante la situación.

Por un único instante se intentó imaginar en la cama con alguna de aquellas chicas, tal vez el sueño erótico de muchos hombres en el mundo, pero un amago de náusea se instaló en su cuerpo y tuvo que erradicar esa imagen de su mente antes de sentirse mal.

Todos los participantes en la velada comenzaron a tomar posiciones. La inmensa mole humana de Yamamoto se llevó a las dos bailarinas al sofá y sentó a la pequeña oriental sobre sus rodillas mientras la albina le regalaba los oídos. El japonés hizo un gesto con la mano a Gunther, que charlaba tranquilamente con las chicas que jugaban al billar, mientras el jeque Al-Mansour había pasado de los preliminares y se encontraba en plena faena con el dúo lésbico.

Roncero quiso girar la cabeza, avergonzado, pero supo que ese sería un fallo que sus enemigos captarían a la primera. Así que puso su mejor mueca de hombre libidinoso y se sentó junto a la morena de pelo corto, mientras contemplaba el panorama. El gesto de Yamamoto hacia Gunther quería decir que le faltaba algo en la mano, aparte de las chicas: una bebida. Y para ello la organización había dispuesto que un pequeño equipo de camareras les sirvieran las copas mientras permanecieran en aquella sala.

—Amigos, estas chicas serán nuestras camareras durante todo el fin de semana. Son de una empresa externa especializada en *cate-*

ring, así que no entran en el lote. Podéis pedirles cualquier cosa de bebida o comida, pero nada más. ¿Entendido, Yamamoto?

El aludido hizo un gesto levantando las manos, como si no hubiera roto un plato en su vida. Pero poco le duró la buena voluntad, ya que la camarera que le tocó en suerte se llevó una sonora cachetada en el culo nada más atender al japonés.

El gesto reprobador de Gunther no pasó a mayores, pero Roncero barruntó problemas con el comportamiento del impresentable hombre de negocios llegado del Lejano Oriente. Aunque nada comparable con el problema de carne y hueso que se presentó justo enfrente de Roncero, cuando vio aparecer a una camarera que le preguntó en un exquisito inglés:

—¿Qué desea tomar, señor?

A Roncero le costó articular palabra al levantar la vista. Sabía que más tarde o más temprano tendría que cruzarse con ella, por lo que esperaba que su rostro de auténtica sorpresa y estupefacción indicara que se debía a la belleza de la camarera y no a que la conocía y trabajaran juntos en un operativo encubierto.

—Un *gin-tonic* de Bombay, por favor. Pero sin frutas ni cosas raras si es posible.

—Por supuesto, caballero —contestó Nadia mientras se colocaba un mechón rebelde detrás de la oreja derecha. Un gesto que repitió dos veces ante la atenta mirada de un Roncero que no sabía hacia dónde dirigir sus ojos.

El sargento se mesó la barba mientras asentía, un gesto del que nadie tendría por qué sospechar. Antes de partir hacia la misión habían concretado una serie de gestos para comunicarse en determinadas circunstancias. El movimiento de Nadia significaba que había proporcionado su posición a la central y que no había novedad. El de Roncero significaba que lo había entendido, que todo correcto de momento y que el plan continuaba en marcha.

Roncero se fijó entonces en el resto de los participantes de la velada, que se encontraban muy ocupados con sus respectivos acompañantes de esa noche. Pero no podían descuidarse, lo más normal era que la mansión de Volkov estuviera repleta de micrófonos y cámaras por todas partes, por lo que su conversación sin palabras no podía alargarse demasiado.

Roncero ya se había percatado del escandaloso atuendo de Nadia cuando se colocó a su lado. La joven llevaba un minúsculo short de licra blanco, superajustado, que no dejaba nada a la imaginación, acompañado en la parte de arriba por un top también blanco que marcaba su proporcionado busto de un modo bastante llamativo.

Aquella visión turbó a Pablo, como hombre y como compañero de Nadia. Un simple vistazo le sirvió para percatarse de que ella no llevaba ropa interior debajo de esas prendas tan exiguas, otro detalle que le alertó. Tuvo que tragar saliva para dirigirse a ella, un comportamiento bastante alejado de lo que se suponía era James Fowley, por lo que se reprendió para no volver a cometer semejante error delante de aquella jauría de hienas.

Cuando Nadia llegó minutos después con el pedido, Roncero ya había aprendido a controlar sus emociones. Le daba vergüenza que Nadia lo viera en esa actitud, pero debían ser profesionales. Ella se había metido perfectamente en su papel y contoneaba las caderas encima de los afilados tacones de aguja en los que iba subida, así que él no iba a ser menos.

—No sé si me gustan más estas dos chicas o las camareras —dijo en alto Yamamoto mientras se desembarazaba de la chica oriental con un gesto de desprecio.

—Ya te he dicho que no, Yamamoto. No me obligues a repetírtelo —respondió Gunther en un tono autoritario que no pasó desapercibido para nadie.

—Toda mujer tiene un precio y yo tengo mucho dinero. Si me dejas hablar con ellas seguro que no les importa.

Gunther se levantó de su sitio, donde ya se habían colocado también las jugadoras de billar, y se dirigió en dirección al japonés. Yamamoto parecía muy ufano y seguro de sí mismo, pero cuando el alemán le dijo algo al oído que nadie más pudo escuchar se puso lívido, blanco como la pared. Gunther regresó a su sitio y el japonés se levantó pesadamente de los sillones, aparentemente muy ofuscado.

—Vamos, putitas mías. Espero que merezcáis la pena y me acuerde de esta noche con vosotras.

Yamamoto se fue a su habitación con las dos chicas, mientras Al-Mansour seguía a lo suyo. Al jeque qatarí no parecía importarle practicar sexo con las dos chicas delante de todo el mundo, por lo que el resto de invitados optó por ignorarles. Gunther también se levantó al rato, eligiendo a la mulata para que lo acompañara a su habitación. Roncero pensó que él no debería ser menos, no quería ser el único que permaneciera en aquella salita. Así que se armó de valor e invitó a Dana, que así se llamaba la cortesana de origen rumano, a seguirle hasta su dormitorio, mientras intentaba pergeñar una excusa que sonara plausible para no tener que acostarse con aquella chica.

El guardia civil no encontraba una solución imaginativa que le sacara del incómodo trance y el tiempo se le echaba encima. Sabía que el machismo imperante en la sociedad no le daba mayor importancia a que un hombre utilizara los servicios de una prostituta y nadie se lo echaría en cara en circunstancias como la suya. Pero le valía con saber que él no podría soportarse a sí mismo tras ese comportamiento y mucho menos sería capaz de mirar a la cara a Miriam.

La chica se desnudó por completo en cuanto Roncero cerró la habitación por dentro y el sargento perdió momentáneamente el control. Se obligó a mirarla y comportarse del supuesto modo en el que Fowley lo hubiera hecho, aunque le costó un mundo. Dana se acercó como una gata en celo, le quitó la bebida que todavía llevaba en la mano y se frotó contra él con su cuerpo desnudo antes de levantarse sobre las puntas de los pies y besarle en los labios.

—Ponte cómoda, guapa, voy un momento al baño —consiguió articular antes de delatarse delante de la chica.

Dana sonrió y se dirigió hacia la cama mientras Roncero buscaba una solución para el embrollo en el que se había metido. Sabía que no podría demorarse demasiado, por lo que abrió el grifo mientras se devanaba los sesos.

Minutos después salió del baño y escuchó unos gritos ahogados en la habitación de al lado. No sabía quién se encontraba allí, pero intuyó que esos gemidos provenían de alguna de las chicas que satisfacía los deseos carnales de otro invitado. Aunque los gemidos pasaron a ser gritos de verdad y entonces se preocupó.

—¿Qué ocurre ahí fuera? —dijo en voz alta Roncero al escuchar golpes, más gritos y carreras por el pasillo.

—No se preocupe, señor. Seguro que Dimitri se ocupará de todo. ¿Por qué no viene aquí conmigo?

Dana se había colocado a cuatro patas sobre la cama y se movía como un felino a punto de devorar a su presa. Roncero la había elegido por su cara de niña para no desviarse demasiado de su coartada, ya que Fowley, aparte de un depravado sexual, tenía también su lado pederasta.

Roncero se sentó en la cama, todavía vestido, mientras una idea daba vueltas en su cabeza. Los gritos en la habitación de al lado se sucedían y creyó que podría utilizarlo en su beneficio. Se quitó los zapatos, se recostó sobre el colchón y cogió su combinado alcohólico mientras le hacía un gesto a la chica para que se acercara.

Ella fue demasiado impetuosa al echarse sobre él y Roncero lo aprovechó. Se vertió el contenido del vaso encima de su cuerpo y se mojó la camisa, el pantalón y parte de la ropa de cama. Entonces estalló en cólera y lo pagó con la pobre chica.

—¿Tú eres idiota o qué? —le gritó a la cara mientras la apartaba de su lado con un manotazo con el que intentó no hacerle daño—. Maldita zorra, mira cómo me has puesto.

—Lo siento, señor. Yo le ayudaré a limpiar...

—Déjame en paz de una puta vez —siguió Roncero con su papel al ver que la chica pretendía ayudarle. No sabía si Volkov lo estaba grabando para verlo después o sus secuaces contemplaban la escena en directo, por lo que intentó que sus gestos de furia fueran creíbles.

Roncero siguió maldiciendo y gritando para llamar la atención, mientras despotricaba sobre una chica que no entendía nada. El guardia civil escuchó pasos que se aproximaban al dormitorio y redobló sus esfuerzos hasta conseguir su objetivo. En ese momento se abrió la puerta y apareció Dimitri en el umbral tras abrir con su llave maestra. Roncero se acercó a él y le explicó lo sucedido antes de pedirle que se llevara a Dana y le dejaran solo.

—Joder, qué asco de tía. No soporto a las mujeres lloronas, haz el favor de llevártela de aquí ahora mismo.

—Por supuesto, no se preocupe —contestó Dimitri en un tono aparentemente conciliador. Roncero lo aprovechó para hacerse el ofendido y seguir con su ataque.

—Esto es una vergüenza, quiero hablar con Peter. Menuda excelencia nos quiere vender, como sea todo igual este fin de semana no sé para qué he venido hasta el culo del mundo.

Roncero seguía con su pose altanera, pero desconocía si ese truco barato le daría resultado. Dimitri parecía avergonzado, por lo que el infiltrado no depuso su actitud mientras Dana continuaba llorando en un rincón.

—No se preocupe, yo me ocupo de todo. Si quiere le traigo otra chica y...

—¿Quién, la india esa? —escupió Roncero de un modo racista al recordar a una de las chicas que habían quedado libres—. No, muchas gracias, no me gustan tan oscuras. Y las otras que merecen la pena ya han sido utilizadas esta noche, no me insultes de ese modo.

—Yo no quería ofenderle, disculpe —Al ruso le costaba hablar en inglés cada vez más y el sargento notó su incomodidad. Dimitri aparentaba estar superado por la situación y eso podía ser bueno o malo para los intereses de Roncero—. Hablaré con mi jefe, seguro que hay alguna solución satisfactoria para todos.

—No, déjalo, ya está bien por hoy. No molestes a Peter, ya hablaré yo mañana con él. Prefiero quedarme aquí para descansar, ha sido un día muy largo. Solo espero que los gritos de ahí al lado no me impidan dormir esta noche.

—No se preocupe, ese asunto ya ha sido solucionado. Que descanse. Buenas noches.

Dimitri cogió del brazo a Dana y la sacó de la habitación medio a rastras, completamente desnuda. Roncero cerró entonces la puerta y se sintió un ser despreciable. Parecía haber superado el obstáculo de esa noche, a expensas todavía de la reacción de Volkov cuando se enterara, pero tal vez había firmado la sentencia de muerte de esa pobre chica.

Fue al baño y se lavó la cara, pero la sensación de agobio y malestar no le abandonó en ningún momento. Se sentía sucio, rastrero, un animal sin escrúpulos. Se dijo que era por un bien mayor, pero los remordimientos lo acompañarían durante toda su vida.

Había sobrevivido a su primer día en la Cueva del Pecado, pero el suplicio solo acababa de comenzar. Iba a ser un fin de semana muy largo...

ANATOMÍA DE UN OPERATIVO

Tras conocer la ubicación exacta de la finca de Volkov, muy cerca del pueblo valenciano de Aielo de Rugat, el comandante Antúnez dio la orden de trasladar el puesto de mando. Abandonaron el despliegue organizado en la Comandancia de Alicante para dirigirse al destacamento de Gandía, mucho más cerca de su objetivo.

La cabo Muñoz les había dado su ubicación a intervalos, según fuera apagando o encendiendo su dispositivo de rastreo. La última vez que se había conectado fue el día anterior, durante la tarde de un viernes poco habitual para la UCO. La cámara y el micrófono, por el contrario, no se atrevió a conectarlos más que durante un momento, sobre las diez de la noche, pero fue suficiente para poner en alerta a la unidad.

El micrófono de Nadia solo captaba los sonidos cercanos, por lo que escuchaban más ruido que otra cosa. Hasta que no oyeron su propia voz al dirigirse a Roncero no tuvieron constancia de que el dispositivo funcionara correctamente.

—Espero equivocarme, pero me ha parecido ver al chico un poco nervioso —apuntó Bermejo en voz baja, dirigiéndose a los oficiales de mayor rango.

—Es normal, la situación es peliaguda —respondió Moreno—. Sin embargo, la voz de Nadia ha sonado segura y contundente.

Todos se mordían las uñas, ya que se acercaba el mediodía de ese sábado y no tenían noticias de ningún tipo. Antúnez había ordenado desplegar efectivos en los alrededores de Rugat, muy cerca de la finca de Sasha Volkov, pero de un modo discreto. No querían llamar la atención de la población, ni mucho menos de cualquier desaprensivo que pudiera alertar a los rusos, pero debían tomar posiciones.

La UIE, unidad de intervención de la Guardia Civil, también había sido movilizada ante cualquier eventualidad y los mejores hombres de la unidad de élite se encontraban alerta, a la espera de una llamada del alto mando para intervenir en la zona. En último extremo, llegado el caso de tener que actuar sobre el terreno, tenían órdenes expresas de neutralizar a los adversarios, extraer a los compañeros y asegurar la zona al precio que hiciera falta. Y todos sabían que a esos hombres de acción no les iba a temblar el pulso a la hora de la verdad.

Desde la noche anterior, tras conocer el paradero exacto de los infiltrados, la UCO había puesto en marcha también el despliegue de drones en la zona. Dos dispositivos de última generación, pilotados por expertos que trabajaban desde la Comandancia de la Guardia Civil en Valencia, sobrevolaban el objetivo desde diferentes alturas y posiciones.

A la mañana siguiente pudieron hacerse una mejor idea del terreno que abarcaba la finca y de las dificultades que les plantearía una intervención in situ. Los drones localizaron enseguida la parte habitada de la propiedad, acercándose lo máximo posible a las edificaciones para poder efectuar fotografías con la mejor resolución sin alertar a los delincuentes.

***

Nadia recordó lo sufrido desde la tarde anterior, ya que las humillaciones habían sido continuas desde el principio. Antes de subir a la furgoneta que les llevaría a su destino fueron cacheadas a conciencia por aquellos babosos, que aprovecharon para manosearlas a su antojo. También inspeccionaron las mochilas y bolsos que llevaban e incluso les pasaron un escáner portátil. Nadia no había activado sus dispositivos, pero cuando comenzó el trayecto y creyó que no habría peligro activó el botón del reloj, por lo menos para que los compañeros en la Comandancia supieran por dónde iban.

Al llegar a la casa conocieron a Volkov y a Bauer, que se presentaron con nombres falsos delante de ellas. Las tenían bastante vigiladas, pero Nadia se las apañó para hablar con dos de las chicas con las que iba a trabajar. Una era novata y eso se veía reflejado el miedo en su rostro, por lo que no pudo sacar mucho en claro de ella. La otra, sin embargo, era la tercera vez que acudía a una fiesta en la casa. Sabía perfectamente para quién trabajaba y lo que allí ocurría, pero era madre soltera y tenía una hija que alimentar.

Esta chica, una valenciana llamada Nazaret, le advirtió sobre el tipo de actividades que se celebraban allí. Sin embargo, le dijo que no se preocupara. Solo debían hacer su trabajo sin meterse en líos ni hablar de más delante de los invitados. A ellas las solían dejar en paz, aunque esa frase no tranquilizó a Nadia lo más mínimo.

La cabo Muñoz permaneció alerta. Estuvo tentada de activar los dispositivos instalados en sus pendientes a lo largo de la jornada del viernes y hablar en voz alta para comunicar lo averiguado a la central. Pero ya le habían advertido que Volkov era un paranoico que lo grababa todo, por lo que no podía arriesgarse a que la pillaran in fraganti, hablando sola, y mucho menos con los datos que quería transmitir a sus superiores.

Cuando Nadia y el resto de compañeras vieron el humillante

atuendo de licra con el que pretendían vestirlas se propagó un murmullo entre las chicas. Una se atrevió a protestar, pero su cancerbero, un ruso malcarado con una cicatriz junto al ojo izquierdo, les quitó pronto la tontería. Solo tuvo que abrirse la chaqueta, mostrar la pistola que guardaba en la sobaquera, y echarles una mirada amenazadora que surtió el efecto deseado.

—Venga, no tenemos todo el día. Ah, se me olvidaba... —añadió el tipo con una sonrisa que más parecía una mueca—. El jefe no quiere que llevéis ropa interior debajo del uniforme.

La díscola compañera que se había atrevido a protestar desde el principio no pudo reprimirse y saltó ante la nueva humillación. El ruso zanjó la cuestión de un modo muy eficaz. Le cruzó la cara con el dorso de la mano, sin inmutarse lo más mínimo, y la obligó a cumplir sus órdenes. Todas comprendieron quién mandaba allí y obedecieron sin rechistar.

Un rato después entró en el saloncito y se topó con la mirada de Pablo. Se llevaba muy bien con el sargento, tanto a nivel personal como profesional, pero fue muy duro verle allí. Primero, al encontrarlo acompañado por una señorita de compañía que se lo comía con los ojos, y segundo, porque se sintió aún más desnuda cuando él la miró de arriba a abajo.

Nadia se olvidó de todo y cumplió su cometido como una profesional. Había activado los dispositivos antes de acceder a la estancia, por lo que esperaba que llegara sonido e imagen a la base. Realizó el gesto acordado previamente, sirvió las bebidas solicitadas e hizo su trabajo del mejor modo posible. Su tarea terminó pronto, ya que los invitados se dirigieron a sus habitaciones con sus acompañantes femeninas. El aguijón de los celos le picó al ver que Pablo también se retiraba junto a la preciosidad morena, pero él se limitaba a cumplir su papel en aquella tragicomedia, al igual que ella.

A la mañana siguiente, de nuevo en el interior de la casa, Nadia se preparaba junto al resto de sus compañeras para servir el *catering* con el que los invitados del fin de semana almorzarían junto a la piscina. La habían obligado a ponerse otro modelito, un bikini de color amarillo esta vez, pero al menos la prenda no era tan escandalosa como la de la noche anterior.

Minutos después, mientras comenzaba a atender a los invitados en la piscina con los aperitivos encargados antes del almuerzo, Pablo apareció vestido con un conjunto de *sport* compuesto de pantalón corto y camiseta, pero sin bañador. Se colocó debajo de una sombrilla y levantó la mano para pedir algo. Nadia se apresuró a dirigirse en su dirección, no sin antes asegurarse de que los dispositivos de los pendientes estuvieran conectados.

En el interior de la casa habría micrófonos y cámaras por todas partes, pero imaginó que en el medio de la zona de piscina sería mucho más complicado instalar un sistema de vigilancia. ¿Debía arriesgarse a hablar con él? A simple vista parecía que Pablo se encontraba bien, pero la tensión la superaba por momentos y quizás se tranquilizara si intercambiaba algunas palabras con él. Tal vez sus jefes no lo aprobaran y con su acción pusiera en peligro la misión, pero bajo esas circunstancias debían actuar según les dictara su instinto.

Llegó hasta él sin contonearse demasiado para no atraer excesivas miradas. Pablo había aprendido también la lección y no se impresionó tanto al verla en bikini, aunque adoptó su postura de macho alfa que inspecciona el género antes de decidirse por algo.

—¿Qué desea tomar, señor? —le preguntó ella en inglés con voz audible.

—Una cerveza fresquita, hoy hace mucho calor. ¿No te parece? —Roncero parecía darle pie a la conversación, por lo que debían disimular durante los segundos siguientes.

—Sí, señor, hace mucho calor —dijo Nadia en un tono más

bajo, para continuar casi en un murmullo, tapándose la boca por si alguien la grababa y después intentaba leer los labios—. ¿Estás bien? Se rumorea que anoche sucedió algo en tu zona...

Roncero disimuló y se rio en voz alta, como si hubiera escuchado el mejor chiste de su vida. Nadia comprendió entonces su estratagema, a nadie tendría por qué extrañarle si flirteaban un poco, aunque sin pasarse.

—Tranquila, todo va bien. Anoche tuve que salir del paso como pude, pero creo que no hay ningún problema. El plan sigue adelante, esta tarde se celebrará la subasta.

—No sé si nos necesitarán para algo esta tarde, intentaré permanecer cerca. Y si hay problemas, avísame lo antes posible.

—Estoy deseando saborear esa cerveza, preciosa —contestó en voz alta Roncero antes de añadir en tono más íntimo, siempre en inglés—. Así lo haré, no te preocupes. Por favor, ten cuidado y no te metas en ningún lío.

Nadia sintió la mirada de Bauer sobre ellos y abandonó su posición para dirigirse a por la cerveza. Enseguida se la llevó a Roncero y decidió no pararse esta vez, no quería atraer más miradas sobre ninguno de los dos. A partir de ese momento procuró no establecer siquiera contacto visual con Pablo, que parecía no haberse percatado del escrutinio del alemán.

El resto de la comida transcurrió sin incidentes. Poco más tarde los invitados se retiraron a descansar, ellas recogieron y limpiaron y un rato después también les permitieron dirigirse a sus habitaciones. Fue allí donde se cruzó con Nazaret, a la que no había visto esa mañana, en un momento que resultó crucial para ella.

—¿Qué tal lo llevas? —le preguntó la valenciana, más acostumbrada que el resto al peculiar trabajo que desarrollaban allí.

—Bien, mucho mejor hoy. Ya estoy más tranquila. Y aunque ha sido la primera vez que he servido a clientes en bikini, no me he sentido como un cacho de carne como ayer.

—Tranquila, lo estás haciendo muy bien. Si sigues así contarán contigo para otras ocasiones. No sé tu situación, pero aquí puedes ganar mucho dinero si no montas follones y haces tu trabajo nada más.

—Sí, ya lo veo. No quiero problemas, yo he venido simplemente a trabajar. Lo que se ve aquí es algo poco habitual, pero no me voy a asustar a estas alturas.

—Muy bien, chica lista. Oye, esta tarde tengo que hacer un servicio especial en la casa grande y creo que necesitarán a alguien más. Si quieres te recomiendo, lo pagan aparte y muy bien, por cierto. Aunque te advierto que quizás veas algo repulsivo que no puedas aguantar...

—Puedo soportar lo que sea, me vendrá bien el dinero —contestó Nadia.

—Bueno, no es seguro que necesiten a alguien más, ya te avisaré. Pero no hagas ni digas nada que pueda comprometernos. Veas lo que veas u oigas lo que oigas, nos va la vida en ello.

—Claro, no te preocupes. Gracias por confiar en mí. Ya me avisarás entonces.

A las seis de la tarde alguien llamó a su puerta y Nadia abrió con dudas antes de encontrarse con Nazaret. La joven valenciana le dijo que al final contarían con las dos para un servicio especial que comenzaría a las siete de la tarde. Le entregó el vestido de noche que debía ponerse y la conminó a seguir todas sus instrucciones.

Nadia se maquilló de un modo suave, se peinó y activó los pendientes sin saber lo que se iba a encontrar. A las siete menos cuarto fueron a buscarla a su cuarto, y acompañó a Nazaret, secundadas por el perro guardián de turno, que creyó entrever que se llamaba Dimitri.

La llevaron a un gran salón interior sin ventanas, decorado de forma ostentosa e iluminado de un modo artificial por focos disgregados por la estancia. Enseguida divisó a los invitados, vestidos con sus mejores galas y sentados en cómodos butacones, uno al lado del otro. Nadia observó cómo aparecía Volkov de la nada y se colocaba frente a un atril, en el que descansaba un pequeño mazo de madera, a la espera de ser utilizado por alguien.

—Muy bien, caballeros, vamos a comenzar la subasta —anunció entonces Volkov—. Nuestra primera invitada proviene de Ucrania y tiene solo dieciocho años...

El mafioso ruso hizo un gesto a sus hombres y enseguida apareció una chica muy delgada con una larga cabellera rubia. Iba vestida con un conjunto de lencería supuestamente sexy, pero le quedaba un poco holgado y saltaba a la vista que se encontraba incómoda con él. Nadia se sorprendió al ver la actitud errática de la muchacha, que se movía de un modo desacompasado al ritmo de la música ambiente. Y entonces se percató de la verdadera realidad: los organizadores habían drogado a las chicas para que pudieran soportar la situación y no dieran mayores problemas.

—Comenzamos la puja con cincuenta mil dólares. ¿Quién se anima?

Nadia vio que Al-Mansour hacía un sutil gesto para postularse y enseguida Yamamoto subió la apuesta. Los dos se enzarzaron en un tira y afloja que el qatarí zanjó ofreciendo doscientos mil dólares, cantidad que el japonés prefirió no asumir a la espera de otras adquisiciones.

Bauer levantó una mano y Nazaret le hizo un gesto a Nadia para que le atendiera. Actuó entonces como le habían indicado y sirvió champán francés en una elegante copa de cristal de Bohemia antes de ofrecérselo al alemán, que hizo un gesto displicente para que se alejara.

—El siguiente producto tiene un caché especial que espero que nuestros ilustres invitados sepan apreciar, en especial el amigo llegado de Norteamérica —aseguró Volkov mientras se dirigía directamente a Roncero, que tuvo que disimular ante la interpelación.

Un murmullo recorrió la sala cuando apareció una niña de piel lechosa, pelo moreno y enormes ojos verdes que observaban a su alrededor con aire distraído. Iba vestida con un escueto camisón que no ocultaba demasiado sus incipientes atributos femeninos, algo que solivantó de mala manera a Nadia, que permanecía quieta y callada en un rincón.

Solo esperaba que los dispositivos instalados en sus pendientes estuvieran realizando bien su labor para trasladar en sonido e imágenes la barbarie allí instalada. En la Comandancia ya deberían haberse percatado de lo que sucedía en esa sala y Nadia esperaba que intervinieran pronto para acabar con aquella salvajada, o por lo menos, que le dictaran alguna instrucción.

—La preciosa Darina proviene de Sofía, la capital búlgara. Su pureza virginal es auténtica y creo que merece un esfuerzo extra. Seguro que alguien se anima a comenzar con una bonita cantidad. Pongamos, por ejemplo, doscientos mil dólares. ¿Alguien en la sala?

Nadia no quitaba ojo a la niña, que no aparentaba más de doce años, pero también controlaba los movimientos de Roncero. Su compañero intentaba disimular sus emociones detrás de una falsa máscara, sin embargo, parecía momentáneamente bloqueado. Tenía que reaccionar antes de que los demás se dieran cuenta de su desasosiego.

—Si el yanqui no se decide, lo haré yo —aseguró Yamamoto mientras levantaba su inmenso brazo—. Quiero tener a esa belleza encima de mis rodillas para darle todo mi cariño.

El asqueroso chasqueo de lengua del japonés sacó del trance a Roncero, que comenzó entonces a pujar. Ofreció trescientos mil dólares y Yamamoto subió la apuesta poco a poco. Al final Roncero ofreció medio millón de dólares y el japonés se plantó muy cabreado.

El guardia civil acababa de comprar a una niña búlgara por una cantidad desorbitada. Nadia pensó que su compañero se había metido bien en su papel, aunque debía estar pasándolo fatal. Sin embargo, algunos de sus gestos de incomodidad no habían pasado desapercibidos para Volkov y Bauer, que lo miraban de un modo diferente. La coartada estaba a punto de saltar por los aires, pero antes tendrían que enfrentarse a otro inesperado traspiés.

—Muy bien, adjudicada a nuestro amigo americano. Al final de la velada podrá disfrutar de su adquisición, no se apure —dijo Volkov, sin quitar ojo a Roncero.

En ese momento Yamamoto le hizo un gesto a Nazaret, la chica se acercó y el orondo japonés le dijo algo al oído. Ella asintió con la cabeza y fue a hablar con Bauer, que escuchó atentamente sus explicaciones. Segundos después Nazaret se dirigió en busca de Nadia y se la llevó de la sala. Al parecer Yamamoto se sentía incómodo con la presencia de ambas y prefería que no hubiera más mujeres en la sala que las que fueran a ser vendidas al mejor postor.

—¿Hemos hecho algo mal? —le preguntó Nadia a su compañera.

—No, tranquila, no pasa nada. Regresa a tu habitación, ya te avisaré.

Nadia asintió y se encaminó hacia la puerta de salida, pero en cuanto Nazaret desapareció de su vista tomó una determinación. Los gorilas de Volkov seguían muy ocupados con la subasta y nadie se había percatado de su presencia en la casa grande. Quizás podría ayudar en la misión ahora que ya no podía seguir grabando lo que sucedía en la subasta de mujeres.

Se dirigió en sigilo hacia una zona de despachos, situada al otro lado de la estancia recién abandonada. Le pareció escuchar unas voces en ruso y se escondió tras un enorme aparador hasta concretar de dónde provenía el sonido. Enseguida se percató de que dos esbirros de Volkov hablaban en uno de los despachos cercanos, que permanecía con la puerta entreabierta.

Nadia decidió entonces arriesgarse. Atravesó otro saloncito demasiado recargado para su gusto y se parapetó tras un inmenso tresillo situado en una esquina. Desde allí no podía ser vista por los dos hombres que seguían parloteando en el despacho anexo, pero sí podía escuchar con mayor claridad su conversación.

—Creo que el jefe se ha cabreado con el gordo, no le soporta —afirmó en su lengua materna uno de los secuaces rusos de Volkov.

—No me extraña, es asqueroso —respondió el otro hombre, al que Nadia identificó enseguida como el peligroso Dimitri—. Tenemos que estar atentos también al americano, no es de fiar. El jefe ya se ha dado cuenta y cree que oculta algo.

—Habrá que verlo. Seguro que esta noche se descubre todo. A lo mejor nos dejan también divertirnos un rato en el bosque...

Nadia se sobresaltó ante las afirmaciones de aquellos hombres, al parecer Volkov sospechaba de Roncero. Ignoraba lo que el mafioso sabía o lo que tenían en mente para esa noche, pero ella debía actuar cuanto antes. Saldría de la casa y contactaría con sus mandos antes de que el operativo se fuera al garete. Solo le quedaba abandonar sigilosamente su posición y dirigirse de nuevo hacia la salida antes de ser descubierta. Pero no le dio tiempo.

—¿Qué haces ahí escondida? —preguntó Nazaret en voz alta al verla.

Nadia no supo reaccionar y segundos después se encontró con el poderoso brazo de Dimitri, que la arrastraba hasta el interior del despacho.

—¿Qué hacías ahí espiando? —preguntó Dimitri en español

429

antes de cruzarle la cara.

—No, nada... —replicó Nadia sollozando. Tenía que pensar que ella era una inocente camarera y siguió con su pantomima—. Buscaba un baño y me he perdido, nada más; lo siento, no espiaba a nadie. Escuché voces y pensé que podrían orientarme hacia la salida.

El gesto furibundo de Nazaret le dijo que no colaba, la excusa sonaba demasiado peregrina. Los sicarios tampoco la creyeron y Nadia supo que la situación empeoraría.

—Yo la acompañé antes hasta la salida, ha debido escabullirse cuando me he dado la vuelta para atender otros asuntos —confirmó Nazaret para eludir las culpas.

—Ya nos ocuparemos de eso después, tú regresa a tu habitación —le ordenó Dimitri a Nazaret sin soltar a Nadia—. Grygori, encárgate de esta furcia, voy a hablar con el jefe.

Nazaret salió de allí a toda velocidad antes de que la tomaran con ella. Grygori acompañó a Nadia hasta un pasillo lateral mientras Dimitri regresaba a la zona noble, y la encerró en un pequeño cuarto que parecía una despensa. Nadia escuchó el inconfundible sonido de una llave al girar en la cerradura, mientras intentaba encontrar una solución al embrollo en el que se había metido.

Nerviosa y atacada por la sensación de impotencia, Nadia se devanó los sesos en busca de una solución. Se había percatado de la pérdida del pendiente con el micrófono al recibir el bofetón de Dimitri, por lo que no podría contactar con la central. Ya se habrían dado cuenta de lo que había sucedido, o eso creía al menos, por lo que solo le quedaba esperar el rescate.

Le preocupaba más la posición de Roncero. Quizás creyeran que ella era solo una cotilla que se había pasado de lista, le parecía improbable que conocieran su identidad. Pero si ya sospechaban de Roncero desde la noche anterior eso solo podía significar una cosa: problemas. El tiempo corría a cámara lenta y a Nadia no le quedaban uñas que morderse. Por fin se abrió la puerta y apareció el mismísimo Volkov, acompañado por Dimitri. Su cara denotaba el cabreo que llevaba encima y Nadia pensó que tal vez no saliera con vida de aquella misión.

—¿Quién coño eres? —preguntó Sasha en español tras propinarle otro golpe en la cara, esta vez con el dorso de la mano.

Nadia cayó para atrás por el impacto y se quedó en el suelo gimoteando. No podía aparentar fortaleza delante de esos hombres, si se enfrentaba a ellos no sacaría nada en claro. Se encontraba en inferioridad física y no podía hacer otra cosa más que representar el papel de inocente víctima castigada por un malentendido.

—Nadie, señor, solo soy la camarera...

—Miente, jefe —aseguró Dimitri en ruso mientras le explicaba a Volkov lo ocurrido según la versión de Nazaret. Nadia permanecía atenta a la conversación, pero se obligó a parecer ausente, como si no entendiera. Aunque la estratagema no le dio el resultado deseado.

—¿Entiendes mi idioma? —le espetó entonces a la cara Volkov en su lengua materna mientras le levantaba el mentón y la miraba directamente a los ojos.

Nadia se sorprendió al enfrentarse con la peligrosa mirada del mafioso, supo que averiguaría la verdad con la reacción de sus pupilas y cerró los párpados de modo inconsciente mientras bajaba la cabeza. Volkov la obligó a levantarla de nuevo y reiteró su pregunta.

—¿Hablas ruso, desgraciada?

—No sé lo que me dice, señor, no entiendo ese idioma.

—No sé quién eres, pero mientes —continuó Volkov en el idioma de Cervantes—. ¿Para quién trabajas? Dimitri dice que eres policía, pero yo creo que te mandan mis amigos de San Petersburgo. Tienes cara de puta rusa, y no me parece que la policía española tenga a muchas en su nómina.

—Perdone, señor... —Nadia siguió gimoteando y no tuvo siquiera que fingir. La situación se desmandaba y no sabía cómo solucionarlo—. Solo soy una camarera que ha venido aquí para el servicio de este fin de semana. Yo me he perdido y entonces...

—Si no confiesas ahora mismo va a ser peor para ti. Lo único que tienes que hacer es confirmar que hablas ruso y decirme quién te envía. Si lo haces ahora puede que te perdone la vida. Y si no...

A Nadia se le heló la sangre en las venas, pero no podía desdecirse. Siguió con su cantinela, cada vez más nerviosa, mientras el rostro pétreo de Dimitri le decía a las claras que no iba a salir bien parada de la situación.

—Está bien, tú lo has querido. A ver si reaccionas ahora...

Volkov se dirigió entonces a Dimitri en ruso, mientras Nadia se obligaba a no mirarles para no delatar el miedo cerval que se había instalado en su corazón. Y eso que todavía no había escuchado la sentencia de su captor:

—Puedes hacer con ella lo que quieras, Dimitri, tienes mi permiso. Disfruta de ese culito, creo que lo puedes pasar muy bien. Dejo a tu elección si quieres compartirla con tus hombres, pero asegúrate de que la diversión sea muy larga, tú ya me entiendes.

—Claro, jefe, no hay problema. ¿Y después?

—Lo dejo en tus manos, solo quiero que no vuelva a mentir a nadie en su vida. Tal vez los perros de la valla tengan hambre esta noche...

Nadia no pudo contenerse y levantó la cabeza ante la afirmación de Volkov. La iban a violar salvajemente y luego echar sus despojos a los perros, por lo que su futuro se presentaba bastante negro. Hacerse la inocente no le había servido de nada, así que solo le quedaba luchar por su vida, aunque le pegaran un tiro allí mismo.

—Sí, hijo puta, entiendo tu idioma. Tu hora ha llegado, esta noche acabaremos contigo...

La cabo se acercó a los hombres y se enfrentó a su mirada sin miedo. Estiró sus músculos y adoptó una postura alejada de la sumisión que había interpretado hasta ese momento. Había confesado hablar ruso, pero les había dejado con la incógnita de sus verdaderas intenciones y, sobre todo, de quién la había infiltrado en la casa. Entonces Volkov zanjó la cuestión con una frase inesperada que le devolvió alguna esperanza de salir con vida de allí.

—Muy bien, me gustan las chicas valientes. Pareces en buena forma, quizás podamos divertirnos esta noche contigo de otra manera. —La sonrisa de Volkov le avisó de que algo malo iba a suceder—. Dimitri, habla con Bauer y que la incluya en su función de esta noche. Creo que será una buena candidata.

—Pero, señor...

—Tranquilo, no me olvido de ti. Si sobrevive a lo que hemos preparado puedes hacer con ella lo que quieras. Aunque lo tiene realmente complicado...

JUEGOS EN EL BOSQUE

Gandía (Valencia),
29 de agosto de 2015

La actividad era frenética en el interior del destacamento de Gandía. Antúnez y sus hombres habían podido ver en directo el desarrollo de la subasta realizada en el interior de la mansión, por lo que el comandante puso en marcha la maquinaria.

—Hablad con el Juzgado y la Fiscalía, no podemos esperar más tiempo. Hay que sacar a los muchachos de allí dentro y detener a esa gentuza —dijo Antúnez a uno de sus subordinados.

Bermejo continuaba como observador de la situación, aunque hubiera preferido ayudar de un modo más activo. La Guardia Civil no se quería saltar ningún paso legal y seguían los cauces reglamentarios. Tenían grabada la parte de la subasta a la que había podido asistir Nadia hasta que la sacaron de allí, por lo que editaron el vídeo a la carrera para enviárselo a los magistrados y poder obtener la orden para entrar con todo en la finca.

Pero el optimismo de la unidad se torció al comprobar que su compañera había sido pillada in fraganti por los secuaces de Volkov tan solo unos minutos después. A partir de ese momento, tras el bofetón del ruso a Nadia, dejaron de recibir el sonido ambiente, aunque todavía tenían acceso a las imágenes captadas por la cámara del pendiente intacto. Y enseguida se dieron cuenta de que la cabo estaba en apuros, encerrada en aquella despensa mientras esperaba la decisión de Sasha sobre su traición.

—¿Qué coño pasa con la orden del juez? Tenemos que rescatar a Nadia y puede que Roncero esté también en peligro —explotó Antúnez ante la falta de noticias.

—Mi comandante, por lo visto hay problemas de jurisdicción. El juez instructor de Alicante que está al tanto de este operativo ahora se inhibe en favor de los juzgados valencianos, ya que la finca se encuentra fuera de los límites de la provincia alicantina. Todos creímos que la propiedad de Volkov se encontraba en Alicante y nos están poniendo muchas pegas —informó Moreno.

—¡Me cago en mi estampa! —exclamó Antúnez ante el despropósito judicial—. ¿Y qué dice la Fiscalía?

—Están trabajando en el caso, pero no lo van a solucionar en pocos minutos. Tenemos que tomar una determinación.

—Joder, esto no puede ser...

Antúnez se encontraba en una difícil encrucijada. Sabía que en un posterior juicio los carísimos abogados de Volkov podrían anular las pruebas si entraban sin permiso en la finca. Pero tampoco podía jugarse la vida de sus hombres en el empeño. Esperaría unos minutos y si no llegaba el visto bueno de las autoridades judiciales, tiraría por la calle del medio.

No pudieron escuchar la posterior conversación entre Nadia y Volkov, pero el mafioso ruso no parecía muy contento. Seguían sin conocer el paradero de Roncero, impresionados tras su actuación durante la subasta. Pero lo primordial en esos instantes era la integridad de la cabo Muñoz.

—No sabemos dónde llevan a Nadia, mi comandante. No

podemos esperar más... —aseguró el capitán Moreno para añadir más leña al fuego.

—Estoy de acuerdo con su hombre, Antúnez —apuntó también el inspector Bermejo ante el devenir de los acontecimientos—. Creo que tienen que intervenir ya, los chicos están en peligro y puede que no lleguen a tiempo.

—¡Maldita sea! —soltó el jefe de la unidad—. Necesito hablar con el director general, esto es un auténtico marrón.

A Bermejo le sorprendió la actitud de Antúnez, más preocupado por su posición política y por cumplir a rajatabla los protocolos antes que velar por el bien de sus pupilos. Al veterano inspector le entraron incluso ganas de abandonar el recinto, coger su vehículo particular y dirigirse hacia la dichosa finca para intentar salvar a su amigo Roncero. Pero sabía que era una misión suicida, él solo no podría conseguirlo.

El comandante se retiró a una sala adjunta para hablar con el responsable máximo de la Benemérita. Los gritos e increpaciones se oían desde la distancia, mientras el resto de hombres de la unidad permanecían atentos a la conversación. Cinco minutos después apareció Antúnez de nuevo, con el rostro sofocado, dispuesto a impartir órdenes.

—Quiero hablar con el responsable de la UIE, tengo que darle instrucciones.

—¿El director ha dado su aprobación? —preguntó sorprendido Moreno.

—No exactamente, capitán. Pero algo tendremos que hacer...

El comandante le guiñó un ojo a su subordinado, algo sorprendente en aquel momento de máxima tensión. Moreno supo que su jefe apechugaría con las consecuencias de sus actos, pero no les quedaba otra. Había llegado la hora de proceder.

Bermejo hizo un gesto de aprobación, contento tras la decisión tomada por el jefe de la UCO. La unidad de élite de la Guardia Civil iba a entrar en acción en breve, y solo les quedaba rezar para que todo saliera como estaba previsto.

***

Ajeno a lo que sucedía en el destacamento de la Guardia Civil de Gandía, y, sobre todo, ignorando la situación en la que se encontraba su compañera infiltrada, el sargento Roncero había tenido que hacer de tripas corazón durante una peculiar velada que le acarrearía pesadillas de por vida.

Tuvo que sobreponerse al asco y a la indignación que le producía la maldita subasta, con esas pobres muchachas drogadas hasta las cejas antes de desfilar delante de una panda de millonarios degenerados que las trataban como meros trozos de carne. Intentó representar su papel del mejor modo posible, pero nada te preparaba para una situación similar. Creía que no lo había hecho mal del todo, pero sentía las miradas de los demás puestas en él y eso era muy peligroso.

Sus compañeros de función no parecían percatarse de nada, a excepción de Bauer. Pero lo que de verdad preocupaba a Roncero era el escrutinio de Volkov, que no le quitó ojo durante toda la subasta. Y eso no podía significar nada bueno.

Preocupado por lo que pudiera pasar al finalizar las pujas, ya que no tenía ni idea de lo que se suponía que tenía que hacer con su mercancía recién adquirida, Roncero se tranquilizó al saber que la organización seguiría custodiando a las chicas durante el resto del fin de semana. Ignoraba cómo sacarían de España a las chicas compradas una vez abandonada la finca de Volkov, pero ese no era su problema. Su verdadero quebradero de cabeza le iba a llegar de un momento a otro en forma de anuncio por parte del inquietante Hans Bauer.

—Amigos, hagan el favor de acompañarme.

—¿Adónde vamos, si puede saberse? —preguntó desabrido Yamamoto.

—Vamos a cambiarnos de ropa para el espectáculo final del día. Espero que esté a la altura de las expectativas, lo hemos preparado con mucho mimo.

Al-Mansour le hizo un guiño de complicidad a Bauer mientras Roncero permanecía atento para que no se le escapara ningún detalle. Al parecer el qatarí hacía migas también con el alemán, lo que no era de extrañar al saber que se había refugiado en el yate de su primo saudí con Volkov. Yamamoto parecía desconcertado, por lo que el sargento pensó que no conocía lo que allí iba a suceder. Él tampoco, por descontado, aunque la desazón en la boca del estómago le dijo que sería algo muy desagradable.

—¿Cambiarnos de ropa? Yo no pienso desnudarme en vuestra presencia, a mí me gustan las mujeres.

—No te ofendas, querido amigo —replicó Bauer—. Es solo para ponernos más cómodos, en consonancia con la actividad que hemos preparado para cerrar la noche. Creo que unas zapatillas deportivas y una ropa más cómoda nos ayudarán a divertirnos más, ya lo veréis.

—Pero ¿de qué se trata exactamente? —preguntó Roncero de forma inocente.

—Enseguida saldréis todos de dudas. Tendremos que hacer algo de esfuerzo físico, pero merecerá la pena. Y, además, el ganador puede llevarse mucho dinero, que para eso estamos también aquí. Será algo así como una competición olímpica en los bosques de la Cueva del Pecado, aunque quizás se asemeje más a una de mis sagas preferidas de cine, aquellas míticas películas protagonizadas por Christopher Lambert y Sean Connery.

Al-Mansour sonrió, Yamamoto puso cara de no entender nada y Roncero tuvo que hacer esfuerzos para no vomitar al caer en la cuenta. Bauer se refería a la saga de *Los inmortales* y su inquietante lema no le ayudó a sobrellevar mejor la situación: «Solo puede quedar uno».

***

Mientras tanto, Nadia también había tenido que cambiarse de ropa. La obligaron a quitarse el ajustado vestido de noche y a ponerse un escueto short vaquero, una camiseta sin mangas y unas zapatillas deportivas que le apretaban un poco. Pero lo peor fue cuando la encerraron en la parte trasera de una furgoneta negra, ajena a su destino.

Allí se encontró con otras cuatro chicas, asustadas y temerosas ante el porvenir que se les presentaba. Nadia observó que no iban drogadas como las chicas subastadas. O sí, pero tal vez hubieran tomado otro tipo de estimulante al fijarse en sus gestos nerviosos, las pupilas dilatadas y los movimientos extraños en sus extremidades.

Todas iban vestidas de manera similar a ella. Ninguna iba atada o amordazada, por lo que se arriesgó y probó a hablarles en diferentes idiomas mientras las conducían hacia el interior boscoso de la finca, o eso creyó entrever Nadia. En ese momento la cabo se acordó y activó el dispositivo instalado en su reloj para que pudieran rastrear su posición desde la central.

Había perdido el pendiente con el micrófono, pero aún conservaba el otro. Nadie se había percatado y la cámara seguiría grabando, ya que la había dejado encendida. Solo esperaba que sirviera para localizarla y salvarla, aparte de acabar con aquella organización criminal y liberar a todas las muchachas secuestradas.

Nadia averiguó que todas ellas eran turistas ocasionales, veinteañeras que habían sido secuestradas en diferentes lugares de Europa durante la última semana: Benidorm, Mallorca, Niza y Cerdeña. Una italiana de vacaciones en la Costa Blanca alicantina, una estadounidense de origen vietnamita que visitaba Palma de Mallorca, una mulata brasileña de turismo en la Costa Azul y una francesa que pasaba unos días en Cerdeña con sus amigos.

Nadia intentaba atar cabos, aquello no tenía ni pies ni cabeza. La organización de Volkov se había arriesgado a secuestrar chicas de buena familia, con los riesgos que eso conllevaba, en vez de las típicas mujeres desarraigadas o engañadas con las que se nutrían muchos prostíbulos europeos. Nada de utilizar las rutas habituales de trata de personas a través de los corredores más conocidos en Europa: los Balcanes, la ruta del Mediterráneo y otras.

Ese dato la preocupó aún más. La desaparición de esas chicas habría puesto sobre aviso a las autoridades de varios países y a Volkov parecía darle igual. El mafioso echaba el resto durante ese fin de semana, antes de desaparecer del radar de las autoridades. Tal vez regresara a su patria chica, aunque en San Petersburgo también tenía enemigos, o a cualquier otro lugar donde pudiera disfrutar del dinero que se embolsaría esa noche antes de escabullirse.

Cuando llegaron a su destino las bajaron a empujones de la furgoneta y las colocaron de pie, atadas a unos árboles que parecían estratégicamente situados. Todas sus compañeras de infortunio comenzaron a chillar y a patalear, pero tuvieron que callarse ante la visión del arma con la que Dimitri las amenazó.

Minutos después llegó un todoterreno negro hasta sus inmediaciones y Nadia pudo respirar algo más tranquila: Roncero estaba vivo. Y al parecer, seguía en buena sintonía con el resto de millonarios invitados a la finca, por lo que las esperanzas de salir con vida de allí aumentaron un poco. Pablo no permitiría que a ella le sucediera nada malo, y seguro que la unidad de élite de la Benemérita ya les estaba buscando. Solo le quedaba esperar y estar preparada para cualquier contingencia que se pudiera presentar. Aunque si no la desataban de allí no tendría ninguna posibilidad de salvación.

Sin embargo, no fue ese pensamiento lo que le puso la carne de gallina, sino el anuncio que hizo Bauer al llegar junto a ellas:

—Señores, estas chicas serán sus contrincantes. Ahora explicaré con detalle las reglas de nuestros pequeños Juegos. ¡Bienvenidos a las primeras Olimpíadas de la Cueva del Pecado!

***

—¿Dónde coño está la UIE? —estalló Antúnez ante la falta de noticias—. Quiero tener imagen de sus movimientos, ¿a qué estáis esperando?

Bermejo alucinaba ante la frenética actividad allí desplegada. Los hombres de Antúnez trabajaban a destajo en la estancia, y la unidad de élite de la Benemérita ya estaba en camino hacia la parte menos vigilada de la finca. Habían conseguido planos de las construcciones principales y un mapa cartográfico de la propiedad, por lo que los hombres desplegados sobre el terreno no se moverían a ciegas al intentar llevar a buen término su misión.

—Ya está, mi comandante —replicó uno de los técnicos—. Pinchada la cámara del brigada de la UIE, ya tenemos imágenes.

La sala se había quedado pequeña para seguir todos los movimientos que se sucedían en una noche de locos. En una pantalla dividida en dos mitades recibían las imágenes emitidas por los dos drones que sobrevolaban la zona; en otra veían los movimientos de la unidad de intervención en su acercamiento hacia la parte más desprotegida de la finca y en otra lo captado por la microcámara que llevaba Nadia.

—¿No hay manera de mejorar la imagen de esa cámara? —preguntó angustiado Bermejo al ver la oscuridad que se cernía sobre la tercera pantalla.

El gesto de negación de Moreno le dijo al inspector que deberían conformarse con lo que tenían. Se había hecho ya de noche y el dispositivo de Nadia no disponía de infrarrojos. Los drones y las cámaras que portaban los guardias civiles sí estaban preparadas para esas contingencias, por lo que tendrían que conformarse con rastrear la posición de la cabo gracias al GPS de su reloj, aunque no recibieran imágenes nítidas de lo que sucedía a su alrededor.

—¡Dios mío! —exclamó Moreno al ver la última imagen captada por la cámara de Nadia—. ¿Qué hacen ahí atadas?

—Nada bueno, eso está claro —contestó Bermejo, atónito ante las imágenes.

Todos contuvieron la respiración al ver la llegada del todoterreno a través de los ojos de Nadia. La cabo giraba la cabeza para enseñar una u otra parte del escenario en el que se desarrollaban los acontecimientos y el murmullo aumentó en la sala.

—¡Roncero está con ellos! —exclamó alborozado Antúnez—. Tengo que hablar de nuevo con el brigada Martínez, ponme en contacto con él.

—A sus órdenes, mi comandante —replicó uno de los técnicos.

—Mi brigada, les enviamos las coordenadas donde se encuentran los nuestros —comenzó diciendo Antúnez antes de explicarle al detalle la situación—. Quiero que se dividan en dos grupos: uno que entre en la casa principal y asegure la zona según las instrucciones previas. Y otro más pequeño que se dirija hacia el interior del bosque: hay que salvar a los compañeros y acabar con esa gentuza.

— Sí, señor. Intentaremos cumplir la misión con fuego no letal, pero...

—No se preocupe, mi brigada. Utilice todos los medios a su alcance, tiene mi permiso. Solo espero que pueda salvar a mis muchachos y, por supuesto, a esas pobres crías, tanto a las del bosque como a las de la casa.

—Así lo haremos, mi comandante. ¡En marcha!

***

—No entiendo nada. ¿Qué hacen esas chicas ahí atadas? —se aventuró a preguntar Roncero ante la atenta mirada de Volkov, recién unido al grupo.

El guardia civil se había quedado de piedra al comprobar que Nadia era una de las elegidas, atada en un árbol al igual que el resto de mujeres. Volkov había debido pillar a la cabo en un renuncio, pero él ignoraba lo sucedido. No podía saber si su compañera había confesado todo y si él se encontraba en peligro, por lo que intentó disimular el desasosiego instalado en su organismo. Ahora tenía una doble misión casi imposible de conseguir: salvar a Nadia y, de paso, al resto de mujeres secuestradas antes de acabar con la organización criminal de Sasha Volkov.

—No te preocupes, Disney, es por simple precaución. No querrás que se escapen antes de tiempo —contestó el alemán.

—Estoy con el yanqui, ya está bien de tonterías. —El gesto de enfado de Yamamoto les dijo que no se encontraba a gusto con la situación. Se veía ridículo con aquel atuendo deportivo y sudaba a chorros en una noche bochornosa que todavía no había terminado—. ¿Por qué voy a pagar un millón de dólares por participar en algo que ni siquiera me han explicado?

—Tranquilo, amigo, ahora lo sabrás —contestó Al-Mansour risueño, dejando a las claras que él estaba al tanto de todo y le encantaba lo que allí se había preparado.

—Esa cantidad insignificante para todos nosotros es solo el canon por participar en nuestro pequeño juego: una cacería humana en toda regla —informó Bauer mientras contemplaba la reacción del resto de invitados.

Roncero no pudo contener sus emociones y dejó traslucir su sorpresa. Por no hablar del miedo que le atravesó la espina dorsal al encontrarse con Nadia en aquella brutal situación.

—Venga, Gunther, explícalo de una vez. No tenemos toda la noche —apuntó Volkov.

—Está bien, tenéis razón, me dejaré de florituras. El canon es solo por participar, pero podéis ofrecer el dinero que queráis para enfrentaros a la joven que prefiráis. De izquierda a derecha: una preciosa italiana, una joven de origen vietnamita, una espectacular mulata brasileña, una esbelta francesita y una española de origen eslavo.

—¿De qué forma nos enfrentaremos a las chicas? Creo que atadas se encuentran en franca inferioridad, no sé qué tipo de olimpíadas habéis organizado —aseguró Roncero de modo arrogante.

—No te preocupes, Disney, les daremos alguna ventaja. Y por supuesto, tendrán la oportunidad de salvarse, no somos tan crueles.

La brasileña, la vietnamita y Nadia parecían más tranquilas que sus otras compañeras, expectantes ante la escena que se desarrollaba frente a ellas. Por el contrario, la italiana y la francesa gimoteaban y suplicaban en sus respectivos idiomas, tal vez para intentar pedir clemencia a sus captores, aunque sin ningún resultado. Todas las conversaciones entre los hombres tenían lugar en inglés, idioma que, a tenor de su comportamiento, parecían conocer también los otros participantes de aquel juego macabro. Un juego del que estaban a punto de averiguar el resto de sus crueles reglas.

—En un principio habíamos preparado cuatro chicas para mis cuatro invitados de este fin de semana. Sin embargo, a última hora se ha unido una nueva e inesperada participante a la partida, así que me voy a incorporar yo también al grupo para que no estemos descompensados —informó Volkov mientras miraba a Roncero de un modo intrigante—. Por supuesto, aportaré mi cuota de salida y, además, estoy dispuesto a ofrecer otro millón de dólares para enfrentarme a nuestra guapa camarera, la participante número cinco.

El mafioso ruso dirigió un gesto triunfal a Roncero, ya que su alegato lo había hecho mirando en su dirección, quizás mientras esperaba algún tipo de reacción por su parte. El sargento de la Guardia Civil intentó permanecer impasible. Nadia no parecía torturada a simple vista, y no creía que hubiera confesado su relación con él a las primeras de cambio. No, era imposible, la debían haber pillado en alguna otra falta.

Además, si Volkov hubiera sabido que el supuesto Fowley se trataba en realidad de un guardia civil camuflado no le estaría tratando de ese modo. Lo más normal era que le hubiera pegado ya un tiro antes de quedarse con su dinero y huir de la finca a toda velocidad al suponer que el resto de la Benemérita acudiría al rescate. No, pensó Roncero, Sasha no estaba al tanto de la operación. Podía albergar sospechas con respecto a él, pero todavía tenía una oportunidad para aprovecharse de su desconcierto, salvar a Nadia y esperar la llegada de la caballería.

Roncero recordó entonces la vigilancia aérea que tenía lugar a cargo de los drones y rezó para que los tuvieran correctamente localizados. Allí había una especie de claro que sería visible desde las alturas, pero si se adentraban en la parte más intrincada del bosque sería imposible que los localizaran desde el aire. Estuvo tentado de mirar hacia el cielo, pero no quería despertar más sospechas ni poner sobre aviso a sus contrincantes, así que no se inmutó y permaneció impertérrito ante las bravuconadas del ruso.

—¡Es verdad! —exclamó entonces Yamamoto al percatarse—. ¿Qué hace aquí la camarera?

—Se ha portado un poco mal, se ha excedido en sus obligaciones y como premio la hemos reclutado para la causa —se carcajeó Bauer ante la aquiescencia de Al-Mansour y el rostro serio de Roncero.

—En ese caso, me gustaría también pujar por ella, ofrezco dos millones de dólares para enfrentarme con esa belleza. Todavía veo en mi cabeza ese precioso culo enfundado en su pantaloncito de licra y me pongo enfermo solo de pensarlo.

—Ayer te dije que te olvidaras de las camareras del *catering*, pero las cosas han cambiado —replicó Bauer—. Tienes todo el derecho del mundo, pero creo que no tienes nada que hacer contra ella, está en forma y tú te ahogas en cuanto caminas unos metros. Quizás puedes enfrentarte mejor a la vietnamita...

—¿Por qué? ¿Por ser oriental como yo? —inquirió el japonés—. Estoy harto de orientales. Si voy a pagar tanto dinero por algo, espero que sea de calidad suprema. Y esa chica lo vale. Aunque todavía no nos habéis explicado el tipo de enfrentamiento que tendrá lugar o

445

cómo se desarrollará la dichosa competición que habéis preparado.

—Es cierto —replicó entonces Roncero tras recuperarse del shock. El duelo de sus compañeros de batida para enfrentarse a Nadia lo había noqueado, pero se recompuso antes de presentar batalla—. Seguimos sin saber qué tipo de juegos tenéis en mente. Ah, y yo también quiero pujar por la camarera. Ofrezco tres millones de dólares para poder enfrentarme a ella.

Quizás se había delatado al ver la sonrisa de suficiencia de Volkov y el gesto que le dedicó a Bauer. El qatarí permanecía también atento a la jugada, pero parecía no querer participar en aquella increíble puja por una mujer, cuando ni siquiera sabían lo que tendrían que hacer para ganar.

—Tres millones es mucho dinero, creo que me retiro de esa puja y ofrezco el millón por la brasileña. Parece también una digna contrincante —afirmó Volkov.

—De acuerdo entonces, yo también me retiro. Pero no pienso quedarme con la vietnamita, no me gusta. Ofrezco mis dos millones de dólares por la francesa.

—Muy bien, todos contentos entonces —secundó Bauer—. Te dejo elegir, amigo Aladin: la italiana o la vietnamita. Eso sí, tendrás que ofrecer algo a cambio.

—Ofrezco dos millones por la vietnamita, creo que merecerá la pena. Pero explica de una puñetera vez en qué consiste el juego.

—Está bien, yo me quedo con la italiana. Seré bueno y ofreceré un millón de dólares, aunque no tendría por qué subir tanto la oferta. Eso hace un total de catorce millones de dólares entre el canon y las ofertas realizadas.

—Es mucho dinero por un estúpido juego que seguimos sin conocer. ¿Qué hay que hacer para ganar y cuál es el premio? —inquirió el japonés.

—El ganador se lleva la mitad, siete millones de dólares, el resto se lo queda la organización. El reto consiste en lo siguiente...

Bauer pasó a explicar la competición. Soltarían las ataduras de las chicas y les darían quince minutos de ventaja ante sus perseguidores. Ellos tendrían que cazar a las elegidas, vivas o muertas, y llevarlas de nuevo al punto de partida. El primero que lo consiguiera ganaría la partida y estaba permitido todo.

—¿A qué te refieres exactamente con lo de que está permitido todo? —preguntó angustiado Roncero.

—Está muy claro, amigo Disney. Nuestra misión es capturar o abatir la pieza elegida antes que los demás para ganar el premio. Y eso se puede conseguir de dos maneras: siendo el más rápido en encontrar a tu pareja de baile o impidiendo que el resto de participantes puedan hacer lo propio. ¿No os parece interesante?

Roncero tragó saliva ante la horrible perspectiva que se les presentaba. Eso quería decir que habría múltiples estrategias que los jugadores podían elegir para ser los ganadores: perseguir y capturar o matar a la chica asignada, o dejar fuera de combate a sus adversarios. Y eso lo podían conseguir de dos maneras diferentes, ya fuera matando a las chicas asignadas a los otros participantes para que ellos no pudieran ganar, o incluso actuar contra los propios compañeros de partida.

Yamamoto también se percató entonces de la verdadera dimensión del juego y lo corroboró tras pedirle explicaciones a los organizadores. Su semblante se tornó menos severo, tal vez quisiera ajustar cuentas con algún participante. Al-Mansour también sonrió y Roncero pensó entonces que se encontraba ante el mayor grupo de psicópatas al que se había enfrentado nunca. Una auténtica locura que se les había ido completamente de las manos.

Los gestos de complicidad de Bauer con Volkov y este a su vez con Al-Mansour le dijeron a las claras que se encontraba en franca inferioridad. La jugada estaba clara. No pensaban dejar que Yamamoto o él, los *outsiders*, ganaran la partida. De esa manera se quedarían con todo el dinero del juego y con las chicas, en caso de quedar alguna viva. Y si para ello tenían que asesinar a quien se pusiera por delante no iban a andarse con remilgos.

El sargento sabía que tanto Nadia como él estaban en disposición de poder vencer en un combate cuerpo a cuerpo a cualquiera de aquellos hombres. Yamamoto era inmenso y un simple golpe suyo podía dejarte en el sitio, pero se movía con mucha lentitud. Bauer estaba gordo y en baja forma, no era contrincante para ellos. Al-Mansour, por el contrario, sí parecía un tipo fibroso que se mantenía en forma a sus cuarenta años. Aunque el más peligroso seguía siendo Volkov, acostumbrado a lidiar con los bajos fondos rusos. Lo único malo era que Roncero no creía que la competición se desarrollara solo con las manos desnudas.

—Creo que habría que ofrecerles algo a las chicas, algún premio si consiguen escabullirse de nosotros, por aquello del *fair-play* — dijo Al-Mansour muy ufano, como si su idea fuera la más brillante del universo.

—Claro, por supuesto, tienen posibilidades de salvarse. Si consiguen alcanzar antes que nosotros el destino elegido, un antiguo castillo árabe semiderruido que se encuentra al norte de la propiedad, podrán seguir viviendo. Eso sí, pasarían a formar parte del exquisito elenco de cortesanas de la Cueva del Pecado. Lo mismo ocurrirá si llega el amanecer y no han sido capturadas o abatidas, ese será su premio.

—¿Y si nosotros capturamos viva a nuestra rival y la traemos de vuelta al punto de origen? —preguntó entonces Yamamoto.

—Entonces el premio será triple: el jugador se llevará el dinero del premio y de paso a la chica, que pasará a ser de su propiedad. Y ella salva la vida, que quedará entonces en manos de su nuevo dueño.

Nadia permanecía imperturbable, atenta ante el desarrollo de los acontecimientos. Sus músculos parecían en tensión y Roncero pensó que su compañera estaba dispuesta a luchar hasta el límite de sus fuerzas para salvarse y, si podía, para ayudar al resto de víctimas. Algo que también habían tenido en cuenta los organizadores.

—Por supuesto, no todo van a ser ventajas. Para que las chicas no se unan en contra de nosotros, las colocaremos en diferentes puntos del bosque antes de dar la señal de salida y les daremos unas someras indicaciones de dónde se encuentra situada su meta. Y ya lo habréis supuesto, tendrán que caminar a oscuras. Nosotros contaremos con linternas y también repartiremos otro tipo de herramientas que nos permitirán cazar a nuestras piezas elegidas.

Volkov hizo un gesto a sus hombres, situados a escasos metros del cónclave, y Dimitri se acercó con una pesada mochila al hombro. La depositó en el suelo, junto a su jefe, y Sasha la abrió en presencia de todos los participantes.

—Dimitri, desata a las chicas y llévalas a sus respectivos puntos de partida. Ahora iremos nosotros, primero tenemos que repartir las armas.

El ruso sacó una pistola de pequeño calibre, una espectacular catana, un hacha de mano, una ballesta y un rifle con mira telescópica. Bauer entregó con recochineo la pistolita a Yamamoto, un arma inservible en sus manazas, ni siquiera le cabría el dedo en el gatillo. Al árabe le ofrecieron el hacha, que aceptó encantado, y a Roncero le entregaron la catana, una poderosa arma si se sabía utilizar. Por desgracia, el sargento no era muy ducho en esas lides.

El alemán se quedó con la ballesta, al parecer un juguete especial que ya conocía de antes, y Volkov se quedó con el arma más peligrosa: un rifle de francotirador. Roncero conocía su pasado en el Ejército ruso y sus largos años de delincuente en las calles de San Petersburgo, por lo que supuso que sabría utilizarlo.

—De acuerdo, amigos, vamos allá. ¡Qué comiencen los juegos!

Les condujeron a cada uno a su posición, les ofrecieron una linterna y un pequeño mapa de la zona y dieron el pistoletazo de salida. Roncero supuso que los organizadores harían trampas y participarían en la competición con otras armas a su alcance, como gafas de visión nocturna, intercomunicadores o brújulas y mapas topográficos de la región. Pero él no podía hacer nada por evitarlo y tendría que salir adelante con lo que le habían ofrecido.

Maldijo entonces el día en que había respondido aquella llamada de su comandante. Quizás si le hubiera hecho caso a Miriam no habría llegado a esos extremos, pero ahora no le quedaba otra opción. Su último pensamiento antes de afrontar el mayúsculo reto fue para la periodista, instantes antes de poner la mente en blanco para concentrarse a tope y disponer de todos sus sentidos en alerta máxima. Sus particulares olimpíadas estaban a punto de comenzar y él no se había preparado para semejante competición.

La suerte estaba echada...

LA CACERÍA

—¡Zona asegurada y perímetro despejado! —gritó el brigada Martínez por el intercomunicador—. Hemos reducido a todos los hombres en la casa, un total de cinco, y hemos liberado a quince chicas.

—¿Alguna baja, brigada? —preguntó entonces Antúnez, algo más tranquilo.

—No, solo un par de heridos entre los delincuentes, todos mis hombres están bien. Ellos querían dispararnos con sus armas automáticas, pero hemos conseguido reducirles con munición no letal antes siquiera de que apretaran el gatillo. Les hemos pillado en bragas totalmente.

El comandante conocía la eficiencia del cuerpo de élite de la Benemérita y no se sorprendió ante lo sucedido. Los mejores hombres de la UIE habrían entrado en la finca de modo sigiloso, en plan comando, y habían neutralizado al enemigo en unos pocos segundos.

—Perfecto, buen trabajo, ahora mandaré más efectivos una vez asegurada la zona. ¿Y las chicas?

—Todas bien. Hay un grupo de ocho chicas que parecen en

mejor estado; se han sorprendido mucho de nuestra llegada e incluso se negaban a colaborar con nosotros. Después hemos encontrado a otras siete en peores condiciones, medio drogadas y totalmente desorientadas.

—Tranquilo, los sanitarios están también en camino. El único problema es que los verdaderos culpables de todo esto se han adentrado en el bosque y la vida de dos miembros de la UCO y otras cuatro chicas inocentes pende de un hilo.

El brigada ya había enviado hacia el interior de la finca a un pequeño destacamento, pero la situación había cambiado. Antúnez le explicó lo que sabía gracias a las imágenes captadas por la cámara de Nadia y la aportación de los drones, por lo que le apremió para cumplir la peligrosa segunda parte de la misión.

—No se preocupe, mi comandante. Dejo un retén a cargo de las casas y me dirijo yo también al bosque con tres de mis mejores hombres. Los encontraremos y los traeremos de vuelta sanos y salvos.

—Ojalá, brigada, ojalá. Mucha suerte en el empeño y cuidado con esa gente. Van armados y son muy peligrosos.

**

Ni Nadia ni ninguno de los participantes en el macabro juego se habían percatado de la presencia de la Guardia Civil en el interior de la finca. La cabo tenía otras preocupaciones en la cabeza, entre ellas la de salvar su vida.

Nada más abandonar el claro supo que la empresa iba a ser mucho más difícil de lo que barruntó en un primer momento. Ella no disponía de ninguna luz y en la parte más intrincada del bosque la oscuridad era casi total. Afortunadamente había luna llena y en ocasiones, cuando las copas de los árboles no lo impedían, tenía incluso algo de visibilidad. Pero la situación era francamente desesperante.

Ni siquiera comprobar que había sido Roncero el ganador de la puja para enfrentarse a ella le quitó la desazón del estómago. Las miradas torvas de Bauer y Volkov hacia Roncero le decían a las claras que no se fiaban de él. Y tras conocer las condiciones en las que se desarrollaría la competición, supo que todos irían a por el sargento antes de cazarla a ella.

Nadia se encontraba en buena forma y ese era un punto a su favor. Corría todos los días diez kilómetros a un ritmo de poco más de cinco minutos el kilómetro, por lo que en un primer momento pretendió alcanzar la meta prefijada en busca de su salvación.

Entonces cambió de opinión y pensó en permanecer agazapada mientras esperaba a Roncero. Podía dejarse capturar a la primera y hacer que el sargento camuflado ganara la partida, pero le parecía poco probable que le permitieran hacerse con la victoria sin más. Por supuesto, sabía que Roncero no pensaba abatirla, pero del resto de participantes no podía decir lo mismo. Y dudaba bastante que le permitieran salir de allí con vida en compañía de su nuevo dueño aunque certificaran que el trasunto de Fowley había sido el ganador del certamen.

La cabeza de Nadia bullía con todos estos pensamientos, mientras comenzaba a trotar por inercia por una trocha que encontró en medio del bosque. En pocos minutos se dio cuenta de lo imposible de su aventura en la oscuridad de la noche: se había caído dos veces, tropezado otras tres y golpeado con varias ramas de árboles tanto en la cara como en brazos y torso. Una misión suicida que debería acometer de diferente manera.

La cabo tuvo algo de fortuna y se topó con una senda bastante despejada por la que podría avanzar a buen ritmo. Escuchó entonces unos metros más allá el característico sonido del agua al caer y se acercó con cuidado. Había una pequeña cascada de agua cristalina en un remanso plagado de grandes piedras y Nadia se alegró por su buena suerte. Se apoyó entonces en dos de las rocas más grandes y bebió con avidez del chorro, mojándose además los brazos, cara, cuello y cabeza para refrescarse. El bochorno de una noche veraniega y el peligro inherente a una ruta que jamás pensó tener que realizar en esas condiciones hacían estragos, y el agua fresca ayudó a revitalizarla.

Abandonó aquel entorno y continuó unos minutos por la senda. El camino se empinaba poco a poco y supuso que había acertado al elegir esa dirección en busca del castillo derruido. Incluso la senda pareció ensancharse durante un trecho, con un firme sólido y con menos altibajos, por lo que se atrevió a trotar por el camino de tierra.

La alegría proporcionada por el encuentro con la cascada y por verse avanzando de una forma más o menos cómoda por la senda trazada hizo que Nadia creyera que su suerte había cambiado. Se cruzó entonces con un enorme pino que crecía de forma caprichosa. El tronco salía en horizontal de la ladera de la montaña y cruzaba la senda a media altura para después crecer en vertical. Una L natural colocada al revés que solo pudo atisbar cuando la tuvo casi encima. Intentó esquivar el tronco de todas formas, pero el golpe fue brutal.

La cabo Muñoz quedó inconsciente en el suelo mientras sus enemigos se acercaban a pasos agigantados...

**

En la estancia habilitada en Gandía para la plana mayor de la UCO, la actividad desarrollada continuaba a un ritmo brutal. En una pantalla más pequeña que las demás se seguía al segundo la posición de Nadia Muñoz, gracias al GPS instalado en el dispositivo de su reloj. El capitán Moreno había trabajado con Gallardo, uno de los guardias destinados en el puesto de Albaida, por lo que le llamó para que se incorporara al puesto de mando y les ayudara con su gran conocimiento sobre la comarca.

—La compañera lleva buena dirección, se ha orientado perfectamente. Ese camino la llevará al castillo de Aielo de Rugat, y también a las Penyes Llúcies —apuntó Gallardo.

Al parecer la finca de Volkov había sido un espacio libre hasta hacía pocos años y su terreno era muy apreciado por los amantes del senderismo debido a sus numerosas y preciosas rutas en un entorno privilegiado. Hasta que una oportuna recalificación y una operación de compraventa bastante sospechosa la transformaron en propiedad privada.

Antúnez asentía mientras comprobaban en un mapa del Ejército a gran escala el periplo que Nadia iba siguiendo gracias a las referencias del GPS. Sabían que el dispositivo tenía un pequeño margen de error, pero esperaban que fuera insignificante y no les impidiera controlar en todo momento la posición de su compañera.

—Parece que se ha parado, ¿no? —preguntó Bermejo, atento también a Nadia.

—Sí, imagino que intentará orientarse allá arriba, no tiene que ser fácil.

—Tranquilos, todo tiene una explicación —aseguró Gallardo tras comprobar unos datos en el mapa—. La compañera ha encontrado la Font de Ferri, por lo que seguramente estará bebiendo y refrescándose. Otros años se podía haber encontrado una pequeña cascada, pero el caño de agua será suficiente para ella.

Antúnez asintió, nervioso ante el devenir de los acontecimientos. Iba de un lado a otro y comprobaba las imágenes de los drones mientras hablaba con el brigada al mando de la UIE o impartía órdenes a diestro y siniestro. Se quedó un momento al lado de la pantalla más pequeña, atento a lo que acontecía con la joven *hacker* incorporada recientemente a la UCO.

—Parece que lleva buen ritmo, el punto de seguimiento avanza rápido. ¿Se habrá atrevido a correr por el bosque?

—Eso creo, mi comandante —respondió uno de los técnicos—. Según las mediciones, la cabo Muñoz se mueve a una velocidad media de entre ocho y diez kilómetros por hora. Va al trote o anda muy deprisa, no sabría decirle con exactitud.

—Sí, no es algo descabellado —continuó Gallardo—. Ahora mismo se encuentra en una zona despejada, con buen firme y pocos obstáculos. Pero debe tener cuidado...

De pronto el punto rojo de seguimiento que indicaba la posición de Nadia se quedó quieto. El parpadeo intermitente dejó por un momento sin habla a los allí presentes, sin que nadie supiera muy bien lo que sucedía.

—Quizás se ha parado porque no sabe por dónde seguir, ¿verdad? —preguntó Moreno ante el gesto preocupado de Bermejo y Antúnez.

—Creo que no, lo siento —respondió Gallardo tras comprobar la posición en el mapa—. Me parece recordar que cerca de la fuente por la que ha pasado antes hay un enorme árbol que atraviesa el camino, puede que se haya golpeado con él al correr a oscuras por la senda.

—¡Maldita sea! —exclamó Antúnez ante la inesperada noticia—. No puede haber tenido tan mala suerte, esperemos a ver si se mueve.

Unos segundos angustiosos se sucedieron mientras todos los hombres allí reunidos aguantaban la respiración, deseosos de soltar el aire acumulado en los pulmones en cuanto comprobaran que el dichoso punto rojo continuaba de nuevo su movimiento. Pero nada sucedió durante el minuto siguiente y los murmullos comenzaron a subir de volumen.

—¡Mire, se está moviendo! —gritó entonces Bermejo.

—¡Esa es mi chica! —gritó entonces el teniente Sonseca, responsable directo de Nadia en la unidad tecnológica, que también colaboraba en el dispositivo.

—No sabemos lo que le ha podido suceder, igual solo se había detenido para descansar —dijo Moreno.

—Me da igual, capitán, la cuestión es que se ha puesto en marcha. Eso quiere decir que está bien, es una chica de armas tomar —sentenció Antúnez.

Bermejo, Moreno y el resto de oficiales asintieron ante la última frase del responsable de la UCO, pero ninguno lo tenía claro. Esperaban que fuera así y Nadia estuviera en condiciones de continuar, aunque nadie sabía lo que le había sucedido realmente.

***

Nadia despertó tres minutos después; solo había sufrido un desvanecimiento leve. Le costó un poco incorporarse, pero se rehízo como pudo y se obligó a continuar. Intentó averiguar si se había hecho daño de verdad o solo se había lastimado el orgullo, y llegó la conclusión de que únicamente había sido un gran susto.

Por suerte no se había hecho nada grave, aparte de una pequeña herida en el codo, de modo que pudo continuar su camino. Siguió por la misma senda y dejó a un lado una construcción semiderruida que le recordó a un antiguo corral para el ganado. Se desvió entonces a la izquierda para proseguir por el mismo camino y bordeó un profundo barranco con el que tuvo que tener especial cuidado. No quería perder pie en esa zona y despeñarse ladera abajo.

El camino se empinaba cada vez más, pero el terreno seguía siendo favorable. La senda se había estrechado algo, pero parecía limpia y accesible, por lo que Nadia se animó a continuar con su empeño. Incluso le pareció escuchar de nuevo el murmullo del agua, pero no se molestó en buscar su origen al escuchar después otros sonidos inequívocos: disparos.

Ignoraba si se trataba de alguno de los participantes en la cacería o si, por el contrario, eran sus compañeros de la UIE, recién entrados en acción. Así que después de reflexionar unos segundos tomó la determinación de no parar ni esconderse, debía ir hacia arriba. No quería perder el buen ritmo adquirido, por lo que continuó la marcha sin descanso.

***

Mientras tanto, en un lugar diferente del bosque, Yamamoto caminaba por una estrecha senda abierta en la espesura cuando percibió un ruido a su izquierda. Iluminó en esa dirección con la linterna y divisó la sombra de una mujer que avanzaba a trompicones por el sotobosque con una evidente cojera. El japonés redujo la distancia que lo separaba de la joven y al iluminarla de lleno comprobó que la víctima era la apropiada, la joven francesa por la que había pagado una astronómica cifra.

—No corras, preciosa, será peor para ti. ¡Ven conmigo!

Pero entonces, la peculiar pareja de baile escuchó otra voz diferente a sus espaldas.

—No te muevas, viejo amigo, no quiero hacerte daño —dijo Bauer tras situarse a escasos metros del japonés, mientras apuntaba con su ballesta a la francesa.

Yamamoto apuntó entonces a Bauer, pero le fue imposible apretar el gatillo. Sus gordezuelos dedos, similares a enormes salchichas, no eran capaces de cumplir su cometido. El alemán se carcajeó y el japonés le tiró el arma al cuerpo a modo de piedra. Bauer esquivó el golpe sin inmutarse y recogió la pistola del suelo. Yamamoto le ignoró y se acercó a la chica, que permanecía aterrada en el suelo mientras contemplaba el enfrentamiento entre los hombres.

—Tranquila, no te muevas, no quiero hacerte daño —le dijo a la muchacha para evitar que opusiera resistencia—. Solo quiero sacarte de aquí con vida y librarte de ese psicópata.

—No tiene por qué ser así, hay otras soluciones. Deja a la chica en el suelo y aléjate de aquí, es mi última advertencia —amenazó el alemán.

—¡Que te jodan! Apártate de mi vista antes de que te aplaste como a una cucaracha.

Y dicho esto, Yamamoto se aproximó a Bauer con la determinación pintada en el rostro. Ni siquiera el sonido sibilante que atravesó la noche le cambió el gesto, segundos antes de percatarse de la realidad: le había disparado una flecha. El dardo lanzado por Bauer se había clavado en medio del inmenso perímetro abdominal de Yamamoto. El japonés se rio con ganas al darse cuenta de que la flecha solo le había hecho cosquillas. La poderosa capa de grasa que cubría su tripa había impedido que la saeta hiciera mella en su cuerpo y afectara a algún órgano vital. Así que se la arrancó sin más miramientos y continuó su camino sin inmutarse.

—La próxima vez no fallaré, te lo aseguro. Es tu última oportunidad.

—No tienes lo que hay que tener para matarme. Y si lo haces, la Yakuza caerá sobre ti con toda su fuerza.

—Muy bien, que así sea. Los estaré esperando.

Terminada la frase, Bauer levantó de nuevo el arma, ya con una nueva flecha cargada. Yamamoto no tuvo tiempo siquiera de moverse una vez más y la sibilante saeta atravesó el aire a una velocidad endiablada, camino de una meta concreta: su cuello. El japonés se agarró el pescuezo con ambas manos y supo que era hombre muerto. Bauer había acertado en plena yugular, le quedaban escasos segundos de vida.

—¡Alto a la Guardia Civil! —oyó entonces Bauer a sus espaldas en un perfecto castellano—. Tire el arma y levante las manos con calma.

El alemán se volvió con parsimonia para encarar a sus nuevos rivales y no tuvo tiempo de ver que Yamamoto caía como un fardo sobre la tierra. El sonido escuchado tras el golpetazo de esa mole de carne sobre el suelo le dijo que había cumplido su objetivo, aunque las tornas habían cambiado. Su nuevo enemigo era mucho más complicado, pero no estaba dispuesto a rendirse. Sacó entonces la pistola y apuntó hacia los hombres que le interpelaban a gritos en medio del bosque.

Los miembros de la UIE ni siquiera esperaron la señal de su jefe y abatieron al criminal con la máxima eficiencia. Bauer soltó el arma y cayó también al suelo tras los disparos certeros efectuados por los guardias civiles mientras todo se nublaba a su alrededor.

—¡Objetivo abatido! —informó el brigada por el intercomunicador—. El japonés está muerto, su compañero le ha disparado con la ballesta a sangre fría.

—¡Joder, lo acabamos de ver! —exclamó Antúnez, estupefacto ante las imágenes granuladas y en tonos verdosos que recibían desde la posición de la patrulla de asalto de la Benemérita—. Ha sido el maldito Bauer. ¿Está vivo?

—Sí, mi comandante. Solo lo hemos desarmado, no hemos disparado a ningún punto vital. Está herido, pero se recuperará.

—Buen trabajo —dijo Antúnez—. ¿Cómo está la chica?

—Bien, solo tiene un esguince fuerte de tobillo. Uno de mis hombres, que habla francés, está intentando tranquilizarla, se halla en buenas manos. La acompañará a la casa junto al resto de mujeres y nosotros seguiremos hacia el norte.

—Perfecto, brigada. Le envío la nueva posición de Nadia, se dirige hacia el castillo a buen ritmo. Imagino que el sargento de la UCO irá también en su busca, pero ignoramos su posición en estos momentos. Y todavía quedan dos peligrosos criminales sueltos, aparte de otras tres chicas.

En ese momento se oyeron disparos y la conversación se detuvo unos instantes. A unos cientos de metros de la posición del brigada se sucedía una nueva escaramuza y nadie sabía a ciencia cierta lo que ocurría.

—¡Por Dios, Martínez! ¿Qué pasa ahí? —gritó Antúnez fuera de sí al perder por un momento la señal de la imagen emitida por la UIE.

—Ahora mismo le informo, mi comandante. Uno de mis hombres se ha cruzado con otro de los delincuentes y ha tenido que abrir fuego, según me dice el compañero. En cuanto sepa algo más se lo comunico.

—Así lo espero, brigada. Pero no se olvide de lo primordial: mis chicos siguen en peligro y por lo menos queda otro de esos cabrones persiguiéndoles bien armado.

***

Ajeno a todas estas circunstancias, Roncero avanzaba a menor ritmo que Nadia y sobre todo que Volkov. De un modo fraudulento, el ruso había escogido un medio de transporte alternativo para llegar antes a su destino, pero el sargento no tenía forma de saberlo.

Roncero había escuchado disparos en la distancia, por lo que supuso que la caballería llegaba al rescate. No podía discernir si el sonido provenía de un enfrentamiento entre sus compañeros y los hombres que Volkov hubiera dejado al cargo de los edificios principales o si, por el contrario, la unidad de élite de la Guardia Civil se encontraba ya bosque adentro, en busca de los hombres y mujeres que luchaban por su vida en la zona más salvaje de la finca.

Se dejó guiar por el mapa que le habían facilitado y, ayudado por la potente linterna, siguió el camino que la parecía más corto hacia la parte más alta del valle, donde se encontraba el antiguo castillo árabe. No fue consciente de haber elegido un atajo que le permitiría ahorrar tiempo y esfuerzos para alcanzar sus objetivos hasta que oyó a pocos metros de su posición un ruido característico que lo puso en alerta.

Roncero no dudó ni un instante y se agazapó tras unos arbustos al escuchar el nítido sonido de unos pies en movimiento. Ignoraba si se trataba de amigo o enemigo; por lo menos debía averiguar si era Nadia o alguna de las otras chicas, situación favorable para sus intereses, o por el contrario debía enfrentarse a Volkov, Bauer o alguno de sus sicarios.

El golpeteo rítmico y liviano de los pies sobre el terreno le dio la primera pista. Roncero reptó por el suelo, parapetado tras una zona de matorrales, y se acercó al lugar de donde provenía el sonido. No quería enfocar con la linterna hacia el camino que había dejado atrás y por el que ahora se acercaba una persona para no delatarse, por lo que se colocó lo más cerca posible, escondido tras la zona más espesa del sotobosque. Rezó para que la difusa luz de la luna iluminara algo al pasar dicha persona y se apostó de la manera más cómoda mientras esperaba durante unos segundos que se le hicieron eternos.

Instantes después, Roncero pudo comprobar que el corredor no era ninguno de sus enemigos. La altura, constitución física y silueta de la sombra que atravesó la senda de forma sigilosa solo podía corresponder a una mujer. El conjunto le resultó conocido al guardia civil y la lógica le dijo que aquella persona solo podía ser Nadia, por lo que se aventuró a hablar en voz alta en medio de la quietud de la noche.

—Nadia, Nadia, ¿eres tú? —dijo Roncero en voz audible, pero sin gritar demasiado.

La mujer frenó al instante al escuchar la voz, se dio la vuelta y comenzó a caminar en sentido contrario mientras se acercaba al origen de esas palabras.

—¿Pablo...?

—Sí, soy yo, estoy aquí —contestó Roncero mientras se incorporaba para que su compañera pudiera distinguirle mejor.

—¡Dios mío, Pablo! —exclamó la chica emocionada—. ¡Qué alegría encontrarte sano y salvo!

Roncero salió de su escondite y recorrió los escasos metros que le separaban de Nadia. La cabo también se dirigió hacia él, muy contenta por haberse encontrado. Aunque algo vino a enturbiar el feliz reencuentro.

—¡Al suelo! —dijo Roncero mientras agarraba a Nadia del

brazo al sentir que el aire se rasgaba a su alrededor y algo golpeaba en una piedra cercana—. ¡Nos están disparando!

Nadia comprendió al instante y secundó a su compañero, que ya se arrastraba hasta su posición primigenia, parapetado de nuevo tras el sotobosque. De todos modos, el matorral no les serviría durante mucho tiempo, necesitaban un escondite más recio.

—¿Desde dónde nos disparan, Pablo? No veo a nadie por las inmediaciones.

—No lo sé, creo que desde el norte, a una buena distancia de aquí —aseguró Roncero—. Los arbustos no son seguros, podrían volver a dispararnos y nos matarían como a conejos. Mejor nos arrastramos hasta allí, nos levantamos agazapados un par de metros por esa zona boscosa y nos escondemos detrás de aquellas rocas.

Nadia asintió y ejecutó los mismos movimientos que su compañero. Tuvieron que moverse a toda velocidad al sentir de nuevo un par más de silbidos que se convirtieron en dos sonidos apagados al chocar las balas contra los arbustos que les rodeaban. Cuando se encontraron a salvo, aunque fuera de forma temporal, la mujer se atrevió a preguntar lo que de verdad le preocupaba.

—¿Se trata de un maldito francotirador?

—Sí, Nadia, eso me ha parecido. Nuestro amigo Volkov anda por aquí cerca, al acecho, y yo no voy a poder enfrentarme a él con esto.

El sargento no había abandonado en ningún momento ni la linterna ni la catana que le habían entregado como arma antes de salir de expedición.

—Entonces estamos jodidos. Seguro que el desgraciado dispone de prismáticos de última generación para localizarnos y visor nocturno para el rifle de precisión. Si es buen tirador nos puede alcanzar desde setecientos metros o más.

—Eres única dando ánimos, compañera. ¿Alguna idea para salir del paso con vida? Ese cabrón no nos va a permitir acercarnos.

—Tal vez, habrá que comprobarlo. No sabemos si tiene además alguna pistola o armas automáticas, pero el rifle de precisión solo sirve en determinadas circunstancias que deberíamos aprovechar.

—Sí, comprendo. Volkov necesita que el objetivo esté más o menos fijo y a considerable distancia. Uno o más objetivos en movimiento, en medio de la noche, serán más difíciles de alcanzar. Y si reducimos la distancia no es un arma para un enfrentamiento cuerpo a cuerpo o a pocos metros.

—A eso me refería, Pablo. Habrá que jugársela, no podemos quedarnos aquí indefinidamente. Él sabe que nosotros no tenemos armas, por lo que puede irse acercando poco a poco sin miedo a que le disparemos, y matarnos cuando le venga en gana. Creo que ahora está parapetado y dispara desde alguna atalaya, por lo que hay que sacarle de su zona de confort.

—Antes he oído disparos en la lejanía, aunque no sé si han sido los hombres de Volkov enfrentándose a los compañeros de la UIE o alguno de los invitados de este fin de semana mientras cazaba a su pieza.

—No podemos esperar más, nos encontramos en muy mala posición. Si son los chicos de la UIE lo sabremos enseguida, son muy buenos en su trabajo. Pero no podemos arriesgarnos a quedarnos aquí. Prefiero morir enfrentándome a ese tipejo que permanecer aquí escondida sin saber lo que puede ocurrir.

—De acuerdo entonces. Deberemos separarnos para tener alguna oportunidad. Yo escogeré el oeste y subiré por esa ladera para rodearle y alcanzarle por la retaguardia.

—Perfecto, yo iré por el otro lado. Espero que alguno de los dos pueda sorprenderle y desarmarle mientras llega el otro al rescate.

—Mucha suerte, Nadia. Nos vemos allí arriba.

Los dos se cogieron de las manos para insuflarse ánimos antes de enfrentarse a la misión suicida. Se acababan de encontrar, pero debían separarse de nuevo si querían tener una mínima oportunidad de triunfar en su cometido. Se despidieron con un gesto y ambos partieron en distintas direcciones, dispuestos a jugarse la vida para llevar a buen término la misión encomendada.

***

Volkov no quería ningún tipo de problema y se aseguró de ganar la partida sin tan siquiera haberla comenzado. Antes de abandonar la construcción principal de la finca había metido todo el dinero de la caja fuerte, el suyo y el del resto de invitados, en varias bolsas de deporte. Envió a Dimitri al castillo de Aielo de Rugat con una de las motocicletas de motocross presentes en la finca con una doble misión: cuidar del dinero hasta su llegada y encargarse de cualquiera que osara llegar a la antigua fortificación árabe antes que él.

El mafioso ruso había elegido la otra motocicleta para llegar con tiempo al lugar escogido previamente como ubicación para disparar con garantías. Desmontó el rifle de precisión y metió además en su propia mochila el visor nocturno para el arma, el trípode, una linterna, unos prismáticos nocturnos, unas gafas de visión nocturna y una pistola Sig Sauer con dos cargadores. Llevaba bastante peso encima, pero era la única manera de llegar hasta ahí arriba con sus posibilidades intactas.

Bauer y Al-Mansour no le importaban, allá se las apañaran por su cuenta. Era consciente de que unidades de asalto se encontraban ya en su finca y tal vez hubieran reducido a sus hombres, pero le quedaba algo que hacer antes de escapar: acabar con las personas que le habían colocado en esa situación.

El helicóptero del príncipe saudí le esperaba a unos kilómetros de allí, entre Rugat y Montichelvo, por lo que le sería relativamente fácil escapar de sus perseguidores. En unos minutos llegarían al megayate del heredero saudí y se adentrarían en aguas internacionales, camino de un destino incierto en el que las autoridades españolas no tendrían jurisdicción. Solo esperaba que el saudí no le pusiera demasiadas pegas al aparecer sin su primo lejano qatarí.

Sasha conocía perfectamente los recovecos de su finca, por lo que no le fue difícil encontrar, aunque fuera noche cerrada, el camino correcto para llegar a su destino. Se dirigió hacia la Caseta del Magre, una antigua construcción situada sobre una atalaya privilegiada, a escasos diez minutos a pie del castillo de Aielo de Rugat. En la fortificación de origen musulmán, que todavía contaba con gruesos muros y un aljibe de agua en buen estado de conservación, le esperaría su hombre, atenéndose al plan establecido de antemano.

Lo de la camarera le había pillado totalmente en fuera de juego, pero quiso seguirle la corriente a Bauer y la incluyó en su maldito juego. Tal vez si la hubiera ejecutado en ese mismo instante, junto al intrigante Fowley, podría haberse librado de muchos problemas. Pero ya no había vuelta atrás y debía conformarse con el plan alternativo, que de salirle como había previsto tampoco estaría tan mal.

Del maldito americano había sospechado desde el principio. No sabía el motivo, pero no le había terminado de convencer su comportamiento y su actitud durante todo el fin de semana. Ignoraba si se trataba también de un infiltrado y si tenía algo que ver con la camarera de origen ruso, pero le daba igual.

La caseta contaba con recios muros y un tejado que conservaba casi todas las tejas. Pero la construcción carecía de puertas y las dos paredes principales aparecían dominadas por dos grandes aberturas centrales. Volkov se había apostado sobre la que miraba hacia el sur, dejando la de la cara norte a su espalda. Pero no tendría por qué preocuparse de ella, ya que de esa dirección solo podría llegar Dimitri, que bastante tenía con el cometido encargado.

Desplegó sus herramientas en el suelo de la caseta y se colocó en posición para esperar la llegada de posibles enemigos. La construcción se encontraba situada en lo alto de una peculiar escalera de piedras de gran tamaño, dominando la atalaya. Volkov situó el trípode en el suelo, dirigido hacia la puerta que apuntaba hacia el sur, y montó el arma con exquisito mimo. Se tumbó cuan largo era en el suelo, acomodó su cuerpo para disparar en las mejores condiciones, como en sus viejos tiempos en el ejército de la antigua URSS, y se aprestó a esperar, rodeado del resto de utensilios.

El mafioso ruso sonrió al ver a través de sus prismáticos cómo sus enemigos se juntaban en medio de una senda bastante despejada. Pudo distinguir enseguida que se trataba del supuesto Fowley y de la camarera que él creía que se llamaba Olga, aunque ya nada le sorprendía. Al principio pensó que la chica era una enviada de alguno de los *vor v zakone* que no estaba muy satisfecho por el nuevo reparto de poder en la Mafiya, pero aquel cónclave en la oscuridad le hizo cambiar de opinión.

Mientras su cerebro barruntaba si aquella pareja pertenecía al Ejército, a la Interpol o a la Guardia Civil, algo que le hubiera sorprendido dada la sofisticación de los disfraces con los que se habían colado en su casa, Volkov ejecutó como un autómata los movimientos requeridos en una danza de la muerte que dominaba a la perfección. Sin embargo, falló el primer disparo y se lamentó al ver que sus rivales se escondían tras el matorral. Disparó de nuevo al bulto esperando alcanzarles, pero había descubierto su posición como tirador al apretar el gatillo y ya no contaba con el factor sorpresa.

La maldita pareja se movió como una única culebra mientras buscaba un mejor escondite, pero no podían permanecer allí indefinidamente. Quiso ponerse en su pellejo y calibró sus posibilidades. Si él hubiera estado en su lugar no se quedaría allí agazapado, a merced de un tirador que podía acercarse sin miedo a ser recibido a tiros. Por lo que presupuso que estarían preparando otra estrategia.

Volkov cogió los prismáticos para barrer mejor la zona. Enseguida vio movimiento en el lado oeste y distinguió al hombre huyendo a la carrera. Dejó los prismáticos a un lado e intentó ajustar el disparo a la mayor velocidad, pero la liturgia del francotirador necesitaba otras condiciones para acertar con precisión. Erró el tiro y perdió de vista al hombre por unos instantes, una sombra alargada que zigzagueaba por el bosque para acercarse a su posición.

Retomó los prismáticos de visión nocturna y apuntó hacia las rocas donde habían estado parapetados sus dos rivales. No tenía modo de saber si la chica permanecía todavía allí agazapada o, por el contrario, había salido en otra dirección como alma que lleva el diablo al percatarse de que el tirador disparaba contra su compañero. Él habría hecho eso mismo y habría apostado lo que fuera a que una mujer tan preparada ya estaría muy lejos de ese primer escondite tras las rocas.

Volkov dudó unos segundos ya que una encrucijada peligrosa se cernía sobre él. Dos enemigos se abatían sobre su posición desde dos direcciones distintas, por lo que podía perder la ventaja de su particular punto de observación. Dejó el rifle en el suelo y se levantó sin percatarse de que así favorecía a sus rivales.

Cuando oyó un sonido a su izquierda ya era tarde. Le habían tirado una piedra desde la cara sur, pero el lanzador permanecía oculto. El proyectil había atravesado la abertura sin alcanzarle, pero Volkov se puso nervioso y salió al exterior un instante por la puerta norte para rodear la construcción, pegado a las paredes de la caseta, y revisar el perímetro. Permaneció fuera escasos segundos, pero no divisó nada, por lo que regresó al interior de la caseta para recoger la pistola. Salió entonces a cuerpo descubierto por la puerta sur, con el arma en la mano y se alejó unos pasos de la construcción.

Entonces creyó distinguir al hombre, que corría unos metros más allá, con la catana en la mano. Había olvidado colocarse las gafas de visión nocturna, por lo que la visibilidad era bastante mala. De todas maneras, Volkov se paró un instante, apuntó con cuidado y disparó, aunque no creyó haber acertado.

De pronto escuchó un grito y no le dio tiempo a volverse del todo. Sintió una terrible patada en el costado que lo tiró al suelo mientras la pistola salía despedida. La mujer se abalanzó entonces sobre él y comenzó a golpearlo con todas sus fuerzas, pero Volkov se rehízo y comenzó también a colocar buenos golpes.

Parecía que su rival prefería las artes marciales para luchar, pero el mafioso estaba más acostumbrado a un rudimentario boxeo basado en las marrullerías y los golpes bajos. Volkov era mucho más grande y fuerte que la chica, que intentaba mantenerle a distancia con sus patadas, mientras el ruso procuraba llevar al combate a la proximidad para tener mayores posibilidades de propinar golpes con sus grandes manos.

—¡Alto, no se mueva! —gritó entonces una voz autoritaria en español.

Volkov se volvió un momento y vio al supuesto Fowley frente a él, momento que la camarera aprovechó para propinarle una nueva patada en las corvas que lo dobló al instante. El ruso cayó al suelo y se retorció de dolor, mientras el americano se acercaba, catana en mano.

***

El sargento se alegró de ver a su compañera de una pieza, pero no tenían tiempo que perder. Volkov se removía en el suelo como si le hubieran matado y Roncero tuvo un mal presentimiento. Cuando quiso darse cuenta, Volkov giró sobre sí mismo y recogió el arma que se le había caído anteriormente.

—¡No te muevas! —exclamó Volkov apuntando a Roncero con la Sig Sauer desde el suelo. Se incorporó sin perderlo de vista y añadió a continuación—: Tira la catana lejos de ti y colócate donde pueda verte.

Roncero obedeció sin rechistar mientras le hacía un gesto a Nadia. Sasha lo vio y se volvió a toda velocidad, con tiempo de prevenir el nuevo ataque. Apuntó entonces indistintamente a sus dos contrincantes y les conminó a no darle más problemas.

—Ni se te ocurra intentarlo, zorra —le espetó a Nadia con desprecio—. Muévete hacia allí y ponte al lado de tu amigo para que pueda controlaros a los dos.

Nadia dudó un instante y Volkov amartilló el arma. Roncero asintió levemente y la chica obedeció, colocándose junto a su compañero. Las tornas habían cambiado y ahora ambos se encontraban a merced del criminal.

***

—Comandante, hemos recuperado la comunicación —aseguró uno de los técnicos que trabajaban a destajo en la sala habilitada en el puesto de Gandía.

—¡Por fin! —exclamó Antúnez—. Menos mal, ya creía que tendría que enviar otro destacamento para rescatar a la UIE.

—Aquí estamos, mi comandante —se oyó al brigada Martínez por el intercomunicador—. Tenemos asegurada la zona por completo, con todas las chicas localizadas y los criminales fuera de juego. Solo nos queda uno, pero debe ser el más peligroso.

—Hemos estado unos minutos sin recibir imágenes, al parecer las conexiones son complicadas en medio de esa maldita serranía. ¿Qué ha ocurrido en este rato?

—Enseguida le pongo en antecedentes mientras avanzamos ladera arriba. Nos encontramos cerca de uno de los puntos más altos de la zona y nos ha parecido distinguir movimiento en los alrededores.

—De acuerdo, espero entonces que Pablo y Nadia se encuentren ahí arriba sanos y salvos, aunque Volkov no andará lejos y desconocemos si tiene algún otro sicario que le apoye. En nuestra última comunicación se oyeron disparos, no sabemos lo que ocurrió.

—Sí, tiene razón. Mis hombres se toparon con uno de los fugitivos, un hombre de origen árabe que perseguía a una chica con rasgos orientales.

—El cabrón de Al-Mansour, no podía ser otro. ¿Habéis podido

interceptarlo?

—No respondió a las órdenes para deponer su actitud y tirar el arma. De hecho, nos hizo caso omiso y se acercó a escasos metros de la chica con un hacha en la mano.

—¡Dios mío! Esta gente está mal de la cabeza...

—Tuvimos que dispararle, mi comandante. Y siento comunicarle que no salió como esperábamos. Mis hombres tiraron a matar sin contemplaciones al ver el cariz que tomaba la situación, pero el individuo consiguió lanzar el hacha instantes antes de caer abatido.

—¡No puede ser!

—Lo lamento, no pudimos evitarlo. El hacha se clavó en la nuca de la mujer y murió en el acto. El fugitivo también falleció, son de momento las únicas bajas del operativo.

—De acuerdo, tampoco podemos hacer mucho más. Demasiadas pocas bajas en una misión tan complicada como la suya. ¿Sus hombres están todos bien?

—Sí, mi comandante, sin problemas. Y hemos localizado también al resto de mujeres que huían campo a través. Se encuentran bien, no tienen nada grave. Algunos rasguños, moretones y principio de ansiedad, pero nada que no se pueda recuperar con unos días de reposo.

—Gracias a Dios, brigada. Buen trabajo, sigan así. Y por favor, tráigame con vida a mis hombres, es lo único que le pido. Le pasamos ahora mismo las últimas coordenadas conocidas de la cabo Muñoz.

—Eso procuraremos, mi comandante. No se apure, estamos muy cerca del objetivo. Corto y cierro.

Antúnez se quedó unos momentos pensativo mientras calibraba la conversación mantenida con el responsable de la unidad de asalto. Llevaban también un rato elucubrando en la sala sobre lo que podía sucederle a Nadia, ya que el punto rojo que mostraba su posición virtual recorría los alrededores de una loma marcada en los mapas de un modo bastante errático durante los últimos minutos.

—Se para unos instantes y se vuelve a mover. Ahora avanza muy despacio y al momento parece que sale corriendo. Después se ha quedado de nuevo quieta y ahora sale de nuevo a gran velocidad —informó el técnico.

—Está muy cerca de la Caseta del Magre —dijo Gallardo en alto—. Podría ser un buen escondite o un lugar donde descansar unos instantes.

El técnico tecleó a toda velocidad y enseguida aparecieron en otra pantalla fotografías de la construcción, sacadas del banco de imágenes del mayor buscador de Internet. Bermejo y Antúnez se miraron un instante y ambos tuvieron el mismo pensamiento.

—¡Joder, es una trampa! —soltó entonces Antúnez antes de ponerse como una fiera—. El maldito Volkov puede estar ahí, agazapado, esperando la llegada de su presa. Comuniquen la nueva información a la UIE, no hay tiempo que perder. ¿Dónde coño están los refuerzos?

Bermejo observó cómo se desgañitaba el comandante mientras seguía impartiendo órdenes, angustiado ante la situación. Ignoraban dónde podía encontrarse Roncero, y Nadia parecía dirigirse de forma alocada hacia un destino cruel. Ella no sabía lo que se encontraría en lo alto de la loma, y Sasha Volkov podía estar esperándola para propinarle el golpe definitivo. Todos los allí presentes contuvieron la respiración mientras esperaban el desenlace final.

***

—Por fin os tengo a los dos en mis manos —dijo entonces Volkov en español—. Y parece que la parejita es española, algo sorprendente tras ver vuestra habilidad para los idiomas y la interpretación. ¿Quién demonios sois?

—Somos los que hemos acabado con tu maldita organización, desgraciado —le escupió Nadia a la cara.

—Vaya, vaya, la zorrita se revuelve antes de morir. Tenía que haberle dejado a Dimitri que se divirtiera contigo, si es que soy idiota.

—Nuestros compañeros están al llegar, Volkov, no tienes escapatoria —intervino entonces Roncero para ganar tiempo—. Tienen en su poder los edificios principales, han reducido a tus hombres y rescatado a todas las chicas.

—¡Eso no lo sabes! —respondió Volkov algo alterado. En verdad desconocía lo que podía haber sucedido, aunque era cierto que llevaba rato oyendo ruido de disparos en su finca—. De todas formas, me da igual, nunca me atraparán.

—Eres el hombre más buscado del país, tienes a todo el mundo tras tu pista. Y tampoco podrás salir del territorio español, te lo garantizo.

—No tenéis ni idea, idiotas. Tengo un montón de dinero en mi poder, dinero que me has facilitado tú mismo, entre otros. Y un plan de fuga que ninguna autoridad podrá impedir. Así que, por última vez, antes de que os pegue el tiro de gracia. ¿Para quién trabajáis? Interpol, el Ejército, la Policía Nacional...

Roncero lo miró con descaro y sonrió al percatarse de un pequeño cambio a su alrededor. Creyó que la partida estaba a punto de terminar, solo había que decidir hacia qué lado se inclinaría la balanza.

—No das una, Volkov. Ni el Ejército, ni la Policía, y por supuesto, nada de la Interpol. Los que han acabado contigo hemos sido unos pobres guardias civiles que están más que satisfechos por haber realizado su trabajo.

—¿Qué demonios...?

El runrún que el sargento adivinaba en lontananza se convirtió en un fiero rugido instantes después. Remolinos de aire se levantaron entonces a su alrededor, mientras el polvo de la tierra y las hojas de los árboles se movían a merced de la fuerza del viento. Un fogonazo de luz iluminó toda la zona y cegó por completo a Volkov mientras una voz de ultratumba que a Roncero le sonó como música celestial retumbó en todo el valle.

—¡Alto a la Guardia Civil! —sonó de forma atronadora a través de los altavoces de un helicóptero de la Benemérita que se había situado sobre ellos—. Tire al arma ahora mismo y colóquese de rodillas con las manos en la nuca.

Volkov miró de forma alternativa a sus prisioneros y al enorme aparato volador que se cernía sobre ellos. Dudó un instante y pensó en acabar con todo, pero no tuvo agallas para disparar al comprobar que le apuntaban desde el helicóptero con armas de gran potencia. El juego había llegado a su final y él había perdido.

El mafioso ruso obedeció las órdenes. Pareció sorprendido al comprobar que la pareja de guardias civiles que se encontraba a su lado le hubiera engañado de tal forma. Roncero se apoderó de su arma y le apuntó mientras esperaba la llegada de sus compañeros. En ese preciso momento Nadia le hizo un gesto y señaló hacia el sur, de dónde llegaba el equipo de rescate.

—Ahí están los compañeros de la UIE, Pablo. ¡Lo hemos conseguido!

La unidad de élite de la Guardia Civil llegó hasta su posición y se hicieron cargo del prisionero tras departir unos instantes con los representantes de la UCO. La misión había finalizado con éxito.

Nadia y Pablo pudieron por fin respirar aliviados, tras un fin de semana de una tensión extenuante. Roncero soltó un grito liberador y le hizo un gesto a Nadia, que acudió presta a su llamada. Ambos jóvenes se abrazaron, felices y contentos, satisfechos por haber llevado a buen término su misión. Y, sobre todo, por encontrarse sanos y salvos después de una peligrosa experiencia que no le desearían ni a su peor enemigo. Minutos después acompañaron a la UIE hasta su base de operaciones y allí pudieron conocer algunos datos sobre lo que había sucedido en una noche que jamás olvidarían.

El amanecer de un nuevo día asomaba ya por el horizonte cuando llegaron por fin al destacamento de Gandía, donde el resto de compañeros de la Guardia Civil les recibieron como se merecían. Tanto Nadia como él tuvieron que reunirse primero con Sonseca, Moreno y Antúnez para contarles sus andanzas antes del informe oficial que tendrían que redactar, pero la ocasión bien merecía algún tipo de celebración posterior tras cumplir con éxito la misión encomendada.

MISIÓN CUMPLIDA

Valencia,
31 de agosto de 2015

Días después, un grupo de amigos se reunió en una cafetería cercana a la Ciudad de las Artes de Valencia para ponerse al día y despedirse después de un verano más que ajetreado.

El inspector Bermejo, relajado y con buena cara, sonrió al ver llegar a la pareja que esperaba. Miriam parecía mucho más tranquila, aunque el resquemor seguía muy presente en su semblante. Pablo, por el contrario, parecía muy orgulloso de lo que había conseguido y apareció en el establecimiento hinchado como un pavo.

Se saludaron afectuosamente y se sentaron a una mesa mientras pedían algo para tomar. Fue el inspector de policía quien inició las hostilidades.

—Me alegra veros así, parejita. Es un placer reunirme de nuevo con vosotros después de este verano tan atípico.

—Eso es cierto, Bermejo. Pero por lo menos hemos acabado con los malos y cumplido con nuestras respectivas misiones. Esta región podrá vivir algo más tranquila después del trabajo realizado.

—Sí, eso está muy bien —apuntó Miriam—. Pero a mí me dejasteis al margen y me tratasteis como a una pardilla.

Los dos hombres se rieron ante la respuesta de Miriam, aunque la periodista tardaría en perdonárselo a Pablo. El sargento había preferido no contarle todos los detalles del operativo para no asustarla ante el peligro real que había corrido y Bermejo le secundó para no caer en incongruencias. De todos modos, la situación particular de la joven pareja pareció mejorar tras el final de la aventura, era el momento de pasar página.

—¿Y qué ha pasado al final con Volkov? —preguntó Bermejo—. Me ha dicho un pajarito que ha llegado a un acuerdo con la Fiscalía.

—Sí, eso parece —respondió Roncero sin mencionar que conocía el origen de la filtración—. Es un cobarde y ha cantado la Traviata en cuanto le han apretado un poco.

Volkov confesó dónde se encontraba su hombre con el dinero, esperando para llevarle al helicóptero del príncipe saudí. Detuvieron a Dimitri y recuperaron el dinero, pero el helicóptero voló y nadie osó meterse con el heredero del Golfo Pérsico.

El mafioso no se quedó ahí y habló por los codos a cambio de un acuerdo judicial. La Fiscalía pediría una condena menor para Volkov solo si el ruso colaboraba con la justicia. El jefe de la Mafiya en Europa Occidental delató a otros compatriotas, reveló datos suculentos que pusieron a las autoridades en el camino adecuado para acabar con diversos entramados delictivos que operaban en la región y se convirtió en un elemento fundamental para acabar con el crimen organizado en la Comunidad Valenciana.

—Imagino que lo habrán puesto en aislamiento o por lo menos en una celda vigilada dentro de una cárcel de máxima seguridad.

—Sí, pero no sé si le servirá de mucho. La justicia es muy lenta en este país y es posible que ni siquiera llegue con vida al juicio. Ya ha sido amenazado de muerte por varios colectivos: armenios, bielorrusos, rumanos y sus propios compatriotas.

—Se lo tiene bien merecido —apuntó entonces Miriam—. La prostitución y la trata de personas no se van a acabar por encerrar a este tipo o a todos los que delate, pero por lo menos habremos dado un paso adelante. Ya había escuchado burradas en torno a este tema y he leído varios libros de no ficción escritos por periodistas de investigación de otros países, pero lo de aquí no tiene nombre: primero lo del contenedor del puerto, luego la subasta de mujeres y para rematar, una auténtica cacería humana. Menos mal que todo ha terminado.

—Eso es cierto, creo que hemos hecho un buen trabajo —afirmó el sargento—. Eso sí, necesitamos un poco de ayuda de las autoridades judiciales, y el Gobierno podría poner también un poco de su parte para acelerar los trámites. Igual usted, que tiene mano en la Ciudad de la Justicia, podría echarnos una mano para que el proceso no se dilatara demasiado...

Roncero guiñó un ojo al inspector mientras le metía la puyita, pero no entró al trapo. Por el contrario, cambió de tercio con elegancia y preguntó a su vez:

—Bueno, parejita. ¿Y ahora qué? No sé si os volvéis ya a Madrid.

—No, todavía no, tengo asuntos profesionales que rematar por aquí —respondió Miriam refiriéndose a sus propias investigaciones. Ya había publicado su primera serie de reportajes, pero aún le quedaba por escarbar, y con los datos que había obtenido sabía a ciencia cierta que tendría que regresar a Valencia en los próximos meses. La ciudad del Turia se iba a convertir en el epicentro de noticias de índole político a nivel nacional y ella quería estar al pie del cañón—. Pero me lo voy a tomar con calma. Además, he conseguido que este gruñón le pidiera unos días de vacaciones a su jefe para que podamos desconectar un poco. Es lo menos que podía concederle.

—Es cierto, y Antúnez no me ha puesto ningún problema. Después de la tensión de estas semanas y, sobre todo, con el calor que hemos pasado en Valencia, creo que es hora de hacer las maletas y dirigirnos hacia latitudes más agradecidas en este final de verano.

—Sí, todavía estamos decidiendo si Cantabria o los Pirineos, pero creo que necesitamos un poco de fresquito.

—¿Y después?

—Intentaré bajar el ritmo, inspector. Antúnez sabe que me reincorporaré a la oficina central de la UCO en Madrid a mediados de septiembre, pero bajo ciertas condiciones.

—Sí, nada de peligrosas misiones suicidas en las que se haga pasar por un pederasta que se enfrenta a hombres armados en mitad de un bosque. Ya le he dicho que, si vuelve a hacerme algo así, me largo con viento fresco.

—Bueno, de momento trabajaré solo en los despachos. Pero más adelante...

—Ni más adelante ni gaitas. No empecemos, Pablito, que la tenemos. Y no me importa que esté tu amigo Bermejo delante, ya me conoces.

Roncero levantó las manos en señal de rendición y todos rieron de buena gana. Compartieron un rato más de confidencias mientras Bermejo les contaba también el resultado final de los operativos en los que había participado. Todos estuvieron de acuerdo en felicitarse por su trabajo, tras unas semanas agotadoras en las que habían tenido que enfrentarse de nuevo a la muerte cara a cara.

—No sé si pedir que la próxima vez que nos juntemos sea para trabajar en un operativo conjunto —apuntó Bermejo de pasada—. Es aparecer vosotros en mi vida y tener que enfrentarme a un asesino en serie.

—Esperemos que no, inspector, bastante hemos sufrido ya todos. Pero sabe que estaré encantado de trabajar con usted en un futuro. ¿Se vuelve ya a Madrid?

—Sí, enseguida. Yo también he acabado harto de este verano tan bochornoso. Y al final, con el mar tan cerca, no he pasado ni un solo día por la playa. Tengo unos días libres que me concedió Mardones y a lo mejor me quedo por aquí relajándome un poco, ya sin tanta presión.

—Claro, hace muy bien —contestó Miriam ante la mirada divertida de Roncero, que había captado enseguida las intenciones de Bermejo—. ¿De qué os reís?

—Nada, cariño, es una tontería.

—Bueno, chicos, os tengo que dejar. Me es muy grata vuestra compañía, pero debo atender otros asuntos —informó el policía.

—Espero que le vaya bien con esos asuntos —dijo Roncero mientras palmeaba a Bermejo de modo amistoso.

El inspector le dio dos besos a Miriam para despedirse y el apretón de manos con Roncero se convirtió al instante en un cálido abrazo casi fraternal. Ambos habían pasado de nuevo por circunstancias peligrosas y los desvelos del uno por el otro les habían hecho triunfar otra vez sobre los criminales que acechaban en las sombras.

Bermejo abandonó el establecimiento y se dirigió a pie hacia su destino, que no se encontraba muy alejado. Llegó al portal que ya conocía de otras veces y llamó al portero con los nervios agarrotándole el estómago.

—Es tu última oportunidad, Paco. ¡Ahora o nunca!

El policía se insufló ánimos en voz alta justo antes de recibir respuesta a través del intercomunicador. Sabía que Macarena estaba en casa y ya habían quedado en que pasaría a despedirse de ella antes de regresar a Madrid. Aunque Bermejo tenía otra idea en mente que tal vez no le saliera bien.

—¿Sí...?

—Soy yo, Maca, abre la puerta.

Bermejo entró al portal, llamó al ascensor y se miró por un momento en el espejo allí situado. Sus pronunciadas ojeras le dijeron que el duro trabajo a lo largo de toda una vida le había pasado factura, pero la chispa de luz en sus ojos le aseguró que todavía le quedaba mucho bueno por disfrutar.

Subió hasta el último piso, nervioso como un colegial, mientras ensayaba las palabras que le diría a Maca nada más verla. Pero el plan se vino abajo en cuanto vio que la jueza le esperaba en el umbral de la puerta.

—Creía que te ibas a largar a Madrid sin despedirte, Paco.

—Eso nunca, Maca, ya te lo dije.

—Anda, calla y entra de una vez.

Bermejo obedeció con una sonrisa prendida en el rostro. Macarena sonrió a su vez y le invitó a pasar. Ni siquiera habían traspasado el umbral cuando ambos se miraron a los ojos por un instante y comprendieron que el destino les había cruzado de nuevo por una única razón.

—Maca, yo...

—Ssshhh...

La jueza le puso un dedo en los labios para pedirle silencio justo antes de besarle con recato. Bermejo se sorprendió en primera instancia, pero reaccionó de inmediato y respondió al beso de Macarena de una forma más vehemente. Segundos después, ambos se dejaron llevar por sus sentimientos y el tiempo se detuvo para una pareja que seguía teniendo muchas ganas de vivir.

Y es que, después de todo, tal vez el destino les hubiera otorgado una segunda oportunidad que ninguno estaba dispuesto a desaprovechar.

EL ORIGEN DE ESTA HISTORIA

Me gustaría compartir brevemente con vosotros cómo surgió la idea para esta novela que acabáis de leer. Quizás uno de los puntos de partida fue la deuda que tenía pendiente con esos miles de lectores que han disfrutado de *El color de la maldad* en todo el mundo; ya iba siendo hora de embarcarme en una nueva aventura con el inspector Bermejo, el sargento Roncero y compañía.

Creía que había llegado el momento de subsanar esa cuenta pendiente y adentrarme en una nueva historia policial, pero quería tener muy claras las ideas principales de la trama antes de lanzarme de lleno con el proyecto ambicioso que pugnaba por salir de mi cabeza desde hacía ya tiempo. Pero hay mucho más.

Incluso llegué a preguntar a mis seguidores en redes sociales por lo que les gustaría encontrarse si llegara a afrontar ese desafío y sus respuestas me colocaron en la senda de lo que quería conseguir. Si en la anterior novela la historia se centraba en la caza de un peligroso psicópata, ahora pretendía aunar varias tramas potentes que podrían converger, en una historia a caballo entre el *thriller* y la novela negra. Y mi mente comenzó entonces a carburar.

Tenía bastante claro desde el principio que en la nueva novela habría dos tramas principales y alguna secundaria. En una aparecería un asesino en serie con ciertas peculiaridades, y en la otra quería meterme de lleno (siempre desde el punto de vista de la ficción) en temas tan escabrosos y candentes como las mafias internacionales en nuestro país y su participación en el tráfico de armas, personas o drogas, tres de los grandes negocios ilegales que mueven miles de millones de euros en todo el mundo.

Con esas ideas en la cabeza necesitaba alejarme del entorno rural y plantear otro tipo de escenarios para la nueva trama: la costa mediterránea española. Valoré centrarme en la Costa del Sol malagueña y su cercanía a Gibraltar o al puerto de Algeciras, e incluso en la costa catalana o balear. Pero al final elegí la zona levantina porque decidí incluir una tercera pata de banco en la ecuación original de las tramas: la corrupción política y policial, algo que lamentablemente no es ajeno a tan hermosa región.

He visitado Valencia como turista en multitud de ocasiones y en los últimos años se ha convertido en casi una costumbre al llegar la primavera: me gusta dar la bienvenida al buen tiempo pasando un fin de semana en la capital del Turia, casi siempre alojado en hoteles cercanos a la Ciudad de las Artes. Una buena manera de olvidar los rigores del invierno y disfrutar de baños de sol y mar mientras degusto una rica paella a orillas del Mediterráneo.

En 2015, ese fin de semana fue algo diferente. Lo recuerdo porque llegamos a Valencia el viernes 15 de mayo, día festivo en Madrid, y todavía se hablaba en la ciudad del calor sahariano que habían sufrido en la jornada anterior, con temperaturas superiores a los 40 grados en toda la comarca. Además, asistí como público a un acto organizado con motivo de Valencia Negra, el festival de novela policíaca de la ciudad, por lo que la mecha comenzó a prender en mi cabeza.

Casualmente, ese verano pasamos también unos días en Calpe y Altea, con un bochorno infernal que era imposible soportar incluso a orillas del mar, y pensé que todas esas experiencias podrían servirme de base para la historia que se iba dibujando poco a poco en mi mente. Por eso la novela está ambientada en la primavera y el verano de 2015 e incluye otros detalles reales que invito a los lectores a descubrir.

A finales de 2015 comencé a pergeñar el esbozo de la novela y pasé entonces a la fase de documentación, un arduo proceso de investigación necesario antes de comenzar a escribir. Al igual que en mi anterior libro leí mucha literatura de género, pero también tuve que empaparme de otros temas que desconocía, y para eso nada mejor que sumergirme en la inmensa labor que realizan unos profesionales a veces denostados: los periodistas de investigación. Yo quería adentrarme en unos submundos que solo conocía a través de la ficción, ya fuera cinematográfica o literaria, pero la realidad es mucho más dura y te golpea sin mesura cuando la conoces bajo ese prisma.

Por eso quiero dejar aquí constancia de unos trabajos impresionantes que quiero recomendar a todo el que quiera adentrarse aún más en estos temas y que a mí me sirvieron de base documental para perfilar mis tramas. El primero fue fundamental para conocer un poco más el funcionamiento de las mafias del Este en España: *Palabra de Vor: Las mafias rusas en España*, de Cruz Morcillo y Pablo Muñoz. El segundo fue el escalofriante *Esclavas del poder*, de la periodista y activista mexicana Lydia Cacho, que te pone los pelos de punta al descubrir los entresijos reales de la trata de mujeres en el mundo.

Leí otros muchos libros de no ficción, así como artículos periodísticos y vídeos sobre multitud de temas que luego quería tratar en mi libro: las rutas de prostitución y blanqueo de dinero, las luchas de los cuerpos de seguridad del Estado contra las mafias internacionales y su funcionamiento operativo, la corrupción política y policial, el funcionamiento del puerto de Valencia, los métodos para introducir armas en Europa Occidental, la *Deep Web*, etc.

De hecho, quiero remarcar aquí de nuevo que *El aroma del miedo* es una historia de ficción, pero algunas de las subtramas de la novela tienen su origen en acontecimientos reales que han ocurrido en nuestro país, desde el verdadero funcionamiento de las mafias rusa o inglesa en España hasta operaciones policiales de todo tipo desarrolladas en la cuenca mediterránea, ya fueran contra el crimen organizado o por temas de corrupción política y policial.

Con todos esos datos en la cabeza, comencé a escribir el primer borrador de la novela a comienzos de 2016. En mi labor de documentación me resultó curioso descubrir algunos detalles, como por ejemplo la ubicación de la Ciudad de la Justicia de Valencia, situada a escasos metros de lugares que visitaba casi todos los años sin que yo lo supiera. Así que en la Semana Santa de 2016 regresé de nuevo a Valencia, pero esta vez con unas ideas claras en mi mente.

Con la zona de la Ciudad de las Artes de nuevo como epicentro, visité lugares, algunos todavía desconocidos para mí, que quería incluir como escenarios de la novela ya comenzada: el centro de Valencia, sus playas urbanas, la Ciudad de la Justicia o el entorno de El Saler y la Albufera. De vuelta a casa, con las imágenes de esos lugares que quería recrear todavía frescas en la retina, pisé a fondo el acelerador a la hora de continuar la novela durante unos meses de duro trabajo de escritura.

En el otoño de 2016 tuve preparado el primer borrador del manuscrito, pero todavía quedaba mucho trabajo por delante. Y para llegar a este punto he contado también con la ayuda de otras personas a las que también quiero hacer un pequeño reconocimiento por su inestimable colaboración.

A mis lectoras cero, por sus impagables comentarios sobre ese primer borrador y por las gratas conversaciones mantenidas en torno a las subtramas de esta historia.

A mi agente literaria, Alicia G. Sterling, por seguir confiando en mi trabajo y conseguir que mis obras sigan abriéndose camino en este complicado sector.

A Amazon Publishing, por apostar de nuevo por mí en este nuevo proyecto y conseguir que mis novelas lleguen a más lectores en todo el mundo. Quiero agradecer de nuevo el gran trabajo realizado por Paola Luzio y todo el magnífico equipo técnico y editorial que me ha acompañado en esta nueva aventura.

Y cómo no, quiero dedicarle esta novela a Arantza, mi pareja, el alma gemela que toda persona busca. Ella es parte fundamental de todos mis proyectos y su entusiasmo contagioso me ayuda a intentar superarme cada día. Ya sea a la hora de buscar documentación, recorrer juntos posibles escenarios reales que luego recrearé en la novela, revisar las diferentes versiones del manuscrito aportando su siempre interesante punto de vista o encargarse de temas técnicos y promocionales, siempre está ahí como punto de apoyo para superar las adversidades. El trabajo del escritor es duro, sacrificado y a veces muy solitario, y sin mi musa particular no sería capaz de sacarlo adelante. Gracias de corazón, por todo.

Y por supuesto a ti, querido lector, porque sin ti nada de esto tendría sentido.

Made in the USA
Columbia, SC
30 July 2017